T0349057

Una estrella oscura y vacía

Una estrella oscura y vacía

Ashley Shuttleworth

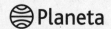

Planeta

Título original: *A Dark and Hollow Star*

Spanish language copyright © 2024 by Editorial Planeta Mexicana, S.A. de C.V.

Text copyright © 2021 by Ashley Shuttleworth
Published by arrangement with Margaret K. McElderry Books,
An imprint of Simon & Schuster Children's Publishing Division

Diseño de portada: Laura Eckes © 2021 por Simon & Schuster, Inc.
Adaptación de portada: Planeta Arte & Diseño / Lisset Chavarria Jurado
Ilustración de portada: © 2021 por Christophe Young
Fotografía en la solapa: Cortesía de Ashley Shuttleworth
Traducido por: Mónica López Fernández
Diseño de interiores: Melisa Núñez

Derechos reservados
© 2024, Editorial Planeta Mexicana, S.A. de C.V.
Bajo el sello editorial PLANETA M.R.
Avenida Presidente Masarik núm. 111,
Piso 2, Polanco V Sección, Miguel Hidalgo
C.P. 11560, Ciudad de México
www.planetadelibros.com.mx

Primera edición impresa en México: abril de 2024
ISBN Obra Completa: 978-607-39-1285-3
ISBN Volumen: 978-607-39-1286-0

Impreso en los talleres de Litográfica Ingramex, S.A. de C.V.
Centeno núm. 162-1, colonia Granjas Esmeralda, Ciudad de México
Impreso y hecho en México - *Printed and made in Mexico*

Para Juli, que ha estado ahí en cada aventura.

NOTA DE LE AUTORE

Este libro surgió de un lugar muy personal. Es una obra que presenta temáticas considerablemente pesadas que podrían resultar difíciles y quizá disparen ciertas emociones en algunes lectores. Es vitalmente importante disipar el estigma que implica hablar sobre salud mental, depresión y suicidio, especialmente entre la juventud de nuestros días. Si bien los libros proveen espacios seguros en los que se puede hablar de estos temas tan reales y serios que afectan a tantos de nosotros, también es crucial que tú, le lectore, estés completamente consciente y aceptes tal exploración. Debido a esto, abajo te presentamos una advertencia del contenido de esta obra, y la recomendación de leerla bajo tu propio criterio.

Advertencia de contenido: ira, incendios premeditados, sangre, *gore*, horror corporal (menor), muerte infantil, depresión, repudio, divorcio, uso de drogas, adicciones, tristeza, duelo, tráfico de personas, pobreza, psicopatía, acoso, suicidio (mencionado, no explícito), ideación suicida, relaciones tóxicas, manipulación, trauma, síndrome de estrés postraumático, racismo, violencia y violencia con armas.

PRÓLOGO

✦ ALECTO ✦

El reino inmortal de Caos, el Palacio Infernal

El piso en el que Alecto estaba hincada era un mar de mármol negro reluciente con motas blancas como los diamantes. Qué simulación más perfecta del firmamento nocturno; era lo más cerca que se había sentido de los cielos en mucho tiempo. Aunque debía admitir que no podía recordar la última vez que había sentido alivio en tal lugar; ahora le resultaba extrañamente alentador imaginar que podría hundirse en la piedra estrellada debajo de ella y desvanecerse por completo.

Qué maravilloso sería esfumarse, simplemente cesar de existir y desaparecer.

Ahora que había completado su venganza, no existía nada más que la atara ahí o a cualquier otro lugar. No sentía culpa por lo que había hecho, tampoco sentía miedo por lo que pudiera pasar a continuación. Ni siquiera el dolor podría despertar su apatía.

Para garantizar la seguridad de los asistentes del juicio, la habían clavado al piso con unas enormes estacas de hierro que le atravesaron la membrana lisa y lustrosa de sus alas sin desplegar. El dolor del roce con semejante metal ponzoñoso era atroz, pero Alecto no lo sentía en las alas, así como no sentía ese mismo hierro corrosivo carcomiéndole las muñecas debido a los grilletes. No sentía dolor en absoluto.

Alecto enfrentaba la pena de muerte por sus acciones. En su boca aún percibía el sabor de huesos hechos cenizas; en el aire, el olor a carne chamuscada. Incluso podía oír el eco de su ira resonando en aquella cavidad profunda en la que se había vuelto su alma. Y a pesar de todo esto, Alecto estaba en paz. Así es, sentía alivio.

Eso era algo inesperado. Nunca imaginó sentirse así, al menos no a tal grado.

Tampoco lo había esperado.

Se vengó, así nada más, y no había actuado con la ingenua creencia de que la venganza cambiaría todo. Tisífone, su adorada hermana, su más querida amiga, seguiría muerta. Y ésa era una verdad de la que Alecto jamás se recuperaría.

—¿Hay algo que quieras decir en tu favor, erinia Alecto?

Alecto alzó la cabeza.

Una emoción se escapó a la fuerza desde la oscuridad de su corazón y salió en forma de una sonrisa filosa, burlona.

—¿En mi favor? —rio.

Fue un sonido hueco, espantoso, pero suyo. Su risa era una furia de otro tipo y Alecto se aseguraría de que los poderes ahí reunidos jamás olvidarían su sonido.

Dirigió su vista al trono, del cual surgían impresionantes llamas que ondeaban debido al viento, y fijó la mirada en los ojos de la deidad que ahí se sentaba: Urielle, diosa de los elementos, la señora del caos. Ella regía el dominio infernal más vasto del reino inmortal. También era la madre de Alecto.

—Bueno —respondió Alecto después de que su risa áspera se disipara—, creo que es válido decir que el título de erinia ya no me pertenece.

Entonces cundió la inquietud entre los guardias alineados como pilares alrededor del tribunal. Entre el resto de los asistentes, los murmullos se desplegaban como olas; muchos de ellos, antes amigos de Alecto, ahora estiraban el cuello para atestiguar su humillación. A todos les gustaban los espectáculos. Para la gente de Alecto, la lealtad era algo sorpresivamente nimio.

A un costado de la diosa se encontraba erinia Megera, la única hermana que le quedaba a Alecto, por mucho que se desagradaran. Tal como esperaba, la mirada de Megera no mostraba amor por ella. Ni piedad. Una vez que todo terminara, reemplazaría a Alecto, tal como lo haría con Tisífone. El respeto que el reino otorgaría al duelo de Alecto no retrasaría lo inevitable. Entrenarían a otros inmortales para cubrir los puestos de Alecto y Tisífone, y las Furias volverían a ser tres.

Tal vez Alecto pudo ser más afectuosa con su hermana mayor, pero no había forma de alterar el pasado y ella lo sabía bien. Quizá Megera la amó alguna vez, pero eso fue hace mucho tiempo, ahora lo que relucía en su fría mirada era el aborrecimiento.

De entre todos, Urielle se mantuvo impasible, aunque Alecto podía ver un torrente de emociones en la infinidad de sus ojos negros.

—No hay humor en lo que has traído ante mí —le dijo con voz tan suave e imperturbable como el agua, pero dura y filosa como una piedra serrada—. Te acusaron de asesinato, erinia Alecto. Tomaste once vidas mortales sin permiso, vidas que no estaban marcadas para morir. Tus acciones de esta noche en nombre de la venganza no sólo violaron las leyes que gobiernan a nuestros reinos, sino también los juramentos que pronunciaste en tu otorgamiento como furia. ¿Cómo te declaras ante las acusaciones en tu contra?

—¿Por los crímenes? —Alecto respondió sin pensar— Inocente.

Megera ardió en rabia.

—Yo te vi.

En el ardor de su ira, extendió las alas de lleno. Los ahí reunidos se encogieron e, intimidados, emitieron quejidos a montón. Aquéllas eran unas alas hermosas. Negras como caparazones de escarabajos, no eran de plumas ni de piel, sino suaves como la tela de una araña; enormes, tanto que abarcaban el espacio detrás del trono, de punta a punta. Las alas de Alecto alguna vez fueron tan gloriosas como ésas. Ahora estaban perforadas, hechas jirones y chamuscadas, unos harapos ahumados, como velas de un barco saqueado y soltado a la deriva en las aguas.

—Yo misma te arrastré lejos de ese barco que incendiaste ¡con fuego de estrellas ni más ni menos! —Megera temblaba de rabia—. Tu berrinche ató a once almas al suelo oceánico y a una llama que ni la eternidad podrá extinguir. Fui yo quien te sacó de la devastación que desencadenaste en el reino mortal, fui yo quien atestiguó tu gozo impenitente al ver el sufrimiento de tus víctimas. ¡No niegues la verdad!

—Me malinterpretas —respondió Alecto arrastrando las palabras—: Admito libremente haber cometido todos los crímenes de los que me acusan. Yo lo hice, sí. Simplemente no me siento culpable de nada.

Megera abrió la boca para alegar, pero Urielle la silenció con un gesto de la mano.

—El castigo por estas violaciones es la destrucción —continuó la reina.

La destrucción y no la muerte.

Los inmortales no morían, así que los destruían: los deshacían, machacaban sus almas hasta pulverizarlas y lanzaban lo que quedaba hacia las estrellas para que se entretejieran en algo más —alguien más—, pero no renacían como pasaba con los mortales.

Debido a sus actos, Alecto sería borrada de la existencia en sí. Era casi una bendición.

—Estoy lo suficientemente feliz con la destrucción que ocasioné, así que acepto su amable ofrecimiento —contestó.

—¡Erinia Alecto! —Finalmente, la máscara impasible de la diosa se disipó.

Se levantó del violento trono y bajó del estrado; con cada paso salían chispas de sus talones. La ira de Urielle llenó toda la sala; el espacio a su alrededor estallaba de luz ardiente. Alecto se estremeció, pero se rehusaba a bajar la mirada.

—Yo te creé. Y te puedo deshacer con la misma facilidad —declaró la diosa—. ¿En verdad no te arrepientes de que ahora mi ley, la ley que juraste mantener, quede quebrantada a tus pies?

Hija mía, fuiste creada para cosas mucho más grandes que esto.

Las palabras de su madre eran más gentiles en la mente de Alecto que cuando hablaba, aunque tampoco eran acogedoras.

Fui creada para lo que yo elija, fustigó Alecto en respuesta.

—Diosa madre, puedo deshacerme yo misma y ya lo hice —agregó en voz alta.

Por un momento, Urielle se quedó inmóvil. Luego, suspiró.

—Que así sea. —La diosa alzó la mano y las sombras en la sala comenzaron a desprenderse de las paredes—. Erinia Alecto, a partir de este momento quedas despojada de tu nombre.

Las sombras, que se azotaban como cobras iracundas, se lanzaron contra Alecto y se enrollaron por todo su cuerpo.

—Quedas despojada de tu grado.

Las sombras comenzaron a apretarla. Alecto luchaba. Gemía, gruñía, rechinaba los dientes. La satisfacción de su venganza la había colocado en el ojo de su propio huracán, en una calma que había ocultado su rabia, pero que ahora mismo la arrancaba de tal posición para regresarla a la tempestad oscura y estruendosa que era su furia eternamente latente.

—Quedas despojada del privilegio de tu cargo. Ya que te parece adecuado impartir castigo a los mortales según tus caprichos, tu propio castigo será vivir para siempre entre ellos. —Alecto parpadeó sorprendida, pero Urielle no había terminado—: Te expulso del reino inmortal. Te expulso de la hermandad; quedas fuera de mi protección y de mi corazón. Quedas desterrada para vivir en el reino de los mortales y tu eternidad quedará atada a aquel suelo.

Al fin, la tormenta de Alecto se liberó.

—¡No!

Eso no era lo que quería. Contaba con su destrucción, lo que la liberaría del tormento de su mente, no ese exilio que su madre infligía en ella, esa tortura eterna que la atraparía para siempre en la ira y el dolor…

—¡Jamás necesité tu nombre! —le gritó con furia. Las sombras se le enrollaron en el cuello, pero ella las ignoró—. Jamás te necesité a ti, cobarde. ¡Fallaste, Diosa Madre!

Mientras más apretaban las sombras, más luchaba Alecto. Luchó con todo su ser, acometió con cada gramo de fuerza que encontró. En el proceso, sus alas se rasgaron aún más, sobre todo donde estaban las estacas que la clavaban al piso. Pero ella continuaba luchando con furia.

»Tú fallaste. ¡Le fallaste a Tisífone! Me fallaste a mí. Jamás te perdonaré por lo que permitiste, por lo que dejaste pasar sin admisión ni castigo. Tú ya no eres mi madre, ¡ya no eres mi diosa!

La vista de Alecto se fragmentó, pero era demasiado tarde para que la pena comenzara a suavizar la expresión de Urielle.

Cuando más se necesitó de su compasión, cuando Tisífone necesitó su comprensión, y después, cuando Alecto fue con la madre a quien alguna vez adoró fervientemente, invadida por un dolor tan profundo que apenas podía hablar, lo que ganó fue el peso de la ley. Alecto actuó bajo su propio criterio, eso lo sabía muy bien, pero si Urielle no se daba cuenta de lo mucho que había influido en la desgracia de su hija, a Alecto ya no le interesaba hacérselo saber.

Lo hecho, hecho estaba.

Era su fin.

Urielle asintió una sola vez.

—Sí, te fallé, hija mía.

—Nausicaä —dijo Alecto.

Nausicaä, un hermoso nombre mortal que significa «quemadora de barcos»: el nombre más adecuado. Su venganza la había transformado al punto de no retorno. Y si no la destruían, Alecto, o más bien Nausicaä, no conservaría lo que ya no era. Portaría sus crímenes como una medalla de honor.

—Nausicaä —corrigió la diosa.

Un tenue destello de tristeza apareció en la mirada de Urielle. Fue lo último que Nausicaä vio antes de que las sombras cerraran todo el espacio que habían abarcado, pero la tormenta dentro de Nausicaä arreciaba.

—¡Yo te expulso a ti! —gritó con fuerza. Aunque no tenía forma de saber si la diosa la había oído. Siguió gritando hasta que vio estrellas y su consciencia se nubló— ¡Soy yo quien te deja fuera de su protección y de su corazón! ¡Jamás te volveré a amar por esto que me has hecho!

Olvida tu amor por mí si eso deseas, pero, por favor, no olvides que amaste con tanto fervor que honraste tu nombre de una manera suprema.

Nausicaä ciertamente no olvidaría que amó a su diosa madre. Tampoco olvidaría el amor por Tisífone.

Recordaría a ambas, y en su memoria jamás se permitiría sentir ese amor nuevamente. Tal como hizo aquel ballenero y su desagradable tripulación —entre ellos el mortal que pensó que podía engañar a las Furias —. Todos ellos ardían eternamente en el fondo del Océano Atlántico Norte. La ira de Nausicaä sobreviviría eras enteras y ella no sería más que eso.

Despertó bocarriba, parpadeando ante el azul demasiado alegre del cielo del reino mortal y, entonces, se dio cuenta de que había sucumbido, al fin, ante las sombras.

Ya no estaba en la sala del trono del Palacio Infernal.

Su familia, sus antiguos amigos, el mármol helado y estrellado... Todo eso se había ido, excepto por las palabras finales de su madre, que aún resonaban en sus oídos: «Hija mía, aún tienes dentro de ti el potencial para ser lo que las estrellas te han designado».

—Ja —se burló mientras sus puños se aferraban con fuerza al pasto que alfombraba las planicies del reino mortal de donde había sido exiliada e ignoró las lágrimas que se quedaron en sus pestañas como el rocío en el ambiente.

Ya no correspondía a las estrellas decidir el destino de Nausicaä, habían perdido ese privilegio al tratar a Tisífone como lo hicieron. Su destino ahora dependía de ella. Y si las tan poderosas deidades no habían sido lo suficientemente valientes para destruirla, ella se encargaría de que se arrepintieran y descubrieran cuánto la satisfacía ver el mundo arder.

En Nevalife Pharmaceuticals todo era silencio. Y así era como Hero lo prefería. No le gustaba el ajetreo del día, el ir y venir de mensajeros que soltaban bromas que, lejos de tener humor eran malvadas; los numerosos doctores y asistentes de investigación que, con sus grados escolares y salarios fijos, actuaban como dueños del lugar con la arrogancia de quien se siente mejor que todos, en especial mejor que Hero; el personal, que parecía gozar de complicarle su trabajo a Hero por como trataban los espacios que él limpiaba.

Hero era el hombre de la limpieza.

Para muchos no era un trabajo glorioso, pero le daba el dinero que necesitaba con tanta desesperación.

De veintiocho años, sin familia o pareja para contribuir con los gastos y ciertamente sin ahorros que le permitieran obtener algún certificado escolar o encontrar una carrera mejor, cuando no estaba destapando escusados o trapeando derrames, trabajaba en el servicio de atención telefónica de un centro de soporte técnico local. Repartía volantes; empacaba víveres; recogía los carritos de compras; y limpiaba más derrames en el supermercado más cercano a su departamento de una sola recámara, en un vecindario que no debería ser tan costoso como lo era. Aun así, no le alcanzaba. Aun así, Hero batallaba para pagar todas sus cuentas y permitirse pequeños lujos, como comida o ropa y unos medicamentos sumamente necesarios.

El mundo era rudo, pero resultaba mejor cuando había silencio… aun cuando también fuera un tanto solitario.

—Y esta vez no olvides cerrar la puerta con llave cuando te vayas, idiota.

Hero asintió enérgicamente. Darren, su supervisor, era un hombre de mediana edad y estatura baja, cabello castaño, ojos llorosos y la complexión de una estrella preparatoria de futbol americano en decadencia. A Darren no le agradaba Hero, quien era un poco ratonil, escuálido, de ojos grandes, ojeras pronunciadas y cabello negro que lo hacía ver muy pálido, casi enfermo. Claro que Hero no le agradaba casi a nadie. Lo llamaban raro, extraño. Pero no podía darse el lujo de que lo corrieran de otro trabajo por eso. Y no podía dejar que su carácter cada vez más olvidadizo le volviera a costar caro, no cuando ya estaba retrasado con la renta del mes pasado.

Se esmeraba por mantener a Darren contento, aun cuando prefería todo lo contrario; por ejemplo, echarle la botella de blanqueador en su carrito... Hero se permitió fantasear un momento con cómo se oiría el grito de Darren si aquella sustancia de pronto se encontrara con su rostro.

—¿Qué? ¿Eres retrasado? Deja de asentir así. Vas a sacudir lo poco que te queda de cerebro y entonces sí que tendré problemas contigo.

—Lo s-siento, s-señor —tartamudeó.

—«Lo s-siento, s-señor» —Darren ladró burlonamente—. De todo tartamudeas como niñita. ¡Actúa como hombre!

—Sí, s-señor —contestó con una mueca.

Darren sacudió la cabeza.

—Es inútil. —Se estiró para darle un capirotazo a la placa con el nombre de Hero, que significa «héroe» en inglés—. «Hero», vaya broma. Recuerda, cierra la maldita puerta, Supermán.

Y al fin se fue.

Hero exhaló con fuerza, relajó los hombros y se recargó en su carrito de enseres para reposar un momento y recomponerse.

No siempre había sido así. Alguna vez él tuvo ambiciones más allá de encontrar un repelente que realmente funcionara contra las cucarachas de su departamento. Antes no tartamudeaba, su memoria no fallaba tanto y lograba dormir sin tener pesadillas o terrores nocturnos que lo mantenían fatigado constantemente. No fue sino hasta hacía poco cuando todo esto comenzó y su, de por sí, mala situación empeoró a un grado alarmante porque de pronto oía voces y tenía recuerdos que no podían ser suyos... Por eso se medicaba con esas pastillas terriblemente costosas que lo forzaban a elegir entre la salud mental y otras cosas, como el servicio de electricidad.

Pateó la rueda de su carrito de limpieza con la fuerza suficiente para volcar varios envases. Era inútil alterarse por cosas que no le importaban a nadie. Pensó que todo siempre podría empeorar.

—O mejorar —murmuró.

—Significativamente, me imagino.

Hero se sobresaltó con tanta violencia que casi chocó contra su carrito.

En el pasillo de iluminación tenue detrás de él, donde no había nadie, ahora estaba un hombre. Su primera impresión fue que era alto. No de la altura ordinaria de los hombres altos, sino de una altura que, si lo pensaba, se le atribuiría a los dioses.

Su rostro era... hermoso. Tenía unas pecas inusualmente blancas, como motas de estrellas, y sus ojos eran de un verde tan brillante que eran casi fluorescentes. La mitad de su cabello gris oscuro y salvaje colgaba a la altura de su cintura, mientras que la otra mitad estaba rapada. Era muy delgado, pero fuerte y los dedos largos de su mano izquierda terminaban en garras letales. Hero jamás había visto a un hombre así, con toda la presencia de una sombra, en pantalones ceñidos y una chaqueta estilizada, salpicada de hebillas doradas y cadenas plateadas muy elegantes. Tal vez era un dios, si se considera todo eso. Y más aún, no era real.

Hero cerró los ojos.

No era la primera vez que veía algo que resultaba no estar ahí al segundo vistazo, como criaturas bizarras con alas, cuernos y piel azul, o fachadas de tiendas que en realidad eran edificios abandonados. Casi siempre esas visiones desaparecían al primer parpadeo. Pero cuando Hero volvió a abrir los ojos, aquel hombre radiante seguía ahí, sonriendo.

—Hola —Hero lo saludó porque no sabía qué más decir—. ¿Puedo... ayudarlo? C-creo que no debería estar aquí.

El hombre rio emitiendo un sonido como el rechinido de las tablas de un piso.

—Ah, no, tienes toda la razón, ¡no debería! Pero claro que... tú tampoco deberías estar aquí.

—Claro que sí. Soy el conserje —respondió crispándose.

—Sí, claro que lo eres. —La forma en que ese hombre lo miraba lo hacía estremecerse a pesar del calor. Que alguien lo viera así, sobre todo un hombre como ése, cuya atención Hero jamás pensaría ser capaz de atraer—. ...El conserje, uno que rechazó becas completas de escuelas de mucho prestigio porque a su madre negligente le servía más en casa para cuidar a sus hermanos y porque estaba tan, pero tan desesperado por complacerla. El conserje, uno que entiende lo que sucede aquí mucho más de lo que aparenta, que devora libros enteros sobre teorías científicas y le gusta experimentar lo que aprende de ellos.

Diablos, ¿acaso este hombre era un policía encubierto? Hero se puso pálido, pensó en el almacén del vecindario de al lado, que le servía de laboratorio improvisado, donde nadie hacía preguntas siempre y cuando pagaran a tiempo.

—Mire, esos animales ya estaban muertos —mintió—. ¡Los encontré en el acotamiento de las carreteras! No hice nada malo, yo sólo...

—Has tenido problemas últimamente, ¿cierto? —lo interrumpió el hombre, cuya sonrisa se afilaba—. Jaquecas... insomnio... lagunas mentales...

alucinaciones y sueños vívidos o situaciones que parecen familiares, pero no lo son, ¿verdad? —suspiró, pero no con empatía, sino con una aparente diversión—. Tartamudear es un efecto colateral poco común, lo admito, pero ha habido otros ferronatos como tú que han respondido de forma similar a la supresión de su magia... Que el Alto Consejo Feérico te haya ponderado como insuficiente porque tu poder se quedó encapsulado, tan sólo para que emergiera con tanta fuerza un poco más tarde de lo esperado y se rebelara en contra de tus confines...

«¿El Alto Consejo Feérico? ¿Ponderado?». Hero tenía muchas preguntas. ¿Quién era este hombre? ¿Cómo es que sabía tanto de él? ¿De qué tanto hablaba? No parecía un oficial de policía, pero ¿qué otra cosa podría ser?

—¿Qué quiere decir con «magia»?

Ante la mera pronunciación de la palabra, lo recorrió un cosquilleo cálido y placentero; una memoria, apenas presente, aunque fuera de su alcance por muy poco.

La sonrisa del hombre se extendió de oreja a oreja y era terrible. Él era terrible. Era hermoso de una manera que parecía difícil de contemplar, pero al mismo tiempo horripilantemente fantasmagórico, lo cual desfiguraba por completo su belleza. Ciertamente era el tipo de persona que le dispararía la ansiedad hasta el cielo. No obstante, Hero estaba absolutamente calmado.

—Sabes, creo que mejor te lo muestro —dijo el hombre y dio un paso hacia él. Estiró uno de sus dedos con punta afilada y ladeó la placa con su nombre—. Hero, tu vida ha sido tan dura. Excluido por tu familia, a la deriva de un mundo para el que no fuiste creado, tu astucia, inteligencia y pasión desperdiciadas por servir a los demás. Cansado, hambriento, pobre... Tomé tu magia hace diez años por orden de los que fui obligado a servir. Pero ¿y si te la regreso? ¿Y si restablezco tu posición de héroe para la que claramente naciste? Si lo hago, ¿qué harías por mí?

Si se tratara de alguien más, Hero se habría reído y lo habría descartado por demente.

Esa plática sobre magia era razón suficiente para que un terapeuta le subiera la dosis de medicamento, si acaso pudiera costearlo. Pero había algo en la mirada de este hombre, un aire de gravedad, el tono en su voz... no estaba fingiendo. A pesar de sus provocaciones, no bromeaba, lo decía en serio y, por encima de todo, por primera vez en mucho tiempo, Hero sintió que alguien realmente lo estaba escuchando. Todas las personas con las que había hablado acerca de sus problemas parecían pensar que todo estaba en su cabeza, pero ahí había alguien que no sólo aceptaba que sus problemas eran reales, sino que también parecía capaz de explicar el porqué y eso era... vaya, muy tentador. Hero estaba dispuesto a aceptar la descabellada posibilidad de que la magia existía si eso significaba llegar a la raíz de por qué su salud se estaba deteriorando con tanta rapidez.

Además, ése era el sueño de muchos otros como él: enterarse de que nacieron para algo más grande, que el mundo poseía magia, al igual que ellos. Eso debía de ser algo imposible, pero ese hombre... la forma en que de pronto apareció de la nada...

Y si...

Hero examinó al misterioso intruso.

Respiró profundamente y exhaló despacio.

—Lo escucho —dijo, y por primera vez en años, se enderezó, su voz no se quebró, sus manos no temblaron y su mente estaba clara y enfocada.

El hombre misterioso extendió el brazo para señalarle la puerta.

Esta vez, Hero salió por ella y no cerró con llave a propósito.

<hr />

21

CAPÍTULO 1

✦ ARLO ✦

Hoy
El reino mortal – Academia Feérica de Toronto, Canadá

El piso en el que Arlo estaba de pie era un mar brillante de mármol blanco moteado de negro carbón. Lo habían pulido con sumo cuidado; de su superficie habían tallado cada defecto, cada rasgo, para dejar un lustre helado que nada, ni siquiera los rayos del sol a punto de ponerse provenientes del domo de cristal, podrían calentar.

Desafortunadamente, se podía decir lo mismo del Alto Consejo Feérico.

Ocho orgullosos faes de las cuatro cortes feéricas conformaban el jurado. Uno de cada facción de seelies: invierno, verano, otoño y primavera; es decir, aquellos feéricos que tomaban poder del día y cuyas cualidades de gracia y responsabilidad por su pueblo eran valorados por la mayoría. Uno de cada facción de unseelies: invierno, verano, otoño y primavera; es decir, aquellos feéricos que tomaban poder de la noche y eran célebres por su misericordia y astucia.

Todos ellos miraban a Arlo como si fuera un insecto en su bota.

Desde el punto de vista de Arlo, no había diferencia real entre feéricos seelie y unseelie, sin importar lo que cada grupo dijera. Los rostros pétreos frente a ella, por ejemplo, eran iguales: fríos y duros como el mármol bajo sus pies.

22

Los ocho representantes habían sido elegidos para hacer cumplir las leyes del sumo rey y ninguno de ellos era célebre por mostrar compasión. El estar ahora frente a ellos para que la juzgaran le hacía pensar que esa reunión era una mera formalidad: mucho antes de que Arlo expusiera su situación, esas ocho mentes ya habían decidido por unanimidad qué tan «apta» era dentro del mundo mágico.

Podría decirse que su ponderación no iba muy bien.

—No es una cuestión de linaje —dijo el concejal Sylvain, el seelie que representaba la facción de la primavera.

Alto y esbelto, su avanzada edad aún no lograba conquistar su vigorosa fuerza. Sus voluminosas túnicas de colores esmeralda y turquesa, ajustadas con oro brillante hacían poco para suavizar los rasgos de su rostro, cuyo encantamiento mostraba su piel del color del marfil.

—Nadie cuestiona su consanguinidad, señorita Jarsdel —continuó fríamente—. Usted es la hija de Thalo Viridian-Verdell, no hay lugar para la discusión. La cuestión de este día es si esto tiene relevancia o no.

Arlo ya conocía la respuesta a esa pregunta.

Ante los ojos del Alto Consejo, lo más relevante era que la mitad de la herencia genética de Arlo era humana. El hecho de que la otra mitad proviniera directamente de una familia fae de la realeza (la mismísima familia real que actualmente ocupaba la cabeza de la comunidad mágica por encima de las demás cabezas y de las demás cortes) era, de hecho, un factor en su contra. Los faes se enorgullecían en gran medida de que su sangre no estuviera diluida: la sumamente larga línea de la familia Viridian estaba compuesta únicamente por faes y nada más. No tenían otros seres mágicos entre sus parientes, esos feéricos que poseían rasgos animales o naturales, como corteza en lugar de piel u hojas en lugar de cabello. Ciertamente, los Viridian tampoco tenían parientes humanos, no hasta que la madre de Arlo se casó con uno y poco después dio a luz a Arlo. Al menos ella se parecía a los faes; se estremeció al pensar cuánto peor la tratarían si su herencia mágica viniera de algo más.

Ella era la primera ferronata de la realeza en una familia cuya «pureza» databa desde antes de la Reforma Mágica, cuando las cortes ni siquiera se habían concebido, mucho menos conformado, y todo lo que existía eran facciones de seelies y unseelies en conflicto. Desafortunadamente, había heredado muy poco de la familia de su madre. Poseía tanta magia como una caja de limones. Le había costado tanto trabajo ir al paso de los demás en la escuela primaria faerie local, que su madre, compadeciéndose de ella, terminó por cambiarla a una escuela humana. Para el Consejo estos antecedentes de Arlo eran de suma importancia, pero para su desgracia, no la ayudaban.

Se esforzaba por ocultar una mueca de preocupación y mantener la vista al nivel de las miradas del Consejo. Sus ojos, brillantes e imponentes como el jade, eran de lo poco que hacía imposible cuestionar sus lazos con la familia Viridian. Pero en momentos como ése, deseaba haber heredado la habilidad de su madre para cambiar su mirada a una fulminante.

—El que yo sea... una... Viridian... debería importar —se oyó decir en una voz empequeñecida debido a las náuseas y los nervios—. Tal vez mi magia no sea muy fuerte, tal vez tenga mucha más sangre férrea de mi padre de lo que les gustaría a ustedes, pero aún puedo alterar y ocultar mi apariencia con encantamientos eficientemente y poseo suficiente visión como para reconocer los encantamientos de otros feéricos...

Su madre y su primo le habían ayudado a preparar ese discurso. Pero Arlo sabía que nada le ayudaría a fingir que era algo más que terriblemente ordinaria. La única excepción era la fuerza de su habilidad para sentir la magia a su alrededor. Pero ése era un truco que cualquier fae podía hacer y por mucha maestría que ella tuviera en esa cualidad, no le ganaría muchos puntos ese día. Su poder, en general, era tristemente débil, aunque sí tenía lo mínimo indispensable para calificarse como mágica común en su comunidad. Si lograba que el Consejo solamente se fijara en los hechos, debían concederle eso al menos.

—Estando al borde de la adultez posee menos talento de lo que un duende infante podría realizar por mero instinto —arguyó la concejal Siegel, la seelie que representaba a los de Otoño. Sus ojos duros como el ámbar miraban a Arlo con severidad y su tono era adusto—. Además, alcanzó los dieciocho años con apenas los rudimentos básicos de magia debido a que ha pasado demasiado tiempo bajo la tutela de humanos. Dígame, señorita Jarsdel, ¿de qué se perdería usted si el Consejo deliberara en su contra?

A Arlo se le secó la garganta, tal como las hojas coloridas entretejidas en la túnica de la concejal.

Iban a negarle el estatus, a pesar de que tenía magia suficiente y deseaba con fervor seguir perteneciendo a la comunidad mágica.

—Concejal Siegel —rogó—, por favor, ustedes no... ¡no pueden! Si deliberan en mi contra, si aíslan mis poderes y borran mi memoria... mi familia... mi madre y mis primos... ¡los olvidaría! Si fallan en mi contra, me perderé la mayor parte de lo que me hace ser quien soy.

Arlo tenía mucho que perder si el Consejo no sólo le negaba la ciudadanía feérica, sino también la inclusión a la comunidad mágica en general. Aún no sabía si ser ciudadana feérica, con sus reglas de exclusión y responsabilidades, era lo que quería, pero sabía sin lugar a dudas que no quería ser expulsada de la magia en su totalidad. No quería olvidar la verdad de su familia o que la magia había sobrevivido al colapso de la memoria humana donde alguna vez existió.

La concejal Siegel arqueó una de sus cejas castañas.

—Mantenga sus dramas a raya, señorita Jarsdel. Usted seguirá siendo quien es y no olvidará a su familia. Solamente olvidaría lo que no es necesario que recuerde. Su padre aún la recuerda, ¿no es así?

Su padre.

Los matrimonios entre faes y humanos debían ser aprobados por las cortes, pero en tal proceso había una salvedad: si el matrimonio terminaba, el cónyuge humano debía renunciar a todo lo que había aprendido sobre la comunidad mágica. Fue el padre de Arlo quien decidió iniciar el proceso de divorcio. Renunció voluntariamente a sus recuerdos porque, según entendió Arlo, había desarrollado un gran resentimiento por la magia y por quienes tenían algo que ver con ella.

Pero su padre sí la recordaba.

Aunque Arlo no podía decir que tenían una buena relación, no con el miedo constante y molesto en el fondo de su mente de que su padre la odiaría si en algún momento recordaba el porqué de su aversión. Encima, estaba exhausta de tanto esfuerzo por asegurar que no saliera a la luz nada acerca de la comunidad mágica frente a él o cualquier humano. Arlo no quería que nadie más de su familia tuviera que pasar por lo mismo, así como tampoco deseaba renunciar a algo que había formado parte de su vida durante dieciocho años completos.

No podía más que creer que el Consejo no sería innecesariamente cruel.

—Sí, señora, él me recuerda, pero...

Del estrado emanó un aire de finalidad. El intento desesperado de Arlo por explicarse falló con todo y su valentía.

—Si no tiene nada más que decir en su defensa, señorita Jarsdel, ¿tal vez el Consejo pueda continuar con la audiencia? —declaró la concejal Siegel.

Arlo no podía quedarse así, pasmada, de pie y con los ojos abiertos, y la angustia recorriéndola como anestésico.

El concejal Sylvain abrió la boca para retomar la palabra y anunciar el veredicto, entonces la puerta detrás de Arlo se abrió súbitamente de par en par. Ella se sobresaltó y giró para enfrentar la fuente de tal disturbio, mientras que, a sus espaldas, el Consejo murmuraba con irritación.

—¿Pueden creer este tránsito en domingo? —dijo el intruso a modo de saludo.

El alivio en Arlo fue tan profundo que casi la tiró al piso.

Su primo hermano con una generación de diferencia, Celadon Cornelius Fleur-Viridian, era el menor de los tres hijos de su tío abuelo, el sumo rey. Era brillante y revoltoso en igual medida. De muchas maneras, también era el peor modelo a seguir para una chica que apenas cumplía los dieciocho, pero era lo más cercano que tenía a un hermano, y aunque era tan sólo unos años mayor que ella, la lentitud a la que envejecían los faes los hacía ver más o menos de la misma edad.

—¡Sumo príncipe Celadon! —escupió el concejal Sylvain, con deferencia tanto indignante como resentida hacia el superior mucho más joven que él.

—Ésta es una audiencia cerrada, señor, limitada únicamente al Consejo y a la señorita Jarsdel. Está usted fuera de lugar, su señoría. Debo insistir, con toda reverencia, que por favor salga de la sala inmediatamente.

Arlo vio cómo Celadon cruzaba aquel océano de mármol con paso firme hacia ella.

El sumo príncipe se deleitaba en alebrestar a la aristocracia, aún así, Arlo no conocía a nadie que atrajera más miradas que él.

De todas las razas de los feéricos, la apariencia de los faes era la más similar a la humana (aunque ellos insistían que los humanos eran los que se parecían a ellos). Esa similitud se exageraba hasta el colmo debido a su abrumadora belleza, incluso entre los feéricos más apuestos, Celadon era excepcionalmente guapo. Miembro de sangre pura de la Corte de la Primavera, era alto y esbelto, de piel muy blanca y facciones afiladas como cristal cortado. Como parte de los Viridian, compartía los labios curvilíneos, los ojos color jade y el cabello rojizo que se ondulaba alrededor de orejas y nuca, tal como sucedía con su padre.

Al igual que todos los faes de sangre real, ésta brillaba por debajo de su piel. Aun a través de su encantamiento, emanaba un resplandor verduzco, suave como el crepúsculo, el color que lo marcaba como un unseelie. Si la herencia de Arlo hubiera sido más intensa, ella tendría el mismo resplandor, pero lo único que demostraba su parentesco eran sus ojos.

Era mejor que nada, y a pesar de lo que Arlo había heredado de su padre —cabello rojo cenizo, estatura baja y complexión robusta—, su primo nunca la había tratado como algo menos que una verdadera Viridian. Los ojos de Arlo se humedecieron de emoción al ver a Celadon, despreocupado como siempre, irrumpiendo en la sala con sus jeans ajustados y camisa desabotonada, con la actitud usual de alguien que acaba de llegar a una sesión de fotos glamurosas.

Sylvain tenía toda la razón. Ni un príncipe era la excepción a las reglas.

Arlo se dio la vuelta para encarar al Consejo y se dio cuenta de que ellos no estaban impresionados en absoluto.

—Claro, con gusto me mantendré lejos de sus asuntos —contestó Celadon agraciadamente, incluso sonriendo de oreja a oreja—. Estoy seguro de que preferirían volver a los temas de mayor importancia que esto. —Alzó la muñeca y con un golpecito activó la pantalla de su Apple Watch—. Sobre todo porque ya se han tomado bastante tiempo con la ponderación de mi prima.

Desde su reloj se comenzó a reproducir un video que se había hecho viral en su comunidad apenas hacía unos días.

—…Tomen medidas o nosotros lo haremos. No nos dejaremos abatir. No van a silenciarnos. Si las cortes continúan descartando la importancia de este problema por lo que realmente es, ¡lo único que lograrán es que la Asistencia se vuelva aún más osada en sus intentos por revelar su corrupción! El pueblo es quien les da poder. Les aconsejamos que empiecen a demostrar que se preocupan por ellos en lugar de sólo por ustedes mismos.

Arlo se quedó pasmada, apenas podía respirar al ver la reacción del Consejo ante el descaro de Celadon.

La Asistencia…

La comunidad mágica había creado todo tipo de artilugios para contrarrestar la tecnología humana según sus necesidades, pero la Asistencia (un grupo clandestino de justicieros cada vez más más grande, dedicado a proteger a los feéricos comunes) era muy atrevida con cómo usaba la tecnología para sus fines. En vista de los crecientes rumores sobre una serie de asesinatos de ferronatos por todo el mundo mágico (y por el hecho de que el sumo rey no parecía estar haciendo nada al respecto), la Asistencia había decidido publicar emisiones guerrilleras acerca de los asesinatos en sitios web de humanos, como YouTube. La Corte de la Primavera de los unseelies ahora tenía una división entera dedicada a encontrar y eliminar todos estos videos antes de que los humanos empezaran a sospechar que eran algo más que falsas alarmas.

«Innecesario», susurraban muchos en la comunidad feérica por lo bajo, y Arlo estaba de acuerdo. «Para el sumo rey es más importante acabar con la Asistencia que descubrir quién está matando a estas personas».

—En British Columbia acaban de encontrar muerto a un chico ferronato —informó Celadon con mucha menos amabilidad que hacía un momento—. Y aunque aún está muy lejos de Toronto, la situación acaba de llegar al traspatio del mismísimo sumo rey. Estoy seguro de que la Asistencia se equivoca, ciertamente ustedes están tan preocupados por estos asesinatos como el resto de nosotros.

Los miembros del Consejo se removían en sus asientos con incomodidad, tanto porque Celadon estaba dando a entender que eran negligentes ante los asesinatos, como porque les recordaba que no era tan fácil acabar con la Asistencia como esperaban en un principio, cuando el grupo comenzó a llamar la atención de más gente. La reacción de Arlo fue, entonces, sentirse aún más incómoda, pues temía que esa acusación no tan sutil aminorara las probabilidades de que su ponderación fuera favorable.

Cuando comenzó el escándalo de los asesinatos, las cortes insistieron que las víctimas eran humanas, no ferronatas, y por lo tanto no era de su incumbencia. Pero cuando quedó claro que los muertos eran, de hecho, ferronatos y aun así las cortes siguieron sin actuar, creció la tensión entre las comunidades de ferronatos, faeries y faes a un grado sin precedente.

Si era cierto que el caso más reciente había sucedido en Canadá, es decir, en el territorio de los unseelies de primavera, su gobierno ya no podía darse el lujo de no hacer nada. El Alto Consejo Feérico quedaría forzado a investigar posibles culpables, por lo que estarían bastante ocupados sin tener que intimidar a Arlo durante más tiempo del necesario para su ponderación. Sin embargo, escupirles sus fallas en la cara y apresurarlos probablemente no era la mejor forma de forzar una deliberación. A juzgar por las expresiones del jurado, no era la manera para nada.

—No —continuó Celadon—, yo sólo vine a recoger a mi prima. Después de todo, hoy es su cumpleaños y su familia quisiera celebrarla con el poco tiempo que le hayan dejado. —Alzó su reloj todavía más para exagerar su punto y luego sacudió la cabeza con desesperación—. Mis disculpas por la interrupción, concejales. Que todos ustedes tengan una buena noche.

Las cosas jamás serían tan sencillas, aun si Celadon no los acabara de regañar como si fueran niños. El mismísimo sumo rey podría ir a interceder por Arlo e incluso así dudaba que eso hiciera alguna diferencia. De todas formas, Celadon la tomó de la muñeca y comenzó a llevarla hacia la puerta.

El concejal Sylvain se levantó bruscamente de su asiento y en su rostro se encendió un resplandor de sangre azul a pesar de su encantamiento.

—¡Sumo príncipe Celadon! —retumbaron como rayos las palabras del concejal.

El príncipe mantuvo a Arlo tomada de la muñeca, pero volteó una vez más hacia el estrado.

—Concejal Sylvain —contestó con la ligereza del aire, aunque, también, con la gravedad del humor de la sala.

—Parece que usted cree que el asunto aquí tratado ya terminó.

—¿No? Ay, perdóneme, concejal, pero la inspección de mi prima debió terminar hace una hora y en estos momentos se acerca peligrosamente a una interrogación.

La acusación implícita de Celadon hizo que la concejal Chandra se levantara de su asiento con el rostro, moreno como la arena, lleno de desagrado.

—Ponderar el valor de una joven ferronata no es un asunto trivial, su señoría.

—Disculpe, ¿el valor?

Chandra no se dejó intimidar.

—Las leyes a las que debemos atenernos quizá parezcan severas, pero son nuestras leyes por una razón. El caso de Arlo Jarsdel no es sencillo. Para una joven ferronata con casi nada de magia nuestro mundo podría resultar difícil en el mejor de los casos. ¿No sería acaso mejor establecerla en un sendero que le ayude a florecer? ¿No conviene remover los conocimientos que no le ayudarían? Hemos acuñado estas leyes para mantener a las personas a salvo, su señoría. Usted lo sabe.

Celadon permitió que se extendiera el silencio en la sala por más tiempo del que sería cómodo para los presentes. Incluso Arlo se removió en su lugar, con el corazón retumbando por el pánico.

No lo habían dicho tal cual, pero esto era lo más cerca que se encontraban de dejar entrever su veredicto: condenar a Arlo a un destino que ella nunca elegiría si su vida realmente dependiera de sí misma.

—¿A salvo? —El príncipe miró de reojo a su prima, incrédulo. Cuando regresó la mirada hacia el Consejo, su ceño estaba fruncido—. Me confunde, concejal Chandra. Usted habla como si ya hubieran decidido expulsarla.

Los ojos oscuros de la concejal Chandra resplandecieron ante el silencioso desafío.

—Es demasiado humana.

—Seguramente su omnisciencia les permite saber que su madre es sobrina de mi padre, el sumo rey. Arlo es humana. También fae.

—Sí, pero sea como sea, eso no tiene relevancia tratándose de su poder.

—La chica sintió una punzada en el estómago. Chandra tomó impulso y continuó—: La sangre de su padre impera. Si bien tiene magia, es tan poca que sería incluso mejor que no la tuviera. A pesar de que nuestra deliberación le parezca perjudicial, su señoría, debe entender que es mucho más favorable que la señorita Jarsdel persevere dentro de la humanidad a que se pase la vida tratando de estar a la altura de las sombras excepcionales de la familia de su madre.

—¡Suficiente! —ordenó Celadon.

Con más frecuencia de lo pensado, el mundo veía a Celadon Viridian como un principito mimado que apenas estaba saliendo de las garras del dramatismo de la adolescencia. Y en algunas ocasiones era cierto, sobre todo cuando tenía ganas de hacerse el difícil, pero en general, era una imagen que él cultivaba a propósito. Esa imagen implicaba que la gente (insensatamente y con frecuencia para su desgracia) asumiera que él era un tanto soso. Ahora sentía que iba ganando al lanzarles una mirada más que intimidante que dejó a todos en el Alto Consejo Feérico clavados a sus asientos, titubeando.

—Lo que Arlo trate de hacer es su decisión. Y esto es, de hecho, la ley a la que ustedes se atienen con tanto fervor. Ya le han cerrado un sendero al prohibir la alquimia, un talento natural en ella por ser hija de magia y hierro. Pero sin duda ha demostrado los requerimientos mínimos de aptitud en otras áreas para satisfacer los estándares de nuestro gobierno supremo. Quizá para ustedes sea algo nimio, pero apostaría mi vida a que su habilidad para sentir la firma mágica en otros va más allá de lo que ustedes, el Consejo, serían capaces de sentir en colectivo. Por muy escasa que sea la magia en alguien, las cortes deben protegerla y guiarla si acaso la persona decide someterse a sus designios. Ésa es elección de ella, concejales, no de ustedes, como claramente lo han olvidado.

Hizo una pausa para mirar con severidad a cada uno de los miembros del Concejo; Arlo sintió que poco a poco recobraba el aliento. Celadon forzaba el cauce de la conversación hacia el argumento que él le había ayudado a formular y lo hacía con mucha más convicción que lo que sus nervios le hubieran permitido a ella. No era la primera vez que se encontraba deseando tener un poco más de valentía, como la que su primo y su familia tenían.

—Si eso no basta para satisfacer sus dudas, permítanme recordarles algo más: sí cuenta, y mucho, que la aquí ponderada sea de sangre de la casa Viridian. Yo mismo, por ejemplo, maduré tarde. Yo, un fae, hijo del sumo rey Azurean, comencé a mostrar la mínima afinidad hacia el aire, el elemento de mi corte, hasta hace casi dos años, cuando alcancé mi maduración, a los diecinueve. Y fue apenas hace unos meses cuando descubrí que poseía el don adicional de esa afinidad.

Todos los concejales comenzaron a moverse de posición en sus asientos del estrado cuando se dieron cuenta de hacia dónde iba este argumento. Arlo se encontraba igualmente incómoda.

—Como ustedes saben —continuó Celadon—, ubicamos la línea de tiempo de maduración de los ferronatos en los estándares humanos de pubertad. Se espera que su magia se desarrolle antes de los dieciocho años de edad, pero esto no sucede entre los feéricos, ¿cierto? Así no sucede con los nuestros, muchos de los cuales apenas pueden jugar con ráfagas de brisa, chispas eléctricas o pequeñas explosiones de llamas antes de llegar a cierta madurez, lo cual puede pasar entre los dieciocho y los veinticinco años.

Arlo quería rogarle que se detuviera, quería recordarle que ella era solamente Arlo y que si bien él había sido una clara excepción, ella evidentemente no lo era, pero su creciente incomodidad la había dejado sin palabras.

Él ignoró la obvia vergüenza de su prima.

—Para la mayoría de los faes, esta pequeña magia elemental es lo único que pueden hacer, además de la visión básica y los encantamientos que cualquier feérico puede ejercer. Incluso puede suceder que no todos los faes desarrollen un auténtico don elemental, ¿verdad? No todos poseemos la fuerza requerida para manipular a otros con el agua de sus cuerpos, o crear armas de los elementos, o extraer secretos del aire. ¿Acaso no se les ha ocurrido que lo que está retrasando la herencia mágica en Arlo Jarsdel más que su humanidad es su biología feérica?

Finalmente, Arlo rompió su silencio.

—¡Cel! —le susurró con urgencia mientras le daba unos jaloncitos a la manga de su camisa. Le habían dado infinidad de vueltas a este tema, él insistía con vehemencia que tal vez ella era completamente feérica, no obstante ella no estaba cien por ciento convencida. Pero por más que discutieron al respecto, él no cedía en ese punto—. Cel, no creo que ahora sea el momento para sacar esto a colación. En realidad no tenemos nada para respaldar esta suposición. Yo no...

—Ahora es el momento perfecto para hablar de esto —contestó él por lo bajo—. Lo que sea que nos ayude, ¿cierto, Arlo?

Sí, usarían lo que fuera que les ayudara a tener la aprobación del Consejo. Lo habían decidido antes de entrar a la audiencia. Pero jugar una carta de la que ella no estaba segura era como prometer algo que no podía cumplir. Con los feéricos, una promesa incumplida equivalía a mentir, porque si bien los feéricos *podían* mentir, lo evitaban con la misma intensidad con la que eludían el hierro.

—Está bien, pero sólo... Por favor no empieces a gritarle a las personas que en este momento están deliberando si deberían expulsarme del «negocio familiar» —susurró, tratando de inyectarle un poco de ligereza al momento con la esperanza de que eso la ayudara a disminuir su pánico.

Pero no fue así.

En la sala, la tensión incrementaba tras el discurso de Celadon. El concejal Sylvain ondeaba una mano señalándola.

—¡Mírela! —soltó furioso—. La sangre en sus venas es roja, no azul, no es feérica, y no posee ningún rasgo que la convierta en una de nosotros. Es humana, sumo príncipe Celadon, y no podemos hacer una excepción simplemente porque a usted le complace usar sus influencias para llamar la atención.

Varios concejales voltearon hacia Sylvain, horrorizados.

Arlo lo miró boquiabierto, su rostro estaba pálido, de un blanco platinado, ante la inmensa falta de respeto que no pudo evitar frente a alguien tan importante como el sumo príncipe.

—Gracias, Briar Sylvain —respondió Celadon, con un tono tan suave como su sonrisa, aunque la amenaza en ambos era inequívoca; sus ojos color jade resplandecieron—. Empezaba a pensar que no era lo suficientemente valiente para decirme a la cara lo que susurra a mis espaldas.

Más allá del desafortunado comentario, a Arlo no le sorprendía el exabrupto de Sylvain. El término *ferronato* se debía a la oxidación del hierro que hacía que la sangre de los humanos se volviera roja una vez que tenía contacto con el oxígeno en el aire. La sangre de los feéricos, en cambio, no tenía hierro y era azul, incluso cuando se derramaba. Numerosos faes aún veían como alta traición que su sangre se mezclara con la humana, sobre todo por el cambio de color que esto provoca y Sylvain era un claro ejemplo de la pervivencia de tal prejuicio.

Sin embargo, eran más numerosos los faes que no le daban tanta importancia al color de la sangre, e incluso consideraban una conducta detestable que otros lo hicieran, sobre todo tratándose de miembros del Alto Consejo Feérico. También, ese tipo de comentarios era de lo peor que se podía decir frente a un príncipe poderoso al que se acababa de insultar y cuyo tiempo libre, además, dedicaba a defender los derechos de los ferronatos. Más aún, bajo un clima político inestable, si se esparcía el rumor de que uno de los concejales había mostrado conductas elitistas... Arlo no tenía idea de qué podría pasar.

En un intento por contener la situación, Nayani Larsen, la ministra del Consejo, se levantó de su asiento al fin, y arrebató la palabra del concejal Sylvain en desgracia. Para Arlo era extraño que una representante unseelie de la primavera pareciera el miembro más bondadoso entre los concejales, pero su profunda mirada del color de la avellana y rostro leonado y cálido mostraban una genuina indignación en favor de Arlo.

—El Consejo pide disculpas por el comentario del concejal Sylvain y le asegura que esto no se quedará impune —dijo, y al hacerlo se le abrieron las narinas del enfado, como si gustosamente quisiera ahondar en su obvio resentimiento hacia las palabras de su colega primaveral y apenas lograra contenerse—. No quisimos faltarle el respeto a usted o a la señorita Jarsdel. Desde luego, está en lo correcto, su señoría: esta decisión le corresponde a ella. Ha demostrado que heredó la magia suficiente para tener un lugar en las cortes. Sin embargo, usted debe estar de acuerdo con que no ha dado razón para que se le otorgue un estatus más elevado. Sería, pues, un abuso de poder cederle el derecho al grado de fae cuando no ha cumplido con ninguno de los requerimientos.

—«Salvo por el hecho de que sí es fae porque nació en una de las ocho casas fundadoras —reiteró Celadon, irritado.

—Salvo por el hecho de que sí es fae —asintió la concejal Larsen—, porque nació en una de las ocho casas fundadoras». Esto es algo que el Consejo no pasará por alto.

Solamente su marido, el hombre a un costado de la concejal Larsden, de baja estatura para los estándares feéricos, rubio y de piel dorada, no se mostró sorprendido ante sus palabras. Los demás la miraron confundidos.

—Arlo Jarsdel.

Arlo sintió cómo todas las miradas de la sala ahora se enfocaban en ella.

Si antes había tenido dificultad para respirar, no era nada comparado con los mareos que sentía ahora que era el centro de atención del Consejo.

—¿S-sí, ministra?

—Tal como la ley lo dicta, tiene que elegir: puede apegarse a su herencia humana y renunciar a sus conocimientos sobre la existencia de las cortes. No obstante, con su herencia mágica basta para tener el derecho de elegir si mantiene estos conocimientos y conserva la ciudadanía en la Corte de la Primavera de los Unseelie, si así lo desea. No reconoceremos su estatus feérico, pero tendrá un lugar en la comunidad mágica.

Como agujas cosquilleándole la piel, un gran alivio invadió a Arlo y sus piernas comenzaron a recobrar sensibilidad. No podía creer lo que escuchaba. Después de todo por lo que había pasado esa noche, al final realmente había logrado que no la expulsaran.

Arlo tenía la respuesta en la punta de la lengua. Sabía con exactitud lo que quería y estaba a momentos de declararlo, pero la concejal Larsen aún no terminaba.

—Sin embargo, le presentamos una tercera opción. Una especie de arreglo, si así lo quiere ver. En razón de la familia de la que heredó su magia, el Consejo reconocerá la posibilidad de que tal vez tenga, por ponerlo en términos del sumo príncipe, «biología completamente feérica». Usted no es el primer ferronato en tener consanguinidad con la realeza feérica y ninguno de ellos ha presentado aún el ciclo estándar de madurez feérica. Pero, por respeto a la casa de nuestro sumo rey, le extenderemos la opción de postergar esta decisión.

Todos los rostros del jurado mostraron conmoción.

Arlo se sintió aún más mareada.

¿Postergarían el veredicto de hoy? ¿En verdad iban a ceder ante los desesperados intentos de Celadon de demostrar que Arlo podría obtener el grado de fae y un lugar en el linaje de los Viridian?

—Yo... eh... ¿Hasta cuándo, su señoría?

—De elegir esta opción, el Consejo reanudará esta audiencia en el día que marca el inicio de su año veintiséis. En ese momento tendrá lugar su ponderación. Si para entonces su herencia de fae se ha manifestado como debería, le otorgaremos los privilegios completos del estatus de la sangre real que corre por sus venas. Pero, si para entonces no ha madurado, sus opciones volverán a ser las de hoy: humana o ciudadana mágica ordinaria.

—¿Y qué hará hasta entonces? —preguntó una nueva voz desde el fondo de la sala.

Sin poder evitarlo, Arlo se dio la media vuelta.

Ahí, en el umbral, donde la puerta aún estaba abierta desde la interrupción de Celadon, estaba Thalo, su madre.

Su madre y Celadon eran sorprendentemente parecidos, a pesar de que eran primos. Ella se veía mucho más joven que su edad, cuarenta y dos años. Tenía el mismo tono de piel y resplandor crepuscular que Celadon, la misma estatura prominente, cabello rojizo y facciones igualmente atractivas. Era lógico suponer que eran hermanos, si bien los hermanos eran el sumo rey y la princesa Cyanine, la madre de Thalo.

Otros tres faes, elegantemente vestidos y mostrando curiosidad ante el proceso inusual, se habían acercado al umbral de la sala para asomarse. Rápidamente se enderezaron cuando se dieron cuenta de que Thalo había atraído las miradas hacia esa parte del salón y los demás notaron que estaban espiando, pues en realidad eran el personal asignado a asegurar que la audiencia se mantuviera privada.

La concejal Larsen arqueó una ceja.

Nadie dudó que Celadon considerara que las reglas aplicaran para otros y no para él, pero esperaban una conducta diferente de parte de Thalo, pues ella era la espada del sumo rey, la generala de su Guardia Real, y la cabeza de la Fuerza Policiaca Falchion.

—Hasta entonces —continuó Larsen agraciadamente—, quedará pendiente su estatus como adulta en las cortes y le permitiremos continuar como hasta ahora: miembro feérico en periodo de prueba, únicamente espectador de nuestros asuntos, hasta su próxima ponderación.

Si bien trató de mantener una expresión neutral, Thalo miró a Arlo con ojos esperanzadores.

—La decisión es de Arlo —expresó. Su aliento entrecortado lo decía todo.

—Así es —dijo Gavin Larsen, esposo de Nayani y representante seelie del verano, con una expresión más que divertida ante los acontecimientos—. ¿Y cuál es la decisión de Arlo?

¿Cuál era la decisión de Arlo?

El Consejo podría borrar sus memorias y ella saldría de la sala como humana por el resto de su poco natural larga vida. Eso era justamente lo opuesto a lo que deseaba.

Podía elegir la bendita ciudadanía común y dejar que su vida siguiera como originalmente lo había planeado. No tendría la gloria del rango de fae, ni podría estudiar en universidades para faes, tampoco tendría un puesto en el palacio o algo superior a la ayuda general. Pero al menos conservaría un lugar en ambos mundos, el de su madre y su padre, y sus recuerdos quedarían intactos.

O, podría elegir la tercera opción: postergar.

Postergar este proceso significaba prolongar su purgatorio adolescente, excluida de todo lo que tuviera que ver con las cortes hasta que el Consejo reanudara su audiencia dentro de ocho años, tan sólo por la posibilidad de obtener la ciudadanía feérica. Y aunque terminara siendo efectivamente fae, eso significaría más secretos en su vida y menos contacto con un mundo que no quería perder por completo, aunque sería aceptada. No podía seguir siendo una decepción para la mayoría de las personas que amaba. Sería reconocida como parte de la realeza, se le permitiría vivir en el palacio y podría disfrutar de todos los privilegios de los faes: las fiestas, los estudios, la decadencia, el respeto...

Pero en su opinión, sólo había dos caminos concebibles en su futuro. Seguramente el Consejo estaba concediéndole un capricho a Celadon ante la posibilidad de que pudiera hacerles la vida miserable por el comentario de Sylvain. Era muy poco probable que Arlo fuera un fae capaz de poseer magia ahora. Sin importar lo mucho que ella y su familia habían intentado sonsacarle la magia, ella simplemente no mostraba ni pizca de potencial en ese aspecto.

Pero, «y si...», parecía susurrar su corazón.

«Y si...».

—Elijo postergar la ponderación.

La decisión brotó de su boca en la primera afirmación firme que había hecho en todo el día, dirigiéndose a una esperanza que había mantenido guardada durante mucho tiempo.

El concejal Larsen asintió y el asunto concluyó tan abruptamente que dejó a Arlo patidifusa.

—Postergación aceptada. El caso de la ciudadanía feérica de Arlo Jarsdel se reanudará dentro de ocho años a la fecha de hoy, el quinto día de mayo, compareciendo Arlo Jarsdel y únicamente Arlo Jarsdel.— Hizo una pausa para mirar directamente primero a Celadon y luego a las personas en el umbral—. El Consejo declara terminada la sesión. Pueden retirarse. Todos ustedes.

CAPÍTULO 2

✦ AURELIAN ✦

✦

El luminoso Palacio del Verano era un espectáculo radiante. Piedra brillante y vidrio pulido. Frescos elaborados que parecían tener vida. Techos abovedados, muchos de ellos hechizados para que parecieran el cielo soleado. Salones inmensos chapados con oro e incrustados con joyas que evitaban que fuera oscuro, incluso de noche, puesto que sus caras refractaban la luz. Pero a pesar de todo su esplendor, Aurelian jamás había olvidado su primera impresión de este lugar... o de las personas que lo llamaban hogar.

«Mientras más brilla la luz, más oscuras son las sombras...».

—¡Cuarenta y siete días! Eso es todo lo que queda entre hoy y el solsticio de verano, una celebración que este año nos atañe organizar a nosotros. Cada líder de cada corte, incluyendo al mismísimo sumo rey Azurean, asistirá y la Estrella Oscura ha soltado a un trol taurino en nuestro vestíbulo —Riadne Lysterne, reina de la Corte del Verano de los Seelies habló con una voz tan queda como las aguas en calma. No necesitaba gritar, cada una de las personas en la sala podía oírla a la perfección, petrificados debido a la mirada fulminante que les dirigía uno a uno—. La escalinata: destruida. El candelabro: hecho trizas. Los pilares, los acabados, el piso, el techo: ¡todo el lugar está en ruinas! Así que repito: ¿quién se rio?, ¿quién pensó que esto tenía gracia? No lo diré de nuevo.

Aurelian hervía por dentro. La mayoría de los sirvientes de la reina eran feéricos sidhe, pero también tenía unos cuantos empleados feéricos lesidhe. Desde luego que no había diferencia visible entre un sidhe y un lesidhe, excepto por el hecho de que los lesidhe tenían ojos del color del oro en diferentes matices e intensidades. Lo que los diferenciaba era su magia. Los feéricos sidhe estaban relacionados con los elementos como el hielo, el agua, el fuego, la electricidad, la tierra, la piedra, el viento y la madera. La magia de los lesidhe se relacionaba con el éter, la fuerza que mantenía unido al universo entero. Su poder era el que los humanos solían relacionar con el mundo de los seres mágicos. Un lesidhe podía agitar la mano como si fuera una varita y conjurar magia de todo tipo, como hacer que los objetos levitaran o conjurar ilusiones más elaboradas y limpiar desastres en un parpadear de ojos.

Lo cual significaba que, aun si la reina aterrorizaba a su personal, el desastre del vestíbulo podía arreglarse de un día para otro.

Aunque decir esto en voz alta sería un grave error, Riadne estaba alterada: la luz que dominaba como reina del verano resplandecía como un aura visible, y cuando estaba de este humor, podía escalar de mal a peor con la más mínima incitación.

—Ah, perdón, madre. Fui yo.

Aurelian habría refunfuñado de no ser porque Riadne se dirigió de inmediato hacia su hijo, Vehan, que estaba justo delante de él. El príncipe no fue quien se rio y, por lo tanto, desató la furia de la reina, pero Vehan Lysterne sabía mejor que nadie el grado a lo que esto escalaría si se le dejaba fuera de control, después de todo era un zonzo bonachón.

—¡Vehan!

—¡Perdón! —Vehan alzó las manos como gesto de rendición—. Perdón, es que… fuiste tú quien les dijo a las otras cortes que tal vez la Estrella Oscura estaba involucrada con las muertes recientes de todos esos ferronatos; no debería sorprenderte que ella se vengara, ¿o sí?

Ya eran casi doce los casos de ferronatos que habían aparecido muertos tan sólo en territorio seelie del verano. Llamarlos *asesinatos* era demasiado sutil: mutilados al punto de no poder reconocerlos era una mejor descripción… pedazos de ellos esparcidos en diferentes ubicaciones… sin pistas de quién podría ser el siguiente objetivo, excepto que todas las víctimas eran infantes ferronatos. El mayor de entre ellos tenía tan sólo diecinueve años. Aurelian no podía culpar a la comunidad ferronata por protestar ante la falta de acción de la Corte. Tampoco podía culparlos por solicitar la ayuda del único grupo al que parecía importarles, una operación ilegal conocida como la Asistencia. Los faeries y faes, incluso otros humanos que conformaban sus filas trabajaban arduamente para que cada caso nuevo se hiciera del conocimiento público y así no pudiera pasarse por alto o ser encubierto. Fue justamente la intromisión de la Asistencia lo que obligó a la más reciente reunión entre el Alto Consejo Feérico y los líderes de las cortes. En un esfuerzo por apaciguar a la comunidad, el Consejo había accedido a la inusualmente súbita decisión del sumo rey de nombrar a la infame Estrella Oscura como posible responsable, como lo sugirió Riadne. Sin embargo, Aurelian sospechaba que incluso la reina no creía del todo que la Estrella Oscura estuviera involucrada.

Era curioso notar lo hábiles que se habían vuelto los faes para mentir sin que se notara.

—La admiras. —Si acaso había halagos en el tono de Riadne, eran sarcásticos.

—¡No, no la admiro! Es sólo que dudo que realmente haya hecho lo que le imputan. Si yo fuera ella, tampoco estaría contento. Digo, sí que es una amenaza; ha estado aterrorizando a la comunidad mágica durante más de un siglo... Comete estupideces, insensateces que cuesta mucho arreglar y, sí, eso ha perjudicado a otros, pero nadie ha muerto por su culpa. No creo que sea responsable. Esto no lo hizo ella, pero...

De nuevo, Aurelian contuvo las ganas de gruñir. Sabía hacia dónde iba el príncipe con esta conversación y lo que estaba a punto de decir. A juzgar por la expresión en el rostro de la reina, ella también lo sabía.

—Vehan... —le advirtió ella.

—¡Escúchame! —rogó él—. Están pasando más cosas de las que vemos. Esto va más allá de la muerte de unos cuantos ferronatos. Te han llegado los mismos rumores que a mí. Incluso la policía humana ha notado que muchos de sus trabajadores informales e indigentes han estado desapareciendo. Alguien anda por ahí recolectando humanos de las calles de Nevada, aquí, en territorio del verano de los seelies, y creo que está conectado con lo otro. Lo sé, sólo que aún no sé exactamente cómo. Si tan sólo... hablaras con el sumo rey, o me dejaras hacerlo... Sé que él nos ha prohibido intervenir, lo cual es un tanto cuestionable si me lo preguntas. ¿Por qué no se nos permite investigar esto? Siempre ha sido tan comprensivo y justo con su pueblo. Tal vez si supiera...

—¡Vehan!

La mano de la reina, ágil como una serpiente, se estiró de inmediato y sostuvo firmemente a su hijo de la barbilla.

Aurelian se estremeció y casi dio un paso al frente, lo cual habría sido un error fatal, un desafío a la reina al que ella contestaría gustosamente, pero logró contenerse justo a tiempo.

La semejanza entre Vehan y su madre era sutil. Él se parecía mucho más a Vadrien, su padre ya fallecido, con quien compartía belleza y piel trigueña, así como una complexión más fuerte y vigorosa de lo normal. Su cabello, no obstante, era negro como los hoyos que devoran al espacio, brillante y azulado, tanto que parecía chispear con el elemento eléctrico que él y su madre dominaban. Aquel rasgo físico y esa magia nata en los faes seelies del verano los había heredado de la reina, una fae etérea de facciones anguladas y belleza espléndida, aunque intimidante.

Sólo en momentos como ése, cuando estaban uno frente al otro enfrascados en una lucha de ideas, Aurelian podía ver el asombroso parecido entre el príncipe y su madre.

—¡Suficiente! —continuó la reina—. Estoy harta de tus conspiraciones y tus teorías y tu andar buscando problemas donde no los hay—. Riadne se enderezó por completo y bajó la vista para fulminar con la mirada a su hijo de mucho menor estatura que ella.

Su expresión era tan severa e imbuida con la intensidad del sol al que veneraban los seelies, que la mayoría de las personas no lo soportaban y desviaban la vista. Vehan siempre le sostenía la mirada mucho más tiempo del que Aurelian esperaba, pero incluso él bajaba la vista eventualmente. Al hacerlo esta vez, la reina continuó.

—Me enorgullece tu valentía —dijo con un poco más de suavidad—. Me enorgullece tu sentido del deber hacia tu pueblo. Como feérica sidhe de sangre seelie, es muy grato ver que mi hijo personifica a manos llenas los valores de nuestra gente. Pero tu obsesión por seguir cada paso de nuestros fundadores, ese deseo inagotable de jugar al héroe, de imitar sus actos de caballerosidad y valentía me hacen temer que tus nobles intenciones terminen por perjudicarte, cariño.

La mano de Riadne, que sostenía la barbilla de su hijo, suavizó su agarre. La usó para alzar la mirada de Vehan y verlo a los ojos. Entonces le sonrió.

—No quieres que tu madre se preocupe, ¿o sí?

Él suspiró y Aurelian, aliviado, sabía que el príncipe ya no podría seguir insistiendo.

—No, claro que no.

—Bien. Suelta todo este molesto asunto de desapariciones humanas y asesinatos de ferronatos. Eres tan sólo un niño, Vehan. Esto no te incumbe. Tenemos otros asuntos más urgentes que atender, como lo del vestíbulo. —Se dio media vuelta para dirigirse a sus sirvientes, con ojos aún muy furiosos, por mucho que su tono se hubiera suavizado al hablarle a su hijo—: Limpien todo esto.

No tenía que lanzar amenazas para que su personal se pusiera manos a la obra.

—Sí, su majestad —le respondieron todos al unísono.

La reina lanzó una última mirada amenazante a cada uno y subió por la escalera en ruinas que había instalado para su coronación y que era célebre entre todas las cortes porque estaba hecha de hierro puro. Aurelian sospechaba que Riadne disfrutaba ver cómo cada uno de sus visitantes y miembros del personal fingían que no les dolía al menos un poco subir por esas escaleras.

—No te desveles mucho, Vehan —añadió por encima del hombro—, mañana temprano tienes escuela. Si tus calificaciones bajan por andar haciendo de las tuyas, me voy a molestar contigo y con tu lacayo.

Unos cuantos años atrás, Aurelian se habría sobresaltado ante el comentario, pero ahora no.

—Mis calificaciones no bajarán, te lo prometo, madre. Me iré a dormir enseguida, no te preocupes. Buenas noches.

Aurelian vio cómo Vehan observaba a su madre irse mientras se sobaba la barbilla de donde su madre lo había tomado.

«¿Sabes por qué te traje aquí, Aurelian?».

No, Aurelian jamás olvidaría su primera impresión de ese lugar ni de la reina.

A veces olvidaba cuán joven era el príncipe heredero. Cuán jóvenes eran ambos. A veces Aurelian lo miraba y anhelaba llevárselo lejos de esta vida, del peligro constante a su alrededor. Había amenazas por todos lados: de parte del radiante Consejo del Verano de los Seelies, que deseaban tener al futuro rey de su lado y hacerlo su títere; de parte de los tíos y tías confabuladores que tan sólo esperaban el momento adecuado en que él les diera la oportunidad para quitarlo del camino y ser los siguientes en la sucesión del trono del verano de los seelies; de parte de las familias reales de la Corte del Verano de los Seelies, que buscaban por todos los medios derrocar a los Lysterne y reclamar la corona.

A veces Aurelian ansiaba regresar el tiempo a cuando él y Vehan eran más jóvenes y tenían una amistad más inocente e íntima; eran los mejores amigos que se querían contra todo y todos; cuando Aurelian aún ignoraba que la amenaza más grande para Vehan eran justamente los individuos a quienes más quería y a quienes su madre pondría en su contra, uno a uno, para que sirvieran como dagas a punto de apuñalarlo.

«Te daré una pista: no tuvo nada que ver con tus padres».

Una vez que la reina desapareció del lugar, la tensión disminuyó, pero el silenció se mantuvo unos cuantos momentos más.

—Gracias, su alteza —se oyó al fin.

Era Teron, una joven pixie de casi la misma edad que Aurelian, pero que llevaba apenas un año en la corte. Era de estatura más baja que Vehan, de complexión pequeña y muy delgada, y si bien muchos faeries no sentían la necesidad de hacer alarde de su poder y, al igual que los faes, no mantenían el encantamiento que los hacía parecer humanos aun en lugares donde no los había, Teron se iba a los extremos de mantener rasgos humanoides, como cabello castaño y grandes ojos azules. Solamente su piel de color rosa pastel y sus alas, tan delgadas como caramelo hilado y hermosas como vitrales coloridos, eran la evidencia de que había cedido un poco ante un encantamiento que requeriría demasiada energía mantener durante tanto tiempo como los faes lo hacían.

Vehan se dio media vuelta para sonreírle. Aurelian no tenía que verle la cara para saber que expresaba mucho más cariño que el que mostraba Riadne. Él hubiera deseado sonreírle de vuelta con ese mismo cariño.

—No es necesario agradecerme, Teron. Siento mucho que mi madre esté de tan mal humor últimamente. Hay demasiado fuego en ella con todos estos asesinatos y desapariciones en nuestro territorio; ella realmente quiere que la celebración del solsticio sea una sin precedentes. Lo mejor sería que la Estrella Oscura se mantuviera oculta un rato si no quiere que su cabeza cuelgue del salón de fiestas —dijo riendo. Aurelian lo conocía muy bien para darse cuenta de que la risa era fingida y en realidad estaba acongojado.

—No debí reírme —respondió Teron, apenada.

No, en verdad no debió hacerlo. Aurelian había visto a la reina clavar a faeries a esos escalones de hierro por insultos menos graves. También había visto a Vehan adjudicarse el castigo ante humores mucho menos severos que ése.

Teron le debía al príncipe mucho más que un mero agradecimiento, pero Vehan no era de esos faes que cobraban este tipo de deudas. Y ése era el carácter del príncipe para desgracia de Aurelian. Vehan era demasiado bueno, demasiado entregado al bienestar de los demás, sin importar lo que pudiera llegar a costarle.

Sin importar que Riadne viera eso en su hijo con la misma claridad que Aurelian y lo usara constantemente a su favor.

—Bueno, la próxima vez trata de contenerte hasta que se haya ido, ¿okey?

Teron asintió y le hizo tal reverencia que las puntas de sus alas rasguñaron levemente la nariz del príncipe. Luego se fue para ayudar a los demás a reparar el vestíbulo.

Y el silencio reinó nuevamente entre Aurelian y Vehan. Con un suspiro profundo, Aurelian dio un paso al frente para estar al lado del príncipe.

—Ésa es otra que verás en fila para bailar contigo en el solsticio —dijo mientras señalaba a la pixie con la barbilla.

—Hay peores cosas en la vida que la gente piense que eres encantador —le respondió sonriendo de oreja a oreja.

Era una sonrisa falsa y Aurelian lo sabía, pero aun así, gracias a sus años de práctica, había dominado la habilidad de mantener una expresión indiferente en lugar de carcajearse. La sonrisa amplia del príncipe siempre había sido una debilidad para él.

—¿Qué? ¿Por qué me miras así? —A pesar de sus esfuerzos, quizá había demostrado su debilidad, así que se limitó a negar con la cabeza.

Era común que los faes maduraran a los dieciocho. Cuando desarrollaban su poder por completo, comenzaban a envejecer con mucha lentitud y sus suaves rasgos humanos se empezaban a transformar en verdadera belleza feérica una vez que terminaba la fase semanal de enfermedad, cambios de humor súbitos y exabruptos mágicos. La madurez de Vehan llegó el mismo día de su cumpleaños, hacía más de un mes. Sucedió más o menos lo mismo con Aurelian, cuyo cumpleaños dieciocho había sido el pasado enero. Maduró unas cuantas semanas después. Pero Aurelian no era príncipe de corte alguna. Él no tendría que exhibirse en la celebración del solsticio de ese año con la palabra matrimonio escrita en la espalda, como si fuera un tiro al blanco. No dudaba en lo más mínimo que Riadne tuviera intenciones de usar la fiesta del solsticio para buscarle la mejor candidata. ¿Y quién no quisiera serlo ante la posibilidad de casarse con alguien como Vehan Lysterne, que ya era conocido por su belleza, bondad y modales reales?

Era un verdadero príncipe de la luz, como decía la gente.

Aurelian deseaba no concordar.

—Sí, claro, júzgame en silencio, ya me acostumbré —suspiró Vehan y su sonrisa se hizo más tenue. Claramente tenía algo en mente.

—¿Qué? —soltó Aurelian, antes de poder contenerse.

Sabía que se arrepentiría de preguntar, pero era su lacayo y pronto se convertiría en su acompañante oficial, así que lo mejor era enterarse, más temprano que tarde, de lo que pasaba en la mente del príncipe.

Vehan sonrió con travesura. Lo miró de esa manera extraña, muy suya y diferente de como lo miraban todos los demás, tal como lo miró cuando se conocieron.

Aurelian Bessel era alto y desgarbado, un lesidhe feérico de padres seelies de la Corte del Otoño, que se habían mudado a Nevada desde Alemania cuando tenía once. Era callado, distante y sumamente inteligente para los estándares humanos y feéricos, si bien sus padres se esforzaron mucho por hacerle creer lo contrario.

Su encantamiento humano lo mostraba moreno claro, de quijada redonda pero facciones agudas, cabello castaño oscuro, rapado a la altura del cuello y orejas, pero largo en la coronilla, donde se lo había teñido de púrpura; actualmente le gustaba peinarse con una especie de fleco lateral que le cubría las cejas pobladas. Recientemente se había hecho unos piercings en el cartílago de las orejas y el tatuaje de un follaje con tinta de los colores de su corte natal. Como si fueran manga y guante, las hojas le cubrían todo el brazo derecho, desde el hombro hasta la mano y los dedos. No fue difícil encontrar a un ferie que quisiera grabarle la piel, aun si tan sólo tenía dieciséis años en ese entonces, pero ciertamente le había costado varios reproches de la mayoría de los adultos en su vida y otros más conocidos, adultos y no adultos, todos excepto Vehan.

Cuando Vehan lo veía, y en verdad se dirigía a él con toda su atención, era el único momento en que Aurelian sentía que bajaba la guardia, al menos lo suficiente para preguntarse cómo serían las cosas si él fuera... diferente; si fuera menos observador, menos rebelde, un poco más como Riadne y sus súbditos desearían que fuera la pareja de su hijo: maleable.

Si tan sólo ser la pareja de Vehan no lo convirtiera en un arma más para controlar al príncipe de la Corte.

—Eh... nada —le respondió Vehan con picardía.

Aurelian frunció el ceño.

—Dilo sin tantas vueltas o déjame ir a dormir.

—Bueno, ya oíste a mi madre, ¿no?

—Sí. Te va a desollar y usará tu piel como vestido para el solsticio si distraes al personal. ¿Asunto terminado?

—Okey —dijo Vehan con tanto entusiasmo que parecía demasiado fácil.

—¡¿Qué?! —volvió a preguntarle Aurelian, ya percibía el dolor de cabeza que se avecinaba.

—Es sólo que... hemos buscado en los lugares equivocados...

Aurelian no necesitaba ninguna explicación.

—Las cortes te pueden rastrear ahora, ¿recuerdas? Ya maduraste. Ambos lo hicimos. Si crees que puedes ir donde no te lo permiten...

—Aurelian... —Y entonces su lacayo lo fulminó con la mirada—. Yo soy las cortes. Y concuerdo: andamos buscando «problemas donde no los hay». Es momento de buscar problemas donde sí los hay.

La sonrisa traviesa de Vehan se hizo más grande y entonces Aurelian sintió cómo se disipaban todas sus esperanzas de dormir bien esa noche.

CAPÍTULO 3

✦ NAUSICAÄ ✦

Si algo había aprendido Nausicaä en los últimos ciento dieciséis años en la tierra (y en sus casi trescientos de vida) era que aunque la venganza no curaba el dolor, ejercerla sí la hacía sonreír.

Por mucho que le irritara que mancharan su nombre con ese asunto del «montón de ferronatos muertos» —porque ella no mataba gente inocente, muchas gracias, eh, pues tenía ya demasiada sangre en las manos, aun si jamás se arrepentiría de algunas manchas—, tomar tiempo de su ajetreado itinerario para recordarle a las cortes quién era ella había valido mucho la pena con tal de ver la expresión en el rosto de la reina Riadne cuando irrumpió en el vestíbulo de su preciado palacio para descubrir un trol taurino destrozándolo todo.

—La reina de Hierro y la infame Estrella Oscura... —suspiró Nausicaä alzando la vista hacia el cielo estrellado—. Esa sí que sería una gran batalla. Qué pena que tuviéramos que irnos, casi me siento melancólica al respecto.

Había pasado más de un siglo de su exilio, pero Nausicaä todavía necesitaba satisfacer la rabia que sentía contra su familia inmortal. Había hecho numerosas acciones para hacerlos arrepentirse de mandarla ahí en vez de sentenciarla a la destrucción.

Pero tenía principios, uno o dos que neceaban con seguir vigentes. Además de rehusarse a ser la causa de más muertes injustificadas, tampoco quería involucrarse con magia negra nada más porque nadie había hecho nada en sus intentos anteriores. No valía la pena si no obtenía nada a cambio. Pero cuando no trataba de meterle trampas a la comunidad mágica para que se revelaran ante los humanos con quienes convivían, o de provocar a los líderes de las cortes con tal de ver cómo se molestaban, estaba alborotando a deidades soberbias quemando sus altares de por sí abandonados, destruyendo las fachadas de sus templos (que ahora eran meras atracciones turísticas) y generando disturbios entre sus seguidores con la intención de que dudaran de su fe, eso que tenían los mortales y que era el único sustento de las deidades, lo único que hacía valer el tratado de paz entre los reinos inmortal y mortal.

Ése era el sello de su caos y no eliminar a los hijos de la comunidad mágica.

—Aunque debería serlo, carajo —murmuró para sí y pateó una piedra en el camino en el que se encontraba, que iba del pueblo detrás de ella al vasto bosque más adelante.

Los mortales ya le temían. En las pocas ocasiones en las que les había permitido capturarla (cada vez menos, conforme pasaba el tiempo) tan sólo para cambiar de ritmo, había sido con la esperanza de que alguien se mostrara interesante. Ese alguien tendría que soportar la violencia y putrefacción de su aura mágica (la cual reflejaba su estado mental, algo que ella no tenía intenciones de analizar) para poder mirarla directamente y hacer algo que no fuera temblar, acobardarse o declararle que era indigna de la reprimenda.

Era una causa perdida.

Tal vez debería darle rienda suelta a lo que ambos reinos pensaban de ella, pero eso le parecía una deprimente línea de acción que no le apetecía en absoluto, no ahora, no con el feliz recuerdo de la rabia de Riadne aún fresco en su memoria.

Volteó hacia su secuaz en el crimen y se permitió sonreír aún más.

—No lo hiciste nada mal, ¿sabes?, para ser trol. Tal vez deberíamos hacer equipo más seguido... —Se dio unos toquecitos en la barbilla, como señal de que contemplaba la idea.

El trol frente a ella que miraba a su alrededor, confundido, era la primera excepción a su regla de actuar en solitario desde hacía cincuenta años. No le gustaba trabajar con otros. Los otros eran complicados; para ellos todo tenía que ver con sentimientos y Nausicaä no tenía espacio para esas tonterías. Además, ella ya había tenido amigos, muchos, alguna vez. Había agradado a muchos inmortales antes de todo lo sucedido tras la muerte de Tisífone. Para lo que le había servido al final... ¡pues que se pudran todos!

Pero los trols eran estúpidos, en especial los taurinos.

Éste en particular prefería claramente el músculo al cerebro. Ahora, frente a ella, medía entre un metro ochenta y dos metros y medio. Tenía la cara aplastada y la piel de un color gris parecido al engrudo e igual de grumosa. De su boca salían dos colmillos amarillentos y de sus sienes dos cuernos puntiagudos. Era tan fuerte como alto, preparado a propinarle de puñetazos cuando ella entró al bosque para reclutarlo temporalmente. No, Gar (ése era su nombre, o al menos eso entendió del sonido que emitió cuando le preguntó cómo se llamaba) no trataría de que eso fuera más de lo que era, y lo único que se había requerido para lograr que cooperara fueron tres vacas y la promesa de que podría aplastar una hermosa construcción.

—Mal.

Nausicaä quitó la mano de su barbilla.

—¿Qué dijiste?

—Mal. Bosque... ¡mal!

La confusión del trol se había vuelto angustia. No era de sorprender: mientras que Gar era montones más inteligente que cualquiera de sus hermanos (el hecho de que se molestara en aprender algunas palabras en el inglés de los humanos era la prueba), sacarlo de su hogar en el remoto pueblo de Darrington, Washington, y llevarlo hasta Paradise, Nevada, y luego de vuelta a casa era definitivamente demasiado para que un cerebro tan pequeño lo procesara... y los trols tendían a atacar todo lo que les abrumara.

—Lo siento, pero no es verdad. —El trol emitió un gruñido que sonó como una roca rechinando—. Mira, éste es el bosque correcto. Y antes de que se te ocurra algo, amigo, déjame te digo que el primer puñetazo fue gratis, pero si me vuelves a lanzar otro golpe, yo...

—No. No mal bosque. ¡Bosque está mal!

Nausicaä se detuvo y miró alrededor.

Darrington se situaba en un valle rodeado por montañas nevadas y un bosque esmeralda que colindaba con la ciudad. En él no había más de un puñado de casas y las típicas oficinas públicas. El aire era denso y limpio y fragante, tupido de musgo y madera, y a esa hora de la noche había poco movimiento, excepto por el crujido de las hojas y la brisa que las removía.

Nausicaä no había puesto atención; pasó por alto todas las señales de magia, pues ese lugar bajo el velo de la noche era naturalmente enigmático. Además, cuando la exiliaron al mundo mortal también la despojaron de la mayoría de sus poderes inmortales, como sucedía con todos los que iban ahí sin invitación. Tristemente, su habilidad para sentir magia había disminuido, pero ahí estaba tan concentrada en el aire que se preguntó cómo era posible que no se hubiera dado cuenta.

Sí... ahí había magia, lo revelaba aquel tintineo, tan suave como un móvil de cristal. Estaba ahí, en la chispa que sentía en su lengua y en las vibraciones a su alrededor. Ahí, en la condenada niebla que se escurría desde la cúspide del bosque y se arremolinaba en sus botas. Apenas cabían en el estrecho camino de tierra que se extendía por las casas durmientes y el campo de futbol de la Preparatoria Darrington, pero se haría incluso más estrecho, si los tentáculos de niebla que le apretujaban los tobillos eran lo que creía que eran.

—Sustitutos... ¿qué hacen aquí?

La mayoría describía a esos faeries como traviesos y demasiado ensimismados en sus trucos para ser de utilidad. Alguna vez se creyó que podían ser más resistentes al hierro si los criaban manos humanas, y por eso algunos padres se habían disfrazado para intercambiar sigilosamente a sus hijos con niños humanos. En teoría, una vez que el faerie creciera, sus padres volverían a intercambiarlo y no habría daño alguno, excepto que en la práctica todo se fue a la mierda. La mayoría de los niños, faeries y humanos, terminaban muriendo. Los que sobrevivían...

La magia tenía sus reglas y castigaba con desgracias a todo aquél que trataba de romperlas.

Los niños, tanto faeries como humanos, nunca regresaban a sus familias. Como represalia por querer verse más listos que la magia, la misma magia se los robaba. Los reclamaba y los mantenía atrapados para siempre en su juventud, los criaban los salvajes y nada ni nadie estaba más conectado a la magia, la magia pura, que estos espectros caprichosos del bosque.

Si los sustitutos estaban ahí en Darrington y estaban protestando por ello, era porque alguien más había llamado la atención de la magia. Algo oscuro... algo no natural... algo con gran potencial de disrupción. Nausicaä se enorgullecía de ostentar estas mismas cualidades, pero sabía que los sustitutos no revoloteaban por ahí debido a ella.

«Pero si no es por mí...».

Volteó hacia el trol. Gar había retrocedido unos pasos como para tomar impulso, pero ella no lo permitiría. Por muy divertido que le pareciera soltarlo una segunda vez y alebrestar el avispero de los seelies del verano de nuevo, un trol confundido era peligroso. Uno asustado era letal.

—Quieto, Gar —ordenó con su tono de otrora furia.

—Bosque... mal —protestó Gar.

—Sí, ahora puedo sentirlo. No te preocupes, galán, te llevaré hasta tu casa.

Extendió la palma de la mano sobre la cual una chispa cobró vida y formó una bola de fuego. La llama era pequeña, tan débil como últimamente estaba la misma Nausicaä, pero era un fuego que nada en ese reino podría conjurar: rojo pálido, naranja candente y dorado furioso, el elemento del que Urielle la había creado hacía tantos años.

Miró esa bolita candente durante un minuto completo y luego dirigió su mirada al bosque.

Definitivamente algo estaba mal. Tal vez no podía percibir las auras mágicas con tanta profundidad como antes, pero podía oler con toda normalidad, y lo que percibía escondido en el aire era algo que ni siquiera un humano pasaría por alto: algo pesado, rancio, una mezcla de sangre coagulada, agua de cloaca y pescado esperando a cocerse con la sal del aire.

Era repugnante... también familiar, ahora que lo pensaba. Y si estaba en lo correcto, no se había topado con este olor desde... diablos... desde que aún era Alecto... hacía mucho tiempo atrás.

Pero... un destripador...

Los pocos que quedaban tenían prohibido desde hacía mucho acercarse al territorio de cualquier corte, pero definitivamente había uno retozando por ahí en medio de todo.

Qué interesante.

Una antigua furia y un destripador. ¿Y si unían sus fuerzas? Los destripadores no eran famosos por su templanza, Nausicaä tampoco. Y el caos que podrían ocasionar con la ayuda del otro... ¿Sería suficiente al fin para exigir a las cortes su intervención? ¿Sería una acción suficiente al fin para que su madre admitiera que no había cómo reformarla?

Era peligroso. Era oscuro. Era un sendero que Nausicaä había evitado para cumplir con sus deseos. El sendero que terminaría en muertes significativas, inocentes. Pero en vista de que ese reino ya estaba determinado a embarrarla con este tipo de maldad...

—Creo que este destripador y yo debemos conversar.

Bajó la mano.

La llama en su palma permaneció en el aire y luego cobró vida propia. Flotó en el espacio por encima de su hombro, giraba y sacaba chispas como un sol miniatura. La luz que emitía y llegaba hasta los pies de Nausicaä hacía que la niebla retrocediera.

La niebla era la mejor indicación de la presencia del sustituto; era su lugar preferido para esconderse y llevar a cabo sus fechorías. La regla decía que mientras más densa fuera la niebla, más numeroso el número de sustitutos. Ahora, la niebla opaca que serpenteaba por el bosque era lo suficientemente densa para blanquear todo excepto la primera fila de árboles. Quien fuera tan estúpido como para entrar a tal desastre se merecería lo que le pasara. Incluso los humanos que con frecuencia violaban la ley de las cortes echarían un vistazo a la niebla y de inmediato darían la media vuelta.

Al fin, Nausicaä dio un paso al frente para tomar el camino que llevaba al bosque. Gar la siguió, aunque a regañadientes.

La niebla reculó ante su luz. A pesar de eso, su visibilidad aún era limitada y le salían árboles de la nada, por lo que tuvo que andar con más precaución de lo normal.

Un paso.

Dos.

La primera etapa del trayecto pareció eterna y empezó a sentirse sofocante con tanta niebla por todos lados. No había cómo saber hasta dónde se extendía la neblina, si se disiparía o si continuaría hasta que se topara con lo que estaba buscando. Su bolita de fuego y su sentido de dirección la harían avanzar hasta cierto punto, y si bien su determinación con frecuencia la ayudaba a superar las travesuras de los sustitutos, esa broma específica parecía demasiado insistente.

—Óiganme. —Se detuvo, y entonces también Gar y la llamita. La niebla se acercó—. ¿Qué está pasando? Me encantan estos efectos dramáticos, pero hay una criatura con demasiada oscuridad y sumamente letal vagando por este bosque, sin mencionar a un destripador, y yo no me voy a meter en sus juegos, así que, ¿qué se traen?

Por un momento, la niebla no se movió. Se quedó ahí, arremolinándose en su lugar, claramente escuchando, pero sin mostrar indicios de respuesta. Y justo cuando Nausicaä pensó en conjurar más bolas de fuego, la niebla comenzó a disiparse. Poco a poco se fue consumiendo hasta que, al fin, todo lo que quedó fue una bruma ligera y traslúcida.

Nausicaä sólo pudo mirar fijamente lo que la niebla reveló.

—Oh... eh... —respiró y entonces pudo recuperarse de la sorpresa—: Esto es... nuevo.

No solamente se habían reunido sustitutos. Claro que ellos estaban presentes, a unos cuantos pasos. Nausicaä reconoció algunos de sus rasgos, como el inconfundible verde pálido de su piel parda y las enredaderas serpenteantes que salían de sus pequeños hombros.

Pero había otros.

Muchos otros. En su larga vida, Nausicaä jamás se había encontrado con tantos hijos de la magia en un solo lugar. La multitud de ellos se extendía bastante lejos en cada dirección; rostros de todo tipo y tamaño que se asomaban de entre el follaje y los árboles. Había centauros, trasgos, duendes chocarreros, diablillos, hadas acuáticas. Había goblins redcap con fieras guadañas que resplandecían con los reflejos de la luz de luna. Había sustitutos, kelpies con algas que goteaban y nenúfares enredados en los cabellos. Entre las ramas de las copas había cuervos que no eran cuervos en absoluto, sino ánimas sluagh, aquellas almas en pena debido a una muerte violenta que atormentaban a quienes estuvieran al borde de la muerte.

También había criaturas más grandes. Criaturas innombrables. Que sin duda habían hecho de ese bosque su hogar mucho antes de que Nausicaä hubiera nacido siquiera. Entrecerró los ojos para distinguir en la distancia: a lo lejos, más allá de lo visible para los ojos mortales, algo inmenso, tan enorme como una colina, permanecía quieto. Su forma era parecida a la de un gigantesco sapo venenoso, de vibrantes azules, amarillos y verdes, con una corona de antenas aterciopeladas y cientos de ojos negros resplandecientes. Un condenado guardián del bosque, se atrevería a adivinar; claro que nunca antes había visto uno para estar segura.

—Eh... okey... éste no es el momento para tener una reunión, pero continúen con lo suyo, supongo. Yo... me voy. Gar, tal vez lo mejor sea que te quedes con estos chicos hasta que yo me arregle con mi destripador. ¡Gracias por disipar la niebla, hadas traviesas! Mucha suerte con... lo que sea que es esto. Que la Fuerza esté con ustedes.

Se dio la media vuelta. Frente a ella no había seres fantásticos, tampoco había movimiento, sólo árboles y penumbra neblinosa y sombras poco naturales, incluso para esa hora de la noche.

Y, claro, el tintineo mágico, que ahora para ella se oía un poco perturbado.

Un paso.

Dos.

Nausicaä no tenía que mirar atrás para saber que todos los ocupantes del bosque la seguían, aunque con cautela.

Otro paso.

Cuatro.

Se detuvo. Retorció los ojos y giró súbitamente con la intención de arremeter contra sus inoportunos acompañantes. Pero justo cuando avistó al sustituto de enredaderas serpenteantes entendió lo que había pasado por alto.

Algo que se percibía en el ambiente y le era familiar, un sabor tan áspero como el ácido de una batería.

Casi no podía creerlo.

—¡Tienen miedo!

Ésa no era una reunión clandestina de facciones rebeldes de seres fantásticos atraídos por la mera curiosidad o diversión. Era miedo. Era unirse para ocultarse. No se había dado cuenta. El miedo era algo que Nausicaä inspiraba, pero no sentía. Ésa no era la primera vez que se aventuraba a vagar en las profundidades del horror. No sería la última. Pero esto… esto de todos contra *una* mísera criatura… Nausicaä se ciñó y se dobló de la risa.

—¡Qué mierdas! ¿Tienen miedo? ¿En serio? ¿De qué? No me digan que ninguno de ustedes ha visto a un destripador antes.

Tenía que ser lo que el destripador se traía entre manos lo que tenía a estos seres fantásticos tan inquietos, pero eso sólo hizo que a ella le intrigara y se entusiasmara aún más por conversar con él.

Un grito desde la profundidad del bosque cortó el aire. Súbito, sonoro y sospechosamente gozoso.

La risa de Nausicaä se cortó abruptamente. No quería perder más tiempo. Si lo desperdiciaba con esas criaturas horrorizadas, no podría capitalizar su desgracia. Los destripadores tenían la habilidad de camuflarse por completo con sus alrededores, al grado de volverse casi invisibles. Y eran condenadamente veloces, capaces de cruzar distancias imposibles en lapsos brevísimos. No quería que su futuro socio (ojalá) escapara antes de que pudiera hablar con él.

—Tengo que irme —anunció—. Por cierto: son un montón de cobardes.

Una mano se aferró a su mano.

Miró los deditos verdes que la detuvieron, luego alzó la vista y vio el rostro de un sustituto, el de las enredaderas. Se llamaba Haru, si la memoria no le fallaba. Conocía a algunos de esos desastrosos por su nombre, pues se había topado con ellos en varias ocasiones en sus aventuras por todo el mundo.

—No tengo tiempo para esto.

Es peligroso, Nausicaä. La voz de Haru era una tenue presencia en la mente de ella, incongruente con la situación en la que estaban.

—Sí, bueno, es la historia de mi vida. Sobreviviré.

La mano de Haru se aferró con más fuerza a la suya.

Iré contigo.

Nausicaä se mordió el labio para contrarrestar algo que se sentía, de nuevo, como demasiada emoción y que le evocaba un recuerdo que suprimió enseguida. Estúpidos chamacos del bosque... A Tisífone siempre le daban ternura, tal como le daba ternura todo lo que viera abandonado o solitario.

—Ay, por los dioses, está bien, pero ¿podemos irnos ya?

El sustituto asintió, la mugre cubría su piel verdosa. Sus ropas eran más bien harapos que resultaban obsoletos; entonces era muy raro que los faeries dejaran que sus hijos se convirtieran en sustitutos, Haru era uno de los últimos de aquellos tiempos cuando nadie sabía qué les sucedía. El nido negro que tenía por cabello estaba enmarañado de hojas, ramitas y cadáveres de insectos; parecía un niño de diez años que la naturaleza había reclamado para sí, pero Nausicaä sabía muy bien que no se discutía con la determinación de un sustituto.

Se fueron corriendo.

La bola de fuego los siguió, al igual que los demás seres fantásticos, ahora un poco más entusiasmados.

Fue mucho más fácil atravesar la oscuridad sin la neblina y, por lo visto, Haru conocía el bosque mucho mejor que ella. Se movieron con una velocidad antinatural, serpenteando entre los árboles. En un santiamén ya estaban en un claro. Nausicaä habría irrumpido con toda su fuerza de no ser porque Haru clavó los pies en la tierra para frenar; ese movimiento repentino le torció el brazo a Nausicaä y le ocasionó un doloroso calambre en el pecho. Cuando se volteó hacia él, lo único que Haru podía hacer era mirar con los ojos completamente abiertos por encima del hombro de ella.

Era demasiado tarde.

No había nadie en el claro... vivo, al menos. El destripador se había ido y dejó tras de sí una masacre. Nausicaä se soltó del agarre de Haru y se adentró por entre los árboles. La escena era extrañamente hermosa y sumamente grotesca. Miembros desechados... cuerpos sin vida regados e inertes... salpicaduras carmín por todo aquel lienzo de sombras pardas y verdosas... Todo eso conformaba una especie de pintura romantizada de la muerte.

Era fácil reconocer que los pequeños cuerpos regados eran sustitutos demasiado ingenuos para querer intervenir en lo que había pasado, o demasiado lentos para huir. Pero el epicentro de ese terrible cuadro era algo más. Abriéndose paso entre la carnicería, Nausicaä se agachó ante los restos de un adolescente de cabello castaño.

Dudaba que él hubiera ido al bosque por voluntad propia. Más bien había sido perseguido por la misma criatura que le había arrancado las extremidades del dorso, abierto la caja torácica y acomodado las costillas parodiando alas. Destripadores… No solían perseguir humanos. Preferían cazar seres mágicos, en especial aquéllos que practicaban magia negra. En la vida anterior de Nausicaä, cuando fue una furia y tenía el deber de vigilar estos asuntos, los destripadores eran una de las señales de que debían investigar más a fondo.

Y tal vez ésa era la razón por la que los mortales se habían esmerado por alejarlos: mientras menos destripadores, menos probabilidades de que una furia te descubriera haciendo algo que no debías estar haciendo. Además, los destripadores destacaban en la comunidad feérica por ser caníbales que alguna vez fueron faeries y a los que la misma magia negra que alguna vez se atrevieron a usar ahora devoraba y pervertía.

—Un momento… —Nausicaä examinó el cuerpo con más detenimiento. Ya no podía sentir el aura mágica del chico tan sólo con el olfato, pero aún sentía un regusto al fondo de su lengua: amargo y ligeramente metálico—. ¿Eres ferronato?

No le había dado seguimiento a los crímenes de los que la acusaban con tanto detalle, todo eso sobre los homicidios de ferronatos. En el reino mortal siempre estaba sucediendo algo, siempre había alguna guerra, desacuerdo o atrocidad que solamente reforzaba su decisión de evitar involucrarse demasiado con los humanos o con la comunidad mágica. Lo poco que sabía era gracias a la Asistencia y sus incansables esfuerzos por que las noticias siguieran circulando. Pero el cuerpo frente a ella se veía prácticamente igual a cada uno de los casos que habían reportado hasta ahora.

—¡¿Qué ca-ra-jos?!

Había algo en el pecho del chico, lograba verlo por debajo de la ropa rasgada. Huesos rotos… sangre coagulada… Era difícil unir todas las piezas de esa piel hecha trizas para visualizar el símbolo que conformaban, pero en el pecho del chico había algo estampado, como si lo hubieran marcado con hierro candente. Algo que en el fondo del acervo mental de

Nausicaä, bastante amplio y lleno de todo tipo de conocimientos, le hacía recordar muchísimo los glifos alquímicos.

No era algo del todo inverosímil. Se había topado con muchos ferronatos que aún practicaban la alquimia, a pesar de que las leyes lo prohibían. Pero este glifo en particular... los pedacitos que podía visualizar...

Infló las mejillas y estiró la mano para cerrarle los ojos vidriosos al chico, era demasiado joven. Luego, con los dientes se quitó una liga de la muñeca para amarrar su cabello largo hasta el hombro, de un rubio casi blanco, y sin mayor ceremonia metió la mano de lleno en el pecho del joven.

¿Qué estás haciendo?

De pronto Haru estaba junto a ella, viendo con curiosidad cómo escarbaba entre los órganos.

Nausicaä le sonrió levemente, una especie de sonrisa que hubiera hecho retroceder a cualquier otro, pero Haru simplemente inclinó la cabeza para ver más de cerca.

—Espeleología. —Con un chapoteo bastante nauseabundo, alzó la mano, que sostenía algo demasiado duro y terso y frío para ser un corazón.

Y sin embargo, lo había sido.

Ahora parecía más bien un trozo pulido de piedra gris que terminaba en tubos, pero su núcleo resplandecía rojo brillante como una manzana acaramelada. El resplandor se disipó rápidamente, pero era prueba de que Nausicaä tenía razón.

El chico sí era ferronato. Su destripador estaba detrás de estos ataques, pero no era el verdadero culpable. Alguien debía de estar usándolo, lo había hecho su secuaz, tal como Nausicaä había deseado, y el arreglo fue intercambiar alimento por un favor, algo demasiado tentador para que estas criaturas se rehusaran, porque ningún destripador se arriesgaría a llamar tanto la atención. Y encima de todo, qué demonios con esto... el corazón en su mano, no era solamente el trabajo de la alquimia; era...

—Suelta eso.

Nausicaä se quedó congelada. Pasaron algunos segundos. Respiró profundamente para recuperarse y no dejarse llevar por la furia que le instigaba la voz detrás de ella, luego se levantó. Al darse la vuelta el corazón petrificado en su mano chorreó sangre y formó un río hasta su codo.

—Hola, Meg.

¿Cuánto tiempo había pasado desde la última vez que habló con su hermana? Megera estaba frente a ella vestida con su encantamiento humano. Aunque no eran hermanas de sangre (Urielle les había dado la vida, sí, pero sólo mediante su magia), eran muy parecidas; ambas tenían ojos grises, cuerpos curveados y fuertes, y facciones tan afiladas como cuchillos. Pero Nausicaä era rubia y de piel dorada, vestía botas de soldado, jeans ajustados y chaqueta de cuero, ambos negros. El cabello de Megera era largo y negro azulado, y en su encantamiento predilecto su piel era blanco plata, pálida como cadáver y lo único que la cubría era una especie de camisón satinado púrpura que acentuaba cada una de sus curvas.

—Suelta eso y apártate. No tienes nada que hacer aquí.

No había nada suave en el tono imperioso de Megera. Sin embargo, lo era. Hasta Haru dio un paso atrás para distanciarse del ser cuyo deber era asegurarse que ambos reinos de este universo siguieran las leyes de la magia.

Nausicaä sonrió con travesura. Lanzó al aire el corazón en su mano y lo atrapó cuando descendía.

—¿Y si me obligas?

El rostro de Megera se endureció aún más.

—No vine a jugar, Nausicaä. Deja ese corazón y vete. No te lo voy a pedir dos veces.

—Mmm... —Echó un vistazo al corazón con el que seguía jugando y luego la expresión de desaprobación apenas contenida de Megera—. Nop. Creo que me voy a quedar con él. Oye, ¿sabías que hubo una carnicería en este bosque? —Se alejó un paso, fingió una expresión alarmante en su rostro y apuntó al montón de carne y huesos que hasta hacía poco había sido un chico—. Parece un caso de magia negra. ¿Qué no tu trabajo es, ya sabes, investigar esto?

Inclinó la cabeza y miró a su hermana directo a los ojos con una sonrisa inocente y fingida.

—Sí, veamos... Leí algo sobre esto en alguna parte. Las tres Furias: Alecto, Tisífone y... Megera. Vigilan los reinos y castigan a todo aquél que descubran violando los tres principios de la magia. —Alzó la mano para hacer alarde de contar las tres leyes que alguna vez fue su trabajo hacer valer—: Uno: no usarás magia para alterar el destino de alguien sin el permiso de los titanes. Dos: no usarás magia para despojar a alguien de su libre albedrío. Tres, y éste es extra súper en serio: no usarás magia para regresar a alguien de la tumba, o meterlo en una. —Se detuvo para dejar que un poco de su siempre latente rabia tocara las orillas de su boca y la retorciera como el filo de un pergamino quemándose, para formar una especia de sonrisa—. Como que estoy teniendo un *déjà vu*: tú, yo... un montón de cadáveres... espera, déjame encender algo en llamas para recordar los tiempos pasados...

—¡Basta ya, Nausicaä! —Megera se le lanzó, la jaló del brazo y el corazón que acababa de atrapar cayó a la tierra. Si hubiera sido la mortal en la que estaba a medio camino de convertirse, los delgados dedos de su hermana le habrían pulverizado la muñeca.

En la mirada fría de Megera no había ni rastro de bondad, nada cálido en aquella expresión gélida. Claro que, tal como Nausicaä había nacido de las llamas, Megera había sido esculpida del hielo. Aun si antes habían sido cercanas, nunca hubo entre ellas mucha bondad o calidez que digamos.

—¿Qué hace una piedra filosofal dentro de este niño mortal? —Nausicaä se mantuvo firme, pero al fin había dejado las bromas y el sarcasmo, y con toda seriedad, probablemente por primera vez desde que entró a ese estúpido bosque, igualó la mirada fulminante de su hermana.

—Ya te lo dije.

—Ésta es magia muy, muy negra, ¿qué está pasando?

—No te incumbe.

—No venimos al reino mortal para evitar que tomen malas decisiones, eso es parte del tratado, parte de lo que nos permite mantener nuestro poder estando aquí. No podemos interferir, no podemos despojarlos de la decisión de caer en desgracia, solamente podemos actuar una vez que sus acciones hayan violado los principios. Pero esto —Nausicaä agitó la mano para señalar el cadáver del chico— ha pasado antes. Y casi le cuesta absolutamente todo al reino cuando se creó sólo una de estas cosas. Pero esta vez, aun después de varios ferronatos asesinados, ¿no hubo ninguna declaración de parte del reino inmortal para advertirnos de esto? ¡Los mortales creen que ésta es la obra de un asesino serial, Meg!

La furia entrecerró los ojos.

—No eres una de nosotros. Ya no hay un «nosotros», Nausicaä.

Fue casi como si el bosque entero contuviera el aliento; los grillos, los faeries, los árboles y demás. Reinó el silencio y luego sucedió lo siguiente: Nausicaä se esmeró más de lo que habría querido admitir para mantener una expresión que no demostrara el dolor y la pérdida que sentía nada más de volver a ver a Megera.

«¡Pues que se pudran todos!», se recordó. «No necesitas a ninguno de ellos».

—Esto es grande, Meg. Por favor, dime que al menos ya le dijiste al sumo rey.

El terrible silencio duró un minuto más. Entonces Megera la soltó del brazo. No dijo nada. Sólo se agachó para recoger el corazón y regresarlo al pecho del chico.

Yo podría llevarte adonde hay respuestas.

Megera se enderezó. Nausicaä volteó hacia Haru, no sin avistar curiosidad en la mirada penetrante de su hermana.

—¿Tú sabes lo que es eso? —Apuntó hacia el ferronato y lo que estaba en su pecho, ahora más piedra que corazón.

Haru asintió.

—Ya escuchaste a mi hermana; esto no es de mi incumbencia y, para ser honesta, tampoco me importa. La cantidad de problemas de los mortales que me importan un carajo se extinguió hace mucho, fueron exiliados, quemados y cocidos en sal. Aunque… digamos que sí me da curiosidad saber adónde fue ese destripador. Digamos que tal vez me interese saber quién está detrás de este ambicioso proyecto. La eternidad es muchísimo tiempo y las chicas se aburren. Así que estaré en deuda contigo si me diriges hacia el camino correcto.

A los faeries les importaban mucho las deudas. Para ellos no había favores o buenas acciones. Un favor implicaba dar algo a cambio. Era una gran equivocación no negociar las particularidades del trato, porque a los faeries les encantaba, más que acumular deudas, convertirlas en geas, esas promesas imbuidas en magia que ocasionaban un gran tormento si sus particularidades no se cumplían.

Nausicaä no prometía nada en balde. Haru sería uno de los extremadamente raros entes que podrían cobrarle un favor a la antigua furia.

Pero él giró la cabeza para ver más allá de ella, irritablemente insensible ante el gran honor que estaba a punto de recibir.

Otros sustitutos se acercaron a rastras al ver que estaban a salvo. Tomaron los cuerpos de sus congéneres y los sacaron de la escena antes de que inevitablemente la descubrieran.

—Lamento mucho lo que les pasó a tus amigos —dijo, un poco dubitativa, al notar que la atención de Haru se desviaba. El gesto se ganó una risa burlona de Megera, quien probablemente dudaba que el comentario fuera genuino.

Mi familia.

Nausicaä se tragó una emoción furibunda que de nuevo luchaba por ser reconocida.

—Sí, eso.

Si te llevo adonde necesitas ir, ¿ayudarás?

—¿Ayudar? Eso no es... lo que hago realmente. No ayudo a la gente. No es lo mío. La verdad es que estaba persiguiendo a este destripador para causar más problemas, así que... —La situación estaba escalando y ella no quería involucrarse más.

Ayudarás. Yo te llevaré.

—¿Qué? —Nausicaä alzó la mirada del piso, adonde sus pensamientos habían llevado su atención. Los sustitutos eran listos, también clarividentes. No le gustaba adónde se dirigía todo esto.

Yo te ayudaré ahora y a cambio tú ayudarás a alguien más. Ésas son mis condiciones. Y ya sé que aceptarás.

—¿Ah, sí? ¿Y a quién exactamente le haré este favor?

Lo sabrás cuando se conozcan.

Haru le extendió la mano con todo y enredaderas retorciéndose.

Sería una equivocación rechazar esa oferta. Haru no la estaba atrapando en nada que fuera demasiado difícil de minimizar; ayudar era un término muy amplio y había muchas maneras de cumplir haciendo lo mínimo. Aceptar el trato no le exigiría mucho a ella y a cambio podría incluso aprender algo útil, porque, a juzgar por la presencia de Megera ahí, las supremas autoridades estaban ansiosas; incluso la reticencia de su hermana a hablar del asunto daba a entender que tal vez no querían que Nausicaä se involucrara.

Con eso bastaba, y sin embargo, vaciló.

Haru parecía extrañamente convencido de que Nausicaä querría ayudar a quienquiera que necesitaría de su apoyo, a pesar de que ella insistía en lo contrario.

Aún después de ciento dieciséis años, su rabia la consumía por completo, tanto como en aquella noche fatal. Tantos años y el dolor de haber sido partida en dos —la inclemente agonía que sintió al perder a su hermana le rasgaba y hacía trizas el alma–, todo eso aún plagaba cada paso, cada respiro, cada latido de su corazón.

Nunca más se involucraría con nadie. No tenía deseos de cumplir con las condiciones de Haru, sin importar de quién se tratara.

—Trato hecho.

La súbita respuesta de Megera la sobresaltó. Miró a su hermana, quien ahora estaba cruzada de brazos y con una expresión de soberbia tan suya que casi la hizo reír. Pero en vez de eso, gruñó.

—Ay, por los dioses, Meg, no te hablaba a ti.

—Yo también iré. —El tono de Megera no dejó lugar para contradecirla—. Nausicaä cumplirá con su parte, sustituto, y yo permitiré que tú nos lleves adonde el destripador haya ido. Yo también quiero saber. —Volteó hacia Nausicaä—. ¿De acuerdo?

—Sí, sí, está bien.

Nausicaä tomó la mano de Haru; Megera tomó la otra. La niebla volvió a inundar el bosque. Nausicaä sintió cómo esa corriente la arrastraba y luego vio cómo Darrington desaparecía entre la niebla.

Luego todo se disipó.

El zumbido en sus oídos se fue intercambiando por el tintineo de cristales.

Cuando logró enfocar de nuevo la vista, se dio cuenta de que estaba en un parque citadino. El césped bajo sus pies estaba húmedo; el aire estaba cargado del aroma y sabor a hierro, lluvia y piedra mojada. Alzó la vista, más allá de las hileras de autos en una calle sorprendentemente ajetreada vio varios rascacielos, pero era imposible distinguir hasta dónde terminaban, las nubes prácticamente se los tragaban y la luz del amanecer neutralizada por la niebla apenas hacía destellar sus esqueletos metálicos. Nada de eso le parecía conocido.

—¿Y ahora estamos en...? —volteó hacia Haru con la esperanza de que le respondiera, pero él ya comenzaba a difuminarse en la bruma que lo acompañaba—. ¡Oye, espera! ¿Adónde diablos me trajiste, chico malcriado del bosque?

Recuerda nuestro trato.

—Haru, ¡no te atrevas!

Pero Haru desapareció.

—Si te encuentro otra vez metiendo las narices en este asunto, habrá consecuencias, Nausicaä. —Megera se esfumó casi igual de rápido, aunque su encantamiento se distorsionó un poco, lo que dejó ver por un segundo cómo sus grandes alas desplegadas ahora la envolvían y se iban encogiendo hasta hacerla desaparecer tan abruptamente como había aparecido.

Nausicaä refunfuñó. Metió la mano en el bolsillo interno de su chaqueta y sacó su teléfono.

—Gracias al cielo por la tecnología moderna. Veamos... ubicación... —Google Maps respondería gustosamente a esa pregunta—. Un momento: ¿Toronto?

¿Qué carajos?

Toronto, un eje efervescente de actividad humana a la vista de los no expertos, se trataba también de la capital de los unseelies de la primavera y de todas las cortes de la comunidad mágica. Era una ciudad con la que incluso una exfuria no se metería, con eso de que los feéricos unseelies de la primavera tenían fama de ser perversos, en especial los poderosos faeries de la Corte de la Primavera y el sangriento sumo rey. Era poco probable que un destripador se aventurara a esos terrenos, al menos no sin refuerzos o algo que lo protegiera. Haru no la desviaría, lo cual querría decir que alguien más ahí tenía una opinión demasiado exagerada de sí mismo. Ahí había alguien que se creía lo suficientemente fuerte como para organizar un desastre en la casa del sumo rey y salirse con la suya.

—Interesante. —Apagó la pantalla del teléfono—. Interesante y estúpido.

Y muy, muy prometedor.

En el fondo de su destrozado corazón, Nausicaä creyó sentir un ápice de algo llamado alegría.

—Así que no quieren que me involucre... Consecuencias, dices... Me pregunto, ¿qué descubriría si encuentro a este destripador antes que tú, Megera?

¿Qué tipo de caos se estaba cocinando que necesitaba una maldita piedra filosofal como combustible?

El corazón del ferronato no era una piedra completa, no había sido lo suficientemente fuerte como para sobrevivir al proceso de convertirse en una. Nausicaä de verdad no aprobaba toda esa masacre, pero le gustaba pensar en lo enojadas que estarían las deidades si ella llegara a compartir lo que sabía de esa leyenda con la persona que estaba intentando hacerla realidad. No era que quisiera hacerlo, pero si sus carceleros inmortales pensaban que lo haría... Opciones, opciones, tantas opciones para hacer que se arrepintieran de haberla enviado a ese mundo.

Pero ¿por qué?, en serio, ¿por qué nadie estaba tan apanicado como debería al ver que todo eso estaba sucediendo?

Hacía un siglo se había creado una sola de esas piedras y las cortes feéricas se habían asustado tanto que terminaron por acabar por completo con la práctica de la alquimia.

Tal silencio sólo podía significar que nadie sabía del aparente regreso de esa magia, pero no podía ser así, no después de la última vez, no después del miedo que aún ahora los corroía.

—Interesante —repitió Nausicaä—. Muy bien, primero lo primero: veamos qué tipo de persona eres, mi misterioso y sanguinario emprendedor.

Metió las manos en los bolsillos de su chaqueta y se lanzó al corazón de Toronto; si no hubiera escarmentado, juraría que era a la suerte a quien tendría que agradecerle este emocionante giro de los acontecimientos.

CAPÍTULO 4

+ ARLO +

La amenaza de lluvia de ese lunes por la mañana no pudo bajarle el ánimo a Arlo.

La peor parte de la ponderación de la noche anterior terminó.

Le habían permitido mantener su magia y sus recuerdos, y ahora nadie tenía que fingir con ella —tal como ella tenía que fingir con su padre— ser un humano como cualquiera.

A la hora a la que dejaba su departamento para ir a la escuela, los rascacielos que llenaban el horizonte de Toronto estaban inmersos por la niebla opaca que ocultaba casi la mitad de su altura. El aire estaba tan denso que parecía que los semáforos colgaban de la nada. El traslado mañanero iba a paso de tortuga, lo cual significaba que, una vez más, Arlo iba tarde a su primera clase. Aun así, seguía feliz.

Persistió a pesar del comentario de la profesora titular cuando finalmente se sentó en su lugar.

—Ay, no me había dado cuenta de que estaba ausente, señorita Jarsdel.

Persistió a pesar de los susurros de sus compañeros de clase.

—Se sale con la suya porque es rica.

—Oigan, la maestra ni siquiera se dio cuenta de que no estaba aquí, ¡qué *loser*!

—Rach trató de invitarla a la fiesta en su casa este fin de semana, porque, pues como que nos da pena, pero contestó con su actitud esa de «ay, eh, no gracias, perdón, pero tengo un compromiso familiar».

—¡Ja! ¿Qué compromiso familiar? La única familia que yo veo es el bombón de su primo. Él también debe de sentir pena por ella.

Arlo se rehusaba firmemente a permitir que los chismes de siempre disminuyeran su alivio y alegría. Pero conforme el día fue pasando y miraba aquel cielo pasar de blanco de ensueño a gris pizarra sucia, sintió que comenzaba a desinflarse. La neblina no se disipaba y al terminar las clases del día el aire era tan espeso que casi podía contenerlo si unía sus manos como una copa.

Eso era típico de Toronto.

El clima de Ontario era tan inestable que cambiaba tan rápido como los pensamientos. La época primaveral era la culpable de ese comportamiento mutable, también era parte de lo que atrajo a la familia real Viridian a declararlo su territorio. Un poco de lluvia no era tan preocupante. No si Arlo hubiera recordado llevarse un paraguas antes de salir corriendo por la puerta en la mañana y no tuviera, encima, que atravesar media ciudad para verse con su padre. Si ahora no quería empaparse gracias a sus pésimas decisiones de vida, tendría que ganar la carrera contra los cielos hasta la estación del metro más cercana.

Resignada, Arlo se ajustó el rompevientos rosa pastel y pegó la barbilla al pecho; se concentró únicamente en su vuelo desesperado por los escalones de la entrada a la escuela.

—Al fin. —Una voz familiar la detuvo justo en la reja de hierro del colegio.

Alzó la vista de la acera para ver a un joven que se mantenía a distancia suficiente de la reja para no quemarse la piel con el metal. En sus jeans oscuros y ajustados, y suéter verde esmeralda tejido, Celadon podría pasar por humano si no fuera por el resto de su apariencia claramente de otro mundo: pómulos acentuados y orejas demasiado puntiagudas, y además resultó un poco asombroso para Arlo no haber notado el evidente olor a lluvia y cedro que su magia desprendía.

La habilidad para percibir las auras (un rasgo único, como la firma de cada individuo) era uno de los pocos talentos que poseía Arlo que no sólo cumplía con los altos estándares feéricos, sino que últimamente incluso los superaba. La mayoría de los seres mágicos solamente percibía las auras como cierta pesadez en el ambiente o una electricidad en los nervios, pero ella logró agudizar ese talento particular casi al grado de una sofisticada precisión. Para ella esa firma individual era un aroma. Si se concentraba lo suficiente era capaz de rastrear un aura directamente hacia su fuente y discernir si pertenecía a un faerie, fae o ferronato.

La magia de Celadon fluctuaba según el uso que le daba o su humor cuando lo hacía, pero Arlo la conocía tan bien que le era casi tan familiar como la suya. Por lo general podía reconocerla desde la distancia. No haberla notado hoy le lastimaba un poco el orgullo.

—Hola —lo saludó en respuesta y se preguntó qué lo habría traído a su escuela que para nada estaba cerca del palacio donde él vivía y trabajaba, y estaba mucho más lejos de lo que tenía permitido explorar sin el permiso del sumo rey—. ¿Qué haces aquí? ¿Te volvieron a correr de la casa?

Él torció la boca casi como una sonrisa del gato de Cheshire y a punto de responder, lo interrumpió una risita y algo más que se podía describir solamente como un ronroneo.

—Hola, Celadon...

Arlo retorció los ojos antes de darse media vuelta.

—Hola, Rachael. Paige —saludó con tanto entusiasmo como pudo. Ellas parecían tener una especie de radar de Celadon y siempre, siempre se aparecían cuando él visitaba el campus.

Arlo se hizo a un lado, pero intercambiaba miradas precautorias entre su primo y sus compañeras de clase. Los ojos de Celadon mostraban travesura, lo cual indicaba que estaba a punto de hacer algo que, si Arlo no tomaba el control de la situación, ocasionaría que la mañana siguiente estuviera llena de una serie de rumores vengativos sobre ella.

—Puedes llamarme Rach, Arlo. Así me llaman todos mis amigos. —Arlo tuvo que contener una mueca ante su tono condescendiente.

—Supongo que por eso Arlo prefiere llamarte «Rachael» —dijo Celadon.

Rachael se quedó pasmada. Su sonrisa se torció.

—¡Como sea! —soltó Arlo de inmediato antes de que Rachael decidiera que sí, Celadon había intentado insultarla— Rach. —Y entonces hizo un extraño gesto de apuntarle con ambos índices como si fueran pistolas. Rachael apenas parpadeó de la poca gracia que le hizo—. Perdón, pero ahora no tenemos tiempo para charlar, tenemos... algo. Cel y yo tenemos que ir con mi padre. Pero mañana las veo y, ey, espero que disfruten mucho su fiesta de fin de semana con todo ese alcohol prohibido y... demás.

—Y demás. —Rachael entrecerró los ojos, chasqueó la lengua e intercambió miradas con Paige.

Tal vez simplemente no estaban acostumbradas a que las desairaran. Arlo podía contar con los dedos de una mano las veces que la habían buscado voluntariamente. Eran muchas menos que la cuenta total de personas que las habían desairado y perfectamente igual al número de veces que Celadon había ido a verla.

La escuela nunca había sido su lugar favorito. Le aterrorizaba soltar algo sobre magia y que por eso las cortes le restaran puntos en su ponderación. Mantener su distancia de los demás estudiantes se convirtió eventualmente en una acción automática. Para cuando se dio cuenta de con cuánta frecuencia lo hacía, llevaba cursada ya la mitad de la preparatoria. Los lazos de amistad ya se habían establecido. Los grupos ya se habían formado. Nadie buscaba la compañía de Arlo sin un motivo ulterior. Desde el principio, en su primera invitación, Rachael y Paige habían dejado claro que lo que buscaban no era su amistad, y si bien no le encantaba estar sola, le gustaba aún menos sentirse utilizada.

—Sin problema —respondió Rachael, dándole por su lado y poniéndose de nuevo su máscara alegre. Se reacomodó el cabello color miel por encima del hombro y miró a Celadon como decidiendo si su rostro apuesto era suficiente para contrarrestar su personalidad. Arlo estaba acostumbrada a que lo vieran así con frecuencia—. Si te tienes que ir, está bien. Siempre eres bienvenida a pasar el rato con nosotras, y, para que lo sepas, también tu primo, claro.

—Genial, gracias, Rach. Rachy. —Y de nuevo le apuntó con ambos índices como si fueran pistolas—. Rach... ael, sí, lo siento, ya me callo. Okey, ¡adiós!

A empujones alejó a Celadon de la reja para no seguir haciendo el ridículo y mientras bajaban hacia la acera, oyeron cómo resonaban dos carcajadas contenidas desde donde estaban las chicas.

—Ah, el legendario drama adolescente que sólo he visto en la televisión —bromeó Celadon con melancolía—. Curiosamente, es bastante parecido a lo que sucede en la academia.

Los feéricos sidhes iban a las academias. Había una para cada corte. No les permitían asistir a las escuelas humanas, tampoco tener mucho contacto con humanos en general, aunque los lesidhes que decidían alinearse a las cortes tenían permitido elegir dónde querían estudiar. Según lo que alguna vez le explicó Celadon, tenía que ver con algo sobre el orgullo y mantener los estándares de los sidhes.

Desde luego, había escuelas públicas para los feéricos, para todos los demás; de hecho, había tres ahí mismo en Toronto. Arlo había asistido a una de ellas del kínder hasta tercero. Pero su padre sintió demasiada curiosidad sobre este lugar del que nunca había escuchado, ya que borraron su memoria cuando Arlo tenía ocho años. Además, Arlo se estaba exigiendo demasiado para llevarle el paso a sus compañeros burlones y llevar a cabo las demandas imposibles de cumplir de sus maestras, tanto que al final Thalo tuvo que intervenir. Prometió tutorar a Arlo sobre todos los conocimientos que las cortes requerían sobre la comunidad mágica —como solía hacerse antes de que se fundaran las escuelas— y la inscribió en una escuela humana... sólo para que Arlo descubriera que ahí tampoco pertenecía.

—¡¿Qué-estás-haciéndo!? —protestó con furia, mientras enfatizaba sus palabras con golpes en la espalda—. Gracias, pero soy capaz de insultar a mis compañeras sin tu ayuda. ¿Qué haces aquí, Celadon?

—Antes que nada, deja de golpearme. —Arlo frunció el ceño, pero se detuvo—. Gracias. En segundo lugar, apenas y les dije algo a tus compañeras. Quería salir a caminar, para que lo sepas. Tú también querrías si pasaras el día entero escuchando a otros, al menos cinco veces más viejos que tú, discutir acerca de informes presupuestales. Ten. —Le pasó un paraguas—. Hoy ves a tu padre, ¿cierto? Parece que va a llover y te conozco demasiado bien para saber que nunca recuerdas traer paraguas.

Sospechaba cada vez más sobre sus verdaderas intenciones, Arlo tomó el paraguas verde limón que le ofreció.

—¿Viniste hasta acá para traerme esto?

—No hay nada que no pudiera hacer por ti, querida prima.

—Ajá. ¿Y cuál es la verdadera razón? —Por mucho que Celadon fuera maravilloso y a veces sobreprotegiera a los demás, jamás había visto que fuera tan atento, incluso tratándose de ella.

—¿Qué quieres que te diga? ¿Que hay un asesino en serie suelto que caza ferronatos adolescentes y que hasta que lo atrapen mi irritable presencia te seguirá en todas tus actividades al aire libre?

Retorció los ojos y entrelazó su brazo con el de él.

—Qué exagerado. En esta ciudad habrá, ¿qué?, ¿dos mil ferronatos? Son muchos y encima hay más de dos millones de humanos. Duplica eso y agrega al resto de la comunidad mágica. Así que mucha suerte tratando de encontrarme a mí. Además, es Toronto, la capital de la Corte de la Primavera de los Unseelie. Nadie va a hacer nada aquí. —El silencio profundo de Celadon fue una clara negación a su lógica, pero así era él, dada su naturaleza necia de fae—. Sabes, creo que sólo viniste hasta mi escuela para llamar la atención.

—Arlo. —El tono del chico era una especie de gemido mientras se acercaba a ella, lo que indicaba la intencidad con la que neciamente quería seguir con el tema—. Realmente no aprecias lo excitante que puede ser tu vida. Tienes la oportunidad de asistir a la preparatoria, ¡una humana!, la mayoría de los faes no pueden experimentar una inmersión total en la vida humana. Además —y aquí hizo una pausa para efectos dramáticos—, no tienes a Feng como instructora. ¿Sí entiendes que puedes hacer todo tipo de cosas en vez de aburrirte sin hacer nada porque tu maestra es una dragona? —Suspiró con dramatismo.

Arlo lo fue jalando hacia la estación del metro con la esperanza de ganarle a la lluvia.

—¿Sí entiendes que eres de los pocos que pueden decir que su maestra es una dragona?

Feng era una mujer impresionante, y no nada más por su impecable apariencia. Nadie sabía cuántos dragones quedaban aún en el mundo, no desde que las cortes los habían forzado a ocultarse hacía mucho tiempo. Ni siquiera Feng podía saberlo con certeza porque según ella sus disfraces humanos eran más que un simple encantamiento, y después de tantos años, la mayoría de ellos habían olvidado cómo desactivarlos.

Muchos no recordaban que eran dragones.

—Además —continuó ella—, no he logrado experimentar la inmersión total. Nadie me habla. O sea, sí, hablan mucho de mí, pero déjame decirte que la conversación de hoy con Rachael y Paige fue la primera que tuve con alguien desde que llegué esta mañana. Todos creen que soy una rica engreída, sí, ya sé que en esta escuela hay miles de chicos ricos engreídos que todos quisieran tener como amigos, pero esos tampoco me hablan. Creen que soy rara. Solamente me hablan para preguntarme si no tienes pareja y si te interesaría a ir a una estúpida fiesta con ellos.

Celadon le disparó una mirada de indignación exageradamente dramática.

—¿Te importaría explicarme por qué jamás he recibido ninguna de estas supuestas invitaciones?

Ella sacudió la cabeza y apretó los labios como gesto de desaprobación silenciosa. Seguramente al hacerlo se pareció mucho a su madre, porque ese gesto le ganó el repique tintineante que Celadon reservaba para ocasiones que le gustaba llamar «momentos Thalo».

Avanzaron por la calle de concreto y serpentearon entre la masa de gente con la esperanza de que ellos también se apresuraran para, con suerte, ganarle a la lluvia. Con esta neblina, especialmente, la visión de

Arlo no tenía la intensidad que debería, así que no podía calar los encantamientos lo suficiente para realmente ver si las personas que pasaban eran seres mágicos disfrazados de humanos. Pero si se concentraba, podía oler sus auras.

Algunas personas a su alrededor eran humanos. Otras, sin embargo...

Pasaron a un joven de cabello azul brillante y numerosos tatuajes en el cuello que olía a algas y madera húmeda. También había una niñita con botas para lluvia y chaqueta amarilla moteada que olía a musgo y podredumbre, y un grupo de ruidosos adolescentes carcajeándose que, como peces, abrían o cerraban sus filas conforme la gente se acercaba e iban dejando una estela salada al pasar. Arlo vio cómo un hombre alto, cuidadosamente rasurado y de cabello negro relamido, con un fuerte olor a naranja y brea, hacía una mueca luego de tropezarse y tener que agarrarse del barandal de hierro al bajar a la estación.

¡Cuántos seres mágicos había en Toronto! ¡Cuánta magia escondida en esta ciudad de humanos! Para ellos el hierro seguía siendo tan tóxico como siempre. El contacto directo de ese metal nocivo podía atontarlos, enfermarlos y, en ciertos casos de contacto prolongado, incluso matarlos, pero desde hacía mucho tiempo había resultado imposible esconder a una corte entera en algún bosque. Los dioses ya no estaban ahí para ayudarlos a ocultar islas enteras e impresionantes cuevas grabadas en la profundidad de las montañas y sacos boscosos que alguna vez los seres mágicos llamaron hogar. La creciente población humana se había extendido hasta convertirse en una fuerza a la que simplemente no podían enfrentarse solos.

Era responsabilidad de los líderes de las cortes mantener la protección mágica que permitía a su gente vivir entre este veneno y manifestar síntomas leves: un ligero picor tras el contacto directo; un poco de debilidad si el lapso entre vacaciones desintoxicantes en la selva era demasiado prolongado. Arlo había aprendido gracias a las lecciones con su mamá que una de las razones por la que los líderes de las cortes habían decidido unirse era para incrementar su poder que brindaba dicha alianza. Su magia se había fortalecido a tal grado que quien les jurara lealtad podría gozar de su protección.

Tal protección se volvía menos efectiva mientras más te alejaras de las capitales de las cortes.

Cuando su tío abuelo ganó la corona en la contienda con su padre y se convirtió en el sumo rey de todas las cortes, Toronto se volvió el epicentro de la comunidad mágica. Criaturas de todo tipo de hábitats emigraron a las cercanías y Arlo disfrutaba pulir su talentosa percepción con todas ellas.

Hoy, sin embargo, la conversación que sabía que tendría con su padre la distraía demasiado como para permitirse eso. Se quedó callada mientras ella y su primo se subían al vagón del metro e incluso mientras él le llenaba los oídos de los chismes del palacio. Afortunadamente, su transporte no tenía retrasos, pero para cuando llegaron a la parada y salieron de la estación, el aguacero cayó con toda su fuerza.

—Nadie como tú para recordar traer un paraguas para mí, pero no otro para ti —bromeó ella. Sospechaba que Celadon sólo pretendía no escucharla por encima del ruido de las gotas de lluvia que martilleaban su paraguas ahora comunal.

—¿Aquí es donde quedaste con tu padre? —le preguntó cuando llegaron al lugar, una calle cerrada en College Street. Un letrero de piedra gris con las letras UNIVERSIDAD DE TORONTO indicaba una de las enormes entradas al campus. Era el punto donde su padre solía recogerla siempre que quedaban de verse en los días en que trabajaba en la escuela, porque a nadie le gustaba conducir por la ciudad a esa hora del día y si podían evitarlo, mejor—. ¿Adónde te va a llevar?

—Creo que me dijo que a «Good Vibes Only».

—¿Good Vibes Only? —claramente Celadon se estaba divirtiendo, lo cual irritó un poco a Arlo.

—¿De qué me estoy perdiendo?

Celadon sólo agitó la mano para descartar el comentario y sonrió.

—¿Seguro que no puedo ir contigo? No era broma cuando dije que mi casa ahora es una pesadilla.

—No es que no te quiera, pero si sólo estás aquí para desafanarte de tus responsabilidades, vas a tener que ir a enfrentarlas. De por sí todos creen que te distraigo demasiado. Como sea, no creo que hoy sea un buen día para que me acompañes. Sospecho que tendremos «la plática».

—¿En serio? —Celadon meneó las cejas y recobró el humor de inmediato—. ¿En pleno café? Qué escándalo. ¡Por favor, déjame ir contigo!

—¿Qué? ¡No! Ash. No esa plática. Creo que ya sé de dónde vienen los bebés, gracias. Tuve que pasar dos veces por eso, una con cada unidad familiar. No, me refiero a la plática sobre la escuela. La plática en la que mi papá quiere saber qué decidí acerca de entrar a la universidad en otoño.

Celadon suspiró y ladeó el paraguas porque la lluvia había cambiado su dirección.

—Está bien. ¿Me llamas cuando llegues a casa?

—Qué pegajoso andas. Tendremos que buscarte pareja. O un gato.

—Me gustan los gatos. También me gusta que me llames.

—Ay, mira, ahí está mi papá —dijo Arlo con exageración. Luego saludó a un auto que desaceleraba y se detuvo junto a ellos—. Adiós, Cel, gracias por acompañarme desde la escuela.

—¡Adiós, Arlo! Si no me llamas hoy en la noche, simplemente asumiré que te asesinaron. De la tristeza se me va a caer todo el cabello y voy a escribir poemas larguísimos para inmortalizar la vez que me ganaste en Mario Kart. —Sonrió de oreja a oreja mientras sostenía el paraguas por encima de ambos al acercarse al Ford Focus azul de su padre.

Ella sacudió la cabeza; a veces la única manera de responderle al Celadon anticuado era no decir nada. Abrió la puerta del auto y se subió. Enseguida la saludó el sonido de la radio a tope.

—*...la policía aún debe confirmar si estos restos humanos están relacionados con los tres casos idénticos que se han descubierto en otras áreas del estado de Washington, así como en Arizona, Nevada y California.*

El padre de Arlo bajó el volumen mientras ella le enviaba un depistado gesto de despedida a su primo, quien le cerró la puerta del auto.

—Ahí está mi chica —la saludó su papá, con su típico acento británico—. ¿Ése era Celadon? No lo he visto desde Navidad. ¿Está bien? Desde aquí se veía un poco paliducho.

Arlo alzó la vista, el repentino encuentro con ese reportaje sombrío la había distraído momentáneamente. Otro cuerpo mutilado, otro ferronato muerto. No había mentido, realmente no le preocupaba ser un blanco, simplemente era muy poco probable que sucediera ahí... pero mientras más oía sobre eso, mientras más se hablara de ello en las noticias y la gente conversara al respecto, más le inquietaba cada mención.

Sacudió la cabeza y trató de seguir con la mirada a Celadon para ver si lo que su padre decía era cierto, pero su primo ya estaba camino a la estación del metro, lo único que pudo ver entre la gente fue el paraguas de color chillón y entonces frunció las cejas, ¿acaso su primo no se veía bien?

No lo notó. Se veía cansado, sí, pero supuso que era por andarla siguiendo a todos lados y tener que soportar a los contadores del sumo rey y sus discusiones sobre los informes presupuestales como él le había dicho.

—Creo que tuvo un día muy largo. Luego le pregunto. —Lo buscaría después de cenar—. Bueno, hola, papá. ¿Cómo estás?

Rory Jarsdel era un hombre de inteligencia excepcional y gustos sencillos. Le agradaban esos ridículos chalecos de lana tejida y vajillas florales para su té de la tarde. Uno de sus pasatiempos favoritos era peinar las librerías buscando novelas de ciencia ficción para aumentar sus de por sí desbordantes libreros. No era particularmente alto, pero era guapo en la más modesta de las formas; al menos en comparación con el encanto etéreo de la familia Viridian, Rory tenía lo suyo. Lo que más le gustaba a Arlo de él era cómo portaba las señales de comenzar a envejecer: una barriga que empezaba a suavizarse, patas de gallo al sonreír, cabello que iba perdiendo su color y ahora se tornaba de un platinado cenizo.

Los faes también envejecían, incluso podían morir de vejez si ésta se prolongaba, pero para ellos el proceso no era tan rápido como les sucedía a los humanos. Lo mismo aplicaba (en diferentes intensidades) para los ferronatos y el resto de los feéricos. Los feéricos se desarrollaban al mismo ritmo que los humanos desde su nacimiento hasta la madurez, su versión de la pubertad, y el momento en que los feéricos llegaban al máximo de su poder. Una vez que la alcanzaban, en muchos de ellos comenzaba un envejecimiento tanto físico como mental, pero se ralentizaba tanto que podían pasar décadas sin cambios mayores ni notorios. Eventualmente, aunque Arlo siempre se viera mucho más joven de lo que en realidad era —lo que haría cuando su padre empezara a notarlo era otro problema del cual preocuparse—, comenzaría a verse mayor que su madre.

—Ay, estoy muy bien. ¡Mucho mejor ahora que tengo a mi chica favorita conmigo! Y tú, ¿cómo estás? ¿Cómo se siente tener dieciocho años?

—Como si fuera a estar cansada por el resto de mi vida, creo —respondió— Ayer fue... un día atareado.

Claro que no le diría por qué.

—¡¿Cansada?! —la molestó su padre mientras se incorporaba a la circulación—. Pobrecita chica de dieciocho entrando a los a sesenta...

—Yo no soy quien llama a su hija cada vez que David's Tea lanza un sabor nuevo, eh.

—Son placeres sencillos, Arlo. No todos podemos vivir en los condominios de siete millones de dólares de Success Towers.

Arlo aminoró el comentario pasivo-agresivo con una risita.

Su padre le agradaba. Con frecuencia se llevaba bien con él, cuando lograba ignorar la extrema aversión que él supuestamente le tenía a la magia, también la bola de resentimiento que sentía en su pecho por tener que lidiar con su decisión de borrar de su memoria todo lo concerniente al mundo mágico. Lo que sí le costaba mucho era lidiar con la no tan disimulada opinión general de Rory sobre su madre y su extravagante estilo de vida. A esas alturas, automáticamente, dejaba de escucharlo cuando comenzaba con eso. Sin embargo, los comentarios despectivos terminaron ahí y pronto ambos empezaron a reír sobre sus escenas favoritas de las películas de Marvel que ella finalmente lo había convencido de ver.

Ya entrados en la conversación, ella casi no lo notaba.

Mientras se estacionaban afuera de la cafetería, sintió un extraño escalofrío, helado y húmedo como la muerte, que le recorrió toda la piel. A través de la ventana abierta del copiloto percibió un discreto y enfermizo aroma dulce, como de flores descompuestas, que amenazó con hacerla vomitar.

¿De quién era esa aura?

Dejó de reírse y desvió su atención al lado opuesto de la calle, de donde al parecer emanaba aquella dulzura fría que la desconcertaba. Nunca había percibido un aura así, más allá de la presión de aire, más allá de los escalofríos... perniciosa y muerta, se retorcía entre su piel como gusanos en una tumba. Aunque enfocó su visión para ubicar la fuente del aura, sabía que era muy tarde. El rastro se había disipado, la fuente se había ido.

Cuando se volteó hacia la cafetería, con su visión aún activa, su mente expulsó por completo la identidad de lo que pudo haber pasado por donde estaban ellos. De inmediato supo por qué Celadon pensaba que esa cafetería sería muy divertida.

Good Vibes Only era un café para feéricos.

CAPÍTULO 5

✦ ARLO ✦

Escondida entre una hilera de edificios de oficinas, tiendas de ropa y numerosos restaurantes étnicos, Good Vibes Only era una cafetería replegada e inocua de ladrillo terracota y letreros platinados desgastados, apenas visible para los pasantes humanos. Pero, a juzgar por la pareja evidentemente humana que acababa de entrar por la puerta de cristal de la entrada, no estaba completamente oculta y libre de detección.

Las cafeterías feéricas estaban cada vez más de moda entre las cortes. Los feéricos comunes, los faeries y los ferronatos no restringían su contacto con los humanos tanto como los faes. Aun así, la ley prohibía que cualquiera afuera de la comunidad mágica supiera de la existencia de las cortes sin su aprobación. Esto significaba que, a veces, los faeries necesitaban un lugar donde ir para relajarse sin temor a que los descubrieran, así que más que extenuarse borrando dichos lugares por completo, los feéricos habían encontrado una alternativa que se puso de moda.

Cuando Arlo y su padre entraron a Good Vibes Only, ella no tuvo que esforzarse demasiado para percibir las múltiples auras que perfumaban el aire. Fue como entrar en una tienda de velas aromáticas y aunque Arlo estaba lejos de poder separar un aroma de otro en ese tipo de ambiente, no resultó tan abrumador como pensó que sería.

Para ser humano, el padre de Arlo era bastante hábil para detectar la magia alrededor de él, lo atraía como una llama a las polillas. Lo más probable era que eso fuera una coincidencia, aunque ella suponía que entre sus parientes lejanos él tendría a alguien feérico, lo cual explicaría la atracción que había sentido hacia su madre y por qué la misma Arlo era capaz de detectar magia con mucha más intensidad que otros faes.

—Entonces... —comenzó Rory cuando ya iban a media comida. Estaba parcialmente absorto rellenando un pedazo de totopo con el relleno de su burrito, pero mientras hablaba, le lanzó una mirada a través de la mesa—. ¿Ya te decidiste sobre tus estudios?

Ahí estaba: «la plática».

—No, realmente no —respondió ella suspirando—. Ya sé, ya sé, esperabas una mejor respuesta. Ya le pagamos a la universidad el depósito de aceptación, lo entiendo, pero, sinceramente, no sé si quiero ir. —Se recargó en el respaldo de su silla y soltó el tenedor—. Digo, estoy súper agradecida de que la Universidad de Toronto me aceptara en su programa de artes, pero ni siquiera sé qué haría... Mi cerebro no es científico como el tuyo. No puedo tomar tus clases de bioquímica y, por otro lado, todo mundo tiene una licenciatura en literatura inglesa...

Había hecho los trámites de admisión a la universidad sólo para asegurarse de tener algo en caso de que el Alto Consejo Feérico rechazara su estatus por completo.

La Academia Feérica de Toronto, mejor conocida como Teefa (o TFA por sus siglas en inglés), donde su ponderación había tenido lugar, no estaba para nada en la lista de opciones de Arlo.

Alguna vez, tan sólo el hecho de ser ferronata le habría garantizado un lugar ahí. Su magia era diferente, mucho mayor a los encantamientos o dominio de los elementos que los faes y los faeries practicaban; a través del tiempo se les conoció como brujos, magos o hechiceros, pero en realidad eran alquimistas. Su talento consistía en mezclar las runas ancestrales de la magia antigua con las fórmulas químicas científicas para realizar elaborados glifos o sellos alquímicos que les ayudaban a hacer todo tipo de cosas, como lanzar hechizos, encantar objetos o confeccionar pociones.

Arlo no tenía idea de por qué sólo los ferronatos podían hacer esto, de por qué esas fórmulas químicas se rehusaban a cooperar con su magia a menos que un ferronato estuviera presente para unirlas. Y jamás lo sabría, porque lo único que tenía permitido saber acerca de ese arte era que hacía varios siglos, un ferronato había intentado usar la alquimia para hacerse más poderoso que las cortes; el precio de tal arrogancia resultó devastador.

Muchos murieron… su secrecía casi se pierde… Después de esto, el Alto Consejo determinó que la alquimia era demasiado peligrosa para seguirse practicando y, en consecuencia, impuso restricciones mucho más severas a la comunidad ferronata.

Hoy en día ese arte estaba estrictamente prohibido y Arlo tendría más suerte si solicitaba que la admitieran en la Flota Estelar, porque la TFA admitía a faes y a nadie más.

—Estaba pensando postergar esta decisión por un año o algo así para viajar, como algunos compañeros de escuela están haciendo. ¿O tal vez trabajar? Porque irme a algún lugar donde no conozco a nadie que pudiera ayudarme si algo pasa… —Eso era demasiado aterrador para siquiera contemplarlo.

La universidad parecería la solución más segura y obvia, además de ser la opción que ambos padres querían que eligiera. Pero eso había sido antes de su ponderación, cuando aún estaba contenta con su estado de feérica. Desde entonces, a pesar de todas las dudas, se había permitido contemplar lo que quería, que no era ni seguro ni práctico.

Ahora que el Consejo le había concedido la opción de obtener el grado de fae (por mucho que fuera bajo presión), era imposible que ella misma no tuviera la esperanza de lograrlo, ese deseo florecía dentro de ella, la impulsaba hacia algo más… Pero no podía explicarle la profundidad de esa indecisión a su padre, por mucho que lo quisiera.

Rory suspiró profundamente y colocó su latte en la mesa.

—Es justo, Arlo. Es demasiado, lo sé, y a fin de cuentas es decisión tuya. Es sólo que no entiendo por qué no quieres ir. Está bien estar asustada, nadie sabe lo que quiere de la vida a tu edad. El mundo es un lugar confuso, pero eso no quiere decir que te duermas en tus laureles y esperes a que te llegue la inspiración así nada más.

—No es la metáfora que me gustaría, pero gracias, papá.

—Sé que estás preocupada por hacer lo correcto, por la razón que sea, sientes que la universidad no es lo tuyo. Pero a veces uno no sabe lo que quiere hasta que está ahí. No pagarás colegiatura porque yo trabajo en la universidad, así que si cambias de opinión lo único que costearías sería el préstamo que pidas para quedarte en la residencia… e incluso eso podría evitarse si te quedas a vivir conmigo o con tu madre —añadió seriamente.

—Lo sé. —Arlo suspiró de nuevo. Un poco de la frustración de su padre en realidad se debía a sus propias esperanzas de que ella se fuera a vivir con él durante sus estudios.

Ella agradecía que él pareciera entender que aparte de sus dramas adolescentes había algo más que la detenía; sin embargo contemplaba, y no por primera vez, cómo sería su vida si su padre jamás hubiera renunciado a sus conocimientos acerca de la magia, si él pudiera ser su confidente y ella pudiera jugar el papel de la hija en lugar del de protectora.

—Lo sé. No es que no quiera ir a la escuela en absoluto...

Que ella fuera a la escuela era lo único en lo que sus padres estaban de acuerdo.

Thalo estaba fascinada por el estilo de vida de los humanos, tanto que había decidido elegir a uno por esposo. Por eso quería que su hija fuera a la universidad. Pero Arlo también presentía que su insistencia más bien se debía a que se arrepentía de no haber asistido ella misma a la universidad.

Rory quería que su hija recibiera una educación superior. Plácidamente ignorante de cómo vivía su hija lejos de su mirada humana, la escuela para él significaba trabajo y seguridad, además de amistades para toda la vida que la ayudarían a descubrir qué quería para su futuro; un futuro que él no veía complicado.

Arlo desvió la mirada de la mesa en un intento por cambiar de tema y se puso a ojear el lugar y su gente.

El pequeño y pintoresco local estaba atestado de mesas color caoba, sillas a juego tapizadas de textiles florales y decorado con pinturas al óleo que colgaban de muros de ladrillo. En una barra que mostraba pasteles y galletas cubiertos con fanales elegantes había un fajo de panfletos con encantamientos para que los ojos humanos leyeran algo sobre el próximo festival en Danforth, pero que en realidad informaban las últimas noticias de la Asistencia, lo cual no era exactamente ilegal (la libertad de expresión era un derecho en las cortes tanto como para esta parte del mundo humano), aunque no dejaba de ser una sorprendente osadía.

En cuanto las cortes descubrieran esa propaganda, los empleados de Good Vibes Only seguramente serían sometidos a una seria interrogación y a partir de entonces los vigilarían de cerca.

Junto a ella y su padre se sentó una familia pequeña; ambos padres estaban enfrascados en un celular que sostenían. El par recordaba los momentos encapsulados en las fotos que miraban mientras su hija preadolescente jugaba con la cátsup en sus papas. A ella no le interesaba para nada ver el celular que su madre le mostraba y, en opinión de Arlo, parecía que no se estaba divirtiendo en absoluto.

Más allá, junto a la ventana de la fachada de la cafetería se sentaron dos hombres, ambos con atuendos para ciclistas de colores llamativos, sus cascos colgando de las sillas. En la mesa junto a ellos había un grupo de mujeres con ropa deportiva platicando muy a gusto con sus lattes. Según lo que Arlo pudo percibir debido a la concentración de aura en el grupo, al menos una de ellas era faerie, pero como su visión no era tan intensa como debería, jamás podría saber cuál de todas ni de qué tipo.

Así sucedía en las cafeterías feéricas.

Los feéricos no acudían a lugares como esos nada más por la energía de la cafeína; iban a recargar sus encantamientos. El personal estaba bastante bien entrenado para inundar el ambiente con la suficiente magia como pudieran; así, los feéricos podían relajarse y sus disfraces seguirían activos para los ojos humanos. Cualquier ser mágico demasiado cansado podía estar ahí y descansar sin tener que ir a casa, además de absorber un poco de la magia que se ofrecía gratis. Esto les permitiría sentirse, paulatinamente, refrescados como al inicio del día y el personal recibía una remuneración bastante generosa, financiada por las mismísimas cortes.

A pesar de su curiosidad por esa faerie deportiva, Arlo siguió recorriendo el lugar con la mirada. Hizo su mejor intento por repartir su atención entre su pesquisa y la anécdota que ahora su padre le contaba de cuando se mudó a Canadá, y que ya había escuchado numerosas veces.

—… por eso entiendo cómo te sientes. Digo, yo atravesé el océano Atlántico cuando me casé con tu madre. Me asustaba muchísimo venir, no conocía a nadie aquí, pero estaba tan enamorado de Thalo y ella estaba embarazada de ti, y…

Fue la chica de aquel rincón quien arrebató su atención, aunque al principio Arlo no sabía por qué.

A dos asientos de las señoras deportistas, esta nueva fuente de interés estaba casualmente encogida en su silla; sin embargo, su postura indiferente no concordaba con la inmensa atención que fijó en la familia junto a Arlo. Iba sola, sin mayor compañía que un latte y un sándwich. Parecía de la edad de Arlo, quizás un poco mayor. Su vestimenta era común en la moda citadina, pero le daba la apariencia de alguien que gustaba de acompañantes rudos.

Por sus jeans negros y ajustados, botas de cuero negro al igual que su chaqueta, debajo de la cual vestía tan sólo una camiseta ajustada sin mangas, también negra, una parte de Arlo comparó a esa chica con algunos de sus compañeros de escuela, esos que fumaban en los baños cerca del salón de teatro y que se perforaban los oídos ellos mismos con cabezas de alfileres.

Los chicos *cool*.

Ella nunca había pertenecido a esos grupos, ni siquiera cuando los chicos de su edad se esmeraban en ignorarla. Tampoco era como si perteneciera a cualquier otro grupo, pero su espectacular incapacidad para ir más allá de los límites la hacía, tristemente, alguien completamente ajeno a ese grupo en particular. Su instinto le decía que volteara hacia otro lado, pero esa chica miraba a la familia con mucha intensidad... ¿Acaso planeaba robarles o algo así?

Eso no era de su incumbencia.

Además, ¿qué podía hacer? ¿Avisarle a la familia? ¿Decirles que en el rincón había algo así como un «personaje sombrío» y que mejor vigilaran de cerca sus pertenencias? Lo más probable era que la chica fuera completamente inofensiva y entonces lo único que Arlo ocasionaría serían problemas en donde no los había.

En serio. Simplemente podría voltear hacia otro lado. Pero había algo tan extraño en ella...

—... de verdad, sentí como si despertara de un sueño y cayera de golpe en la dura realidad. Pero tenía un trabajo, amigos y, sobre todo, a ti. Quisiera o no, la vida seguiría su curso. Así que me dije «Ror, no puedes seguir compadeciéndote. O te cagas o te sales de...».

Mientras más examinaba, más trabajo le costaba a Arlo desviar la mirada y más se convencía de que la chica del rincón era más de lo que aparentaba.

¿Sería una faerie?

A diferencia de las chicas de su escuela, que se esforzaban mucho para parecer rudas y peligrosas, ella no parecía fingir. Había algo en su expresión corporal; una gracia casual. No dejaba ver mucho de sí y la mesa bloqueaba la vista, pero todo su cuerpo emanaba cierta fuerza, todo ese negro parecía piel de víbora que cubría puro músculo.

Lo más preocupante eran sus ojos.

Al exterior mostraba piel dorada, cabello cenizo muy despeinado y echado hacia atrás; su rostro era un arsenal de facciones angulosas, mortalmente afiladas; sus penetrantes ojos grises eran tan brillantes como las puntas resplandecientes de las dagas.

Demasiado brillantes.

En el fondo de su mirada, algo se tensaba, una sombra de algo que Arlo no lograba distinguir. Pero estaba ahí.

Pero su sello mágico, no.

Esta chica era fuerte, también era bella, pero por encima de todo era muy atemorizante. Sin embargo, Arlo no pudo percibir nada que le indicara que fuera otra cosa más que humana. ¿Tal vez su magia simplemente era demasiado débil para no destacar contra todo lo demás en la cafetería?

Arlo agudizó su visión una vez más, en un intento por detectar aunque fuera un rastro de su magia. O al menos ésa era su intención, hasta que la chica finalmente se dio cuenta de que ahora ella era el objeto de atención de alguien más.

Aquellos ojos penetrantes se dirigieron a Arlo.

La mirada fulminante la hizo retroceder bruscamente. En cuanto la presión impactó en el fondo de sus ojos, un dolor mortal le punzó el estómago y durante unos instantes su visión se quebró y no pudo ver nada.

—¿Arlo? —Rory se preocupó—. Oye, ¿estás bien? ¿Qué pasó? —Enseguida sus manos se ocuparon de detener la bebida que Arlo casi había tirado.

Ella miró a su padre, se sobó el vientre y genuinamente se sorprendió de no ver nada rojo. Hubiera jurado que le habían apuñalado las entrañas, que la habían herido de gravedad. No obstante... no pasó nada.

El dolor se disipó tan pronto como lo habían infligido.

Unos cuantos cabellos quedaron fuera de lugar, gracias a este inexplicable arrebato de terror, pero ni sus jeans ni su camiseta blanca por debajo del suéter mostraban señales de herida.

Estaba bien.

¿Lo que Arlo sintió fue el aura de la chica?

Imposible.

Jamás había sentido un aura tan feroz. De seguro su mente le jugaba sucio. ¿Cuánta cafeína tenía su bebida?

—Perdón —se disculpó con las cejas fruncidas—. Estoy bien, me distraje un segundo. Algo me rozó la pierna y me sobresalté.

Rory dejó pasar el extraño comportamiento de su hija sin nada más que una ceja arqueada. Antes de que Arlo pudiera contenerse, miró de nuevo por encima del hombro de su padre y a la chica que tal vez intentó matarla con la mirada. Si lo que le pasó no había sido su imaginación, ¿tal vez la chica estaba enviando ese mismo extraño poder contra la familia que miraba atentamente?

Y la niña preadolescente en la mesa al lado, ¿ésa era la razón por la que se veía tan claramente incómoda?

La chica del rincón ya no la miraba. Había regresado su atención a la familia mientras recogían sus cosas. Su ceja comenzaba a arquearse para mostrar... ¿preocupación? ¿curiosidad? Era difícil saberlo.

—No pareces muy interesada en tu comida. ¿Supongo que ya te quieres ir?

—¿Eh? —Arlo volteó hacia su padre—. Lo siento, hoy no tengo mucha hambre. Sí, ya vámonos.

—... dije, ¡no me siento bien! —se quejó la niña preadolescente, lo cual volvió a arrebatarle la atención a Arlo.

Vaya que no estaba exagerando.

No se veía bien en absoluto. Había empezado a sudar y ahora se veía alarmantemente pálida. Se encogió en su asiento, soltó las papas para sobarse el pecho y se veía mucho peor que hacía un momento, al grado que Arlo se preguntó si estaba a punto de vomitar en el espacio entre ellas.

—Cassandra, cariño, en serio...

—Carl, de verdad se ve mal. Tal vez deberíamos regresar al hotel y descansar el resto del día.

—Se ha estado quejando durante todo el viaje, Chloe. Sólo porque no estamos en Palm Springs no quiere decir que no pueda disfrutar, ¡ni Dios lo quiera! Cassie, por favor, ya no sigas con esto.

—¡Nunca me haces caso! —lloró Cassandra, que empezaba a arrastrar las palabras. De su rostro pálido comenzaron a escurrirse lágrimas genuinas— No me siento bien. ¡Me duele el pecho! Qui-quiero irme a casa —gimió mientras se estrujaba la camiseta—. Voy a vomitar.

—¡Es que mira cómo te pones!

—¡Carl!

—Arlo, ¿me estás escuchando?

—¿Qué diab...? —exclamó Arlo sorprendida y se enderezó de golpe, porque algo muy extraño le estaba sucediendo a la niña. A Cassandra.

Al mismo tiempo, Cassandra se dobló.

—No... no... —tartamudeó con la quijada trabada, luego vomitó en el piso y se desmayó.

La silla de la madre cayó estruendosamente contra el piso cuando saltó a ayudar a su hija.

—¡Cassandra!

Lo único que Arlo pudo hacer fue mirar con los ojos abiertos a tope.

Lo que la tenía pasmada no era la vomitada de Cassandra, sino la manera en que la sangre de sus venas empezaba a brillar con el color de un rubí y el resplandor de un semáforo en rojo.

—¿Qué diablos es eso? —murmuró Arlo, estupefacta, mientras se levantaba con lentitud.

Ahora, los padres de Cassandra, histéricos, abrazaban a su hija y pedían auxilio a gritos. No parecían tan preocupados como deberían estar por el resplandor de las venas de su hija; era casi como si no lo vieran.

Y entonces su instinto se activó de nuevo.

Alejó la mirada de la familia y el personal que se aglomeró para socorrerlos, de los mirones estupefactos, cuyos rostros se desgarraban de horror al distinguir frases como «no respira» y «no siento su pulso» para ver a la chica del rincón.

Ella se mantuvo firme como una estatua; miraba cómo uno de los empleados acomodaba a Cassandra para darle respiración de boca a boca. Miraba como si todo eso fuera de esperarse... como si eso simplemente fuera el siguiente paso en un horrendo plan y todo siguiera su curso a la perfección.

—¡Oye! —gruñó Arlo, de pronto demasiado furiosa para sorprenderse de su propia osadía— ¡Tú!

Sin hacer caso a sus gritos, Rory se levantó de su asiento y hábilmente rodeó la mesa para quitarla del paso. A él sólo le interesaba hacer espacio para la familia y los que estaban ayudando a la niña colapsada.

A la distancia se oyeron sirenas. Alguien había llamado a una ambulancia que se acercaba más a cada segundo. La faerie del grupo de señoras deportistas ahora era fácil de identificar, pues era la única que miraba con un interés desconcertado, más embelesada por el espectáculo que por el horror de una azarosa muerte humana, a pesar de que una de sus compañeras (enfermera, según dijo) se espabiló para unirse al personal en el piso que socorría a Cassandra.

De por sí había mucha conmoción como para que Arlo se pusiera a gritarle a extraños despiadados; además, no resolvería nada. Sin embargo, logró llamar la atención de la chica una vez más.

Esta vez fue Arlo quien la fulminó con la mirada.

El resplandor en el cuerpo de Cassandra comenzó a disminuir. Arlo jamás había visto magia como ésa, pero la chica de negro... Arlo estaba dispuesta a apostar todo a que ella tenía algo que ver. Y si no, al menos sabía más que nadie ahí sobre lo que había sucedido. Y eso bastaba para que Arlo sospechara de ella.

Aun si la chica no era la causa de estos acontecimientos, no había hecho nada para prevenirlos. Ella supo que algo no estaba bien, de otro modo ¿por qué los miraba tan fijamente? Y ahora una madre histérica permanecía hincada en el piso, rogando por que su hija, inerte, abriera los ojos «por favor, hijita, reacciona».

Los paramédicos llegaron al fin, abriéndose camino bruscamente desde la entrada. Nada más porque la había estado mirando a ella en lugar de a Cassandra, Arlo pudo ver cómo la posible culpable intentaba escurrirse hacia la salida aprovechando la conmoción de todos.

—Está bien —susurró Rory, que malinterpretó la reacción de Arlo y por eso la abrazó y le plantó un beso en la cabeza sin verla, porque su atención seguía en Cassandra, a quien ahora subían a una camilla—. Está bien, todo está bien.

Una mentira.

Para Cassandra nada estaría «bien». Arlo no necesitó que los padres conmocionados y los paramédicos de rostro desencajado le dijeran que la niña había muerto. El resplandor de sus venas se desvaneció por completo antes incluso de que le cubrieran el cuerpo mientras la llevaban deprisa hacia la ambulancia. No necesitó una declaración oficial para saber lo que eso significaba.

Se zafó del abrazo de su padre y salió corriendo sin pensar (fue la única explicación que encontró de aquel arrebato de valentía que la hizo perseguir a la chica de negro).

—¡Arlo! —gritó su padre—. ¿Qué estás haciendo?

—Señor, le voy a pedir que retroceda, por favor.

—Pero mi hija... ¡Arlo!

Arlo salió corriendo del Good Vibes Only y examinó sus alrededores con frenesí.

—¡Oye, tú! ¡Detente!

La chica de negro ya estaba demasiado lejos y bien pudo fingir que no la había escuchado. Aun si Arlo no hubiera corrido tras ella, pudo haber escapado, pues estaba en la acera de la siguiente cuadra. Pero por alguna razón, decidió detenerse. Arlo no se cuestionó su reacción, más bien su atrevimiento la impulsó aún más y la hizo olvidar lo terriblemente incómoda que solía sentirse ante las confrontaciones.

—¿Qué hiciste? —la acusó a gritos, dejando salir la tempestad de su interior.

Finalmente la había alcanzado, aunque sin idea alguna de qué hacer a continuación, así que hizo lo primero que le sugirió la adrenalina: se estiró para tomar a la chica del brazo y la obligó a darse la media vuelta para verla de frente.

—¿Disculpa?

Cualquier tensión en la chica se relajó en una postura amenazante y la miró con furia. Esos ojos grises la veían con más agudeza ahora que estaba más cerca, tanto que pudo contarle las pecas incipientes en su rostro bronceado. No era humana, al fin pudo saberlo con certeza. Lo que fuera que era aún le resultaba ambiguo, pero sí que había suficiente energía de otro mundo oculta en aquel disfraz humano que la delataba.

Para Arlo fue muy irritante no poder evitar pensar que la chica era aún más hermosa de cerca.

Y esa dolorosa sensación que había sentido en la cafetería sí era la magia de la chica, ahora podía sentirla mejor. Dos auras en un día. Arlo no sabía qué concluir acerca de esa progresión de su habilidad para sentir la magia físicamente, pero esa aura era diferente de la que sintió antes de entrar a la cafetería. Era violenta, furiosa, retorcida y caliente. Olía a humo de madera y a metal. No a flores podridas. Y atacó a Arlo en cuanto su propia aura trató de contrarrestarla.

Casi se retrae.

Lo habría hecho si no fuera porque algo en la mirada tensa de la chica parecía querer que retrocediera, y Arlo podía ser tan terca como los faes en su familia cuando no estaba de buen humor.

—Te pregunté qué le hiciste a esa niña.

—Qué atrevida suposición, Roja. Oye, ¿esto es todo lo que querías? Porque por el momento estoy ocupada. Hoy ya no tengo tiempo para jugar otra ronda de «échale la culpa a la Estrella Oscura».

La Estrella Oscura...

—¿Qué?

La chica de negro sonrió con travesura. Le permitió a Arlo mantenerla agarrada del brazo, pero con su brazo izquierdo se aflojó el cuello de la chaqueta.

Los ojos de Arlo se abrieron a tope.

Ahí, en la curvatura de su cuello estaba el tatuaje de una gran estrella negra; de inmediato supo lo que significaba, aunque nunca lo había visto con sus propios ojos antes y tuvo que basar sus conclusiones en meros rumores.

Arlo la soltó. No se sabía mucho sobre la Estrella Oscura, la faerie infame que para la comunidad mágica era una plaga más que cualquier otra cosa. Había pasado mucho tiempo desde que alguien la cautivó el tiempo suficiente para conversar con ella; de hecho, algunos seres mágicos pensaban que no era real, sólo una versión feérica del Coco, un chivo expiatorio para nombrar todo lo que salía mal sin explicación alguna.

El sumo rey había publicado una declaración apenas unos días atrás en la que mencionaba a la Estrella Oscura como sospechosa de la serie de asesinatos de ferronatos. Eso generó muchas dudas, tanto sobre la sanidad del sumo rey por echarle la culpa a un *poltergeist* salvaje que sólo existía en su imaginación, como en su osadía por hacerlo. No obstante, Arlo acababa de ser testigo directo de cómo una niña había muerto por algo que la chica frente a ella había hecho.

¿Cassandra era ferronata? Arlo no había pensado revisar su aura. Pero si ella era la Estrella Oscura y si era responsable por todas las muertes de los otros ferronatos...

—¡Eres tú! —Arlo se encogió, intimidada.

—Sí, soy yo. —En el rostro de la chica destelló algo que parecía triunfal, pero no fue lo suficientemente rápido para ocultar la decepción que apareció antes. Arlo no tenía idea de qué significaba eso.

Pero tampoco le importaba.

—Vendrás conmigo.

De dondequiera que hubiera salido esta osadía, Arlo no alegaría al respecto. Tal vez era un efecto secundario del alivio por su ponderación; tal vez era el desconcierto de haber atestiguado la muerte de alguien, pero volvió a tomar a la Estrella Oscura del brazo y la jaló de vuelta por la calle.

—¿Qué...? ¡¿Qué estás haciendo?!

Tal vez la Estrella Oscura estaba desconcertada por la osadía de Arlo; trastabillaba detrás de ella, sin oponerse.

—Oye, Roja, ¿qué carajos?

—Te llevo de vuelta al palacio.

—Eh, no, no, gracias.

—No te pregunté.

—Okey, Señorita Audacia, ¿vamos a caminar hasta allá?

Ésa era una muy buena pregunta. Una que sólo sirvió para irritar más a Arlo. Esa chica, fuera o no la Estrella Oscura, no se daba cuenta de la situación en la que se encontraba ni tampoco mostraba remordimientos por lo que probablemente acababa de hacer.

—Sí —le lanzó apretando los dientes.

—Ja. Tú no... me tienes miedo, ¿verdad? Sabes, es la primera vez que me arresta una hermosa damisela, y encima llena de tal furia. Me agrada. ¿Quieres ir por un café después? En otra cafetería, desde luego. En ésta el ambiente se tornó oscuro...

—¿Es broma? —Arlo se detuvo y se dio la media vuelta—. Una niña acaba de morir. Está muerta. Frente a nosotros, frente a sus padres...

¿Ella murió y tú bromeas? —Ahora estaba gritando. Los peatones prácticamente huían corriendo de donde estaban ellas para evitar involucrarse en la escena. La chica de negro la miró con puro asombro. Arlo no podía creer que nadie más le hubiera gritado antes, así que ésa no podía ser la razón.

—Yo no fui.

Pronunció las palabras tan suavemente como la adolescente que aparentaba ser bajo toda su fanfarronería; una adolescente joven y perdida y, en este momento, ligeramente aterrada por ser el monstruo que todos la acusaban de ser. Al ver eso, la ira de Arlo cedió.

—Pues eso se lo podrás decir al sumo rey.

—Ah, no, yo paso.

El momento de sinceridad se esfumó, se lo llevó la bravuconería que regresaba a instaurarse. La chica de negro se recompuso y antes de que Arlo pudiera detenerla, se zafó fácilmente de su agarre.

—¡Espera! ¡Ven acá!

—Arlo, ¿qué diablos crees que haces saliéndote así?

Rory tomó a su hija de los brazos y la obligó a dar la vuelta para confrontarlo. Fue toda la distracción que la chica de negro necesitó para escaparse, escurrirse por la calle y desaparecer entre el gentío.

Muy bien.

Que corriera tanto como quisiera.

Qué mal por ella que Arlo tuviera algo mucho mejor que la descripción de sus facciones para rastrearla.

La Estrella Oscura…

La chica de negro se había ido, pero no escaparía. Fuera o no quien decía, el tatuaje en su cuello sólo facilitaría encontrarla. Ella tenía respuestas. Para desgracia de la Estrella Oscura, Arlo se aseguraría de sacar a la luz cualquier confabulación escabrosa en la que estuviera involucrada.

———————————— ✦ ————————————

Había pasado un año desde el encuentro de Hero con el cazador de los ojos fluorescentes. El sello de su magia ahora estaba levantado y su memoria sobre la comunidad mágica se encontraba restaurada —fue un sentimiento muy parecido a despertar de un sueño y aterrizar en la fría realidad—, pero recobrarse de todo eso había sido, sin duda, desagradable.

Pasaron meses antes de que su enfermedad amainara. Su tartamudeo, sus lagunas mentales, sus dolores de cabeza, las noches de insomnio y su fatiga crónica, todo empeoró antes de mejorar. Tomó tiempo para que su cuerpo se ajustara a la súbita reorganización de su cerebro. Esa revocación de la violación del Alto Consejo le pegó como una tormenta furiosa; su poder era de un ser vivo extremadamente molesto por haber estado confinado, y vaya que se esforzó en gritarlo a los cuatro vientos.

Y luego... mejoró.

Como si nunca hubiera pasado por condiciones miserables, Hero se sintió de nuevo él mismo.

Pero claro que tuvo su costo. Al renunciar a sus conocimientos, en su memoria el hecho de haberse ido de casa había sido maquillado con la certeza de que se trataba de un asunto dramático en el que su madre lo había corrido de la casa, lo cual le venía bien, porque vivían en una gran miseria él y sus seis hermanos menores, quienes con frecuencia quedaban bajo su cuidado, pues ella rara vez estaba en casa y su padre alcohólico solamente aparecía en el lapso de una novia y la siguiente. Nada de eso le brindaba alegría.

Pero cuando sus conocimientos volvieron, recordó que dicho evento sucedió porque su madre quería que se fuera, porque el que se quedara implicaba demasiado trabajo para ella. Hubiera tenido que evitar que sus otros hijos mostraran su magia frente a él, como dictaba la regla, además de que, como él había cumplido dieciocho y perdido su «estatus mágico», ya no recibiría el cheque adicional que otorgaban las cortes. Hero ya no era de utilidad para su madre y le dolió recordar exactamente por qué era así, es decir, que todo se resumía en cuánto valía y que para su madre no valía nada.

Pero ya no importaba.

Ahora tenía lo que más importaba: todas las piezas que lo hacían él mismo... aunque no tenía idea de qué querría el cazador de ojos fluorescentes a cambio de regresarle eso.

—Malachite querido, ¿qué diantres te trajo hasta Nevada?

Al oír la voz, Hero se espabiló y algo más se removió dentro de él, una memoria con la que aún debía reconectar. Dirigió la mirada de su capuchino al exterior de la cafetería en la que trabajaba y de inmediato identificó la fuente: un hombre, indudablemente fae, aunque con un encantamiento, acababa de entrar.

Alto y delgado, pero visiblemente fuerte, de piel blanca como marfil, apuesto, vestido con un traje muy costoso verde esmeralda tan oscuro que casi era negro. Su magia apenas alcanzaba a cubrir sus orejas puntiagudas y el resplandor azul por debajo de su piel; también tenía un porte que evidenciaba una gran confianza en sí mismo. Se trataba de un fae acaudalado y con mucho poder.

—Briar Sylvain —exclamó gustosamente otro fae encantado—. ¡Yo podría preguntarte lo mismo! —Obviamente él era «Malachite», tan alto como Briar Sylvain y un poco más fuerte, de piel dorada y ojos verde jade tan resplandecientes que tenía que ser por magia. Hermoso, majestuoso y emanaba un resplandor crepuscular… Si a Hero no le fallaba la memoria, su resplandor indicaba que pertenecía a la realeza.

Se abrazaron y a Hero le dolió la cabeza de tanto esforzarse hurgando en su memoria. Briar Sylvain… conocía a ese nombre.

—¿Viniste por negocios?

—Un rastreador nunca duerme, ya lo sabes. —Malachite sonrió de oreja a oreja—. ¿Tú también?

Briar se sentó con su amigo y aplacó las arrugas que esa acción ocasionó en sus pantalones.

—Sí, un concejal tampoco duerme. Es esa época del año en la que hacemos nuestras rondas por las academias para supervisar el progreso. Sabes, me sorprende encontrarte por estos rumbos. Oye, ¿que tu hermana tuvo una bebé? ¿Cómo es que se llama?

—Arlo. —Malachite hizo una mueca—. Arlo Jarsdel, un nombre horrible. Un nombre horrible para una horrible ferronata. Ella no es de mi familia, así que no veo razón para celebrar.

—Sí, sí, estoy de acuerdo. Es un gran pecado, en mi opinión, que las antiguas familias comiencen a oxidarse. Lo mejor es alejarse de este tipo de vergüenza. Al menos no le dieron el apellido Viridian. —Sacudió la cabeza, como si ésa hubiera sido la peor ofensa del mundo—. Aunque no hay de qué preocuparse; cuando llegue su ponderación, haré uso de todo mi poder para asegurarme de que la saquen. Esos ferronatos… Por mí que los exilien a todos. Justo el otro día…

La voz del hombre se fue apagando debido a un zumbido que Hero entendió muy tarde que solamente él podía escuchar.

Y entonces recordó: Briar Sylvain, el representante de los seelies de primavera de la corte de Inglaterra, el mismo que votó en contra de Hero en su ponderación cuando estuvo frente al Alto Consejo para que decidieran su futuro.

Sintió cómo su labio se torcía en una especie de sonrisa perversa. Briar Sylvain, quien, al igual que su madre, lo había juzgado y menospreciado…

—¿Verdad que son repugnantes? —le dijo al oído una voz.

Hero casi se tira el café encima. El cazador de ojos fluorescentes tenía el hábito de aparecerse de la nada.

—¿Cómo logra hacer eso? —farfulló.

—He estado aquí todo el tiempo. —La sonrisa del cazador le recordaba a un tiburón—. El encantamiento de un cazador es especial; puedo hacerme invisible a voluntad. De hecho, en este momento, nadie más que tú puede verme u oírme.

—Qué maravilla —murmuró Hero—. Menos mal que ya me acostumbré a que la gente piense que estoy loco. —Su mirada regresó al concejal y a su amigo—. Ellos se creen tan superiores a los demás.

—Qué gracioso, ¿no? Si tan sólo supieran de lo que Arlo Jarsdel será capaz algún día...

—¿Qué la hace tan especial? —soltó Hero, furioso, luego hizo una mueca de arrepentimiento. No quiso que sus palabras sonaran tan exigentes ante su salvador y, más importante aún, el primer amigo que tenía desde hace mucho tiempo.

Pero, por alguna razón, esto sólo hizo que el cazador sonriera aún más.

—Me pregunto qué es más fuerte en ti, ¿tu avaricia o tus celos?

—No quise...

—Olvídate de la chica. Prefiero hablar acerca de lo que te hace especial a ti, Hero. Lo que te hace mucho mejor que faes como Briar Sylvain y Malachite Viridian-Verdell.

Sí, Hero preferiría hablar de eso también.

—¿Qué crees que los hace diferentes a ti? ¿Qué les hace creer que son mejores?

—La riqueza. —La respuesta de Hero fue inmediata, amarga, casi como si hubiera salido antes de siquiera pensarla.

—¿Ah, sí? —rio el cazador.

—Poder, privilegios, belleza; la riqueza es más que dinero, pero ciertamente ellos también lo tienen. Valen mucho más, por lo tanto, son más.

—Entonces gana la avaricia.

Hero miró al cazador. Este individuo apabullante. Él también valía mucho más. ¿Cómo sería estar junto a él como su igual, como algo mucho más que su obra de caridad, como su socio? ¿Cómo sería si Hero pudiera volverse tan atractivo para el cazador como éste lo era para él? ¿Y si pudiera ser más como Briar Sylvain, bien vestido, agradable ante todos, rico tanto en apariencia como en porte?

Como si le leyera la mente, el cazador sonrió con ternura.

—Si tan sólo hubiera una manera para que tú también fueras más, para darte toda la riqueza del mundo, para financiar tu inteligencia, tus experimentos, tu leyenda, mi Hero... mi héroe...

«Mi héroe...». Se estremeció. Le gustaba que el cazador lo llamara así.

También conocía bien al cazador, lo suficiente para leer entre líneas lo que le decía.

Miró a Briar Sylvain. Miró a Malachite. Luego de vuelta al cazador, cuyo nombre aún desconocía, no se había ganado conocerlo, no aún, pero estaba resuelto a algún día saberlo. Así que repitió lo mismo que había dicho la primera vez que se vieron.

—Lo escucho.

CAPÍTULO 6

✦ NAUSICAÄ ✦

Todo lo que Nausicaä quería era un condenado café.

Había sido un día largo en el que había tenido que sonsacarle chismes a faeries al azar con la esperanza de aprender lo más que pudiera sobre el área. Había pasado mucho tiempo desde la última vez que se encontraba en el territorio de los unseelies de primavera, desde que había estado en Europa, bajo el régimen del soberano anterior; aunque el trabajo de los Viridian era impresionante, lograban mantener el poder sobre esta estación. Sobre todo porque había muy pocas familias reales y no se llevaban bien entre ellas, lo que hacía común que las cortes cambiaran de soberano y de ubicación geográfica.

Aunque los Viridian sólo se habían establecido en esa parte del mundo apenas un siglo atrás, habían logrado mantener la Primavera de los Unseelie bajo su control desde su fundación, y ésa no era una hazaña cualquiera. Ninguna otra familia podía alardear de una proeza así; en consecuencia, la magia que seguía a la Primavera de los Unseelie era extraordinariamente poderosa, también lo eran sus miembros, hecho que por el momento le concernía a Nausicaä.

—Ella no debería existir. ¿Qué mierda está pasando en esta Corte?

Ignorando las protestas de las personas detrás de ella sobre la acera, Nausicaä se detuvo de golpe.

Roja... Cuando Nausicaä la vio por primera vez en la cafetería, por un momento pensó que estaba viendo a Tisífone. Fue por toda esa cabellera pelirroja, aunque la de Tisífone era del tono del coral, no del fuego. Fueron esos resplandecientes ojos verdes, aunque los de Tisífone eran del tono del mar, no del jade. Era por su poder central, aunque el de Tisífone se había formado del agua, no del viento, que era lo que Roja contenía en su interior. Todo ese poder comenzaba a incrementar para luego ser una tormenta que se desataría de sus confines, y si Roja sobrevivía a eso, el reino mortal ni cuenta se daría qué lo había impactado, porque esa chica... Nausicaä lo sintió de inmediato.

Destino se había atrevido a conformar a una mortal con magia inmortal.

Cuando los inmortales eran destruidos, no regresaban a la Reserva Estelar que Destino usaba para moldear a sus hijos mortales. Su reserva estaba aparte, porque lo que conformaba a los inmortales era mucho más fuerte y ocasionaba estragos en la mente, cuerpo y alma por igual de los mortales que no habían nacido de divinidades.

¿Acaso alguno de los padres de Roja era inmortal? Probablemente no; aquí los inmortales ya no lo tenían permitido. Las Furias y la Caza Feroz, así como unos cuantos del estilo en varias partes del mundo tenían permiso de actuar en este reino; también, los líderes de las cortes podían extenderle una invitación temporal a cualquier inmortal que aceptara la convocatoria, pero dicho inmortal no podía deambular más allá del territorio acordado previamente.

Además, Roja era claramente ferronata; Nausicaä también percibió eso en su magia. Se sabe que la titán Destino hacía eso de vez en cuando, aunque no desde el exilio de los inmortales de ese reino. Solía tomar a un mortal, lo «pulía» con un poco de magia de otro mundo y lo lanzaba entre el resto para que otras deidades se pelearan entre ellos en una especie de cruel partido de captura la bandera.

El poder de las deidades dependía grandemente de cuánto eran veneradas. En otros tiempos, fornicaban con los mortales para procrear; a esta progenie tanto seres mágicos como humanos los llamaban «semidioses». Así era como alardeaban de su grandeza y superioridad por encima de otras deidades para ganarse el favor de los mortales. No obstante, hoy día los humanos habían olvidado a los antiguos dioses por completo. Y en vista de que los seres mágicos ya sólo adoraban a unos cuantos de su predilección (y sólo cuando les convenía), los poderes inmortales habían menguado considerablemente al pasar de los siglos. Personas como Roja eran un as bajo la manga que todos querrían tener en su juego. Una vez que Roja madurara, una vez que tomara las riendas de su poder, las deidades comenzarían a rondarla, buscarían cómo sacar a los demás de la jugada para tenerla de su lado; encontrarían la manera de darle la vuelta al tratado que les impedía hacerlo. Nadie en el reino mortal se daba cuenta de lo mucho que los inmortales anhelaban restaurar sus poderes, obtener la adoración que los fortalecería y les permitiría desintegrar el tratado por completo. Porque entonces podrían regresar.

Roja les daría la ventaja que ansiaban con desesperación.

Por lo tanto, Destino tenía que estar detrás de eso, pero ¿por qué? Nausicaä podía elucubrar todo tipo de hipótesis, pero realmente no lo sabría. Jamás había entendido del todo las mentes de sus mayores; desde hacía mucho no la ponían al tanto de sus planes. Los titanes del oeste: Destino, Suerte, Esperanza, Ruina, Caos, Naturaleza y Tiempo... Estos seres jugaban bajo sus propias reglas. Si Roja era uno de sus peones, le deseaba la mejor de las suertes.

Nada de eso concernía a Nausicaä.

Así que trató de no hacerle caso.

Fácil, al principio, su curiosidad original la había enfrascado en el asunto, pero ya había pasado. Definitivamente, ella también era ferronata, a juzgar por el resplandor dentro de sus venas y la débil aura mágica que se aferraba a su madre. El destripador tenía que haber estado cerca. Claramente lo enviaron a limpiar el rastro detrás de quien era el verdadero responsable. Nausicaä no logró sentirlo, pero sabía que si indagaba lo suficiente, sería capaz de encontrar aquello que esperaba oculto en la distancia, esperando el momento preciso para atacar.

Y luego, una vez más, ahí estaba Roja, persiguiéndola, sonrojada de furia. Nausicaä no pudo más que detenerse; no logró evitar la interacción, tanto como el fuego no puede evitar que el viento lo avive.

Recuerda nuestro trato.

Lo sabrás cuando se conozcan.

Tú ayudarás. Yo te llevaré.

—A la mierda con eso. —Nausicaä infló las mejillas y reanudó el paso. Roja no era a quien se suponía que había que ayudar. Se rehusaba a ayudarla. Tal como se rehusó a permanecer más tiempo en la escena de lo ocurrido—. Ahora, si yo fuera un puto monstruo letal, ¿dónde me escondería?

Y ahora más que nunca, Nausicaä se preguntó si el titán Suerte empezaba a aburrirse con la paz, tal como aparentemente sucedía con Destino, porque casi como respuesta a su pregunta, un coro de gritos llamó su atención. Se detuvo de nuevo, con los ojos abiertos a tope y enseguida volteó a su izquierda.

La icónica torre CN de Ontario apareció justo por encima de ella y, en su base, el Acuario de Ripley de Canadá, en este momento resonando con gritos humanos.

—Já —exclamó Nausicaä, haciendo una importante conexión con el lugar.

Las cortes habían desplazado a los destripadores tan lejos de sus territorios que aquellas criaturas decidieron ocultarse en las cavernas y los recovecos más profundos del mundo. Mucho tiempo había pasado desde su desaparición de la sociedad, así que una ciudad como ésa, con tanta gente, autos, artefactos, luces y sonidos, tenía que ser abrumadora para ellos.

Para el destripador que Nausicaä cazaba... Era muy posible que lo hubieran encontrado en alguna gruta solitaria cerca del mar donde todo era tranquilo, húmedo y fresco. Ahora estaba tan lejos de donde vivía que seguramente extrañaba su hogar... por lo que toparse con un acuario sería como encontrar un oasis en el desierto.

Nausicaä ni siquiera había tenido tiempo para decidir si quería detener al destripador o ayudarle.

Un aullido monstruoso invadió el aire, mucho menos triunfante de lo que sonó allá en Darrington; las puertas del acuario se abrieron de golpe y la multitud salió despavorida. Momentos después se oyó un estallido de ventanas, seguido de un maremoto lleno de peces y criaturas marinas.

Nausicaä estiró los brazos al frente y volteó la cabeza como preparación para el impacto súbito, pero justo cuando le dio, alguien se la llevó lejos de la ola, lejos del destripador, lejos del acuario.

Tan pronto como se dio cuenta de que alguien la estaba teletransportando, llegó. Abrió los ojos y se encontró empapada y en medio de...

—¿Un cementerio?

El cementerio de St. James, para ser exactos, el más antiguo aún activo en Toronto. Estaba a unos cuantos metros del Palacio de la Primavera y tenía lo típico que uno encontraría en un panteón: robles viejos y marchitos, tumbas enmohecidas, monumentos en ruinas, mausoleos de mármol desgastados, unos cuantos sluaghs haciéndose pasar por cuervos, todo eso contenido dentro de una reja de hierro forjado descascarada y oxidada (una superstición que crearon los humanos en los tiempos cuando este tipo de creencias era mucho más fuerte) para protegerlos de los espíritus chocarreros. En el día se permitía el tránsito humano, pero una vez que caía la noche, se volvía el sitio más popular entre los faeries, a pesar del metal que se suponía los ahuyentaba. En estos momentos, no había ni humanos ni faeries, con excepción de los sluaghs.

—Hola, Nausicaä. —Sintió cómo por su cuello escurrían estas palabras etéreas y cadenciosas.

Se estremeció y enseguida se alejó. Su catana se materializó en sus manos con una explosión de humo negro. En cuanto hubo espacio suficiente entre ella y la persona que la había llevado ahí, se dio la vuelta. En ese reino había muy pocos que podían acercarse sigilosamente sin que ella lo notara y, para la peor de sus suertes, tenía enfrente justamente a la persona que menos deseaba encontrar.

—Lethe.

El alto y delgado inmortal tenía la complexión de un tronco de madera que el mar había arrastrado hasta la playa, es decir, torcido en ángulos extraños. Todo en él parecía demasiado largo y demasiado angosto. Su palidez tenía una cualidad platinada y aperlada en ciertos ángulos y las pecas de su nariz eran tan blancas como punzadas de luz de estrellas. Al conjuntar esos ojos verdes luminiscentes con su cabello gris oscuro, rapado de un lado de la cabeza y del otro enmarañado entre trenzas y pedazos de restos de boscaje, conformaba la viva imagen de «magia peligrosa».

Desafortunadamente, esa imagen era la correcta.

Aún para los estándares de Nausicaä, y a pesar de las estrictas leyes que gobernaban la estancia de Lethe en ese reino (estancia y no exilio, como era el caso de ella), él era por mucho lo más peligroso en ese lugar; si ella disparaba su temperamento mercurial, habría muy poco amor entre ellos para pedirle protección.

—Sigue siendo «Nausicaä», ¿verdad? Ha pasado tanto tiempo desde que nos vimos que no sé si lo cambiaste y no me enteré. —Sus grandes ojos de búho la barrieron de arriba abajo en un tris—. Por muy estrella, eres un mortal muy feo.

—¿Qué quieres, Lethe? —Lo había estado evitando a toda costa y a los otros tres que lo acompañaban. Durante todo ese tiempo se había salido con la suya y no se había topado con él, y claramente él no había querido verla, así que dudaba que su decisión le ofendiera. Pero lo mejor era apresurar esta conversación. Uno nunca sabía qué encendía a Lethe y ella misma tampoco era muy célebre que digamos por mantener la templanza.

—¿Qué quiero? —Levantó la pierna, su bota de cuero se recargó sobre la banca de piedra entre ellos y se estiró al frente. Ni sus botas ni sus pantalones ajustados eran llamativos, sino negros como las mismas ropas de Nausicaä; sin embargo, su túnica de cuello alto, negro obsidiana, ostentaba una elaborada red de sujeciones plateadas, hebillas y cadenas muy propias de su estilo cuando no usaba su uniforme—. Pero si somos familia, ¿no es verdad, prima querida? Viniste aquí luego de una larga ausencia y ni siquiera recibo un abrazo...

—Preferiría abrazar un destripador, sin ofender.

Lethe soltó una carcajada, que sonó como la madera que se resquebraja. Comenzó a tamborilear los largos dedos de su mano izquierda sobre su rodilla, lo cual hizo que de las puntas de las garras adiamantinas centellearan esquirlas de luz.

—Interesante selección de palabras. Un destripador, ¿eh? Qué curioso que sacaras eso a colación...

Ella se puso tiesa.

—Tú sabes algo.

—Ay, Nausicaä, sé tantas cosas. Soy muy viejo, y las estrellas se enteran de tantos secretos... Tendrás que ser un poco más específica.

—Está bien, cabrón. Tú sabes que un destripador anda suelto. En esta ciudad. En la corte a la que sirves. En el acuario del que groseramente me sacaste antes de que pudiera investigar. Gracias, por cierto. Tú sabes que un destripador anda suelto y que está limpiando el desastre de algún otro imbécil o bien ayudándole a capitalizar un nuevo nivel de villanía en el que usa alquimia y ferronatos infantiles para conformar su propio...

—Por las estrellas, ¿yo sé todo eso? —Levantó su mano derecha, libre de las garras de la izquierda, para recorrer con un dedo el hueso de su quijada—. Qué imaginación tan vívida, claro que siempre has sido así.

La rigidez en la voz de Nausicaä no tenía que ver con su fastidio o inquietud.

—¿Disculpa?

Él sonrió burlonamente a sus anchas y dejó ver una boca repleta de dientes tan afilados como los de un tiburón. Luego, abruptamente, su rostro se reacomodó en una sinceridad exagerada.

—Sí, siempre has sido muy buena para contar historias. También para pensar con pasión en lugar de con la cabeza. Casi te envidio eso.

—Te voy a invitar a callarte la jodida boca. —Sabía a dónde iba él con eso. No era nada que no hubiera escuchado antes, varias veces, en diferentes versiones, pero invariablemente la misma historia.

Tisífone… había sufrido durante mucho tiempo depresión crónica. No era de sorprender, dada su línea de trabajo, puesto que las Furias eran quienes lidiaban con lo peor que podía causar la peor gente. No era de sorprender, dado lo competitivos y despiadados que los inmortales podían ser entre ellos. Pero Tisífone era un alma bondadosa que jamás logró ver el sufrimiento con indiferencia y ese tipo de vida le había carcomido la salud mental. Sin embargo, los inmortales eran orgullosos. No hablaban de esos problemas porque les gustaba creer que ese «tipo de cosas» simplemente no les sucedía a ellos. Nausicaä no tenía idea de cómo relacionarse con esa parte de su hermana, de cómo dejar de empeorar las cosas y en lugar de ello mejorarlas; diablos, ni siquiera sabía cómo se llamaba esa enfermedad que su hermana padecía. Mientras tanto, Tisífone, desesperada por que alguien le ayudara, se enamoró perdidamente de un aborrecible fae mortal: Heulfryn, quien fingió tanta empatía hacia sus problemas, estar tan enamorado de ella y serle tan leal para sólo incluirla entre sus conquistas más recientes, usarla y desecharla cuando obtuvo lo que buscaba, y eso fue lo que Tisífone ya no pudo soportar.

Lo que las historias siempre contaban era que Alecto, pintada como una especie de héroe trágico, enloqueció por el dolor y se convenció de que tenía la culpa porque no era posible que la culpa fuera del hecho de que a los inmortales nunca les gustaba admitir que un mortal pudiera afectarlos, mucho menos a ese grado. La opinión general era que Tisífone tenía la culpa de lo que sucedió. A ella la pintaban como la víctima de sus propios dramas, como si su destrucción autoinfligida hubiera sido un vergonzoso fracaso de su parte. Esas historias siempre describían su ira como una exageración. Y eso siempre le ocasionaba punzadas en el estómago.

Nausicaä sintió escalofríos.

Trató de enfocarse en su respiración, tal como había aprendido en las pocas sesiones de terapia que se convenció de tomar: inhalar profundamente, contener la respiración, exhalar profundamente y de nuevo contener la respiración. Las palabras de Lethe eran sólo eso, palabras. No podía permitir que esas chispas encendieran la leña que había tomado el lugar de su corazón.

—Mírate ahora.

Inhala y contén. Exhala y contén.

—Tu fuego se apaciguó. Eres tan solo el vestigio de tu antigua gloria. Apestas a hierro. Para ser completamente honestos, me avergüenza decir que eres de mi familia.

—Pues entonces no lo digas —gruñó ella.

Inhala y contén. Exhala y contén.

No estaba funcionando.

Los escalofríos ahora la hacían temblar. Las manos también le temblaban con la furia que Lethe sabía muy bien cómo remover. De por sí ya estaba alterada por los acontecimientos de la cafetería y lo sucedido con Roja, lo del acuario... Faltaba poco para que Nausicaä desatara la furia que despertaba en su pecho, ansiosa por salir a olisquear el aire.

Apuntó su catana —una hermosa aleación de metal oscuro como el vacío y vidrio negro resplandeciente— hacia el corazón de Lethe y torció los labios en una silenciosa sonrisa macabra.

—No te voy a decir otra vez que te calles.

—También es tu culpa, ¿sabes?, la muerte de Tisífone... Incineraste a un mortal insignificante porque se atrevió a ser el último de los ¡ay! tan numerosos enemigos de tu hermana y te sulfuraste con el resto de los inmortales porque rechazaban la idea de que los de su propia especie pudieran padecer enfermedades humanas. Pero, recuérdame de nuevo: ¿Qué fue lo que hiciste para ayudarla y los otros no? De hecho, me acuerdo con toda claridad que tú...

Y entonces la furia de Nausicaä explotó.

Se lanzó con todo y atacó... y atacó... y atacó al inmortal que reía a sus anchas, mientras él esquivó y esquivó y esquivó cada una de sus estocadas. La oscuridad le carcomió la visión tal como el calor carcome una cinta de celuloide.

Cada ataque fallido le daba más fuerza para el siguiente. Aunque ninguno de ellos dio en el blanco, sí provocaron que Lethe retrocediera, un paso, luego otro, hasta que quedó atrapado contra una lápida alta color terracota.

Nausicaä levantó su catana por encima de su cabeza y con todas las fuerzas salvajes que pudo reunir, asestó el golpe.

Sin estremecerse para nada, él la detuvo.

La cuchilla de cristal negro entró de lleno en la mano engarrada, un azul zafiro escurrió hasta su codo, pero fuera de eso, quedó ileso.

Al parecer, también estaba fastidiado de ese juego.

Su risa paró de golpe. Con la fuerza que sólo unos cuantos podían reunir, se aprovechó de la frustración de Nausicaä para arrebatarle la catana y lanzarla lejos. En aquel mismo humo negro por el que llegó, la espada se esfumó de vuelta a su reino. En el mismo instante, él tomó a la chica de la nuca y la estrelló contra la lápida donde lo había atrapado.

—¡Aaah! —gritó ella, y sintió que se le salía el aire.

Usando todo su peso, Lethe la mantuvo doblada sobre la piedra de granito. Por mucho que ella luchara o gritara o le gruñera, no podía liberarse, la fuerza de él era mucho mayor que la suya, fortalecida además por su magia intacta. El cuerpo de ella temblaba aún por la rabia y la adrenalina que le quedaban. Hasta los dientes le crujían. Cuando le lanzó una patada a la espinilla, él la bloqueó con mucha facilidad y la pateó de vuelta con la misma fuerza.

—¡Basta! —le siseó él al oído.

—Vete a la mierda —le gruñó ella, pero, con todo, comenzó a tranquilizarse.

Lethe se carcajeó; otra ronda de rechinidos de madera...

—Es bueno ver que aún das batalla. La necesitarás, prima. Mis manos están atadas sin importar lo que sepa o no de lo que está pasando. Pero las tuyas, no. Escuché que estás buscando el Faerie Ring.

Conocido por todas partes, a modo de burla, como la Corte de los Exilios debido al tipo de clientela que servía, el Faerie Ring sería el lugar perfecto para indagar sobre destripadores sueltos y confabulaciones nefastas. Sí, Nausicaä lo estaba buscando. El problema era que nadie coincidía sobre dónde estaba, si acaso intentaban explicar la ubicación. Ella había seguido las direcciones que le daban, pero ninguna acertaba, así que después de varias horas de caminar por todo Toronto, lo único que quiso hacer por el resto del día fue sentarse en Good Vibes Only para comerse un sándwich y tomarse su café en paz.

—Te detesto —dijo ella vehementemente—. Pudimos tener una maldita conversación normal sobre esto. No tenías que provocarme como...

—Ay, qué aburrido.

—Cabrón —dijo ella apretando los dientes—. No has cambiado nada. Sí, estoy buscando el Faerie Ring. ¿Tú sabes dónde puedo encontrarlo? —En respuesta, Lethe la soltó, le quitó su peso de encima y se hizo a un lado para que ella se enderezara y se sobara los músculos—. ¿Y bien? —Lo miró con furia.

La sonrisa de él se abrió aún más siniestramente.

CAPÍTULO 7

✦ ARLO ✦

✦

El ligero golpeteo en la puerta de Arlo la sacó de sus pensamientos. Vio cómo se abría con un rechinido y ahí aparecía una conocida cabellera rubia.

Esa noche había pasado casi una hora asegurándole con firmeza a su padre que todo podía quedarse en paz si ella volvía a su casa. Hasta donde Rory sabía, Thalo trabajaba como encargada de seguridad para algún oficial importante del gobierno; cuando él llamó a su número personal y se enteró de que ella no regresaría a casa sino hasta muy tarde (porque algo había pasado en el Acuario de Ripley de Canadá), aunado a la incapacidad de Arlo de explicar por qué se había salido corriendo de la cafetería, resultó muy difícil que su padre se convenciera de que ella estaría bien sola.

Pero lo único que quería era regresar a casa y rodearse de las comodidades de su recámara. Al parecer, Thalo estaba tan preocupada como su padre de que se quedara sola. Porque la cabellera rubia que se asomó por su puerta era ni más ni menos que de su primo segundo, Elyas Viridian. Y si él estaba aquí, sospechó que Celadon, también. Ambos eran los únicos Viridian, además de su madre, que se preocupaban por ver que estuviera bien, y Elyas era demasiado joven para ir hasta ahí solo.

—¿Arlo?

—Hola, El.

Arlo se deslizó a la orilla de su cama. Era todo el permiso que el hijo de once años del sumo príncipe Serulian necesitaba para abrir la puerta de par en par y lanzarse a la recámara de colores pastel, alfombra beige y muebles inspirados en una casa de muñecas.

Las reminiscencias de la niñez de Arlo.

Sus gustos aún no superaban cosas como el dosel aprincesado de su cama; sin embargo, sus años adolescentes habían agregado al lugar un montón de videojuegos y revistas de manga a sus ahora retacados libreros, una capa de pósteres de animes y una verdadera pandilla de figuras de acción coleccionables de todos sus amados *fandoms* en unos estantes de por sí atestados.

—¿Estás bien? —preguntó Elyas y enseguida la rodeó con sus brazos—. El tío Cel dijo que hoy pasó algo y que quizás estarías alterada.

Ojalá la sensibilidad de Elyas permaneciera aún después de crecer.

Era un absoluto malcriado cuando se le daba la gana, muy parecido a Celadon en varios aspectos (sobre todo por cómo gozaba con sus travesuras). Pero su capacidad para la bondad, para ser compasivo, empático y amoroso era tan grande que con frecuencia sorprendía incluso a quienes lo conocían bien.

Pero así era Elyas.

Alto, con la delgadez de los niños, se parecía mucho a su abuelo, con sus ojos verde jade y con los mismos rizos arremolinados alrededor de las orejas. Pero también tenía mucho del sumo príncipe Serulian, en los pómulos y quijada angulados, aunque el cabello rubio como luz de estrellas lo había heredado de su madre.

Arlo podía recordar cuando, a los siete años y pico, por primera vez, cargó en brazos al príncipe recién nacido.

Crecieron juntos. Arlo le había enseñado todo lo que sabía sobre colorear y mecerse en las barras de mono, jugar con la imaginación y tomar el té con sus amigos los muñecos de peluche. Había estado en cada cumpleaños y cada vacación. Y quería estar ahí con él para vivir todo lo que aún faltaba. Hasta ahora se le ocurrió lo fácil que podría ser perderse de todo eso.

Hasta ahora entendía la fatalidad de la muerte.

Si ella muriera hoy, se perdería de tanto… Y esa chica, Cassandra, sería un poco mayor que Elyas. Era imposible pensar que él podría estar en el lugar de Cassandra y que su futuro fuera cruelmente arrebatado como le pasó a ella.

—Eh... ¿Arlo?

—¿Sí?

—Me estás apretando demasiado.

—Perdón —susurró ella, sin poder soltarlo.

Elyas soltó una risita y en respuesta la abrazó con más fuerza.

—Está bien, abrázame tan fuerte como quieras. Siento que hayas tenido un día tan malo. El tío Cel dijo que ¿alguien murió? Vaya... lo siento.

—Sí, yo también.

Hasta que Elyas comenzó a sobarle la espalda fue cuando se dio cuenta de que estaba llorando, justo ahora, cuando no había llorado en todo el día.

—¿Qué necesitas? —le preguntó él con suavidad. En el fondo de su mente, le pareció curioso que fuera él quien le brindaba un hombro sobre el cual quebrarse, como si los papeles se invirtieran y ella fuera la niñita y Elyas, el joven adulto recién acuñado.

Lloró. Mientras más lágrimas caían, más sonoro era su dolor.

Celadon apareció en el marco de la puerta.

Vestido igual que como lo vio al salir de la escuela, lo más probable era que hubiera pasado el resto del día evitando a los consejeros de su padre. Cuando Arlo alzó la cabeza, vio a través de las lágrimas su rostro pálido debido a una mezcla de alivio compungido y una preocupación profunda. Por alguna extraña razón, eso sólo le dificultó aún más contener su dolor.

—¡Lo... lo siento! —gimió y reacomodó los brazos de Elyas en su cintura. Se sentía muy infantil, llorando en medio de su habitación y le frustraba mucho que no podía detenerse—. N-no sé p-por qué estoy llo-llora-ando.

—Sí lo sabes —la consoló Celadon. Él mismo se oía bastante alterado, aunque Arlo no sabía al cien si era por su llanto o por sus propias emociones. Como fuera, él se abrió paso por la habitación y Elyas se hizo a un lado para que pudiera abrazarla. Celadon fue hacia la cama y se sentó en la orilla junto a ella—. Está bien —continuó consolándola—, está bien llorar, Arlo. Hoy viste algo terrible y las lágrimas son una reacción perfectamente sana y natural.

—Ni siquiera conocía a la chica.

—¿Necesitas conocer a alguien para sentir empatía? Tú eres bondadosa, Arlo, tus sentimientos son profundos. Pero eso no es nada de qué avergonzarse, ¿sabes? Hay muchas personas que pasan la vida entera sin saber qué es la compasión y, en mi opinión, es mejor sentir demasiado que ver el sufrimiento y no sentir nada en absoluto.

Arlo pensó en la chica, la que vestía de negro, cuya magia había sido tan violenta, tan volátil, que incluso ella la sintió como una herida física; esa chica que pareció virtualmente imperturbable ante la muerte de una niña y que la vio caer como si fuera el proyecto de ciencias de la escuela.

La chica de negro, que era muy probable que fuera la responsable detrás de todo lo que le estaba pasando a la comunidad ferronata recientemente... que era ella a la que la comunidad mágica etiquetó como su Estrella Oscura de la mala suerte.

Las lágrimas de Arlo fluyeron y empezó a moquear.

—¿Puedo hablar contigo de algo?

—Claro —respondió Celadon. No necesitaba que le especificara que en privado. Volteó hacia el chico y le dijo con la misma gentileza—: Elyas, ¿por qué no vas a calentar los rollos de canela que trajimos? De seguro a Arlo le vendría bien un subidón de azúcar.

El chico arrugó la nariz hacia su prima.

—A mí nadie me compra rollos de canela cuando estoy triste —la molestó, como siempre hacía cuando quería apaciguar la situación y hacerla sonreír—. ¿Desde cuándo te convertiste en la suma reina?

—Ya cállate —reprendió Arlo, mientras se limpiaba las lágrimas—. Ve a calentar los rollos de canela como te dijeron; la última vez que estuviste triste, Celadon te compró un caballo.

Incapaz de negar el hecho, Elyas chasqueó la lengua y se fue.

—Bien, estamos solos —dijo Celadon—. ¿De qué querías hablar?

—Sobre... la cafetería.

—¿Sí...? —le pidió pacientemente que continuara.

Y entonces ella le contó sobre lo que pasó en Good Vibes Only, su encuentro con la chica de negro y lo que realmente le había pasado a Cassandra, quien probablemente era ferronata, pero cuya muerte no concordaba con el patrón de los otros ferronatos asesinados.

—...Y entonces ella simplemente comenzó a resplandecer.

Celadon inclinó la cabeza, confundido.

—¿Cómo que ella empezó a resplandecer?

—Sí, sus venas. Había algo en sus venas, comenzaron a resplandecer con un rojo brillante, luego se colapsó. Se desmayó cuando... es que no fue un efecto de la luz —agregó ella deprisa—. No fue mi imaginación, te lo juro, esa niña resplandecía. Y no tengo prueba más que lo que sentí, pero sé que la chica de negro tuvo algo que ver. Así que, eh, la seguí.

—¿Perdón? ¿Que hiciste qué?

—¡Déjame terminar! —Ella alzó una mano—. La seguí, porque ella trató de escabullirse y, no sé, supongo que yo estaba alterada, no pensé bien en lo que estaba haciendo.

—No me digas...

—Pero la alcancé en la calle y... traté de llevarla conmigo al palacio para hablar con el rey, luego una cosa llevó a la otra y, bueno... tal vez es muy, muy probable que la chica de negro sea la Estrella Oscura, eso es lo que estoy tratando de decirte.

Pensó que de tener un collar de perlas, seguramente en ese momento Celadon se estaría aferrando a ellas aterrado.

—La Estrella Oscura —repitió quedamente.

—Sí.

—Estaba en la cafetería.

—Estoy bastante segura, sí.

—En el lugar donde murió la niña.

—Sí.

—La Estrella Oscura, que por ahora es la sospechosa de varios asesinatos, estaba en la cafetería donde alguien perdió la vida y tú simplemente pensaste en... ¿arrestarla tú sola? ¿Y luego, qué?, ¿arrastrarla hasta el palacio y llevarla ante mi padre?

Arlo respiró profundamente.

—Ahora que me lo dices sí suena bastante estúpido, pero no estás viendo el panorama completo, Cel.

—No, no, creo que tengo una idea bastante clara del panorama, Arlo. ¿Te das cuenta de lo peligroso que fue? ¿Te das cuenta de que te pudieron asesinar?

Arlo tragó saliva; al fin el miedo la había alcanzado.

—Ahora me doy cuenta, lo siento.

—Es que... ay, por Cosmin, Arlo. Sólo me alegra que estés bien. —Vaya que estaba perturbado por el incidente; Celadon no invocaba al dios patrono de los unseelies (por mucho que ya no lo adoraran) a menos que estuviera genuinamente alterado.

—Pero, tú... tú me crees, ¿verdad?

Celadon la miró con intención.

—¿Por quién me tomas? Claro que te creo. No me gusta que estés en medio de todo esto, pero creo que sí sucedió. Y si dices que esa chica era la Estrella Oscura, entonces lo era. Aunque sí resulta extraño que pudieras sentir su magia con tanta agudeza.

Arlo asintió.

—Nunca antes había sentido la magia de alguien más. No así. Y sucedió dos veces el mismo día, si cuentas lo que sentí afuera de la cafetería antes de entrar. Dos auras diferentes...

—Aunque nuestro lazo no sea de ese tipo —concluyó Celadon con un tono reflexivo y suave—, soy la persona más cercana a ti. Hemos convivido juntos desde que naciste. Ahora ya ni siquiera tienes que concentrarte para percibir mi aura; a mí me pasa igual. Pero no sentimos la magia del otro más de lo normal. Aunque, debido a la fuerza de ese talento en ti, es posible que algún día puedas sentir la magia de alguien completamente extraño, pero de eso a sentirla con mucha más intensidad que la de alguien de tu familia... bueno, eso no es exactamente normal.

Arlo se dejó caer en la cama. Se sentía extraordinariamente exhausta ahora que había soltado la información que se había guardado. Ahora sí que se le antojaron los rollos de canela de Cinnabon que Celadon siempre compraba bajo el pretexto de una crisis emocional.

—Tal vez ahora sí me va a dar el patatús.

—Tal vez tu magia esté culminando. Digo, detectar auras con tanta profundidad es más bien un talento de inmortales; no es algo común entre la comunidad mágica, pero sí que es magia. Podría incluso ser un don.

—Genial... Mi único superpoder es una dolorosa sensibilidad hacia los otros. Tendré que renunciar a la sociedad entera y vivir el resto de mis días como ermitaña. Jamás podré volver a comprarme mis lattes de calabaza especiados; tú tendrás que comprarlos por mí.

—Sólo si me prometes nunca más perseguir criminales de la lista de los más buscados. —Celadon se levantó de la cama. Con más gentileza, agregó—: Ya, en serio, Arlo, ¿estás bien? Cuando Thalo me contó lo que pasó, estaba muy agitada, al principio pensé que algo te había pasado a ti.

Mirando al centro de su dosel, de donde colgaba un móvil de estrellas que brillaban en la oscuridad, Arlo asintió.

—Estoy bien. No me lastimaron. Yo no fui quien se murió.

—Exacto, no fuiste tú la que murió, así que me voy a quedar pegado a tu lado un rato más para recordarlo. Pero ser testigo de una muerte es una corrupción en sí. Lo hayas notado o no, una parte de ti no sobrevivió al encuentro de hoy.

Por alguna razón, esas palabras la hicieron reír.

—¡Guau! Relájate con la sabiduría, Gandalf. Otra vez has estado leyendo demasiada literatura. Deja lo de la muerte de la inocencia para los poemas de William Blake. —Celadon frunció las cejas, probablemente porque se estaba burlando del libro de uno de sus autores favoritos, lo cual la hizo reír aún más—. Pero gracias de todos modos, creo —agregó ya más calmada—, aunque me hayas llamado «corrupta», ¿verdad?

—Arlo —suspiró una voz desde la puerta. Alzó la cabeza y vio que Elyas había regresado—. Todavía falta mucho para que logres desbloquear esta parte de ti.

Arlo miró a Celadon.

—Ésta es la razón por la que mi madre siempre está diciendo que ya no te va a dejar solo con él.

—Lo sé —cantó alegremente Celadon, una forma para mostrar que no estaba preocupado por algo que realmente le preocupaba—. Ven, vamos a la cocina a atascarnos de pan. Yo hablaré con mi padre sobre lo que dijiste. Tampoco estaría mal que le dijeras a Thalo. Si es cierto que la Estrella Oscura está aquí, la encontraremos, así que trata de no preocuparte, ¿okey? Si necesitamos de tu ayuda, te avisaremos. Por ahora, creo que ya pasaste por suficientes cosas.

Arlo asintió y se despegó de la cama. Había hecho lo que podía y ahora pasaba sus conocimientos a los que realmente podían hacer algo al respecto. No le quedaba más que esperar y ver qué decidía el sumo rey.

Con suerte decidiría algo.

La comunidad mágica había etiquetado la conducta del rey como errática, pues él estaba enfocando sus esfuerzos más hacia la persecución de la Asistencia que del asesino de ferronatos, sin mencionar que culpaba de los hechos a un verdadero fantasma. Pero Arlo creía que él tenía sus razones y no permitiría que se desechara una pista como ésta. No era el monstruo insensible del que los feéricos comenzaban a tacharle. A él le importaba la comunidad ferronata, tanto como le importaban todos los demás bajo su protección. Siempre se había mostrado bondadoso con Arlo, aun si últimamente había estado distante. En cuanto a la Estrella Oscura… Ahora que había aparecido, él la capturaría y los rumores cesarían. Los feéricos recordarían la bondad que el sumo rey mostraba tanto a sus súbditos como en su trabajo.

Al menos avanzarían algo. Quizá Arlo incluso descubriría nuevas respuestas a las preguntas que ardían en su mente.

Por ejemplo, si Cassandra era ferronata, ¿qué había sido ese resplandor? ¿Qué había pasado con los otros? ¿Acaso la chica de negro de alguna manera se había robado a Cassandra para mutilarla, tal como lo padecieron las otras víctimas? Y debajo de todo eso, si era tan poco usual poder sentir las auras de los feéricos y si ese talento más bien era atribuible a los dioses, ¿sería posible que lo que ella había sentido no perteneciera a un ser mágico común? Arlo no era inmortal. Su madre era fae y su padre era humano, pero no se sabía casi nada sobre la Estrella Oscura.

No sabían quién era. No sabían qué era. La historia de la Estrella Oscura era un completo misterio para ellos; nadie tenía idea de qué podían haber hecho para ganarse su aparente desprecio.

¿Y si, además de que la magia de Arlo estaba fortaleciéndose, la Estrella Oscura era alguien que no debía estar ahí?, ¿y si era una inmortal que había quebrantado el tratado que les exigía mantenerse fuera del reino mortal? Si así fuera, ¿qué implicaciones tenía para el mundo de Arlo?

Arlo salió de su habitación y siguió a sus primos a la cocina; ahora una preocupación completamente nueva brotaba en su pecho. Sólo esperaba que sus instintos no estuvieran en lo correcto y que no fuera el comienzo de una crisis peor que la que estaban experimentando en ese momento.

CAPÍTULO 8

✦ VEHAN ✦

✦

A Vehan no le sorprendió que las tiendas en el Forum del Caesars Palace estuvieran a reventar. Siempre se encontraban llenas de gente, especialmente en esa época del año. Ese inmenso centro comercial de lujo atraía un montón de atención, pero no sólo por su ubicación en la avenida principal de Las Vegas o sus impresionantes escaparates con la última moda de los diseñadores humanos.

No, lo que hacía tan fascinante al Forum era cómo se presentaba todo.

Al llegar, a los visitantes les daba la bienvenida una grandiosa réplica que evocaba un antiguo palacio romano que tenía altos e inmensos techos, blancas columnas relucientes, una fuente hundida, impactante arquitectura clásica y esculturas de héroes y filósofos humanos. Una escalinata en espiral llevaba a la gente a los demás niveles, y ahí el Forum alcanzaba su verdadero esplendor; ahí, donde el adoquín de piedra agrietada y luminosos faroles guiaban a los clientes de una tienda temática a la siguiente; todas ellas enmarcadas con elaborado estuco, grabados exquisitos y aún más columnas de mármol.

Para Vehan, lo más emocionante de todo era el techo abovedado. Lleno de nubes pintadas y un cielo azul claro, quién sabe cómo simulaban los diferentes momentos del día, el toque final de esa ambientación al exterior eran sus caminos: se mostraba brillante a lo largo de la mañana y el medio día, tenue durante el crepúsculo. Tal demostración de ingenio era el recordatorio perfecto de que los humanos no eran tan indefensos como parecían... Los feéricos, además, lo tomaron como un reto para demostrar que podían hacerlo mejor: los seelies del verano tiraron la casa por la ventana para construir un mercado que les hiciera competencia.

—Muy bien, si yo fuera el Mercado Goblin, ¿dónde estaría? —bromeó Vehan. Se dirigió a Aurelian—: Sabes, me sorprende que nos haya tomado tanto tiempo venir, sobre todo si consideras cuánto tiempo solíamos pasar en este centro comercial.

Invadido de súbito por una cascada de recuerdos que el simple hecho de estar ahí le evocaba, se detuvo un momento frente a un escaparate donde varios maniquíes con diferentes atuendos lo veían con una ligera altanería.

Alguna vez, Aurelian y él habían sido mucho más cercanos que ahora. Alguna vez fueron mejores amigos. Solían ver programas juntos en la laptop de Aurelian, tarde en la noche, hasta quedarse dormidos abrazados. Solían escabullirse en la cocina cuando todos ya se habían ido a dormir para atascarse de los exquisitos pasteles, tartaletas y panecillos que los padres de Aurelian les dejaban afuera a propósito. Esos antojos fueron la mismísima razón por la que la madre de Vehan prácticamente se robó a los padres de Aurelian de los seelies del otoño; cuando ella y Vehan los probaron por primera vez hace años, en unas vacaciones, ella les prometió un nombramiento real, un reconocimiento que los proclamaría pasteleros oficiales de su corte.

Vehan y Aurelian habían jugado juntos, entrenado juntos; reído, aprendido y explorado juntos. Uno de sus pasatiempos favoritos había sido ir al centro comercial, porque Aurelian estaba bastante obsesionado con todo lo humano y Vehan estaba bastante obsesionado con él, el primer chico en la vida a quien parecía agradarle Vehan por ser Vehan y no por toda la parafernalia y privilegios que lo hacían príncipe.

¿Por qué había cambiado todo eso? Vehan creía saberlo.

Cuando cambió, él lo supo claramente.

Fue justo después de que su madre proclamó a Aurelian como su lacayo y transformó su amistad en un grillete, sin importar que, además, ése era un papel que Aurelian no quería en absoluto. A partir de ese momento, Aurelian apenas podía verlo a los ojos. Recientemente, Vehan trataba de hacer que el deber que los unía fuera lo más indoloro e impersonal posible para darle a Aurelian el espacio que claramente quería, pero era difícil olvidar que alguna vez había estado medio enamorado de él.

Aún más difícil era olvidar que todavía estaba muy enamorado de él.

—En ese entonces no buscábamos el Mercado Goblin —respondió Aurelian plácidamente; Vehan se sobresaltó, pues apenas recordó que le había hecho una pregunta.

—Corrección: tú no lo buscabas. Yo sí, ¡es el Mercado Goblin! ¿Qué chico no querría ir a un lugar donde puedes intercambiar recuerdos por deseos o mechones de pelo por ambrosía, o comprar armas de duendes, o beber cerveza escarchada con sal y en compañía de sirénidos, o...

—Ya lo encontré. —Aurelian señaló a la distancia.

Entre una zapatería y una tienda de lencería había una puerta que parecía sólo eso: una puerta. Era sólida y angosta, revestida de terciopelo blanco; sin embargo, a pesar de su color uniforme, parecía fuera de lugar con todo lo que había a su alrededor; la magia desdoblaba la luz a su alrededor ligeramente para separarlo de lo mundano.

—¡Al fin! —suspiró Vehan—. Esto hubiera sido mucho más fácil si la entrada permaneciera en un mismo lugar. Bien, vayamos a buscar problemas, pues.

Sólo aquéllos con magia en la sangre eran capaces de ubicar esa puerta y abrirla. Desde luego, el Mercado Goblin era firme con la restricción de edad. Cualquier humano o niño mágico que veía la entrada también vislumbraba metal pintado de blanco con el letrero que decía «EXCLUSIVO PERSONAL». Si trataban de pasar por la puerta, se toparían con unas escaleras que los llevaban de nuevo afuera. Pero para los feéricos maduros...

Vehan y Aurelian empujaron la puerta y se encontraron en una recepción compacta.

El piso estaba alfombrado con felpa de un color dorado oscuro.

Los muros estaban tapizados con papel reluciente con el estampado de un bosque de bambúes al alba, que se mecían y crujían como si fueran reales.

Había unos asientos con el mismo terciopelo blanco suave de la puerta, pero Vehan no les hizo caso y fue directo al mostrador que se extendía a lo largo del extremo derecho de la habitación.

—Hola —saludó amablemente. Al oírlo, la faerie detrás del mostrador que estaba leyendo una revista alzó la mirada. Tenía el cabello verde esmeralda y piel brillante color lavanda; orejas de gato que se movían nerviosamente sobre su cabeza y el brillo multicolor de sus ojos indicaba que lo más probable era que fuera una sustituto. Le parpadeó a Vehan, luego a Aurelian y un instante después su expresión se iluminó.

—Hola, guapos —ronroneó—. ¿Están aquí por el Mercado Goblin o hay algo más en lo que pueda ayudarles?

Claramente estaba dispuesta a ofrecerles algo más; era fácil leer su propuesta entre líneas. Vehan estaba acostumbrado a ese tipo de interacción aun cuando la gente no lo reconocía. Era guapo y lo sabía; al igual que muchos faes, era bello, pero el resto del mundo se idiotizaba con ese par de ojos azul brillante, cabello negro y la coquetería casual que Vehan sabía mostrar en su sonrisa.

—Quizás en otra ocasión. —Guiñó y así se ganó una risa de la faerie y un sutil gruñido de Aurelian, quien estaba detrás—. Me temo que hoy sólo venimos al Mercado Goblin.

—Bueno, está bien. Sabes dónde encontrarme si cambias de opinión. —Lo barrió de pies a cabeza (Vehan pudo notar que ella trataba de adivinar por qué se le hacía tan conocido), luego miró a Aurelian con una expresión que daba a entender que tampoco le molestaría que él aceptara su propuesta (lo cual no le gustó en absoluto a Vehan y su sonrisa coqueta se torció un poco). Luego señaló la puerta por donde entrarían—. Son libres de pasar.

En la comunidad mágica era un truco popular tener puertas que llevaban a diferentes lugares según hacia dónde girabas la perilla, dónde tocabas, o cómo describías adónde querías ir. La mayoría se reservaba para lugares de este tipo, con exceso de transeúntes mágicos que requerían control, pero no eran una práctica gubernamental que pudiera permitirse la intervención de la policía o a las cortes.

—Gracias —dijo.

Fueron hacia la puerta.

Cuando entraron, el lado exterior de la puerta no tenía picaporte y sólo tuvieron que empujarla para pasar. Pero de este lado sí había, y justo arriba tenía un letrero en braille, un botón que leería el letrero en voz alta y, encima de él, el mismo letrero que decía FORUM a la izquierda y MERCADO a la derecha.

—¿Estás listo?

Aurelian retorció los ojos ante la emoción en la voz de Vehan. No podía evitarlo; él había tenido ganas de ir desde hacía tanto, y hasta ahora, no había podido debido a todo lo que estaba pasando. Abrió la puerta y, en cuanto pisó el otro lado, fue como si lo hubieran succionado a una dimensión completamente aparte.

Un letrero de madera que decía VEN Y COMPRA, VEN Y COMPRA les hacía burla mostrando manos de madera señalando en todas direcciones. Más adelante estaba el Forum, completamente alterado.

El techo ya no estaba pintado, sino que era un cielo de verdad, atrapado en el crepúsculo, raspado de los cielos y pegado como tapiz.

Fuego de verdad había remplazado los focos de los numerosos faroles.

Las tiendas ya no sólo eran fachadas, sino construcciones enteras de todas formas y colores: rojo y azul, verde y lila; grandes y pequeñas; bulbosas y angostas; algunas hechas de piedra y otras, de madera; otras, pedazos de lienzo vibrante y retazos de seda lujosa; algunas eran visibles sólo si las descubrías desde ciertos ángulos o, como le habían contado a Vehan, al sonar de la hora en punto.

En contraste con el resplandor del bosque que tapizaba las paredes de la recepción del Mercado Goblin, a Vehan le pareció que el espacio se alargaba al infinito y llenaba el lugar con el aroma de pino y frescura clara, el humo de maderas que emanaba de chimeneas esparcidas aquí y allá, y los olores suculentos y especiados de la comida feérica que hacían agua la boca.

—Por aquí —dijo Aurelian y tomó a Vehan del codo al pasar para llamar su atención—. Estaría bien empezar a indagar en este piso.

Nunca antes habían estado ahí. Realmente no sabían qué buscaban, aparte de alguna señal de que alguien supiera algo, aunque fuera mínimo, sobre por qué estaban secuestrando humanos y los ferronatos estaban muriendo.

Por ardua que hubiera sido la labor de las cortes para regular a la comunidad mágica (y asegurar que los feéricos se atuvieran a los códigos y prácticas modernas), no había forma de erradicar del todo las «viejas usanzas».

Siempre había alguna parranda no autorizada que la Fuerza Policiaca Falchion tenía que desmantelar. Constantemente surgían guerras territoriales entre las múltiples pandillas feéricas para apropiarse de todo roble, fresno y espino que pudieran reclamar como suyo. Los duendes domésticos —esos feéricos amables que se aferraban a hogares humanos felices y acogedores— constantemente se metían donde no debían y con frecuencia había que regresarlos con huéspedes ferronatos preaprobados.

La vida citadina era difícil incluso para los faes. Para empezar, los feéricos detestaban el dinero, consideraban ofensivo intercambiar cosas por efectivo. Si bien no se recomendaba interactuar con los humanos más de lo necesario, no se podía evitar por completo. Debido a eso, casi a diario había incidentes en los que algún feérico intentaba comprar en tiendas humanas y pagar, en vez de con la moneda apropiada, con gemas o cosas como tela de araña o hasta con una «bendición», que no era nada más mágico que hostigar a algún faerie para que le brindara atención especial a la tierra de tal humano o les ayudara con algo.

Los seres mágicos eran testarudos.

Se rebelaban de diferentes maneras en contra de un estilo de vida que continuamente estaba evolucionando. Sí, les permitía mantener en secreto su existencia, pero cada tradición que tenían que desechar por «el bien de las cortes» incrementaba el descontento entre ellos y, por lo tanto, las agitaciones.

Y por eso los Mercados Goblin se habían vuelto una especie de refugio para ellos. Representaban más que la evidente colección de vendedores. Los feéricos tenían tiendas suficientes a su disposición, disfrazadas bajo encantamientos para que ante los transeúntes humanos parecieran edificios condenados a la demolición. Tenían locales en las calles cuya mercancía estaba hechizada para que no fuera atractiva a los sentidos humanos, pero para la comunidad mágica presentaban todo tipo de artículos hechos por faeries. Y sin embargo, los Mercados Goblin... Aún el más intransigente de los concejales se resistía a desmantelar un lugar donde se podía obtener todo lo que tu corazón deseaba, y si lo que el corazón deseaba era información... bien, pues no había mejor lugar para encontrarla.

VEN Y COMPRA, VEN Y COMPRA... Estos letreros estaban por todos lados, clavados en postes, grabados en los marcos de las puertas, parpadeándoles en banderas ondeantes. Los vendedores pregonaban la frase en las calles. Pasaron por una tienda de animales donde vieron aves enjauladas con plumaje de arcoíris y colas flamígeras que habían entrenado para ser encendidas a petición. También se pregonaban otras cosas: promesas de hacer los sueños realidad; frutas que se derretían como la miel en tu boca; sastres que confeccionaban vestidos o trajes a partir de cualquier cosa, desde pétalos y alas de un insecto brillante hasta luz de luna y la neblina del alba. Vehan oyó cómo un faerie diminuto (que se veía no mayor a un niño, pero que tenía una mirada tan vieja como la tierra y piel del color de los rubíes) informaba a los pasantes que su negocio les daría cientos más que los bancos en su tipo de cambio en moneda americana.

—¡Ven y compra, ven y compra! ¡No hacemos preguntas! ¡No se niega ningún intercambio! ¿Tu vecindario tiene una inspección programada? ¿No quieres que la Falchion encuentre todos esos textos alquímicos escondidos en tu casa? ¿Necesitas desechar un amuleto maldito? ¿Tienes un poco de sangre de vampiro extra? Nosotros te compramos lo que quieras y te pagamos con dinero humano a diez centavos más que el tipo de cambio de hoy. Ven y compra, ven y compra, ¡nadie ofrece un trato mejor!

Mientras caminaban, Vehan se dio cuenta de que las estatuas del Forum habían cobrado vida y contribuían a todo el barullo: platicaban entre ellas, discutían, comentaban sobre la gente que pasaba y disparaban riñas entre faeries fáciles de provocar y que con el mínimo aliento se peleaban contra el otro. Dichas estatuas ya no se parecían a los personajes romanos, sino a seres mágicos ilustres, muertos desde hacía mucho. Cuando Vehan y Aurelian llegaron a la Fuente de los Dioses del Forum, en lugar de las deidades romanas que representaban del lado humano, había esculturas colosales de Urielle, con sus ropas de fuego y agua y viento, y una corona de luz; de Tellis, con su vestido de musgo y hojas y pelaje, su corona era de piedra; y Cosmin, vestido con la noche estrellada, ataviado con su corona de huesos. Los Tres Grandiosos eran los dioses occidentales de la antigüedad que los feéricos en esta parte del mundo alguna vez habían adorado por encima de los demás. Había otros dioses patronos de otras cortes, cuyas estatuas probablemente se erigían en mercados como ése.

Y sin embargo, Vehan jamás había visto representaciones tan majestuosas e inmaculadas de los Tres Grandiosos como aquí. Los Ocho Fundadores de las cortes habían echado de ese reino a los dioses; para Vehan eran héroes que admiraba por haber unido a los seres mágicos en contra de los soberanos inmortales y haber maquinado juntos la forma de liberar a los mortales de su tiranía. Esas estatuas fulminaron a Vehan con la mirada cuando pasó por ahí, lo hicieron sentir inseguro y pequeño y con las orejas calientes; él se acercó más a Aurelian, quien seguramente se sintió igual, porque se lo permitió sin comentario alguno.

Mientras más lejos caminaban, más difícil era recordar para qué habían venido.

Pasaron por vendedores que ofrecían manzanas tan rojas como el vino y cada mordida era igualmente intoxicante; puestos que vendían tubos de lágrimas de unicornio, que daban al usuario clarividencia temporal; rincones oscuros en los que uno podía comprar rosas crecidas en las tumbas de personas hermosas a quienes la muerte se había llevado en su mejor momento, y a quien le fueran dadas, lo alejarían de una muerte temprana.

Una de las explanadas por las que pasaron tenía un inmenso acuario y dentro había una sirena de verdad, con el cabello del color de la espuma del mar, la piel como el atardecer anaranjado y grandes ojos amarillos, la cola larga e iridiscente del color de nieve recién caída. Vehan no pudo evitar quedarse mirándola con la quijada en el piso; supuso que era de entenderse, pues los sirénidos no solían salir de las aguas, por lo que era raro tener encuentros con ellos. Sin mencionar que sus voces estaban diseñadas para causar ese tipo de reacción.

Si Vehan escuchaba durante el tiempo suficiente, ella podría convencerlo de hacer lo que le pidiera con su canción. Por el momento cantaba *jingles*, un anuncio en vivo de la Mermaid Tavern, que Vehan sospechaba debía de estar cerca y de pronto sintió unas ansias desesperadas de ir ahí. Lo único que lo sacó de esa «apreciación» fue el carraspeo de Aurelian.

—¿Crees que mi madre me deje llevar a Zale como mi acompañante al Festival del Solsticio si prometo bailar con quien ella me diga? —le preguntó, más que nada para rellenar el silencio incómodo.

Zale, el único sirénido que había visto además de la sirena en el tanque, era convenientemente un empleado de su madre. No había sido el objeto del despertar de la bisexualidad de Vehan (ni siquiera Aurelian había tenido ese «honor»), pero había sido el primer feérico que consistentemente lo había tumbado sobre su trasero cada vez que entrenaban juntos. Eso no había cambiado con los años. Sin importar qué tan bueno fuera Vehan con la espada, la magia o el combate mano a mano, Zale siempre era mejor y, al parecer, la atracción que Vehan sentía por alguien era directamente proporcional a cuánto lo frustraban.

Aurelian frunció las cejas.

Para Vehan era muy injusto (otra de estas cuestiones frustrantes/atractivas y algo que Aurelian hacía mucho últimamente). Y ciertamente no ayudaba a eso de «trata de superar que te guste tu mejor amigo».

—Creo que no tienes opción sobre bailar con quien ella te diga —le respondió—. Y Zale ya casi tiene treinta.

Vehan ahogó una carcajada.

—¿Y qué? La diferencia de años que mi madre le llevaba a mi padre es mucho mayor —agitó una mano como gesto de descartar el argumento—. Llega un punto en el que a la gente le deja de importar la edad siempre y cuando sea consensual y ambas partes hayan madurado.

—Hasta cierto grado, sí, aunque no has llegado a ese punto.

Vehan retorció los ojos. Aurelian se ponía muy susceptible tratándose de la atracción que Vehan sentía por Zale.

—Está bien, papá. Pero, supón que no quiero que Zale pierda su trabajo o muera en un arrebato asesino que el mero hecho de preguntarle a mi mamá podría suscitar. ¿Crees que le haya enviado una invitación al sumo príncipe Celadon?

—¿Al Festival del Solsticio?

—No, a la temporada de caza para encontrarme consorte —rio, si bien el evento se estaba convirtiendo más o menos en eso: su madre anunciaría su maduración a toda la élite de faes como si él fuera un ingenuo, sonrojado por su presentación en sociedad, y el único propósito de ella fuera encontrarle «la pareja perfecta». Por mucho que detestara al sumo príncipe (y a la familia Viridian en su totalidad, porque su patriarca, Azurean, había vencido a su padre en el duelo por la corona que lo convirtió en sumo rey), Celadon era lo suficientemente joven y con buenas conexiones; sería una tontería no considerarlo.

Riadne Lysterne era muchas cosas menos tonta.

Sin embargo, Aurelian no comentó nada sobre eso, pero un músculo de su quijada se tensó, lo cual indicaba que su silencio no era por falta de comentarios, sino porque si bien antes Vehan nunca lograba hacer que su amigo se callara (sobre videojuegos y la tecnología humana y, ay dioses, vaya si para él el espacio y *Star Trek* eran fascinantes), Aurelian ahora disfrutaba conversar tanto como si le sacaran un diente. Vehan se consideraba suertudo de estar conversando con él como hasta ahora.

Su conversación se interrumpió con el ruido de un chapuzón, seguido de carcajadas y gozo macabro. Vehan se dio la vuelta para ver qué había pasado: al parecer, un espeluznante goblin redcap grande y amarillo canario había hecho algo para molestar a la sirena, que sólo estaba haciendo su trabajo, así que lo embelesó para que se acercara a la orilla del tanque y se aventara; sólo pudieron ver cómo su cola de león se hundía junto con él hasta su tumba. Su guadaña, afilada y bien cuidada, brillaba sobre el adoquín donde la había soltado. Su túnica, roja por la sangre humana que la manchó, flotaba sobre la superficie ondeante del tanque. Las risas se volvieron vítores cuando la sirena sacó a relucir garras y dientes, y se lanzó sobre su presa.

De inmediato el color del tanque cambió al tono de la vibrante sangre azul.

Vehan sacudió la cabeza ante el espectáculo. Quiso pensar que el redcap probablemente se merecía lo que le hicieron, pero los feéricos se estaban volviendo cada vez más perniciosos los unos con los otros conforme les negaban libertades de las que habían gozado durante mucho tiempo. En las cortes el asesinato era tan ilegal como en la sociedad humana, pero aquí en el Mercado Goblin, siempre y cuando se le compensara abundantemente a los Falchion, la ley se hacía de la vista gorda, y se esperaba que Vehan hiciera lo mismo.

Ahora un poco menos interesado en lo que veía y un poco más sosegado, se acercó a Aurelian, juntos deambularon por el lugar mucho más callados que antes. Hasta que...

—Espera, esto se ve prometedor.

El nombre de la tienda decía FUERZAS MUY LEVES. Y debajo: LECTURAS PSÍQUICAS.

Un oráculo.

La tienda era pequeña pero pintoresca, se encontraba en una abertura apenas visible entre dos negocios mucho más grandes, tenía ventanas esmeriladas, la puerta frontal pintada de lavanda, persianas verde esmeralda y un techo inclinado a juego.

Vehan miró a Aurelian.

—Si hay alguien que sepa qué está pasando en el mundo, ése sería un oráculo...

El lacayo lo miró de vuelta, con sus ojos del color del oro fundido, tan enigmáticos como intensos.

Aurelian era... hermosísimo. Muchos seres mágicos, los faes en particular, pensarían que sus tatuajes eran obscenos, demasiado humanos para su gusto. Había muchas cosas de los humanos que a los seres mágicos les gustaba adoptar, pero ésa no era una de ellas; de hecho, la gente del palacio constantemente molestaba a Aurelian por sus jeans ajustados y desgarrados o las camisetas negras y cafés que le gustaba usar (pues eran de los colores del otoño, en lugar de los blancos y dorados del verano). De inmediato se ocuparon de quitarle el acento alemán; de inmediato se ocuparon de contrarrestar la educación de escuela pública humana que él había preferido en lugar de la Academia para Faes de Nevada; de inmediato le quitaron las cosas que él disfrutaba: sus esperanzas y ambiciones, como asistir a la universidad para humanos y estudiar todas esas ciencias que amaba con pasión, y todo porque «no era lo adecuado para alguien en vías de ser el lacayo del futuro rey», un puesto al que lo forzaron en cuanto la reina se dio cuenta de lo bondadoso que era con su hijo.

Vehan nunca había sido una de esas personas que al verlo juzgaban sus gustos como equivocados. Aurelian siempre había sido hermoso, aún más cuando era libre de ser él mismo. Pero claro, ya no era libre, aunque no debido a Vehan, quien ya no podía mirarlo a los ojos sin sentir que la culpa le carcomía las entrañas. Detestaba lo que se había vuelto su relación y detestaba aún más la amargura con la que lo castigaba por algo que no era su culpa.

Con todo eso, era difícil fingir que las cosas estaban bien entre ellos, pero aún así él aparentaba que lo estaban.

—¿Quieres ir a ver? —preguntó mientras se tragaba sus trepidantes emociones.

—Si así lo desea su majestad...

Ignoró el escalofrío que le generaba la manera en que Aurelian usaba su título, asintió y avanzó. En cuanto entró a Fuerzas muy leves lo abrumó el incienso. A pesar de la luz tenue del Mercado Goblin, esa tienda era aún más oscura; a sus ojos les tomó un momento ajustarse a la penumbra, pero una vez que lo hicieron, notó que estaba en una habitación de espacio abierto. Al frente había estantes alineados contra las paredes, repletos de frascos con pedazos de animales, insectos y plantas, así como cristales de todos los tamaños y matices, cartas de tarot pintadas con delicadeza, velas y libros. Del techo colgaban diversas hierbas deshidratadas, un par de alas de pixie (cuya mera posesión podía adjudicarte mucho dinero y también mucho tiempo en la cárcel), además de antenas, cuernos, dientes y pelajes de todo tipo de criaturas, mágicas o no.

A la izquierda había una escalera de caracol que desaparecía en un segundo nivel.

Al fondo de la tienda había un mostrador de vidrio con aún más parafernalia de lo oculto, pero antes de que Vehan pudiera examinarlo con detenimiento...

—Empezaba a creer que no vendrías —dijo la mujer detrás del mostrador.

Vehan la miró.

Era lo suficientemente vieja como para mostrar líneas de expresión permanentes alrededor de los ojos, la boca y la nariz, pero suficientemente joven para tan sólo tener unas cuantas canas regadas entre su cabello castaño. Los faes podían fácilmente vivir cientos de años, algunos incluso mil; muchos faeries, también. El resto simplemente gozaba de una vida que se extendía unas cuantas décadas más de mayor salud y menos desgaste. Los ojos de la mujer eran brillantes, sus facciones eran bellas; sin embargo, el resplandor rosado en su piel escamosa color esmeralda le indicó a Vehan que no sólo era ferronata, sino que también era practicante; los artículos que vendía ahora cobraban sentido; todos eran ingredientes de pociones y hechizos, y esos libros seguramente eran tomos de glifos y embrujos. Detrás de la mujer había una chimenea sin encender,

al centro de la cual descansaba un caldero, y en ella había símbolos grabados que Vehan reconoció como alquimia, gracias a toda su investigación
secreta reciente.

Una alquimista que además era oráculo... Esto era casi demasiada
suerte. Si esta mujer sabía lo que le estaba pasando a su propia gente, lo
más probable era que no les cobrara un precio tan costoso como otros
con tal de darle a Vehan los medios para ayudar.

—Hola —la saludó con cautela. Los seres mágicos eran engañosos por
naturaleza, sobre todo los faeries, y el Mercado Goblin podía ser un lugar
peligroso, con eso de que estaba fuera de la ley. Era posible que esa mujer
no fuera lo que él creía, y si así era, era preocupante que supiera que él
vendría—. Nos estaba esperando, ¿cierto?

—Sí y no —le respondió la oráculo con una sonrisa—. Que haya visto
que vendrías no quiere decir que escogerías este camino. El futuro no es
certero, ¿sabes?, aun para aquéllos a quienes les habla.

Oráculos. Vehan contuvo las ganas de retorcer los ojos, pero tenía
el presentimiento de que detrás de él, Aurelian no había disimulado;
su lacayo era un verdadero escéptico en lo que se refería a aquéllos que
predecían el futuro.

En la actualidad era raro encontrar oráculos, ya casi no existían. Con
el destierro de los dioses, esa habilidad ya no se otorgaba a los adoradores
favoritos como solía ser. Ahora tenía que heredarse de los ancestros de
aquéllos a quienes los dioses bendijeron hacía mucho, y Aurelian no era
el único que reaccionaba con dudas cuando alguien afirmaba tener conocimientos genuinos de ese arte.

—No todos los días conoces a un futuro rey. Acércate, muchacho,
déjame verte bien.

Vehan dio un paso al frente como le habían ordenado; en cuanto alzó el
talón, Aurelian hizo lo mismo. Por mucho dolor que hubiera entre ellos,
sabía que Aurelian no permitiría que le hicieran daño y era cauteloso en
situaciones en las que fuera fácil herirlo.

—Eres tan guapo como dicen.

—Gracias. —Sonrió, aunque no tan radiantemente como solía—.
Trato de no decepcionar.

—Cierto, ¿no es así? —Tanto el tono como la sonrisa denotaban cierto
deleite personal; claramente no hablaba tan sólo de la apariencia de Vehan—. Tan ansioso por servir para demostrar tu valor... Bienvenido a
Fuerzas muy leves, Vehan Lysterne, príncipe de la Corona de los Seelies
del Verano. Me llamo Lydia. ¿Qué te trae aquí hoy?

—¿Qué? ¿No lo sabe? —bromeó Vehan, incapaz de contenerse.

—Sí y no —respondió Lydia con serenidad. Si estaba nerviosa por tener a dos faes de la realeza visitando su tienda ilegal, no lo demostró—. Me gustaría que tú me dijeras.

—Muy bien, iré al grano. Estoy aquí porque niños ferronatos han estado muriendo. Estoy aquí porque hay humanos desaparecidos, los raptaron y nunca más se supo de ellos. Estoy aquí porque sé que ambos hechos están conectados. Sé que esto no es obra de algún humano, como el sumo rey declaró, tampoco fue la Estrella Oscura, a quien todos quieren culpar. Sé que todo esto es una confabulación de un ser mágico, sólo que no tengo pruebas y quisiera saber dónde puedo encontrarlas. ¿Usted me lo dirá?

—Sí que lo haré, pequeño Lucero, pero nada viene sin un costo.

Vehan sabía eso muy bien. Toda la comunidad mágica se erigía bajo ese concepto.

—Lo sé. Dígame su precio.

Toda la tienda permaneció en silencio mientras Lydia pensaba en su respuesta. Había varias cosas que podía pedirle; como príncipe, tenía mucho más que dar que su clientela normal, entre ellas una geas, que tendría grandes implicaciones para él. Vehan había tenido más que el tiempo suficiente para sopesar qué estaba preparado para dar y qué no con tal de obtener respuestas, pero por alguna razón, a punto de enterarse de cuánto le costaría, se sintió ansioso.

—¿Por qué a un fae como tú le importarían las muertes de ferronatos y las desapariciones de humanos?

Vehan casi ríe. ¿Su precio era que respondiera? Eso no era nada. Con frecuencia se lo preguntaban, cada vez que él preguntaba a alguien más acerca de estos eventos o expresaba su opinión.

—¿Por qué? —respondió con ironía—. Soy el príncipe de los seelies del verano. Alguien atacó a mi pueblo. Todos ellos son parte de mi gente y es mi deber protegerlos.

Lydia rio y Vehan se tensó.

—Un sentimiento noble. —Y entonces salió del mostrador mientras se reacomodaba el chal tejido café a lo largo de su ancha espalda—. Muy noble de tu parte, pequeño Lucero. Nuestros honorables fundadores de las cortes estarían muy orgullosos de oírte. Pero son meras palabras. ¿Por qué te importa a ti? —repitió.

—¿Éste es su precio? —preguntó, ahora con tono nuevamente cauteloso. Quería que el trato fuera claro antes de que ella decidiera cambiar los términos.

—Éste es mi precio. Una verdad a cambio de otra verdad.

Vehan suspiró.

—No son meras palabras. Es mi deber. ¿Sabía que yo fui quien reportó la primera de las muertes de ferronatos? —Miró a Aurelian, dudando de si debía continuar, pero ésa no era información secreta, y si eso era lo que ella quería a cambio de decir lo que sabía...— Fue hace ya algunos años, ¿quizá tres? Aurelian y yo regresábamos a casa de la escuela y vimos a un adolescente ferronato tirado sobre un banquillo del parque. Aurelian dijo que resplandecía, algo rojo en sus venas que se desvanecía rápidamente. Yo no pude verlo del todo, pero Aurelian es lesidhe, su magia es diferente y le permite ver cosas que los sidhes no podemos ver. Como la alquimia, por ejemplo. No lo dudé. Fuimos a ayudar al chico, pero para cuando llegamos, ya estaba muerto. Su camisa estaba hecha trizas, el pecho marcado de líneas rojas, sangre debajo de las uñas... Luego llegaron las autoridades humanas y nos apartaron, pero antes de que nos echaran pude ver qué fue lo que le causó tanto dolor y lo obligó a intentar desgajarse el pecho; porque, así es, se lo hizo él mismo.

La muerte no había sido algo tan real para Vehan hasta que sostuvo el cuerpo inerte de ese ferronato en el parque. Hasta entonces sólo había sido un concepto para él. Su padre había muerto cuando estaba demasiado joven para entender poco más que el hecho de que se había ido y que sin importar cuánto esperara en sus aposentos, mañana y noche por un mes entero, su padre no regresaría.

—Es mi deber asegurar que esto se resuelva —dijo con convicción renovada—. Yo estuve ahí en el principio. No pude ayudar a ese chico, pero puedo evitar que les pase a otros. Por favor, ¿usted sabe quién está detrás de esto?, y si no lo sabe, ¿tiene idea de dónde puedo encontrar las respuestas?

—Sí —respondió Lydia—, pero ¿por qué te importa a ti?

Vehan apretó los dientes. ¿Qué más podía hacer?

Habría que enseñarle. Lo mínimo que podía pasar es que este secreto saciara su sed de sacarle información personal.

—¿Quiere una verdad? —Dio un paso al frente y se abrió la camisa desde el dobladillo hasta los hombros para descubrir su pecho y que la mujer lo viera. Aurelian se sobresaltó, hizo un ruido como protesta, pero en su irritación actual, a Vehan ya no le importó cuán inapropiado parecería eso ante los ojos ajenos que entraran al lugar justo en ese momento—. Ahí lo tiene. Puede verlo, ¿verdad?, un glifo alquímico. Exactamente el mismo que ese adolescente ferronato tenía. Ya no está tan marcado, es difícil notarlo o incluso ver qué es, lo sé, pero lo he tenido durante el tiempo suficiente para reconocerlo donde sea. Estoy marcado, tal como otros de los ferronatos que murieron, estoy seguro, pero nadie puede decirme por qué. Se reacomodó la camisa y miró con furia a la oráculo, como retándola para que le dijera que esa verdad no era suficiente para intercambiar información.

Aun así, ella no dijo nada.

Vehan sacudió la cabeza, frustrado.

—Duele, ¿sabe? No resplandece, pero hay veces que me duele, en momentos al azar. Nunca pensé gran cosa de esto hasta ahora. La primera vez que le pregunté a mi madre sobre esto, me dijo que sólo era una cicatriz. Me dijo que de niño me lastimé de gravedad, algo sobre un atentado contra mi vida fallido, y que esa herida me dejó una marca que nunca sanó por completo. Nunca tuve razones para investigar qué tipo de marca era. Me habría contentado con la respuesta de mi madre, pero algunos hechizos, señora oráculo, dejan impresiones indelebles. Ese chico, igual que yo, debió de haber entrado en contacto con algo oscuro, y quiero descubrir qué fue. ¿Usted me lo dirá? —repitió, firme y con autoridad, como el futuro rey de los seelies del verano que era.

Lydia se quedó mirando su pecho, con una expresión neutral. Vehan consideró un triunfo que su sonrisa finalmente se hubiera desvanecido, hasta que...

—Interesante... pero aún no es la verdad. ¿Por qué te...?

¡Esta mujer insufrible! ¿Eso no había sido suficiente? ¿Qué era lo que ella estaba tratando de sacarle, que esto le importaba porque...?, ¿qué?, ¿tenía un fetiche secreto con los cadáveres que algún día ella podría usar contra él?

—Lo siento, pero los ferronatos están muriendo. ¿Por qué eso no habría de importarme?

—Si quieres saber la verdad, tendrás que darme una verdad a cambio. Hay que pagar el precio, príncipe Vehan. ¿Por qué esto te...?

—¡Porque sí!

—¿Por qué?

—Porque me importa.

—¿Por qué?

—¡Porque a nadie más le importa! —gritó y hasta él mismo se sorprendió, pero había traspasado los límites de su paciencia—. ¡A nadie le importa! Ellos mueren y a nadie le importa. Una comunidad entera de todo tipo de criaturas siente que no son importantes y eso me enferma.

Me carcome, porque sentir eso, la aplastante desesperanza que ahoga todo lo demás dentro de ti y te dice que estás total y completamente solo, que no eres más que una herramienta, un medio para un fin, una carga, y que nadie te va a extrañar cuando ya no estés es un sentimiento que conozco muy bien.

Su madre, quien, cuando cumplía con sus expectativas, las incrementaba una y otra vez, siempre convencida de que él podría hacerlo mejor...

Su mejor amigo que estaba resentido y ya no quería nada que ver con él...

Toda la gente a su alrededor, sus compañeros de escuela, sus consejeros, sus tutores, su familia, todos lo veían como un objeto a usar, moldear, soportar, eliminar, incluso, para obtener lo que querían...

Vehan no era feliz. Tenía una buena vida, una vida que los demás envidiaban, llena de riqueza y seguridad y lo que fuera que deseara, excepto una condenada persona a quien genuinamente le importara que existía y que no era feliz. De hecho, su infelicidad estaba creciendo a un grado difícil de soportar. Por lo general podía ocultarla detrás de sus sonrisas y su actitud encantadora, pero en estos momentos, se vio forzado a ese abominable juego que bien sabía no debía de tomar a la ligera...

—Sentir eso... —dijo con voz quebrada— es horrible. Soy egoísta, ¿eso es lo que quiere oír? ¡Me estoy proyectando!, todo esto se trata de mí y mis patéticas emociones; yo sólo quiero proteger a alguien como nadie quiere protegerme a mí.

Sus lágrimas amenazaban con escurrir en cualquier segundo. Ahora lo único que Vehan quería era irse. Jamás quiso decir nada de eso, jamás lo diría frente a su madre, quien sólo reafirmaría cuán ridículo era y nunca jamás querría admitir esto frente a Aurelian. No quería que Aurelian se sintiera culpable de su infelicidad y que eso lo hiciera sentir mal por desear tener una vida para él o que estaba en deuda con Vehan a pesar de todo lo que ya había hecho por él.

Hubo silencio.

Su confesión aún resonaba en sus oídos.

—Ahí está —dijo Lydia al fin. Y entonces miró a Aurelian, sin que Vehan supiera por qué, pero lo agradeció porque eso le dio la oportunidad para recuperarse—. Para una persona a quien le duele mentir, eres muy malo para admitir verdades. —Regresó su atención a Vehan, ahora con una expresión más suave, que incluso podría parecer lástima. Eso lo hizo sentirse peor—. Has pagado el precio. Los rumores en el Mercado Goblin dicen que la gente está ofreciendo grandes sumas de oro a cambio de personas que nadie extrañaría. Encontrarás las instalaciones aquí, en el desierto de Nevada, los dientes de fierro te mostrarán el camino. Pero debes saber que sólo una vez que las estrellas se alineen recibirás las respuestas que buscas.

Vehan cerró los puños.

—Maravilloso. Muy útil.

Tenía muchas preguntas. ¿Por qué los oráculos insistían en transmitir su sabiduría con acertijos? Agradecería mucho si ella fuera directa con él, pero ya no importaba. Se preocuparía por eso después. Por el momento, estaba exhausto. Se dio la media vuelta bruscamente para irse, decidido a no intercambiar miradas con Aurelian, cuando...

—Oye, fíjate por dónde andas, este traje es muy costoso.

Vehan chocó contra el pecho de un hombre de mediana edad parado en la entrada, con guantes negros de cuero, un exquisito traje negro como la noche y cabello cuidadosamente peinado, igualmente negro.

—Lo siento —se atragantó Vehan, apenas capaz de pronunciar palabra.

—No lo sientas, fíjate —fue la respuesta desdeñosa del hombre. Por cómo desairó a Vehan le dio a entender que sabía exactamente quién era, pero simplemente no le importaba. Eso no era para sorprenderse. En el Mercado Goblin, donde el pueblo reinaba, el estatus de sidhe de la realeza era un obstáculo en todo caso.

—Ay, señor Aurum, justo a tiempo. ¿Tan pronto vino a reabastecerse? Vaya que últimamente ha estado muy ocupado —dijo Lydia y mientras hablaba veía con descarada fijación a Vehan, claramente deseando que se fuera antes de ocasionar un pleito.

—Buen día, señora oráculo —intervino Aurelian y avanzó hacia la puerta, tomó a Vehan de los hombros y con cuidado lo enfiló fuera de la tienda; por su parte, Vehan evitó mirarlo a los ojos durante todo el trayecto de regreso a casa.

No se sintió capaz de lidiar con lo que podría encontrar en la expresión del rostro de su examigo, la lástima, la consternación... o peor: la confirmación de que él no le importaba a Aurelian en lo más mínimo.

CAPÍTULO 9

El frondoso Palacio de la Primavera, cuyo fundador Viridian llamó el Reverdie, era una hermosa e impecable construcción de acero y vidrio curvo. No era tan diferente del resto de las construcciones en Bloor Street y su hilera infinita de tiendas de alto nivel y edificios comerciales, pero los múltiples encantamientos que lo ocultaban lo hacían invisible para quien no supiera que se encontraba ahí.

A Arlo le encantaba el Reverdie.

Su forma ondulada había sido diseñada para imitar una brisa ondeante, un tributo al elemento del aire que dominaban los unseelies de la primavera. Además, era igualmente opulento en su interior; como los humanos solían describir los palacios feéricos: muros y pisos y altas columnas de esteatita teñida de verde, mármol y jade; candelabros inmensos que goteaban cristales, tal como el hielo que la primavera, su estación, derretía; relieves chapados en oro y tapices de mariposas vivas que revoloteaban de un lugar al otro; techos con bóvedas de abanico, pintados para imitar las copas de los árboles, cuyas hojas realmente crujían, se mecían con la brisa, se sacudían con las tormentas.

El palacio era suntuoso, un espectáculo en cada rincón, pero las alfombras de musgo y la abundancia de plantas y flores que crecían en cada superficie le daba la apariencia de ser un trozo tomado de una época olvidada hacía mucho tiempo.

El crecimiento excesivo de plantas se debía a la influencia del sumo rey.

Como uno de los dos líderes de la primavera, dondequiera que iba lo seguía la frondosidad. Sucedía lo mismo con todos los líderes de las cortes (si bien para el sumo rey, el soberano de todos, este efecto era mucho mayor). Los líderes del invierno dejaban un rastro de escarcha; los del verano un resplandor, y los del otoño una colorida marchitez. El Reverdie era el único lugar donde Arlo podía ver esos maravillosos dones. Después de todo, esa magia sólo podía percibirse cuando se estaba cerca de uno de los líderes de las cortes.

Aunque un aspecto de la magia del sumo rey del que sí podría prescindir era del sentimiento de que anulaba su encantamiento; esto sucedía con todos los que entraban al palacio. La sensación que provocaba era como entrar a una ráfaga de viento que siempre te dejaba la piel en carne viva. Más allá de que sus facciones se hacían más angulosas; sus orejas, puntiagudas y sus ojos más relucientes, sin su magia usual no se veía tan diferente, así que era un tanto decepcionante, sobre todo si se consideraba lo que le hacía a todos los demás.

—Buenas tardes, Arlo —dijo Dag y la saludó desde el otro lado de la puerta de cristal—. ¿Viniste a visitar al sumo príncipe Celadon?

Arlo asintió.

—Bien —gruñó.

Dag era un gnomo. Apenas rebasaba el metro de alto, su complexión era como la de una piedra, la mayor parte de su rostro moreno estaba ocupada por su cabellera cobriza y barba al tono. Algunos mechones estaban trenzados por aquí y por allá, sin duda obra de su pareja. Era una superstición feérica a la que incluso los faes se suscribían; la mayoría creía que las trenzas brindaban a sus seres queridos protección contra la mala voluntad.

Dag era probablemente el guardia favorito de Arlo, el único que cuando ella iba no presionaba más allá de lo que su trabajo exigía, pero hoy se sentía especialmente agradecida de verlo.

Porque lo que sucedió después del terrible acontecimiento en la cafetería fue tranquilo en comparación. Pasar esa noche en compañía de sus primos, viendo películas reconfortantes en Netflix con tazas de chocolate caliente y los rollos de canela de Celadon, la había regresado a la normalidad.

Ahora, unos cuantos días después y de mejor ánimo, sus pensamientos pudieron divagar con curiosidad. El sumo rey aún tenía que responder ante la información que le habían compartido, la nueva prueba que confirmaba sus sospechas de que la Estrella Oscura sabía más de lo que había dicho sobre los acontecimientos.

O al menos, no había hecho nada públicamente.

Eso no era tan preocupante para Arlo. Aún no. El sumo rey, soberano de todo; los líderes que le servían y regían sus cortes según sus deseos y cualquier otra libertad que él les permitiera; el Alto Consejo Feérico, que servía como portavoz de las cortes ante las decisiones del sumo rey, todos habían permanecido muy callados desde que todo inició. Sucedían muchas cosas de las que Arlo no se enteraba tras bambalinas, eso lo sabía, pero con todo... ella estaría más tranquila si alguien le dijera que estaban haciendo algo. Mientras más se prolongaba el silencio, cuando un día se volvía dos, y ni Celadon ni su madre tenían noticias que compartirle fuera del hecho de que Cassandra sí era ferronata, como Arlo sospechaba, más impaciente se sentía.

¿Y si la chica de negro decidía esconderse ahora que sabía que Arlo iba tras ella? ¿Y si esa hubiera sido la única oportunidad que tenían para descubrir quién estaba matando niños ferronatos y por qué, y la habían perdido porque Celadon olvidó decirle a su padre la información crucial que podía incentivarlo a reaccionar más rápido? Por ejemplo, el resplandor de Cassandra, o que Arlo había podido sentir la magia de la chica de negro como algo mucho más que un cosquilleo o presión...

Si nadie podía darle las respuestas que necesitaba, ella tendría que encontrarlas por sí misma. Si fingía que estaba ahí sólo para visitar a Celadon y escondía sus verdaderas intenciones de «entrometerse en las cuestiones privadas de las cortes», incluso los guardias más hostigadores no podrían echarla (ella seguía siendo un miembro de la familia real, Viridian oficial o no).

—Deberías visitarnos más seguido —agregó Dag, mirándola con intención. Una vid de enredadera que se alargó desde el pilar detrás de él comenzó a subir por encima de su abultado hombro, pero él la ahuyentó de un manotazo tranquilo y practicado, luego dio un paso al frente—. Quizás así el sumo príncipe se aplacaría cuando debe y no tendríamos que perseguirlo por la ciudad nada más para arrastrarlo de vuelta al trabajo.

—Ay, sí, perdón —rio Arlo—. Pobre Celadon, detesta el papeleo casi tanto como detesta estar entre cuatro paredes.

—Sí, pobre Celadon. Pero definitivamente no pobre de mí, a quien no avisaron nada del episodio en la cafetería del otro día y que por eso ingenuamente intenté detener a tu primo en sus intentos por desatascar la puerta, como el sumo rey nos instruyó que hiciéramos porque su hijo «se distraía fácilmente», bajo la suposición de que estaba tratando de escapar de otra junta.

Dag se plantó frente a Arlo y la miró fija y desafiantemente, sus ojos cafés más resplandecientes de lo normal. Arlo hizo una mueca, sabía cómo se ponía Celadon cuando se preocupaba.

—Perdón —volvió a disculparse—. Últimamente está actuando de forma muy extraña. Peor que de costumbre. Espero que no haya sido grosero contigo, si así fue, te prometo que voy a gritarle de tu parte.

—¡Ja!, como si eso fuera a ayudarle. Los faes y sus humores... Ya estoy más que acostumbrado como para que me importe. Aun así, oí que el Alto Consejo tal vez te otorgue un distinguido estatus VIP, ¿qué tal? Si así sucede, deberías contemplar mudarte al palacio. Y entonces algunos de nosotros podríamos retirarnos. —Pausó para intensificar su mirada fija; Arlo soltó una risita incómoda a modo de respuesta; con todo lo que había pasado desde su ponderación, lo había olvidado; aun así, dudaba desarrollar las cualidades feéricas suficientes para el gusto del consejo—. Muy bien —dijo, con un poco de más firmeza, se enderezó por completo y le mantuvo la vista fija—. Ya sabes qué hay que hacer.

Arlo asintió.

—Pronuncie su nombre.

—Arlo Cyan Jarsdel.

—¿Qué asunto la trae aquí en este día, Arlo Cyan Jarsdel?

Arlo se obligó a mantener la compostura y la calma: se resistió a la magia que la forzaba a responder honestamente.

—Vine a ver al sumo príncipe Celadon.

Dag asintió una sola vez y se apartó para que ella pasara sin mayor hostigamiento.

Esto, el dominador, era el truco más viejo de todos los tiempos. Cualquiera con la mínima gota de magia en su sangre estaba sujeto a su yugo. Por naturaleza, faes y faeries por igual tenían dificultades para mentir; les incomodaba, y mientras más grande era la mentira que tramaban, peor la tensión que sentían. La comunidad mágica descubrió que lo mejor era, en vez de mentir, llevar a la verdad hacia una luz que la hiciera ver bien; pronto se hicieron el hábito de darle la vuelta a los asuntos y omitirlos sigilosamente. Pronto, la comunidad mágica dejó de mentir por completo, pero mientras menos decían, más grande se volvía el poder de la verdad.

Los nombres, una de las armas superiores de la verdad, se habían convertido en un medio de control.

Los feéricos tomaron por costumbre escoger segundos nombres una vez que alcanzaban la Madurez; eran sus verdaderos nombres y sólo los revelaban a aquéllos en quienes confiaban con sus vidas, de forma que no quedaran vulnerables. Arlo no tenía un segundo nombre, todavía no; no hasta que el Alto Consejo Feérico le otorgara el estatus oficial en la comunidad, ya fuera como fae o ciudadana común. Pero aun así era susceptible a esta magia, aun con sólo su nombre de nacimiento.

Afortunadamente, tenía sus protecciones.

En su sangre había hierro.

Si Dag decidía presionarla con más fuerza, hostigándola con preguntas para desenterrar la otra mitad de su verdadero propósito para estar ahí hoy, ella podía contar con su gran ventaja humana. Porque las mentiras le incomodaban, sí, pero no tanto como para forzarla a evitarlas por completo. Podía decirlas, de hecho aún las decía, pero Dag, al parecer, estaba contento con tomar sus palabras tal cual.

—Mantente lejos de los problemas, ¿de acuerdo?

Arlo asintió de nuevo. Le apuntó con ambos índices como si fueran pistolas, avanzó por donde él estaba en la recepción y entró a una habitación enorme, alfombrada con musgo y cojincillos de flores primaverales, robles altísimos que crecían en lugar de pilares comunes y extendían sus ramas frondosas para tupir aún más las copas pintadas con magia. Además de eso, se había construido una cascada verdaderamente atronadora que, estaba empotrada en el muro opuesto y varias estatuas de oro sólido de los sumos soberanos anteriores flanqueaban el perímetro como si fueran guardias que resplandecían en exceso.

Hoy había mucho ajetreo en el Reverdie, aunque, dada la hora, no más de lo usual. Como los primeros pisos del palacio estaban dedicados a los servicios públicos, cualquiera tenía la oportunidad de pedir una audiencia con el sumo rey o solicitar la aprobación de un viaje de portal, negocio u otras licencias. Aduanas y Migración siempre tenían más gente que todos, pues pedían visas para viajar a otras cortes por periodos de tiempo prolongados o ciudadanías para moverse de una a otra. Incluso había un Tim Hortons a la izquierda de Arlo y las oficinas de la Policía Falchion justo al lado. Además de eso, estaba la sucursal principal del Banco de la Corte de la Primavera, que todos simplemente llamaban cos Bank, por su nombre en inglés, y que operaba prácticamente como una tienda de empeño. Aquí la gente podía intercambiar sus posesiones por moneda de humanos, o intercambiar el dinero que habían ganado mediante empleos humanos por cachivaches, gemas y pedacitos de oro para gastarse en tiendas de feéricos.

Por encima de las cabezas, pájaros de todas las razas y colores trinaban y saltaban de una percha a la otra; entre ellos faeries con forma de colibrí, lustroso plumaje iridiscente y extremidades tan pequeñas como palillos de dientes, revoloteaban por doquier para atender las plantas y animales con la fuerza suficiente para levantar cosas diez veces más grandes que ellos.

Por el techo se movía una masa de lluvia, pero estaba hechizada para que, a punto de caer, se evaporara antes de tocar algo; claro que el espectáculo dejaba a la gente pasmada y boquiabierta, lo cual empeoraba la congestión.

Un gentío se había acumulado alrededor del centro de información, que estaba en medio de todo el lugar, patrullado por corpulentos ogros con uniforme de la Fuerza Policiaca Falchion. En la sala de espera decorada espléndidamente, muchos seres de gran variedad esperaban su turno para hablar con el sumo rey. Los feéricos formaban un verdadero arcoíris: durazno claro, marrón cobrizo y negro obsidiana; también turquesa, violeta y rosa fosforescente; además de naranja amarillento, azul diamante y verde bosque. Algunos tenían características como colas y garras; otros eran tan altos como para rozar las copas de los árboles y otros eran tan pequeños que Arlo tenía que fijarse por dónde iba para no pisarlos.

Siguió a una familia considerablemente grande de diablillos negro-azulados y larguiruchos que apenas le llegaban a las rodillas; iban hacia los elevadores que flanqueaban la catarata hechizada. Alguna vez todo eso funcionó sólo con magia. Hoy en día, gran parte del palacio funcionaba con electricidad, en parte porque el sumo rey deseaba mostrar a la comunidad mágica los beneficios de depender menos de la magia que podía delatarlos. Los elevadores de la derecha llevaban a oficinas privadas y más específicas, mientras que el elevador de la izquierda llevaba a los pisos más altos del Reverdie, dedicados a la residencia privada de la familia real y la biblioteca que resguardaban para su uso personal.

Ahí es donde Arlo necesitaba ir.

—Buenas tardes, Arlo —la saludó Cali, la elevadorista del turno de hoy. Su cabello largo y violeta estaba recogido en un chongo y su inmaculado uniforme de tonos de verde esmeralda y savia estaba perfectamente planchado.

Rara vez Arlo veía al personal del palacio afuera del edificio, donde podían esconderse detrás de sus encantamientos. Se preguntó si ésa era la razón por la que sus verdaderas apariencias no la desconcertaban tanto como algunas que veía en otros lugares. La belleza sin encantamiento de Cali era angulosa, aviar en cierto sentido, pero también etérea a un grado casi alarmante. Su piel del color del alabastro mostraba un tono lechoso azul zafiro y sus ojos no tenían contorno blanco, sólo eran de un púrpura profundo, casi negro.

—Hola, Cali— la saludó Arlo cortésmente. Entró al elevador y Cali cerró la puerta—. Al piso noventa y seis, por favor. Voy a molestar a Cel un rato.

El rostro de Cali se encendió; no era secreto que formaba parte del club de fans de Celadon, pero antes de que pudiera comentar o presionar el botón del piso que le pidió Arlo, alguien volvió a abrir las puertas.

—¡Ah! lord Malachite —balbuceó Cali, sorprendida. Hizo una reverencia a modo de disculpa—. Lo siento mucho, no quise cerrarle las puertas, no lo vi venir.

Malachite Viridian-Verdell, el tío de Arlo y único hermano de su madre, apuntó su prominente nariz hacia Cali con mirada fulminante, pero cualquier comentario que estuviera a punto de hacerle se esfumó en cuanto vio a Arlo.

—Arlo —exclamó con un entusiasmo tan falso como la sonrisa embarrada y fingida en su rostro sin edad.

Tal como el resto de la familia, Malachite era alto y extraordinariamente apuesto. Cuando no tenía sus encantamientos, como ahora, el resplandor crepuscular de su estatus real le daba un matiz verde aperlado al azul resplandeciente que fluía por su piel bronceada. Su nariz aguileña se torcía al estilo de un buitre hambriento con una sonrisa que mostró la punta de sus dientes extremadamente afilados.

—¿A ti también te están entrenando para servir en el palacio? —le preguntó al mismo tiempo que señalaba a Cali con la mirada—. Por mucho que me alegre que al fin hayan encontrado algo en lo que eres útil, tal vez debería hablar con alguien para que te pongan con alguien que te instruya mejor.

Cali casi se desploma ante el comentario, pero Malachite ni cuenta se dio. Entró con elegancia al elevador, luego miró a Cali y con la cabeza señaló la botonera para indicarle que cerrara las puertas. Una vez junto a Arlo, le pasó un brazo por encima de los hombros.

—Vamos, no te desanimes. ¡No hay nada de malo en un trabajo honrado! Briar me dijo que en tu ponderación armaste un escándalo y, considerándolo, creo que deberías estar agradecida con el simple hecho de que te permitan tener un puesto en el palacio. —Su sonrisa se afiló todavía más, sus ojos verdes eran casi llamas—. Digo, no todos podemos ser diplomáticos del servicio exterior como el sumo príncipe Serulian o rastreadores de prestigio internacional como yo.

Arlo ya se estaba familiarizando con su propia furia.

Quería decir algo. Siempre quería decir algo cada vez que personas como Malachite le lanzaban frases hostiles, a ella y otros alrededor, pero sus palabras se quedaban en la punta de su lengua. Siempre que las sentía hirviendo en su interior, sus intenciones se convertían en cobardía y sus nervios se las tragaban.

Celadon y Elyas eran excepciones. La mayoría de los parientes de Arlo hacían como si ella no existiera. El sumo rey se mostraba bondadoso en las raras ocasiones en que veía a Arlo; la suma princesa heredera Cerelia siempre era cordial con ella, pero los abuelos maternos de Arlo estaban tan decepcionados de la elección de pareja de Thalo que realmente sólo los conocía por fotografías. El sumo príncipe Serulian, por su parte, actuaba como si ella fuera invisible cuando sus caminos se cruzaban en el palacio. Tenía otros primos y parientes (aunque lejanos) que iban y venían, como vientos temporales que no sentían remordimiento alguno de hacerle preguntas muy poco corteses o sobre su vida privada y hacían muy poco esfuerzo para disimular cómo chismoseaban sobre ella. Pero prefería todo eso a la manera en que Malachite la trataba cara a cara, como si no fuera nada y su humanidad la hiciera inadecuada. Todos sus comentarios iban dirigidos a aturdirla al punto que ella no pudiera contraatacar.

Y, para Arlo, que Malachite se enorgulleciera tanto de su profesión era la mejor indicación de su personalidad. Los Rastreadores eran la fuerza policiaca de la comunidad mágica. Perseguían criaturas que no entraban en sus altos estándares. Malachite se complacía a un nivel perverso de ser al que con frecuencia enviaban para «neutralizar» lo que consideraban que amenazara la paz.

—Mejor servidumbre que asesino —dijo por lo bajo.

—¿Qué dijiste, querida sobrina?

Malachite la había escuchado. No había forma de evitarlo, gracias a sus sentidos de fae potencializados. Pero si algo detestaba Malachite más que la herencia ferronata de Arlo era el hecho de que quizá tenía más poder que él gracias al puesto tan alto de su madre y a que Celadon la quería muchísimo.

Si tan sólo eso la ayudara donde importaba.

—Te pregunté a qué piso ibas. —Y se deslizó lejos del brazo de su tío para acercarse a la botonera del elevador. La expresión en el rostro de Malachite expresaba decepción de que ella no hubiera mordido la carnada (es decir, que sabía muy bien que Cali no estaba entrenando a Arlo y que entonces su suposición era un insulto descarado. Anteriormente, en varias ocasiones la había ofendido al grado de dejarla llorando, por lo que ese patético pinchazo era casi irrisorio), pero la cara de Cali hizo que Arlo se aguantara la rabia que le hervía las entrañas.

—Vas a tener que trabajar con tu tacto con los clientes —le respondió severamente—. Piso veintitrés. Le comentaré al concejal Sylvain acerca de tus nuevas «ambiciones»; le dará gusto saber que estás a gusto con tu estatus de feérico común.

—Estoy segura de que así será. —Presionó el botón de su piso y luego el de ella.

Le lanzó una mirada a Cali a modo de disculpa y luego se volvió a colocar en medio de ambos. Determinada a compensar de alguna manera las groserías de su familia, sacó su teléfono y lo mantuvo incómodamente en medio de ellos.

—Fuimos a las Cataratas del Niágara en el cumpleaños de Celadon. Se puso súper borracho y trató de liberar a los animales cautivos en Marineland. ¿Quieren ver las fotos?

Cali asintió vigorosamente.

CAPÍTULO 10

✦ AURELIAN ✦

✦

«Yo sólo quiero proteger a alguien como nadie quiere protegerme a mí».

A veces Aurelian odiaba a Vehan por no ser capaz de ver más allá de la actuación que lo mantenía en vigilia por las noches, lleno de miedo de que el príncipe se diera cuenta de que fingía. A veces quería tomarlo por los hombros, sacudirlo, gritarle, preguntarle cómo podía pensar que su amistad estaba tan mal, cómo podía convencerse con tanta facilidad de que se había terminado.

«Yo sólo quiero proteger a alguien como nadie quiere protegerme a mí».

Hasta hacía poco, Aurelian había podido aplacar sus momentos de debilidad simplemente recordando que Vehan querría saber por qué toda esa simulación había sido necesaria; y Aurelian jamás podría decirle la verdad.

No podía hacer añicos el último pedazo de inocencia al que el príncipe se aferraba desesperadamente: la esperanza de que a pesar de todo lo que Riadne era, en el fondo era una madre que amaba a su hijo. Aurelian le daba tantas vueltas al asunto que ya no sabía qué sería peor: que el príncipe lo enviara lejos por calumniar a la reina y entonces quedara más vulnerable que nunca ante sus manipulaciones, o que le creyera. Y entonces confrontara a la reina y se arriesgara a que ella mostrara la poca bondad que sentía hacia su propia progenie.

«Yo sólo quiero proteger a alguien como nadie quiere protegerme a mí».

Hasta hacía poco, el miedo era lo que lo mantenía resuelto. Era capaz de seguir distanciado de Vehan si eso lo conservaba a salvo. Podía dejar que Vehan pensara que lo culpaba de que lo forzaran a ser su lacayo, de que perdiera el futuro que deseaba, si eso significaba que Vehan no indagaría lo que realmente estaba pasando a su alrededor.

Pero ahora tenía un miedo nuevo, y éste debilitaba su determinación. Ahí, en el Mercado Goblin, cuando Vehan habló sobre sentirse solo, había encontrado en su voz un tono un tanto peligroso, una nota de algo que Aurelian hubiera podido detectar más rápido de no estar tan alerta ante cualquier otra amenaza: un chico aislado al borde de un precipicio, hambriento de afecto, callado más que nunca porque Vehan jamás pedía ayuda, a pesar de que ayudaba generosamente a todos. ¿Y si a Vehan se le ocurría, o mucho, mucho peor, ya se le había ocurrido que la única salida de ese abismo solitario era caer?

«¿Sabes por qué te traje aquí, Aurelian?».

Se estremeció.

—¿Acaso los lesidhes tienen la costumbre de hacer papilla los alimentos antes de comerlos?

Aurelian alzó la mirada desde el tazón de ensalada de espinacas que había estado machacando distraídamente con el tenedor. Estaban en la cafetería de la Academia Feérica de Nevada, llena de mesas de madera de haya, con piso de bambú e iluminada en exceso debido a los ventanales del altísimo techo abovedado; estaba tan absorto en su maraña de pensamientos que había logrado desconectarse de los aduladores que seguían a Vehan adonde fuera, hasta el punto de apenas recordar que estaban ahí.

No se dignó a responder. Kine, un fae rubio y blanco como la porcelana que disfrutaba decirle a quien escuchara lo íntimo que era su lazo con el príncipe de su corte, jamás mantuvo en secreto lo mucho que detestaba a Aurelian.

El sentimiento era mutuo.

—Racista —siseó la chica de cabello dorado y mismo tono de piel junto a él: Fina, la hermana gemela de Kine, quien le hubiera agradado un poquito más de no ser porque era una completa horrorosa que no aceptaba el hecho de que él era súper gay y no se entusiasmaba en absoluto con sus intentos de convertirlo a la bisexualidad.

—Claro que no, ¡fue una pregunta sincera! Estoy tratando de entender su cultura. Se llama «ser de mente abierta», Fina.

—De mente vacía, querrás decir. ¿Acaso pones atención a las clases de sociología? En serio que a veces me pregunto si serás mitad troll, con tanta estupidez que sale de tu boca. Aurelian, no le hagas caso, mi hermano se está portando como un imbécil; todos sabemos que los lesidhes pueden ser perfectamente civilizados. Pero no te preocupes — dijo mientras le guiñaba el ojo—, a mí me gustan los faes que aún conservan un lado salvaje.

—Genial —dijo Aurelian, apuñaló una hoja de espinaca y se la metió a la boca.

Por lo general, almorzaba en donde fuera; el techo de la escuela era su lugar favorito, aunque también comía en el teatro o los salones de música, a veces en el jardín cuando no era tan ruidoso. Al principio le había costado mucho trabajo adaptarse a esa escuela completamente feérica (antes de estudiar ahí, sus padres lo habían dejado asistir a la primaria de humanos), pero eventualmente formó su grupo de… bueno, no eran exactamente amistades, sino criaturas cuya convivencia podía soportar. No era el único lesidhe en la academia de Nevada, a pesar de que la mayoría de ellos prefería quedarse en los bosques y formar su propia sociedad fuera del territorio de las cortes. Ni siquiera era el único estudiante que venía de otra corte. Los seres mágicos iban y venían tanto como hacían los humanos en esas épocas, especialmente aquellos como Aurelian, que tenían magia suficiente para traducirles los idiomas extranjeros tanto de los humanos como de los feéricos (de hecho, Aurelian yendo un paso más lejos, había aprendido el idioma inglés de los humanos y el dialecto seelie del noroeste, los idiomas oficiales de esa corte). La gente se casaba y se mudaba al extranjero; se asentaba en diferentes lugares, estudiaban en programas de intercambio, viajaban con visas de trabajo… Ya no era extraño toparse con un djinn afuera de su nativo territorio unseelie del verano, y los trolls seelies del invierno andaban por todos lados.

No era como si Aurelian fuera un espectáculo, pero para los chicos malcriados y elitistas cuyos padres eran faes y cuya crianza se basaba en la creencia de que como los Ocho Fundadores también habían sido sidhes, ellos eran por defecto los mejores, quienes no eran como ellos resultaban una novedad, una que ellos, con toda su gentileza y refinamiento, aceptaban en su comunidad.

—Adivina qué, estúpida —escupió Kine—, eso te hace mitad troll a ti también. —Y le aventó una de sus hojas de espinaca, ante lo cual ella gritó como si le hubiera aventado una babosa y se agachó detrás de Theo, el chico de al lado.

Theo se veía todo menos divertido; el dramatismo de Fina hizo que se tirara encima una cucharada de sopa de calabaza.

—Si tenemos que pasar más tiempo de este descanso escuchándolos discutir sobre quién de ustedes dos heredó el único cerebro de su familia —dijo alargando las palabras—, tendré que expulsar al Ártico a su linaje completo.

Theo era... agradable.

De todos los dizque amigos de Vehan, él sinceramente le agradaba, aunque se resistía a aceptarlo. Theo era excesivamente apuesto, incluso para los estándares de los faes, incluso al lado de Vehan; tenía rizos cortos, cerrados y negros; labios gruesos y delineados, y pómulos pronunciados alzados hacia sus orejas puntiagudas. El cálido tono cobrizo de su piel morena resplandecía tenuemente porque técnicamente Theodore Reynolds también era príncipe, hijo mayor de una de las tres familias reales de los seelies del verano. Vehan podía relacionarse con él de una manera con la que nadie más podría, y eso era bueno; Vehan necesitaba alguien que entendiera algunos asuntos que ni siquiera Aurelian comprendería. No era un secreto que Riadne había fomentado esa amistad debido a los beneficios potenciales que obtendría si se unieran ambas casas. Y Aurelian no era ningún santo; tenía todo el derecho de sentir celos, a envidiar lo bien que se veían Theo y Vehan juntos.

—Quiero ver que lo intente, su ninguneidad —se burló Kine—. Tu familia no puede hacer ni mierdas sin el permiso de los Lysterne, ¿cierto, Vehan? Es una broma que aún te digamos «príncipe», Theo.

Pero Vehan no estaba poniendo atención. Había estado pegado a su teléfono durante toda la conversación, lo cual explicaba su silencio, no obstante siempre era el primero en salir a defender a Aurelian cuando sus amigos hacían de las suyas. Ese comportamiento era extraño porque además Vehan regularmente olvidaba llevar su teléfono cuando salían, y cuando sí lo traía, no pasaba tanto tiempo usándolo.

—¿Qué no es esa la capital de los unseelies de la primavera? —dijo Danika, una chica de cabello negro y piel de color ámbar que se inclinó hacia él para ver qué miraba— ¡Toronto! Eso es... es el acuario. Fui ahí en vacaciones. ¡Vaya!, ¿qué le pasó?

—¿No te enteraste?, el noticiero de la corte le dedicó toda una sección; dicen que hubo un ataque de un destripador.

Court News Network era un sitio web propiedad de la comunidad mágica y lo único para lo que Vehan usaba su teléfono. Sólo se podía acceder a él por invitación, usando el número de identificación que todos los integrantes de las cortes recibían al nacer y registrarse.

—¡¿En serio?! ¿Un destripador en las cortes?

—¡En la capital! —Kine succionó aire entre dientes y tosió a modo de burla—. El sumo rey es una broma; tu madre debería retarlo al duelo y sacarlo de su mísera senilidad, Vehan. Esto no sucedería bajo el mando de ella.

Vehan apartó los ojos de su teléfono y lo miró con rabia.

Retar al duelo era algo que Aurelian sabía que vendría; todos lo sabían, era sólo cuestión de tiempo.

El papel del sumo rey como líder de las grandes cortes no era uno que se obtenía por sucesión; tenía que ganarse bajo un conjunto de reglas muy específicas, que además sólo unos cuantos cumplían.

Sólo los faes de sangre real podían competir para ganarse la corona de huesos, el regalo que los dioses les dieron a los Ocho Faes Fundadores cuando los inmortales dejaron ese reino. Por lo que Aurelian había escuchado, no estaba del todo convencido de que la corona fuera un regalo. Y no era el único que pensaba así.

Solamente los faes de sangre real podían llamar al duelo y el retador tenía el derecho a elegir el momento, en el lapso de un año.

También tenían derecho a seleccionar el lugar, dondequiera que fuera.

Podían decidir si luchaban en el duelo o asignaban a un defensor que luchara en su lugar, pero una vez que se establecieran los términos no se podía dar marcha atrás, y era una batalla a muerte para decidir al vencedor. Si perdías, el costo era tu vida. Si ganabas, la corona era tuya. Azurean Viridian fue un fae formidable en la cúspide de su vida y había seguido manteniendo la corona tanto tiempo como la vida completa de Aurelian, y desde entonces nadie se había atrevido a quitársela. Pero claramente su cúspide ya había pasado; en últimas fechas, Azurean estaba mostrando señales más allá de la debilidad.

Corría el rumor de que la corona otorgada por los dioses cobraba una factura muy pesada para a él y para quien se atreviera a portarla. Porque no había sido creada para cabezas mortales y se decía que susurraba locuras a los oídos de los monarcas. Tal especulación incrementaba con el hecho de que cada sumo soberano que no moría tempranamente se volvía imprevisiblemente inestable, siempre de la misma manera. La comunidad estaba convencida de que esos susurros eran las voces de los poseedores previos quienes, en vez de disolverse en las estrellas después de morir, se creía que el alma de cada sumo soberano se consumía en la corona que los dioses les habían dado, un último truco cruel contra ellos que los encerraba eternamente en un objeto que no podían evitar codiciar, porque por muy alto que fuera el costo de portarla, el deseo de poder siempre lo eclipsaba.

El sumo rey Azurean ya era una leyenda aún antes de ganarse la corona que amplificó su magia. Era tan joven como Riadne cuando la corona cambió de cabeza, y ella habría sido una contendiente digna para Azurean en vez de su padre, ya marchitado por la edad, pero tratándose de Azurean, Riadne tenía que ganar tiempo. Y el momento había llegado, todo mundo lo presentía. El resentimiento de ella hacia los Viridian sólo había incrementado a través de los años. Los feéricos estaban a la espera; observaban con morbosa fascinación ese juego prolongado en el que sabían que ella participaba secretamente. Aurelian sabía que en cuanto ella hiciera su movimiento, el espectáculo de esta batalla cambiaría la historia de los desafíos al duelo. Pero ese siempre había sido un tema sensible de tratar con Vehan.

Si Riadne ganaba, él se convertiría en sumo príncipe.

Si la vencían, perdería a su madre.

—Mejor no digas esas cosas frente a Tulia. —La respuesta de Vehan fue lo suficientemente ecuánime para que Kine bajara la barbilla para disimular que se estremecía. Vehan colocó su teléfono sobre la mesa y dirigió su mirada hacia Tulia Viridian, una de las tantas sobrinas del sumo rey, aunque lejana, que estaba sentada alrededor de su grupo de aduladores—. Además, por si se te olvidó, el sumo rey Azurean ha hecho muchas cosas buenas para nosotros.

—Sí, sí —suspiró Fina por encima de la voz de su hermano, ondeando una mano para restarle importancia al asunto—. Estamos sumamente agradecidos por los actos de protección a los humanos y por todas esas escuelas públicas para faeries que se han construido por todas las cortes. ¡Viva el acceso a la educación para las masas!

—Y a la salud —agregó Theo—, la medicina pública gratuita en cada corte ha sido algo grande entre los faeries.

—Sí, es gratis porque nos duplicaron los impuestos a nosotros. Los faes somos los únicos que pagamos por ella, y se espera que en la temporada de diezmo donemos más de nuestra producción a las bodegas del palacio para compensar esto. ¿Y para qué? —Fina resopló—, para que los faeries se sigan quejando de lo injusta que es la vida con ellos. Son unos ingratos. Los dejamos vivir en la sociedad que nosotros construimos, lo cual, desde luego, implica que esperemos que se adapten a nuestras costumbres y, no sé, tal vez que dejen de comprar cosas que no pueden costear si son demasiado pobres para pagar sus cuentas médicas... Digo, que se consigan otro trabajo o algo...

Algunos de los que estaban ahí asintieron en concordancia con ese sentir. Otros se veían claramente incómodos, pero se quedaron callados.

Con frecuencia Aurelian se preguntaba qué había hecho mal en sus vidas pasadas para terminar ahí. Los faes eran un grupo privilegiado, sobre todos los sidhes, y muchos de ellos daban eso por sentado. El privilegio no los hacía malos, pero, diablos, que algunos pensaran que eso los hacía mejor que otros...

Vehan, lleno de rabia que le pintaba el rostro de azul a pesar de su encantamiento, abrió la boca y estaba a punto de arremeter, en lo que Aurelian estaba seguro sería una diatriba sobre su opinión acerca de la espectacular ignorancia de Fina (era célebre por jamás contenerse en las otras ocasiones en las que ella la hacía evidente), cuando Theo levantó una mano.

—Su majestad, por favor concédame el honor. —Y dirigiéndose a Fina—: Fina, tu mamá debió de tragarte.

Ese comentario fue el trampolín para varios minutos de comentarios mordaces, amenazas y discusiones más acaloradas. Aurelian aprovechó para disimular una carcajada.

—Okey, okey —dijo Vehan momentos después para participar en la conversación antes de que terminara el descanso—. Fina dijo algo inapropiado, ya se hicieron cargo, ahora dejémoslo por la paz porque de hecho hay algo que quería decirles antes de irnos a clase.

Un destripador hubiera podido tumbar el muro de la cafetería y sin sobresaltar a nadie por la intensidad con la que le ponían atención a Vehan. Sin duda pensaron que estaba a punto de pedirles algo acerca del Festival del Solsticio, pero finalmente, salió a la luz la razón por la que Aurelian había aceptado esa tortura en su hora del almuerzo. Por lo general Vehan tenía a otras personas con él para salvaguardarlo durante el almuerzo, el guardia de expresión seria en la entrada de la cafetería era sólo uno de ellos. La presencia de Aurelian por lo general no era necesaria, pero...

«Los dientes de fierro te mostrarán el camino. Pero debes saber que sólo una vez que las estrellas se alineen recibirás las respuestas que buscas».

Por mucho que indagó, no pudo resolver el acertijo de Lydia el Oráculo. «Una vez que las estrellas se alineen» podía ser una indicación tan simple como encontrar las misteriosas instalaciones que mencionó en la noche, cuando las estrellas en el cielo eran visibles. Pero ¿«dientes de fierro»?, ahí sí estaba completamente perdido.

Y entonces se le ocurrió preguntarle a sus compañeros. Aurelian tenía que admitir que no era el peor plan; además, a él también le interesaba resolver el acertijo, aun si fingía que no. Por muy doloroso que fuera escuchar esta específica retahíla de chismes de faes discutiendo y quejándose de pequeñeces, seguían siendo adolescentes y sabían mucho más de lo que los adultos consideraban digno de su tiempo.

—Bien, el otro día Aurelian y yo fuimos al Mercado Goblin...

—Ay, por los dioses, ¿en serio?

—¿Y qué tal?

—¡Que envidia!

—¿Compraron algo?

—Ay, por favor, tienen que acompañarme cuando madure.

Vehan esperó a que los comentarios terminaran durante mucho más tiempo del que Aurelian consideró que merecían.

—Fue... interesante, aunque no tuvimos mucho tiempo para deambular; fui por otra razón.

—¿Por el Festival del Solsticio?

—Mi familia confirmó su asistencia en cuanto recibimos la invitación. Vehan, vas a apartar un baile para mí, ¿verdad?

—Dime que al menos pasaron por Honeytree. Tienen unos pasteles que, ay por los dioses, son todo un pecado. Mi madre nos trae de esos cada vez que va. Sin ofender, Aurelian, porque sé que tus padres son...

—¿Podrían dejarlo hablar? —soltó furioso Aurelian. A él le importaba poco dónde compraban o que muchos de ellos fingieran adorar a sus padres, a quienes la reina había elegido como sus reposteros reales, y a sus espaldas chismorreaban cuán escandaloso era que no hubiera otorgado ese honor al talento de su propia corte.

La hora del descanso estaba a punto de terminar.

Vehan era demasiado amable con la gente que felizmente le pasaba por encima, así que tenía que apresurar las cosas.

El príncipe bajó la cabeza un poco para disimular una sonrisa fugaz que tal vez Aurelian imaginó. Luego se dirigió a todos en la mesa.

—No fue nada emocionante, pero estaba buscando algo, y alguien me dijo que podría encontrarlo si seguía los «dientes de fierro». No tengo idea de qué significa, pero esperaba que alguno de ustedes, sí.

Ay, demostrar que uno era útil para el príncipe heredero en tiempos en los que todos pensaban en el matrimonio... Si tan sólo Vehan usara más la manipulación que había aprendido de su madre en otras áreas de su vida, Aurelian no tendría que preocuparse tanto por él.

—Su majestad, tal vez esto funcione mejor si en lugar de andar por las ramas nos dice exactamente qué quiere saber.

Aurelian examinó a Theo; Theo examinó a Vehan.

Theo no había hablado desde que Vehan había pedido la atención de todos. Lo escuchó con cuidado, sin duda leyendo entre líneas con lo inteligente que era. Ciertamente era el equilibrio perfecto para la ingenuidad de Vehan.

Nadie dijo palabra mientras esperaban a que Vehan respondiera.

—Está bien. —Vehan cerró los puños sobre la mesa y se enderezó—. Corre el rumor de que en el desierto están comerciando con humanos a cambio de oro. ¿Alguno de ustedes sabe algo?

De nuevo, nadie dijo nada. Los faes ahí reunidos intercambiaron miradas y negaron con la cabeza.

—Vamos, ¿nada en absoluto? Yo desde luego quedaría en deuda con ustedes, si pudieran encaminarme en la dirección correcta. En verdad quisiera ver dónde está sucediendo esto.

Las miradas deseosas en el rostro de Kine y otros hicieron que a Aurelian le escociera la piel de las ganas de pedirle a Vehan que se retractara.

—Dientes de fierro, ¿eh? —dijo Carsten Odelle, un chico corpulento, más músculo que cerebro, de cabello cenizo y piel ligeramente bronceada cuya expresión de parca le había adjudicado el apodo en inglés «Grim». Si Aurelian recordaba bien, su padre era un miembro condecorado de la facción seelie del verano de los Falchion.

Grim no solía hablar, en todo caso apenas charlaba un poco más que Aurelian. Era curioso que ahora lo hiciera, tal como era curiosa la mirada que intercambió con el chico demacrado y larguirucho junto a él: Jasen.

—¿Y bien? —Vehan mostró interés, al igual que el resto de la mesa. Jasen fue quien respondió, nervioso y con excesiva vacilación.

—No le dirás a mis padres dónde escuchaste esto, ¿verdad?

—Te juro que no.

Jasen sacudió la cabeza.

—No le dirás a mis padres… tienes que pronunciar la promesa completa o no te diré nada.

—Yo, Vehan Lysterne, no traicionaré tu confianza ni le diré a tus padres cómo obtuve la información que intercambiarás conmigo.

—Y me deberás un favor.

Vehan asintió.

—Si tu información satisface mis deseos, te recompensaré en igual medida, según mis posibilidades.

Jasen se mordió un labio, luego metió la mano en su bolsillo. Miró alrededor para asegurarse de que sólo los ojos de los asistentes y nadie más lo viera, se inclinó hacia la mesa y colocó algo en ella.

Un paquetito lleno de polvo cenizo.

Aurelian lo reconoció de inmediato.

—¿Acaso es polvo de hadas? —preguntó Fina y se inclinó para ver de cerca.

Sí que lo era. Aurelian lo había probado alguna vez, en un rapto de rebeldía. De hecho había probado varias cosas, pero el polvo de estrellas había sido, por mucho, de lo peor que había probado, pues ocasionaba una psicodelia que comenzaba casi igual que la mezcla de dimetiltriptamina y éxtasis, que también había probado, que lo había envuelto en un horror de pesadilla disparándole todo tipo de efectos secundarios terribles como náuseas, ataques de pánico, paranoia extrema, terror profundo e ideación suicida.

También era extremadamente adictivo y barato, y el subidón que ocasionaba era indescriptiblemente maravilloso, una vez que tu cuerpo se ajustaba al veneno y los efectos secundarios disminuían al mínimo.

Últimamente esa sustancia tenía más ocupados que nunca a los Falchion, y que Jasen tuviera un poco de ella consigo, dentro de la academia ni más ni menos, era una acción increíblemente arriesgada.

Y ahí estaba, el símbolo en el paquete, la firma del vendedor: una dentadura abierta, dibujada en negro, cuyos incisivos brillaban con el color platinado del fierro.

—Jasen —exclamó Vehan en un susurro y con la punta del dedo se acercó el paquete; Aurelian tuvo que contenerse para no retroceder físicamente—, creo que tenemos un trato.

CAPÍTULO 11

✦ ARLO ✦

—¿Qué estás haciendo?

—Soldaduras eléctricas —respondió Arlo mientras alzaba la vista del libro que obviamente estaba leyendo.

Para ella, los aposentos de Celadon siempre se sentían casi como su hogar en el palacio. El elevador la dejó en una ventilada sala de estar con múltiples ventanas que ahora se teñían de un verde tenue con una impresionante vista panorámica de Toronto. Justo enfrente del elevador y entre dos de esas ventanas había una chimenea de granito decorada con dorados y jades donde Celadon y ella habían pasado gran parte de su juventud, acurrucados con tazas de chocolate caliente y libros de fantasía de humanos que leían en voz alta.

El lugar tenía los acabados usuales de una sala de estar del palacio: un piano de media cola, que Celadon no podría tocar aun si su vida dependiera de ello, pero del que pretendía ser un genio cuando la gente que no le caía bien lo obligaba a tocarlo; sofás, divanes, sillones y tumbonas, tapizados con elegantes telas verde esmeralda; hermosos jarrones, maravillosas esculturas y cuadros al óleo enmarcados en oro, que retrataban tanto lo sublime como lo romántico.

Las puertas de la derecha llevaban a más cuartos dedicados a varias formas de entretenimiento, pero también estaban las habitaciones personales de Celadon, exclusivas para su uso. Ahí había una sala de baño de mármol negro, más grande que cualquier departamento entero de Toronto, con una tina profunda, una ducha de cascada con cancel de vidrio y ventanas con un encantamiento que mostraba un bosque tranquilo al anochecer; un vestidor con entrepaños repletos de ropa, zapatos, joyas y accesorios; una biblioteca privada; un cuarto de meditación; un cuarto de videojuegos y otra sala de estar más pequeña.

Arlo escogió la recámara para esperar que Celadon regresara; específicamente la cama de cuatro postes, bastante grande como para que tres adultos cupieran y vestida con sábanas de algodón que se sentían como miel derretida contra su piel.

Celadon retorció los ojos ante su respuesta y se aventó a la cama junto a ella, y al hacerlo la hizo rebotar. Ella lo miró con fastidio, aunque al gesto le faltó fuego.

Celadon cruzó las cejas al ver el libro que tenía en sus manos —era un tomo particularmente denso y laberíntico acerca de los lazos mágicos— y se acercó otro de los libros que había tomado solo para pasar el tiempo; éste lo había seleccionado por antojo; estaba encima del escritorio de palo de rosa (impregnado con el aroma de rosas de verdad) allá por las puertas del balcón abiertas. Claramente Celadon lo estaba leyendo y eso fue lo que llamó su atención en un principio, pero luego vio en el lomo de cuero la serpiente negra con dorado zigzagueando a lo largo de un hilo de varios aros dorados, y eso la hizo querer examinarlo de cerca. Ese símbolo le parecía extrañamente familiar.

—Sabes, la mayoría de la gente no se pasa los bellísimos días de la primavera enclaustrados leyendo *Exposición de las figuras jeroglíficas* de Nicolás Flamel.

—¿Cómo crees que está ese libro? —preguntó ella casualmente, regresando la vista hacia su libro y cambiando de hoja—. Aún no lo he comprado. ¿Está bueno?

—Sí, si te gusta el fanatismo prolijo y discursivo es una lectura maravillosa. Arlo...

Ella alzó la vista de nuevo. Su elección de palabras la hizo arquear una ceja; la educación que recibían los faes los hacían sonar como los ancianos escolásticos que les enseñaban, pero la expresión intensa en el rostro de su primo la distrajo de comentar al respecto.

—No es que no te ame a montones, pero ¿qué haces aquí?

Suspirando, Arlo cerró su libro y se sentó de piernas cruzadas en la cama. No había forma de darle vueltas al asunto. A juzgar por su mirada suspicaz, él ya sabía por qué estaba ahí.

—¿Hay alguna noticia sobre lo que el sumo rey hará sobre lo que pasó en la cafetería?

—Arlo...

—¡Cel! —Lo miró fijamente.

Él se levantó de la cama en un santiamén.

—Sabes que no puedo decírtelo. Aún no eres un miembro oficial de las cortes; además, es información confidencial. Le extendió un citatorio a ella...

—Sí, hace siglos. Eso no es nada nuevo.

—¿Qué quieres?, ¿que le ponga una marca?

Arlo hizo una mueca.

—Bueno, no...

Una marca...

Alguna vez los dioses tomaron un papel mucho más activo en los asuntos mortales y podían ir y venir a su antojo. Pero incluso para los estándares de los faes, su manera de reinar era demasiado cruel, demasiado caprichosa y severa. Eventualmente, la comunidad decidió que ya era suficiente.

Ocho faes se alzaron en su contra; ocho contendientes, ocho futuros fundadores de las cortes feéricas, cuya magia no estaba diluida con los años de exposición al hierro, cuyos dones únicos eran los talentos más impresionantes que los seres mágicos de la época habían visto. Ellos habían unido a las razas de seres mágicos, y encabezado los ataques a los templos y altares que la gente había mantenido durante mucho tiempo porque los dioses eran un poder sin rival. Enfurecidos ante su rebelión, arrasaron, sacudieron, inundaron y chamuscaron la tierra. Pero su poder dependía por completo de la adoración de los mortales.

Sin la adoración, los dioses no eran nada; se empequeñecieron, se disiparon, se encogieron hasta ser criaturas impotentes, lamentables. Para preservarse, accedieron a un tratado en el que se comprometían a pasar sus días en el reino inmortal de los titanes. Acordaron mantenerse al margen de los asuntos mortales a menos que se les diera permiso de intervenir, a cambio de la promesa de la gente de seguirlos adorando, aunque menos de lo que alguna vez lo hicieron, tan sólo lo suficiente para sostenerlos.

Arlo solamente conocía unos cuantos dioses. La guerra sucedió hacía tanto que la mayoría de ellos pasó al olvido.

Los Tres Grandiosos de la adoración en occidente eran Urielle, la diosa del caos y los elementos, se decía que ella había formado el mundo mortal, permeándolo de luz y magia; Tellis, la diosa de la naturaleza, quien, se decía, le dio vida al mundo; y, por supuesto, Cosmin, el señor del cosmos, quien dividió el día con la noche estrellada y equilibró la vida de su hermana con la muerte. Su escuadrón de cazadores inmortales era vasto y las leyendas feéricas los describían como cosechadores de almas. Patrullaban los cielos, perseguían víctimas divinas y sólo se mostraban ante los recién fallecidos cuando llegaban a recolectar sus almas para llevarlas de vuelta al reino de Cosmin.

De entre todos esos cazadores, cuatro destacaban bajo el nombre autoimpuesto de la Caza Feroz.

La corona que el tío abuelo de Arlo portaba le concedía mucho más que ser el sumo rey y colocar a los unseelies de la primavera por encima de los demás. El mismo Cosmin la había obsequiado a los Ocho Fundadores como muestra de paz entre ambos reinos, y por eso, la corona de huesos también le otorgaba dominio sobre esa legendaria tropa. Si bien Arlo jamás había visto a un cazador, sabía tan bien como el resto que no eran tomados a la ligera. Una vez que te tenían en la mira, no tenías escapatoria.

Y si el sumo soberano te marcaba, el cazador tenía permiso de perseguirte como quisiera… podía molestarte y atormentarte y hacer que tus últimos momentos de vida fueran un infierno viviente…

Ella no le deseaba ese destino a nadie de quien no tuviera certeza que fuera el asesino culpable que buscaban.

—Arlo. —Celadon pronunció su nombre con mucha más suavidad y se acercó para poner sus manos sobre los hombros de su prima—. Sé que te urge resolver esto. Créeme que a mí también. No me agrada que hayas estado en peligro aquí y no me gusta que estés en peligro todos los días que esto se permita. Pero no es algo de lo que debas preocuparte. —Levantó una mano para jalarle un mechón de pelo. Arlo le quitó la mano, pero sin enfado—. Por favor, deja que me haga cargo. Eres mi familia, mi mejor amiga y te amo como a una hermana… tal vez más que a una hermana porque tengo una y déjame decirte que me saca de quicio con demasiada frecuencia. Así que déjame protegerte como siempre te he protegido… Como siempre te protegeré.

Diablos, Celadon era muy bueno para salirse con la suya. Ella sabía que todo lo que decía era en serio. No había nadie más en el mundo con quien se sintiera más a salvo, nadie en el mundo que le correspondiera su cariño tanto como él, pero eso no quería decir que no supiera exactamente qué decir para apaciguar sus obstinaciones.

—Está bien —suspiró y sintió cómo su resistencia se disipaba—. Tú ganas.

—No se trata de ganar. —Celadon se volvió a recostar—. Se trata de que vivas lo suficiente para ocasionarle un aneurisma al concejal Sylvain cuando te nombren una Viridian oficialmente.

Arlo ahogó una carcajada y chocó su hombro contra el de él. Celadon se meció como péndulo con la fuerza suficiente para tumbarla.

—Ya, en serio. —Sonrió con travesura cuando ella lo miró furiosa y agregó mientras ella se enderezaba—: Llegaremos al fondo de lo que sucedió en la cafetería. Deja a Nausicaä en nuestras manos.

«¿Nausicaä?».

—¿Disculpa? —La expresión de sorpresa en el rostro de Celadon fue suficiente para que ella se diera cuenta de que había dicho algo que no debía. De inmediato sintió que recobraba sus fuerzas—. ¿Así se llama? ¿Nausicaä? ¿Tú sabes quién es? ¿Realmente es la Estrella Oscura?

La cara de Celadon era una extraña mezcla de furia y horror de sí mismo. Se sentó en la orilla de la cama, mirándola con sorpresa. Arlo jamás había visto que alguien lo tomara por sorpresa de esa forma. Por lo general, él era el listo a quien no podía seguirle el ritmo porque siempre estaba tres pasos adelante en cada conversación.

—¿Así se llama? —lo presionó un poco más y se inclinó hacia adelante invadiendo el espacio de su primo.

—Eh... sí, ¿okey? Así se llama. ¡Ahora déjalo ir! Arlo, ¿qué...?

—¿Cómo es que sabes su nombre? —exigió, y se colocó detrás de él, abrazándolo por la espalda; no había forma de luchar físicamente contra él para sacarle información que no quería compartir, pero ciertamente podía fastidiarlo hasta que confesara algo. Esto era importante, era progreso. Si Celadon conocía el nombre de la Estrella Oscura, sin duda sabía otras cosas de ella, porque el don del sumo príncipe —la habilidad extra que la fuerza de su magia le concedía— era poder escuchar cosas que se habían dicho mucho tiempo después de haberse pronunciado. Las palabras dejaban impresiones en el aire, se quedaban colgadas como fantasmas que rondaban el espacio en el que se habían dicho. Ningún secreto estaba a salvo de alguien con ese talento si sabía dónde usar su don y si lo hacía antes de que éstos se desvanecieran.

—Arlo, ¡estás arrugando mi traje! ¡Suéltame!

—¡Dime lo que sabes de Nausicaä!

—No.

—No me hagas usar tu nombre...

—¡No te atreverías!

—No puedo creer que lo hicieras.

Arlo asintió. Tenía razón. Había veces (como ahora, por ejemplo) en que ella misma tampoco podía creer su persistencia.

—Ajá, ya sé. Ahora, ¿estás seguro de que no puedes venir conmigo?

Celadon respiró profundamente para calmarse y no responder lo que fuera que quería responder.

—Estoy seguro —dijo en cambio—. El Círculo de Faeries es muy estricto con sus políticas antisidhes. Físicamente no puedo entrar. Además, déjame recordarte de nuevo que este lugar es increíblemente ilegal y muy peligroso, y si alguien se entera de esto...

El Círculo de Faeries era mucho más que un club nocturno. Ésa era tan sólo su fachada oficial. Su verdadera naturaleza radicaba en su mismo nombre, aunque eso, también, era más bien flexible.

Originalmente los círculos de faeries eran altares para Destino. Como titán —inmortales aún más viejos y más poderosos que los dioses—, muchos le rindieron culto, aunque no era necesario para sostenerla ni a los otros titanes autosuficientes, como sucedía con los dioses.

Los círculos, un aro sin principio ni fin, se habían vuelto un símbolo de Destino, y ahí era donde los faeries hacían sus plegarias y sacrificios para ganarse sus favores.

Después de la expulsión de los dioses del mundo, algunos faeries transformaron esos círculos en trampas, los hechizaban para que atrajeran a los ingenuos humanos a sus garras. Una vez que los capturaban, el humano se convertía en el esclavo del faerie que lo había capturado hasta que decidiera soltarlo, pero a menudo la servitud total era una sentencia de por vida.

Las cortes no permitían los círculos de faeries en su territorio, así como también prohibían otros trucos inventados para torturar a los humanos, tan sólo porque llamaban demasiada atención a lo que ahora intentaban esconder. La gran mayoría de esos círculos fueron destruidos. Sólo los que había en territorio salvaje permanecieron intactos. Al igual que ése, el mismísimo club nocturno en el que Arlo estaba a punto de entrar. Según los rumores, ése fue el primer altar que Destino había erigido, e incluso el sumo rey tenía mucho cuidado de no ofender al ser que, se decía, controlaba el destino.

Arlo hizo un gesto con la mano para descartar las preocupaciones, por muy válidas que fueran, de Celadon. Siendo sincera, ahora que estaba ahí los nervios que por lo general le impedían hacer tonterías como ésa finalmente comenzaban a perturbarla.

Esto estaba muy lejos de su comportamiento normal; era el tipo de cosas que otras personas hacían, personas valientes, nada que ver con la tímida bola de aprehensión que era ella. Diablos, ni siquiera se atrevía a cruzar la calle si no era en las esquinas, mucho menos infiltrarse a propósito en las guaridas clandestinas del tormento humano.

Pero Celadon sabía quién era realmente la Estrella Oscura.

Sabía dónde podía encontrarla.

Un citatorio no bastaría para que «Nausicaä Kraken» se presentara, no con lo que Arlo pudo notar de su personalidad en su breve interacción con ella. Y le angustiaba mucho que Nausicaä lograra escaparse para cuando el sumo rey entendiera que debía tomar acciones más directas.

Arlo tenía que encontrar la evidencia fehaciente que demandaría el sumo rey.

Ya había sobrevivido a un encuentro con ella; la Estrella Oscura no había sido la mitad de atemorizante como su leyenda la pintaba, posiblemente porque Arlo jamás pensó que fuera tan joven y... bueno... relativamente hermosa. Podría sobrevivir a otro encuentro. Si todo iba de acuerdo al plan, no se toparía con ella en absoluto, porque ¿qué probabilidades había de que Nausicaä estuviera ahí justo a esas horas no tan de noche? ¿Qué probabilidades había de que ella siguiera ahí en la ciudad? Arlo necesitaba evidencia y nada más. Si pudiera encontrar un faerie en el club que confirmara sus teorías y accediera a dar testimonio frente al sumo rey...

—Somos jóvenes. —Alzó los hombros—. Impulsivos... las cortes nunca toman en serio a faes pre o recientemente maduros. No hasta que tengamos al menos medio siglo de edad. Si esto sale mal y nos atrapan, el sumo rey nos va a sermonear de manera muy severa y prometeremos no volver a hacer algo tan estúpido por el resto de nuestras vidas. Todo va a salir bien.

Pero los nudos que le punzaban en el estómago gritaban algo muy distinto.

—Sí, excepto que probablemente mueras antes de poder prometer que te vas a portar mejor.

—No seas tan dramático, Cel. Nadie me va a matar. Tú mismo lo dijiste: dentro del club la política es «prohibido matar a alguien». Además, me vas a esperar justo aquí hasta que termine, ¿cierto? —Celadon afirmó con un gruñido—. No voy a estar sola en un lugar donde realmente pueda haber peligro.

Ése era el plan, al menos. Ahora que lo ponía en acción, Arlo tenía menos fe de poder ejecutarlo a la perfección; desde luego, no permitiría que Celadon sospechara en lo más mínimo y duplicara sus esfuerzos para convencerla de no hacerlo.

—Vas a infiltrarte en el club que probablemente tiene fama de ser el más peligroso del mundo, para provocar a un montón de criminales conocidos por ser los más peligrosos, para sacarles información de alguien que probablemente sea una asesina y tenga extraños poderes mágicos letales. —La quijada de Celadon se tensó—. Sí, eso suena bien. Ésta es cien por ciento la actividad más segura de todos los tiempos; nada malo podría pasar.

Para colmo, en ese momento la mente de Arlo decidió recordar que también tendrían que hacer todo eso antes de que su madre volviera a casa. Aún era muy temprano, el sol apenas se había puesto y antes de regresar a casa, Thalo aún trabajaría unas cuantas horas más en las que lideraría los simulacros de la Guardia Real que requerían que repartiera y supervisara las tareas de las facciones de Falchion, quienes además solían escoltar al sumo rey adonde fuera, nada más para hacer alarde de que tenía varios guaruras protegiéndolo. Con todo, siempre cabía la posibilidad de que decidiera terminar el día temprano.

Arlo suspiró, tratando de ignorar las náuseas.

—Si está ahí, me iré —le recordó—. Si surge cualquier problema, me iré. Sé que esto es peligroso, Cel. Sé que esto... sí, okey, está bien, soy una feérica, sin importar lo que las cortes digan. Nadie intentará matarme en el Círculo. Pero eso no quiere decir que no puedan lastimarme o seguirme hasta que salga si tienen ganas de recordarme que son un montón de asesinos, ladrones y criminales.

—Esta conversación está teniendo el efecto contrario a lo que querías.

Arlo miró a su primo a los ojos. No quería involucrarse a ese grado, persiguiendo posibles asesinos y lanzándose de un incendio al otro. Daría lo que fuera por estar en casa ahora, a salvo y sin preocuparse por lo que pasaba en su comunidad; dejar que otros resolvieran el problema. Pero justamente eso era lo que los otros estaban haciendo. Los demás no estaban haciendo nada, y Arlo no podía olvidar el sonido del llanto de la madre de Cassandra. No podía olvidar el rostro de la chica, congelado en el dolor... su cuerpo sin vida... la Estrella Oscura tan casualmente impasible ante todo eso. Cada vez que Arlo cerraba los ojos revivía lo que había pasado en la cafetería y se preguntaba si hubiera podido hacer algo más para evitar que sucediera. Se preguntaba si tal vez ella sería la próxima en morir; Celadon parecía convencido de eso y, diablos, fácilmente podía haber sido ella en el piso de esa cafetería. Era ferronata, tal como Cassandra. Había estado sentada justo al lado de ella, en el radio de un asesino que aparentemente mataba cuando y donde quería.

¿Cuántas personas se aliviarían si ella muriera?

¿Quién podría hacerle justicia, cuando las personas que la querían, como Celadon, no podrían actuar debido a las reglas a las que tenían que atenerse?

Familia, compañeros de escuela, el Alto Consejo Feérico... Arlo pudo morir, aún podía morir, otros morirían, y no harían nada al respecto porque a nadie les importaban los ferronatos.

Por lo visto, Arlo era lo único que tenía Cassandra. No dejaría que sus no tan insignificantes miedos le impidieran hacer esa acción mínima que quizá sí podría ayudar, y entonces, de nuevo surgió esa pequeña esperanza dentro de ella: «¿Y si...?».

¿Y si todo esto pudiera terminar ahora?

¿Y si ella pudiera hacer algo?

—Tengo que hacer esto, Cel.

Celadon se mantuvo callado mientras examinaba la expresión de ella. Como siempre, Arlo agradecía que raramente tenía que decirle lo que pensaba para que él la comprendiera.

—Te voy a dar una hora —cedió—. Lo que sea que intente lastimarte o seguirte afuera del club tendrá que librar una guerra con las ocho cortes enteras. Si en algún momento te sientes insegura dentro del Círculo de Faeries, aborta la misión. Si Nausicaä Kraken está ahí, te vas. ¿Entendiste? Bajo ninguna circunstancia llames la atención más de lo que ya has hecho. —Arlo asintió sin decir nada—. Bien. Aún así, esto sigue sin agradarme nada.

—Lo sé.

—Una hora.

—Entendido.

—No bailes, bebas o comas nada, ¡nada!, mientras estés en el club porque, encima, eres humana, y esto sigue siendo un círculo... es posible que no te dejen salir si cometes alguna de esas acciones.

—Okey, de todos modos, no tengo ganas de hacer nada de eso por ahora.

—Arlo.

Ella miró a su primo fijamente una vez más, con los labios apretados. La expresión de Celadon era tan inusualmente pesada, que verlo la hizo vacilar otra vez. Había una línea delgada y frágil entre lo que hacía a las personas valientes y lo que las hacía tontas; hasta ahora, ella tenía la profunda sospecha de que su plan pertenecía a la segunda categoría.

—¿Sí? —preguntó en voz baja.

Su silencio de por sí prolongado se alargó durante otro minuto más, antes de que él permitiera que sus preocupaciones aminoraran. Sólo cuando relajó la fuerza con la que sostenía el volante del auto se dio cuenta de que lo estaba apretando tanto que sus nudillos se veían blanquecinos.

—Por favor, ten cuidado. No hagas nada estúpido.

Arlo retorció los ojos. Tenía que hacer esto antes de perder por completo las agallas.

—Ya pasamos por esto, Cel, ya llegamos a lo «estúpido». Tú ni siquiera has cumplido veintiuno, ¿sabes? Y te verás mucho más joven que esa edad durante veintiún años más. Ya me veo un poco mayor que tú; uno de estos días la gente va a empezar a decir que yo soy la mala influencia.

—Ah, no —tosió Celadon, con su personalidad usual restaurada—. Yo soy la perfecta y anticuada definición de adulto. Tengo casa y trabajo y al menos tres candidatos potenciales para ser mis cónyuges que ni siquiera me han conocido en persona y que, por lo tanto, aún no saben que todos los rumores acerca de mí son más o menos ciertos.

—Ajá... ¿Y cuál es tu trabajo exactamente? ¿Asegurarte de que no haya ningún herido en las reuniones presupuestales?

—¿Sabes? —respondió él, haciendo alarde de pensar sobre el asunto—, no lo sé realmente. ¿Ser responsable de mantenerme a mí y al apellido Viridian libre de escándalos sería un nombre apropiado para mi puesto? Porque, para empezar, estoy casi seguro de que ésa es la razón por la que me están forzando a fungir como consultor del sumo rey.

Arlo ahogó una carcajada y abrió la puerta del auto. Salió a la acera, pero antes de cerrar la puerta, se agachó para mirarlo a los ojos.

—Si lo que dices es cierto, eres pésimo en eso y probablemente te están pagando demasiado.

Para dar a entender que ignoraba su comentario, Celadon se estiró para accionar la palanca del respaldo del asiento, lo reclinó para acostarse y tomó su frapuccino venti de s'mores como si fuera una bebida más fuerte.

154

Arlo sacudió la cabeza y cerró la puerta.

Se sentía mucho mayor, vestida con jeans negros, tacones altos rosa fucsia y el top dorado con chaquiras que se compró tan sólo para esa aventura, justo después de su conversación en el Reverdie. Arreglarse el cabello para que hiciera juego con su vestuario le había tomado casi una hora entera, gracias a unos cuantos videos de YouTube: una media cola con un elaborado nudo para que pareciá una rosa y el resto del cabello en ondas suaves con caída natural sobre su espalda. Casi se enorgullecía del resultado.

No solía sentirse tan bella; no solía sentir como si pudiera hacerse cargo de sí misma. Se vio de reojo en el reflejo de una ventana por la que pasó y se sintió como una persona completamente diferente.

Su atuendo era como una armadura. Al usarlo, era como si pudiera portar esa nueva y extraña confianza como un arma.

Desde luego, en cuanto pisó el cemento sólido en lugar del adoquín de las fachadas de las tiendas por las que pasó, esa coraza de confianza comenzó a flaquear. Estaba a punto de llegar a su destino, un pasaje abandonado cubierto de hierbas y graffiti, donde, recargade contra la roca pelona, estaba alguien que parecía necesitar poca determinación para doblar por la mitad el auto de Celadon.

Su instinto le dijo que bajara la barbilla hacia el pecho y apresurara el paso frente a esta verdadera montaña. Elle tenía brazos tan gruesos y marcados que estiraba el algodón de su camiseta negra lisa, y en vez de pelo, en su cabeza tenía un patrón de tatuajes entretejidos. Era del tipo de persona con la que pocos —Arlo incluida— se sentirían cómodos de hacer contacto visual, pero cuando ella se le acercó, elle le lanzó una mirada tan peculiar que llamó su atención y la hizo detenerse en seco.

Los faeries eran excelentes para lanzar hechizos ilusorios; sus encantamientos transformaban su apariencia en algo tan humano que nadie los descubriría sin haberlos examinado con detenimiento. Pero siempre había señales, incluso en los faes, cuya magia era la más fuerte de entre todas las razas feéricas, los hechizos siempre dejaban rastro, una especie de firma.

Algo en el fondo de la mente de Arlo la hizo sospechar que el negro insondable en los ojos inhumanos de ese ser no sería tan notorio si elle no hubiera querido mostrárselo. Esos ojos eran el único rastro. Mientras más los miraba Arlo, realmente los miraba con detenimiento, más intensa era la ilusión que se cimentaba alrededor de ellos; nadie realiza encantamientos tan buenos, mucho menos el feérico cuyos ojos y corpulencia sugerían ser...

Un troll.

Debajo de un puente... o algo así.

Arlo no iba a resaltar la ironía de esa situación por si acaso le troll pensaba que se estaba burlando; ese tipo de feéricos tendían a matar lo que fuera que disparara su irritación a flor de piel.

Así que reunió todas sus fuerzas y se obligó a confrontarle de lleno, enderezándose lo más que pudo, para mostrar todo su metro sesenta de estatura.

—Hola —dijo con una voz aguda y exageradamente alegre. No es que dudara de Celadon y el acervo de conocimientos que probablemente no debería tener, pero si un troll de este calibre estaba parado por aquí, en medio de la nada, ella tenía que estar en el lugar adecuado.

Lo más probable es que este troll fuera le portero del círculo, le gorila que echaba a los indeseables.

—No. —Le troll negó con la cabeza.

Arlo parpadeó.

—¡Pero aún no pido nada!

—No es necesario. La respuesta es no.

Era difícil entender lo que le troll decía porque hablaba entre dientes y las palabras se le mezclaban, no las entonaba, sino que las pronunciaba planas y profundas; elle las hacía resonar en la cavidad de su tono de barítono, por lo que Arlo sentía como si estuviera conversando con una cueva.

Por mucho que menguara, Arlo se esmeró por conservar el coraje.

—Okey —intentó de nuevo—, pero realmente me gustaría entrar al club, por favor. Es importante.

—No tengo idea de qué estás hablando, niñita. Vete a casa.

Demonios, esto no estaba funcionando en absoluto.

—Mire, señor —dijo con tanta firmeza como pudo. Realmente esperaba no estar haciendo un escándalo en balde y que le troll sólo estuviera poniéndose difícil, porque si resultaba que a elle simplemente le gustaba pararse debajo de puentes, estaba a punto de provocar a alguien del doble de su tamaño y con muy poco interés en las consecuencias de desollar a alguien en público—: Sé lo que hay aquí; sé que está vigilando el Círculo de Faeries y quiero entrar; soy una feérica, así que tiene que dejarme pasar. Eh... —comenzó a vacilar de nuevo—, ¿no es así?

Le troll descartó el comentario, no se mostraba intimidade por el tono de Arlo ni exageradamente preocupade por que ella le hubiera descubierto torciendo la verdad. De hecho, en todo caso ella podría jurar que sus ojos de un negro no natural se encendían ante esa poquita diversión.

—Primero que nada, no soy ningún «señor», mis géneros son muchos y fluidos. Los pronombres que uso son neutrales.

—¡Ay, perdón! —se disculpó ella—. No volverá a suceder.

Le troll asintió.

—En segundo lugar, tú eres fae. Una fae sidhe. Tal vez oficialmente no te dejen asimilarte como tal, pero sea como sea, lo tienes en la sangre... tu sangre huele a hierro. —El rostro de le troll era cuadrado, aplastado y de párpados gruesos; cuando quiso sonreír con ironía, Arlo casi pudo ver detrás de su máscara humana cómo de su labio superior sobresalían los caninos inferiores desafilados—. Fae y humana... ninguna de las cuales son bienvenidas en donde crees que quieres ir.

Arlo se desanimó, pero se resistía a darse por vencida. No era como si no hubiera esperado nada de eso; un club lo suficientemente capaz de librar la ley de la corte era lo suficientemente inteligente para contratar a alguien que no dejara entrar a cualquiera tan sólo porque sabía lo que había ahí.

—Oficialmente no me han reconocido como nada. Soy una feérica y punto. Muchos de nosotros no tenemos una afiliación a la corte.

—¿Y eso qué? ¿Decidiste que por ser tan sólo «una del montón» lo mejor sería arriesgarte al exilio? —Arqueó una ceja y la miró con ojo crítico—. ¿Acaso sabes qué es el Círculo de Faeries, niñita? No es un simple club nocturno para entretenerte. Que no seas lo suficientemente buena para la sección VIP de las cortes no quiere decir que no te caerán encima como el cielo retumba si te descubren aquí. Éste no es lugar para alguien como tú.

—Tiene razón, no lo es —concordó Arlo y se cruzó de brazos a la defensiva—. Sé exactamente qué es este lugar y definitivamente no es para mí, pero es donde necesito estar ahora mismo y no puede negarme la entrada.

Elle examinó a Arlo con renovado interés.

—¿Por qué necesitas estar aquí?

—Es un secreto.

—¡No me digas! —Elle torció la boca a manera de sonrisa—. ¿Detrás de quién andas?

—Yo nunca dije que vinera detrás de alguien.

El silencio se alargó entre ellos, aunque realmente no había silencio. El tránsito de la calle detrás era ruidoso, con todos los viajantes que regresaban a casa del trabajo, comenzaba a bullir la vida nocturna del viernes en Toronto. Desde algún lugar a la distancia, por entre la barandilla que dividía la acera del camino, Arlo alcanzaba a oír cómo rebotaba el sonido del autoestéreo de alguien, así como el bullicio de un grupo de adolescentes humanos, demasiado enfrascados en su conversación como para notar lo que pasaba a su alrededor.

Cuando al fin el último auto del grupo avanzó, le troll se enderezó y dio un paso hacia Arlo. Elle ahora se veía incluso más alte y Arlo no sentía vergüenza de admitir que resultaba un tanto intimidante.

Sus ojos negros la miraron fijamente.

Ella quería desviar la mirada, pero una vocecita en su interior le dijo que si lo hacía, lo mejor sería irse.

—Muy bien, Arlo Jarsdel, te dejaré pasar. —Que usara su nombre la sorprendió. Pasmada, trató de pensar en qué momento de la conversación lo había pronunciado. Le troll malinterpretó su silencio como una petición de claridad—: Puedes pasar si estás segura de que eso es lo que quieres.

No estaba segura. Para nada. Y tener certeza de eso era lo más cerca que estaba de estar segura de algo en estos momentos.

—E-está bien —respondió—. Sí, gracias.

Elle ahogó una carcajada; seguramente algo de lo que ella dijo le hizo gracia… Le troll asintió en concordancia con ese contrato verbal. Dio un paso hacia el muro detrás, pero antes de llegar a él, se hizo a un lado y el muro que había estado vigilando ahora era… simplemente un muro.

Un pedazo de pared, igual al resto del cemento alrededor.

—Eh… ¿cómo paso?

—Bueno, no es la mentada Plataforma Nueve y Tres Cuartos, así que no te sugiero que te lances contra ella.

Arlo retorció los ojos ante esa pésima y descarada broma. Por mucho que la comunidad mágica refunfuñara sobre su creciente dependencia de la tecnología humana y la asimilación de su cultura, su amor por el arte humano era muy evidente por las numerosas y frecuentes referencias a éste en conversaciones casuales.

—Pon tus manos sobre el cemento, la puerta se abrirá. Una verdadera faerie lo sabría…

Era un argumento poco sólido, pero Arlo no lo discutiría.

Podía con eso. Había llegado hasta ahí. Ahora todo lo que tenía que hacer era atravesar la puerta mágica y obtendría más información sobre la misteriosa mujer de la cafetería. Así de fácil. Ya no era momento de dudarlo. Se tomó un minuto para reunir sus agallas, luego dio un paso al frente e hizo lo que le troll le indicó.

Al principio no pasó nada.

Luego, justo cuando iba a pedir más instrucciones, una porción del cemento debajo de sus dedos se sumió con un sonoro ¡tonc! Momentos después, la porción sumida se deslizó a un lado y dejó un espacio al descubierto, un pasadizo estrecho que bajaba hacia una oscuridad tan densa que no lograba ver nada más allá de los primeros escalones.

—¿Está segure de que éste es el Círculo de Faeries? —se oyó preguntar con voz queda.

—Para empezar, jamás dije que lo fuera.

Arlo le miró con enfado.

Si ella interpretaba bien el resplandor de sus ojos y su mueca sarcástica, le troll estaba jugando con ella. Éste sí era el Círculo de Faeries y no tenía tiempo para que su exagerada imaginación inventara otra razón para no hacer esto.

Examinó con desconfianza el pasadizo, suspiró y tensó la quijada ante la incierta oscuridad.

—Después de esto, tu vida será linda y tranquila —se prometió. Levantó un pie y atravesó el umbral para pisar el primer escalón.

Luego el segundo.

No se dio cuenta de que estaba conteniendo la respiración hasta que sintió dolor en los pulmones al exhalar con fuerza. Estaba esperando que algo pasara… algo muy similar a lo acontecido al ladrón del principio de *Aladino y la lámpara maravillosa*, a quien la Cueva de las Maravillas devora por osar entrar sin ser el «diamante en bruto».

Arlo no era faerie.

Tampoco era propiamente fae.

Ni propiamente humana.

Arlo no era propiamente nada; ciertamente tampoco era material heroico como lo fue Aladino o lo que esta investigación realmente necesitara. Su angustia adolescente tendría que esperar, porque fuera o no la candidata para ese trabajo, ya lo había emprendido. Regresar implicaría mucho más que avergonzarse.

Le troll apareció detrás de ella recargando la mano rechoncha en la orilla de la puerta.

—Espero que encuentres lo que estás buscando, Arlo.

Ella se dio media vuelta.

—Okey, ¿cómo es que sabes mi nombre?

Le troll sonrió levemente. Su encantamiento imposible se debilitó momentáneamente y dejó ver una piel grisácea y unos dientes capaces de pulverizar huesos. Y quién sabe cómo, igualmente imposible, Arlo tuvo la impresión de que la imagen de troll debajo del encantamiento también era un encantamiento.

Los ojos de le trol resplandecieron con un negro frío e infinito, ahora marmoleado de azul y rojo, violeta y blanco... un cosmos iridiscente que embelesaba a Arlo más y más, y sólo cuando esos ojos parpadearon fue cuando el velo de troll volvió a caer en su lugar y ella se liberó del embelesamiento.

—Buena suerte —gruñó le troll y quitó los dedos de la puerta que empezó a cerrarse.

Arlo ya sólo veía una parte de le troll y luego desapareció. En cuestión de momentos, el muro de cemento quedó sellado por completo. A su alrededor sólo había oscuridad. Apenas podía ver su mano frente a ella. La angustia que había sentido antes comenzó de nuevo a inflarse como un globo en su pecho.

—Una vida linda y tranquila, con mucha, mucha luz.

Se aferró a su promesa, se tomó un momento para darse cuenta del absoluto aprieto en que se había metido y estiró los brazos a los lados para usar las paredes como guía en su lento descenso.

CAPÍTULO 12

✦

Lo único que separaba la sección VIP del Círculo de Faeries del resto del club era un mezanine con escaleras de madera. Eso y un par de vampiros.

No había muchos vampiros con los que Nausicaä estuviera en buenos términos. Ese tipo de seres mágicos era el resultado de una experimentación hecha por los faes con magia de sangre. Las historias contaban que unos cuantos de ellos se reunieron para intentar ser como los dioses que habían expulsado de su mundo y había funcionado... hasta cierto punto. Su ingenioso ritual logró ralentizar su envejecimiento casi hasta detenerlo por completo, también intensificó su velocidad, resistencia, agilidad y sentidos, que de por sí ya eran extraordinarios. Desde luego era una magia negra de alto nivel, considerada como un parásito que se aferraba a su hospedador para alimentarse, la que les había brindado esos poderes.

En algunos, el parásito se alimentaba hasta que el hospedero se volvía una cáscara sin conciencia que a su vez se convertía en un instrumento dañino. Nausicaä —cuando era Alecto— llevó a cabo la intervención que terminó con eso.

A nadie le gustaban las intervenciones, por mucho bien que hicieran.

Los dos vampiros que vigilaban las escaleras a las que ella se dirigió evidentemente eran recién creados. La magia de sangre era caprichosa; quienes fueron objeto de ella constantemente requerían una provisión de sangre fresca para mantenerse. Mientras más se mantuvieran, más se alteraba la apariencia del hospedador: orejas más puntiagudas, colmillos más largos, huesos más afilados, piel más delgada y amarillenta... Esos dos aún parecían faes, la única raza de seres mágicos que podían transformarse en vampiros; sus ojos eran azul brillante y no del azul oscuro de la medianoche que tendrían con el tiempo. «Recién creados» quería decir que dependían ferozmente de su creador, quien les proveía la cena y evitaba que cayeran en una sed de sangre frenética que les sucedía a esa edad. Y para la suerte de Nausicaä, los «ellos» que esos dos estaban cuidando, eran los «ellos» a quienes probablemente les caía peor que al resto del montón, lo cual quería decir que a ninguno de esos guardias les agradaría.

Pero Nausicaä había estado vigilando justamente a esos «ellos» en ese jolgorio de faeries abierto las veinticuatro horas, además, últimamente estaba tan acostumbrada a no caerle bien a nadie que eso no la desanimaba.

—¡Hoooola! —canturreó con voz aguda y agobiante. Con ambas manos en las caderas y una sonrisa tan encantadora como su poco confiable memoria de esas cosas le ayudó a fingir, miró al espacio entre los dos jóvenes vampiros—. Necesito charlar con su creador.

El vampiro de la izquierda, delgado y fuerte, de cabello avellana y piel grisácea como la piedra blanquecina, intercambió miradas con su compañero. Éste, más fuerte, de cabello castaño más oscuro y de piel morena un tono más grisáceo fue quien respondió.

—¿Tienes cita?

—¿Cita? ¡Ja! ¿Qué es esto, el dentista? No, no tengo una jodida cita, sólo estoy siendo cortés. ¡Muévete!, necesito hablar con alguien con más de dos neuronas.

Se abrió paso a la fuerza, y por mucho que eso fuera como partir una montaña en dos tan sólo con las manos, los hizo a un lado; la expresión en sus rostros le generó cierta satisfacción.

—¡Alto! —dijo el vampiro de la derecha que se le aferró al brazo.

Ella se detuvo y volteó hacia él.

—Te voy a dar diez segundos para pensar qué tanto apego sientes por esta mano —amenazó, porque odiaba que un extraño la tomara del brazo.

Su captor le gruñó mostrando unos dientes puntiagudos que podrían desgarrar una garganta con la misma facilidad que se desgarra una hoja de papel.

Le pareció adorable, como si un tierno cachorro jugara a intimidar a una leona.

Nausicaä le gruñó de vuelta, desactivando un poco su encantamiento, lo suficiente para que se transparentara su verdadera apariencia, para que su boca se abriera demasiado grande a lo largo de los severos ángulos de un rostro hueco y repleto de dientes afilados, para que su gran altura parpadeara a la vista e hilos de humo negro serpentearan detrás de ella, lentamente formando la imagen de alas. El vampiro la soltó con un grito alarmado al reconocer, quizás no a ella, sino al menos las características distintivas de una furia. Dio unos pasos atrás y chocó con su igualmente horrorizado compañero.

Nausicaä retrajo su ira bajo la superficie de su encantamiento, recuperó tanto la compostura como su apariencia más suave y rio.

—Deberían ver la cara que pusieron.

—Las fantochadas no son cosa tuya, Nausicaä Kraken.

A ella se le derritió la risa.

—¿Por qué, Pallas? —E hizo la cabeza hacia atrás para poder ver la punta de las escaleras y al vampiro que la miraba desde arriba—. ¿Porque soy una dama?

Pallas, el vampiro, suspiró.

—Sinceramente, por la forma como peleas conmigo uno pensaría que tengo la terrible fortuna de ser tu padre.

—¡Ja! Ya quisieras. —Y subió las escaleras a pisotones.

—Y quise decir que esas fantochadas no le hacen honor a tu destreza. Eres una diosa. Deberías estar por encima de nuestras pasiones mortales.

—¡Vete a la mierda! —contestó furiosa y lo empujó porque justo esa mentalidad era lo que reforzaba que las deidades creyeran obstinadamente lo mismo. Esa mentalidad fue lo que llevó a que se ignorara la depresión de Tisífone y no se le tratara durante mucho tiempo. Esa mentalidad fue lo que desgarró la cordura a Nausicaä porque por mucho que supiera que estaba mal, nunca pudo ahogar la voz tóxica dentro de su cabeza que le insistía que también estaba bien—. Al parecer interrumpí un buen momento.

El lugar estaba decorado con mesas elegantes, divanes aterciopelados y sofás con grandes cojines en los cuatro rincones. Al centro había una isla con un bar, los meseros eran hombres humanos con cabello pintado de verde y camiseta blanca lisa, desgarrada en diferentes lugares. Sin embargo, ver a esos cautivos de faeries caprichosos, de ojos vidriosos y expresiones muertas, no fue lo que le hizo arquear una ceja.

Sólo uno de los rincones estaba ocupado. Pallas tenía el control absoluto de ese espacio cuando visitaba el Círculo de Faeries, en vista de que actualmente era su rey. Recostados en los sofás, se encontraban faeries de varios géneros en variados estados de desnudez, esparcidos por todo el espacio que claramente había estado bajo el mandato de Pallas hasta que la llegada de Nausicaä atrajo su atención. Extremidades tanto delgadas como musculosas, color marfil y ónix, rojas y azules, verde lima y amarillo amanecer estaban entrelazadas. Una cola de lagartija latigueaba contra el piso, holgazaneando. Una cortina de enredaderas de sauce colgaba hasta el brazo de uno de los sofás. Ninguno de los presentes parecía consciente de lo que estaba pasando, sus mentes se deleitaban en el efecto secundario de la magia en los colmillos de los vampiros que, para quienes no eran faes, era similar al de una droga altamente adictiva.

Pallas agitó una mano y se regresó adonde estaba sentado.

—Lo que yo veo es que siempre estás interrumpiendo algo. ¿Qué es lo que quieres, Nausicaä? Me informan que has estado visitando asiduamente mi club en los últimos días. Yo preferiría que no vinieras.

—Entonces dime lo que quiero saber y me esfumaré de tu vista y tu peinado ridículamente perfecto.

Ningún lapso de tiempo podría quitarle por completo a Pallas la belleza que claramente poseyó en otros tiempos, cuando fue fae. Su piel era delgada como las alas de las pixies, tanto que se le podían ver los huesos y las telarañas de venas que lo conformaban en el interior; estaba tan decolorado del torrente de vida zafiro, que era pálido como el mármol. Él la miró; era como un mausoleo andante, anciano incluso bajo los estándares vampíricos, pero aún conservaba su hermosura gracias al cabello rojizo que ondulaba por sus orejas y cogote, a las largas pestañas en sus ojos púrpura con algunos vestigios de jade y a la etérea elegancia en sus movimientos.

—¿Qué es lo que quieres saber?

—Supongo que ya te enteraste de la reciente racha de muertes de ferronatos.

Pallas inclinó la cabeza.

—Desde luego. Estoy muy preocupado por los seres mágicos comunes. Me tomo muy a pecho cualquier daño que les ocurra.

Nausicaä ahogó una carcajada.

—Claro que no. Es sólo que no te gusta compartir la comida. No puedes beber sangre humana, todo ese hierro te hace daño. Y las cortes te caerían encima como mierda en llamas si tus colmillos se entierran en sus faes; ah, por cierto, buena suerte cuando descubran a Esperpento Uno y Esperpento Dos aquí abajo, porque ustedes necesitan faeries sí o sí. Se te olvida que no soy ninguna tonta.

—Y a ti se te olvida que deseabas mi ayuda.

—Ash, está bien. Lo diré cortésmente: por favor, oh gran y terrible Pallas Viridian, el hermano más amado del que fundó la corte de los unseelies de la primavera, revela ante mí, una criatura de lo más baja, el conocimiento de tus muchos años, hermosura suprema, cabello como llamas de bronce y...

—¿Ya terminaste?

—Espera: ...y colmillos que competirían con los del gran y terrible Jörmungandr, el que trae el fin de los tiempos...

—Hay un destripador en la ciudad. No sé quién es su guardián ni tampoco cuál es su objetivo, además del hecho de que está haciendo limpieza para su amo, quienquiera que sea, pero que tiene el poder suficiente para operar directamente bajo las narices de mi tátara sobrino. Ése es un poder que proviene de un arte que las cortes han hecho bien en prohibir rotundamente.

Nausicaä respiró profundo y exhaló sonoramente por la nariz.

—¡Eso ya lo sé! Alguien está haciendo un montón de piedras filosofales. Están usando niños para crearlas. Está del carajo, pero, oye, he terminado por aceptar que los mortales son extraños en ese sentido. ¿En serio, eso es todo lo que tienes para mí? Los vampiros pueden mentir, te ganaste esa habilidad cuando la Alecto antes de mí rompió tu lazo con la magia legítima.

Porque el tipo de magia que hacía que un ser cambiara a algo completamente diferente, en este caso de fae a vampiro, era una forma de alterar el destino, por lo que las furias anteriores, las que Nausicaä y sus hermanas habían desafiado para obtener sus puestos —como era costumbre y para lo que fueron entrenadas— se vieron obligadas a castigarlos como debía ser.

—Recuerda: no soy ninguna tonta.

—¿Y tú recuerdas a Noel?

La habitación entera se pasmó. Los faeries que estaban recostados en los sofás, aún embelesados, no mostraban interés en su conversación, pero incluso ellos pudieron darse cuenta del cambio de humor de Pallas.

Nausicaä recordaba muy bien la forma en que su humor podía permear el lugar tal como la peste de la leche agria y marcar su tono con la vibra de la tormenta que alguna vez pudo conjurar.

Noel fue el fae amante de Pallas. El primero que él transformó en vampiro, burlando la ley de la corte. El estatus de Pallas fue lo que lo salvó de sufrir las consecuencias de sus actos, y por mucho que el virus de vampiro fuera magia negra, ahora que había salido al mundo ya no era una forma de alterar el destino. Destino podría entretejerlo en todo tipo de posibilidades que a ella le satisficiera, por eso nada pudo proteger a Noel cuando la mordida de Pallas le quebró la mente y lo llevó por un sendero de asesinatos que terminó con su muerte.

—Noel secuestró a varios humanos y los sacrificó para hacer resucitar a su ejército personal de muertos vivientes —respondió ella con gravedad—. Él trató de, y cito: «erradicar al sol y ahogar al mundo en un banquete de sangre enemiga». Perdón, pero Noel estaba loco. La necromancia va contra la ley. Yo era una furia. Hice mi trabajo cuando lo atrapé, nada más.

—Y sí que disfrutaste hacer tu trabajo, criatura resentida —siseó Pallas.

Nausicaä se cruzó de brazos y lo miró con rabia.

—No estoy de acuerdo con eso para nada. No puedes disfrutar algo que te importa una mierda; sí, me gustaba ser furia y era buena. Fue para lo que me crearon. Me pasé la vida entera preparándome para serlo. Pero yo no te conocía, tampoco a Noel. No fue personal. Era. Mi. Trabajo.

—¡Lárgate de mi vista! —gritó furioso Pallas y se levantó de un brinco. Los faeries alrededor se sobresaltaron, reaccionando al fin. Uno buscó refugio en los brazos de los faeries junto a ellos; otra se ocultó al final del diván donde estaba. El humano hipnotizado en el bar tiró la copa que estaba lavando que se hizo trizas al caer.

Ni siquiera se inmutó cuando pisó los vidrios rotos para ir por la escoba; cuando salió del bar, Nausicaä notó que estaba descalzo y dejaba huellas de sangre tras de sí.

El Círculo de Faeries se salía con la suya y todo porque los humanos que los dueños atraían bajo la promesa de entretenimiento tenían la libertad de rechazar cualquier tentación que usaran para traerlos aquí. Todo porque, después de que esos humanos cumplieran con su propósito y terminaran por aburrir a sus captores faeries, los soltaban de vuelta al mundo —si es que no morían antes— sin una pizca de memoria de lo que les había pasado. Ante esa laguna mental, muchos de ellos concluían que los extraterrestres los habían abducido. Aunque quisieran, las cortes no podían hacer nada al respecto. Las Furias tampoco podían hacer nada.

—¡Largo! Se compadecieron de ti por lo que hiciste, pero nadie se compadeció de mí. ¡A ti no te importan estos ferronatos! ¡A ti no te importa este reino! No te importa nada más que tu miserable ser y preferiría sucumbir al terrible final que me espera que decirte cualquier cosa que pudiera saber sobre esta situación. ¡Fuera de aquí!

—¿Pues sabes qué?, ¡te maldigo! —contestó Nausicaä y escupió al piso para sellar sus palabras— Espero que pierdas más que a Noel.

El faerie de la cola de lagartija ahogó un grito.

Incluso Pallas se veía desconcertado.

Maldecir a alguien no era una cuestión ligera, si bien uno no tenía que hacer gran cosa para que sucediera: solo saliva, una señal de magia y convicción. Creerlo era algo muy potente. Se podía torcer para hacer lo que fuera que sirviera a un terrible propósito. Nausicaä sabía muy bien que las maldiciones se podían revertir contra la persona que las había conjurado con la misma intensidad con la que dañaban a su víctima. No le importó. Pallas la había enfurecido más de lo que ya estaba antes de que le alborotara las viejas heridas que aún no cerraban.

—Los dioses debieron destruirte cuando tuvieron la oportunidad —dijo él, apenas en un susurro audible.

—¡En eso sí que estamos de acuerdo!

Nausicaä irrumpió escaleras abajo, y nada más porque sí, tumbó bruscamente a los dos que anteriormente trataron de impedirle el paso. Estaba harta. Pallas, ese insoportable cabrón, tenía razón. Nada de eso era de su incumbencia; ¿por qué le importaría que un montón de condenados ferronatos estuvieran muriendo? ¿Qué le importaba que alguien estuviera usando esa magia negra en particular para traer a la existencia de ese reino algo a lo que jamás sobrevivirían?, ella en todo caso le daría la bienvenida. No había nadie ante quien temiera perder en esta guerra, y no le importaba a nadie como para preocuparse por favorecer al «lado equivocado».

¡A los infiernos con todo esto!

Ese destripador y su amo podían matar a cientos de miles de mortales justo frente a ella y también les escupiría porque para lo que a ella le concernía, salvarlos ya no era su trabajo. Al carajo con todo.

No tuvo idea de qué fue lo que llamó su atención a la hilera de gabinetes en el muro del fondo. Supuso que fue suerte. No fue más que suerte lo que la hizo voltear hacia esa dirección mientras se abría paso entre faeries que bailaban y que le lanzaron quejidos malhumorados, insultos y amenazas como avispas zumbando por donde ella pasaba. Pero lo que descubrió ahí la dejó congelada.

Nausicaä no podía creer lo que veía.

Ahí, al acecho entre las mesas, había una criatura tan alta como su forma verdadera. Enorme. Los huesos afilados de su demacrado cuerpo de largas extremidades que sobresalían bajo su sobreestirada piel, y aunque tenía algo sumido en el cráneo que le arrebató la vista, parecía no tener problemas para ir y venir.

Un destripador.

El destripador.

Ahora podía olerlo, desde el otro extremo del lugar. Nadie más lo había notado ni se veía alterado, lo cual era extraño porque aún el más funesto de los feéricos se apanicaría de verse en compañía de eso. Lo que quería decir...

—¿Acaso no te ven?

¿De verdad podía un destripador tener un encantamiento tan bueno que ningún ser en la guarida de las criaturas más perversas del mundo captaría su presencia en absoluto?

Nausicaä se detuvo un momento tan sólo para quedarse mirando al destripador porque todo eso le parecía demasiado difícil de creer. Siguió el rastro de su lento zigzaguear hacia el fondo de la habitación, estupefacta por el simple hecho de que estuviera ahí —los destripadores eran una de las pocas criaturas que el Círculo de Faeries rechazaba—, ni qué decir de lo plácido que se encontraba en el lugar.

—Disculpa...

«¿Qué...?».

Nausicaä dio media vuelta. Había logrado atravesar una buena parte de la pista de baile antes de que el destripador la hiciera detenerse e ir hacia la salida, esquivando a los faeries a su paso; todos excepto uno al parecer. Uno horripilante, un desbarajuste globular de pelos enmarañados y apelmazados, piel llena de cicatrices y una boca del tamaño de un neumático al centro de su cuerpo.

Un antropófago.

Uno bastante cortés, a decir verdad.

Nausicaä sintió un poco de consternación de pensar que los faeries se hicieron a un lado menos por su furia y más por esa criatura canibalística.

—¿Sí? —alentó cuando el antropófago se le quedó viendo, como si fuera ella la que andaba por ahí engullendo a sus paisanos mágicos.

—Eh... tú eres quien anda preguntando sobre estos, ¿verdad?

Y le extendió algo con su inmensa y nudosa garra; algo suave y gris; con venas negras diseminadas por toda su superficie y canales del mismo color que se retorcían de punta a punta; de primera vista parecía una piedra con forma de...

—¿Eso es un corazón mortal?

—Solía serlo.

Nausicaä sintió cómo su propio corazón comenzaba a martillarle en el pecho. Los antropófagos no eran tan salvajes y desbocados como sus primos los destripadores, pero definitivamente eran igualmente peligrosos y sedientos de carne fresca. Esto era... extraño. Todo lo que estaba sucediendo era extraño. De todos los feéricos que ella hubiera pensado que le serían útiles, éste no formaba parte de su lista, aun si supiera que había uno ahí.

Volteó de nuevo hacia el otro extremo del lugar. El destripador ya no estaba a la vista, era casi como si nunca hubiera estado ahí. Incluso el hedor de su podredumbre se había desvanecido; ¿acaso había alucinado? Normalmente ella no dudaba de sus ojos, pero ahora mismo ver cosas que realmente no estaban ahí era mucho más creíble que un destripador entero anduviera de parranda en un club donde la gente gritaría de pánico si lo viera.

Volteó de nuevo hacia el antropófago.

—¿Dónde lo conseguiste?

—Me lo gané —rio la criatura, un sonido distorsionado que apestaba a sangre rancia—. Pude tragar sin problema el resto, pero esto sí que no me gustó, aunque escuché que a ti sí. También oí que te gusta jugar a las cartas...

—Creo tener una propuesta, mi querido...

—Cyberniskos.

Nausicaä sonrió a diente pelado.

—Cyberniskos. Escuchaste bien, me gustaría mucho obtener el ex-corazón en tu mano... así como cualquier cosa que sepas y te dio certeza sobre por qué yo lo estaba buscando. ¿Tus condiciones?

Ahora fue el turno de Cyberniskos de sonreír. Y ésa no fue una bonita vista.

—Se rumora que eres una furia.

—Mmm... y adivino que jamás has cenado a ninguna.

Ya podía ver adónde iba eso y a la mierda si no estaba al menos un poco emocionada. También era la excusa perfecta para quedarse otro rato en caso de que el destripador volviera a aparecer si realmente estaba ahí. Nunca antes había conversado con un antropófago, nunca antes había jugado póquer con uno para ganarle alguna de sus posesiones. Al fin tenía una pequeñísima oportunidad para obtener respuestas, mucho más de lo que había encontrado desde que llegó a esa corte abandonada por las deidades; además, no podía negar la emoción que sentía ante las amenazas y el peligro.

—Debo suponer que esto me costará un brazo y una pierna, literalmente, ¿no es así?

Cyberniskos se carcajeó.

—No me dijeron que la Estrella Oscura fuera chistosa.

—Lástima, nunca lo mencionan.

CAPÍTULO 13

✦ ARLO ✦

Éste no era el Círculo de Faeries; el pasadizo por el que Arlo bajaba era la escalera al infierno y nadie la convencería de lo contrario. No tenía idea de adónde iría cuando finalmente saliera de la encarnación de sus pesadillas, pero estaba absolutamente segura de que nunca más pondría un pie en esa oscuridad.

Porque era más que sólo oscuridad.

El aire era increíblemente denso, demasiado húmedo y frío como para que a las sombras sólo les faltara luz. La oscuridad no llenaba un espacio como chapopote vertido en un molde. Ciertamente, no punzaba como la energía que zumbaba contra la piel de Arlo y le recorría el cuerpo mediante escalofríos eléctricos. La oscuridad no era algo vivo que le susurraba al oído, plantando pensamientos llenos de pánico no muy diferentes a los que vagaban en su propia mente, y que le pedían que se apresurara por esos resbalosos escalones sin nada más que las pegajosas paredes para guiarla porque la oscuridad —según sospechaba— también había desactivado su teléfono y la aplicación de la linterna.

Cada escalón venía emparejado con la creciente urgencia de que diera vuelta atrás, como si el pasadizo mismo tratara de disuadirla de seguir. Y tan sólo podía adivinar el porqué. Tal vez era una prueba. Tal vez era magia para evitar que los humanos se sintieran atraídos por lo que fuera que los faeries usaban como carnada hacia esa telaraña. Tal vez sólo se trataba de su condenada imaginación, pero cuando la voz sin cuerpo de su cabeza, muy parecida a la suya, comenzó a suponer que si no se iba ahora mismo se sofocaría y moriría —y quedaría por siempre atrapada en la tumba de ese horrendo lugar—, no le importó más nada y con desesperación quiso hacer lo que la voz le decía: darse la media vuelta e irse.

—No puedo —se dijo en voz baja—. No puedo. No puedo.

Darse la vuelta e irse sería inteligente. Sería una idea excelente. Arlo sospechaba que personas más valientes que ella no continuarían en ese punto. El pasadizo era un nivel de horror con el que nunca antes se había topado, pero si se iba tendría que volver a enfrentarse a le troll. Tendría que enfrentar que alardeara de su superioridad y darle la satisfacción de confirmar que no tenía lo que se necesitaba para entrar al Círculo de Faeries.

Después de todo, más valía ser humana si la mera presencia de magia (por muy inconmensurablemente poderosa) era suficiente para espantarla.

Pero Arlo se obligó a continuar. Apresuró el paso tan rápido como fue posible por el resto de la escalera y en cuanto pisó el último escalón, el mundo entero se extendió a su alrededor. Sólo cuando el color y el sonido cobraron vida en sus sentidos se dio cuenta de que el pasadizo también los había bloqueado. Se quedó con una sensación como si acabara de atravesar un colador particularmente complicado. Un zumbido apenas perceptible en el fondo de sus oídos la hizo preguntarse si alguna vez olvidaría la experiencia.

—Voy a matar a Celadon —murmuró con voz temblorosa—. Estúpido pasadizo mágico... al menos una advertencia hubiera estado bien.

En ese momento odió a su primo con cada célula de su cuerpo; tal vez si le hubiera contado de ese pasadizo mortal la habría convencido de no llevar a cabo su plan. Pero ya había pasado. Ya estaba ahí.

Y ante ella se desplegó el Círculo de Faeries.

Era un club como cualquier otro; claro que no era como si Arlo conociera muchos, considerando que era menor de edad según los estándares humanos; además, aparte de Celadon no tenía amigos con quien ir. Había un bar circular al centro y una pista de baile a su izquierda, llena de cuerpos que se sacudían y se retorcían. Para Arlo, se veían como un mar de gusanos que subían y bajaban con las olas de los ritmos que salían de la banda en vivo al fondo del lugar, más allá de unas escaleras que llevaban a un mezanine privado.

Por encima de todo, las luces vertían un arcoíris de colores en el espacio abierto que dejaba ver a la gente bailando y las volutas de humo que se arremolinaban entre ellos. Cuando intentó usar sus sentidos, el revoltijo de auras era imposible de desenmarañar, al igual que saber a qué cuerpo pertenecían.

Las jaulas era lo que diferenciaban a ese club en particular con respecto a otros de seres mágicos. Eran doradas y brillantes, gruesas cadenas las suspendían del techo y dentro de cada una había un humano, embelesados por la comida y bebida que ellos consumían a base de engaños. Tenían plumas incrustadas para conformar una parodia de aves tan coloridas como las luces parpadeantes, y cuando uno de ellos dejaba de cantar (porque se les secaba la garganta o sus cuerpos estaban demasiado fatigados, o incluso algunos comenzaban a espabilarse del estupor), la multitud debajo comenzaba a chiflar y abuchear, y les lanzaban más pedazos de comida o les aventaban sus bebidas para incitarlos a seguir.

Atrás, en una plataforma junto a la banda, había humanos con muy poca ropa que bailaban como si fueran marionetas; sus ojos, abiertos a tope, con la mirada vacía; sus cuerpos, salpicados de pintura que brillaba en la oscuridad, pero también de mugre y seguramente algo peor. Arlo también se dio cuenta de que tenían moretones y raspones y resequedades debido a los descuidos que sufrían sin ni siquiera darse cuenta.

Abajo, en el piso, había aún más humanos cautivos, tan atolondrados por la comida de faeries que bailaban hasta colapsar si tenían suerte. Tal como los cazadores hacían con sus presas, de las paredes colgaban cabezas completas y bien preservadas, trofeos de sus matanzas favoritas, presas que les agradaban demasiado a esos perversos faeries como para soltarlas regresándolas a sus vidas.

Arlo intentó no mirarlas, pero dondequiera que volteara, una visión terrible remplazaba la anterior. Ahí, donde se reunía lo peor de su especie, donde las reglas de las cortes no tenían valía, la gente tenía permitido ventilar sus frustraciones por verse obligados a renunciar a su manera de vivir, todo por una paz que no querían. Así que obligaban a esos humanos a pagar un precio terrible por cualquier lamentable tontería que les habían prometido a cambio, dinero que se arrugaba hasta convertirse en hojas de árbol, gemas que se pudrían hasta volverse cabezas de hongos, un hermoso rostro que no era tan bello por debajo de su encantamiento; cada promesa escondía un aguijón, y muchos no sobrevivían los días intercambiados con tal de recibirlo.

—Sólo sigue moviéndote —se dijo y procuró no estremecerse—. Sólo no pienses en ellos y sigue moviéndote.

Sabía lo que encontraría ahí, tanto Celadon como los rumores se lo advirtieron. Las cortes no podían intervenir en nada de lo que ahí sucediera; esa grieta estaba más allá de su control, pues técnicamente le pertenecía al territorio salvaje. Ella no podía hacer nada y si no seguía moviéndose, perdería el coraje.

«Baja la cabeza... no llames mucho la atención».

A su derecha vio una zona para sentarse. Había docenas de mesas llenas de porquerías desde ahí hasta la pared del fondo, en donde también había una hilera de gabinetes. Todas las mesas estaban ocupadas y probablemente ése sería el mejor lugar para reunir información, aunque se le ocurría hasta ahora que de hecho tendría que ir y hablar con algunos de esos faeries. No tenía idea de cómo iniciar una conversación.

«¿Han visto a una joven rubia de ojos grises, vestida toda de negro?, ¿saben de casualidad si ha salido a matar gente últimamente?».

Ajá. No, eso sonaría demasiado a un miembro de la Falchion, la fuerza policiaca estándar de la comunidad mágica. En un lugar como ése, preguntar sólo la metería en problemas, y justo eso trataba de evitar.

—Tienes que empezar con una conversación casual —se dijo.

Tal vez lo mejor sería comenzar con el personal (al menos los que no eran humanos que obligaban a andar de aquí para allá como muñecas mecánicas con bandejas). Si se sentaba en una mesa, podría llamar a uno como si fuera a ordenar.

—Por supuesto, elegí la noche más atareada... —suspiró.

El Círculo de Faeries era un lugar popular para los criminales, y no era difícil entender por qué. Como un club exclusivo para feéricos donde podías desactivar tu encantamiento sin riesgo a que te descubrieran, era un lugar para darse un respiro. Ahí uno no tenía que fatigarse por estar manteniendo la apariencia humana estándar, que a muchos les costaba trabajo sostener durante tiempo prolongado, como lo dictaba la estricta ley de la corte, para poder mezclarse entre los humanos.

Caminó entre las mesas buscando una donde pudiera sentarse, pasó entre un grupo de gnomos, hombres achaparrados, rechonchos y nudosos con largas barbas encanecidas, piel lisa como la cáscara de naranja y extremidades cortas. Hoy en día eran tan numerosos como las ratas de ciudad. Todos bebían de tarros más grandes que ellos y ninguno tenía la altura suficiente para ver por encima de su mesa.

Arlo pasó su mirada a la siguiente mesa que ocupaba algo que se parecía mucho a un elefante rosa vestido con un elegante traje blanco y muchísimo oro, tanto que cegaba la vista cada vez que lo iluminaban las luces arcoíris. Su pareja era una mujer despampanante con cuatro pares de ojos negros como escarabajos, cabello negro azulado y piel azul gema que brillaba como las escamas de un pez. Arlo no tenía idea de qué era cualquiera de ellos, pero posiblemente habían llegado al círculo desde alguna de sus guaridas anteriores, y por eso no eran personajes que se veían con frecuencia en territorio de la Corte de la Primavera.

En otra mesa por la que pasó había un grupo de feéricos riendo que Arlo reconoció: las dríades. Todas eran bellísimas, su piel morena era de corteza de teca, roble y sauce, y sus ropas estaban confeccionadas con pétalos. Altas y garbosas, llamaron la atención de un grupo de pixies de color pastel, amarillo y lavanda que extendieron sus alas iridiscentes al máximo para ver si atraían un poco de su atención.

Al fin, después de unos cuantos minutos más de serpentear entre la multitud, vio un lugar vacío a lo lejos, en uno de los gabinetes. Estaba un poco apartado, pero eso tal vez era una bendición, porque ahí sería mucho más difícil que alguien notara su presencia. Avanzó y habría llegado sin problemas si una mano no la hubiera tomado de la muñeca para detenerla en seco.

—¡Oye! —Arlo dio la media vuelta, pero su indignación desapareció en cuanto su mirada se topó con unos ojos negros—. Ay, pero si tú estabas...

Le troll de la entrada del club ahora estaba sentade a la mesa y la miraba con detenimiento. Su encantamiento había desaparecido, al menos el que le hacía humane, por lo que ahora podía ver que su cuerpo era distintivamente rocoso bajo una piel trigueña mezclada con tonos de pino. Los tatuajes en forma de runas de su cabeza seguían hasta su cuello y todavía más por debajo de su camisa, pero ahora dos cuernos romos de no más de trece centímetros sobresalían de sus sienes. El color de esos cuernos era el mismo tono que la piedra volcánica, lisa y negra, que conformaba sus ojos y uñas, las cuales tamborileaban sobre la mesa.

Claramente elle pretendía que Arlo se sentara en la silla de enfrente, la única además de la suya en la mesa. Arlo vaciló. Elle había llegado hasta ahí demasiado rápido y sin que ella se diera cuenta. Los faeries eran muy buenos para moverse sin ser vistos, pero los trolls (sobre todo los del tamaño del que tenía enfrente) no eran capaces de aparecerse así nada más donde quisieran.

No estaba segura de qué podía concluir de ese comportamiento.

—Siéntate —dijo le troll.

—Preferiría no hacerlo, de verdad.

Le troll le soltó la muñeca y señaló con la barbilla la silla vacía.

—Que te sientes —repitió; Arlo le hizo caso a pesar de sus reservas. Al ver esto, le troll se relajó—: Me agradas.

Arlo arrugó la nariz.

—Tiene una forma muy curiosa de demostrarlo. ¿Qué es lo que quiere conmigo?

—Lo que yo quiera no es relevante ahora, Arlo Jarsdel. La verdadera pregunta es ¿qué es lo que tú quieres?

¿Qué era lo que quería? Bueno, la respuesta a sus preguntas era un muy buen lugar para empezar.

—¿Cómo sabe mi nombre?

Le troll alzó los hombros.

—Sé mucho más que eso, pero es irrelevante ahora, por si no te habías dado cuenta. —Entonces miró por encima del hombro de Arlo y con la barbilla señaló algo detrás de la chica—. Hay una salida en la parte trasera del club. ¿La ves?

Arlo giró en su silla. A la distancia sombría, entre luces parpadeantes e incontables cabezas, extremidades, astas y cuernos a medias pudo ver una puerta oculta marcada con un letrero neón rojo.

—Sí, la veo.

Le troll gruñó de nuevo. Cuando Arlo se volteó, elle señaló con la barbilla otra cosa, esta vez a su derecha, cerca del bar.

—Esa dríade allá, ¿la ves?

Arlo recorrió a la multitud con la vista.

Ahí, a cuatro mesas de distancia, se sentaba una dríade sola. Estaba encorvada por encima de su bebida; era esbelta, sus hombros color palo de rosa apuntaban a sus orejas y su cabello negro como una flor de pensamiento se desbordaba por su cabeza cual velo de luto. Se veía muy tensa, cada vez más con cada mirada venenosa que lanzaba por la habitación. Era hermosa, al igual que las otras dríades que Arlo había visto en su paso hasta ahí. Pero algo en su expresión corporal la hacía ver cansada y frágil.

—Sí, también la veo. ¿Qué con ella?

—Si atraviesas la puerta detrás de ti, te encontrarás en un camino que podría desentrañar el misterio detrás de lo que cobró la vida de aquella niña ferronata de la cafetería. —Arlo se enderezó, atenta—. Si, por el contrario, eliges hablar con aquella dríade, te encontrarás en el camino hacia la justicia. Ella sabe las respuestas a las preguntas que te trajeron aquí esta noche. Qué afortunada eres de haber elegido la misma noche que ella eligió para venir. Lo que ella te puede decir sin duda llevará a la captura de tu presa. Lo que ella pueda decirte corregirá un mal que se ha dejado enconar por más de un siglo y terminará con un rencor que incluso los dioses no pueden apaciguar.

Arlo inclinó la cabeza y comenzó a ver a ese troll bajo una nueva perspectiva.

Su comportamiento se volvía cada vez más raro. Además de sus extraños e inusualmente poderosos encantamientos y de la ausencia de un aura detectable, elle era mucho más elocuente de lo que alguna vez pensó que serían los trolls. Según básicamente todo el mundo, estos seres no eran de lo más retóricos.

—¿Por qué me dice todo esto? ¿Qué gana usted al ayudarme?

—La puerta o la dríade, éstas son las opciones que Destino te ha otorgado al venir aquí —le explicó—. Pero no son los únicos caminos disponibles.

Elle se inclinó hacia delante. En algún punto de la conversación, sus dedos dejaron de tamborilear. Parecía que al fin iba a llegar al meollo del asunto, y a pesar de que en el fondo de la mente de Arlo había una insistencia de que este faerie era justo el peligro que le habían advertido evitar a toda costa, quería averiguar cuáles eran esos caminos.

—En términos más simples, estás en una encrucijada, Arlo. Destino ya decidió tu futuro, pero hay momentos en la vida, como ahora, en los que da la oportunidad de elegir el camino por el que quieres llegar ahí. Para tu buena suerte, este momento está sucediendo en un círculo de faeries. El mismísimo Círculo de Faeries. Estoy segure de que no sabías que estos círculos son de los pocos espacios que hoy día las deidades pueden visitar en el reino mortal sin invitación. Qué suerte que viniste porque estos momentos de elección son algo distinto. Estos son los únicos momentos en los que uno puede intercambiar su destino por algo más de lo que eligió mi hermana titán y ha pasado mucho tiempo desde que tuve un jugador apropiado en este tablero, sin mencionar que Destino hubiera hecho de ese jugador un héroe.

Arlo se le quedó viendo.

—Usted... no es une troll.

Le troll sonrió, lo cual dejó ver más de las rocas desafiladas que le servían como dientes. A medida que sonreía, su imagen parpadeaba, tal como su máscara humana lo había hecho antes.

Y ahí estaba la respuesta de Arlo.

El atisbo no duró lo suficiente para verle por completo, pero en su mente quedó grabado un rostro mucho más afilado, cabello verde y fogoso, y pequeñas galaxias gemelas petrificadas en obsidiana. Eso bastó para entender que no hablaba con un faerie común, ciertamente no uno tan simple como un troll.

¿Pero entonces qué era? Mencionó a su hermana titán... ¿Acaso ese troll era una especie de deidad?

—Entonces, a ver si entiendo bien. —Hizo a un lado los otros millones de preguntas que apabullaban su cerebro y se enfocó en su compañere—. ¿Destino decidió que voy a ser una especie de héroe? Y justo ahora estoy en un momento especial en mi vida que determinará cuán heroica seré, dependiendo de lo que elija hacer. Y una de las cosas que puedo elegir me va a decir qué fue lo que ocasionó que la sangre de Cassandra resplandeciera.

¿Ese sentimiento esperanzador de «y si...» que surgió tanto en su ponderación como antes de que llegara al club la había llevado hasta este momento? ¿Todo lo que había sucedido recientemente la había estado empujando en esta dirección? No hacia una vida de fae, ¿sino a la vida de un héroe?

Le no-troll asintió.

—Sí. Destino está determinada a que juegues un papel más grande en la historia que se está desplegando ante ti. Elige la puerta o la dríade, ambas son voluntad de Destino, ambas pretenden formarte en el grandioso papel que tu futuro promete, aunque de maneras distintas, desde luego. Todo depende de cuánto te esfuerces por convertirte en lo que Destino te ha designado.

Arlo casi pudo sentir cómo se le drenaba la sangre del rostro.

—Pero también mencionó algo sobre intercambiar destinos. ¿Y si no quiero ser héroe?

A ella le importaba lo que sucedía en las cortes. Le importaba lo que le había pasado a Cassandra. Quería ayudar, quería cerrar ese terrible capítulo en la vida de la comunidad ferronata. Amaba leer historias sobre personas que emprendían alguna aventura y descubrían que eran líderes naturales para hacer una diferencia en el mundo, pero ¿un héroe?

Los héroes atravesaban muchas dificultades.

Los héroes eran material de tragedias.

Ellos se hacían cargo de las situaciones, desafiaban a la autoridad y tomaban decisiones no nada más para su beneficio, también para el bien de otros. Arlo... Arlo apenas podía decidir si ir a la escuela. Era una decepción prácticamente en todas las áreas de su vida; en esto también sería una decepción, porque esto... era mucho más que andar indagando pistas para pasárselas a otros más competentes. Elegir esto implicaba hacerse responsable de la vida de otros, mantenerlos a salvo, convertirse en su esperanza. Arlo definitivamente era un extra, un personaje de fondo, la sanadora en un grupo de aventureros, si acaso. Ella simplemente no tenía lo que se necesitaba para ser algo más, sin importar lo que pensara Destino.

Pero le troll frente a ella sonrió con tal satisfacción que por lo visto había dicho lo correcto. Sus ojos demasiado negros brillaron con mucha más negrura y revelaron otro atisbo de inconmensurable infinidad. Su sonrisa se torció con más intención.

—Bien, eso nos trae a tus otras opciones.

—¿Las cuales son...?

—Puedes irte. Puedes elegir no ser ningún tipo de héroe y simplemente forzar a Destino a restablecer su plan. Forzarla a encontrarte un nuevo papel.

La mirada de Arlo pasó del hombro de le troll a la entrada del Círculo de Faeries y la oscuridad que esperaba recibirla a su salida.

—Destino ya te envió su advertencia aquí, en su templo, tal como advierte a todos. Sólo tienes una oportunidad para elegir. No tendrás la misma experiencia si eliges irte por donde llegaste —explicó al sentir su vacilación.

—¿Y eso es...? Simplemente podría levantarme e irme, ¿así ya no tendría que ser nada de nadie?

¿Sería así de simple? ¿Podría salir por la puerta de enfrente y al hacerlo, dejar atrás la carga pesada de su supuesto destino?

La verdadera pregunta era si realmente lo haría.

¿Realmente era tan mezquina como para no sólo rechazar algo que ella había estado tan decidida a resolver al venir aquí, sino que además la necesitaba con tanta urgencia como para convertirla en héroe con tal de que ayudara? ¿Realmente importaba lo que ella eligiera o esta situación encontraría a alguien más para desempeñar su papel? Sólo porque Arlo aparentemente cumplía con los requisitos para el puesto no quería decir que era la única; seguramente había alguien más allá afuera, alguien más apropiado que ella para hacer de salvador.

—Es tan simple como eso —confirmó le no-troll— Sin embargo, en el espíritu de lo justo, me gustaría llamar tu atención hacia algo más.

Y entonces levantó su mano de uñas negras. Esta vez, físicamente apuntando a través del mar de rostros y mesas hacia la hilera de gabinetes adonde Arlo se dirigía previamente. El gabinete en el que ella había querido sentarse seguía vacío, pero desde ese ángulo podía ver bien quién estaba en el de enfrente. Su boca se abrió en una exclamación de sorpresa cuando reconoció a uno de los ahí sentados.

La chica de negro.

«Nausicaä Kraken».

Su aura de nuevo seguía completamente indetectable.

Al igual que los demás, se veía diferente en el Círculo de Faeries. No estaba lo suficientemente cerca para que Arlo pudiera ver su rostro con claridad, pero aún vestía ese aire de falta de interés como una túnica sobre ella y estaba echada sobre el asiento del gabinete como si fuera su trono. Sus ropas eran completamente negras; sus piernas estaban estiradas bajo la mesa, se veían incluso más largas gracias a sus pantalones de cuero súper ajustados y las puntas letales de sus zapatillas de tacón con suela roja.

Mucho más de ella estaba al descubierto que cuando estaba en la cafetería. En vez de chaqueta de cuero ahora traía un top transparentoso de encaje con los hombros descubiertos. Bajo esa luz, su cabello cenizo y suelto era un arcoíris de colores cambiantes. En cualquier otro, eso habría causado un efecto enigmático, pero en esta chica, en Nausicaä, no ayudaba en nada a opacar la letalidad serpentina en potencia bajo su fachada casual; de hecho, la hacía parecer más espectral que antes.

Jugaba a las cartas y parecía demasiado cómoda con las cuestiones que deberían pesar sobre su consciencia: el asesinato de Cassandra y quien la acompañaba. Para Arlo, eso decía mucho sobre su carácter. Y si hubiera sido ella sentada frente a aquella masa globular y gigantesca de piel encostrada de sangre y dientes rotos, no estaría ni la mitad de calmada de lo que estaba Nausicaä, quien justo ahora latigueaba la cabeza hacia atrás por la carcajada que soltaba como respuesta a algo que la criatura acababa de decir.

Arlo miró de vuelta a le no-troll con una náusea ansiosa y familiar punzándole en el estómago.

—Ella era alguien a quien esperaba evitar esta noche, ¿sabe?

—La Estrella Oscura, sí, lo sé.

—Pero quiere que vaya a hablar con ella —concluyó.

—Sí —respondió le no-troll—. Eso quiero. Cómo me gustaría recolectar lo que Nausicaä es y de lo que es capaz para lo que se avecina. Y antes de que los demás se den cuenta de que deberían intentar hacer lo mismo. Ella se encuentra en el futuro que estoy dispuesto a ofrecerte a cambio del futuro que actualmente cargas. Ésta es la opción que a mí me gustaría que eligieras.

Ah, entonces Arlo no era lo que esto, fuera lo que fuera, realmente perseguía. Nuevamente, ella era un medio para llegar a alguien más.

—Usted sabe que probablemente sea una asesina, ¿verdad?

—Oh sí, lo es, y su oscuridad la ha convertido en una leyenda en algunos círculos. Pero no es la culpable de los crímenes que quieres adjudicarle.

—¿Ah, no?

Eso no era precisamente consolador, aunque sí le brindaba información.

Entonces, ¿Nausicaä no había sido culpable de la muerte de Cassandra? Maravilloso. Según la confesión de este misterioso faerie ella de todos modos era asesina. Arlo no era héroe, pero tampoco era villana; no quería juntarse con ese tipo de compañía.

—Bien —anunció. Mientras aún tenía la confianza para salirse de todo eso, se hizo hacia atrás para levantarse de su silla—. Entonces tal vez usted debería hablar con ella. No quiero tener nada que ver con Nausicaä Kraken; de hecho, no quiero tener nada que ver con lo que sea que usted está fraguando que haga. Ya tengo la información por la que vine: que la Estrella Oscura no está detrás de las muertes de ferronatos.

Eso tendría que bastarle.

No abandonaría la causa por completo; aún ayudaría en lo que pudiera, pero no podía salirse por aquella puerta trasera del club ni hablar con aquella dríade perturbada. No podía condenar a los seres mágicos a tenerla como su «salvadora». Tendría que ser alguien más, alguien como el sumo rey, nacido para portar la capa de héroe... alguien que no fuera una chica adolescente.

—¿Te vas, entonces?

Arlo asintió y dio un paso fuera de su silla.

—Me voy. Gracias por hacerme saber mis opciones. Entiendo que usted no tenía por qué hacerlo y se lo agradezco. Pero no quiero ser el héroe de nadie, ni siquiera el de usted. No quiero ser un peón en ningún juego, tampoco uno de sus Avengers o lo que sea que esté tratando de hacer aquí. Yo no estoy hecha para ser la persona que alguien necesita.

Destino se había equivocado; no había ninguna otra explicación.

Ella no era especial.

Era Arlo, nada más que Arlo, y la vida que tenía era bastante buena. ¿Para qué querría alterar todo eso con todo el estrés que implicaba involucrarse en asuntos de vida o muerte?

—No entendiste quién soy.

—Probablemente porque nunca me lo dijo.

Le misteriose troll-diose sacudió la cabeza.

—No quiero que seas un héroe, Arlo Jarsdel. Lo que quiero es que seas alguien menos atribulado por las reglas. Lo que quiero es que seas mi estrella vacía, como mi esposo ha nombrado a los hijos que adopto: alguien cuyo futuro se deslinde de Destino y en su lugar quede atado a Suerte. Alguien que pueda alterar el resultado de cualquier decisión para formar tantos destinos para ellos como puedan soñar.

—Eso, de hecho, suena más difícil que ser un héroe. —Hizo una mueca—. ¿Interminables posibilidades? ¿Suerte? Sí, bueno, no estoy segura de tener mucha suerte. Así que, eh, gracias, pero no gracias. —Se despidió y rodeó la mesa.

Una vez más, le no-troll estiró la mano con la velocidad del rayo para tomarla de la muñeca.

—Toma —le dijo con la voz más amable que había usado en toda la noche.

Y de pronto en su puño sintió un peso, y cuando le no-troll la soltó, ella giró el brazo para abrir la palma y examinar qué le había metido mágicamente en el puño.

—¿Un dado? —Miró a le no-troll con una ceja arqueada.

¿Acaso era una broma? El dado era hermoso, esculpido en jade, exactamente del mismo color de los ojos de Arlo, y en cada una de sus veinte caras había números grabados en oro. Pero solamente era un dado, ¿cierto?

—Un dado —confirmó le no-troll—. Y es todo tuyo. Lo hice especialmente para ti.

—O...key... Bueno, gracias, pero ya le dije que no voy a ayudarle.

—Y si nunca lo usas, depende sólo de ti. Pero es tuyo y no funcionará para nadie más. Si alguna vez decides aceptar mi oferta, todo lo que tienes que hacer es pronunciarlo y lanzar el dado.

Arlo asintió. Se metió su regalo al bolsillo (tuvo la sensación de que insistir en regresarlo sólo le ocasionaría dolores de cabeza; además, podría lanzarlo lejos después, cuando nadie la estuviera viendo).

—Muy bien, entendido y anotado. Aunque no se quede esperando, ¿okey?

Le no-troll alzó los hombros como respuesta. Arlo interpretó el gesto como su permiso para irse. Dio media vuelta, ignoró las ganas de mirar hacia la salida trasera y preguntarse sobre aquella dríade y qué tendría que decir porque no, no podía. Ella no podía dejarse llevar por la curiosidad.

En las prisas por escapar antes de que le no-troll encontrara otra forma de detenerla, sólo vio de reojo un atisbo demasiado veloz para procesarlo, la manera en que los ojos negros de le no-troll resplandecieron soltando una fuerza que disimuladamente desencadenó todo un proceso: un faerie se levantaba de su mesa, ofendido exactamente en el mismo instante en que Arlo daba un paso al frente. Sin mayor advertencia, ambos chocaron y lo que quedaba de la bebida del faerie se desbordó del vaso y le empapó el frente de la camisa.

—Fíjate —le reclamó. Arlo, que casi se cae encima de él, se le quedó viendo.

Nunca antes se había encontrado con un fae lesidhe, al menos no que supiera. A ellos no les gustaban las cortes ni los espacios apretujados de la ciudad, y tenían muy pocos deseos de jugar a la política o mezclarse con la sociedad más allá de los suyos. Ésa era la única razón por la que no estaban al mando de todo en lugar de los sidhe, puesto que el consenso general dictaba que su magia era considerablemente más poderosa.

La sorpresiva colisión le desactivó el encantamiento humano a un hombre de mediana edad y dejó al descubierto sus ojos ámbar radiantes y su piel azul hielo. Su aura, tan sólo discernible de todos los demás debido a su proximidad, se asentó en su nariz como un pino apenas en pie debido al invierno y prácticamente relució en la periferia de su visión, lo cual nunca sucedía con un fae sidhe.

—L-lo siento —tartamudeó ella.

Los lesidhes y los sidhes no se llevaban bien… nada bien; de hecho los lesidhes preferían distinguirse como faeries y generalmente eran bienvenidos como tal en círculos y otros espacios. Los lesidhes pensaban que los sidhes eran tan arrogantes y crueles como los dioses y detestaban que los forzaran a las estrictas reglas tan sólo para poder vivir en las cortes. Por el contrario, los sidhe no soportaban saber que la jerarquía de la que disfrutaban fácilmente podría desaparecer si los lesidhe decidían que estaban fastidiados de sus bosques y de las reglas que limitaban su fuerza.

Por la forma como éste entrecerraba los ojos, Arlo se dio cuenta de que finalmente adivinó lo que ella era.

—Lárgate —le gruñó con el peor humor, y la empujó lejos de él.

Ella volvió a tropezarse. Las acciones del lesidhe fueron demasiado veloces para que ella se defendiera. La fuerza del empujón la mandó a la mesa donde ella y su misteriose compañere se habían sentado. Le no-troll ya no estaba, pero la madera sólida seguía ahí y el golpe seco contra ella le dolió de los mil demonios.

El rechinido de las sillas desplazándose contra el piso fue suficiente para llamar la atención de otros a su alrededor, pero nadie se movió para ayudarla. La única reacción fueron unos cuantos vítores y risitas de espectadores que brindaron por el altercado.

Refunfuñando, Arlo se separó de la superficie de madera; las manos le ardían. Ella resistía un poco más que un humano ordinario, pero eso no evitaba que las chispas de rabia le recorrieran el cuerpo y el calor se le subiera por el cuello hasta las mejillas.

—Eso no fue muy amable —protestó una voz gruesa.

Arlo la reconoció al instante.

—¿Ah sí?, quizá la próxima vez se fije por dónde va —gruñó el lesidhe.

Era un poco difícil ofenderse cuando su cerebro estaba ocupado tratando de entender cómo su asesina-ahora-salvadora había llegado hasta donde estaba tan pronto. Pero sí era Nausicaä quien había salido a su rescate. Y con ella parada tan cerca, Arlo pudo ver que su rostro aún era el arma letal de facciones afiladas y orgullosas que había visto en la cafetería. Los ojos de acero que examinaban al lesidhe frente a ellas seguían siendo tan letales como dagas.

Y su aura seguía notablemente ausente.

Aunque algo había cambiado. En la cafetería definitivamente traía un encantamiento, porque ahí, ahora, en uno de los pocos lugares en donde se alentaba a no traerlo, el sombrío y esquelético horror que Arlo apenas había vislumbrado antes ahora estaba más que acentuado.

Mucho más claro.

Como una imagen en alta definición establecida en resolución estándar.

Aún sin su encantamiento, Nausicaä seguía siendo bellísima, pero los nueve círculos del infierno no podían tener algo más terrible que la forma como su sonrisa dividía su cara, un alambre de púas abriendo y rasgando su piel.

La transformación llamaba la atención de forma muy extraña. Nausicaä llamaba la atención de una forma muy extraña. Aunque a Arlo se le escapaba cualquier razón por la que contenía el aliento en su pecho al ver esto, si bien los cielos sabían bien que muchas otras personas en su vida eran descaradamente bellísimas bajo su gloria libre de encantamiento.

—Quizá —respondió Nausicaä y sus ojos de acero resplandecieron— yo no sé si tú seas capaz de decir lo mismo.

El fae inclinó la cabeza. Claramente medía qué tanta amenaza podría ser Nausicaä para él. Cuando tensó la mandíbula y abrió la boca para contestarle, ya había llegado a una conclusión, pero el fuego de su ira murió en sus labios.

Finalmente, Arlo salió de su estupor momentáneo y, alarmada, dio un salto atrás.

El fae se quedó pasmado.

Varios de los que estaban siguiendo el suceso desde sus mesas se sobresaltaron, sus bebidas se sacudieron cuando se golpearon las extremidades contra los muebles. Otros se animaron con marcado interés en lo que ahora tenía buenas posibilidades de convertirse en una pelea.

Nausicaä empuñaba un arma que no tenía un segundo atrás, fue tan veloz que Arlo juraría que la había sacado del aire. Desenvainada, la punta de la cuchilla larga y negra de su catana flotaba peligrosamente cerca del ojo izquierdo del lesidhe. Podría dejarlo ciego con el mínimo giro de su muñeca.

«Su oscuridad la ha convertido en leyenda en algunos círculos».

En la mente de Arlo emergieron las misteriosas palabras de le troll. Con mucho trabajo se tragó una marejada de miedo.

Tal vez Nausicaä no era la responsable de la muerte en la cafetería, pero no era inocente. Nadie que se parara con tal presencia detrás de una espada que los mismísimos dioses maldijeron podría ser inocente, y Nausicaä se veía más feliz de lo que se había visto en toda la noche.

—Oye —dijo Arlo sin pensar, y con el permiso de nadie levantó una mano ligeramente temblorosa hacia el brazo que sostenía la cuchilla—, ¡detente y no lo lastimes! Tiene razón, no me fijé por dónde iba y creo que él simplemente está borracho.

El contacto inicial sacó la más ligera de las chispas, pero lo más alarmante fue cuando la mirada de Nausicaä se dirigió a ella. El estómago de Arlo se hizo un nudo al sentir de nuevo la dolorosa sensación de la magia que la apuñalaba.

—¿Por qué hace eso? —se preguntó Arlo en voz alta, más hacia ella que hacia Nausicaä, cuyas cejas rubio oscuro se fruncieron ante la pregunta.

Si tenía la respuesta, ésta se vio interrumpida por el regreso del mal humor del lesidhe.

—No necesito que me ayudes, perra sidhe —le reclamó.

Nausicaä giró la muñeca.

Para fortuna del fae, había cambiado de objetivo, del ojo a la boca y el daño resultante no fue más siniestro que una muesca en su labio inferior, aunque la herida fue lo suficientemente profunda para sacarle un aullido de dolor y un chorrito de sangre zafiro.

—Para tu información, sí necesitabas de su ayuda —se burló Nausicaä—. Este círculo no limita mi violencia de la misma manera que lo hace con la tuya, y yo no desenvaino a Cate sin la intención de tomar una vida.

Un silbido de precisión llevó la punta de su catana al piso de piedra. Al momento siguiente, toda, desde la punta al mango, se esfumó en un humo negro como la tinta y «Cate» se disolvió en el aire.

—Lárgate —agregó con una sonrisa burlona, regresándole sus últimas palabras al lesidhe.

Él se tapó el labio con la mano; con los dedos manchados de azul miró primero a Nausicaä y luego a Arlo.

—Si creen que me pueden atacar y amenazar sin sufrir las consecuencias...

—¿Atacarte? ¡Yo no te ataqué! —escupió Arlo.

—Ay, por favor. Con un carajo. —Nausicaä tomó a Arlo de un hombro y le dio la media vuelta con la misma facilidad con la que uno mueve una muñeca de trapo—. Mira, idiota, vete a buscar otro lugar donde hacer tu berrinche. ¡Y que alguien te revise el labio! —agregó por encima de su hombro, pues ya iba encaminando a Arlo lejos de ahí—. Nunca recuerdo cuál de mis armas remojé con veneno.

Soltando unas últimas carcajadas al ver la cara del lesidhe, se enfocó en dirigir a Arlo de vuelta al gabinete donde estaba. La criatura grotesca con la que Nausicaä estaba sentada las miró con curiosidad.

—Válgame, Roja —exclamó Nausicaä de nuevo con voz grave—, estoy de acuerdo con que los lesidhe no son las criaturas del bosque más cariñosas, pero la mayoría suelen ser bastante serenos. ¿Cómo hiciste para que uno de ellos se convirtiera en un monstruo feroz contigo? De seguro estás dos rayas más allá de lo irritante. Estoy impresionada.

—Eh, ¿adónde vamos?

—De regreso al juego de cartas que interrumpiste abruptamente. Cyberniskos estaba esforzándose un montón para ganarse la cena.

—Síber... ¿qué? —¡¿La cosa en su mesa tenía nombre?!

—Cyberniskos. Un tipo interesante... en serio, una vez que superas el olor. Entre él y ahora tú, esta noche ha estado llena de divertidas sorpresas.

Y así de pronto Arlo llegó al límite de su actitud despreocupada y de no tener respuestas. Estaba cansada de que la llevaran de aquí para allá como la bolita de una máquina de *flipper*, rebotando de una interacción a otra; peor aún, su posición no había cambiado. No quería tener nada que ver con Nausicaä o con lo que estuviera involucrada; sospechaba que este rescate de su parte era un nuevo intento de ese no-troll para que Arlo hiciera lo que elle quería. No iba a permitir que ese remolino de chica la arrastrara a ese desastre.

—¡Detente! —ordenó Arlo.

Nausicaä se detuvo.

En ese mismo momento, la puerta trasera del club se abrió de un golpazo; la mismísima puerta que le misteriose no-troll le había señalado hacía apenas unos minutos.

El trancazo de la madera contra la pared de piedra fue tan sonoro que hizo eco por todas las mesas. Todos a la redonda hicieron una mueca del sobresalto. La banda en el extremo opuesto paró la música. Los únicos que continuaron como si nada fueron los humanos embelesados, aunque con un gesto de la mano de quién sabe quién, los que estaban en las jaulas se callaron. En sólo unos momentos, el zumbido constante de las conversaciones también calló y todos se fueron deteniendo hasta quedarse pasmados, boquiabiertos al ver al duende malva greñudo y nudoso parado en el umbral.

—¡Acaban de asesinar a un ferronato! —gritó la criatura. Su voz chillona y aturdida se amplificó mágicamente hasta llenar el lugar y rebotó por las paredes del lugar aún iluminado por las constantes luces de arcoíris—. ¡Váyanse ahora si no quieren que los atrapen, la Caza Feroz viene en camino!

La tensión se incrementó en aquel silencio profundo.

Una copa que alguien colocó mal en una repisa lejana se tambaleó, cayó al suelo y se hizo pedazos. Con eso, el aturdimiento en todo el club se quebró.

Y entonces irrumpió el caos.

◆

—¿Acaso no te molesta que la gente que has estado usando para tus experimentos sea exactamente lo que tú solías ser?

Hero alzó la vista del cuerpo tendido en su mesa de operaciones. No necesitaba ver. Ahora conocía esa voz casi tan bien como la suya y ninguna otra le aceleraba el pulso de esa manera. Pero sí miró y se sorprendió al ver a su cazador frente a él, sonriendo como si siempre hubiera estado ahí y no acabara de materializarse de la nada luego de semanas de ausencia sin una sola palabra de adónde iría o qué estaría haciendo.

—Personas como tú —continuó burlándose el cazador—. Lo que fuiste alguna vez. Los solitarios... los olvidados... los que dan lástima...

—Son humanos —lo interrumpió secamente. Tuvo que contener el subidón de gozo que sintió al ver al cazador para no descartar lo molesto que estaba con él—. No somos iguales en absoluto, nunca lo fuimos.

Lo cual de cierta manera era cierto, pero también era mentira.

Cierto porque Hero nunca fue solamente humano. Era ferronato, un alquimista, tanto humano como mágico.

Mentira porque, si bien el rastrojo que sus empleados recolectaban para él era eso exactamente, alimento para ganado, también era algo más. Era él mismo. Era la impotencia y la desesperanza y la inutilidad que él había sentido en los tiempos en los que no tenía el poder ni los medios para escapar por su cuenta. Ellos tenían el control. A Hero no le molestaba desmembrar a esas personas y volverlas a armar como algo mejor para jugar a salvarlos de la misma manera que su cazador había hecho con él. Le aliviaba. Acallaba una rabia que ninguna otra cosa había podido purgar, un dolor que trataba de ignorar, un hambre que últimamente se había vuelto insaciable... pero ése era el costo de la grandiosidad.

—Cierto. —El cazador le dio un capirotazo al cuerpo en medio de ellos; esa diminuta acción fue suficiente para abrir la piel y dejar ver hueso, debido a la garra en la punta de su dedo. Hero suspiró. Uno de sus empleados tendría que coser aquello—. ¿Qué importancia tiene esto?, si cuando desollaste a una pequeña ferronata no pareció importarte...

—¿Dónde estabas? —escupió Hero. Su rostro se había calentado. Bajo sus guantes, le picaban las manos.

Su cazador había cumplido cada una de las promesas que había hecho; le había dado los medios para volverse mucho más grandioso de lo que alguna vez soñó. Crear una piedra filosofal no era tarea sencilla. Alguien más ya había comenzado el proceso (y que el cazador no quisiera decirle quién, le picaba la curiosidad más de lo que le gustaba admitir). Su cordero ya estaba encaminado al matadero, ya lo habían marcado con un glifo; Hero había pasado la mayor parte de esos dieciséis años a la espera de que madurara, aprendiendo cómo activarlo para cuando finalmente llegara el momento. La fórmula para ello era intrincada; los símbolos que desencadenaban el proceso eran muy poderosos. Cada uno de ellos había requerido domesticación, cual animal salvaje, antes de incluso comenzar el agotador proceso de dominarlos.

Y luego, este cazador le llevó una niña ferronata.

Alguien que experimentaba le había grabado el glifo en el pecho, directamente sobre su corazón, al momento de nacer. La razón, que sí le explicaron, fue que el corazón requería tiempo para ajustarse a su magia y aceptar en lo que se convertiría. Un corazón adulto ya estaba demasiado endurecido y automáticamente rechazaba esa magia en particular, pero los niños... ellos eran maravillosos, fáciles de impresionar, llenos de creencias, aceptación y confianza. Tenían que ser ferronatos, desde luego, porque esa magia dependía del hospedador que la sostenía, de la alquimia para ayudarle a potencializarse, y sí, eso había sido un obstáculo que Hero tuvo que superar; sacrificar a alguien tan joven, tan parecido a él, para su propio beneficio... Pero tenía unas ganas de complacer...

Ella fue la primera vida que tomó.

El acto se volvió mucho más fácil después de eso, pero no le gustaba hablar de ella, no le gustaba recordar lo que había perdido para llegar hasta ahí, sin importar las recompensas, sin importar lo que sus ambiciones le habían dado ni la manera en que su cazador lo miraba ahora, cuando se acordaba de visitarlo.

—¿Dónde estabas? —repitió— Te desapareciste durante casi un mes. Pensé que me ayudarías a mejorar mi revestimiento de cavidades arteriales.

—Ay, pues por aquí y por allá —respondió el cazador, mientras se despegaba de la mesa para fisgonear entre los instrumentos del taller de Hero.

—Te estás ausentando cada vez más y por más tiempo... ¿Acaso hice algo? —La mera idea le apretaba el corazón y lo invadía de una ansiedad que lo dejaba sin aliento—. ¿No estás satisfecho conmigo?

El cazador rio.

—¿Que no estoy satisfecho? —Levantó un matraz lleno con una solución acídica, con la que Hero jugaba en sus ratos libres, para examinarla de cerca—. No, no, no, lo estás haciendo muy bien. Eres todo lo que esperaba que fueras, Hero. —Dejó el matraz y puso su atención en Hero, donde pertenecía—. Pero tengo otros proyectos en puerta. Otras personas me necesitan.

—Yo te necesito. —Sonaba tan posesivo como se sentía, pero por grande que fuera la mueca que hizo, porque en su cabeza se escuchó bastante directo y sin rodeos, no logró arrepentirse de decirlo. No le gustaba compartir. No le gustaba que lo compararan con un «proyecto». No le gustaba que claramente el interés del cazador en él estuviera disminuyendo, a pesar de lo que le había dicho—. Se supone que somos un equipo. Se suponía que estarías aquí. Déjame adivinar, se trata de Arlo de nuevo, ¿verdad?

El cazador jamás perdía el divertimiento, aunque a veces se le congelaba.

—Fíjate cómo me hablas, Hieronymus. Detestaría pensar que eres un malagradecido con todo lo que he hecho por ti.

—¡No lo soy! —se apresuró a consolarlo—. No soy malagradecido, es sólo que estoy confundido. Has estado obsesionado con esta chica desde que te conozco. Sólo quiero saber por qué. ¿Por qué le dedicas tanto tiempo? Apenas tiene quince, aún no ha pasado por su ponderación, y la gente dice cosas; sé que no vale la pena. Ella no es nada, ¡nadie! Es una vergüenza, y no es como si alguna vez hubieras hablado con ella, ¿o sí? Todo lo que haces es ver. Así que, ¿qué estás buscando?

—¿Buscando? —se burló el cazador—. No busco nada, pero sí estoy esperando. —Atravesó el laboratorio y colocó su mano sin garra en el rostro de Hero. Era fría, como lo era siempre en las raras ocasiones que lo tocaba; y sin embargo, ese contacto le quemó la piel porque hasta esos momentos no se había dado cuenta de lo mucho que ansiaba su calidez. El instinto casi lo hizo olvidarse de sí, estuvo a punto de acercarse más, pero se dio cuenta justo a tiempo—. Ya te lo he dicho, hay un gran potencial en Arlo Jarsdel, algo impresionante que más tarde podría ser útil para mí.

—Yo puedo ser útil para ti —expresó Hero con palabras temblorosas—. No la necesitas.

Y levantó la mano. El cazador nunca había dejado que lo tocara de vuelta, pero ¿tal vez ahora sí?

Pero dio un paso atrás. Herido por el rechazo, Hero bajó la mano hacia su costado.

—Los celos me aburren. —El cazador avanzó hacia la puerta—. Avísame cuando estés listo para probarme qué tan útil puedes ser.

—¡Espera! —gritó Hero, luego se mordió el labio para no decir lo que quería agregar. Había hecho que el cazador se enfadara. Eso no podía ser. Tenía que arreglar las cosas y volver a estar en buenos términos con él. Tal vez si hacía eso, tal vez si demostraba lo mucho que el cazador lo necesitaba, lo útil que realmente era, él dejaría de buscar en otros lados lo que podía encontrar ahí mismo—. Espera, quiero mostrarte algo.

El cazador se detuvo, dio la media vuelta y arqueó una ceja inquisitiva.

—Un regalo —añadió Hero—. Para ti. Para ayudarte con tus... otros proyectos.

—Te escucho —ronroneó el cazador.

Y Hero le mostró.

Lo llevó fuera del taller, por el pasillo, al piso de abajo, donde guardaba sus labores más delicadas, hasta la habitación donde mantenía a su destripador, una criatura que le fue difícil encontrar, aún más difícil de capturar y mucho más difícil de quebrar para controlarla por completo.

—Los niños... todos esos que marcaste para tu experimento, muchos de sus glifos han comenzado a madurar. Creo que los que no sobrevivan a la presión de su transformación van a llamar la atención en grande. De hecho, hay rumores de que el príncipe seelie del verano y su lacayo acaban de encontrar a un chico ferronato muerto en el parque. Según lo que declararon del incidente, había estado resplandeciendo con aquel color tan inusual.

Colocó sus manos enguantadas en los barrotes de la jaula reforzada con alquimia. La criatura le gruñó, molesta, pero no se movió para atacarlo. Eso de por sí era impresionante porque Hero lo mantenía hambriento para incrementar su crueldad.

—Vas a necesitar mi ayuda si no quieres que nadie se dé cuenta de lo que realmente está pasando.

Y chasqueó los dedos.

Entonces entraron dos trasgos arrastrando a un chico ferronato adolescente, cuyos padres habían rogado a través del noticiero de los humanos que: «Dondequiera que esté, quienquiera que lo tenga, por favor, regrésenos a nuestro hijo». El pálido rostro del chico estaba mojado de las lágrimas; su cuerpo, lleno de moretones y tenía un brazo roto. Gritaba pidiendo auxilio, maldecía, escupía y luchaba contra las manos que lo mantenían cautivo. Era un niño extraviado que el cambiante y despiadado mundo pronto olvidaría en cuanto surgiera algo más que llamara su atención.

Hero se hizo a un lado y a su paso disolvió el glifo que mantenía la jaula cerrada. La puerta se abrió.

El destripador desgarró un pulmón.

La habitación se llenó de gritos, pero sólo del chico porque Hero había condicionado a su monstruo a no tocar a nadie más que a sus presas ferronatas.

—Claro que vas a tener que enseñarle a cazar sólo a los ferronatos que hemos marcado con glifos —fue todo lo que dijo el cazador, viendo la espantosa escena frente a él de una manera que a Hero le pareció anhelante. Pero luego alzó la vista—. Sólo puede ir tras las piedras fallidas. Va a necesitar más entrenamiento.

—Desde luego, amo cazador. —Hero sonrió—. Lo que necesites.

Los gritos cesaron.

El destripador aulló de placer.

Con un espeluznante crujido de huesos, rompió la cavidad torácica del chico y comenzó a devorar el interior, el corazón y todo lo demás.

Pasó el tiempo y finalmente el cazador le sonrió. De oreja a oreja, de una forma resplandeciente. Era algo terrible, una visión arrebatadora, algo que Hero ansiaba, veneno y elixir a la vez, aunque nunca sabía cuál de los dos era, de cualquier modo disfrutaba de la atención.

—Creo que es tiempo de que me llames Lethe, ¿no?

Hero sonrió, y sonrió, y no dejó de sonreír incluso mucho después de que Lethe se fue.

✦

CAPÍTULO 14

✦ ARLO ✦

Arlo giró para ver a Nausicaä de frente.

—¡Creen que eres tú! —dijo, apanicada.

—¿Que qué?

Hasta entonces fue que Arlo notó que esa misteriosa faerie era mucho más alta que ella. Claro que los tacones le agregaban unos cuantos centímetros, pero aún sin ellos, Nausicaä debía medir al menos metro ochenta. A esa distancia cercana, Arlo tenía que hacer bastante la cabeza hacia atrás para poder ver aquella mirada inquisitiva.

—La Caza Feroz viene en camino y todos creen que la Estrella Oscura es quien está matando a los ferronatos. Y... bueno, tal vez le dije a algunas personas que te vi en la cafetería donde aquella chica murió. Quizá también les dije que era posible que tú fueras responsable por esa muerte... Entonces, eh, se va a ver, eh, muy, muy sospechoso si te encuentran aquí donde otra persona acaba de morir...

Si le no-troll tenía razón, Nausicaä era inocente de ese crimen en particular. Si elle tenían razón, entonces Arlo se había equivocado, una vez más había decepcionado; había tratado de ayudar y sólo había empeorado las cosas. Ahora, por culpa de su intromisión, muchas personas realmente atemorizantes, con verdadero poder para realmente arruinarle la

193

vida por completo a Nausicaä Kraken creían, con mucha más convicción que antes, que Nausicaä era la culpable que buscaban.

—¿A quién carajos le dijiste eso como para que importara? ¿Al sumo rey? —Nausicaä rio como si la posibilidad de que Arlo hiciera eso fuera absurdo. —Arlo hizo una mueca de dolor—. Le dijiste al sumo rey.

—Le dije al sumo rey.

—¡Qué mierda, Roja! En primer lugar, ¿qué te hizo pensar que fui yo?

—Ya no lo pienso.

A su alrededor, faeries salían volando en todas direcciones, algunos de ellos literalmente. Muchos corrieron hasta la entrada del Círculo de Faeries y atravesaron el pasaje en manada, pero muchos más corrieron hacia la pared del lado opuesto de la pista de baile. En cuanto el duende soltó la advertencia, los paneles de esa pared se abrieron; eran portales que se activaron ante la emergencia, y la mayoría de los presentes en el club ahora huían a través de esos mágicos umbrales que llevaban a desiertos, bosques y otras ciudades, y uno, según notó Arlo, llevaba directo a las profundidades del océano.

Un puñado se quedó junto con los humanos cautivos; mientras la mayoría simplemente dejó de hacer lo que hacía para mirar al frente con ojos vacíos, los que estaban en el piso seguían bailando al ritmo de música que sólo ellos podían escuchar. Hasta ahora Arlo pudo ver un aro de hongos y florecillas marcando el perímetro de la pista que los atrapaba ahí hasta que el faerie que los había engañado, o cualquiera más fuerte, los dejara salir.

Muchos del personal no tenían otra elección más que quedarse ahí, aunque se agacharon detrás del bar y otros muebles grandes. La mayoría indudablemente venía de otros lugares, muchos probablemente exiliados de las cortes, por lo que si los atrapaban en las calles, se meterían en problemas más grandes. Los gnomos que Arlo había visto ahora estaban inconscientes bajo la mesa, gozosamente retozando sin saber lo que pasaba. Nausicaä parecía más preocupada por el hecho de que ella había estado por ahí contándole a la gente que ella había asesinado a los niños de lo que estaba por la inminente llegada de la Caza Feroz; claro que ella era la Estrella Oscura, tenía su propia reputación infame que la hacía valiente cuando nadie más lo era.

—Pero tienes que admitir —agregó Arlo, cuyo instinto defensivo comenzaba a emerger en su tono— que te comportabas de manera muy sospechosa. Te quedaste ahí sentada, mirando a la chica, ni siquiera un poco alterada de que estuviera muriendo frente a ti. Y, desde luego, también estaba lo de tu magia.

—¿Disculpa?

Esta palabra fue lo más cortés que le había escuchado hasta ahora, y por mucho la más preocupante.

—Tu... tu magia —repitió Arlo, mucho menos segura esta vez—. Al principio no pude percibirla porque estabas haciendo un muy buen trabajo para ocultarla, pero luego ¡la sentí! Nunca antes había sentido una magia tan... tan violenta. Era... —De pronto se quedó sin palabras y se apretujó el estómago al recordarlo.

Durante unos segundos, la única reacción de Nausicaä fue mirarla fijamente.

—Tsss —reclamó al recuperarse rápidamente de lo que sea que la tomó por sorpresa de todo lo que le había dicho Arlo—. Debí suponerlo. Ay, la juventud de hoy...

—¡Tengo dieciocho años! —la corrigió Arlo.

—...que no respeta a sus mayores...

—Sin ofender, pero no te ves mucho mayor que yo.

—... andan por ahí acusando a idiotas inocentes de estupideces que ellos se están esforzando por evitar.

—¡¿Qué?! ¿Quieres decir que por lo general te dan ganas de secuestrar niños?

—Eh, por ahora realmente lo estoy considerando. —Nausicaä agregó a su declaración una mirada intensamente fulminante—. Pero me refería al asunto de los asesinatos en general.

Arlo suspiró.

—Ajá. Bueno... esto es un problema. La Caza Feroz está por llegar y yo realmente no debería estar aquí. —Dioses, la noche no estaba saliendo para nada como lo había planeado. De hecho, se había desviado hacia una dirección que ni siquiera había imaginado de entre todas las posibilidades que su pánico había inventado para tratar de disuadirla de llevar a cabo su estúpida idea.

Los ojos de acero de Nausicaä miraron a los de Arlo para examinarla a profundidad.

Al parecer encontró lo que fuera que estuviera buscando: el destello de sus ojos ahora mostraba una victoria personal menor, una sospecha que se comprobó cierta, una desaprobación a medias y veloz. Mucho antes de que Arlo pudiera escapar, Nausicaä levantó una mano para tomarla de la barbilla.

—Esos ojos tienen un lindo tono de verde, Roja —dijo en lo que en cualquier otra persona hubiera sido un tono cantado—. Creo que ya lo he visto antes. Sospecho que ya sé por qué fuiste directamente con el sumo rey nada más para chismear sobre mí.

—Sí, bueno... —murmuró Arlo y se movió para zafarse del agarre—. Tal vez ambas deberíamos irnos.

Y avanzó para rebasar a Nausicaä, pero luego de unos pasos se dio cuenta de que ella no la seguía. Entonces se dio media vuelta.

—Ah, sí, tú definitivamente deberías irte, su señoría. No querrás que te descubran en un lugar como éste, chica traviesa... —Nausicaä le guiñó el ojo.

Arlo retorció los ojos como respuesta.

—No soy de la realeza. ¿Vas a venir o qué?

—¿Qué... contigo?

—¿Sí? —no supo por qué lo dijo como pregunta, pero mientras más tiempo se quedara Nausicaä ahí parada, mirándola como si le hubiera sugerido correr por la calle en ropa interior, más comenzaba a dudar de sí misma. ¿No debía invitar a otro faerie a abandonar el Círculo con ella? ¿Eso era algo que Celadon había olvidado advertirle? ¿Estaba a momentos de atarse irrevocablemente a una faerie villana y asesina o algo así?

Nausicaä se mordió un labio y miró hacia la salida de donde había aparecido el duende que ahora ya no estaba. Parecía sopesar sus opciones, luchando con una decisión difícil, pero justo antes de que Arlo pudiera retractar su invitación, le respondió.

—Las actividades grupales realmente no son lo mío... Gracias por la invitación, pero estoy segura de que hay un destripador por allá y llevo mucho tiempo rastreándolo, así que voy a ir a... rastrearlo. Suerte con lo tuyo... lo de que no te atrapen y... —Arlo casi ríe por lo extraña que de pronto se escuchaba Nausicaä, quien se despidió con un doble disparo de índices como si fueran pistolas, tal como ella hacía cuando estaba nerviosa. Pero entonces entendió lo que le acababa de decir.

—Disculpa, ¿dijiste «destripador»?

¿Realmente había uno ahí?

Su madre le había contado sobre lo sucedido en el acuario, que los testigos informaron que el desastre fue obra de uno y que había huido antes de que los Falchion llegaran para capturarlo y confirmar la declaración. Pero eran sólo rumores.

Además, ¿un destripador en las cortes? Imposible.

Arlo no recibió respuesta. Nausicaä ya se había ido, su cabello rubio rebotaba detrás de ella al irse hacia la salida y desaparecer por la puerta que le no-troll le había señalado como uno de los caminos que harían de Arlo un héroe.

Era exactamente lo que Arlo debería hacer: salir, aunque por la puerta del frente, obviamente, para nunca más mirar atrás. Los destripadores eran peligrosos. Todo ese endemoniado club y lo que estaba pasando ahora era peligroso.

Se dio la vuelta para irse.

«La Caza Feroz viene en camino y todos creen que la Estrella Oscura está matando a los ferronatos».

Se pasmó.

La Caza Feroz… Si encontraban a Nausicaä ahí, en la escena del crimen, no ayudaría nada a limpiar su nombre, y esto era culpa de Arlo, así que tenía que hacer algo.

—¡Diablos, diablos, diablos! —soltó en voz baja mientras volaba hacia el extremo opuesto, hacia la salida trasera del club—. Por favor, no seas un destripador; por favor no seas un destripador —rogó al abrir la puerta de salida—. Esto no quiere decir que elija ser un héroe —agregó, en caso de que Destino comenzara a hacerse ideas—. Nausicaä fue la primera en venir, ¡elígela a ella!

Dio un traspié en el callejón trasero.

Había anochecido por completo durante el tiempo que pasó en el Círculo. La noche se sintió fresca sobre su rostro caliente, un contraste ligero y vigorizante con respecto a la densa humedad que llenaba el ambiente del club. El callejón era estrecho, hundido en las sombras de los edificios aledaños. Haces de luz picoteaban sus profundidades como lenguas de serpiente debido al tránsito que pasaba en el espacio abierto al otro extremo. No muy lejos de ahí estaba Nausicaä, mirando el piso, mirando algo que formaba un charco alrededor de un bote de basura metálico.

Sangre.

Arlo hizo una mueca. Trató de pensar qué significaba todo ese rojo oscuro.

—Por favor no seas un muerto… —Y avanzó—. Nausicaä —dijo con un volumen más alto—, yo creo que no deberíamos estar aquí… la Caza Feroz, ¿recuerdas? Creen que tú estás detrás de esto. Si te encuentran aquí…

Nausicaä volteó tan rápido que la conmoción dejó a Arlo sin palabras. Una vez más se pasmó, preguntándose si la Estrella Oscura la atacaría, porque, realmente, ¿qué sabía de esa extraña? Tal vez todo había sido una trampa para que ella saliera a un lugar oscuro y aislado, para secuestrarla por estar demasiado cerca de ella.

—Ellos ya estuvieron aquí.

Arlo entrecerró los ojos, incrédula.

—¿Cómo lo sabes?

—No hay cuerpo. Ni destripador. Diablos, ¡sabía que no estaba imaginando! Debí ir tras él antes. Debí... ash, olvídalo. —Sacudió la cabeza, frustrada, y lanzó una mirada de furia directamente a Arlo—. ¿Qué haces aquí? ¿Sueles ir detrás de lo que puede matarte? ¿Qué no sabes qué es un destripador y lo que puede hacer? No deberías estar aquí. No necesito tu ayuda. Vete a casa, chica faerie común.

La vergüenza conspiró con la indignación para que el rostro de Arlo se calentara. Cerró los puños y dio un paso al frente. Toda su vida la gente la sobajaba, la echaba lejos, la excluía porque era demasiado joven, demasiado humana, demasiado diferente para «pertenecer» o «entender lo que estaba pasando». Era una decepción. No era suficientemente buena. Por alguna razón, eso le dolió aún más por tratarse de Nausicaä.

—¡Está bien! Eso es justo lo que haré.

—¡Bien!

No se movió ni un centímetro.

—¡A mí qué me importa si te desmiembra un destripador!

—Yo qué voy a saber. —Nausicaä dio un paso al frente con la mirada ensombrecida, su malhumor comenzó a hervir en contra del de Arlo.

Y ahora todo burbujeaba hacia la superficie.

—Que no hayas matado a la chica de la cafetería no quiere decir que seas buena persona —dijo sin pensar y enseguida sintió una punzada de remordimiento por la manera en que claramente tocó una fibra sensible de Nausicaä.

Pero entonces ella le respondió:

—¿Ah, sí? Pues prefiero ser una asesina amoral que una princesa engreída, consentida y molesta como tú.

Y con eso Arlo volvió a perderse.

—¡Qué mal estás! —gritó a todo pulmón. A través de su frustración creyó notar una grieta en la compostura de Nausicaä. El acero en sus ojos no parecía tan duro en ese instante efímero. De hecho, se veían un tanto vidriosos, como si el metal se hubiera derretido y amenazara con desbordarse— Lo siento —dijo en un tono más suave. Su irritación se extinguió casi igual de rápido que como había estallado su irritación.

—No lo sientas —soltó Nausicaä y se cruzó de brazos—. Con frecuencia yo también me pregunto qué tan mal estoy. —Ahora que su típica personalidad completamente impasible e intocable estaba restaurada, continuó mirándola fríamente, pero Arlo percibió que, bajo toda esa arrogancia, algo en esa chica estaba al borde del precipicio. Y lo que fuera que acababa de pasar entre ellas ahora le dio otro empujoncito hacia el abismo.

—¿Acaso...? —El sonido de algo despegándose de la pared detrás de Arlo interrumpió sus intentos de limar asperezas y la dejó pasmada. Un escalofrío le recorrió toda la espalda y la piel. Los vellos de sus brazos se erizaron, alertas y aterrados. Los ojos de Nausicaä se abrieron a tope y miraron algo por encima del hombro de Arlo.

—Mejor ven acá, su majestad. Rápido. Y tal vez no mires atrás.

Arlo miró atrás.

No podía ver con claridad lo que fuera que estuviera ahí. El callejón era sombrío y el encantamiento que distorsionaba su apariencia funcionaba demasiado bien; sin embargo, un penetrante olor a pescado y cadáver a medio descomponer, una peste asquerosa, le inundó los sentidos y la hizo dar arcadas; no necesitaba ver con claridad qué era esa sombra corpulenta que se arrastraba hacia ellas para saber que no quería que la atrapara.

—Linda flor... pequeña alquimista... ¿eres tú? Ven y déjame saborearte— carraspeó.

Arlo gritó. El instinto la hizo agarrar lo que fuera para defenderse, pero no había nada alrededor, excepto ¡su dado!, el que le había dado le no-troll. ¿Tal vez era un arma?

Comenzó a avanzar lejos del destripador, metió la mano al bolsillo y lanzó el dado al punto donde supuso que estaba la cara de la criatura.

El dado hizo contacto.

Rebotó contra el destripador y rodó por el cemento.

Nadie se movió, aturdidos por lo decepcionante de su jugada.

—Pregunta rápida —dijo Nausicaä y así rompió el suspenso—, ¿qué coños se supone que eso haría?

—Bueno... eso no —admitió Arlo—. Tenía la esperanza de que hiciera algo más...

El destripador la interrumpió con un siseo; Arlo gritó de nuevo y comenzó a trastabillar tratando de huir de espaldas.

—Okey, hora de irnos —exclamó con firmeza Nausicaä.

—¡Espera!

Nausicaä la miró como si le hubieran salido dos cabezas. No tenían tiempo para las vacilaciones de Arlo. Entre lo que sin duda era el destripador haciendo su gran aparición y alguien que era una especie de (probablemente) asesina reformada, tenía que optar por el peligro antes que la muerte inminente. Arlo sacudió la cabeza, tomó la mano que Nausicaä le había ofrecido y la siguió; corrieron hasta el extremo opuesto del callejón.

—Perdóname —se disculpó en el trayecto—. Sólo espero que no me estés tendiendo una trampa llevándome a un lugar solitario para matarme porque te juro por Cosmin que te voy a espantar por el resto de mi vida de ultratumba.

—No hay tiempo para esto y no quiero arruinar tus fantasías o algo así, pero hay varios compitiendo por hacer lo mismo, así que tal vez quieras tener otra ambición de repuesto por si acaso. —Nausicaä se detuvo al final del callejón, jaló a Arlo hacia ella y la tomó por la cintura; ambas se sonrojaron—. Además, mejor pregúntate si vale la pena que te comprometas conmigo para la vida eterna —agregó con una voz más fornida.

Arlo la miró con furia, ignorando el calor que le ocasionaba tanto la insinuación como la cercanía física. La coquetería de Nausicaä era afilada como una navaja, si bien esa expresión era infinitamente más divertida que la anterior.

—No eres tan simpática como crees —le dijo—. Además, ¿adónde diablos vamos?

¿De verdad se estaban tomando un momento de su huida desesperada para... qué, abrazarse y besuquearse?

—No puedes escapar de mí, florecita... Dondequiera que vayas, te encontraré. Ya sé quién eres. Ahora ya conozco tu aroma...

Arlo miró alrededor de Nausicaä. Ahora veía la sombra del destripador con más nitidez, estaba tan cerca que estiró una garra y sacudió algunos mechones del cabello de Nausicaä.

—¡Tenemos que irnos ahora! —Trató de zafarse de Nausicaä, pero ella la mantuvo en su lugar con firmeza.

—Agárrate con más fuerza, mono araña.

Antes de que Arlo pudiera comentar sobre esa comparación, de la espalda de Nausicaä comenzó a surgir el mismo humo que en el que se esfumó su catana. Salió disparado como dedos en el espacio detrás de ellas y se estiró hacia el destripador, luego formó un arco y latigueó hacia ellas.

Arlo no pudo evitar su reacción. Volvió a gritar, congelada bajo el agarre de Nausicaä e instintivamente hundió la cara contra el pecho de ella, pero el impacto que esperaba nunca llegó, y aun cerrando los ojos con fuerza (como si eso también fuera a protegerla de las lanzas de humo que se dirigían a ellas), no podía ver si esas sombras en forma de dedos las habían atrapado, pero podía sentirlas: frías, ligeras y suaves como gamuza; le envolvieron el cuerpo y la apretaron.

Se le taparon los oídos.

Se mareó a un grado abrumador.

Sintió un impacto que le sacó el aire y abrió la boca para intentar respirar. La presión que incrementaba a su alrededor comenzó a zumbar. Empezó a temblar y quiso vomitar; estar a punto de desmayarse le recordó la sensación que había sentido en la cafetería hacía unos cuantos días, pero ahora con mucha más fuerza. Luego, el mundo bajo sus pies desapareció y le provocó la sensación dual de caer y salir flotando.

Esta sensación de presión-caída-flotación duró una eternidad, pero cuando se detuvo, Arlo se dio cuenta de que la prefería en vez de lo que ahora sentía: que estaba colgada de un hilo y consistentemente la jalaban hacia la orilla.

Daría lo que fuera por que parara lo que fuera que estuviera pasando.

Al fin, bendito sea, se detuvo.

El humo se disipó, se chamuscó y desmoronó como cenizas en el viento, y la presión cedió. Regresó la tierra bajo sus pies, justo a tiempo para que Arlo cayera de rodillas y vomitara en... ¿el pasto?

Miró alrededor, esperando a que las náuseas se le pasaran para poder levantarse. Ya no estaban en el callejón, seguía afuera, pero parecía estar en un pequeño parque, anidado justo en la esquina de una intersección ajetreada. No era más que un espacio cuadrado y apartado donde colgaba un columpio y una resbaladilla, pero reconoció el lugar por la réplica de la estatua de Peter Pan al centro, la misma de los jardines de Kensington en Londres, pero al ver bien el paisaje citadino alrededor, Arlo entendió dónde estaba realmente.

Toronto.

No se habían ido muy lejos.

Exhaló, aliviada, pero aún temblorosa por haber escapado de aquello y la forma como lo habían hecho... Se volvió hacia Nausicaä con ojos entrecerrados.

—¿Por qué siempre vomitan? —se preguntó Nausicaä en voz alta mirando a Arlo con el entrecejo fruncido.

—¿Qué diablos fue eso? —alcanzó a carraspear Arlo, medio gritando mientras temblorosamente se levantaba—. ¡¿Acabamos de teletransportarnos?!

La cuestión era que teletransportarse no era exactamente imposible, pero tampoco era algo que los feéricos comunes pudieran hacer.

Ni siquiera podían hacerlo la mayoría de los faes. De hecho, Arlo jamás había escuchado de alguno que pudiera.

Muchos de los feéricos usaban escobas de ramas y corceles con encantamientos de autos para transportarse, pero entre los acaudalados, los portales se habían vuelto el medio preferido para atravesar largas distancias. Transportarse mágicamente de un lugar a otro requería un entendimiento y habilidad precisos que prácticamente eran imposibles de lograr. Desintegrarte de un lugar para rearmarte en otro completamente diferente era un arte tan difícil que, hasta ahora, los únicos que Arlo sabía que podían hacer algo parecido a lo que Nausicaä hizo, eran los de la Caza Feroz.

Y Nausicaä había ido un paso más adelante: junto con ella, teletransportó a alguien más.

—¿Qué eres?

Nausicaä succionó aire entre dientes.

—¿Qué nadie te ha dicho que es de mala educación preguntarle a un feérico qué es? —respondió secamente.

—¡Tú no eres una condenada faerie! ¿Eres fae?

—¿Vas a responder o no?

La confusión hizo que Arlo arqueara una ceja.

—¿Responder qué?

Pero entonces lo sintió: el teléfono vibrando en su bolsillo. Aparentemente estaba funcionando bien ahora que no estaba en el Círculo de Faeries. Olvidó que lo puso en vibración, y con eso de que su cuerpo estaba todo tembloroso debido a la extraña experiencia de la teletransportación, la verdad no notó esa llamada insistente.

—Ay, no —se lamentó.

La noche iba de mal en peor.

Celadon estaba cerca del club. Sin duda había visto el éxodo masivo huyendo por la entrada frontal del Círculo de Faeries. No había forma de que algo así no lo dejara helado.

Torpemente sacó el celular de su bolsillo y vio la pantalla. Sí, era Celadon.

De seguro estaba furioso.

—Hola...

—¡Arlo! —exclamó él con un sollozo ahogado. El alivio absoluto en su voz aumentó al máximo la culpa de Arlo— ¿Arlo...? ¿Dónde estás? Ay, por Cosmin, ¿estás bien, verdad? ¿Estás a salvo? ¿No estás hecha pedazos en un mar de sangre en el callejón detrás del club?

—¿Qué? No, Cel, perdón, oye...

—¿Dónde estás? ¿Sigues dentro del Círculo? Mira, Arlo, necesito que salgas de ahí. Lo siento, pero voy por ti. La Caza Feroz... Saben que estuviste en el club. Tu madre llamó y me dijo que mataron a otra niña. A los cazadores les acaban de encomendar la misión de seguir de cerca las muertes de los ferronatos; Thalo me lo comentó porque sabía que yo estaba ayudándoles a investigar y... por los dioses, Arlo, me dijo que la niña estaba justo afuera del Círculo de Faeries. Una ferronata pelirroja, ¡entré en pánico! Pensé que hablaba de ti, así que le dije todo. De veras lo siento. Estoy tratando de entrar al club, pero lo cerraron por completo y... ¿Arlo, sigues dentro?

Cuando estaba alterado, a Celadon le daba por hablar de corrido; era un rasgo de familia.

—Eh... no. —Miró de reojo a Nausicaä, que se miraba las uñas en un gesto de aburrimiento. El estado de Celadon era tal que claramente decirle que un destripador había estado a punto de comérsela probablemente lo haría desfallecer. Ella misma sentía que podría desmayarse tan sólo de recordar lo cerca que estuvo de él—. No, pude salir. Estoy en... creo que estoy en el parque de Glenn Gould, ¿el que tiene la estatua de Peter Pan? ¿Podrías venir por mí?

Silencio en el teléfono... Arlo podía escuchar la respiración de Celadon y el sonido de fondo de los autos pasando. Cuando al fin tuvo voz, habló quedamente y con incredulidad.

—¿Cómo diablos llegaste hasta ahí?

—Es una larga historia, pero...

Le arrebataron el teléfono.

—¿Hola? ¿Quién habla? —Nausicaä se lo acercó al oído y con la otra mano detuvo a Arlo para que no se lo arrebatara de vuelta—. ¿Celadon? ¿El sumo príncipe? Vaya, y eso que dijo que no era de la realeza... ¿Arlo? ¿Quién es Arlo?

Arlo dejó de intentar arrebatarle su celular y la fulminó con los ojos en cuanto Nausicaä cruzó miradas de nuevo con ella.

—Ah, es que no tuvimos tiempo de presentarnos. Oye, ¿vas a venir por ella?, si sí, llévame contigo porque decidí dejar de ignorar sus citatorios esos y quiero hablar con tu viejo. ¿Yo? Nausicaä. ¿Qué...? No, no la voy a lastimar, ¡qué carajos! ¡Oye! —Alejó el teléfono de su oído, viendo la pantalla, estupefacta—. ¡Me colgó! Qué grosero.

Exhaló, molesta, y le regresó el celular a Arlo.

—«No soy de la realeza...» —agregó con desdén—. Jamás dijiste que el condenado sumo príncipe de la primavera era tu padre... que quiere que lo esperes aquí, por cierto, a menos que hoy me convierta en esa asesina que todos dicen que soy e intente matarte. En ese caso supongo que él preferiría que corrieras.

—Primero que nada —la corrigió—, Celadon no tiene edad suficiente para ser mi padre; probablemente estás pensando en Serulian, su hermano mayor, que tampoco es mi padre. En segundo lugar, Celadon es mi primo. Mi padre es humano, así que no, no soy de la realeza y no tengo idea de por qué te estoy explicando esto. En tercer lugar, ¿por qué quieres hablar con el sumo rey Azurean?

El rostro de Nausicaä se puso serio.

—No te preocupes, pronto lo verás.

El entrecejo fruncido de Arlo se acentuó.

—¿Tendrá que ver con que esta noche había un condenado destripador en el Círculo de Faeries?

Sólo unos cuantos faeries tenían prohibida la estancia en las cortes y estaban obligados a vivir en cuevas, lugares sombríos o espacios neutrales entre ellas; los destripadores eran probablemente los más rechazados de ese montón. Eso era sumamente preocupante, por decir lo menos: uno de ellos había logrado pasar entre las múltiples defensas que la capital unseelie de la primavera había erigido justamente para mantenerlos alejados.

Nausicaä no dijo nada.

Que la Estrella Oscura decidiera ir ante el sumo rey era lo mejor que pudo resultar de esa desastrosa misión. Podría informarle sobre qué estaba pasando exactamente, o al menos decirle lo que sabía, si acaso el sumo rey no sabía ya lo que tenía que decirle. Y eso era mucho mejor que los mínimos descubrimientos que Arlo podría reportarle. Pero sólo por esa noche, a ella le encantaría que alguien se molestara en responderle al menos una de sus preguntas.

—No me mires con ojos lastimosos, es sólo que detesto tener que repetir lo mismo. Prefiero esperar a tener al público entero.

—Ash, ¿sabes qué?, no importa. De cualquier forma, todo esto ha sido demasiado. Mi madre va a matarme.

—¿Supongo que no sabe sobre tus pininos nocturnos como la peor detective?

—No —le ladró Arlo antes de que su malhumor se disolviera en otro gruñido. Se metió el celular al bolsillo—. Estoy más que muerta. Sobreviví a un destripador y de todos modos voy a morir. Todos me van a matar y luego me van a castigar por toda la eternidad de mi vida de ultratumba.

Nausicaä retorció los ojos y terminó la conversación yéndose a deambular por la estatua detrás de ellas donde presuntamente esperaría a Celadon. Fue una evasiva menos que agraciada: las puntas de sus tacones se enterraban en la tierra suave. Eventualmente, dejó de deambular y se quitó los zapatos, gruñendo otra sarta de palabrotas.

Arlo se volteó hacia la calle sacudiendo la cabeza. Ella, de hecho, también quería quitarse los zapatos, porque sus tacones también se enterraban incómodamente en la tierra donde estaba, pero como Nausicaä lo había hecho primero, testarudamente se negó a hacerlo.

Miró al cielo.

La noche era hermosa: los vestigios del día aún colgaban del horizonte irradiando una luz tenue sobre los múltiples edificios que, en contraste, estaban ensombrecidos de forma tan austera que más bien parecían silenciosos e inmensos gigantes reunidos a su alrededor y observando a Arlo, como si ese parque fuera el escenario de algo de gran trascendencia que estaba a punto de ocurrir.

Nerviosa, dirigió su mirada hacia la calle donde el crepúsculo disimulaba el baile de la ajetreada intersección con variadas sombras azules y grises. Por ahí pasaban numerosas luces amarillo pálido que atraían miradas como los fuegos fatuos entre los árboles de los bosques.

No pasó mucho tiempo hasta que un Audi verde esmeralda se orilló hacia la acera. A pesar de que conocía este auto, Arlo se sorprendió de ver a Celadon salir.

Los vehículos en cuyo camino se cruzó en su urgencia por llegar le tocaron el claxon al pasar. Y varios conductores le gritaron por la ventana lo que opinaban de su forma descuidada de conducir. Él hizo caso omiso a todos ellos y le gritó a Arlo por su nombre, con un llanto ahogado al dirigirse hacia ella. Mientras más se acercaba, más palidecía del terror. Su miedo residual lo transformó del Celadon que ella conocía, todo confianza y templanza de pies a cabeza, en alguien que apenas reconocía, y su aura de lluvia y cedro la impactó con la fuerza de un tsunami antes de que él llegara físicamente hasta ella.

—Arlo, gracias a Cosmin estás bien.

En cuanto la tuvo cerca, la jaló hacia un abrazo brusco. Una vez más, ella sintió que la fuerza de alguien que la jalaba le sacaba el aire. Pero lo abrazó con tanto ímpetu como pudo mientras recordaba las imágenes del destripador, imposibles de ahuyentar de su mente.

—Perdóname, Cel. No quise preocuparte.

Pero Celadon no respondió.

Cuando el silencio se hizo demasiado largo y el ambiente se aletargó, Arlo se separó un poco del abrazo. Y entonces vio que su primo miraba con furia hacia la estatua, a Nausicaä, que se recargaba sobre ella despreocupadamente.

—Hola —lo saludó en aquel tono canturreado, molesto y de burla, como había hecho antes, junto con un gesto de la mano igual de despreocupado, que más que saludo fue un agitar de dedos—. Me gusta tu auto.

Celadon gruñó.

De muchas maneras, los faes eran como humanos.

De muchas maneras, los faes también eran diferentes a los humanos.

Celadon gruñó de nuevo y no era la imitación de estar molesto. Era un genuino rugido grave, desde su garganta, que a Arlo le recordó mucho a un demonio irritado. Los faes sólo emitían ese sonido cuando estaban realmente alterados. Arlo jamás lo había visto tan enfadado para rugir, pues la mayoría de los faes sidhe consideraban ese comportamiento como altamente incivilizado.

Que Nausicaä incluso se callara era una señal de cuán peligrosos eran los faes en ese estado, y Arlo sabía que los pobres humanos que pasaban por ahí en su paseo nocturno interpretaban el sonido como una señal de no molestarlos en absoluto.

—El sumo rey te ha convocado para interrogarte. —El tono de Celadon era oscuro y sedoso, casi lo completamente opuesto al gruñido que aún resonaba en los oídos de Arlo—. Te sugiero que hagas uso de tu mayor deferencia antes de reunirte con él.

Nausicaä alzó los hombros, pero su actitud ya no era tan despreocupada como hasta entonces.

—¿Deferencia, eh? Sí, tengo un poco por ahí. Entonces, ¿después de ustedes, supongo?

—Nosotros, no. —El rugido sonoro finalmente comenzó a ceder con la suavidad de la amenaza en la voz de Celadon.

Mientras tanto, una oscuridad innatural se esparció entre la noche. Como tinta que se regaba en un pozo, salpicó el crepúsculo y fue como si los edificios, centinelas inmensos, se agacharan atemorizados. Una impactante indignación apareció en el rostro de Nausicaä, desfiguró su belleza en algo tan monstruoso a la vista que Arlo desvió los ojos.

La noche comenzó a hincharse y entonces Arlo lo supo: la Caza Feroz estaba ahí.

Temblando, Arlo le hizo una mueca como gesto de disculpa a Nausicaä.

—Deberíamos irnos —le dijo a su primo.

—Sí —fue la respuesta corta de él. Pero se tomó unos segundos más para lanzarle una mirada furiosa a Nausicaä, luego avanzó tan pronto que Arlo apenas tuvo tiempo de tomar su mano.

Nausicaä estaría bien por ahora. La Caza Feroz no la recolectaría de la escena de un crimen. Pero si Arlo quería arreglar las cosas, no lo lograría quedándose a discutir con una tropa de inmortales inmisericordes. Debía apresurarse antes de que fuera demasiado tarde. Antes de que llevaran a Nausicaä ante el sumo rey y la juzgaran sin defensa. Detrás de ella, la noche se hinchó al máximo y reventó; cuatro sombras emergieron de los cielos oscurecidos y bajaron hasta el parque, invisibles ante todos los que no tuvieran la visión.

—¿Podríamos ir también al palacio? —preguntó Arlo en cuanto se metieron al Audi de Celadon— Tengo que hablar con el rey. Tengo que decirle... —Tenía que decirle que no había sido Nausicaä. Tenía que arreglar esto. El corazón le martillaba el pecho, tanto que sus ojos se inundaron, por mucho que intentara encontrar razones para no llorar. Sus nervios ya causaban un alboroto por lo que estaba a punto de hacer (otra estupidez, como al parecer era el tema de esta noche), y lo que sucedía afuera no ayudaba en nada.

Celadon suspiró con pesadez.

—Sí, podemos. —Y se abrochó el cinturón de seguridad—. Curiosamente, él también quiere hablar con nosotros, Arlo.

Diablos.

Estaban en grandes aprietos.

Nausicaä también, si Arlo no pagaba sus deudas, y pronto.

CAPÍTULO 15

✦ ARLO ✦

En cualquier otro momento, Celadon se habría detenido a charlar, pero esa noche sólo saludó con un movimiento de cabeza a los que le hacían reverencias al pasar por la recepción. Arlo lo seguía detrás, preocupada y aprehensiva.

Ella deseaba que él dijera algo. La última vez que había estado expuesta a su silencio tenían seis y nueve respectivamente, y Arlo le había cortado un mechón de cabello considerable mientras dormía para usarlo en su proyecto de arte. Pero no podía culparlo por mostrarse reticente ahora. Ella tampoco tenía muchas ganas de hablar consigo misma en ese momento.

Arlo estaba en graves aprietos por lo que había hecho; lo peor que su tío abuelo podía hacerle era expulsarla de sus vidas para siempre, una amenaza que le habían hecho durante toda la vida, así que su ansiedad no era del todo nueva. Pero para el hijo del sumo rey, a quien no podían tachar del árbol familiar, despojarlo de su conocimiento y poder o desheredar lo así nada más, «lo peor» tendría que ser mucho más creativo.

Una vez más, el lío era culpa de Arlo.

Primero con Nausicaä, ahora con su primo... Cada vez que metía las narices en donde no debía, otros pagaban el precio.

208

¿Cómo era posible que Destino pensara que ella podría ser un héroe?

Al fin llegaron a su destino. Dos faes de expresión seria y uniformes verde esmeralda y savia (los colores oficiales de los unseelie de la primavera) y adornos de oro, les hicieron una reverencia y les abrieron las puertas de roble que daban acceso al trono. El piso era de mármol verde y la decoración era escasa; esta habitación se parecía mucho a la sala donde Arlo enfrentó al Alto Consejo Feérico, excepto porque en ésta la vegetación crecía exageradamente y se aferraba a los pilares, vigas y chapados en oro, y había una tira de musgo que se extendía como alfombra de la puerta hasta el trono. En lugar de un estrado había una plataforma con la orilla dorada que soportaba tres sillones de respaldo muy alto, los tronos, hechos de ramas torcidas y marañas de hiedra y vides.

Los tres estaban ocupados.

El sumo rey estaba presente; su distintiva aura de césped era casi tan familiar para Arlo como la de su madre, debido a su predominancia en casi cada habitación del palacio. También, a su derecha estaba su reina, Reseda. A su izquierda, se sentaba la hija mayor, Cerelia, heredera del trono de la primavera unseelie. Si Arlo forzaba un poco su don, lograría distinguir sus auras de flores de cítricos y tierra húmeda y boscosa respectivamente.

Thalo estaba de pie a un costado de la reina, se veía furiosa a pesar de las ojeras que delineaban sus ojos. Detrás de ella y sus soberanos, ocultas en las sombras y quietas como la mismísima muerte, había cuatro figuras que Arlo se esforzaba por no ver con azoro: presentía quiénes eran, a pesar de que no podía percibir sus auras mágicas en absoluto. Su presencia era todo menos reconfortante.

La Caza Feroz.

Celadon desvió su camino para colocarse junto a la única persona al centro de la habitación: Nausicaä, que no había cambiado nada debido a la magia del lugar que desactivaba los encantamientos de todos los demás. Arlo no tenía idea de si prefería que eso significara que no había nada debajo de su belleza superficial, si bien en ciertos momentos mostraba lo contrario, o que los poderes de Nausicaä eran lo suficientemente fuertes para resistirse a los del rey. Fuera como fuese, le habían atado las manos a la espalda con una cuerda específicamente diseñada para detener feéricos. Seguía descalza, quién sabe dónde quedarían sus zapatos, y miraba a los líderes en la plataforma con la misma furia con la que los miró a ellos cuando Arlo y Celadon la dejaron con su escolta feroz.

En cuanto Arlo se colocó al lado de Celadon, el rey alzó la barbilla.

—Expliquen.

—Es completamente mi culpa, padre.

Azurean suspiró, su boca se crispó en una risa burlona.

—Celadon Viridian, no me sorprende que estés involucrado en esto, pero cedería mi corona a la reina seelie del verano si tu declaración fuera completamente cierta.

Frente a su padre, Celadon parecía su espejo, imágenes idénticas reflejando diferentes etapas de la vida misma.

Azurean era viejo, aún para los estándares feéricos. Su barba perfectamente recortada había cedido por completo ante las canas que permeaban su cabello rizado; las líneas en su rostro eran surcos que sólo aparecían tras décadas de estrés. Era un hombre apuesto, alto y esbelto, tal como su hijo menor, pero proyectaba la presencia de una montaña, y en la cúspide de su vida, no había ventarrón que los faes de la primavera unseelie convocaran que lo obligara a doblegarse.

Pero la gente se preguntaba si se podía decir lo mismo de él ahora.

—Es lo suficientemente cierto —continuó explicando Celadon—. Esto sí fue mi culpa. Yo fui quien le dijo a Arlo dónde podría encontrar a la Estrella Oscura. Por mucho que no quería que Arlo se involucrara en esto más de lo que ya estaba, le permití ir al Círculo de Faeries. Yo permití que esto sucediera. No quería arriesgarme a que nuestro objetivo escapara, no cuando las vidas de nuestros ferronatos estaban en juego, no cuando la misma Arlo podría convertirse en un blanco. —Se detuvo para tragar saliva. Arlo lo miró de reojo, preocupada por cómo el color en su rostro se desvanecía hasta verse pálido de angustia—. Esto me altera. Tú sabes que es así. Tú mismo me permitiste vigilar más de cerca a mi prima en estas últimas semanas para apaciguar algo de mi preocupación, pero mi deseo de que este asunto se resolviera tan rápido como fuera posible me volvió imprudente y por eso me disculpo.

El corazón de Arlo se hizo nudo. Se había puesto a la defensiva con Celadon cuando él trató de explicarle sus razones para seguirla por todos lados en los últimos días y ahora le pesaba.

—Dejas que tus emociones nublen tu juicio, Celadon —dijo Azurean, no sin cierta bondad, pero sí con un tono de reprobación—. Y por eso me atrevo a preguntar, ¿con qué finalidad enviaste a tu prima menor al núcleo del bajo mundo del crimen? Me niego a creer que tu intención fuera que confrontara a la Estrella Oscura ella sola...

—Para recabar información —contestó rápidamente Celadon—. No, no quería que Arlo aprehendiera a nuestra sospechosa. El plan era investigar si estábamos perdiendo el tiempo o no al perseguir a alguien del calibre de la Estrella Oscura.

Nausicaä ahogó una carcajada.

Entonces Azurean se enfocó en ella y su expresión se endureció como piedra.

—Y henos aquí, Estrella Oscura. Ciertamente te tomaste tu tiempo para responder a mis citatorios, Nausicaä Kraken.

—No tenía la intención de hacerlo, su señoría majestuosa, sumo líder supremo. Yo no «respondo a citatorios». Y dudo mucho que usted realmente quisiera que lo hiciera.

El sumo rey frunció las cejas.

—Te crees muy superior, ¿no es así, jovencita?

—O muy inferior —respondió ella, sonriendo de oreja a oreja—. Como sea, ninguno de esos espacios es dominio suyo. —Y le guiñó el ojo. Arlo bien pudo retorcer los ojos de no haber estado un poco horrorizada por esta falta de respeto hacia alguien que la comunidad mágica consideraba importante por encima de todos—. Mire, tengo que ir a ciertos lugares y tengo cosas que hacer. Niños a los que no asesinar, muchas gracias. Y ahora que ha llegado todo el elenco, quisiera continuar con este espectáculo.

—Señor —interrumpió una nueva voz, que surgió de las sombras junto con una de las cuatro figuras.

Arlo nunca pensó que los miembros de la Caza Feroz pudieran hablar.

Simplemente no se le había ocurrido. Honestamente podría decir que, de imaginarlo, sería algo frío y etéreo, no la voz grave y sedosa que emanó de ese cazador en particular, lleno de tanta repugnancia que Arlo se estremeció. Y no fue la única. El cazador se acercó al frente de la tarima y se arrodilló ante el rey; la reina Reseda hizo una mueca debido a su cercanía. Desde donde estaba Arlo era imposible distinguir su apariencia; su túnica parecía como si una noche estrellada y entretejida envolviera su largo y poderoso cuerpo cubriéndolo de pies a cabeza, pero su presencia era tan alarmante que no envidiaba lo que Reseda seguramente podía ver si se atrevía a mirar.

—Usted debería saber quién es ella. —Azurean asintió para permitir que continuara con su declaración—. Sus asuntos no nos incumben a menos que nos lo comande, señor. El reino mortal no suele ser de nuestra jurisdicción, pero la persona aquí frente a usted es una plaga que no conoce límites y...

Nausicaä resopló tan repentinamente que todos en la sala se sobresaltaron.

—¡Eris! —La figura encapuchada se puso rígida y Arlo entendió que «Eris» era el nombre del cazador—. Eso es lo más lindo que has dicho sobre mí. Si no te conociera, diría que me extrañas.

¿Extrañarla?

¿Acaso Nausicaä era un miembro degradado de la Caza Feroz? Arlo la miró con una curiosidad renovada.

El cazador, Eris, ignoró esa interrupción, aunque su tono sí se enfrió debido a la provocación.

—Al igual que el reino mortal no es de nuestra incumbencia, los asuntos del otro reino no son de la de su majestad. Al momento del exilio de este inmortal en particular, en principio se determinó innecesario informarle de su verdadera naturaleza. Las circunstancias nos fuerzan la lengua: ésta es la otrora erinia Alecto, una furia, aunque ya no ostenta ni el rango ni el título.

Así que Arlo tenía razón en preocuparse: efectivamente, Nausicaä era alguien que no debía estar ahí.

Una furia. Había leído un poco sobre esos inmortales, pero extrañamente, gran parte de su conocimiento sobre ellas venía de fuentes humanas como la escuela, cuando en la clase de teatro se desviaron del temario y estudiaron obras de la antigua Grecia. «Erinia» era un título que significaba «furia», aunque debido al miedo y la creencia de que pronunciar este nombre las invocaría, también se les conocía como «Euménides», las Benévolas. En la mente de Arlo, las pintaban como diosas furiosas de la muerte y la venganza, un poco como las arpías, con alas de murciélago, garras sangrientas y cabello enmarañado... monstruos terroríficos y grotescos nacidos en el infierno.

Los faes no hablaban de ellas sobre todo porque, al igual que con los cazadores, el miedo colectivo que les tenían bastaba para que sólo con mencionar su nombre llamara la atención. Para Arlo, la manera en la que Nausicaä se paraba frente a ellos, demasiado y perfectamente humana para ser algo tan antiguo, nebuloso y divino, hacía difícil que creyera esa aseveración.

—¿Una furia? —Azurean barrió con la mirada a Nausicaä—. Sí, conozco un poco a los de su especie. Aunque jamás había visto una. Suelen ser reservadas cuando están aquí.

Eris asintió.

—Y así debería ser. La Hermandad Infernal, las Benévolas, unas de las pocas, como nosotras, cuya magia exige que se les permita existir donde sea, independientemente de los estatutos del tratado. Ellas son las hijas de la diosa Urielle, nacidas de los elementos que domina, de la misma magia, quien les dio vida para asegurar que sus leyes se mantuvieran.

Eris se puso de pie. Se mantuvo de espaldas a Arlo y a los otros al centro de la sala; no obstante, era fácil escuchar sus palabras.

—Bajo los términos de su majestad, son la policía de los reinos. Tres hermanas: Megera, Tisífone y Alecto; son los títulos que pasan a las sucesoras. Cuando se desafía a una y se le vence, se le destruye o se expulsa por cualquier razón, se elige a otra para que tome su nombre y lugar.

Azurean arqueó una ceja, sus ojos verdes resplandecían. Se veía impresionado ante la posibilidad de que frente a él estuviera una inmortal sobre la que su gente sabía tan poco, pero por debajo de esto destellaba la cautela: los dioses no eran más bienvenidos entonces que en el momento de su expulsión por más tiempo que hubiera pasado.

—¿Y qué tienes que decir en tu defensa, antigua erinia Alecto?

Como si no acabaran de ventilar sus secretos uno por uno enfrente de otras diez personas, ella alzó los hombros.

—Que puede llamarme Nausicaä.

—Él puede llamarte asesina y sospechosa —intervino Eris, quien se dio la vuelta. Con la capucha sobre su cabeza seguía siendo imposible distinguir su apariencia. Arlo no lograba que eso la molestara demasiado. Su tono era fuego helado apenas bajo control, y no tenía deseos de saber cómo se reflejaba eso en su rostro.

Ya era de por sí bastante atemorizante.

—Hay algo más que debe saber sobre la vergüenza que con tanto orgullo se para ante esta corte —continuó Eris, quien se volvía de nuevo hacia Azurean—: «Nausicaä» fue desterrada por tomar las vidas de once mortales antes de su tiempo de muerte asignado. Nausicaä es la razón por la que su majestad queda exhausto por mantener oculto de los humanos aquel barco secreto que se quema por la eternidad. Ella es la razón de que ese barco se mantenga atormentado por el dolor, la violencia y la rabia.

Ante estas acusaciones, Nausicaä apenas sonrió. Aunque lo de «apenas» era un decir porque de pronto respiró tratando de contener una carcajada; fue entonces cuando Arlo decidió no mirar esa sonrisa afilada como navaja.

—De nada —ronroneó.

Más que horrorizada por los crímenes de Nausicaä, Arlo se sintió... decepcionada. No podía decir por qué. Sabía que ella era una criminal, le no-troll del club lo había dicho, pero una cosa era saber algo abstracto y otra, conocerlo a detalle.

Al final, Nausicaä era una asesina, y era decepcionante entender que Arlo realmente se había encariñado un poco con esa inmortal salvaje e inestable a su lado.

Azurean golpeó el entarimado con su báculo dorado tal como un juez golpea su escritorio con su mazo para pedir silencio.

—Basta. No tengo tiempo para pleitos personales. Gracias por informarme, Eris, pero me temo que no puedo castigar a alguien dos veces por el mismo crimen. —En voz más baja pero aún entrecortada, continuó—: Respeto que alguna vez hayas sido un ser mayor, Nausicaä, pero aquí en mi reino me vas a respetar. Viniste a decirme algo. Te sugiero que presentes tu caso ahora antes de que decida creerle a mi cazador sus sospechas de que eres culpable.

Por la expresión de Nausicaä, Arlo adivinó que sopesaba cuidadosamente lo que diría a continuación.

—¿Le importaría, entonces, desatarme las manos?

Azurean arqueó la ceja con cierto escepticismo, uno que, para empezar, lo hacía dudar de que ella siquiera necesitara de su ayuda para desatarse, pero hizo un gesto con la mano que no sostenía el báculo. Las cuerdas que le ataban las manos a sus espaldas se desanudaron y cayeron al piso.

—Gracias. —Se sobó las muñecas antes de agitar una mano en el aire. Donde antes no había nada, apareció una roca en la palma de su mano que estiró para que el rey la examinara.

Las otras diez personas en la sala se inclinaron hacia adelante para ver más de cerca.

La piedra no le parecía tan especial a Arlo, que se puso delante de Celadon para ver mejor. Era un poco más que un óvalo deforme de piedra gris con la típica veta negra.

—¿Usted tendrá, qué, cien años, su majestad?

Azurean se sulfuró.

—Ciento doce.

—Cierto, me equivoqué, perdón —se corrigió cortésmente—. Mi punto es que usted es joven. Mayor que yo, sí, pero yo misma soy muy joven en comparación con ciertas leyendas.

El rey examinó la piedra con más detenimiento. Eris, a pesar de sí mismo, también parecía ligeramente interesado, al menos Arlo interpretó así la manera en la que se quedaba callado, sin mover la cabeza. Claro que como no podía ver bien, también podía ser que se hubiera quedado dormido.

Y luego, repentinamente, el rey se removió en su trono, con un miedo innombrable y sus ojos destellaron con reconocimiento, pero enseguida se recompuso. Su mirada hacia Nausicaä se volvió tan inexplicablemente fría, que al parecer a ella le dio incluso más gusto.

—Veo que usted también la reconoce.

—No, no es así.

—Vaya —rio Nausicaä—. ¿Qué tanto le dolió decir esa mentira? Esto no es una simple piedra, es una piedra filosofal y usted lo sabe.

Ésa no era la develación dramática que probablemente Nausicaä había querido.

La reina Reseda jadeó y se hundió en su asiento. Retorció los ojos como si con frecuencia recibieran gente que traía rocas mágicas legendarias y Cerelia hizo una mueca ante tal disparate.

Pero Arlo se dio cuenta de que Celadon se ponía tieso y el rey Azurean, sospechosamente, también. A Arlo le pareció como si tratara de disimular, pero apretó las manos en los brazos del sillón con demasiada fuerza y su postura era rígida. ¿Estaba mintiendo? Era posible, a juzgar por su inquietud y, la verdad, como sumo rey, tenía la entereza para lograrlo. Pero mentir tan descaradamente ante tantas personas, sobre algo tan importante como un asesinato... no podía ser. Nausicaä tenía que estar equivocada.

—Por muy fascinantes que algunas leyendas sean —contestó después de un buen rato y con voz temblorosa—, siguen siendo, de hecho, leyendas. ¿Una piedra mágica que convierte el plomo en oro y le otorga vida eterna a quien la posea? Ficción. Incluso los faeries tienen sus fantasías. La piedra filosofal no es real.

Casi logró disimular por completo una mueca, el dolor delator que ocultaba una mentira. Cuando Arlo lo notó, se sintió invadida por la pena y la confusión.

En contraste, Nausicaä se mostró impasible ante el agresivo rechazo; su sonrisa se suavizó en perfecta serenidad.

—¡Patrañas! —volteó hacia Arlo—: Oye, Roja, hazme un favor y sostén esto un segundo, ¿sí?

Al oír que se dirigían directamente a ella, Arlo se enderezó atenta.

—Eh... no.

—Prometo que no te voy a matar. ¿Por favor? Sólo tomará un segundo.

—Mmm... —Examinó la piedra, dubitativa—. Si hago esto, estaremos a mano por todo lo que pasó en el Círculo de Faeries, ¿okey?

—Sí, sí, estamos a mano. Ten.

Arlo dio un paso al frente, tomó la piedra y... no pasó nada.

—Okey —dijo después de un momento de silencio y demasiadas miradas sobre ella, lo que la hizo sonrojarse, avergonzada—. ¿Ahora qué?

—Ahora mírame a los ojos.

Arlo respiró profundamente y la obedeció. En cuanto sus ojos conectaron con la mirada gris y endurecida de Nausicaä, casi tira la piedra al piso.

Nausicaä la liberó de lo que fuera que estaba ocultando su magia. Esa fuerza abrumó a Arlo, la acuchilló de manera implacable. Empezó a sentir una presión en la cabeza que le carcomía la visión; su aroma a humo de madera y hierro le llenó la nariz.

Luego de un momento, o una eternidad (era difícil determinar cuál de ambas), sintió cómo una oleada de aire, ocasionada por Celadon, la empujaba con tal fuerza que, si ella hubiera sido el blanco, la habría lanzado contra la pared del otro extremo.

Nausicaä, en cambio, apenas tropezó. El jaleo fue suficiente para interrumpir la conexión y, hasta entonces, fue cuando Arlo salió de la inmersión en el aura de Nausicaä, mareada y con cosquilleos.

En su mano, la piedra antes opaca ahora brillaba con un rojo vibrante.

—¿Arlo? —Celadon la tomó de los hombros y la volteó para verla de frente; en ningún momento miró la piedra—. ¿Estás bien? Gritaste y pusiste cara de dolor. ¿Qué pasó? —Por encima de su hombro miró a Nausicaä con desprecio—: ¿Qué hiciste?

Arlo miró a Celadon parpadeando, luego, lentamente recorrió con la mirada a los demás en la sala, petrificados, a punto de realizar lo que fuera que iban a hacer antes de que el poder elemental del sumo príncipe se le saliera de control.

Finalmente, miró a Nausicaä.

—¡Dijiste que no iba a doler!

Un poco de la tensión se desbordó en la sala y sus ocupantes se recompusieron protestando un poco. Sin embargo, la expresión en el rostro de Thalo nunca cambió, parecía que estaba a punto de lanzarle a Nausicaä algo más que una brisa, lo cual no sería difícil, pero quizás sí mucho más dañino considerando que su don le permitía reunir aire en la palma de su mano y empuñarlo como si fuera un látigo con punta de acero.

—Falso. Dije que no morirías.

—¡Tómala de vuelta! ¿Por qué está brillando? Le ofreció la piedra de vuelta a Nausicaä, un poco apanicada de que algo sucediera si seguía resplandeciendo por más tiempo... porque además esa parecía ser su suerte últimamente.

—Bájale dos rayas, no pasa nada. Es sólo una reacción. Está resplandeciendo porque eres una ferronata con magia fuerte y aún tiene un poco de su poder.

A pesar de la situación, Arlo rio con ganas ante esa observación más que incorrecta. ¿Su magia era fuerte? Para nada.

Pero Nausicaä ignoró el arrebato y volteó hacia el estrado, su cabello rubio estaba todo despeinado por el ventarrón que Celadon le había lanzado. Agitó la mano frente a la piedra resplandeciente en la mano de Arlo, un resplandor que nadie más que los cazadores y su rey parecían ver.

—Los lesidhes, los ferronatos y los inmortales son los únicos tres tipos de seres que pueden ver el resplandor de la alquimia, que pueden ver cuando una de estas piedras se enciende lo suficiente para activarse... o echarse a perder. Pero esa corona suya lo hace especial, ¿no es así, su suma majestad? Usted también puede verla. —Su sonrisa traviesa estaba de vuelta, aún afilada, aunque un poco más disimulada en comparación con las anteriores—. Técnicamente, usted tiene razón, ésta no es una piedra filosofal, al menos no una propiamente dicha. Ésta se estropeó. El corazón ferronato que se requirió para hacerla simplemente no pudo soportar la presión de la transformación.

¡¿La piedra en su mano era un corazón?!

Asqueada, Arlo la tiró al piso. Nausicaä suspiró. Se agachó para recogerla antes de que alguien más lo hiciera, y poco después, el resplandor comenzó a disiparse hasta volver a una opacidad grisácea.

Arlo alzó la vista hacia el trono y notó cómo Azurean se mecía en la orilla de su asiento; su rostro se veía azul pálido y su expresión agria.

—¡Suficiente! —ladró; algo en su tono hizo que a Arlo se le erizaran los vellos del brazo.

Nausicaä alzó la barbilla en un gesto desafiante ante el extrañamente inestable humor de Azurean, casi como si lo aguijoneara para que perdiera la compostura.

—No, creo que no es suficiente. No vine a decirte algo, Azurean Viridian. Vine a preguntarte por qué diablos finges que esto no es lo que claramente sabes que es.

—No volveré a decirte que dejes el tema por la paz. ¡Las piedras filosofales no son reales!

—No me malinterpretes —continuó ella con tono jacarandoso—. A mí no me importa, pero un tipejo hizo una de estas cosas hace siglos y todos ustedes se apanicaron tanto por eso que prohibieron una rama entera de la magia. Así que no me digas que no te preocupa. No me digas que al menos sospechaste que estas muertes ferronatas podrían ser el resultado de la alquimia. Hay indicios de ello que seguramente viste porque no eres estúpido, así que ¿por qué me culpan de esto a mí y luego simplemente lo ignoran? Hace mucho que pudiste arrastrarme hasta aquí para confirmarlo, pero ¿lo único que hiciste fue enviarme unos malditos citatorios? Ni siquiera quieres que indague sobre esto, ¿verdad? Lo estás ignorando. ¿Por qué?

Pasó un minuto.

Y otro.

Nadie habló. Todos miraban. La atención de todos en la sala estaba en el sumo rey, esperaban su respuesta, pero ésta no parecía llegar. Su rostro se puso color zafiro de la indignación, más intenso a cada segundo. Arlo jamás había visto que su tío abuelo tuviera la mecha tan corta. Siempre fue apasionado, sí; tampoco toleraba los disparates, pero jamás lo había visto tan enfadado. Ni una sola vez. Incluso cuando Celadon se esmeraba en provocarlo, Azurean Viridian era un hombre que prefería que las cosas cayeran por su propio peso antes que ponerse histérico, prefería hablar con firmeza antes que gritar.

—Sin comentarios, ¿eh? —Nausicaä se dio de golpecitos en la barbilla—. Interesante... ¿Sabes?, con un destripador suelto en esta ciudad tan vigilada, tragándose a los ferronatos, destruyendo las pruebas de que lo que digo es verdad para evitar que alguien más formule estas preguntas difíciles que con tanta desesperación evades... todo esto es demasiado conveniente, ¿no crees? Porque con tu insistencia de que todo está bien y que esto es la obra de un asesino serial, la Estrella Oscura o, carajo, tal vez los ferronatos estén cayendo muertos por su propia voluntad... ¿qué excusa no has intentado para distraer a la comunidad mágica de lo que realmente está pasando? Este destripador no podría ser tuyo... ¿o sí?

—¡Arréstenla! —el sumo rey saltó de su silla y al gritar se le salió un poco de baba.

Arlo saltó, casi chocando con Celadon, que también se encontraba sobresaltado. No fueron los únicos a los que la reacción de Azurean tomó por sorpresa. La reina Reseda y Cerelia se estremecieron, y Thalo desenvainó la daga con empuñadura incrustada de joyas que llevaba a un costado; de inmediato se puso en postura combativa contra una amenaza que no estaba ahí.

Nausicaä se carcajeó.

—Un cobarde. El gran Azurean Viridian no es más que un duende del bosque tembloroso que se esconde en su árbol.

—¡ARRÉSTENLA! ¡NO PERMITIRÉ QUE ME HABLEN ASÍ EN MI PROPIA CASA! ¡ARRÉSTENLA! ¡PRONUNCIA PALABRAS DE TRAICIÓN EN CONTRA DE SU REY!

Eris estaba más que feliz de obedecer.

En cuanto se dio la orden, se bajó de la tarima. Los otros tres cazadores avanzaron y se pusieron manos a la obra bajo el comando de su rey. Flanquearon el trono como niebla negra.

Celadon de inmediato se alejó de Nausicaä para no estorbar. Arlo quiso hacer lo mismo, con desesperación, a decir verdad, pero no logró mover sus pies. Los cazadores bajaban y su blanco era la persona que, hasta ahora, no había hecho nada esa noche más que mantenerla a salvo.

—¡ARRÉSTENLA! —Azurean dio un pisotón y alrededor de su pie surgió y se extendió una alfombra de flores de iris morado oscuro. La realeza… sabiduría… era parte de sus enseñanzas; como hija de la primavera tenía que aprender el lenguaje de las flores. Así que, ¿era su imaginación o esas iris se veían un poco… marchitas?— ¡ARRÉSTENLA!

La Caza Feroz se bajó de la tarima y se abrió en formación de arco. Eris acechaba en la punta.

—¡E-esperen! —gritó Arlo, sin su propio consentimiento, pero al parecer así era como funcionaba su valentía— ¡Esperen, no, por favor! Nausicaä no es…

—¡SILENCIO!

La boca de Arlo se cerró de golpe ante aquella orden tan enérgica que nadie podía ignorar.

El sumo rey jadeó como una bestia sin aire, sus mejillas sonrojadas de un azul tan oscuro que no podía ser sano, pero que logró extinguir la valentía de Arlo al ver aquella afiebrada ira.

Eso no tenía sentido.

Azurean era un rey justo. Era un buen hombre, bondadoso, alguien que anteriormente había acogido e investigado declaraciones con argumentos menos contundentes… pero ese comportamiento… esa locura… ¡no correspondían con quien Arlo sabía que era!

Arlo vio cómo su tío abuelo se sentaba de nuevo en su trono y con las puntas de los dedos se acariciaba la corona, ese simple y blanco marfil del cuerno de una asta que lo hacía el amo de todo.

—Está bien —murmuró—. Está bien. Estamos bien. —Luego, como si activara un interruptor, volvió a la normalidad y a la templanza—.

Arréstenla. Se le confinará temporalmente bajo la sospecha de colaborar y ocultar información pertinente sobre crímenes de secuestro, asesinato y conducta mágica dolosa. Habrá una audiencia para determinar si merece condena. Sí, una audiencia —agregó puntualmente— que sólo comenzará cuando la acusada haya mostrado mayor disposición y respeto por la situación en la que se encuentra.

Finalmente, Celadon tomó a Arlo del brazo y la alejó de Nausicaä, quien extrañamente había conservado la calma durante todo ese alboroto. De hecho, en opinión de Arlo, sólo parecía estar ligeramente enojada de que el rey tuviera el valor de mandarla a arrestar.

—Tsss —Agitó la mano una vez más, y el corazón de piedra se esfumó en el vacío, donde uno supondría que guardaba sus espadas y saben los dioses qué más.

—Supongo que es verdad lo que dicen acerca del poder. —Se dio un golpecito en la sien, en el mismísimo lugar donde se colocaría una corona—. Bien, quédense en su mundo de fantasía. Tengo mejores cosas que hacer que decorar su prisión. Nos vemos, imbéciles.

Se empujó el cabello por encima del hombro y giró sus pies descalzos para darse la media vuelta e irse. Antes de que Azurean pudiera hacer uso de su magia para detenerla u ordenar a los cazadores que se apresuraran, el mismo humo negro que las había transportado lejos del Círculo de Faeries le salió de la espalda, formó una burbuja alrededor de ella y se fue encogiendo hasta reventar en la nada. En cuestión de segundos, Nausicaä había desaparecido.

Azurean, tan apabullado como Arlo al entender que Nausicaä podía teletransportarse con tanta facilidad, volvió a sentarse, tenso y al borde de saltar como resorte que todavía no recordaba cómo moverse.

Eris también se detuvo, aunque él y sus compañeros no parecían sorprendidos del todo de las habilidades de Nausicaä. De hecho, a uno de los cazadores le importó tan poco el suceso que ni siquiera puso atención a la desaparición, en vez de eso miraba a Arlo como si fuera algo tan peculiar como ellos lo eran para ella.

Al menos, Arlo asumió que la miraba a ella. La abertura de su capucha negra volteó en su dirección, sólo eso podía decir con certeza. Otro estremecimiento, con una advertencia: el aire se volvió frío y húmedo, y detectó un aroma extremadamente dulce, apenas perceptible pero lo suficiente como para dispararle una memoria que no podía ubicar. Había olido esto antes, pero ¿dónde? ¿De quién era esta aura? De nadie de su familia... tampoco de Nausicaä... ¿Pertenecía a uno de los cazadores?

¿El que la veía? Si así era, ¿por qué no podía oler el aura de los otros tres?

—¿Señor? —Eris volteó hacia el rey, su vacilación fue tan sólo por la falta de dirección y no por el azoro de todos los demás—. Lamento informarle que no puedo marcar a otro inmortal. ¿Aún quiere que vayamos tras ella?

Arlo suspiró con alivio.

—La Estrella Oscura es su nueva prioridad. Quiero que me la traigan. Viva, por favor.

Los cazadores obedecieron de inmediato. Al pasar de largo por donde estaban Arlo y Celadon, pudo sentir cómo aquel cazador la veía hasta el último segundo, aunque hizo su mejor esfuerzo por no verlo directamente. Finalmente, en un río de túnicas ondeantes, salieron de la sala.

Cuando Azurean dirigió su mirada endurecida hacia Thalo, la madre de Arlo rápidamente fue hacia él. Arlo los miró y sus nervios crecieron de nuevo cuando ella hizo una reverencia ante su rey, jefe y querido tío.

—Tu hija ha demostrado una insensatez que no se volverá a tolerar —dijo Azurean—. Puesto que no se la encontró en el Círculo de Faeries y no es responsable del daño causado esta noche, tú serás quien decida el castigo que exigen sus acciones. Llévatela, Thalo. Ambas quedan excusadas.

La madre asintió con otra reverencia, se enderezó e inmediatamente se alejó de la tarima; bajó los escalones, con la misma actitud intimidante de los cazadores y fue directamente hacia Arlo.

Mientras tanto, Arlo estaba demasiado abrumada entre la ligereza del alivio, un presentimiento paralizante y el horror restante como para moverse.

—Su suma majestad —se atrevió a decir, aunque las palabras se le pegaron a la garganta—. Por favor, yo soy la responsable. Todo esto fue mi idea. Yo obligué a Celadon a decirme dónde estaba el Círculo de Faeries. Lo obligué a venir conmigo. Yo...

No quería irse sin asegurarse de que Azurean, en su humor actual e inusual, no castigara a Celadon con demasiada dureza, quien realmente no había hecho nada. Arlo no permitiría que se llevara la mayor parte del castigo, pero Azurean levantó una mano y la miró con un desagrado que ella no estaba acostumbrada a recibir de él, sino más bien, de Malachite.

—Mi hijo es de mi incumbencia y no de la tuya, Arlo Jarsdel. Vete de aquí mientras te lo permita. Esa alquimia que realizaste en esta sala hoy. Estoy a punto de arrestarte a ti también.

El corazón de Arlo se aceleró casi hasta el punto del colapso.

Lo único que hizo fue sostener una piedra... No tuvo la intención de que brillara, no había usado ninguna magia. Nausicaä dijo que sólo de trataba de una reacción. Ciertamente, el sumo rey no la metería a la cárcel por algo así, ¿o sería capaz?

—Arlo —Celadon la llamó con insistencia en voz baja—, está bien. —Su palidez sugería que él mismo no lo creía—. Gracias, pero deberías irte con Thalo. Luego paso a verte, ¿sí? Sólo estoy aliviado de que estés bien. Esta noche hubo un momento en que pensé que te había perdido y... —Su boca formó una sonrisa débil y falsa. Sacudió la cabeza—: Estás bien. Ningún castigo podría ser peor que perderte.

Thalo llegó hasta ellos al fin, con una mirada fulminante y fría hacia Celadon, que a Arlo le preocupó que significara que la relación entre su madre y su primo no sobreviviría; que tal vez Celadon hubiera «perdido» a Arlo después de todo, luego de las consecuencias que podrían venir de esto.

—Vámonos, Arlo —ordenó con frialdad.

Arlo gesticuló otra disculpa con los labios y se dio la media vuelta. Celadon asintió para disculparse a su vez, y se arrodilló para esperar el veredicto del sumo rey.

Azurean no podía exiliarlo, ¿o sí? ¿A su propio hijo? ¿Por algo tan trivial como jugar al chofer de escape en una investigación de pacotilla? Pero la persona sentada en el trono no era el sumo rey que Arlo conocía. No podía decir con certeza qué haría y qué no haría.

Por imposible que fuera, se fue dando traspiés detrás de su madre lejos de la sala del trono, sintiéndose más ansiosa y asustada, más terrible y miserablemente culpable que cuando entró.

CAPÍTULO 16

✦ VEHAN ✦

Los seelies no eran famosos por rendir mucho culto a la belleza de la noche. Su poder venía del día; de la luz del sol y del calor que éste brindaba. Por eso era durante el día cuando celebraban sus hermosas exultaciones. Para el príncipe de la Corte del Verano de los Seelie, ese estilo de vida era más bien una ley, pero incluso Vehan debía admitir que el paisaje ahora mismo era asombroso.

—Mira todas esas estrellas —se maravillaba, agachado sobre el volante de su SUV para asomarse por el parabrisas—. Debe de haber millones allá arriba...

La vista le evocaba un jardín cósmico, etéreo; como si jacintos azules y verbenas moradas barrieran a lo largo de una alfombra de orquídeas negras y aquellas estrellas fueran gotas de rocío sobre sus pétalos.

—Hay más que unos cuantos millones, la estimación actual en nuestra galaxia es de doscientos mil millones —corrigió Aurelian, que alzó la vista de su teléfono al cielo.

—¿Aprendiste eso de Google?

Aurelian ahogó una carcajada.

—No te veas tan complacido, apenas entiendes qué es Google.

Su tono hizo que Vehan riera, este tipo de petulancia eran las reminiscencias de aquellos días en donde lo usual era que bromearan así entre ellos.

—No puedo ser perfecto, ¿sabes? —lo molestó— Tengo que tener al menos un defecto.

—Eso haría las cosas más sencillas, definitivamente.

—¿Disculpa?

Vehan examinó a su amigo. La declaración lo confundió. Aurelian no lo dijo en voz muy alta, cuando pronunció esa silenciosa sentencia hizo una mueca que le dio a entender que, más bien, no era lo que había querido decir. Y ahora se veía espectacularmente incómodo; no había mejor forma de describirlo. La noche se mezclaba con las luces del tablero y eso hacía que su cabello color lavanda se oscureciera, suavizara su piel de por sí perfecta y proyectara sombras a través de sus facciones, las cuales Vehan reconocería con los ojos cerrados debido a la frecuencia con que lo miraba cuando su amigo no lo veía; a veces también cuando lo veía. Aurelian era hermoso siempre, pero un poquito más en este momento, porque su incomodidad era tan claramente visible, una expresión genuina, abierta, y había pasado demasiado tiempo desde que le había permitido a Vehan ver algo más que las emociones que ocasionaban sus cejas fruncidas.

De pronto recordó la primera vez que se vieron.

Antes de que Aurelian y su familia llegaran al palacio; antes de toda la tensión, todos los suspiros de frustración y todo el dolor que ahora los separaba, sólo habían sido ellos dos: Vehan, un niñito aferrado a las faldas de su madre, huraño y callado, miserable en todos los sentidos, que hacía su mejor esfuerzo por entender la reciente muerte de su padre; Aurelian, el niñito en la pequeña panadería que era como su segundo hogar, que le ofrecía a Vehan una galleta que él mismo había rociado de azúcar, nada más que palabras amables y cálidas, y la sonrisa más grande y pura en el rostro.

—*Para usted, su majestad.*

Vehan alzó la vista hacia el niño que era un poco más alto. Su sonrisa era tan resplandeciente que Vehan pensó por un momento que era magia como la que su madre podía hacer.

—*Gracias* —*le respondió con una voz pequeñita, más como de ratón que de niño. Habían pasado semanas desde la última vez que había dicho una palabra, al principio pensó que tal vez un berrinche traería a su padre de regreso, y luego… porque había estado muy triste.*

—*De nada. ¿Quieres ir a jugar?*

Vehan alzó la cabeza y miró a su madre. Ella también miraba al niño son-
riente. Pensativa. Su madre siempre estaba pensativa.

—¿Y bien? —Su madre le dio un empujoncito y Vehan avanzó arras-
trando los pies. Tomó la mano extendida del otro chico con mucha cautela
y cuando regresaron, varias horas más tarde, él también estaba sonriendo,
sonrojado, feliz, riendo.

—Señor y señora Bessel —oyó que su madre decía—, les tengo una propuesta.

—Vehan.

Vehan espabiló los recuerdos de aquellas fatídicas vacaciones en Alemania con su madre después del funeral de su padre, cuando se topó con
una panadería que decían que era la mejor en la Corte del Otoño de los
Seelie, cuando vio por primera vez a los Bessel. Pero ahora Aurelian había hablado y lo sentó en la sobria realidad con una seriedad tan grande
que incluso resultaba inusual en él. Aurelian bajó la mirada del paisaje
hacia Vehan y lo miró con tal intensidad que él no pudo apartar la mirada
aunque lo hubiera querido.

—En vista de que tenemos un momento a solas, hay algo de lo que
quiero hablar contigo.

Ay, demonios... Seguramente hablarían sobre lo que había dicho en el
Mercado Goblin. Todo sería sobre su mini colapso por sus sentimientos
y su soledad. Vehan había sufrido todos los tipos de vergüenza desde
aquel incidente, se había pasado varias noches reviviendo dolorosamen-
te a detalle lo patético que debió parecer por llorar sobre lo injusta que
era la vida de un condenado príncipe, por amor de Urielle.

Había procurado mantenerse ocupado para evitar cualquier posibilidad de confrontación. Por lo general, Aurelian trataba de ya no hablar
con él sobre estas cosas, y por primera vez en los dos años en los que su
relación había dado un giro hacia lo irreparable, Vehan había sentido
alivio por eso. Pero Aurelian era una buena persona. Su sentido del deber lo obligaba a informarle que no estaba solo, que tenía personas a su
alrededor, que su madre era estricta, pero lo amaba, y que si alguna vez
necesitaba hablar con alguien, él lo escucharía. Por alguna razón, pensar
en escuchar a Aurelian fingir de la misma manera que sus amigos, sí lo
hizo estremecerse.

—Eh... okey, pero, mira, si esto es sobre el Mercado Goblin, yo...

—No te odio, eso lo sabes, ¿verdad?

A pesar de sí, a pesar del hecho que «no te odio» no era en absoluto
una confesión apasionada de sentimientos más profundos, o de sentimientos y punto, Vehan sintió el corazón en la garganta. Le ardían los

ojos, parpadeó frenéticamente y de inmediato desvió la mirada hacia el parabrisas para ocultar su ridícula reacción.

—Ya sé que no me odias. —Sonrió hacia el paisaje—. Pero tampoco te agrado mucho ya, ¿verdad?

Era la primera vez que decían algo así en voz alta. Y claro que estaba pasando justo ahora, en medio del desierto, donde se suponía que estaban esperando un encuentro con un trasgo traficante de drogas. «Pincer» no sabía quiénes eran, sólo que Jasen los recomendaba porque estaban interesados en «comprar una cantidad considerable» y preferían hacer el trato en un lugar lo más abierto y lejano posible. El desierto fue idea de Pincer, aunque Vehan no era tan ingenuo como para pensar que lo más probable era que estuvieran cerca de las instalaciones que querían encontrar, pero si tan sólo pudieran reunirse con el trasgo...

«Los dientes de fierro te mostrarán el camino».

Si no podían negociar por la información que necesitaban, diablos, el trasgo bien podría vendérsela. Eso parecía ser lo suyo si en verdad era uno de los feéricos recibiendo dinero a cambio de secuestrar humanos.

—Yo... —Al parecer Aurelian se había quedado sin palabras, incapaz de mentir, pero quizás no del todo dispuesto a decir la verdad al pensar que Vehan se sentía tan vulnerable, lo cual, para Vehan, era definitivamente peor—. Vehan, yo no...

—Ojalá que nuestro trasgo aparezca pronto.

No podía lidiar con eso ahora. No tenía la fuerza para escuchar a Aurelian explicarle por qué su amistad había fallado, especialmente porque pronto tendría que ponerle un emplaste mágico a su corazón roto para poder sonsacarle información a un criminal peligroso.

Aurelian murmuró una respuesta evasiva como señal de que había escuchado (y aceptado) la súplica de misericordia implícita de Vehan.

—Esta reunión era más atractiva en teoría. Venir al desierto en medio de la nada en una noche de escuela fue... una planeación ineficiente, la verdad. No puedo creer que aceptaras. Y ya casi pasaron treinta minutos de la hora en que quedamos con Pincer. ¿Seguro que estamos en el lugar correcto?

—Seguro —suspiró Aurelian, regresando la vista a su teléfono. Su expresión regresó a ser una piedra indescifrable—. A menos que el tal Pincer haya cambiado de opinión o se haya equivocado de dirección, aquí es donde quedamos.

Los trasgos no eran los feéricos más inteligentes. Era posible que Pincer hubiera llegado al lugar equivocado.

Vehan soltó un suspiro profundo y descansó la barbilla sobre sus manos, que se aferraban al volante, con la intención de sobrellevar esto lo más posible.

Estaba tan fastidiado de pistas falsas, de perseguir una verdad que se mostraba cada vez más compleja mientras más averiguaban. También estaba fastidiado de, para empezar, que nadie le creyera que algo estaba pasando. Si Pincer resultaba otro callejón sin salida, no sabía cuánto más podría soportar que el mundo estuviera en su contra.

—Vehan. —Una mano lo tomó del hombro. Él alzó la cabeza y vio que Aurelian se ponía tenso y muy alerta, como cuando un gato nota a una presa en la distancia—. Es él.

El Hummer negro mate que se acercaba a su derecha parecía haber apagado sus luces varios kilómetros atrás, pero la nube de polvo que alzaba a la velocidad que iba, les echaba a perder sus intentos de pasar desapercibidos… el polvo y la música *death metal*. Vehan ya podía oírla ahora que ponía atención; un humano también hubiera podido oírla de tan alto que tenían el volumen del estéreo.

—Oye, mira, alguien más que cree que los gritos son música. Tal vez ustedes podrían ser amigos.

Aurelian ignoró el comentario de Vehan adrede y abrió la puerta del copiloto. Riendo en voz baja, Vehan hizo lo mismo. Salió de la suv y se recargó sobre el capó donde Aurelian ya esperaba con las mangas de la reluciente camisa blanca arremangadas, los tatuajes a la vista, y los piercings brillando bajo la luz de la luna, lo que lo hacía ver más como su guarura que su lacayo, cuyo deber era no nada más gestionar su calendario y asuntos domésticos, sino también actuar como rey seelie del verano en su lugar, o bien, regente, si acaso Vehan viajaba al extranjero por un periodo prolongado o estaba incapacitado temporalmente.

La corte entera se había conmocionado cuando la reina le otorgó este honor a alguien que no sólo era lesidhe, no sólo era común, sino que tampoco era un fae seelie del verano. Aurelian tuvo que enfrentarse al escrutinio constante debido a la decisión de la reina Riadne, sin mencionar las envidias interminables, las hostilidades y los chismes malintencionados; además de que el consejo del palacio había hecho su mejor esfuerzo por disuadirla, pero la madre de Vehan era testaruda. Cuando quería algo, lo conseguía por cualquier medio que fuera necesario y, por alguna razón, quería ferozmente que Aurelian formara parte de la vida de Vehan, más de lo que ya lo hacía.

El Hummer se puso a dar vueltas alrededor de la SUV. Traía las ventanas abajo para que dos de los pasajeros pudieran asomarse a vigilar y el conductor pudiera sostener su elegante AK-47 negra contra el marco de la puerta.

—Pistolas —murmuró Vehan con desagrado. Los fae en su totalidad, detestaban esas armas, las pistolas les parecían extremadamente «impersonales», puesto que matar jamás había sido un deporte para ellos, como sí parecía ser para los humanos y otros feéricos; para ellos, tomar una vida era algo mucho más serio y, si tenía que hacerse, generalmente era por algún espantoso error cometido contra ellos.

Y por un espantoso error, la mayoría de los fae prefería meter «las manos en la masa», más de lo que las pistolas permitían.

Aurelian se enderezó. No era el guarura de Vehan, pero los lesidhe eran fuertes, más fuertes que sus contrapartes sidhes, y nadie quería meterse con uno de mirada tan recelosa como la suya. Ésta era la única razón por la que la reina permitía que Vehan saliera sin guardaespaldas, ya ni qué decir del rumor a voces de que cualquier lesidhe que viviera en territorio de las cortes estaba obligado a jurar moderarse frente a sus respectivos soberanos, un juramento que les prohibía utilizar más fuerza que la de los sidhes.

—Ponte detrás de mí —le ordenó y dio un paso al frente.

Vehan se quedó donde estaba, recargado contra su vehículo. El Hummer de los trasgos derrapó y frenó coleando hasta quedar frente a ellos. Apagaron la música. El polvo se asentó. Cuatro puertas se abrieron bruscamente y múltiples pares de botas pisaron la arena del desierto, y cuando azotaron las puertas para cerrarlas, Vehan contó cinco trasgos adultos mirándolos fijamente, con diferentes tonos morados.

Cada uno traía una pistola; aunque el que había sacado la suya por la ventana en realidad tenía dos, la segunda colgada de la espalda. Él debía de ser Pincer. Cuando sonrió, Vehan pudo ver implantes de fierro en lugar de incisivos.

—Entonces, ¿tú eres Pincer? —lo llamó Aurelian.

Pincer alzó su arma y le apuntó a Aurelian al pecho; Vehan se enderezó tan agresivamente que el aire a su alrededor crujió. Extendió la palma de su mano directamente hacia Pincer, dispuesto a freírlo con el chasquido de sus dedos, pero Aurelian le puso la mano en el brazo para detenerlo.

—Ustedes deben de ser los amigos de Jasen —se burló Pincer.

Y entonces chifló. Dos de los tres trasgos detrás de él se lanzaron al frente, aullando y dándose de zapes el uno al otro, chasqueando sus dientes chuecos hacia ambos chicos mientras inspeccionaban su vehículo.

Trasgos... una de las razas feéricas menos predilectas de Vehan.

No había mucho que ver en ellos entre su piel aterciopelada, complexión abultada y orejas como alas de murciélago, pero el desagrado de Vehan provenía más bien de que eran una molestia. Sus pandillas operaban de manera muy parecida a las facciones que existían antes de que se establecieran las cortes, siempre estaban en guerra unos contra otros por ganar territorio perdido que había sido recuperado y perdido de nuevo en múltiples ocasiones. No les importaba nada más que el dinero, efectivo humano u oro o joyas; si era moneda, la codiciaban y peleaban por ella; se mataban entre ellos, se traicionaban y mentían con tal de conseguirla.

Tenían muy poca magia (aunque de todas maneras tampoco les importaba mucho). Debido a eso, se habían adaptado a la vida en la ciudad tal como un kelpie al agua, ya que el hierro apenas los afectaba; y la violencia era rampante y podían liderear como los reyes de las ratas en sus alcantarillas, callejones y agujeros con armas, explosivos y gases químicos que ocasionaban interminables jaquecas a las cortes cuando trataban de lidiar con ellos.

Pincer, un trasgo de color lila, particularmente desagradable, vestía botas de combate, chaqueta de cuero y una camisa sin mangas verde fajada con pantalones camuflados militares. Era más alto que Vehan por unos cuantos centímetros, la estatura promedio de los trasgos, pero hubiera sido mucho más amenazador de no ser por su increíble falta de inteligencia. Aun así, Vehan sabía que Pincer no tendría problemas para dispararles si él o Aurelian le daban una razón.

—No se preocupen por mis amigos. Sólo se van a asegurar de que no tengan por ahí otros faes escondidos.

Aurelian asintió bruscamente.

—Está bien.

—¿Cómo dicen que se llaman?

—Aurelian —dijo—. Vay —agregó, y jaló ligeramente a Vehan más cerca de él.

«Vay», la forma como alguna vez lo llamó Aurelian y como hace mucho tiempo no lo llamaba. Apenas ahora Vehan se daba cuenta de lo mucho que extrañaba que lo llamara así.

—¡Vay el fae! —rio Pincer a sus anchas— «Vay el fae», ¡qué nombre más estúpido!

El trasgo detrás de Pincer se le unió con unas carcajadas zumbantes que terminaron en un ataque de tos. Los dos detrás de Vehan ahogaron una carcajada y él sintió que todo eso era sumamente irónico para alguien que se hacía llamar pinza en inglés, pero se contuvo de burlarse.

El trasgo al otro lado del Hummer donde estaba Pincer frunció las cejas.

—No entendí.

—¡Porque rima, menso!

—¡Ah!

—Nada sospechoso. —Los dos que inspeccionaron la suv de Vehan la declararon libre de peligro y regresaron al Hummer.

Pincer bajó su arma.

—Entonces, conque andan buscando un poco de polvo de hadas, ¿eh? Jasen dijo que querían comprar un montón.

—Es correcto —confirmó Aurelian.

—¡Ja! Los ricachones consentidos como ustedes son mis favoritos, saben. ¿Qué?, ¿mamá y papá no los quieren lo suficiente? ¿Necesitan un poco de atención? No se preocupen, ustedes tienen el dinero y yo el producto, pero ¿tú ya usaste esto antes, Aurelian?

Vehan se dio cuenta con una especie de desánimo apesadumbrado que sinceramente no podría contestar esa pregunta sobre su amigo. Había tanto ya que no sabía de él. Los amigos que ahora tenía Aurelian no eran pegajosos y hostigadores, no se imponían ni se rehusaban a moverse un centímetro a menos que fuera para adentrarse más al círculo que envolvía a Vehan al borde del ahogamiento. Los compañeros con los que Aurelian pasaba su tiempo eran más callados y tranquilos, del tipo que Kine y Fina soportarían y dejarían entrar.

Un músculo se tensó en la quijada de Aurelian.

—Ah —se mofó Pincer—. Ya lo has usado. Se te nota. Te atrapó. Atrapa a todos. Pruébalo una vez y nunca lo olvidarás. Es terrible, ¿no? Pero lo quieres otra vez, siempre lo quieres, nunca dejas de quererlo y, al probarlo la segunda vez, quedas enganchado. No hay forma de superar el polvo, es un desgraciado, sí, pero me cae que te hace sentir como el rey del maldito mundo antes de arruinarte la vida.

Todos los trasgos gritaron animados. Dos de ellos alzaron sus armas y dispararon al aire; Vehan se sobresaltó, lo cual sólo pareció divertirlos.

—La princesita aquí no parece saber lo que le espera —agregó Pincer, cuyos ojos ligeramente protuberantes ahora barrían a Vehan de arriba abajo—. Su cara se me hace conocida… Loogie, ¿Vay no te parece conocido? Ey, Vay, ¿de dónde te conozco?

—¡Ja! ¡«Ey Vay» también rima!

Tal vez deberían apresurar el asunto. Vehan esperaba obtener información sin tener que revelar quién era (solía ser sorprendentemente fácil andar por aquí y por allá sin que lo reconocieran de lo poco que la gente esperaba que su príncipe saliera de casa para estar entre la gente), pero tuvo el presentimiento de que si permitía que esto continuara, alguien terminaría con un balazo o electrocutado.

—Sí, bueno —dijo, alejándose de Aurelian para enderezarse a su estatura—. De hecho, me llamo…

—Ay, con un marrajo.

—Por última vez, Bludge, «marrajo» no es una grosería.

—Al marrajo; mi teléfono dice que sí, ¡y a mí me gusta!

—¿Esos son los Lanzallamas?

Las cabezas se voltearon. Cada par de ojos se enfocó en la luz naranja brillante a la distancia detrás de la suv. Vehan echó la cabeza hacia atrás, preguntándose qué sería eso que brillaba con más y más fuerza, hasta que se dio cuenta de que se trataba de otro vehículo acercándose y que ese naranja brillante eran efectivamente llamas de verdadero fuego. El motor se revolucionó como una bestia retumbante, otro Hummer, más grande y negro esmaltado, con picos en la parrilla del frente, como si lo hubieran hecho para la guerra en lugar de para conducir en la ciudad.

—¡Sí! —gritó Pincer—. Son los Lanzallamas, ¡es una trampa! Vay el fae nos tendió una trampa, ¡trabajan con ellos! Esto es la guerra por ganar territorio, chicos, ¡abran fuego!

Ay… qué bien. Una guerra por ganar territorio entre trasgos. Los Lanzallamas seguramente eran la pandilla rival. Esto era exactamente lo opuesto de lo que necesitaban, y ahora un montón de feéricos enfurecidos y armados pensaban que Vehan había maquinado una especie de golpe en su contra.

De estar viendo boquiabierto el giro de los sucesos, un momento después… estaba despatarrado en la arena con Aurelian encima de él protegiéndolo de las balas que volaban demasiado cerca por encima de sus cabezas. Éste no era el momento para darse cuenta de lo firmes que se sentían los músculos de Aurelian (el instinto lo había obligado a aferrarse a sus bíceps al tirarse al suelo). Pero lo salvó de la vergüenza de que Aurelian lo jalara con muchísima facilidad para ayudarlo a levantarse y apresurarlo a volver a subir al asiento del conductor.

—¡Espera! —gritó Vehan—. Espera.

Esto iba a terminar con respuestas o con un hoyo en su cabeza. Diablos, ésas eran las únicas opciones.

Se zafó del agarre de Aurelian y fue directo hacia Pincer.

Pincer le disparó; los otros estaban más preocupados por dispararle al otro Hummer, que ahora estaba casi frente a ellos, con trasgos armados con lanzallamas asomados por las ventanas.

—¡Este territorio no es de ustedes! —gritó Bludge.

—¡Tampoco suyo! —gritó uno de los Lanzallamas.

—¡Yo no fui! —gruñó Vehan por encima del alboroto, con los brazos estirados. Absorbió energía eléctrica del Hummer de Pincer para generar un campo de fuerza entre ellos, eso desvió las balas de Pincer, que rebotaron en diferentes direcciones.

Electricidad.

El elemento de un seelie del verano.

Desde que cumplió cierta edad, el pozo en que ese poder radicaba había crecido considerablemente dentro de Vehan. Seguía en entrenamiento, aún estaba aprendiendo cómo controlar sus habilidades que eran mucho más fuertes que nunca, pero todavía muy lejos de lo que podría hacer dentro de unos años.

—Yo no hice esto. ¡Alto al fuego! Me llamo Vehan. Vehan Lysterne. Soy su príncipe, ¡dejen de dispararme y escuchen!

Pincer dejó de disparar, pero sólo porque tiró su arma contra el campo de fuerza de Vehan. Y cuando eso tampoco pudo quebrarlo, giró y corrió de vuelta al Hummer.

—¡Detente!

Vehan se le abalanzó. La puerta se azotó antes de que la alcanzara, pero Pincer no lograría escapar porque Vehan le había ordeñado bastante vida a la batería del Hummer, podía sentirla dentro de él, chispeando, con ansias de ser usada. Tenía que ser cuidadoso, pues esa impaciencia podía rebotarle si no encontraba dónde descargarla pronto, pero gastarla en su estado actual, un novato exaltado por el estrés y la adrenalina, podría ser bastante peligroso.

—¡Abajo!

—¡Cuida tu lenguaje! —canturreó Vehan, burlándose de la expresión de Aurelian. Pero no necesitaba decírselo dos veces. Él se agachó y su lacayo lanzó un puñetazo a la ventana reforzada del Hummer. Metió la mano entre los pedazos de vidrios y abrió la puerta, pero Pincer finalmente renunció a seguir intentando arrancar el vehículo, se arrastró al otro lado, pateó la puerta y huyó.

Era rápido.

Pero Vehan era más rápido.

Pincer no había llegado muy lejos en aquel desierto cuando Vehan lo tacleó, pero el trasgo tenía una ventaja. Sí, Vehan estaba acostumbrado a pelear. Estaba acostumbrado a que Zale trapeara el piso con él, y el entrenamiento de lucha mano a mano con Aurelian alguna vez lo dejó con un moretón en el ojo y se rio por cuán oscuro le quedó (Aurelian se sintió tan culpable por eso que se ausentó de las sesiones de combate permanentemente).

Así que, sí, Vehan podía luchar, jamás había tenido que hacerlo en serio con nadie, y Pincer era un experto en ese arte en el que las reglas eran para las personas cuyas vidas no estaban en juego.

Se balanceó y le soltó un trancazo con bastante fuerza directo a la quijada que le empujó la cabeza hacia atrás. Desorientado, Vehan lo soltó y Pincer dio de arañazos para liberarse y salir huyendo otra vez.

Aurelian tenía sus propios problemas: uno de los Lanzallamas lo detuvo porque decidió que quien no fuera de su bando era su enemigo. Le apuntó directo a la cara con el lanzallamas; Aurelian no necesitaba su ayuda, tenía su propia magia para tumbar a ese latoso, pero Vehan no pudo evitar que el corazón se le hiciera nudo cuando vio a su amigo en peligro.

—¡Cuidado! —gritó y estiró una mano hacia ellos.

La corriente eléctrica le dio al trasgo como un rayo. Vehan se conmocionó de la fuerza, que lo levantó del piso y lo tumbó hacia atrás. Se quejó, vivo, gracias al cielo, porque logró contener un poco de la energía, pero se quedó retorciéndose en el suelo y ya no pudo levantarse.

Aurelian fue hacia él. Vehan pudo levantarse. Le dolía la quijada, pero casi no se le notaba.

—¡Pincer! —le gritó por encima del hombro—. ¡Está escapando! ¡Vamos!

Corrieron.

La oscuridad no era impedimento para los sentidos de los faes. Vehan podía ver en qué dirección había huido Pincer. El único punto de referencia que marcaba ese lugar de reunión era una extensión de paneles solares que aparecían en la distancia.

Contenido dentro de cuatro postes de luz brillante tipo estadio y asegurado con nada más que unos alambres, el lugar sin duda pertenecía al gobierno humano, no a la Corte del Verano de los Seelie, pero eso no importaba. Lo que sí importaba era que Pincer alcanzó a saltar la valla justo cuando Vehan y Aurelian llegaron a ese obstáculo.

¿Cuál era el punto?

¿Adónde iba a ir?

Trasgos... ¿qué tan descerebrados podían ser para encerrarse solos en una trampa?

—Vamos. —Vehan avanzó y se impulsó por encima de la valla con facilidad. Aurelian hizo lo mismo, pero en cuanto sus botas tocaron el suelo, el piso tembló. Era demasiado sutil para que un humano lo notara, pero Vehan lo sintió: el jalón de algo deslizándose.

—¿Qué demonios?

Pincer se detuvo. No estaba lejos de los paneles solares, dando de pisotones con impaciencia, gritando algo como «apúrense», y entonces fue cuando Vehan se dio cuenta...

Una puerta.

Sí, una puerta.

Pincer le lanzó una sonrisa a Vehan y se echó un clavado por debajo de una puerta subterránea que llevaba a... ¿qué?, ¿una instalación secreta escondida en el desierto?

«Los dientes de fierro te mostrarán el camino».

Vehan avanzó corriendo.

—Aurelian, ésta es la instalación, la que mencionó el Oráculo. ¡La encontramos!

Y luego derrapó hasta frenar.

En cuanto Vehan atravesó las luces del campo de paneles solares, el brillo blanco que irradiaban se volvió rojo sangre y un chillido agudo dividió la noche. La puerta por la que Pincer desapareció se cerró de golpe y desde esta distancia, Vehan apenas pudo ver en su superficie un patrón en relieve; un extraño símbolo y garabatos dentro de un círculo.

Alquimia, ese patrón era un glifo, un sello alquímico, estaba seguro. Después de toda la investigación que había realizado como pesquisas a sus múltiples teorías, no tenía dudas; era una pieza más de evidencia en una larga lista de pistas preocupantes que apuntaban hacia algo mucho más siniestro a la espera de cerrar sus fauces con ellos dentro.

Hizo una nota mental sobre para guardar esa información y volver a ella más tarde. No tenía tiempo para pensar en eso ahora. Habían activado una alarma y el ruido llamaría la atención, además de dañarle los oídos.

—¿Qué está pasando?

—Tenemos que irnos —gritó Aurelian por encima de la alarma—: Ahora. Algo se acerca. ¡Tenemos que regresar al auto!

Los sentidos de los lesidhes eran más potentes que los de los sidhes y podían detectar movimiento desde una distancia mucho mayor que ellos. Vehan tendría que tomar su palabra como verdad. Se dio media vuelta con toda la intención de tomar la mano que Aurelian le extendió para regresar, pero, otra vez, los sorprendieron.

—Ts, ts, ts.

Aurelian se giró bruscamente.

Ni siquiera él había notado al faerie que apareció detrás de ellos, lo cual era sumamente preocupante. Demasiado alto, demasiado esbelto, con una complexión muy extraña, retorcido como un tronco de madera que el mar recio había moldeado; este faerie era... vaya, Vehan no podía llamarlo hermoso, pero tampoco podía dejar de verlo, con esas facciones esqueléticas y puntiagudas, grandes ojos de un verde brillante, o los acabados metálicos en su túnica más negra que el negro, brillando peligrosamente bajo la luz.

—¿Qué está haciendo su majestad aquí de entre todos los lugares?

Vehan frunció las cejas. Dio un paso al frente, pero Aurelian fue más veloz: se lanzó como un escudo entre ambos.

—Déjanos ir. No queremos problemas.

El desconcertante faerie inclinó la cabeza en la dirección opuesta de su sonrisa de lado.

—No quieren problemas y, sin embargo están aquí, provocando.

Lo que sea que Aurelian había detectado acercándose, ahora Vehan podía oírlo. Se dio media vuelta espalda con espalda con su lacayo, y vio con horror creciente cómo la puerta en el suelo volvía a abrirse y algo comenzaba a salir de las profundidades.

No era Pincer.

Al principio, por la manera en que sus extremidades se agitaban y estiraban para impulsar su cuerpo, Vehan pensó que era una inmensa araña de múltiples patas que salía de su madriguera, pero no. Esas extremidades pertenecían a múltiples cuerpos, cuerpos con armas resplandecientes, tan letales y misteriosas como el faerie de ojos verdes.

—Déjanos ir —gruñó Vehan y estiró un brazo para jalar más corriente. En sus dedos chisporroteaba electricidad—. Muévete o no nos quedará más opción que obligarte.

El misterioso faerie se carcajeó, su risa era un sonido de tablas de madera crujiendo.

—Me encantaría que lo intentaran. Desafortunadamente, ésta no es la noche en que pondremos a prueba tu temple, príncipe Vehan.

El enjambre de formas humanoides descomunales se sacudía y se retorcía cada vez más cerca de donde estaban los chicos. No tenían tiempo para estos disparates, pero justo cuando Vehan sintió que su arma comenzaba a tomar forma en su mano, del cielo cayó la noche.

Ésa fue la mejor forma en que podría describirlo.

El resplandeciente cosmos se derritió y un negro chapopote comenzó a gotear a su alrededor, se desbordaba del cielo y los envolvía en su abrazo frío y pegajoso. Vehan gritó alarmado; Aurelian ahogó un grito, pero tan rápido como la noche se los tragó enteros, los escupió, ilesos.

El campo de paneles solares había desaparecido.

Todo, las luces, las criaturas que se arrastraban hacia ellos, los gritos alarmados... todo había desaparecido. Ahora se encontraban junto a su auto. La pandilla de Pincer y sus rivales los Lanzallamas también se habían ido; la única evidencia que quedaba era la tierra chamuscada y seis cuerpos inertes.

—¿Qué, en el nombre del día, acaba de pasar? —se preguntó Vehan en voz alta.

Miró parpadeando a Aurelian. Ambos estaban de pie, muy cerca. Con un brazo, Aurelian se aferraba a la espalda baja de Vehan; con el otro, le rodeaba los hombros, protegiéndolo. Entre ambos, la mano de Vehan apretaba con fuerza la camisa de Aurelian y a su cerebro le tomó un momento darse cuenta de lo íntimo que esto parecería, aunque con todo y su aturdimiento concluyó que no le importaba tanto como quizás debería.

—¿Estás bien? —preguntó Aurelian un tanto sin aliento.

—Estoy bien. ¿Tú?

—Confundido, pero fuera de eso, sí, estoy bien.

—Bueno —dijo una tercera y odiosa voz que le recordó a Vehan que no estaban solos—. Henos aquí, sanos y salvos. —Miró a los cadáveres alrededor y suspiró—. Los que importan, al menos. Discúlpeme, su majestad, pero el deber me llama. Estoy seguro de que se las arreglarán para llegar a casa...

Vehan se desenmarañó de Aurelian y se acercó a este extraño.

—¿Quién eres? ¿Sabías que estaríamos aquí? ¿Trabajas para mi madre? ¿Ella te envió?

El faerie bajó la vista para verlo a los ojos. Durante un largo y letal momento, se quedaron ahí, mirándose fijamente y con furia: verde fosforescente contra azul eléctrico, sin decir nada. Luego el faerie alzó sus índice, una garra plateada, para recorrer con mucha ligereza el largo de la nariz de Vehan. Sonrió maliciosamente y dejó ver sus docenas de dientes que bien podrían hacer tiras la carne de Vehan.

—Buenas noches, pequeño príncipe. Estoy seguro de que nos volveremos a ver.

Aurelian gruñó en lo bajo de su garganta y Vehan sacudió la cabeza. Aquel roce tan ligero como una pluma, pero amenazante le erizó la piel. El faerie se retiró con un paso, luego dos. Aurelian le ordenó que se esperara, pero en el lapso de un parpadeo pareció disolverse en la oscuridad con todo y los trasgos muertos. Una vez más, se quedaron solos.

Desaparecieron... así como si nada.

Ningún fae o faerie que Vehan conocía podía desvanecerse en el aire. Nada de lo sucedido esa noche tenía sentido.

Por un momento más, el pesado silencio que dejó el faerie persistió. Luego, Vehan escuchó el crujir de la tierra debajo de las botas de Aurelian al acercarse.

—Tenemos que regresar al palacio, su majestad. Quien haya sido, ¿cómo es que va y viene con tanta facilidad...? Lo que pasó esta noche, todo, ha sido... suficiente. Regresemos a casa.

—«Ésta no es la noche en que pondremos a prueba tu temple» —repitió Vehan, murmurando las palabras que no podía sacar de su mente.

Algo sobre su faerie salvador, algo sobre lo que había dicho y cómo lo había hecho, lo que merodeaba bajo la superficie, lo no dicho, una memoria que vino y se fue en un destello, pasó como rayo por la mente de Vehan, pero tratar de asirse a éste fue como tratar de contener pececitos plateados en el hueco de las manos bajo el agua.

—¿Perdón? —contestó Aurelian.

Vehan sacudió la cabeza.

—Sabíamos que esto era grande. —Se dio media vuelta al fin—. Sabíamos que algo estaba sucediendo. —Tomó a Aurelian de un hombro que era mucho más estrecho que el suyo, y, sin embargo, mucho más fuerte—. En esa puerta había un glifo alquímico, ¿lo viste? Cada paso que damos en esta investigación nos lleva a algo que dice a gritos actividad alquímica. Mi madre no puede ignorar esto. ¡No puede!

Aurelian asintió con un sólo movimiento y nada más, su mirada no se separó de la de Vehan. Pero él lo conocía demasiado bien como para saber que se estaba conteniendo.

—Crees que ella lo ignorará.

—No hablaré mal de tu madre —fue lo único que respondió enseguida.

—Aun así, crees que no me escuchará.

Aurelian lo miró con intención.

Vehan suspiró profundamente y bajó la mano.

—Su corazón está en el lugar correcto. Es sólo que está muy ocupada, y, además, no podemos esperar que salte ante la más mínima sospecha que dos adolescentes le lleven. Pero esto... tiene que hacernos caso acerca de esto.

Tal vez fue el tono de súplica en la voz de Vehan, tal vez fue que Aurelian trató de ser neutral y reservarse su juicio. Fuera como fuese, Aurelian cedió.

—Como digas. Debemos irnos. —Y se dio media vuelta hacia el auto.

Vehan vio cómo se iba.

«Ésta no es la noche en que pondremos a prueba tu temple».

—No eres el extraño que deberías ser —se burló en voz baja, apenas registrando sus palabras—. Te conozco, pero... ¿cómo?

—¿Te duele?

Vehan alzó la mirada para ver que Aurelian lo veía fijamente. Estaba en la puerta del conductor, su expresión era tensa, la única indicación de que realmente le importaba que algo le sucediera a su príncipe.

Ah.

Vehan se había estado sobando el pecho inconscientemente, se sobaba la marca que no era una simple cicatriz, sin importar lo que los demás le dijeran.

—No. Está bien. Vamos, quiero ducharme. Y hamburguesas. Pasemos por comida en el camino.

—Bien. Tú manejas.

Vehan rio, claro que reía. Aurelian amaba la mayoría de las invenciones humanas, pero conducir lo ponía nervioso.

—Lo que sea para usted, su majestad.

Más tarde esa noche, cuando estaba en su cama repasando esa interacción hasta el fastidio, se maldijo por dejar que mediante esta broma saliera a la luz un poco más de sinceridad de la que hubiera querido.

◆

Qué lejos había llegado Hero del chico que alguna vez no tuvo nada, de la vida que se pasaba enteramente en otras personas, trabajando hasta el agotamiento para apenas arreglárselas.

Su memoria estaba llena de recuerdos como saltarse la escuela (lo cual siempre disfrutaba), porque uno de sus hermanos estaba enfermo y necesitaba que lo cuidaran; los meses que se retrasó con la renta y fingía no estar en casa hasta poder pagarla (sin luces, ni agua y muy poca calefacción, entrando y saliendo sigilosamente como un usurpador en su propio departamento); ropa, zapatos y abrigos que no le quedaban bien, demasiado grandes o demasiado chicos, feos y baratos, ásperos contra la piel pero raídos porque, por mucho que los odiara, no le alcanzaba para comprar algo mejor.

Ahora, en un pasillo apenas iluminado, de pisos de metal y muros de vidrio, Hero contemplaba su imperio. Los trasgos, orcos y diablillos allá abajo hacían sus tareas, inspeccionaban las preciadas creaciones de Hero, las ponían a prueba, pero por mucho que los mirara, su mente lo desviaba hacia otros lugares; su propio reflejo llamó su atención.

Un hombre en sus cuarentas, gozoso de vida y salud, ya no desgarbado ni flacucho, sino fuerte, alimentado con cortes de carne de primera y vinos costosos, frescos, de producción orgánica.

Bien rasurado, sin ojeras, sin piel seca y cetrina; sus harapos reemplazados por riquezas, vestía un traje que el mismísimo sumo rey envidiaría, cortado de la noche y confeccionado para ajustarse a cada curva y ángulo; la túnica que Hero portaba se parecía a las que usaban los faes de la realeza, aunque era mucho más valiosa.

—¿Qué vas a hacer con todos ellos?

Ladeó la cabeza para examinar la línea de su quijada y se carcajeó.

—Venderlos, por supuesto. Al mejor postor del mundo. ¿Necesitas algo, Lethe? —No era que su cazador no fuera bienvenido cuando quisiera visitarlo, pero en la etapa final de las operaciones no había necesidad alguna para evaluaciones sorpresa. Y Lethe raramente hacía algo sin intención.

Una mano se plantó en el vidrio junto a su reflejo. El tenue brillo de la luz dejaba ver unas garras largas y puntiagudas de filigrana. Atravesaron el cristal como si fuera de esponja y eso sacó a Hero de su auto admiración. Al voltear se dio cuenta de que estaba medio aprisionado por una cercanía que era sumamente inusual. El brazo de Lethe se estiraba firme e implacable como una barra de hierro, pero la longitud de su cuerpo se había inclinado hacia él, en algo que podría ser casi íntimo, algo que provocó que el calor de sus venas se encendiera y en su desconcierto desplegara una sonrisa.

—Sí.

Unos ojos verdes lo miraron profundamente.

Hero respiró ansioso.

Estaba en su pecho, cauteloso y a la expectativa; un momento se volvieron dos, luego se volvieron más, y ese verde lo mantenía cautivo. Los pensamientos de Hero se puntualizaron en uno... Alzó una mano. Presionó la palma entera contra el pecho de Lethe. Éste era el mayor atrevimiento que hubiera tenido, más de lo que alguna vez se permitió, y cuando Lethe alzó la mano libre, Hero se estremeció, convencido de que Lethe le daría un manotazo o lo empujaría, o algo, lo que fuera en vez de poner su mano sobre la de él y acercarla.

—Hero —ronroneó suavemente Lethe.

—¿Sí? —Hero suspiró. Su corazón se aceleró debido a la intensidad con que este maravilloso ser lo trataba, debido a la proximidad entre ellos, debido a toda esa situación embriagadora con la que no tenía idea qué hacer o cómo quería que continuara, o si acaso quería que continuara.

—Quiero contarte una historia.

—Okey...

—Acerca de un niño que era tan bueno para tomar vidas, que cuando la muerte vino por la suya, hizo un trato con ella.

—¿Ése niño eres tú?

—Shhh —lo calló Lethe, con tanta suavidad como una madre consolando a un bebé inquieto—. Sólo escucha. Este niño, a quien la muerte le tenía mucho cariño por sus años de veneración, por las almas que le había enviado como ofrendas en su altar, hizo un trato con él, una ofrenda de su parte: la inmortalidad a cambio de sus servicios. El niño se convertiría en una especie de dios y durante el resto de sus días tomaría vidas en nombre de las estrellas. El primer cazador. Pero a las deidades... a ellas les gustan los juegos. En cuanto a la muerte... más que darle un regalo a este niño, le ofreció una atadura. Los años se volvieron más años y más y más. La muerte reclutó a muchos más para ese glorioso servicio y se hizo de muchos más cazadores. El niño estaba por encima de todos ellos, como un ejemplo brillante, junto con los otros tres demasiado ingenuos para ver el honor como lo que era: un medio para apretar los grilletes aún más.

Hero miró aquellos ojos verdes que de pronto le parecieron increíblemente viejos. Increíblemente cansados. Hero lo comprendió. Empatizó con él. Sabía cómo se sentía eso, ese desgaste que calaba hasta los huesos y se arraigaba en lo profundo, imposible de erradicar. Lethe... ¿Acaso alguna vez tuvo a alguien que le tuviera cariño como el que le tenía él? Esa historia, ese niño, tenía que ser Lethe... ¿Alguna vez habría tenido alguien a quien contarle eso además de Hero?

Lethe... Tenía que estar tan solo para vivir tantos años sin nadie. Qué bueno que al fin se abría con Hero. Su cazador... voluble y a veces cruel, pero bueno, tan bueno, muy en el fondo.

—Te mereces ser libre —le dijo.

—Sí. —Lethe apretó su mano, quizá demasiado fuerte, Hero hizo una mueca, su cazador era mucho más fuerte que él y a veces lo olvidaba. Estaba bien, no hizo caso—. Me alegra que tú también lo creas. Entonces, tal vez puedas decirme ¿por qué dejaste que tu destripador se acercara tanto a mi único medio para lograrlo? .

Hero parpadeó.

—¿Qué?

Lethe se enderezó a su estatura completa, luego se agachó hacia Hero con un aire demasiado amenazante como para ser malinterpretado.

—Tu destripador. Pareciera que... se está dejando llevar.

Ah.

—Esto es sobre Arlo.

—Esto siempre ha sido sobre ella —siseó Lethe, y sus ojos verde fosforescente resplandecieron con toxicidad.

Hero se alejó bruscamente de él, dio un paso hacia atrás y se sobó la mano adolorida. Se preguntó si le saldrían moretones cuando, más tarde, vio por debajo de los guantes que protegían al mundo de su tacto.

—¿Por qué tiene tanta importancia? —espetó, indignado por que lo lastimara por eso, de entre todas las cosas—. No me digas que ella sigue siendo tan importante para ti, ¡no después de su ponderación! Apenas salió de ese aprieto, y, sinceramente, quién sabe cómo lo logró. Está peor de lo que yo estaba a esa edad. ¡No es nadie! ¿A ti qué te importa si mi destripador...?

Lethe se le abalanzó encima más rápido de lo que Hero pudo entender. Su mano lo tomó de la quijada con tanta fuerza que amenazaba con fracturarle el hueso.

—Sí importa —amenazó rasposamente, con un aliento que se derramó sobre el rostro de Hero con tal frialdad que lo hizo estremecer—. Este mundo alguna vez rebosó de inmortales como yo. No soy el único que ansía libertad. Sí importa. No soy el único al que le interesa el futuro de Arlo Jarsdel, así que no la toques; no lo hagas, o no sobrevivirás a eso.

Hero lo miró con furia. No podía hablar, así que sus ojos escupieron el veneno que sabía que jamás podría decirle a la persona a la que le debía tanto, esta persona que le había dado, tal como la muerte le había dado a ese niño en la historia a quien le habían dado una vida distinta, un regalo que tal vez realmente nunca lo había sido.

—Tu destripador estuvo en el Círculo de Faeries esta noche. Casi mata a Arlo. Eso no volverá a suceder. Destino les dio a los inmortales una ventaja, Hieronymus, una pequeñita mortal, una salvadora perfectamente maleable para poder regresar. Si lo arruinas para ellos, te prometo que no seré yo quien diseñe tu castigo, pero vaya que desearás que lo hiciera.

Entonces soltó a Hero, que ya tenía lágrimas en los ojos, luego, con una barrida de su capa desapareció y lo dejó tirado en el piso, temblando... furioso... Después de todo lo que había hecho por Lethe, después de todo lo que había pasado entre ellos...

No.

Respiró profundamente.

Exhaló por la nariz.

Esto era más de lo que alguna vez le había contado de sí mismo, era información personal que Hero nunca antes había tenido; una ventana hacia el reino inmortal al que pocos, si es que había algunos, tenían el privilegio de asomarse. Sólo podía darle el más ambiguo sentido a lo que Lethe había querido decir con la conversación sobre Destino: ¿el reino inmortal estaba planeando su regreso? ¿Destino había convertido a Arlo en algo que podrían utilizar para ese fin?

Ella era débil. Ella no era nada... una inútil. Sólo había decepcionado a las muchas personas que habían pensado lo contrario. Y Lethe... con razón su humor era tan voluble, con razón se enfurecía contra Hero cada vez que le recordaba que se merecía a alguien mejor que Arlo para que lo salvara. Porque Lethe se daba cuenta, no podía ser de otro modo. Tenía que dedicar mucho de su tiempo y preocupación a proteger a esa niña de cualquier daño, angustiado por ella, pero en el fondo tenía que saber que él se merecía algo mejor.

—Yo podría darle algo mejor.

Hero se miró las manos, perdido en sus pensamientos, miró los guantes que usaba, lo único que no se convertía en oro cuando los tocaba. Ese cuero alquímicamente reforzado era lo único que actuaba como barrera entre la única magia que su piedra filosofal le otorgaba a él y al resto del mundo.

Hero podía darle algo mejor a Lethe, a todos ellos. Podía ser el salvador del reino inmortal. Ya lo era, sólo que ellos no lo veían porque estaban demasiado enfocados en esta niña para entenderlo.

No haría que su destripador desistiera. Lethe no tenía por qué saber que le había dado una instrucción adicional cuando lo mandó al mundo. No se fue contra Arlo por equivocación y, ahora que Hero sabía lo que estaba en juego, estaba más determinado que nunca a hacerse cargo de ese problema en nombre de su cazador. Pero primero... tal vez un vistazo. Tal vez podría hacerle una visita en persona a Arlo, sólo para ver si había algo que los informes no le decían.

Arlo moriría a como diera lugar.

Lethe sería libre.

Un vistazo no le haría daño a nadie, pero sí confirmaría lo que él ya sabía, y todos entenderían que Hero era a quien debían admirar, a quien deberían brindar protección y...

«¡Ah!»

Se tapó los oídos con las manos, haciendo muecas de dolor por el chillido de la alarma que de pronto se disparó.

Las luces se tornaron rojas.

Corrió hacia el elevador al final del pasillo.

Alguien sin permiso había entrado a su laboratorio. La noche había empezado tan bien, ¿cómo es que terminó en esto?

—¡Doc! —gritó un trasgo en cuanto Hero salió del elevador al piso principal. A éste lo conocía por su nombre, Pincer, muy fácil de recordar, gracias a los incisivos de fierro que le había pedido que le injertara para «verme más intimidante ante nuestros rivales». ¿Se había incendiado?, tenía el borde de la capa chamuscado—. ¡Vay el fae intentó matarme, carajo! Mató a mis hermanos. ¡Quiero más armas! ¡Quiero venganza!

Hero se le quedó mirando.

—Perdón, ¿quién dices?

CAPÍTULO 17

✦ NAUSICAÄ ✦

✦

—¡Carajo! —maldijo Nausicaä—. ¡Carajo, carajo, carajo! —Y agitaba los puños al aire. Se había teletransportado lejos de la sala del trono sin pensar realmente adónde iría, sólo sabía que tenía que escaparse, lejos del sumo rey, que se desmoronaba bajo el peso de su corona; lejos de la Caza Feroz, demasiado atados a los agravios del pasado como para darle una segunda oportunidad; lejos de Arlo, quien definitivamente era la misteriosa «alguien» que Haru había querido que ayudara al traerla aquí.

Nausicaä gruñó.

Se jalaba los pelos furiosa.

Se había rematerializado en lo alto del centro de la Torre CN, la estructura más alta de la ciudad, que sobresalía del corazón citadino como una inmensa púa de concreto. Fue lo más lejos que la magia la había dejado volar porque Haru era un desgraciado y aún no saldaba su deuda con él.

Arlo...

Con sus ojos verdes de Viridian, su cabello como las llamas vivas, y todo ese rubor bajo su piel blanca, Arlo ya no se parecía en nada a Tisífone, incluso le pareció irrisorio que alguna vez hubiera visto un parecido entre ellas para empezar.

Y le gustaba.

Probablemente ésa era la peor parte.

A Nausicaä realmente le gustaba Arlo Jarsdel. No la conocía tan bien, pero en el poco tiempo que llevaba de conocerla, había mostrado una terquedad, una determinación, una ferocidad que a Nausicaä le recordaba mucho a ella misma. Pero en ella también había bondad, lealtad y amor, aquellas virtudes que alguna vez tuvo Nausicaä, pero que perdió cuando murió Tisífone; virtudes de las que Arlo no tenía idea que, tal vez, no debería portar tan osadamente a flor de piel por lo cruel que era el mundo ante cualquier atisbo de bondad.

Ésa era Roja, según estaba aprendiendo: bondadosa. Reservada, sí, y extremadamente tímida en ciertos momentos, pero su vacilación no la hacía menos fuerte.

Luego también estaba el hecho de que había ido tras Nausicaä en aquel callejón trasero del club, sin importar lo del destripador, la Caza Feroz, el cadáver, y el hecho de que Nausicaä era una extraña y hasta poco antes Arlo sospechaba que también asesinaba niños. Estaba el hecho de que había intentado confrontar al sumo rey para dar fe de la inocencia de Nausicaä, lo cual nadie, ¡nadie!, había hecho desde que todo se había ido a la mierda en la vida de Nausicaä.

«Recuerda nuestro trato».

«Lo sabrás cuando se conozcan».

«Tú ayudarás. Yo te llevaré».

—¡Carajo, Haru! —Nausicaä azotó las manos contra la orilla de piedra que cercaba el abultado centro de la torre. Las palabras del niño sustituto flotaban de vuelta hacia ella, el trato que había acordado con él a cambio de que la trajera ahí, del cual era imposible escapar sin consecuencia, una del tipo que ella no querría pagar—. ¡Nunca volveré a hacer tratos con un sustituto! ¡Jamás! —gruñó por lo bajo— ¡Nada ha salido bien desde que llegué aquí!

No estaba más cerca de atrapar a su destripador o de descubrir la identidad de su amo. Por muy interesante que hubiera sido hablar con Cyberniskos, en su juego con él no se enteró de nada nuevo, excepto que había muchas más personas por ahí con piedras filosofales a medio cocer en el pecho de lo que hubiera pensado, y ninguna parecía saberlo. No tenía respuestas, no sabía adónde ir a partir de ahí y, encima de todo, había hecho enfurecer al sumo rey, lo suficiente como para enviar tras ella a su Caza Feroz.

¿Esto aún valía la pena?

Había comenzado a perseguir al destripador como una manera de llamar la atención de los inmortales y hacerlos arrepentirse de enviarla ahí. Aunque, por el momento, la única persona arrepentida de algo era ella. Después de toda la distancia que había tratado de meter entre ella y su pasado, la investigación de esto le había dado curiosidad, pero se había vuelto demasiado parecida a su vida anterior como para sentirse cómoda con ello. Y ahora, si quería seguir con ella, tendría que ser cautelosa.

Y la cautela no era algo en lo que fuera buena.

—Estoy comenzando a tomar esto personal —les murmuró a las estrellas. Con un suspiro, se desinfló y se dejó caer sobre el borde de la torre—. ¿Yo qué les he hecho a ustedes?

Un cuervo se posó junto a ella, no lejos de su brazo. Ella giró la cabeza para mirarlo hoscamente.

—Ciertamente ha habido muchos de ustedes por aquí. La preciosa florecita primaveral Arlo... Es difícil creer que haya nacido como unseelie al igual que el resto de ustedes, grandes y terribles pesadillas.

El cuervo ladeó la cabeza.

En realidad no era un cuervo. Era demasiado grande y demasiado negro, y el tono vino de sus ojos era tan oscuro que a primera instancia también pasaría por negro, pero Nausicaä sabía ver más allá. El sluagh croó y chasqueó el pico, y los diminutos fragmentos de afilados dientes brillaron a la luz de la luna por encima de ellos.

—¿Te has comido a alguien emocionante recientemente?

El sluagh graznó de nuevo. Luego, sacudió las plumas, saltó al cielo y voló tan silenciosamente como había llegado. Nausicaä miró cómo descendió de vuelta a la ciudad, curiosamente de una forma muy elegante para un demonio perverso que cazaba las almas de feéricos muertos, pero así era la facción unseelie: un montón de demonios perversos elegantes... excepto quizás Arlo. Y no era que los seelie fueran mucho mejores, por mucho que se esmeraran por fingir lo contrario.

Nausicaä suspiró.

Toronto también tenía una elegancia perversa. Desde esa gran altura, la ciudad parecía unas fauces abiertas. La noche cubría de terciopelo negro las puntas de sus colmillos, los numerosos edificios, así disimulaba su promesa de muerte. Las múltiples luces brillantes entretejidas en ese velo engañoso le recordaban a Nausicaä las almas que vigilaban las estrellas.

Era hermoso.

Era letal.

Pero no era nada que no hubiera visto antes; todas las ciudades eran iguales.

Abajo en la distancia, un poste de la calle tronó. Nausicaä vio cómo caía en la oscuridad, y aunque su vista era mucho más potente que la de cualquier mortal, no era tan buena como solía ser.

—Es que estoy tan cansada de todo esto —refunfuñó.

Extrañaba su antigua vida.

Con muy poca frecuencia se permitía admitir eso, pero extrañaba ser una furia. Extrañaba tener hermanas, una madre, amigos, y gente a la que le importaba si vivía o moría. Claro que, fuera de Tisífone, aparentemente nunca había tenido nada de eso para empezar: a Megera, a Eris, a su madre, a los inmortales y a las deidades y a varios otros que ella contaba como «su gente» no les importaba un ápice, a fin de cuentas. Cuando todo lo que ella quería era alguien que entendiera por qué estaba enojada, cuando todo lo que ella quería era su empatía (un maldito abrazo le habría ayudado montones, carajo), la gente que ella alguna vez pensó que le tenía cariño solamente le dio la espalda y la etiquetó como un *monstruo*.

Arlo era amable.

No importaba.

Probablemente moriría porque las cortes eran un absoluto desastre, su gobierno era horrible, y toda esa imposible fuerza inmortal dentro de una chica mortal (que Nausicaä aún seguía sin entender por qué Destino le había dado, pero como sea...) iba a rebotar eventualmente. No permitirían que Arlo le diera una salida apropiada a ese poder. Las cortes nunca le permitirían practicar la alquimia. Su propia magia la destruiría en cuanto madurara en ella y si de alguna manera sobrevivía, serían los inmortales y su insaciable hambre quienes la llevarían a la perdición.

Otro poste de luz tronó.

Nausicaä arqueó una ceja.

Otro tronó... y luego otro más.

Alzó la cabeza y vio el extraño fenómeno con interés creciente. Las luces de los postes siguieron reventando y el tránsito debajo de ellas se detuvo. Los cláxones y los gritos de disgusto perforaron el fragor normal de la ciudad; la repentina pérdida de luz bastó para desconcertar a los conductores y provocar una colisión en cadena. La oscuridad barrió por la calle como una enfermedad y sofocó no sólo a las farolas, sino también a las luces de los edificios. La confusión, los murmullos y el miedo subieron hasta donde estaba ella, pero lo más curioso de todo fue cuando esa oscuridad viró para derramarse directamente en las profundidades de un callejón al azar, lo llenó como un pozo y no fue más lejos.

—Ajá...

¿Eso era magia o un simple apagón que hacía volar su imaginación? La pregunta se respondió sola casi en cuanto la pensó. La oscuridad continuó expandiéndose en el callejón y cada cuervo en la ciudad que no era un cuervo salió volando. Los sluaghs volaron alrededor de ella, tan pesados como un enjambre de langostas y el júbilo en sus graznidos ensordecedores le disparó la adrenalina.

Era magia, pues.

Los sluaghs convergieron hacia el callejón y revolotearon por encima de éste como una tormenta.

Ella *no* podía no ir a ver qué causaba tal agitación en la vida salvaje local, así que saltó de la torre.

Como una roca que se desmoronaba, descendió en caída libre hacia la calle, el viento pasaba junto a ella con la fuerza de una corriente de agua. Mientras caía, ella misma se desenrollaba: su propia marca de oscuridad salió desde su espalda: sus alas, o al menos, lo que quedaba de ellas y lograba usar, a lo que se habían reducido... Le dolía mucho verlas, le recordaban con demasiada precisión lo que había perdido. Pero estas sombras aún servían su propósito. Se abrieron a sus anchas y amortiguaron su caída, en cuanto sus pies tocaron tierra, comenzó a correr.

Lo que fuera que esto fuera, era algo serio. La fuerza policiaca de los Falchion llegaría pronto. Lo único que quería era echar un vistazo: tal vez el faerie responsable de causar tal agitación estaría dispuesto a charlar si ella lograba teletransportarlo a un lugar seguro.

Derrapó hasta frenar en la boca del callejón. Ya no podía percibir el olor de auras mágicas como solía cuando era furia, pero lo que fuera que bullía en esa oscuridad, le provocaba unos escalofríos en la nuca tan espeluznantes como la muerte. Era casi conocido. Trató de enfocar sus sentidos y buscar una amenaza con claridad, pero algo fuerte enmascaraba la identidad de esa magia.

Era casi como si hubieran echado encima de esta aura el encantamiento de alguien más.

—¡¿Es una broma?!

La emoción le retumbó en las venas aún más. Echar el encantamiento de uno encima de la magia de alguien más era un talento que no muchos podían ejecutar. Echar el encantamiento de uno encima de la magia de alguien con la fuerza suficiente para escudar tal magia de la detección de los inmortales... Era quizás lo único que ayudaría a, digamos, un destripador para que deambulara desapercibido a lo largo de la más grande corte de los feéricos.

Ella dudaba que el sumo rey realmente tuviera algo que ver con eso, con el destripador o los ferronatos muertos. Su cordura iba en caída, cierto, pero siempre se había enorgullecido de su posición, estaba encariñado con su pueblo y estaba determinado a hacer lo correcto por ellos. Aun así, prácticamente todo lo que estaba sucediendo era absurdo y, la verdad... ésa no era su teoría más estrafalaria.

El sumo rey no podía realizar alquimia, pero ¿qué tan difícil sería contratar a alguien que sí pudiera? Además, no se necesitaba sangre de hierro para usar una piedra. En el declive de su vida... en cualquier momento alguien haría una primera jugada por su corona... No era del todo descabellado que quisiera conservar el mando el mayor tiempo posible, y qué mejor forma para hacerlo que con una piedra filosofal que sirviera como una amplificación de su poder.

—Supongo que lo descubriremos. —Entró al callejón—. Por favor, sé el destripador; por favor, sé el destripador; por favor sé el des...

La oscuridad explotó.

Nausicaä salió volando de espaldas, apenas capaz de entender el suceso. Todo lo que sabía era que en un momento la sensación fría en su nuca se extendió por todo su cuerpo como agua helada y al siguiente, estaba parpadeando hacia el cielo y los oídos le zumbaban. Se recostó en la acera libre de la calle y el rostro bien rasurado de un joven la veía.

—Cuidado —le advirtió cuando Nausicaä se enderezó—. Oye, ¿estás bien?

Ella sacudió la cabeza con la esperanza de acallar sus oídos.

—¿Qué pasó?

—Qué no pasó. —El hombre también sacudió la cabeza—. Una fuga de gas... un apagón, una colisión múltiple de autos... reportes de una explosión menor en ese callejón, pero... —Hizo un gesto detrás de él, en el callejón perfectamente ileso, sin señales de la oscuridad que había arremetido contra Nausicaä—. ¿Podrías mirar acá un momento, por favor?

Nausicaä miró hacia donde le instruyó. El hombre traía uniforme, dos franjas reflectantes en sus pantalones azul marino y mangas, y una placa en el hombro que indicaba que era paramédico.

—Estoy bien —le dijo apartándolo con una mano.

—Bueno, lo dudo. Estabas inconsciente. ¿Podrías seguir mi dedo con la vista, por favor?

—¿Podrías tú seguir el mío? —y le mostró el dedo de en medio.

A pesar del atrevimiento, el paramédico se rio.

—Okey, tu humor adolescente no está herido. ¿Qué tal el resto de ti? ¿Cómo te sientes?

—¡Molesta! —Y se puso de pie. El paramédico protestó sonoramente, pero Nausicaä no tenía tiempo para calmar sus preocupaciones. Sí, se veía como una adolescente. Urielle la había creado así. Sí, técnicamente también era una adolescente para los estándares inmortales. Sí, iba a pasar el resto de la eternidad ahí y adultos extraños, siglos más jóvenes que ella, la mimarían. A veces funcionaba en su favor. A veces le estorbaba como ahora, cuando lo único que quería era echar un buen vistazo al callejón ahora infestado con policías—. Fuga de gas... —resopló—. Humanos...

—Espere, señorita, no debería...

Nausicaä cruzó la calle, se acomodó el cabello en un chongo y lo amarró. Si la fuerza policiaca humana estaba ahí, entonces también estaba la Falchion. Muchos de sus miembros actuaban como agentes dobles; trabajaban en ambos equipos para asegurarse de que la comunidad mágica fuera la primera en llegar a cualquier escena que necesitara ocultamiento. Tendría que esquivarlos; si el sumo rey tenía una orden de aprehensión para ella, llamar la atención de los Falchion significaría, entre otros problemas, nunca confirmar qué había estado en ese callejón.

Si aún poseyera sus antiguos poderes, habría podido hacerse completamente invisible y echar un buen vistazo por todo el lugar a sus anchas. Afortunadamente, aún podía hacer uso de otros trucos.

—Qué desastre —gruñó justo al lado de un oficial humano que escribía sus notas en una libreta.

El oficial alzó la vista; era un hombre negro, de rostro fresco y ojos sombríos, cabello rapado, quijada fuerte y rasurada al ras; brazos gruesos y alto, Nausicaä también lo era y su complexión era una ventaja para su fachada. Cuando el oficial la miró, no vio a la chica adolescente descalza vistiendo pantalones de cuero y blusa de encaje, que ahora estaba desgarrada de varias partes; sino que ante todo el mundo ella se veía como otra oficial humana; su poderoso encantamiento confeccionaba la máscara de un uniforme inmaculado y una piel tersa.

—Ni que lo digas —respondió el oficial—. ¿Ya viste adentro?

—No hay mejor momento que el presente, ¿verdad?

El oficial señaló el callejón con la barbilla.

—Espero que no hayas cenado pesado. —Y continuó anotando en su libreta. Nausicaä no había esperado que fuera tan fácil librar a los que mantenían el resto de Toronto a salvo, pero si el Oficial Ojos Cafés no tenía la precaución de interrogar a un uniformado que nunca había visto antes, ella no tenía por qué cuestionarlo.

—Buenas noches —saludó a los dos oficiales de guardia en la boca del callejón. Ambos humanos. Los miembros Falchion estaban reunidos alrededor de una patrulla; podía distinguirlos por el zumbido de magia en el aire alrededor de ellos. Compartían café de un termo y no se veían para nada interesados en el callejón o lo que los humanos estaban haciendo en él; un comportamiento extraño, considerando que definitivamente la magia había causado todo el caos de esa noche.

—Tu insignia.

Al fin. No era divertido hacerse pasar por alguien que no era si nadie le dejaba entretejer las mentiras que los inmortales confeccionaban tan bien. Metió la mano en el bolsillo trasero y sacó la insignia que le había robado al policía anterior. La persona que protegía al destripador no era la única que podía echar un encantamiento encima de algo más. Cuando le mostró su identificación, el oficial que la revisó vio la información que Nausicaä había inventado y nada sobre Greg Jordan, el verdadero dueño.

El oficial asintió y con un gesto le indicó que podía pasar. Nausicaä se metió la insignia al bolsillo y pasó entre ambos.

La oscuridad que había llenado el callejón hacía un momento se había ido. La parvada de los sluaghs también se había disuelto, pero docenas aún permanecían en las orillas de los edificios aledaños, mirando la escena en sus disfraces de cuervos. Que los sluagh estuvieran inquietos era una indicación segura de magia; sólo iban detrás de sus hijos, los feéricos, o, más precisamente, sus almas. Como buenos carroñeros, su alimento dependía de llegar a los muertos más rápido que los cazadores de Cosmin; así que si los sluaghs aún andaban por ahí, entonces también lo hacía el premio que buscaban. ¿De verdad los Falchion no encontraron ahí nada que valiera la pena indagar?

Se pasó de largo por donde estaban los investigadores forenses y otros oficiales trabajando duro y destruyendo la escena. El punto focal era un cuerpo mutilado, joven, femenino, pelirrojo y pálido aún para un cadáver. Sin duda era víctima de su destripador y sus terribles fines, tal como los otros. Por una milésima de segundo, Nausicaä hubiera jurado que era Arlo. Tuvo que sacudir su cabeza para borrar esa imagen.

—Mmm...

Uno de los oficiales, una mujer de piel bronceada y cabello castaño recogido miró a Nausicaä.

—¿«Mmm» qué?

—Son un poco... viejos para caber en el patrón, ¿no crees?

—¿Patrón?

Nausicaä retorció los ojos.

—Los cuerpos en las noticias, desde luego. La mayoría son adolescentes y niños. Eviscerados, desmembrados, igual que ésta, excepto que sea quien sea, debe estar cerca de los treinta. ¿Ya le revisaste el pecho?

El oficial puso cara de disgusto.

—Eh... no. Un momento, ¡espera! No puedes...

Nausicaä se había agachado y en medio de varios gritos alarmados, metió la mano dentro de uno de los grandes hoyos del cuerpo.

—¡¿Qué estás haciendo?!

Nausicaä hurgó dentro. Sus dedos se cerraron al empuñar el órgano que buscaba, pero, a diferencia de los otros, éste estaba tibio, resbaloso y suavemente carnoso al tacto.

—¡Es sólo un corazón normal!

—¡¿Qué diablos estabas esperando?!

Ella retiró la mano.

Un rápido recorrido con la mirada en busca de residuos de magia le indicó a Nausicaä que la víctima sí había tenido una cantidad modesta de ella mientras estaba viva. Blanca, mujer, cabello rojo ennegrecido por el charco de sangre... sangre *roja*. Definitivamente era una miembro de los ferronatos, pero era perfectamente ordinaria. El desinterés de los Falchion significaba que lo más probable era que la hubieran designado como completamente humana en su ponderación ante el Alto Consejo Feérico; no obstante, esto sin duda había sido obra del destripador que perseguía Nausicaä.

—Pero tú no tenías una piedra —comentó pensativa—. ¿Por qué fue tras de ti?

—Mira, no sé qué es lo que pretendes, pero no puedes simplemente meter la mano dentro de los cadáveres. Me parece que debes irte.

—Sí —contestó Nausicaä, aún con tono de asombro—. Creo que sí.

Nada de esto tenía sentido. Ese cambio de patrón... ¿Su destripador simplemente había estado hambriento? ¿Éste sí había sido el ataque de un destripador? Nada en el aura que aún persistía de esa última víctima sugería que alguna vez hubiera practicado magia negra, pero eso no quería decir que esas criaturas no pudieran ir detrás de algo más si no encontraban su alimento preferido.

Y la manera en que esa joven fue despachada hasta morir era demasiado similar a como mataba su destripador para que fuera alguien más... a menos que hubiera dos de esos monstruos deambulando por Toronto, persiguiendo fines distintos. Pero los destripadores eran lo suficientemente inteligentes para mantenerse al margen en ciudades menos ajetreadas. Y nadie sería tan estúpido como para tratar de manipular a más de un destripador para que hiciera sabe el diablo qué complot maligno y luego exhibir a los dos por toda la capital más que congestionada del sumo rey. La Caza Feroz se daría cuenta... Las Furias se darían cuenta... la gente se daría cuenta; todos ellos ya se habrían dado cuenta, mucho más de lo que sabían y...

—Ash, ¡estoy tan confundida! ¿Qué carajos está pasando aquí?

Salió del callejón con la frustración punzándole en las sienes.

Esto no cuadraba... Le faltaba una pista crucial. La tenía justo enfrente, pero no podía verla; estaba demasiado cerca.

Lo que quería decir que ya era tiempo.

A Nikos no le iba a gustar... no se habían separado en los mejores términos. Pero era tiempo de hablar con alguien a quien de verdad le importara, alguien que se hiciera cargo de vigilar a todas las comunidades, no nada más a los faes.

En algún punto, Nausicaä tendría que hacer «amistad» con alguien que no estuviera hundido en alguna actividad ilegal, aunque fuera para tener más variedad en su vida.

CAPÍTULO 18

✦ ARLO ✦

✦

—No verás a Celadon en un buen rato —anunció Thalo la siguiente mañana cuando entró bruscamente en la cocina de su departamento de lujo, con barras de granito negro, piso de madera y aparatos inmaculados de acero inoxidable.

—¡Mami!

—Nada de «mami», jovencita. —Furiosa, dio vueltas alrededor de la isla al centro de la cocina donde su hija se sentaba, triste, removiendo su tazón de Cheerios, hasta quedar justo frente a ella para fulminarla con la mirada—: Estoy horrorizada con tu comportamiento de anoche. ¡El de ambos! Sé que Celadon no es mucho mayor que tú. Para el caso, sigue siendo un adolescente. Pero también es un príncipe, y más le vale empezar a comportarse conforme a la responsabilidad de su posición. ¡No tenía por qué involucrarte en esto! Que tan sólo se le hubiera ocurrido... —gruñó con frustración, pero su furia comenzó a bajar; continuó con su tarea de recogerse todo el cabello rojo para amarrárselo—. Y ésta no es la primera vez que hace algo así. Es que cuando ustedes dos se juntan... Ya les he pasado varias, considerando... ¡pero ya me fastidié! El Alto Consejo Feérico... las otras familias reales... diablos, la mayoría de las cortes perciben a Celadon Viridian como un niño odioso y consentido. Está

254

tan hinchado dentro de su supuesta inteligencia e importancia que no se detiene ni un segundo a pensar cómo sus dizque bromas, trucos, dizque planes afectan a los demás. ¡A gente inocente! A su propia familia. —Su diatriba terminó en otro ataque de furia y tuvo que pausar un momento para calmarse.

Lo que Arlo sentía acerca de lo que su madre acababa de decir debió de marcarse claramente en su expresión porque Thalo se volvió a enfurecer.

—¡No me mires así! ¿Crees que él no se da cuenta de cómo lo idolatras? ¿Crees que no me doy cuenta cómo cada año que pasa te vuelvas más y más como él y ese pobre sobrino suyo? Que cuando Serulian y Elexa viajan dejan a su joven e impresionable hijo bajo el cuidado del peor niñero que hubieran podido escoger de todas las personas en el palacio... Si de mí dependiera...

—¡Pues sí, pero no depende de ti! —contestó Arlo enfadada, y azotó la cuchara en el tazón—. De ti no depende quién cuida a Elyas, un niño sumamente bondadoso y maravilloso, por cierto, tal como Cel...

—Ésta veneración heroica es exactamente de lo que hablo. Celadon nunca hace nada mal, ¿verdad?

Arlo refunfuñaba, se deslizó del banquillo y se puso de pie.

—Esta no es culpa de Celadon. Fui yo quien...

—No, no por completo, pero debió hacer más, lo que fuera, para detenerte. ¿Estás consciente de lo que hiciste? ¿Estás consciente de que después de todo el estrés de tu ponderación y todos nuestros esfuerzos por mantenerte en esta familia pudiste arruinarlo todo con esta hazaña? Y Celadon no hizo más que alentarte. No me deja otra opción, no lo verás hasta que ambos recobren la cordura y tú te irás a vivir con tu padre durante el otoño.

Arlo puso cara de compungida.

—¿Qué?

—Esta falta de responsabilidad, Arlo, me hace cuestionarme en serio si estás lista para vivir sola. Si decides ir a la escuela en el otoño, pasarás el primer año con tu padre, donde él puede mantenerte a raya mejor que yo, por lo visto. Una vez que hayas demostrado la madurez suficiente, podrás mudarte a la residencia. También vas a entablar algunas amistades que sean diferentes. Y lo digo en serio, no es sano que solamente salgas con Celadon, sobre todo porque su influencia es la razón detrás de la espectacular inmadurez de anoche.

—¿Qué?, ¿entonces ahora también me vas a correr?

—No, no se trata de eso, pero...

—Ya tengo dieciocho, así que es asunto mío dónde vivir o si voy a la escuela. Por cierto, ya que estamos en eso, si quiero ver a Celadon, eso también es asunto mío.

—¿Ah sí?, bien, pues tú eres mi hija. Siempre serás asunto mío y mientras vivas bajo este techo tendrás que atenerte a mis reglas. Si crees que tu padre y yo no estaremos al pendiente de ti más que nunca, estás muy equivocada. —La desaprobación de Thalo se le subió al rostro—. Independientemente de la escuela, tú y Celadon tienen prohibido pasar tiempo juntos por ahora. Punto. Y la próxima vez que quieras jugar a ser detective con un montón de criminales, Arlo, tal vez recuerdes que tus acciones tienen consecuencias. Alguien murió anoche, ¿entiendes? Ese alguien pudiste ser tú.

—¡Pues quizá hubiera sido lo mejor! —gritó Arlo y agitó las manos en el aire, luego se fue de la cocina dando pisotones. Sabía que su comportamiento era infantil, pero no le importó. Las palabras de su madre fueron un doloroso recordatorio de lo que más trabajo le costaba contraargumentar: que la gente estaba muriendo, que ella atestiguó esa muerte y que fácilmente podría haber sido ella el blanco, aún podría serlo porque realmente, ¿cómo sabía que ella no tenía una piedra en su interior a punto de activarse?

Por primera vez en su vida, Arlo sintió un miedo genuino hacia la magia que tanto quería.

Por primera vez, deseó ser humana y nada más.

—¡No digas eso! —gritó y fue tras ella— Y no te vayas...

Arlo no hizo caso de que su madre le estuviera pisando los talones, entró a la sala y se fue hacia su habitación. Entendía que Thalo estuviera enfadada, pero eso no quería decir que tenía que gustarle. No estaba bien que decidieran sobre su vida ni que de pronto la privaran de la amistad con una de las increíblemente pocas personas que, para empezar, realmente se interesaba por su vida.

¿Cuántas lecciones privadas le había dado Celadon para tratar de que ella mantuviera el ritmo con lo que las cortes le exigían que aprendiera? ¿Cuántos de sus días y noches pasó acompañándola en ese departamento solitario cuando sus padres estaban demasiado ocupados en sus trabajos para estar en casa? ¿Cuánto de su tiempo sacrificó a lo largo de los años, tratando de sonsacarle un poquito más de magia para que pudiera impresionar al Consejo lo suficiente y la dejaran quedarse? Aun cuando Arlo se había dado por vencida, Celadon no.

Para ella Celadon significaba tanto como significaban sus padres. Él era familia. Él la amaba y la apoyaba, y jamás, ni una sola vez, la había hecho sentir rara, como si no perteneciera, o que estaba en deuda con él por sus atenciones.

Ella sabía que sus padres la amaban. Sabía que su madre trabajaba incansablemente, no sólo por ella, también por el bien de Arlo, y que gracias a su buena relación con el sumo rey sus vidas eran tan cómodas. Sabía que tenía que ser difícil ser madre soltera y que no era culpa de nadie que ella fuera hija única o que tuviera que hacer tanto ella sola. Thalo estaba reaccionando así porque temía por su hija, pero eso no lo hacía fácil de asimilar. En su humor actual, Arlo no tenía ganas de ceder ante su madre ni un centímetro.

—Sólo vete a trabajar —le gritó. Finalmente había llegado a la puerta de su recámara—. Déjame en paz.

Thalo se detuvo a unos cuantos pasos con la mano en la cadera.

—No habrá interacción entre tú y tu primo hasta que yo diga, ¿entendido?

—Sí.

—Y estás castigada.

—Me lo imaginé.

—Eso significa que no puedes salir más que a la escuela, el trabajo o casa de tu padre. Sabré si no obedeces.

Claro que lo sabría. Parte de su trabajo como generala de los Falchion implicaba que si Arlo tentaba su suerte, su madre vigilaría cada uno de sus pasos a pesar de que técnicamente no estaba permitido; la ley prohibía rastrear a los menores.

—Ya entendí. —Inhaló profundamente, parpadeando con furia para aplacar las lágrimas y manteniendo la cara hacia la puerta—. ¿Eso es todo?

La respuesta de su madre fue simplemente girar y caminar de vuelta a la sala. Apretando los dientes, Arlo pateó la puerta de su recámara para abrirla, luego la azotó al meterse. Atravesó su recámara hasta la cama sin tender y tomó su teléfono del buró; sin querer tiró al piso el dado que había recibido de le no-troll.

Vio cómo rodaba hasta detenerse en el número cuatro.

«Yo no quiero que seas un héroe, Arlo Jarsdel…», le había dicho le no-troll antes de darle ese misterioso regalo. «Lo que quiero es que seas mi estrella vacía».

Un héroe… una estrella vacía (lo que sea que eso fuera en realidad)… un adulto responsable, pero también «mantente lejos de los problemas, Arlo, eres sólo una niña y nosotros sabemos qué es mejor».

Arlo estaría un poco más ofendida de que nadie pareciera querer que ella simplemente fuera Arlo, nadie más, pero ella tampoco sabía realmente quién era. Cansada... sola... asustada...

Una decepción.

—Un momento... —y se enderezó.

El dado no podía estar ahí. Claramente recordaba que se lo había lanzado al destripador y obviamente no había regresado por él a media que huida. ¿Era una especie de magia? ¿Esa cosa estúpida estaba hechizada para seguirla por el resto de su vida?

Siguió murmurando, pensando por qué siquiera había aceptado esa cosa inútil para empezar porque ciertamente no había hecho gran cosa por ella hasta ahora. Se agachó en la orilla de su cama para recogerlo del piso y lanzarlo al buró junto a su cama, luego, regresó a su teléfono.

Papá: Acabo de colgar con tu madre. ¿Tú y Celadon se infiltraron en un club nocturno? Thalo está que se desmorona. Yo no estoy tan impresionado. Tenemos que hablar mañana, jovencita.

11:53 p. m.

Elyas: El abuelo le ha estado gritando a Cel como por diez años. Le quitaron su teléfono. ¡¡¡¡ESTO SÍ QUE DEBE SER SERIO!!!! ¿Ahora qué hicieron?

12:28 a. m.

Elyas: Nserio, ¿tas bein?

12:40 a. m.

Elyas: *bien?

12:40 a.m.

258

Noticias más destacadas:

Fuga de gas en el centro de Toronto culpable de serio accidente que dejó un muerto y varios heridos.

Arlo leyó los mensajes en su pantalla bloqueada y suspiró. No había visto su celular en toda la noche y en su miserable estado de autocompasión sólo caminó penosamente arrastrando los pies para ir a desayunar sin siquiera mirar la pantalla. Al parecer, el mundo siguió su curso independientemente de su angustia personal.

Sería interesante oír cómo su madre le había planteado a Rory ese acto particular de rebelión adolescente sin los detalles mágicos. Pero incluso si su padre probablemente pensaba que esto no era nada peor que un intento de emborracharse siendo menor de edad, aun así tampoco quería escuchar lo mucho que estaba decepcionado de ella.

Encima estaba Elyas, quien, a estas alturas ya debía de tener el panorama de la situación. Arlo se volvió a sentir culpable por ser en parte responsable de la discusión entre no sólo su familia, sino también la del príncipe. Le dio un golpecito a su mensaje y abrió el teléfono.

> **Arlo:** Gracias, El, estoy bien. Lamento preocuparte... Me siento mal. Eché todo a perder, se puso muy intenso y ahora estoy bajo arresto domiciliario hasta que muera o decida ir a la uni. Algo así... ¿Cel está bien? No está en graves aprietos, ¿o sí?

Su corazón se aceleró mientras veía los puntos suspensivos parpadeando en la esquina de su pantalla. Temía lo peor para su primo, pero tenía la esperanza de que, como Elyas no parecía tan preocupado por su tío, su castigo podría no ser tan severo como el humor del sumo rey hubiera querido imponer.

Elyas: Se oyeron MONTONES DE GRITOS.
Ay los dioses, nunca había oído al abuelo tan enojado. De seguro ÉSE FUE el castigo

también, porque tampoco había visto al tío
Cel llorar y su cara estaba bien húmeda
cuando salió de la sala del trono como un
troll sin aliento. Creo que ambos estaban
bien espantados de que estuvieras en peligro.
El abuelo te aprecia, tú lo sabes. Eres familia.
También aprecia al tío Cel y él SIEMPRE se
porta como un idiota. Así que lo castigaron.
Le prohibieron hablarte e ir a tu cara por un
rato, pero nada súper terrible. Y lo de prohibir
fue en serio. Cuando el abuelo dejó de gritar
para que ya se fuera, tu mamá habló para
gritonearle y ahora todos están enfadados
con todos y probablemente vamos a
envejecer alejados sin volver a vernos hasta
dentro de unos veinte o cincuenta años.

Elyas: *casa

Con otro suspiro, Arlo soltó el teléfono en la cama y se recostó de espaldas, contemplando el techo.

Maravilloso.

Un pleito familiar.

Si Arlo se hubiera preocupado sólo por sus asuntos, no habría jugado a ser el héroe que Destino quería que fuera, hubiera dejado que Celadon y los demás se encargaran como prometieron, entonces no existiría este desastre.

Si tan sólo hubiera sido más decisiva con ese no-troll, o si tal vez se hubiera fijado por dónde iba para no chocar con ese lesidhe, o si no hubiera seguido a Nausicaä por ese callejón donde la esperaba un destripador, habría podido salir del club como era su intención en lugar de hacer de la noche un caos absoluto. Si no hubiera estado en esa cafetería… si no hubiera sido ferronata…

Ésta no era la primera vez que Celadon y la madre de Arlo se peleaban por algo; ni siquiera era la primera vez que lo hacían por la «temeridad imprudente» en la que él metía a su hija; pero ciertamente era la primera vez que la veía así de furiosa, al igual que el sumo rey, quien de hecho había amenazado con arrestar a Arlo si ella no cuidaba sus pasos de ahora en adelante.

No había de otra; «cuidar sus pasos» era exactamente lo que iba a hacer.

Los faes eran increíblemente pacientes, lo cual no era de sorprender para un pueblo cuyas vidas se extendían durante cientos de años, y Thalo era particularmente buena para guardar rencores cuando la provocaban. Pero si Arlo se atenía a las reglas de su madre y se mantenía lejos de problemas durante un tiempo, todo se calmaría.

Tenía que.

Su teléfono volvió a vibrar, notificando otro mensaje. Lo recogió del edredón para verlo.

Elyas: Puedo sentir tu pánico desde acá. NTP, Arlo. Todo va a estar bien. Es sábado, hoy trabajas, ¿verdad? Doble turno, ¿cierto? Uf, ¡diviértete! Cel me pidió que te dijera que lo siente, por cierto.

Arlo: Gracias, El. Los amo. Y SOY YO la que lo siente. Cel no hizo nada malo

Colocó el teléfono de vuelta en el buró y se sentó. Tenía que prepararse para su turno sabatino de siempre en Starbucks, que empezaría en unas horas. Después de la noche que había pasado, furiosa, asustada y llorando contra la almohada, definitivamente tenía que ducharse primero.

—No más problemas —les dijo a las inofensivas estrellas que colgaban al centro de su dosel.

Arlo ya no quería formar parte de esto que sucedía a su alrededor.

Sin importar la razón por la que el sumo rey se rehusaba a investigar las declaraciones de Nausicaä, cualquiera que fuera la historia detrás de esas supuestas piedras filosofales, del destripador y de la razón por la que las personas solían hacer magia negra en sus propios corazones, Arlo había tenido suficiente.

Ya no se iba a poner en peligro.

Ella no era ningún héroe. Estaba fastidiada con todo ese misterio y muerte que había tomado las riendas de su vida, que empeoraba cada vez que trataba de mejorar la situación, que, además, llamaba la atención hacia ella de todas las maneras equivocadas. Los adultos podían decidir qué hacer con los ferronatos muertos, la alquimia potencial, las terribles amenazas contra ellos. Arlo podía enfocarse en la escuela y en su vida como era antes de la cafetería. Se obligaría a canalizar su energía hacia algo más que sus miedos y, con el tiempo, tanto su madre como el sumo rey la perdonarían.

Con el tiempo, ella podría cerrar ese capítulo entero de su vida y el rostro de Cassandra no ardería en su mente; el llanto de la madre de Cassandra ya no zumbaría en sus oídos; la sombra descomunal y el hedor sangriento de un destripador nunca más la acosarían en sus pesadillas, como le había sucedido la noche anterior.

Con el tiempo, Arlo ya no se preocuparía por si la palpitación que acababa de sentir en el pecho al recordar todo lo que quería olvidar era algo más siniestro que ansiedad.

CAPÍTULO 19

✦ VEHAN ✦

El Atrio Interminable era la habitación favorita de Vehan del Palacio Luminoso del Verano. Era cavernoso, una inmensa extensión de esteatita mármol y granito bajo un domo de cristal de diamante. En las paredes habían tallado hermosos rayos de sol y nubes con una luz tan etérea que difícilmente podían ser meras representaciones, todas ellas chapadas con el mismo oro brillante que llenaba las fisuras que atravesaban el suelo y las hacían parecer relámpagos.

Aquí era donde desembocaban todos los pasillos. Aquí era donde algunos comenzaban sin otro modo de entrada que no fuera esta habitación, como si el Atrio Interminable fuera el corazón que mantenía vivo al palacio y estos pasillos fueran sus arterias. Vehan había pasado gran parte de su niñez explorando las salas de su casa y aún sospechaba que este corazón contenía secretos que aún debía descubrir, tal como el suyo, y tal vez por eso le gustaba tanto ese lugar.

—¿Quiero saber qué le prometiste a los guardias para que te dejaran hacer esto?

Vehan estiró la cabeza y sonrió.

—Probablemente no. No fue mi primogénito, si eso es lo que estás pensando.

—Qué gracioso —dijo Aurelian, que no se veía divertido en absoluto—. Bien, no te voy a detener si ellos no lo hacen.

Éste era el lema de Aurelian. Si bien nunca dejaba que Vehan saliera dañado, nunca le impedía enfrentar peligros, al menos no recientemente. Había estado un poco más preocupado por eso durante la cúspide de su amistad. Tal vez Aurelian esperaba ahora que al demostrar que su valía no era la apropiada para Vehan, que era incapaz de controlar a su encargado y mantenerlo a salvo, la reina se retractaría de su honor y le quitaría el puesto. O tal vez simplemente no le importaba.

Vehan aún tenía que reunir el valor que necesitaba para determinar cuál de los «tal vez» era el real.

Regresó su atención al espejo, el único objeto en la habitación. No había otra decoración más que ésa, ningún otro adorno o accesorio, ni siquiera una alfombra en el piso o una planta en maceta contra la pared. El Atrio Interminable era el hogar del espejo que le había dado su nombre y de nada más; sólo había ocho en total y cada uno de ellos pertenecía al soberano de cada una de las cortes.

Un portal.

Un verdadero portal, no como el vidrio que vendían en serie y que sólo tenía la capacidad de llevar a la persona de su casa a ubicaciones limitadas, predeterminadas y bajo estrictas condiciones de operación. Una Salida Sin Fin era un espejo hecho de polvo de estrellas de las reservas que los dioses habían dejado en el reino mortal, saqueadas tras la expulsión de la Gran Rebelión. Una Salida Sin Fin podía llevarte a donde quisieras, incluso, según las teorías de muchos, a reinos ajenos. También era una conexión directa entre las ocho cortes y sus espejos, y, por esto, se vigilaban en extremo.

Afortunadamente, Vehan estaba en excelentes términos con gran parte del personal del palacio, incluyendo al guardia en turno, Zale, con su cabello verde botella, grandes ojos grises y piel brillante del color de la arena. Resplandeciente en su armadura ceremonial perla-cetrino, Zale estaba de pie junto al espejo fingiendo notablemente que ni Vehan ni Aurelian estaban ahí sin permiso. Se miraba las uñas perfectamente manicuradas, examinaba cómo brillaban bajo diferentes ángulos de luz. Ni una sola vez alzó la vista, sobre todo para poder decir «No, no he visto a su hijo, su majestad», en caso de que la madre de Vehan viniera a preguntar por él.

—¿Por qué no me escucha, Aurelian? ¿Por qué no me cree? No es como si pudiera mentirle... ¿Por qué querría mentirle? Si tan sólo enviara a unas cuantas personas al desierto, estaría tan segura de esto como yo.

Aurelian se tomó un momento antes de responder, con un aparente conflicto entre su deseo de mantener la distancia entre ellos y lo que Vehan sabía que era un corazón bondadoso.

—Las desapariciones... los cadáveres en las noticias... los glifos alquímicos y esa cosa en tu pecho... —se detuvo para mirar fijamente hacia el corazón de Vehan—. Indudablemente, tu madre sabe que hay algo más sucediendo, pero involucrarse más significaría pedirle permiso al sumo rey y ya escuchaste al Consejo del Verano. Su suma majestad ha estado actuando «de forma extraña». No ha aceptado audiencias con ninguno de los oficiales de las cortes.

Vehan suspiró.

Si el sumo rey hubiera decidido que todo eso era trivial simplemente porque no quería que fuera cierto, solamente obtendría más problemas. ¿Y si todo terminaba recayendo en un fae de dieciocho años, recientemente maduro, apenas de edad suficiente para ostentar el título de «heredero de la corona seelie del verano» para hacer que su soberano líder entrara en razón? Pues que así fuera. Vehan no permitiría que la paranoia de un rey que envejecía los llevara a la destrucción. Aun así, había veces en las que sentía que el peso de esa tarea era... un poco injusto.

—Esto sería mucho más fácil si en estos momentos los adultos actuaran como tales —murmuró.

—De acuerdo.

Vehan suspiró, sobándose el pecho, pensativo.

—Nuestras dos cortes, la facción seelie del verano y la unseelie de la primavera, nunca han estado en los mejores términos.

—También de acuerdo.

—Es muy mala idea usar el portal para ir al Palacio de la Primavera sin avisar y exigir una audiencia con el líder de la comunidad mágica entera cuando claramente él ha expresado su deseo de que lo dejen en paz.

—Así es.

Vehan se mordió un labio y miró a su auxiliar.

—Esto es peligroso. Podríamos meternos en graves aprietos. Tal vez hagan algo más que despedirte como mi futuro lacayo si vienes conmigo. Debería ordenarte que te quedes.

—No te obedecería.

Se mantuvo firme a pesar de que lo que estaba a punto de decir empeoraría la ruptura entre ellos.

—Obedecerías si te llamo por tu nombre.

—Trato hecho. —Aurelian lo miró con una expresión tensa y una postura rígida.

Tenía razón. Para los lesidhe, sus verdaderos nombres eran mucho más preciados que para los sidhes. Sólo se los revelaban a quienes querían profundamente. En cuanto Aurelian maduró y juró lealtad a Vehan, se vio forzado a traicionar su creencia y revelarle su nombre; otro punto en contra de Vehan, otro factor que los distanciaba aún más. Vehan le hizo un juramento a cambio para aminorar el golpe: le reveló su propio nombre a Aurelian y le prometió que si alguna vez usaba su nombre en su contra, por cualquier motivo, enseguida quedaría libre de su deber como lacayo.

A veces Vehan se quedaba a punto de darle lo que deseaba, utilizar su nombre en algo sin trascendencia y dejarlo en libertad, pero jamás sería tan sencillo. La familia de Aurelian sufriría por este desaire a la «generosidad» de la reina: enfrentarían prejuicios y chismes por haber sido despedidos así. Ambos sabían que eso sucedería.

Zale tosió.

Fue entonces cuando Vehan se dio cuenta de que habían desperdiciado su valioso tiempo mirándose fijamente.

—Bien —dijo—. Debemos hacer esto ahora si es que decidimos hacerlo.

Se sacudió y se enfocó una vez más en el espejo. Colocó una mano sobre el vidrio. Era tibio al tacto, suave y de cierta manera fluido, como si hubiera puesto la mano sobre la superficie de agua en calma. Cerró los ojos y en su mente visualizó exactamente adónde quería ir. Una Salida Sin Fin podía evocar cualquier lugar que el viajante pudiera imaginar, pero no había necesidad de tal dirección cuando se trataba de viajar entre una y otra. En cuanto sus pensamientos fueron al Reverdie y al espejo ahí resguardado, empezaron a aparecer ondas bajo sus dedos.

—¿Listo?

Aurelian asintió.

Vehan dio un paso hacia el vidrio, la superficie cedió tal como si fuera líquida. Era fría y resbaladiza contra la piel, pero fuera de eso no era desagradable. Al dar un paso al otro lado, sin embargo, le vino una sensación más fría y chispeante, la que surge cuando la magia del sumo rey te despoja de tu encantamiento y te provoca escalofríos.

La verdadera apariencia de Vehan causaba un oscurecimiento en su cabello que lo hacía de un negro aún más profundo, tanto que devoraba la luz a su alrededor; sus ojos eran más brillantes, de un azul tan eléctrico que casi sacaban chispas; su piel, azul de porcelana, brillante y suave como el amanecer que su facción veneraba; las orejas, visiblemente puntiagudas. Su estructura ósea también cambiaba, tomaba una esbeltez marcada, etérea y aviar; sus pantalones dorado oscuro, su camisa color crema y la túnica beige a la rodilla brillaban con el sello de la facción seelie del verano en su espalda (un sol, cuyos rayos centelleaban y crepitaban a cada momento). No había forma de ocultar quién era.

Junto a él, Aurelian también cambió.

Los faes no desactivaban sus encantamientos seguido, aun en la privacidad de sus propios hogares. Era una especie de desafío tácito entre ellos para ver cuán lejos podían ir sin soltar su ilusión, cuán lejos podían forzar sus límites hasta que descansar ya no fuera una opción.

Vehan no sabía si los lesidhe eran igual de competitivos o si Aurelian había adoptado ese comportamiento para pertenecer, pero era muy raro verlo así, su complexión bronceada ahora se teñía de azul, sus ojos dorados ardían como lava, su esbeltez y sus facciones eran más pronunciadas. Nada de esta apariencia era empequeñecido por su atuendo actual: su uniforme del palacio, de pantalones marrones de pierna recta y una camisa blanca, impecable tanto en puños como en cuello, y un sol esmaltado prendido sobre su corazón (la única designación de un puesto que, se rumoraba, el lacayo de la madre de Vehan había obtenido por envenenar a alguien).

De hecho, como siempre, Aurelian era no menos que hermoso.

A veces Vehan pensaba con sinceridad que su auxiliar era la persona más hermosa que jamás...

—Príncipe Vehan Lysterne, justo a tiempo.

Vehan se espabiló de su admiración por el físico de Aurelian. El Palacio de la Primavera de los Unseelie resguardaba sus Salidas Sin Fin de manera diferente. La habitación en la que ahora se encontraban era una cámara mucho más pequeña, con relieves verdes en vez de blancos y alfombras de un verde esmeralda tan aterciopelado que sus pies se hundían en ellas como el musgo. Al igual que el Atrio Interminable, el techo era de vidrio, pero aquí, esas ventanas también suplían las paredes y se podía ver todo Toronto a la distancia; de la piedra caliza entre ellos desbordaban hiedras, enredaderas colgantes y vibrantes brotes de flores.

La habitación era muy similar a un invernadero y estaba ubicada en la mera punta de la torre. Sólo aquéllos con la mayor autorización tenían permiso de usar el espejo resguardado en el centro. Como príncipe del verano y heredero de la facción, Vehan tenía tal autorización, pero no había pensado solicitarla. No tenían por qué esperarlo, él no había llegado «justo a tiempo» porque no había ningún itinerario.

Se enderezó por completo y miró al fae ante él. Estaba vestido con un traje color salvia y carbón finamente confeccionado que hacía un excelente juego con su piel lila renegrido, un tono más oscuro al rubor zafiro que lo marcaba como unseelie. El intenso color plateado de su cabello afilaba aún más sus facciones angulosas y caía abundante, espeso y ligeramente ondulado más allá de la marcada llamarada de sus hombros, pero a pesar de todo esto, la sonrisa que jugueteaba en la comisura de sus labios era suave y genuina.

—No sabía que habría una recepción —dijo Vehan.

Un fae desconocido cruzó las manos por detrás de su espalda.

—Su madre, la reina Riadne, me avisó que tal vez nos visitaría —explicó con simpleza, como si todo estuviera bien y no hubieran rechazado a delegados y miembros de la realeza preocupados por igual durante las últimas semanas—. Me llamo Lekan, líder de la casa Otedola. Sígame, por favor, me dará mucho gusto escoltarlo a unos aposentos más cómodos. El sumo rey ha aceptado gentilmente la solicitud de su madre de una audiencia cuando explicó lo alterado que usted se encontraba debido a ciertos eventos.

¿Su madre?

¿Ella había arreglado esto? Vehan miró a Aurelian, que alzó los hombros, pero no dijo nada.

El aprecio estalló en el pecho de Vehan, junto con la vergüenza. Su madre era estricta y no tomaba la insensatez de su hijo a la ligera, pero era buena persona. A su manera, le estaba ayudando, así que Vehan sintió que un poco de su fe en ella se renovaba.

—Excelente. Entonces, sí, he venido a hablar con su majestad el sumo rey. Yo... me disculpo por la premura. Me siento honrado de que, como líder de casa, usted haya salido a recibirme.

—No hay de qué, no es necesario disculparse. El único deseo de su suma majestad es quitarle sus preocupaciones; los hijos de sus cortes no deberían sufrir estas angustias. Venga.

Vehan lo siguió con Aurelian detrás de él. Las puertas de la cámara del espejo se abrieron y vieron un elevador de aún más piedra caliza, vidrio y follaje. En silencio, descendieron los múltiples niveles de la torre. El príncipe se sorprendió de que se detuvieran mucho antes de lo pensado, en uno de los pisos que se consideraban parte de la residencia privada. Este espacio se reservaba a la familia real Viridian, sus casas preferidas (como a la que pertenecía lord Lekan), el representante de los unseelies del verano en el Alto Consejo Feérico y su familia, además de quienquiera que los Viridian consideraran lo suficientemente importantes para quedarse por una estancia prolongada.

Éste no era un espacio para Vehan.

Tan aislado le parecía el sumo rey de todos ellos, que al salir del elevador, Vehan sintió un poco como si entrara al hogar de un dios muy antiguo.

El vestíbulo al que los llevó Lekan era amplio y largo, decorado con varios tapices y alfombras, piezas costosas de arte y candelabros ocasionales que parecían más bien árboles colgados bocabajo e iluminados con incontables luciérnagas.

Al fin llegaron a una habitación. Lekan empujó las pesadas puertas y los invitó a pasar, con muy poco tiempo para que Vehan sintiera con los dedos el relieve de follaje, vides y rosas, florecientes en el marco de madera.

—Sumo príncipe Celadon, ¿qué está haciendo?

Vehan se atragantó con su respiración y se detuvo tan súbitamente que Aurelian casi chocó contra su espalda.

La habitación era hermosa, tanto como el resto de lo que había visto del palacio. Era grande, alfombrada con el mismo musgo lujoso de la cámara del portal, y la inmensa ventana al otro extremo permitía que se filtrara una gran cantidad de luz solar.

Justo frente a él había una chimenea que fácilmente podría albergar simultáneamente a diez Vehans; la repisa apenas visible bajo la enredadera era de un verde tan oscuro que parecía que las hojas goteaban como alquitrán. Entre la chimenea y donde ellos estaban se encontraba el sumo príncipe Celadon Cornelius Fleur-Viridian, recostado sobre un sofá esmeralda, con las piernas recargadas sobre el respaldo del asiento y la cabeza pelirroja apuntando al piso.

—¿Qué parece que estoy haciendo, Lekan? Estoy esperando a mi padre.

Lekan suspiró.

—Su majestad, en serio, ¿qué otra esperanza tiene ahora? Usted sabe que su suma majestad ya declaró concluido el asunto.

—¿Concluido? —El sumo príncipe forzó una carcajada que hizo estremecer a Vehan y se desplomó completamente en el sofá para enderezarse. El movimiento elegante sin querer le abrió el abrigo esmeralda de seda de la casa, con lo que reveló más de su pijama: una camiseta sin mangas blanca lisa y pantalones de dormir de seda verde salvia; para nada lo que Vehan esperaría de un fae célebre por tener un aspecto meticulo-samente arreglado—. ¡Concluido! Hay un destripador deambulando por la ciudad y Thalo no me deja estar cerca de Arlo probablemente nunca más, y mi padre se rehúsa a... ¿quién es él?

Vehan sintió cómo sus ojos se abrían un poco más al entender que la mano del sumo príncipe lo señalaba a él. Aurelian ahogó una carcajada. Solamente él sabía que Vehan adoraba quizás sólo un poquito al hijo más joven del sumo rey; de hecho, había sido su primer *crush*.

Celadon Viridian era guapo, encantador, malvadamente listo. Hacía reír muchísimo a la gente y, a pesar de todas sus maldades, seguía siendo el favorito de la comunidad mágica.

¡Desde luego que Vehan iba a admirar eso!

¿Y qué si se había unido al club de fans que había surgido alrededor del sumo príncipe? ¿Cómo más pretendían que aprendería a ser como un fae al que jamás había conocido? Y... okey, sí, tenía un póster... o dos... pero ¡era el sumo príncipe! La gente tenía pósteres de todo tipo de cosas, así que si para Aurelian eso era gracioso, Vehan no entendía por qué. Los pósteres de Aurelian eran de todo tipo de cosas como cohetes, humanos, planetas y algo llamado la «Tabla Periódica», lo cual, en opinión de Vehan, era aún más extraño.

Dio un paso al frente.

—Vehan Lysterne, su majestad. Príncipe seelie del verano. Él es Au-relian Bessel, mi amigo. Vinimos a ver a su padre.

—¿Vehan? —El sumo príncipe lo miró con intensidad. Mientras más lo examinaba, más se sentía como si se derritiera en el piso—. Perdón, no lo reconocí.

—No... ¡no hay problema! Era bastante joven cuando visitó por última vez el Palacio Luminoso. No esperaba que me recordara.

—Mmm, estoy seguro. Nadie nunca espera nada de mí hasta que es todo de un jalón.

Vehan se sonrojó. No estaba seguro de qué responder.

—Celadon —lo regañó con firmeza Lekan. Mientras le decía a Vehan—. El sumo príncipe se disculpa. Ignórelo. Es completamente desagradable cuando hace un berrinche.

—Ay, vete al diablo, Lekan. Yo puedo pedir disculpas solo.

—No he escuchado disculpa alguna...

El sumo príncipe refunfuñó con ganas.

—Siento mucho haber dirigido mis emociones hacia usted, príncipe Vehan.

—Ésa no fue una disculpa.

—Eh... podemos venir en otro momento, si lo prefieren —Vehan trató de aminorar la discusión.

—No, no podemos —se impuso Aurelian, y cuando Vehan volteó bruscamente hacia él, se dio cuenta de que lo fulminaba con la mirada—. Vinimos para hablar con el sumo rey, no con su hijo petulante. El sumo príncipe Celadon puede venir en otro momento si él lo prefiere.

Los ojos de Vehan crecieron a tope. El comentario de Aurelian le causó entre asombro y horror. Por un lado, era extrañamente agradable que lo defendiera; por el otro, Aurelian acababa de ser un insolente con el sumo príncipe.

—Lo que mi amigo quiso decir...

—Su amigo dijo lo que quiso decir —lo interrumpió el sumo príncipe con un tono indescifrable. Su expresión parecía como si estuviera decidido a declarar a la Corte del Verano de los Seelie como excomulgada de incluso preguntar cómo estaba el clima ahí.

—Está bien, sí, dijo lo que quiso decir. —Vehan tensó la quijada, a pesar de los nervios y agregó—: ¿Deberíamos irnos?

El sumo príncipe los miró con furia, luego se recargó en el sofá. Parecía excepcionalmente drenado.

—Lo siento. No se vayan. Mis comentarios estuvieron fuera de lugar. Vinieron a hablar con mi padre. ¿Sobre qué?

Vehan no tenía la intención de compartir los detalles con nadie más que con el sumo rey, porque no sabía en quién podía confiar. ¿Qué tan lejos había llegado ese complot? No quería arriesgarse a que los oídos equivocados escucharan cuánto habían descubierto, pero el sumo príncipe y los de la realeza en general poseían una autoridad que ningún feérico podía ignorar. No necesitaban pronunciar un nombre para inspirar obediencia. Vehan tendría que ser un poco más franco de lo que quería.

—Tiene que ver con las muertes de los humanos. Tengo información que podría interesarle.

El sumo príncipe lo miró fijamente.

La mirada duró un largo tiempo, así que Vehan sintió que tenía que agregar un comentario:

—Sé que no es mi lugar, pues aún no soy la cabeza de mi familia ni de mi facción, pero están sucediendo muchas más cosas de lo que creo que ustedes entienden, y todas estas muertes en las noticias... Ambos sabemos que no es la causa de un asesino serial humano...

El sumo príncipe no dijo nada. Sólo se quedó mirándolo. Vehan sintió que su corazón se aceleraba y su boca estaba a punto de soltar más secretos que su cerebro quería mantener callados.

—No, no lo son —dijo el sumo príncipe al fin—. Creo firmemente que nuestros ferronatos son el blanco de alguien dentro de nuestra comunidad.

—Sin embargo, sí está pasando algo con los humanos. Están desapareciendo. Los están raptando de las calles... alguien está comerciando con ellos, alguien que se esconde muy en lo profundo del bajo mundo criminal, alguien que está incursionando en esto.

El sumo príncipe inclinó la cabeza.

Vehan metió la mano en su bolsillo para sacar un papel que le mostró al príncipe, un dibujo del símbolo grabado en la puerta de las instalaciones en el desierto. No había dormido nada la noche anterior, así que se ocupó con el bosquejo de lo que su mente se rehusaba a soltar para poder descansar.

El sumo príncipe asintió hacia Lekan para que se lo llevara, y en cuanto vio el bosquejo, se enderezó, tenso.

Vehan parpadeó.

—¿Usted sabe qué es? —Aunque el sumo príncipe gozara de alguna autorización especial, la alquimia llevaba censurada cientos de años, mucho antes de su tiempo. No debería saber qué era eso, no sin haber roto las reglas para familiarizarse con ese símbolo.

—Sí, lo sé —respondió el sumo príncipe, a media voz—. Creo. Es un... glifo. Todos estos símbolos y esta escritura... Es alquimia.

La habitación se quedó en completo silencio. Hasta el aire se sentía más pesado.

A pesar de esto, Vehan sintió que un alivio caía sobre él como agua de la bañera, tibia y calmante.

—Eso también fue lo que pensamos. El sumo rey nos ayudará, ¿verdad? Como mínimo tenemos la esperanza de que nos dé permiso de revisar los tomos alquímicos y las notas que guarda de los alquimistas que solían servir a las cortes. Tal vez si...

—Ah, no, lo impedirá rotundamente.

A Vehan se le cayó la quijada. Antes de que pudiera preguntar por qué, el sumo príncipe se levantó de su asiento. Su fatiga se había ido. Incluso parecía haber recuperado su humor. El viento que dominaba se arremolinó feroz y brillante en sus ojos verde jade y el resplandor crepuscular de su complexión azul zafiro se oscureció en un tono de noche azulada. El sumo príncipe se movió con una gracia alarmante, le regresó el papel a Lekan e intercambió miradas con ellos.

—Mi padre no ayudará. Él... bueno, cuando terminen su audiencia con él, sugiero que tomen un paseo con Lekan. Hoy nos reuniremos con alguien, alguien que sabe mucho más sobre lo que está pasando que nosotros, pero tal vez ella reaccione mejor con ustedes. La Estrella Oscura y yo... nuestra primera reunión no tuvo un buen inicio y terminó aún peor.

—¿La Estrella Oscura? —soltó Vehan y miró al sumo príncipe con asombro— ¿La Estrella Oscura está aquí? —¿Al fin la habían capturado y se habían enterado de algo sustancial?

El sumo príncipe asintió.

—Sí.

—Ella no es quien está detrás de todo esto, ¿verdad? Yo dudé que mi madre tuviera razón sobre eso. —Esto realmente no parecía cuadrar con lo que él sabía de ella, pero, después de todo, ¿qué sabía Vehan de todo eso?

—No, no lo creo. Pero es cierto, tu madre sí la acusó de ser una asesina. Supongo que entonces ella nos detesta en igual manera. —Suspiró, frunció los labios y miró a Vehan tan intensamente que él tuvo que contener las ansias de reacomodar algunas arrugas invisibles en sus pantalones para mantenerse firme y atento.

El sumo príncipe podía recolectar secretos del mismísimo aire si sabía dónde buscar y qué preguntar; al menos ése era el rumor, aunque nunca se había confirmado. Pero Vehan no podía evitar preguntarse en ese momento si también podría leer mentes, y realmente esperaba que, si sí, no presionara demasiado para descubrir que él había sido el protagonista sumamente inapropiado de muchos de los sueños de Vehan cuando era más joven. Y, diablos, ahora su pánico se acrecentaba. Pensar en eso los hizo aún más nítidos en su mente, ¡incluso más fáciles de escuchar!

—Aun así, creo que ustedes tienen mejores oportunidades que yo.

Vehan casi exhaló con fuerza para dejarse caer en un visible alivio cuando el sumo príncipe dijo eso y continuó sin mencionar nada sobre sus vergonzosos pensamientos.

—Además, tal vez sea mejor si yo no me arriesgo a ser descubierto en el lugar al que necesitan ir. Vayan con Lekan. Hablen con Nausicaä. Si esto sí se trata de alquimia, ha pasado desapercibido por demasiado tiempo. La Estrella Oscura podría ser nuestra única esperanza para salvar esta situación. Lo lamento —hizo una reverencia a Vehan, tomándolo por sorpresa y casi haciendo que se olvidara de devolver el gesto—, pero debo irme. Hay algo que debo hacer. Lekan les dará mi número de celular para que podamos hablar más adelante sobre esto. Con permiso, príncipe Vehan. Lord Bessel.

Salió de la habitación, su bata verde esmeralda ondeaba a su paso.

Su partida fue tan repentina que, por un momento, Vehan no pudo más que quedarse mirando fijamente.

—¿Yo...? —tartamudeó al fin—, ¿acabo de conseguir el número del sumo príncipe?

—Todo un huracán ese príncipe —dijo Lekan con tono exasperado pero cariñoso—. Su prima es la única que sabe cómo llegar al centro de ese torbellino. ¡Vengan, siéntense! Lo mejor es que al menos hagan un intento por contarle su historia al sumo rey. Voy a pedir té y timbits. A su suma majestad le encantan. Cuando termine su audiencia, buscaremos las respuestas que quieren.

—«Timbits»— se repitió Vehan. No tenía idea de lo que significaba esa palabra.

En una especie de trance, fue al sofá en el que acababa de estar el sumo príncipe y se sentó; Aurelian hizo lo mismo. Aun si el sumo rey no le creía a Vehan, el sumo príncipe Celadon ahora estaba de su lado. Fuera lo que fuera lo que eso significara, era algo. Era un nuevo inicio, al fin, después de mucho tiempo. Por primera vez en un buen rato, cuando Vehan inhaló, realmente lo sintió como una respiración.

CAPÍTULO 20

✦ ARLO ✦

✦

—Hola —le dijo Arlo al señor de mediana edad que se acercó al mostrador—. ¿Qué le ofrezco?

—Un latte.

Arlo contuvo un suspiro. Un inconveniente del servicio al cliente era tener que lidiar con personas que estaban de mal humor, como claramente era el caso de ese hombre. Por su traje negro como la medianoche, guantes de cuero negros y una elegante corbata dorada que combinaba con su cabello perfectamente acicalado y brillante, le dio la impresión de que era alguien muy importante; y con la mueca amarga de su boca apretada y su mirada dura y brillante, era claramente alguien muy importante e infeliz.

Lo mejor era despacharlo rápidamente.

—Un latte. —Marcó en la caja registradora—. ¿Qué nombre escribo en el vaso?

—Hero. —Y su entrecejo se frunció aún más—. Tu servicio al cliente es atroz.

—Oh... lo siento... —No tenía idea de qué había hecho para ofenderlo. Claramente ese hombre estaba buscando a alguien con quién desquitarse.

—Sabes, deberías sonreír más. Las chicas son mucho más bonitas cuando sonríen, y ciertamente a ti podría ayudarte. Y pensar que vine hasta aquí para esto. Ni siquiera sé qué ve en ti. No eres ninguna amenaza para mí en lo absoluto.

—Eh... —¿Esto seguía siendo acerca de ella?— Puede recoger su bebida allá...

—¿Eso es todo lo que tienes que decir? Vaya, niña, te estoy insultando. No...

—Oye —dijo una voz cansina detrás del hombre—, creo que la señorita te dijo que te largaras.

Arlo sintió que el corazón se le detenía. Sus ojos se abrieron a tope. La respiración se le quedó atorada en la garganta y empezó a toser porque conocía esa voz; probablemente nunca la olvidaría pues actualmente era la razón de sus pesadillas. Y cuando el hombre del mostrador se dio la vuelta, ciertamente era Nausicaä la siguiente en la fila.

—¿Disculpa?

Nausicaä sonrió ampliamente. Arlo esperaba no tener que volver a ver esa sonrisa; era un poco más que aterrador ver tal amenaza detrás de una falsa alegría.

—Ya me escuchaste. Paga tu bebida y muévete, imbécil. Es mi turno de aterrorizar a la barista.

—Te vas a arrepentir de hablarme así.

—Eh... acaso debería...

»Promesas, promesas. Toma tu humor y largo. —El hombre continuó mirándola durante tanto tiempo que Arlo incluso consideró hablarle a alguien más del personal. Nausicaä mantuvo la sonrisa. No era algo humano. Una pista de lo que había detrás de su encantamiento se dejó ver a través de su imagen: una sonrisa de oreja a oreja, llena de dientes feroces, capaces de engullir al hombre y hacerlo trizas—. ¿Sabes? —agregó, con esa espantosa superposición de la verdad moviéndose en sintonía con sus labios—, tú deberías sonreír más. Serías más lindo si lo hicieras, y mi ego es increíblemente frágil. Tengo que apoyarme en gente vulnerable para validar mi existencia de mierda.

A Arlo no le sorprendió cuando el hombre aventó dos monedas en el mostrador y se fue molesto a esperar en la barra. Si alguna vez Nausicaä la viera como estaba mirando a ese hombre, seguramente se desmayaría. Un problema resuelto tan sólo para dar paso a otro.

—Gracias —soltó aliviada. Luego agregó—: ¿Qué estás haciendo aquí? —Bajó la voz para susurrar y agacharse por encima de la caja—. ¿Qué no la Caza Feroz está detrás de ti?

Nausicaä alzó los hombros.

—Shh. Tal vez. No sé. A quién le importa. Oye, ¿a qué hora sales de trabajar?

—Eh... ¿por qué? —Si bien agradecía el rescate, tanto el de ahora como el del Círculo de Faeries, el problema en el que se encontraba seguía fresco en su mente. Al igual que su promesa de mantenerse lejos de más líos; los problemas parecían seguir a Nausicaä como una maldición.

—Quisiera que vinieras conmigo a un lugar.

Arlo estaba castigada.

Una significativa parte de ella estaba aterrada de esa chica excesivamente audaz y vulgar.

La noche anterior había pasado una hora completa buscando cualquier indicio de algo fuera de lo ordinario en su pecho y por todo su cuerpo. No había encontrado ningún glifo, como quiera que fueran, pero eso no quería decir que Arlo no estuviera fuertemente consciente de que lo que fuera que estaba apilando cadáveres hechos trizas en las noticias, al parecer estaba acechando aquí en la ciudad, usando a un destripador como medio para cazar gente como ella. Arlo era increíblemente cobarde, y encima de todo, su único don parecía ser la habilidad de empeorar situaciones que ya estaban mal. No quería tentar a la muerte ni a su destino prometido más de lo que ya lo había hecho en las últimas semanas.

Aun así, a pesar de todas las razones para decirle que no a Nausicaä...

—Termino en una hora. ¿Ir contigo adónde? —dijo sin pensar.

—¡Me alegra tanto que preguntes! Cierta persona y su amigo quieren conocerte, y como es increíblemente beneficioso para mis intereses presentártelos, les dije que haría lo posible. Entonces, ¿qué te parece si me preparas uno de esos frapuccinos unicornio espantosamente dulces, me quedo aquí hasta que termines y te explico los detalles?

«No», la mente de Arlo la regañó. «Tienes que decirle que no. En lo que sea que se metió, probablemente tiene que ver con esa piedra filosofal y la última vez que decidiste involucrarte en lo suyo, casi te come un destripador. ¿Quieres llamar la atención de un asesino serial lunático?».

—¿De qué tamaño? —preguntó su voz traicionera.

—Mátame con azúcar.

—Creo que... ésa no es una de las opciones de mi pantalla.

—Sí, sólo que le dicen *venti*.

Arlo marcó la orden. Nausicaä pagó, metió unas monedas en el tarro de propinas y se fue a esperar su bebida en la barra.

La última hora de trabajo pasó sin mayores eventualidades.

Arlo miraba a Nausicaä muy seguido; estaba despatarrada en una silla junto a la ventana porque, por alguna razón, nunca se podía sentar normal en un asiento. Bebió aquel líquido de colores brillantes y pasó el tiempo en su celular verdeazul, del cual sólo quitó los ojos cuando Arlo se sentó frente a ella, cansada y sudorosa, cuando al fin había terminado su turno.

—Bueno, ¿y quiénes son esta persona y su amigo que quieres que conozca y por qué?

—Vehan Lysterne. ¿Sabías que hoy está aquí en Toronto?

Arlo se le quedó mirando.

Vehan Lysterne era príncipe de la facción seelie del verano. Una de las dos familias reales que reinaba sobre dicha estación; la facción seelie tenía su corte en América, en Nevada, si Arlo recordaba bien. La facción unseelie actualmente estaba en algún lugar de India. Eso era todo lo que Arlo sabía de él, aparte de los rumores que alardeaban que era muy guapo, pues estaba dotado con el elemento eléctrico que los faes seelie del verano dominaban.

—Eh... no, no sabía. ¿Cómo te enteraste? ¿Cómo es que hablaste con él para organizar esta reunión? ¿No deberías estar escondida o algo? Más importante aún, ¿por qué quiere hablar conmigo?

—Honestamente, no lo sé. No me quiso decir. Hicimos un trato: yo te llevo y él me dice lo que sabe sobre las piedras filosofales.

Lo sabía.

El corazón de Arlo se apachurró con el miedo que resurgió. Se recordó que ella no era un blanco. No tenía un glifo; además, la misma Nausicaä había admitido que así era como los corazones que había encontrado se habían convertido en piedra. Pero entonces se le ocurrió, como sucede con los malos pensamientos cuando el pánico toma las riendas, que tal vez ésa no era la única forma.

—Definitivamente no tengo una piedra en mí... ¿verdad? No voy a morir, ¿o sí? No es por eso que él quiere hablar conmigo, ¿cierto?

Nausicaä agitó una mano entre ellas indicando que le restaba importancia.

—No, no, tú estás bien. Al menos eso creo. No percibo nada inquietante en tu magia. No tienes un glifo por ahí en tu cuerpo, ¿verdad?

Arlo negó con la cabeza.

—¿Ésa es la única manera de hacer una piedra de un corazón?

—La única.

Arlo suspiró, aliviada.

—Okey. Aun así, creo que yo no debería involucrarme en esto. Digo, para empezar, realmente no quiero. No sé si lo has notado, pero en verdad no soy de estas aventureras que se lanzan por lo que quieren, y todo parece empeorar muy, muy terriblemente siempre que me involucro. Además, tú misma dijiste que sólo porque no sea un blanco no quiere decir que no pueda convertirme en uno si sigo metiendo las narices en esto.

—Todas tus preocupaciones son perfectamente válidas, Arlo —respondió Nausicaä, que dejó su teléfono para cruzar las manos sobre la mesa—. Tengo la leve esperanza de que ignorarás todo esto. Tal vez no seas del tipo aventurero, pero de hecho no conozco a nadie más apropiado para ayudar en esta situación.

—También estoy castigada, ¿sabes?

—Yo te llevo y te traigo en nada de tiempo. Puedo teletransportarme, ¿recuerdas? Sólo dile a tu madre que te retrasaste en el trabajo o algo así. Esto no tomará mucho tiempo, sólo es una reunión. No te estoy proponiendo que huyamos juntas a Las Vegas.

—¿Sí te das cuenta de que mi madre es jefa de la policía superior de la comunidad mágica?, puede revisar en un segundo si me estoy aprovechando de alguna grieta técnica para mentir. —Arlo chasqueó los dedos para impresionar a Nausicaä de lo rápido que sería para Thalo confirmar su mentirita.

Nausicaä se recargó sobre el respaldo de su asiento y sonrió.

—Sí, tu habilidad para mentir. Cuánto potencial... con un poco de guía. Hay mucho que podría enseñarte, Arlo. Tú y yo haríamos un gran equipo...

Arlo ignoró firmemente la parte de sí misma que tomaba esa declaración como un cumplido.

—La exfuria más buscada por las autoridades y una ferronata mágicamente atrofiada. Sí, gran equipo... —Retorció los ojos—. Si realmente es sólo una reunión, si el príncipe Vehan sólo quiere hablar, entonces... no sé, sí, supongo. Aunque, tendría que ser rápido; o sea, una hora a lo mucho. Pero, en serio, ¿por qué yo?

Arlo no era nadie. Nunca antes había conocido al príncipe Vehan y no sabía qué posible razón tendría él para querer cambiar eso, sobre todo ahora. Ella no sabía nada sobre piedras filosofales, ni alquimia, ni lo que fuera que estuviera pasando. ¿Cuál sería el punto de reunirse con ella?

—De nuevo: ni idea. Si ellos te hacen perder el tiempo, te prometo vengarme engañándolos para que terminen en la madriguera de Cyberniskos.

¿Cyberniskos? ¿El faerie caníbal con el que jugaba a las cartas en el Círculo de Faeries?

—¡¿Qué?! ¡No! Nausicaä, no puedes matar al príncipe seelie del verano sólo porque «te hizo perder el tiempo». Sí lo sabes, ¿verdad?

—Mmm, entonces lo mejor es que vengas. Es difícil que yo sola recuerde todas estas reglas inventadas. —Y movió las cejas.

Arlo inhaló profundamente por la nariz.

Parte de lo que atrajo a la facción unseelie de la primavera a asentar su corte en Toronto fue la diversidad humana de la ciudad. Como una de las ciudades más multiculturales del mundo, gente de todos lados podía establecer su hogar en alguno de sus muchos rincones y conservar algo parecido a sus raíces.

Además, con tantas personas diferentes tan hacinadas, era mucho más fácil mantener su secrecía. Alguna vez Arlo había hecho fila en Tim Hortons detrás de un grupo humano de cosplayers de *Final Fantasy*, y nadie había parpadeado siquiera. Su presencia causó que el ogro detrás de ella, cuyo encantamiento no estaba funcionando bien, revelara un atisbo de sus impresionantes colmillos y pasara completamente desapercibido.

Pero gran parte de la razón para escoger ese lugar fue orgullo.

La facción seelie de la primavera tenía su corte en una provincia inglesa, donde su alfombra de césped color esmeralda se extendía como el mar a través de olas de colinas, y todo se volvía profundamente verde en cuanto el invierno se derretía.

Ahí en Toronto, una ciudad cuyos inviernos congelaban con rudeza y los veranos eran sumamente calurosos, reclamar un lugar para la primavera no era un logro menor. Cada año tenían que librar una guerra contra el hielo y la nieve que amaban a ese país, y cada vez que su estación ganaba, se tenía que usar eficientemente antes de que las temperaturas altas y húmedas la reclamaran para sí.

El resultado era una majestuosidad que sólo los unseelie de la primavera podían desplegar: campos vibrantes, enjoyados con tulipanes, lagos congelados de brillante y cálido zafiro; montañas cubiertas de nieve que se alzaban en cielos azules despejados por toda la cosa oeste; al este sobresalían franjas dentadas de bosques, riscos serpenteantes cubiertos de lujoso verde. La primavera estaba por consumirse cuando la región la acogía, pero Azurean Lazuli-Viridian no ostentaba la corona por temor a un desafío.

—Siempre me sorprende que Canadá sea tan cálida —se quejó Nausicaä.

Arlo miró a su compañera.

Era mediados de mayo; los primeros hechizos del calor veraniego eran comunes en esa época del año. Arlo ya estaba sudando en su uniforme del trabajo (skinny jeans negros y camiseta tipo polo a juego), pero Nausicaä debía de estar muriendo en el mismo atuendo que había usado el día que la conoció.

—Tal vez podrías quitarte la chaqueta de cuero.

—Disculpa, pero no puedo simplemente quitarme algo. Éste es mi atuendo. —Y puso una cara confrontadora—. Además, la temperatura realmente no me molesta. Sólo fue una observación. Creí que este lugar era casi siempre nieve, tartán y fábricas de jarabe de maple.

Arlo sacudió la cabeza.

—Entonces, ¿adónde vamos?

Se habían teletransportado de un callejón cerca de su trabajo directamente a otro en Danforth, una calle arterial que atravesaba lo que ahora era Greektown, una avenida cada vez más popular, con restaurantes, negocios y numerosos *pubs*, uno tras otro. Era ruidosa y siempre ajetreada, sin importar la hora del día o de la noche. No era exactamente el primer lugar que le vino a la mente cuando supo que visitaría a un príncipe.

Nausicaä la llevó a un paso de peatones; serpentearon entre la gente como una viruta de humo.

—Ésa, ahí. —Y apuntó hacia una tienda al otro lado de la calle.

—¿Qué?, ¿Chorley's Curiosities? —Arlo frunció las cejas—. Parece una tienda de empeño.

—Ah, pero tú ya sabes que las apariencias engañan en la comunidad mágica.

Chorley's Curiosities era un edificio estrecho ubicado entre una librería antigua y un pequeño restaurante de souvlaki. Su pintura color amarillo girasol estaba desgastada, se descarapelaba en varios lugares y las ventanas mugrientas de la fachada estaban tapizadas con diversos carteles y periódicos viejos; estaba atestada de restos de las mercancías que sus entrañas tenían para comercializar. En su igualmente destartalada puerta color pino estaban colgados los horarios de atención, que al parecer no se extendían al fin de semana.

—Dice que está cerrado —observó Arlo cuando llegaron a su destino.

Nausicaä ignoró el comentario. Tocó a la puerta. Se abrió del lado opuesto al que Arlo esperaba, hacia adentro de sus bisagras en lugar del lado de la perilla. Y lo que había del otro lado la dejó atónita. Siguió a Nausicaä al interior del lugar y salió a...

—¿Un bosque?

Se quedó boquiabierta.

Ya no había Danforth. Ya no había ningún Toronto. Lo que se extendía en todas direcciones más allá del horizonte eran árboles... abedules blancos como el papel, cedros fragrantes y altísimas secuoyas. Cada uno usaba elegantes abrigos de musgo y sus coronas densas y frondosas conformaban una paleta de los verdes más brillantes y puros que Arlo había visto.

El viento susurraba a través del dosel con la tranquilidad de una cascada. Desde sus ramas, las aves entonaban un canto suave y alegre.

En todo a su alrededor percibía un tintineo débil y lejano, como campanillas de cristal, un sabor chispeante en su lengua y un aroma fresco que se asentaba, como el invierno, en la parte posterior de su nariz.

Arlo había ido con sus padres a muchas excursiones por algunos de los bosques más hermosos que esa parte del mundo ofrecía, pero nunca había estado ahí. La quietud que se extendía por ese bosque era una magia tan antigua que la sentía en la médula de los huesos. Pero también era pacífica, tan restaurativa, tan buena que, más que nada, quería hundirse en ese mar de campanillas azules que alfombraban el piso para nunca irse.

—Es el Hiraeth —dijo Nausicaä. Su tono estaba imbuido de una reverencia sospechosa. Era el tono más suave que Arlo le había escuchado.

—¿Qué es eso? —le preguntó somnolienta. Mientras más tiempo estaba en este bosque, mejor se sentía. Le calmaba cada dolor como el bálsamo en una quemadura que ni siquiera sabía que tenía, pero el efecto era un poco intoxicante—. ¿Qué es un Hiraeth?

Nausicaä volteó para verla de frente. Mientras que Arlo estaba segura de que se veía tan letárgica como se sentía, en los ojos ampliamente dilatados de Nausicaä había un brillo salvaje y una alerta evidente antinatural. Ejecutaba cada una de sus palabras y movimientos con una cautela que sugería gran moderación. Pero, ¿de qué? Arlo no lograba reunir la energía para continuar el hilo de ese pensamiento.

—Es el nombre de este lugar. Piensa que es la vena por la que corren y se conectan todos los mundos.

—¿Todos los mundos? O sea, ¿los universos? ¿Hay más?

Nausicaä tarareó y con un lento movimiento de su cabeza asintió.

Arlo recorrió el bosque con la mirada. Un listón sutil de niebla serpenteaba entre los árboles y se abría camino entre las profundidades del bosque.

En ciertas zonas parecía que la tierra se movía, pues los árboles y las campanillas azules se mecían mientras la tierra debajo de ellos se alzaba: se hinchaba y desinflaba como si fueran unos pulmones.

—¡Está respirando!

—Bueno, está viva, ¿no? El Hiraeth es el lugar donde nace la magia, la más antigua y pura; tal vez por eso te sientas un poco embelesada al estar aquí y respirar todo esto.

—¿Aquí fue donde nació la magia? —Estaba tan maravillada que eso sobrepasó su embelesamiento; de pronto, el bosque parecía demasiado vasto para aprehenderlo, como ver un pozo sin fondo lo suficientemente grande como para tragarse una montaña, o como estar en la cornisa de un edificio tan alto que desaparecía entre las nubes.

Nausicaä chasqueó los dedos frente al rostro de Arlo, quien parpadeó para espabilarse el trance.

—Vamos, debemos irnos. Este lugar se diseñó específicamente para remover las inhibiciones de los humanos. Y es tierra indómita. Los cazadores vienen aquí a divertirse. Detestaría perder mi templanza y matarte accidentalmente.

Se dio media vuelta y Arlo, emergiendo de golpe del trance, se sintió de alguna manera más cautelosa después de ese comentario. La puerta por la que habían entrado al bosque seguía ahí, junto con el resto de Chorley's Curiosities, exactamente como en Danforth, excepto que en mucho mejores condiciones. La pintura era nueva, las ventanas estaban limpias, y no había cachivaches obstaculizando su vista. A través de la ventana, Arlo vio un grupo de personas que no estaban ahí antes.

Nausicaä volvió a tocar a la puerta que esta vez se abrió como debería. Juntas entraron a la tienda y cuando la puerta se cerró de golpe, Arlo sintió como si de pronto la hubieran jalado hacia la vida, el sonido y el movimiento.

El interior de Chorley's Curiosities era una encantadora construcción de madera pulida y teñida de oscuro, con muebles rústicos pintorescos. Hacia la derecha había un acogedor espacio decorado con sofás beige y mesas antiguas, todo dispuesto frente a una chimenea de piedra pálida, por ahora apagada. La parte izquierda de la tienda estaba dedicada a estanterías repletas de cachivaches y las etiquetas con los precios en cada uno era una clara indicación de que todo estaba a la venta.

Al centro de la habitación había un escritorio de caoba maciza con varias personas que, a su alrededor, estaban enfrascadas en una conversación.

Arlo se les quedó mirando.

Las personas no eran humanas, al menos no completamente. Había una mujer lesidhe pequeña y flexible, de cabello negro brilloso y ojos de un dorado tan tenue que parecían casi blancos. Junto a ella había un hombre sidhe mayor, aunque Arlo no necesitaba ver su rubor zafiro, orejas puntiagudas y facciones aviarias para reconocerlo. Ese fae era alguien que conocía: Lekan, líder de la casa Otedola, una de las familias favoritas del sumo rey.

—¡Lord Lekan! —gritó e hizo una reverencia.

Lekan volteó con expresión de cautela hasta que él también se dio cuenta de que Arlo estaba frente a él.

—¿Arlo Jarsdel?

Todos en la habitación se congelaron.

—¿Jarsdel?

El hombre con el que estaban hablando, robusto y de mediana edad, con cabello negro como jabalí, tez arenosa, y cuyo rostro mostraba todas las marcas de su edad, giró bruscamente para verla con fijeza.

La pixie rojo fuego detrás del escritorio desplegó sus alas iridiscentes; acostados en los sofás, tres espíritus zorros, que tenían una franja de pelaje negro obsidiana por toda la espalda y colas blancas como la nieve abanicándose alrededor de su cuerpo, la miraron con curiosos ojos rojo sangre. El par de faes que subían las escaleras detrás del hombre que había hablado se detuvieron para asomarse.

Todos pausaron en medio de lo que estaban haciendo para poner su atención en ella y Arlo no tenía idea de por qué.

—Eh... sí... hola... —Y con una sonrisa forzada saludó a todos en la habitación, mientras se aferraba con más fuerza a la mochila que traía.

—Nausicaä —dijo el hombre de cabello negro, con tono más severo—, ¿a qué estás jugando? De por sí ya somos anfitriones de la realeza del verano. Traer sangre del sumo rey es ir demasiado lejos. Te recuerdo que ésta es una organización secreta, una que se ganaría la marca de la Caza Feroz si acaso nos descubren en esta operación.

Oh.

La habían reconocido por su parentesco con la realeza.

Aunque, por alguna razón, Arlo casi podría jurar que el hombre de cabello negro parecía conocerla por otros medios. Era por cómo le lanzaba miradas intensas (sus ojos eran humanos, pero la punta de sus orejas indicaba que probablemente era ferronato), por el resplandor de asombro que ella percibía con cada uno de esos vistazos, que era diferente a como la mayoría de la gente la veía cuando se enteraba de quién era.

Nausicaä ahogó una carcajada.

—Oye, fue tu corazón de pollo el que le abrió las puertas al principito y su niñera. Yo sólo les estoy ayudando a que obtengan lo que vinieron a buscar desde tan lejos para, así, yo obtener lo que vine a buscar; y que entonces tú puedas regresar a organizar tu alianza rebelde en paz.

El hombre de cabello negro resopló.

—Deja de llamarla así, esto no es *Star Wars*.

—Eh... ¿alianza rebelde? —Arlo arqueó una ceja—. ¿Dónde estamos exactamente?

—En la sede supersecreta de la Asistencia. —Nausicaä estaba más que contenta de divulgarlo—. Es un nombre bastante estúpido, en mi opinión. La alianza rebelde suena mucho mejor. Como la persona que les dio acceso al Hiraeth, yo diría que tengo autoridad para otorgar títulos. —Retorció los ojos, luego le hizo una floritura al hombre de cabello negro y dio un paso al frente para hacer las presentaciones formales—. Como sea, Arlo Jarsdel, te presento a Nikos Chorley, fundador y facilitador de la organización mágica más grande dedicada a la cooperación entre humanos y feéricos.

CAPÍTULO 21

✦ ARLO ✦

✦

Arlo miró a Nikos.

Obviamente sabía sobre la Asistencia, quién no lo hacía en estos días, con toda la presión que habían puesto sobre el sumo rey para que reconociera públicamente las muertes de ferronatos. Pero sus raíces databan de mucho antes.

Con la Segunda Guerra Mundial, los feéricos fueron obligados a mantenerse al margen y dejar que sucedieran atrocidades «por el bien de las cortes», o bien, recibirían un castigo injusto por tratar de ayudar. Eso dio a luz a un creciente número de seres de la comunidad mágica que se unieron para ayudar a la humanidad en tiempos difíciles; el grupo usaría su poder de cualquier manera e incluso estaban dispuestos a ir tan lejos como para sacrificar su secrecía por completo si eso hacía que surgiera una nueva era de unión.

No fue sino hasta que la Asistencia se formó, unos veinte años atrás, que todo lo que habían hecho sobrevivió a los esfuerzos de los jefes y del consejo para mantener a la comunidad bajo control.

Pero últimamente se habían vuelto mucho más audaces de lo que alguna vez habían sido.

Ahora parecía como si la Asistencia estuviera en todas partes, en mente

286

y boca de todos, cuando antes nadie les ponía mucha atención porque originalmente su organización había sido muy pequeña. Como un grupo de justicieros comprometidos con causas más tranquilas, no tenían los medios para hacer mucho más que apoyar protestas humanas; por ejemplo, para luchar por los derechos de las mujeres, de los indígenas, de los negros, o de las comunidades LGBT+; para apoyar o conformar misiones de rescate que ayudaban a llevar los recursos indispensables hasta lugares destruidos por la guerra o por desastres naturales alrededor del mundo; construían escuelas; rastreaban o disolvían círculos de traficantes; protegían a los feéricos que no querían o no podían registrarse en las cortes.

Arlo entendía que hicieran su mejor esfuerzo por mantenerse en las sombras y mantener sus nombres y rostros en secreto. Con el paso de los años la corte había logrado arrestar a unos cuantos y Arlo sabía que habían tomado medidas severas contra esos «transgresores». Nikos podía meterse en graves problemas por su participación, ni qué decir de Lekan, un miembro altamente estimado de las cortes y esposo del lacayo del sumo rey y si acaso él se enteraba de que estaba ahí...

—¡No le diré a nadie!

Por un momento, Nikos permaneció inerte. Intercambió miradas con Lekan, quien sólo alzó los hombros. Con un suspiro, su rostro se suavizó y de nuevo sus ojos resplandecieron con aquel extraño cariño.

—Desde luego que no. Eres una Jarsdel.

¿Una Jarsdel? Bueno, sí, lo era, pero eso nunca le había importado a nadie. Nadie de la familia de su padre vivía en Canadá. Era una persona amable, tenía sus amigos y un grupo asiduo de personas con las que jugaba trivia en el *pub* los jueves en la noche, pero Arlo nunca se había encontrado con alguien que le diera más importancia al Jarsdel que al Viridian.

Nikos le puso una mano sobre el hombro, dándole un apretón, y todo lo que ella pudo hacer fue alzar la mirada.

—Tu debes de ser la hija de Rory Jarsdel.

—Yo... —Arlo asintió, la marea de confusión se había tragado todas sus palabras.

—Te pareces a él. —Y le sonrió con aquella mueca que hacía que las líneas de expresión de su rostro se acentuaran—. Tu padre fue un buen hombre. Si Arlo Jarsdel jura que no nos traicionará, su palabra me basta.

Le pareció muy extraño que Nikos hablara de su padre en pretérito, como si no siguiera vivo y perfectamente bien, como si no pudiera verlo cuando quisiera. Claro que, tal vez él había conocido a Rory antes de que renunciara a sus memorias. A menos que... No, no podía ser; aun así, tenía que preguntar.

—Mi padre no fue un Asistente, ¿o sí?

Nikos le mantuvo la mirada un momento. Ese momento se convirtió en dos. Al siguiente se volvió una carcajada, tan sonora y áspera que Arlo se sobresaltó y dio un paso atrás.

—No, no, nada de eso. Sólo fue un buen hombre con una buena cabeza sobre sus hombros y un buen corazón en el pecho.

Arlo se relajó, la confusión se desinfló hasta que Nausicaä comenzó a aplaudir, como recordatorio de que estaba ahí.

—Maravilloso. Todos son amigos. Ahora, si no les importa, tengo que hacer una entrega. Vehan sigue arriba, ¿verdad?

—Sí —confirmó Lekan—. Me temo que realmente debo regresar ahora; todo esto tomó más tiempo del esperado y tengo otros pendientes para hoy, pero confío en que cumplirán con su palabra y regresarán a nuestro invitado al palacio una vez que terminen con él. —Nausicaä asintió e hizo un gesto con la mano para descartar la mirada intensa de Lekan—. Maravilloso. —Estrechó manos con Nikos y le guiñó el ojo a Arlo antes de irse—. Cuídate, lady Jarsdel.

—Usted también, lord Lekan —y se despidió inclinando la cabeza.

—Bueno, vamos a pasear. —Nausicaä ya iba a media escalera, lo que obligó a Arlo a apresurarse. Sus ojos se engancharon con la mirada penetrante de Nikos.

Por un momento, pareció que estaba a punto de decir algo más.

—Ten cuidado, Arlo Jarsdel —fue lo único que dijo.

—Lo intentaré. Gracias. —Se despidió con un extraño gesto de la mano, luego subió las escaleras rápido—. ¿Nikos es ferronato? —preguntó al subir.

—Sí. Nunca jamás le digas que te conté esto, pero para alguien tan viejo, es un buen tipo. Pasó la mayor parte de su vida defendiendo la unión entre humanos y la comunidad mágica, a pesar de lo mucho que eso molestaba a las cortes. Me sorprende que aún no lo hayan atrapado; los dioses saben que las cortes tienen cero tolerancia cuando descubren a alguien usando su magia para ayudar a los humanos.

Llegaron al piso de arriba. Un pasillo estrecho y poco iluminado se extendía a lo lejos a izquierda y derecha de Arlo, pero Nausicaä fue directamente a la puerta frente a ellas.

—¡Regresé! —gritó con grandiosidad al entrar bruscamente al cuarto.

Arlo entró detrás de ella, conteniendo por millonésima vez las ganas de retorcer los ojos ante esa chica.

La habitación era modesta. Dos literas recargadas en cada pared, un tapete ovalado y desgastado en el piso entre ambas; en el muro justo enfrente de la puerta, una ventana bajo la cual había una cómoda sencilla color pardo.

Tendido en una de las literas inferiores, había un chico más o menos de la edad de Arlo, estaba vestido con una camisa blanca y pantalones dorados. Una bata de un dorado menos brillante descansaba cuidadosamente doblada al final de la cama. Cuando ella se enfocó en su habilidad, pudo percibir su magia: un aroma floral mezclado con jengibre que le picaba la nariz; y debido a su cabello lacio, negro como el carbón, sus brillantes ojos de un azul eléctrico y el suave brillo del amanecer en su piel bronceada, no había lugar a dudas de quién se trataba.

—Te fuiste por más de una hora.

La respuesta vino de un escritorio junto a la puerta. Arlo volteó para encontrar al segundo ocupante de la habitación, quien tampoco era mucho mayor que ella. Estaba sentado de lado en la silla, con ambas piernas largas estiradas hacia el príncipe que estaba en la cama. Él también era apuesto, de alguna manera más lindo, aunque también vestía con sencillez, excepto por los abundantes piercings de plata en los cartílagos de sus orejas. Su encantamiento escondía su aura sorprendentemente bien, sólo dejando un rastro de hojas otoñales y piedras calentadas por el sol. Aún así, no podía ocultar el dorado innatural de sus ojos.

Un lesidhe.

La forma en que esos ojos miraron fijamente a Nausicaä fue poco menos que fulminante.

—Ay, perdón. No sabía que este gran favor que les estoy haciendo tenía límite de tiempo. —Y le pintó el dedo al chico—. Querían una alquimista, pues aquí la tienen. Arlo, te presento a Vehan Lysterne, príncipe de la Corte del Verano de los Seelie, y él es su increíblemente agradable guardaespaldas, Aurelian. Chicos, les presento a Arlo Jarsdel.

—Un momento… ¿alquimista? —La mirada furiosa del sumo rey, su comportamiento airado, su amenaza de arrestarla si volvía a realizar magia que él había prohibido; todo eso le llegó a la mente con una sola palabra; entonces su pánico aumentó hasta convertirse en náuseas con mucha más rapidez que antes—. No soy alquimista. No practico la alquimia. ¿Le has estado diciendo a la gente que sí? ¿Te estás desquitando por eso de que pensé que eras asesina?

Vehan se levantó de la cama al fin y atravesó el cuarto rápidamente. Se paró justo enfrente de Arlo y la midió con un vistazo. Así tan cerca, Arlo de pronto se dio cuenta de lo mucho que los rumores no le hacían justicia a su apariencia. Sus ojos eran verdaderamente hermosos.

Qué mal que se sentía a punto de desmayarse y no podía apreciarlos bien.

—¿Arlo? No eres la Arlo prima del sumo príncipe Celadon, ¿o sí? —Se puso pálido al unir los puntos y, de pronto, sintió las mismas náuseas que Arlo experimentaba.

—Sí —respondió ella, a media voz—. Soy yo. No sé qué tanto te ha estado diciendo Nausicaä, pero no soy alquimista.

El príncipe miró a Nausicaä con ojos asesinos.

—¡Dijiste que podías ayudarnos! De por sí es un problema que yo esté involucrado en todo esto, ¿por qué también la involucras a ella? ¿Quieres que el sumo príncipe me odie? —y se estremeció.

—Óyeme, príncipe Desencantador —le gritó ella—, tú querías un alquimista, y supongo que en realidad quieres utilizarlos, en vista de que estás haciendo todo este esfuerzo para encontrar uno. Es cierto, ése no es el trabajo cotidiano de Arlo, pero déjame decirte que ella no nada más es una de las pocas dotadas con este particular talento, también tiene la ventaja de que aún no es una ciudadana legal de las cortes.

Cualquier inquietud que Vehan tuviera sobre Arlo se descartó de inmediato.

—Lo cual quiere decir que... ¡las cortes aún no pueden rastrear tu magia! —Su horror se transformó en gozo—. No se enterarán de que me estás ayudando. ¡Ay, esto es perfecto! Muy bien. Arlo, ¿puedo llamarte Arlo? ¿Qué te dijo Nausicaä de por qué estás aquí?

La mirada de Arlo se desvió un segundo hacia ella.

—Eh... está bien, si estamos descartando por completo este asunto de que no soy alquimista, no mucho, sólo que querías hablar conmigo. Me dijo que tú me contarías los detalles.

—Eso haré. Pero primero dime qué sabes sobre las piedras filosofales.

De nuevo, Arlo miró a su compañera. Nada en la expresión de Nausicaä le dijo que no revelara lo que sabía.

—Sé lo que Nausicaä me ha contado —respondió alzando los hombros—. Son poderosas. Alguna vez alguien intentó hacer una. Alguien podría estar tratando de hacer una ahora con ferronatos, alquimia y glifos.

Vehan asintió.

—¿Algo más?

Ella alzó los hombros.

—Las cortes no creen que se trate de eso. No sé por qué. Tal vez están demasiado asustadas por lo que significa que esto realmente está sucediendo aquí.

—O tal vez sí lo crean —interrumpió Vehan, con un apasionado crujido que oscureció su tono—. Podrían incluso querer actuar, si el sumo rey se los permitiera. Él ha prohibido a los líderes involucrarse en esto. ¿Sabes cuánto alboroto tuvieron que armar colectivamente para reunirse con el Alto Consejo Feérico?, ¿esa reunión en la que decidieron que Nausicaä era a quien debían atrapar? —rio, pero el sonido estaba lejos de ser gracioso— Ya escuchaste su declaración oficial: es por el bien de las cortes, Arlo.

Esta tragedia, si bien es sumamente preocupante, no ha arrojado evidencia de tener un origen mágico. Ciertamente los ferronatos de nuestra comunidad son el blanco y los miembros Falchion de las fuerzas policiacas humanas continuarán sus incansables esfuerzos por traer justicia a las familias y amigos de aquellos que hemos perdido. Pero en este momento, dada la naturaleza del asunto y el nivel de involucramiento humano, así como la falta de evidencia que sugiere que el culpable sea más que otro humano, he decidido dejar esto en manos de las autoridades humanas. Les pido que les demos la oportunidad de concluir su trabajo sin la considerable energía, recursos y riesgo que nuestra suplantación exigiría. He declarado esto por el bien de las cortes.

Sí, Arlo había escuchado la declaración publicada en todo sitio web exclusivo de los feéricos y transmitida por todo el mundo. «Por el bien de las cortes» era el lema que muchos de la comunidad comenzaban a detestar. Los faes, por su parte, se habían apaciguado, pero la mayoría de los faeries (en particular la comunidad ferronata) rápidamente enfatizaron el punto de que nadie estaría sopesando «la considerable energía, recursos y riesgo» si estuvieran atacando a los preciados faes.

Vehan sacudió la cabeza, molesto.

—No podemos involucrarnos en absoluto; nadie, no sin permiso, y es muy poco probable que alguien entienda eso pronto porque esa reunión con el Alto Consejo Feérico fue la última que se organizó sobre el tema. El sumo rey se ha negado incluso a reunirse con cualquiera que pida hablar de ello. No tengo idea de por qué accedió a reunirse conmigo hoy, por qué mi madre tuvo que amenazar con comprar mi audiencia, pero todo lo que hizo fue decirme que «disfrutara de mi juventud» y que «dejara que los adultos lidiaran con la situación mientras la carga fuera de ellos». No quiso escuchar nada de lo que quería decirle —dijo con pena.

El corazón de Arlo fue invadido por una mezcla de resentimiento y dolor. Realmente no era posible ignorar más tiempo lo mal que se encontraba el sumo rey y lo mucho que le había fallado a ellos, ¡a ella!, a pesar de todo el bien que alguna vez hizo como soberano.

¿Cuánto tiempo más tenían antes de que alguien decidiera contender por la corona? Odiaba pensar en ello, en lo que significaría, pero iba a suceder, le gustara o no.

—La evidencia se ha estado acumulando —continuó Vehan—. Hay gente desapareciendo en las calles. Los ferronatos resplandecen con colores extraños antes de morir...

—¡Como Cassandra! —soltó ella.

Vehan asintió.

—Sí. Nausicaä nos contó sobre eso. Ahora cobra sentido por qué yo no pude verlo cuando tuvimos un encuentro similar y Aurelian sí pudo: los faes lesidhe pueden ver prácticamente cualquier aura mágica. Desde hace tiempo sospecho que lo que los está matando es la alquimia. Pero, Nausicaä, no mencionaste que Arlo estaba en la cafetería contigo.

—Lo siento —resopló ella y se oyó todo menos sincera—. No pensé que fuera importante, en vista de que no lo fue. ¿También quieres saber qué ropa interior traía?

Suspirando, el príncipe se volteó de nuevo hacia Arlo.

—Todos los ferronatos poseen una inclinación natural a la alquimia. Pero aun así, no todos son capaces de hacer uso de ella. Nikos, por ejemplo, apenas puede ver su activación, pero no puede usarla. Nausicaä parece creer que tú sí puedes, y si ya sabes todo esto que está pasando, quizá, tú seas justamente lo que estamos buscando.

—¡Viva! —No se sentía tan afortunada como el entusiasmo colectivo sugería que debía estarlo—. Tal vez si ustedes pudieran decirme bien a bien qué está pasando, yo podría decirles si sí quiero ser la persona que están buscando.

—Su descarada majestad tiene un punto —comentó Nausicaä—. Y a mí también me deben un poco de información. Les cumplí con mi parte del trato, ahora dígame: ¿qué les hizo sospechar que un alquimista era la persona detrás de los asesinatos de ferronatos? Digo, soy mayor y más sabia que ustedes tres juntos y ni siquiera yo sabía qué estaba pasando hasta hace poco. ¿Cómo diablos ataron cabos?

Vehan miró a Aurelian y suspiró.

—Bueno... —Y les contó toda la historia de cómo habían descubierto a un chico ferronato cuyas venas resplandecían y cuya piel tenía una marca muy parecida a un glifo —y por lo tanto era muy poco probable que no se tratara de magia— en un parque algunos años atrás.

—Ah, y sólo la alquimia usa glifos —asintió Nausicaä—. Bueno, por lo visto no tienen la cabeza tan hueca, debo admitir.

Vehan ignoró esa carnada y no mostró reacción alguna en su expresión. Aparentemente se quedó contemplando su siguiente paso, sopesando sus opciones. Luego, con un aire sombrío de determinación, alzó una mano para jalarse el cuello de la camisa y mostrar su pecho. Entonces pudieron ver un nudo nacarado cicatrizado directamente sobre su corazón.

—Parece una mariposa —observó Arlo que se había inclinado junto con Nausicaä para verlo más de cerca. Se detuvo a sí misma justo cuando estuvo a punto de tocarlo con los dedos, y así recorrer las líneas apenas visibles de una de las alas—. ¿Qué es todo eso dentro?, esos símbolos y escrituras y... parece una extraña ecuación matemática. No puede ser alquimia, ¿o sí?

—¡Qué mierdas, Vehan! —El asombro de Nausicaä hizo que su voz sonara extrañamente sin aliento—. Eso es un glifo. Ése es un maldito glifo de piedra filosofal. ¿Por qué carajos tienes eso? ¡Tú no eres ferronato!

Vehan alzó los hombros con un gesto falsamente casual, se soltó la camisa y el primer glifo alquímico que Arlo había visto en la vida desapareció de su vista.

—No tengo idea —respondió—. Honestamente, tú has sido la primera persona que me ha dicho que es algo más que una cicatriz.

—Ah —dijo Nausicaä, un poco incómoda—. Bueno, tal vez me equivoque.

—No —dijo Vehan, con tono firme—. Desde hace tiempo sé que esto es un glifo. De hecho, es un alivio que alguien lo confirme.

—Está bien. Entonces, de nada. Felicidades por tu sello de muerte mágica. Espero que ustedes dos sean muy felices juntos.

—No es gracioso —refunfuñó Aurelian, el guardaespaldas del príncipe.

Había permanecido callado, presente pero al margen de la conversación, mirando a cada uno mientras hablaban. En Arlo, su mirada reflejaba un interés pasivo, y al ver a Nausicaä mostraba un frío desdén, pero la miraba que le lanzaba a Vehan, le recordó a Arlo el lugar oscuro y hambriento dentro de ella (dentro de todos) donde escondía lo que no quería que nadie más supiera.

Vehan agitó una mano para tranquilizarlo.

—Está bien. Prefiero que la gente haga bromas a que lo ignore.

—No frente a mí.

Ambos intercambiaron miradas con el entrecejo fruncido. Al fin Aurelian se había levantado de su escritorio, en sus ojos había cierto desfallecimiento que traicionaba la expresión indescifrable y enfadada que intentaba mantener. Arlo notó un tic en su mano, como si su naturaleza fuera mucho más táctil, como si así fuera como se involucraba en lo que sucedía, como si quisiera estar más cerca, al menos de Vehan. Se preguntó por un momento qué le impedía hacerlo.

—¿Por qué alguien haría esto? —fue lo que terminó diciendo en voz alta para romper la tensión— ¿Exactamente qué hace una piedra filosofal?

Cada leyenda que Google proporcionaba sobre el asunto le decía lo mismo: una piedra filosofal podía producir oro e inmortalizar a las personas. Seguramente había mejores maneras de hacer eso que no fueran tan peligrosas y, por lo visto, eran más mito que realidad.

Todas las miradas se voltearon hacia Nausicaä.

—Bueno —respondió—. Eso es básicamente lo que la gente sabe gracias a la última persona que intentó hacer una. Aun los humanos lo notaron cuando todo se vino abajo y por eso ha prevalecido en su cultura. Sí, convierten en oro las cosas y otorgan inmortalidad... pero ésas son sólo ventajas secundarias, entre otras; una especie de premios por haber convocado exitosamente la creación de una de estas cosas, pues hacerlas significa cegarte de lo que realmente has hecho y lo que has perdido en el proceso. Obvio, dinero e inmortalidad son lo único que parece que los humanos ansían y por lo que se esfuerzan por naturaleza, así que no me sorprende que las sutilezas de esta tradición se hayan perdido con el paso de los años.

—¿Te importaría compartirnos cómo es que sabes todo esto? —instó Aurelian.

—¿Y quitarle la jugada a tu agencita de detectives en esto? Nah.

—Nosotros te contamos lo que sabemos —chantajeó Vehan—. Todos aquí estamos en el mismo bando, así que ¿por qué no...?

—No, no, no estamos en el mismo bando —lo interrumpió Nausicaä—. ¡Yo no soy ningún héroe! Sólo porque no ando por ahí convirtiendo a niños en piedra no quiere decir que sea una ciudadana buena y honorable como los aquí presentes: Roja, el príncipe Desencantador y... no sé, ¿qué personaje de cuento de hadas quieres ser, Aurelian?

Aurelian la mató con la mirada.

—Y el maldito Gruñón. —Alzó las palmas al aire, la señal universal de rendición, y se fue hacia las camas—. Todos ustedes están metiendo las narices en esto porque quieren detenerlo; yo comencé a indagar porque quería entrarle.

Arlo consideró la declaración de Nausicaä.

—¿De verdad?

—Más o menos —resopló—. Originalmente quería al destripador que saben los dioses quién está usando. Luego, éste me pareció el tipo de caos que valía la pena examinar. Y, no sé, tal vez nuestro alquimista asesino tenga un buen rollo fuera de toda esta cuestión de asesinar niños... Todos tenemos un poco de mierda en nuestro pasado que desearíamos no haber hecho. Dejen de verme así.

Arlo frunció los labios, intensificando una mirada que Nausicaä le respondió con ojos de pistola.

—¿Sabes?, todavía no nos dices realmente quién eres, fuera de tu nombre —le recordó Aurelian.

—Cada vez que tengo que revelar esto se pone menos dramático.

El silencio entre ellos duró lo suficiente para que él y el príncipe dedujeran que a Nausicaä no le interesaba divulgar esa información.

—Está bien, como sea —contestó Vehan molesto—. Pero si todavía quisieras entrar a ese juego, no estarías conversando con nosotros.

—Tal vez sólo estoy haciendo tiempo para ver qué saben antes de quitarlos del camino.

—¿Entonces por qué siempre vas a rescatarme? —enfatizó Arlo.

Si Nausicaä de verdad quería unir fuerzas con quien estuviera detrás de todo eso, ¿por qué no simplemente había dejado que el destripador la aniquilara en el Círculo de Faeries? Arlo sabía muy poco de la furia que había sido, pero comenzaba a entender que las palabras de Nausicaä funcionaban, al igual que su encantamiento, como una máscara.

Nausicaä permaneció callada. No quería responder a ninguna de sus preguntas. Arlo sospechó que su humor era un berrinche silencioso porque no podía comprender por qué nadie parecía creer sus nefastas intenciones.

—Okey —dijo Arlo antes de que las cosas se calentaran más—. Pero... ¿qué tal esto? ¿Me puedes decir exactamente qué quieres de mí, Vehan? ¿Por qué estás buscando a un alquimista para empezar?

—Ah, sí, claro. Bueno, rastreamos a un oráculo que nos dijo lo que necesitábamos para encontrar a un trasgo que nos llevó a unas instalaciones donde se ha estado comprando gente de las calles a cambio de grandes cantidades de oro. —Hizo un gesto con la mano para no entrar en detalles—. Nausicaä te puede contar todo después. Desafortunadamente, la entrada a esas instalaciones está protegida con algo más que un cerrojo. Hay un sello, un glifo alquímico, el típico de los libros que las cortes nos quieren hacer creer que fueron destruidos. Un sello que sólo un alquimista puede desactivar. De alguna manera está conectado con todo esto, lo sé, pero necesito entrar para demostrarlo. Tengo toda la intención de investigar esas instalaciones, Arlo, y llegar al fondo de lo que me ata a este misterio. No tengo idea de qué nos esperará una vez adentro y, sin duda, será peligroso, pero nunca lo descubriré si no entro a ese lugar. Y para eso te necesito.

Nausicaä ni siquiera se tomó un momento para considerarlo.

—Bueno, conmigo no cuenten.

—¡Ay, vamos! —suplicó Vehan con desánimo al ver la palidez horrorizada de Arlo y el desinterés contundente de Nausicaä— Tienes que ayudarnos. Tú quieres saber qué está sucediendo tanto como nosotros. ¿Y qué si no estás segura de si vale la pena arruinar tu reputación por ayudarnos?, aun así, quieres saber. Quieres indagar. ¿No sería bueno tener algo de apoyo? ¿No es mejor un equipo de cuatro que estar sola?

Nausicaä contuvo una carcajada que surgía probablemente por la presunción de que tenía una reputación, o quizás de la sugerencia de que cualquiera de ellos podría ser un apoyo para ella.

Arlo tenía otras preocupaciones.

—No. Definitivamente no.

Vehan la miró con preocupación.

—¿Qué? ¿Por qué?

—¿Estás bromeando? —le respondió como pudo, pues sus náuseas aumentaban—. En primer lugar, ¿qué te hace pensar que puedes entrar? Repito: No. Soy. Alquimista. ¡Nunca antes he usado la alquimia! En segundo lugar, ¿olvidas quién soy? ¿Se te olvidó quiénes son el blanco aquí? Si meto las narices más de lo que ya hice, si termino dentro de una instalación asesina, ¡podría morir! Algo por ahí anda seleccionando personas y yo no soy un príncipe heroico con todo tipo de magia para protegerme de eso.

Si había algo de bueno en el glifo de Vehan era que la aliviaba del miedo latente que sentía al preguntarse si ella misma tendría una marca letal grabada en su cuerpo. Pero no la tenía. En ella no había nada parecido a lo que Vehan tenía, pero eso no quería decir que no podía tenerla si hacía algo más que atrajera la atención de algo que no era bueno.

—Si Arlo no ayuda, yo tampoco —se apresuró a puntualizar Nausicaä, en un intento de aferrarse a cualquier excusa—. Aunque, escúchame, Arlo: por ahora sólo confía en mi palabra: puedes hacerlo. Tal vez en tu estado actual, tu magia necesite un empujón para activarse, pero sí tienes la magia suficiente. Lo que tienes dentro de ti es mucho más que suficiente. Y honestamente es mejor si la usas. Además, no estás en peligro, porque, para empezar, yo no lo permitiría. En segundo...

—Sabes, es difícil confiar en tu palabra ¡si sólo estás aquí para ayudar al bando contrario!

Su respuesta feroz pareció desconcertar a Nausicaä y al ver que perdía un poco la compostura, Arlo se sintió peor en vez de mejor. Pero todas las cosas venenosas que por el momento colmaban su vida y se habían gestado en su interior al fin habían encontrado una salida; todas sus decepciones, miedos, frustraciones y sentimientos de impotencia. Ahora que había comenzado, no lograba detenerse.

Volteó hacia Vehan, con ojos lagrimosos, y fue ligeramente satisfactorio ver que el resplandor de la mañana del verano del príncipe comenzaba a atenuarse frente a la ira de ella.

—Tal vez también te interese saber que estoy castigada y probablemente lo estaré de por vida si mi madre se entera de esta pequeña reunión conspiratoria. La única manera de que me levanten el castigo es si me mantengo lejos de problemas. Éste no es mi problema. De seguro encontrarán otros ferronatos que hagan la dizque alquimia que quieren. Yo no puedo ayudarles.

Para cuando terminó de hablar, se había quedado un poco sin aliento y los ojos le ardían. Estaba al borde de las lágrimas, pero no lograba saber por qué, pues todo lo que había dicho era cierto.

No podía ayudarlos.

Ella no era especial. No era valiente.

Era tan sólo una niña con conexiones importantes que no tenía magia, sin importar lo que Nausicaä creyera. Ella no era ningún héroe, no era la salvadora elegida, no era más que Arlo Jarsdel, humana ferronata, y el tipo de historias que involucraban príncipes y furias descarriadas jamás la involucrarían a ella.

Vehan mantuvo un silencio desconcertado.

—¿Por qué te castigaron? —se aventuró a decir después, con delicadeza.

Arlo entrecerró los ojos, desafiando al príncipe a que alimentara su rabia.

—¡Sólo estaba haciendo conversación! —agregó el príncipe del verano cuando vio que estaba muy sensible— Sólo trataba de... aligerar el momento. Yo, eh, recuerdo que durante un Festival de Solsticio, hace años, el sumo príncipe Celadon le regaló a mi madre una baraja de animales extraños. Le dijo que las cartas estaban hechizadas y que lo único que tenía que hacer era lanzarlas y gritar sus nombres para que la criatura que deseaba convocar fuera a ayudarle. Ella se pasó una semana entera tratando de convocar a un tal «Pikachu»; luego alguien tuvo la bondad de explicarle que eran las cartas de Pokémon y que no eran mágicas. Estoy seguro de que eso le ganó al sumo príncipe encabezar la lista negra de mi madre, pero lo único que hizo el sumo rey fue castigarlo. —Se carcajeó, pero el sonido se oyó mucho más nervioso para la ligereza que intentaba generar—. ¿Qué pudiste haber hecho que equivalga a insultar a mi madre en su propia casa?

Sí, Arlo recordaba ese evento particular.

En ese entonces era muy pequeña y probablemente no había asistido al evento, pero era quizás la única broma por la que Celadon sólo se había ganado un regaño. Los líderes de las cortes convivían entre ellos bajo un plano de desagrado mutuo, pero había aún menos amor entre Azurean Lazuli-Viridian y Riadne Lysterne, reina de la Corte del Verano de los Seelie; Azurean había estado más que desbordante del gozo que le ocasionó enterarse de todo ese asunto.

—No, por nada —suspiró Arlo—. Solo...

—Se metió a escondidas al Círculo de Faeries para tratar de rastrearme bajo la sospecha de que yo era la amigable psicópata del vecindario.

Arlo le lanzó a Nausicaä una mirada venenosa.

Vehan se quedó boquiabierto. Con una expresión casi cómica, abrió los ojos a tope, impresionado.

—El Círculo de Faeries —dijo ya más emocionado; su resplandor resurgió con ánimo—. Pero eso es ilegal. ¡Sólo los criminales que ya están en problemas con las cortes van al Círculo de Faeries!

—Basta —gritó Arlo—. ¡No te impresiones! Fue una estupidez.

—Sí, fue estúpido, pero también impresionante. Y ahora estoy aún más confundido de tu resistencia a ayudarnos. Estuviste en el Círculo de Faeries, Arlo. De seguro puedes reunir la valentía para ayudarnos a entrar en unas instalaciones cualquiera. ¡Ni siquiera tienes que entrar! Por favor, Arlo. Necesitamos tu ayuda. Yo necesito tu ayuda.

—¡Busca a alguien más! —gritó ella. Su frustración se había vuelto a salir de control. Parpadeó con más fuerza, porque se rehusaba a llorar en medio de una habitación llena de seres que perseguían el peligro como si fuera un paseo en un parque de diversiones. Ni siquiera sabía por qué quería llorar, pero mientras más frustrada se sentía, más cerca estaba de quebrarse en llanto.

Vehan también parecía frustrado. Se le notaba en la voz, sus palabras sonaron graves, afiladas como cuchillos.

—Se trata de ferronatos, Arlo, tal como tú. Humanos. Personas. No entiendo por qué no quieres venir, por qué no quieres ayudarlos al menos, aun si no tienes razones para preocuparte por lo que pueda pasarme. Hablas como si la habilidad para activar sellos alquímicos fuera de lo más común, pero no es así. Si la condenada Estrella Oscura dice que te necesitamos, ¡es porque te necesitamos! Lo único que tienes que hacer es acompañarnos. Lo único que tienes que hacer es abrir la puerta, ¡nada más!

Lo único que tenía que hacer...

Lo único que tenía que hacer era ir a la universidad.

Lo único que tenía que hacer era ser una chica humana normal.

Lo único que tenía que hacer era ser un poco más fae y un poco menos la vergüenza del apellido familiar.

Sé mágica... sé especial... sé un héroe, Arlo, pero también mantente lejos de problemas.

Echa al destino por la borda y conviértete en la estrella vacía de une no-troll.

Lo único que tenía que hacer era usar el poder que, a lo mucho, podía exiliarla de las cortes por completo, ni qué decir del hecho que no sabía cómo usar ese poder en primer lugar, y todo a la vez, todo lo que se suponía que debía ser y hacer por la gente le cayó encima y le empezó a costar trabajo respirar.

—¿Arlo? —dijo Nausicaä, con actitud protectora y el tono más suave con el que le había hablado.

—Necesito un poco de aire —contestó. Se dio la vuelta y, sin decir nada más, salió por la puerta y bajó las escaleras.

CAPÍTULO 22

✦ VEHAN ✦

—Bueno, eso salió muy mal —dijo Vehan con la ansiedad inflándose como globo en su pecho. Miró el umbral vacío, sin estar seguro de si debía ir detrás de la prima del sumo príncipe o no, e intentar suavizar ese encuentro ríspido.

Ahora ya tenía dos puntos menos con los Viridian.

Nunca antes había visto a Arlo Jarsdel, aunque como cualquier miembro digno de respeto del *fandom* de Celadon (comúnmente conocidos como el *Celadom*) sabía quién era. En los sitios web de los fans y revistas de chismes con frecuencia aparecían fotos de ella con el sumo príncipe. Por eso Vehan la reconoció rápidamente cuando llegó, pero todo este encuentro lo había tomado por sorpresa.

Las fotos no le hacían justicia a Arlo.

Aunque no era excepcionalmente hermosa. Era bonita, sí, cómo no podría serlo, con el cabello rojo brillante y sus ojos verdes de Viridian, pero lo que no mostraban las fotos era lo mucho que compartía con el sumo príncipe más allá de su apariencia. Sus manierismos, su volubilidad, la manera como se comportaba cuando olvidaba su evidente inseguridad para favorecer una actitud de dominio imperante... En algún punto de su breve interacción, hubiera jurado que ella era la gemela de su primo; la semejanza entre ellos era demasiado grande. ¿Qué tanto había aprendido Arlo del sumo príncipe? ¿Qué tanto había aprendido el sumo príncipe de Arlo? ¿Cuánto lo despreciarían en el club de fans irremediablemente cuando se enteraran de que Vehan se las había arreglado para enfurecer a ambos?

—No va a ir a ese bosque, ¿o sí? —preguntó Aurelian a Nausicaä—. Ese lugar no se sentía el más seguro para tomar aire.

—Me voy a poner a tu nivel: probablemente... nuestra dulce Arlo, según he aprendido, es muy mala para mantenerse lejos de los problemas. ¡Ash! —Nausicaä se levantó de la litera, refunfuñando—. Okey, quédense aquí. Me voy a asegurar que mi Zelda no esté en peligro de muerte o algo así.

—Bien —dijo Vehan. Más allá de las conexiones de Arlo, se sentía mal por presionarla a hacer algo que la incomodaba. Era justo que no quisiera arriesgar su vida por ellos; diablos, Vehan tampoco estaría haciendo eso, si no fuera porque estaba involucrado directamente, sin mencionar lo condenadamente furioso que estaba con el sumo rey. En el fondo de su mente siempre, siempre, estaba el recordatorio de que sólo eran unos niños, que nada de eso debía recaer en ellos; no podía culpar a Arlo por escuchar esas razones. No debió dejar que su necedad se saliera con la suya.

—Voy contigo.

—Nop, eso no es lo que «quédense aquí» significa, Desencantador. Vehan frunció las cejas.

—No sé quién crees que eres —Aurelian arrastró las palabras con tono punzante—, pero no deberías hablarle así a nadie y menos aún al príncipe de los seelies del verano. Discúlpate.

—Ay, por los dioses, de verdad que cómo me irritan todos ustedes con sus reglas. Vehan no es tan especial. Hay otras dos familias más que influyentes de la facción seelie del verano y cualquiera de ellas podría derrocar a los Lysterne. Y a nadie le importaría, porque así es el juego. Así que, gracias por tu sugerencia, pero puedes metértela por...

—¿Siempre eres así de hostil? —preguntó Aurelian.

—O sea, no interrumpas mis amenazas. Pero, sí, siempre.

—Okey, está bien —los tranquilizó Vehan—. Estoy empezando a entender por qué tuviste tantos problemas para encontrar a alguien que te ayudara en esta investigación, pero esto no nos va a llevar a ningún lado. Tenemos que salir por Arlo y asegurarnos de que esté bien, de preferencia *antes* de que algo en ese bosque decida comérsela.

Nausicaä arrugó la nariz mirando a Vehan con un desagrado evidente. ¿Por qué?, no lo sabía. No le agradaban a Nausicaä. Vehan lo adivinó cuando los presentaron. Y se lo habían ganado, después de todo, había sido su madre quien la había acusado de asesina, y era cierto que si la Estrella Oscura no quería, nadie tenía por qué agradarle. Pero a juzgar por la manera como actuaba con prácticamente todo el mundo excepto Arlo, no era nada personal. Además, él tampoco podría decir que ella le agradara.

—Bien, me da igual. Hagan lo que quieran —resopló y se salió al pasillo dando de pisotones.

Vehan la siguió.

—¿Estamos seguros de necesitar la ayuda de esta feérica? —dijo Aurelian exasperado muy cerca de él— Es peor que la gente con la que te juntas en la escuela.

«Los dientes de fierro te mostrarán el camino. Pero debes saber que sólo una vez que las estrellas se alineen recibirás las respuestas que buscas».

No era que Vehan quisiera hacer equipo con alguien como la infame Estrella Oscura, sobre todo cuando se había comportado como una escuincla punzante y odiosa durante la mayor parte de su reunión. Pero ¿y si ella era la estrella que se alinearía según el Oráculo? ¿Eso significaba que necesitaban a Nausicaä? Valía la pena intentarlo.

—¿Sabes a quién me recuerda? —Vehan molestó a Aurelian mientras bajaban las escaleras—, a tu hermano menor.

—No, para nada.

—Sip. Harlan. Tienen el mismo humor seco, la misma actitud. ¿Por eso eres tan gruñón con ella? Digo, como que eres extrañamente gruñón con ella en una forma que sólo sueles ser con Harlan. ¿Es por esa rivalidad típica entre hermanos? Por lo general ignoras a la gente que te irrita. Vaya que lo sé: a mí me ignoras bastante.

No tenía la intención de decir eso, pero afortunadamente, Aurelian lo tomó con calma.

—Y ahora comenzaré a hacerlo de nuevo.

—Sí, estoy seguro que lo harás. Pero, en el fondo, sabes que te agrado. Te dejé ganar en *Marvin Party*.

—Para empezar, es *Mario Party*.

—No, eso no suena correcto, ¡ah!

Dieron vuelta al final de la escalera y casi chocaron con Nausicaä. Vehan gritó sorprendido, pero los reflejos de Aurelian lo detuvieron antes de que se tropezara con el último escalón.

—¡Buenas noticias! —explicó ella—. Nikos dice que Arlo se fue directamente a Toronto, así que eso es una preocupación menos. Pero la mala noticia es que aún no estoy segura de que esté libre de riesgo. Así que voy a ir a ver que esté bien. Si quieren venir y tentar su suerte de nuevo, no los detendré, pero ¿tal vez quieran dejar de chantajearme emocionalmente? Además, definitivamente es *Mario Party*.

Se dio la media vuelta y salió por la puerta de entrada. Aurelian hervía de rabia, no estaba nada contento con que ella lo defendiera, tal como hacía cuando su hermano menor dejaba de provocarlo para hacer lo mismo. Vehan sacudió la cabeza para no mostrar su sonrisa y fue detrás de Nausicaä, pero paró cuando unos golpes en la puerta hicieron que ella también se detuviera.

—Eh... ¿esperas a alguien, Nikos?

Vehan frunció las cejas al ver la expresión tensa de Nausicaä y el ceño preocupado de Nikos Chorley.

—¿Qué pasa?

—Nada aún —respondió Nikos, demasiado pronto para creerle—. Es sólo que no puedes tocar a la puerta desde la calle, la única manera de entrar aquí es por el Hiraeth, y si algo debe hacerlo desde allá, por lo general no es bienvenido.

Vehan sabía muy poco del espacio al que llamaban el Hiraeth. Sus tutores privados y maestros le enseñaron que era algo abstracto, un estado mental más que un lugar físico; un espacio en tu interior donde, si estabas lo suficientemente calmado y enfocado, podías acceder a un gran poder. Cuando lord Lekan los había llevado por ahí, rebosaba de curiosidad, pero a Aurelian no le gustó para nada. Fue muy insistente en que no debían permanecer mucho tiempo ahí. A Vehan y a lord Lekan el lugar los volvió relajados y un poco delirantes, pero a Aurelian pareció irritarlo como si le rozaran la piel con un cepillo de cerdas de jabalí.

Los toquidos volvieron a oírse, un breve estribillo de cinco golpes.

Nausicaä abrió la puerta de golpe y se ganó los gritos de sobresalto de todos en el lugar. Los gumihos en la sala se levantaron deprisa. Nikos se armó de inmediato con un bate de fierro que estaba escondido bajo la barra y la pixie que lo manejaba se había escondido detrás.

Pero no había nadie detrás de la puerta.

Se abrió hacia el Hiraeth y la extensión del bosque, ahí no había señales de nadie ni nada que fuera responsable de los toquidos.

—Tsss. Qué aburrido. —Nausicaä cerró la puerta. En cuanto lo hizo, se volvieron a escuchar toquidos, otro estribillo de cinco—. Bueno, está bien. Lo siento Nikos, diviértete con tu bosque encantado. Yo tengo otras cosas que hacer.

Giró el picaporte hacia el otro lado, pero cuando volvió a abrir la puerta, ésta se abrió hacia el Hiraeth y no Toronto, como ella evidentemente había querido.

Y, nuevamente, no había nadie ahí.

—Debe de haber algo ahí —dijo Nikos, que dio un paso al frente con el bate y se asomó—. La puerta no abre hacia la calle si hay algo que quiere entrar desde el Hiraeth.

—Ay, los dioses, probablemente son los sustitutos de mierda que nos están provocando... ¡Óiganme, horribles mocosos del bosque! —Nausicaä dio un paso al frente.

Vehan también avanzó un poco para asomarse detrás de ella.

—Ten cuidado —le advirtió Aurelian, aunque él lo empujó un poco para ver mejor.

Vehan miró desde los escalones de la puerta mientras que Nausicaä salió al parche de bosque que rodeaba el escondite; gritaba una impresionante retahíla de insultos hacia varios posibles culpables. Pero no había señal de que alguien estuviera escuchando. Una parte de Vehan tenía la esperanza de que fuera un sustituto haciendo travesuras porque esos feéricos eran muy esquivos; sus amigos de la escuela competían para ver quién sería el primero en encontrar uno y mostrar evidencia fotográfica del encuentro. Desde luego, rara vez Vehan traía su teléfono consigo, pero Aurelian siempre traía el suyo.

Estaba a punto de pedírselo cuando algo en la distancia llamó su atención.

—¿Qué hay allá? —Y apuntó a una figura sombría acechando junto a un árbol lejano. Sus orillas eran borrosas, como si estuvieran fuera de foco. No esperaba que al entrecerrar los ojos pudiera verla con más nitidez, y así fue, pero claramente había algo allá afuera—. ¿Puedes ver?

—No. No veo nada. —Aurelian se movió para mirar un poco más a la distancia. Él tenía una vista mucho mejor y era más fácil que distinguiera a la figura con mejor claridad—. No hay nada ahí. ¿Estás seguro? ¡Vehan!

Vehan avanzó hacia el Hiraeth. En cuanto entró al bosque lo arrastró ese sentimiento cálido y ligeramente intoxicante de antes, pero esta vez estaba preparado. Lo afectaba menos, y aunque sí se sentía ligeramente sedado, la calma que se asentaba en su pecho le permitía mantener cierto enfoque agudo. Sí había algo en los árboles, ahora podía verlo mejor: un algo con capa negra y una máscara alrededor del cuello, nariz bulbosa, orejas como de murciélago y piel color lila.

Ese algo sonrió. Sus incisivos de fierro brillaron como si le hicieran un guiño a Vehan.

—¡Es el trasgo Pincer! Aurelian, ¡está aquí!

En cuanto oyó su nombre, Pincer huyó. Vehan se rehusaba a que escapara por segunda vez, así que corrió tras él, ignorando la súplica de Aurelian de que se esperara y el comentario de Nausicaä sobre su poca inteligencia.

El Hiraeth lo hizo sentirse invencible.

Más poderosa que nunca, su magia crepitaba cruda y lista en la punta de sus dedos. Su ritmo vertiginoso debió dejarle los músculos ardiendo y los pulmones ansiando aire, pero mientras más rápido corría, más profunda era su respiración, más magia del bosque jalaba hacia su cuerpo y menos sentía el desgaste del esfuerzo.

A su alrededor podía oír gritos de risa espantosa.

—¡Vay el fae! ¡Vay el fae! —esos gritos de risa también vitoreaban.

Vehan casi choca contra un árbol cuando volteó y vio que no estaba solo. Había otros además de Pincer; tenía nuevos secuaces. Detrás de Vehan, más trasgos le cerraban el paso, caían de los árboles o salían de entre los arbustos. Entre un atisbo y otro logró ver que todos traían una especie de máscara de gas. ¿Sería una táctica para asustarlo? ¿Pensaban que los hacía ver más atemorizantes? ¿O había algo en ese bosque que sabían que era mejor no inhalar? No podía pensar, no con los trasgos aullando, gritando y siseando provocaciones, tan cerca que casi le pisaban los talones.

—¡Vay el fae!

—¡Príncipe consentido!

—¡Te vamos a atrapar, tal como atrapamos a tus hermanos!

Vehan aceleró el paso.

Los papeles se habían invertido. Se sentía como un tonto; todo eso había sido una trampa y ahora Vehan se había separado del grupo; se había precipitado en territorio desconocido y ahora lo perseguía justo lo que hacía unos momentos él se había lanzado a perseguir. Llegó a un claro y tropezó cuando una bolsa de tierra se desinfló cuando la pisó. Con los brazos estirados cayó al piso, sin aire y tosiendo, mareado, tembloroso y a punto de vomitar.

De un jalón sintió todo el desgaste de aquel paso brutalmente veloz.

Se sobó el pecho deseando que su corazón se calmara. Sus ojos se llenaron de lágrimas. La cabeza le palpitaba. Necesitaba levantarse, seguir corriendo, huir, pero su cuerpo lo plantó a la tierra como plomo; apenas podía moverse.

—Vamos, Vehan, levántate —se regañó—. ¡Levántate! ¡No tienes tiempo para esto!

Se recargó contra el piso y se levantó temblorosamente.

Un paso.

Dos.

Su pánico disminuyó. Su respiración se niveló. Era curioso cómo el claro ahora estaba mortalmente quieto y callado. ¿Había perdido el rastro de los trasgos? ¿Había caído en su trampa? Se detuvo a mirar alrededor.

Nada, no había señales de vida a excepción de la suya. Los únicos repiques de «Vay el fae» eran ecos lejanos en sus oídos. El dosel forestal se derretía a su alrededor. Verde moteado y azul porcelana arremolinados juntos, lentamente, como tinta sangrando en el agua. Verlo hacía que a Vehan le doliera la cabeza, así que bajó la vista. La alfombra de flores bajo él parecía derretirse también. Las campanillas habían desaparecido, se habían dispersado por todos lados. Ahora había flores tan grandes como platitos de té de colores brillantes: rojo y amarillo, azul y naranja, verde y morado, eran tan brillantes que parecía absurdo que alguna vez hubiera usado los nombres de esos colores para describir otras cosas.

Una brisa ligera arrancó las flores de sus tallos y las aventó al aire, y los pétalos bailaron formando un caleidoscopio de color. Fue hermoso, maravilloso, una magia mucho mejor que cualquiera que él pudiera invocar. Se entretejieron y formaron rizos de brisa, como olas, que luego explotaron como fuegos artificiales por encima de su cabeza para después caer de nuevo sobre la tierra.

Algunos pétalos formaron figuras. Vehan observó cómo se tejían juntos y exclamaba asombrado cuando cobraban vida como tigres y víboras, elefantes y leones. El claro se volvió un circo humano; su madre lo había llevado a uno cuando era niño, hasta se había enfermado con tanto algodón de azúcar, manzanas acarameladas y paseos en juegos vertiginosos que los ingeniosos humanos habían ensamblado, pero lo que más le había gustado había sido el desfile de animales.

Riendo, estiró una mano. Uno de los tigres se acercó, al acecho, y él tenía muchas ganas de acariciarlo. ¿Tal vez lo dejaría? Nada ahí podría lastimarlo; después de todo, era un circo, esto era parte del espectáculo.

—Niño estúpido.

¡El jefe de la pista había llegado!

Alto y delgado, de extremidades extrañamente largas, su cuerpo se deformaba de un lado a otro mientras caminaba por el campo hacia él, como si fuera un reflejo en un cristal cóncavo. Vehan lo conocía. Sí lo conocía. Lo conocía... ¿Cómo era que lo conocía? No podía recordarlo. Cabello largo, gris metálico, ojos verdes de un brillo frío, piel brillante como la luz de las estrellas, todo eso le era familiar, pero claro, Vehan de seguro lo había visto en los anuncios del espectáculo.

—Ustedes los mortales son una verdadera pestilencia.

Vehan rio. La cólera del jefe de la pista era hilarante.

—Promesas... promesas... Detesto haber hecho tantas promesas en lo que a ti respecta. «Mantenlo a salvo», si tan sólo hubiera sabido lo que eso implicaba...

Mientras caminaba hacia Vehan, los animales que él comandaba voltearon en su dirección para saludarlo. Se lanzaron hacia él, saltaban con gruñidos feroces y rugidos estruendosos, extendían sus garras, sus fauces mortales se abrían. Un hilo de preocupación se entretejió en sus pensamientos durante un momento, pero el maestro de la pista era un profesional. Agitó su mano brillante de plata y entonces los animales explotaron en una lluvia de pétalos antes de poder atacar.

Fue intoxicante. Fue espectacular. Vehan gritó asombrado y reía mientras los animales de pétalos se convertían, uno tras otro, en pedazos vibrantes. Uno había tratado de atacar a Vehan, el tigre que quería acariciar, pero justo cuando se le lanzó al rostro, explotó, y los pétalos llovieron alrededor del príncipe, se le quedaron pegados a la piel y la ropa.

El jefe de pista lo tomó de la quijada con la mano que no goteaba plata.

—Abre —ordenó.

Vehan obedeció.

No tenía razón para no hacerlo.

El jefe de pista le metió un palo de madera entre los dientes; Vehan gimió, era corteza de serbal, una especie diferente de veneno que se usaba para romper hechizos de faeries, pero la mano que lo sujetaba de la quijada lo forzó a seguir masticando.

Lentamente, el mundo comenzó a regresar a su estado normal, disminuyó la vitalidad, se volvió a acomodar en su figura sólida. Vehan no podía ver mucho más allá de la persona frente a él, pero en fragmentos podía distinguir toques de azul vibrante en un campo de flores de color gris muerte cuyos pétalos colgaban inertes como conchas cenicientas.

—¿Qué estás haciendo aquí?

Vehan sólo podía ver lo que había en la periferia del pedazo de corteza que mordía.

Fue un proceso lento y meticuloso, pero su mente eventualmente salió de la bruma en la que se había asentado. Su cuerpo temblaba, sus músculos tenían espasmos mientras su sistema asimilaba la droga que esas flores cenicientas habían secretado al aire. Su polen le manchaba las manos, los brazos y la ropa con vetas de hollín, pero cuando se enfocó en examinar de cerca la sustancia, se dio cuenta de que no era sólo eso.

—Éste es el Hiraeth, no el patio de juegos de un príncipe. Ven.

El misterioso faerie lo sacudió bruscamente; Vehan escupió la corteza de serbal.

Los toques de azul también estaban sobre él, en su cabello, en su rostro... cálidos, pegajosos y...

—Sangre —murmuró Vehan con voz ronca. El azul era sangre faerie. Era muchísima. Miró más allá de su salvador, cuyos dedos largos y fríos de la mano que no tenía plata le rozaban la camisa y el cabello con poco cariño para quitarle los residuos de ceniza. Las curiosas salpicaduras de azul tomaron una cruel violencia ahora que Vehan entendía lo que eran. Salpicaban todo el campo, goteaban en charcos oscuros alrededor de los cuerpos inertes y arrumbados de los trasgos enmascarados de los que había estado huyendo.

Otra emboscada.

Esas máscaras de gas debieron de proteger a los trasgos del polen de las flores.

Pudo morir, drogado y riendo, con una sonrisa en el rostro sin siquiera saber lo que le había pasado.

—Quiero vomitar.

—Supongo que sí.

Su salvador lo volteó bruscamente de espaldas a él y lo fue sacando a empujones del campo. Sus pasos eran infantiles, se tropezó con sus propios pies varias veces, pero la persona detrás de él lo levantaba como si no pesara más que un saco de harina.

—Yo te conozco... —dijo Vehan arrastrando las palabras— Tú estabas en el desierto. Nos salvaste a mí y a Aurelian de esas criaturas. Me salvaste de nuevo. ¿Por qué?

Al no recibir respuesta, trató de voltear para ver el rostro de su salvador, pero se topó con algo helado, tan frío y poco amable que se estremeció y apartó la vista.

El misterioso faerie lo llevaba de vuelta por el bosque.

La madera que había masticado le ayudó a desintoxicar su sistema con una asombrosa rapidez, pero aun así lo dejó sintiéndose agotado y débil, adolorido por todos lados.

—¡Vehan!

El sonido de la voz de Aurelian hizo que le ardieran los ojos. Se zafó de las manos de su salvador en cuanto vio a su mozo entre los árboles.

—¡Aquí! —le gritó, y en cuanto habló, Aurelian estaba frente a él, revisándolo con las manos, quitándole la sangre del rostro y volteándolo de un lado al otro, para asegurarse de que no estuviera herido.

—Estoy bien —le aseguró.

—No lo parece. —En la ceja de Aurelian se podía ver la preocupación, sus ojos brillaban consternados. Estaba actuando como debería si acaso las cosas fueran normales entre ellos, y eso hizo que los ojos llorosos de Vehan derramaran lágrimas.

—¿Qué pasó? ¿Por qué estás cubierto de hollín y de sangre? ¿Quién es...? —Pero se detuvo cuando al fin se dio cuenta de quién había traído a Vehan—. Tú.

Aurelian gruñó.

El faerie le correspondió el gruñido. Más rápido que el ataque de una víbora, su mano-garra se enganchó en el cuello de la camisa de Aurelian y lo acercó demasiado para la comodidad de Vehan a sus afilados dientes descubiertos.

—¡Suéltalo! —gritó Vehan con una fuerza que le removió las náuseas y, en congruencia con su tono, las puntas de sus dedos chispearon.

—¿Lethe?

El faerie alzó la vista. Nausicaä los había alcanzado al fin, llegó a la escena con una cautela que parecía opuesta a su personalidad. Se detuvo en cuanto el misterioso faerie la miró a los ojos; ella alzó las manos en gesto de rendición, como para apaciguarlo. Pasó un momento. Luego otro. El faerie soltó a Aurelian, cuya camisa se hizo tiras al deslizarse entre la garra de plata.

—Ésta es la segunda vez que tengo que rescatar a este chico mortal. Primero de los cava y hoy de un hueco durmiente... La paternidad es una profesión extenuante, yo no sé por qué alguien lo hace. Mira, ya estoy tirando pelo. —Y con cara de desprecio extrajo un cabello de su túnica y se lo aventó Nausicaä.

Vehan palideció.

¿Un hueco durmiente? ¿El campo era eso? Conocía el lugar porque había sido mencionado en los libros de historias que leía en secreto; se metía a hurtadillas en la sección de la biblioteca restringida a madurez y mayores. Los huecos durmientes eran tierras malditas, sitios en los que había acontecido magia tan negra y terrible que dejaba una impresión indeleble en la tierra que ningún lapso de tiempo podía curar. Las flores que crecían en su tierra... Sus pétalos cenicientos eran lo que después conformaba el polvo de hadas.

Vio cómo Aurelian se examinaba las manos y luego las bajaba nervioso para restregárselas en los pantalones.

—Okey, en esa oración dijiste muchas palabras que me preocupan —comentó Nausicaä—. Primera pregunta...

—Tomen sus cosas y váyanse —dijo el faerie, Lethe, según Nausicaä. Su tono se volvió tan gélido como su mirada que también mostraba aburrimiento—. Estaba en medio de algo, ¿sabes? Es difícil disfrutar los tiempos de ocio cuando hay niños alrededor. —Y se estremeció.

—Okey, ya en serio, Lethe, ¿qué carajos quisiste decir con «cava»?

—¿Qué es cava? —preguntó Vehan. No conocía este término. —¿Eran esas cosas en el desierto?

Nausicaä lo miró extrañada.

—Dijiste que había unas instalaciones en el desierto. No dijiste nada sobre una cava.

—¡Tal vez porque no sé lo que es eso!

—Me voy —anunció Lethe—. Prima, por favor llévate a tus escandalosos parásitos a otro lado antes de que decida que sí me importa que el sumo rey haya emitido una orden pública de arresto a tu nombre.

Vehan se mantuvo firme y miró a su dos veces salvador con las cejas fruncidas. Estaba cansado de tener las respuestas colgando frente a él, sólo para que alguien más se las arrebatara porque pensaba que no debía tenerlas. Si él era el único que tomaría esa situación en serio, merecía saber lo que ellos sabían.

—Qué tal esta idea: yo tampoco quiero estar aquí. Me gustaría no tener que lidiar con nada de esto. Me gustaría estar en casa, poniéndome al día con las tareas que se han estado acumulando mientras yo persigo migajas de una investigación de asesinato. Pero no estoy en casa porque soy el heredero de mi corte; porque es mi responsabilidad mantener a mi gente a salvo, y como nadie más se molesta en ayudar, me toca a mí resolver esto. La única razón por la que necesité que me salvaran de ese hueco fue porque vi a los trasgos que nos encontramos en el desierto, y, tal vez, si ustedes se dignaran a decirnos lo que saben, podría evitarles cualquier otro inexplicable involucramiento en mi vida.

Lethe lo miró alzando la punta de su nariz, con una expresión suave y al mismo tiempo asesina.

—Por favor no lo mates —rogó Nausicaä con tanta sinceridad que Vehan la miró conmocionado.

—¿Los trasgos del desierto…? ¿Los que estaban cuando nos vimos por primera vez?

Vehan volteó de nuevo hacia Lethe y asintió.

—Vi a uno de ellos, a Pincer, justo afuera de la tienda de curiosidades. Traté de atraparlo, pero como viste, no estaba solo. Me emboscaron. Me llevó directo a ese hueco durmiente y probablemente quería matarme, aunque quién sabe cómo supo que estaríamos en la tienda de Nikos para empezar.

—¿Los trasgos te trajeron aquí a propósito?

En el tono de Lethe había cierta ligereza, lo cual era aún más atemorizante que su gruñido. Sus ojos de anticongelante brillaron como si se estuviera guardando todos sus pensamientos para sí. Vehan se encogió de hombros, pensando que debía tener cautela porque quién sabe cuál era el punto de ese interrogatorio.

—Parece que sí.

—Si hay algo con la mente más embotada que la de un humano, ésa es la de un trasgo. Se la pasan peleando por territorio, se matan entre ellos por míseras migajas. Pero no cazan a faes en manada, princesito.

—Bueno, hoy lo hicieron. Yo estaba ahí. Lo vi con mis propios ojos antes de que ese hueco durmiente comenzara a jugar con ellos. Tú los viste. Tú los mataste.

—¿Tengo que explicarte con manzanas? Bien. Lo que quise decir es que carecen de la sofisticación necesaria para atraer a los débiles y alejarlos de su grupo uno por uno. Alguien más estuvo detrás de este ataque. La pregunta es por qué y si tú eras el blanco, hermoso Vehan, ¿o tal vez una distracción para tus amigos? —Lethe los miró uno a uno, considerándolos partes de una ecuación que estaba tratando de resolver.

—¡Mierda!

De pronto Nausicaä se esfumó en una nube negra y Vehan gritó. El humo se comprimió hasta desaparecer, y así de la nada, ella ya no estaba.

—¿Qué diablos…? ¿Cómo…?

—¿Perdió el rastro de uno de su parvada, su majestad?

Vehan se recuperó de una impresión para recibir otra. Ignoró las provocaciones de Lethe y volteó hacia Aurelian con los ojos abiertos a tope.

—No estás pensando que fueron tras Arlo, ¿o sí?

—Disculpa, ¿Arlo? —Lethe rio, un sonido crujiente que hizo que Vehan rechinara los dientes—. No te refieres a Arlo Jarsdel, ¿verdad? No, no es posible porque nadie sería tan ingenuo…

¿Qué?

Vehan lo miró fijamente.

—Sí, Arlo Jarsdel. Ella estaba con nosotros, pero se salió para tomar aire. La estábamos buscando antes de que todo esto sucediera. ¿Cómo es que la conoces?

La risa de Lethe se transformó en un gruñido y se veía cada vez más furioso.

—«No la toques», ¡fue una instrucción muy simple! Gusano patético y celoso... Lo voy a desollar vivo. —Quién sabe qué quiso decir Lethe con eso; para empezar, quién sabe por qué estaba preocupado por Arlo; Vehan ni siquiera podría imaginarse sus razones, pero el brillo de estrellas en el rostro del faerie palideció hasta volverse tan cenizo como las flores en el hueco durmiente, y aunque sus interacciones habían sido breves hasta ahora, Vehan nunca lo había visto tan preocupado—. ¡Fuera de mi camino!

Vehan se apresuró a apartarse, apenas logró escapar la furia que impulsó a Lethe adelante.

El bosque respiró de nuevo, la tierra se hinchó y se desinfló, y en ese mismo lapso de tiempo, Lethe desapareció.

Vehan tenía tantas preguntas...

—Un problema a la vez —y dijo a Aurelian—. Vámonos. —Sin mayor vacilación, el par corrió a la tienda de curiosidades.

CAPÍTULO 23

✦ ARLO ✦

Esperaba poder recuperar el aliento en el bosque, el Hiraeth había sido confortante, pero cuando Arlo se pasó de largo por donde estaban Nikos y los demás en la sala de la Asistencia y abrió la puerta bruscamente, salió directamente a Toronto.

Estaba bien. Ahí afuera también había aire.

Soltó la mochila, se agachó y metió la cabeza entre las rodillas. No supo cuánto tiempo se quedó así, pero jaló aire como si se estuviera ahogando mientras trataba de reorganizar el remolino de sus pensamientos.

Vehan tenía razón.

Ella debería apoyarlos, aunque lo único que pudiera hacer fuera (de alguna manera) ayudarles a atravesar la puerta sellada. Seguramente el sumo rey la perdonaría por usar su alquimia si eso significaba que los asesinatos terminarían, si también significaba que evitaría que el príncipe seelie del verano terminara en las noticias. Además, ya en serio, ¿seguir a Vehan hasta esa misteriosa instalación podría llamar todavía más atención indeseada hacia ella de lo que ya había hecho?

Pero estaba asustada.

La muerte de Cassandra seguía fresca en su mente, y no quería terminar igual, otro cadáver en las noticias, reducida a un número, excluida de las cortes al morir, tal como lo fue en vida, considerada un problema de humanos.

Así que, sí, estaba asustada, y estaba cansada.

La mayoría de su familia la veía como una molestia. Los que no, la trataban como si fuera de cristal, delicada, frágil, incapaz de hacer nada por sí misma (incluso Celadon, a quien quería tanto como él a ella, a veces la mantenía demasiado cerca de él). A veces se sentía como la princesa de un cuento, encerrada para siempre en una torre, lejos del mundo, obligada a sólo observar y nunca a formar parte de nada. Nausicaä, Vehan, incluso Aurelian... No sabían no contar con ella. No sabían que pedirle que fuera parte de su equipo era de hecho condenarla al fracaso porque cada vez que trataba de salir de su torre, todo terminaba en desastre.

Debía decirles que no y así salvarlos a ellos y a sí misma de otra decepción.

Debía hacer eso, pero una no tan insignificante parte de ella no quería hacerlo. Una parte de ella susurraba «y si...», tal como había pasado durante su ponderación; tal como había pasado cuando se metió al Círculo de Faeries y comenzó todo ese embrollo. ¿Y si esta vez era diferente?

Los minutos pasaban lentamente.

Arlo alzó la cabeza de entre sus piernas y se talló la cara, se limpió las lágrimas que al fin se había permitido liberar. Tenía que ir a casa. Era tarde, se estaba acercando la hora límite para llegar, pero ese tiempo no había sido suficiente para decidir algo tan importante. No podía simplemente irse, tenía que regresar y decirle algo al príncipe, pero ¿qué?

—¿Qué se supone que debo hacer? —se preguntó en voz alta.

Tal vez le darían una noche para consultarlo con la almohada. Eso era razonable, ¿no? No podían esperar que accediera a esa ridícula estratagema de alto riesgo sin siquiera considerarlo un poco; lo menos que podían hacer era darle unas cuantas horas más.

No había daño en preguntar. Además, simplemente podía decirles que no y darlo por concluido. Regresó a la tienda de curiosidades, abrió la puerta, pero se dio cuenta de que no estaba en la sala; estaba en una réplica exacta de la tienda, pero ya no estaban los faeries ni los faes adultos. En su lugar estaba un chico humano, tan congelado como Arlo, sorprendido por su súbita entrada, con una escoba en las manos. Flacucho, de cabello negro rizado y revuelto, ojos castaños abiertos a tope por la impresión. No se veía mucho mayor a Elyas.

—Eh... ¡hola! —fue su saludo tentativo—. Lo siento, pero estamos cerrados.

—Sí, eh, ¿adónde...? ¿Nausicaä está arriba? —balbuceó Arlo.

—¿Quién?

—¿Nausicaä? —El chico sacudió la cabeza, confundido—. ¿Qué hay de Nikos? ¿Adónde fue?

El chico frunció las cejas pobladas con mayor preocupación.

—Mi padre no está aquí hoy. Oye, ¿estás bien? ¿Necesitas ayuda o algo?

Había entrado a la tienda equivocada. Ésta no era la Asistencia, era la fachada humana de Chorley's Curiosities.

—Diablos —gimió y salió de la tienda. Azotó la puerta e intentó de nuevo, pero cuando la abrió por segunda vez, de nuevo vio al chico de la escoba mirándola fijamente, quizás pensando si debía llamar a la policía.

Volvió a azotar la puerta. Sin importar cuantas veces arañara las bisagras donde había abierto antes y golpeado ese lado de la madera, no podía regresar con sus amigos.

—Ok, bien, entonces, supongo que esperaré. —No había nada más que hacer. Tenía su teléfono, pero no tenía el número de nadie que le fuera útil. Si esperaba el tiempo suficiente, alguien vendría a buscarla, ¿cierto? Les daría lo que quedaba de la hora que podía tomar antes de tener que irse.

Se quitó al cabello de la cara, se volteó para mirar absorta al fondo de la calle, el flujo de vehículos y toda la gente que iba camino a alguna parte en la que tenía que estar, luego se recargó contra la ventana de la tienda.

Pasaron los minutos.

Nadie vino por ella.

El tiempo se había acabado según el reloj de su teléfono, y la calle comenzó a congestionarse con personas que iban a cenar. Debería simplemente irse; si Vehan quería que cambiara de opinión, Nausicaä aparentemente era más que capaz de encontrarla en esta ciudad.

Con un suspiro tomó su teléfono, con la intención de hacer lo que Nausicaä había sugerido anteriormente y enviarle un mensaje de texto a su mamá. Le diría que se había retrasado en el trabajo y que ya iba de camino a casa. Tal vez su madre le creería, tal vez no... aunque tenía que intentarlo. Pero justo cuando desbloqueó su teléfono...

—¡Ayuda!

Arlo se detuvo.

Hubiera jurado que había escuchado algo, la voz de un niño gritando, fue un sonido muy tenue, y ella estaba demasiado distraída como para estar segura. Esperó, escuchó atenta, miró alrededor, pero no parecía haber nada fuera de lugar. Nada, concluyó; su mente le estaba jugando chueco. Siguió con lo suyo.

—¡Alguien ayúdeme, por favor!

Eso no fue un truco. Alguien realmente estaba en problemas cerca. Se volteó y guardó su teléfono; el grito venía del callejón entre la tienda de souvlaki y las oficinas de bienes raíces, estaba segura, pero nadie más parecía darse cuenta. Nadie más en la banqueta se había detenido o había volteado hacia donde provenía el grito. Pero ciertamente la notaron a ella: pálida y con los ojos a tope de asombro, mirando fijamente algo que ellos no podían percibir, así que siguieron su camino, evitándola lo más posible.

—Mierda. —Tendría que ir ella misma. No podía ignorar eso, no podía simplemente irse, tampoco podía avisarles a los demás—. Mierda, está bien. Un pie se puso delante del otro y terminó en una especie de trance en el callejón, pero era sólo eso, un callejón, estrecho, de ladrillo, con botes inmensos de basura sobresaturados de bolsas apiladas alrededor. Había mugre por todo el pavimento y los muros de ladrillo de los edificios circundantes, pero en medio de ellos, nada.

Aquí no había ningún niño en peligro. Nadie estaba pidiendo ayuda. De hecho, no había nadie vivo, no había ningún sonido, era como si el callejón no fuera un callejón en absoluto, sino una grieta que la magia había tallado.

Arlo se quedó mirando.

Podía sentir su corazón acelerado contra sus costillas, tenía tanta adrenalina que se sentía mareada y entumida. Decidió que ésa era la razón por la que se había alejado de la banqueta para meterse en aquel callejón repleto de un muy mal presentimiento.

Un paso.

Dos.

Arlo tembló y se detuvo de golpe.

«Esta quietud no es natural», le advirtió su cerebro. Podría ser magia lo que forzaba ese silencio; podría ser la presión de los ladrillos alrededor, o que la piedra porosa absorbía los sonidos de la vida citadina. Tenía que conservar la calma. Respiró profundo para fortalecer sus nervios y se asomó a las profundidades del callejón.

—¿Hola? —preguntó—. ¿Hay alguien aquí?

No hubo respuesta. Suspiró y se dio media vuelta, aliviada de que no era nada. El sonido había sido el resultado de todo el estrés de las últimas semanas. Cuando llegara a casa, tomaría un baño de burbujas y vería un maratón de *She-Ra y las princesas del poder* en Netflix hasta que se quedara dormida.

Pero entonces...

Linda florecita.

Arlo sintió que su corazón se detenía. Conocía esa voz, la reconoció al instante, junto con el hedor casi imperceptible a musgo y podredumbre. No quería voltear. Al mismo tiempo, no pudo evitarlo.

El destripador.

Sí era magia, un encantamiento poderoso, que alguien pudo echar fuera de sí, más poderoso que cualquiera que esa criatura pudiera conjurar, no podría estar trabajando sola. Alguien debía de estar ayudándola, pero ¿quién?

No tenía tiempo de sopesar esa pregunta.

El destripador se había enderezado hasta alcanzar toda su esquelética altura y se cernía sobre Arlo. Ya no estaba distorsionado como en el Círculo de Faeries, ahora mostraba toda su figura de más de dos metros, sumamente delgada. Le faltaba la mitad del cráneo, un caparazón hueco sin evidencia de ojos o cerebro, pero no necesitaba ojos para moverse. Le bastaba para guiarse con los olores del aire que alcanzaba a percibir por los hoyos que tenía en vez de nariz; podía percibir el miedo que inspiraba a través de su boca abierta, repleta de dientes serrados.

No era más que huesos nudosos y carne podrida, poco mejor que una lona grisácea y tensa sobre su demacrado cuerpo. Todos los niños de la comunidad mágica habían crecido con los rumores de lo que ese tipo de ser mágico podía hacer con su antigua y purulenta magia y los dedos alargados que utilizaba como palanca para romper huesos y así poder succionar médulas y entrañas.

Los destripadores consumían.

Era todo lo que hacían.

Como buitres, los atraía la magia negra, la muerte, la decadencia, y las leyendas decían que eran difíciles de matar.

Thalo Viridian-Verdell se había ganado la posición de la que hoy gozaba por caminar hacia el trono del sumo rey y dejarle la cabeza de un destripador a sus pies. Nadie, ni siquiera los miembros misóginos de las cortes que odiaban tener a una mujer y madre como líder de su ejército habían sido capaces de negar que ella era la indicada para el puesto luego de dicha hazaña.

Thalo Viridian-Verdell sería una buena contendiente frente a la criatura detrás de Arlo.

Su hija, difícilmente. Apenas podía mantenerse de pie.

Preciosa florecita primaveral, continuó el destripador, con una voz rasposa como el viento amargo rasgando una ventana rota. *Al fin*. Se acercó para oler el aire alrededor de ella; Arlo ahogó un grito, tropezó hacia atrás y se tapó la nariz tratando de bloquear el hedor podrido del destripador.

¿Te vas tan pronto? Te he estado buscando por todas partes.

¿Buscándola?

La mente de Arlo se aceleró. Una parte de ella aún estaba excitada con la adrenalina que la había traído hasta ahí, mientras que la otra se mantenía petrificada por la certeza de su muerte inminente.

Le había llegado la hora.

Había jugado a ser el héroe y, tal como lo predijo, llamó demasiado la atención. El destripador estaba aquí por ella; iba a morir de una manera horrible y dolorosa. La mejor manera para los destripadores de saborear su comida era cuando su presa seguía viva y gritaba y luchaba; ser descuartizada seguramente no era exactamente placentero.

El destripador comenzó a acecharla, igualando cada uno de los pasos lentos y cautelosos de Arlo hacia la calle.

¿Cuántas veces te has escapado de mis garras? ¿Cuántas veces ataqué a la marca equivocada? Ustedes los mortales son todos iguales para mí, pero mi amo estaba muy enojado. Esta noche estará contento. Ven acá, florecita, déjame probarte.

El destripador gimió al imaginarse lo que seguía, pero justo cuando las puntas de sus garras rozaron el cabello de Arlo, ella se escabulló y salió corriendo.

Se lanzó a la calle, aceleró el paso lo más que sus piernas se lo permitieron. El destripador la siguió, ¡mierda, ella no lo pensó bien! Sin que le importara el mundo humano a su alrededor, la criatura salió al acecho a la calle, tumbando peatones, chocando con bicis, postes de teléfono y autos estacionados en la acera.

Los humanos no podían verlo, conservaba su encantamiento, pero sí que podían escucharlo gruñir, y las personas alrededor comenzaron a gritar.

Arlo se esforzó más. Jamás podría correr más rápido que un destripador; quién sabe cómo había logrado llegar hasta ahí, tal vez debería agradecerle a la ciudad por eso. Los destripadores eran veloces, pero las calles estaban llenas de obstáculos, y esas criaturas no estaban acostumbradas a navegar por esos espacios. De pronto, se oyó una explosión, ladrillos volando, ventanas quebrándose y más gritos; también se sintió una fuerza que la empujaba por la calle; Arlo se volteó con brusquedad. Efectivamente, el destripador no calculó un obstáculo y chocó con el edificio de al lado. Cayó al piso y aulló con furia.

A la distancia aparecieron luces y sirenas.

El destripador apartó a las personas que sin darse cuenta le estorbaban y se aferró con las garras para poder incorporarse.

Arlo corrió más deprisa, el destripador iba tras ella, así que tenía que llevarlo lejos de Danforth a algún lugar en el que no pusiera en peligro a la gente.

Algo enorme le pasó de largo. Arlo pudo oírlo crujir en el aire y vio cómo su sombra la envolvía. Abrumada por el tamaño, frenó de golpe justo a tiempo para evitar que la aplastara lo que del cielo caía justo a sus pies.

¡El destripador había aventado un auto!

No había tiempo para atemorizarse por haber estado tan cerca de la muerte ni de darse palmaditas en el cuerpo, como ella quería, para asegurarse de que sí había sobrevivido. Atravesó la calle corriendo, esquivando los autos que transitaban y frenaban bruscamente, asombrados de ver que un Mazda salía volando solo. En un chasquido, esquivó a la gente que también corría para salvarse y se dirigió hacia otro callejón con la esperanza de que la llevaría a un lugar menos congestionado.

Pero al entrar, su zapato se enganchó con el talón opuesto y tropezó. Salió volando y cayó sobre el pavimento con las palmas abiertas para amortiguar el golpe.

«¡No puede ser!».

Ahí, a unos cuantos centímetros de sus manos extendidas, estaba el condenado dado de le no-troll. Simplemente ahí, inocuo; en su cara de jade pulido mostraba el cuatro, cuyos números de oro brillaban; ahí, inútil, como ella ya había descubierto en su último encuentro con el monstruo que venía por ella.

No puedes escapar, florecita.

El destripador finalmente se había recuperado de la caída. Atravesó la calle, apartando con manotazos los autos que le estorbaban el paso. El miedo subió como bilis por la garganta de Arlo y la hizo vomitar. ¡Pero no había tiempo para eso!

—¡Te odio! —le gritó con furia al dado que recogió. Y con la fuerza que le vino por la pura adrenalina, se levantó del piso.

La gente se reunió en el extremo opuesto del callejón, atraídos por la curiosidad, gracias a todos los rugidos, el estruendo y demás sonidos caóticos. Arlo no podía culparlos, pero ¿cuánto tiempo tenía antes de que el destripador desquitara su frustración con personas inocentes?

—¡Váyanse! —les gritó mientras caminaba hacia esta multitud asombrada. Trató de empujarlos, algunos se fueron, pero otros se quedaron ahí, como si un imán los hubiera regresado al lugar.

—Diablos —maldijo. Tendría que probar una táctica diferente—. ¡Oye! —Dio media vuelta, justo cuando el destripador comenzó a empujar gente—. ¡Sí, tú, estúpido! —Vaya, tendría que mejorar sus insultos en su próxima vida, pero la atención del destripador se desvió de los humanos que había comenzado a considerar, porque serían blancos mucho más fáciles que el que ella había demostrado ser—. ¿Vienes por mí, horrible pedazo de mierda? ¡Pues alcánzame!

Corrió.

El destripador chilló y soltó sus juguetes, feliz de tener un desafío antes de comer, como cualquier buen depredador. Se fue tras Arlo.

Ella corrió por otro callejón, salió a otra calle; ésta de una zona residencial, donde al menos la gente estaba en sus casas y no corría peligro inminente. Aceleró con todas sus fuerzas, pero detrás de ella, el destripador apenas comenzaba a impulsarse; él también jugaba con ella, tal vez demasiado curioso de ver cuánto tiempo ella mantendría el paso, pero sí que terminaría con Arlo eventualmente. Cuando avistó otro callejón, una abertura entre dos edificios, su reacción inmediata fue dar vuelta hacia él, tan sólo para mantener el paso hasta que llegara la Falchion, o tal vez la Caza Feroz... y sólo cuando entró al callejón se dio cuenta de su desafortunado error.

Ese callejón no tenía salida al otro extremo, sólo una valla de madera. Estaba atrapada.

Ya no hay dónde ir, linda florecita.

Sin aliento, cerró los ojos con fuerza. Se tomó un momento para recuperarse. Había llegado la hora. Iba a morir. La barda era demasiado alta para saltarla.

No hay escapatoria. Cuando me trajeron aquí, no pensé que sería tan divertido recolectar sus candidatos a alquimistas, tampoco cuando mi amo ordenó que te cazara. ¿Estás lista para enfrentar tu muerte, hija de la primavera?

Arlo dio media vuelta.

—¿Por qué yo? —las palabras salieron de su boca antes de que pudiera detenerlas, pero no eran una súplica por su vida, como quizá debieron serlo. Eran calientes, enfadadas, confundidas por lo que ella podía haber hecho para ganarse ese deseo tan desesperado por aniquilarla—. ¿Por qué viniste específicamente por mí? ¿Qué hice que es una amenaza tan grande para tu amo?

El destripador rio con un sonido hueco que cascabeleaba en su pecho. Se acercó unos cuantos pasos más.

¿A mí qué me importa? Me ofrecieron desatarme en tus ciudades, me permitieron agasajarme con las piedras fallidas. Mientras más negra la magia, más dulce la carne, como una especia para los bocadillos mortales. ¿Cómo decir que no a eso? Si mi amo quiere que tú desaparezcas, a mí no me importa. Eres tan sólo una comida más.

—Me lleva el carajo. —Tanto Arlo como el destripador alzaron la cabeza al edificio a la derecha de Arlo—. ¡Esto cada vez se pone mejor! Mi princesa y mi destripador, al fin. ¿Qué puede hacer una chica con tanta emoción?

El alivio recorrió todo el cuerpo de Arlo. No tenía idea de si Nausicaä tenía alguna oportunidad de vencer al destripador, pero estaba aquí, y ni siquiera tendría que vencerlo, tan sólo tenía que teletransportarla. Arlo viviría para ver un día más, en el que definitivamente no habría la posibilidad de escapar del departamento de su madre porque seguramente Thalo se iba a enterar, pero lo más importante era que ella viviría.

¿Tantas ganas tienes de morir? El destripador olisqueó el aire. No podía ver a Nausicaä, así que trató de reconocer el olor de su magia. *Yo te conozco... ¿qué eres? Ven, pajarito. Déjame saborear tu miedo.*

Nausicaä se carcajeó y se aventó al pie del edificio. El pavimento crujió con su aterrizaje.

—Vaya, y a mí me dicen dramática.

Cuando Nausicaä habló pasó algo curioso.

Una oscuridad surgió del centro de su espalda y se esparció por sus hombros. Se desplegó en el aire, como humo, aparentemente interminable, creciendo detrás de ella. Por un momento, Arlo pensó que ésa era la señal para escapar. Parecía el mismo humo que las había teletransportado ahí. Arlo dio un paso al frente y estiró una mano para tomar el brazo de Nausicaä, pero en esa sustancia había algo diferente que la hizo detenerse.

Esa oscuridad que se desplegaba tomó forma.

La masa indistinguible, una especie de mancha de tinta derramada en un charco comenzó a separarse y crecer. Se ensanchó a sus costados, parecían inmensos y sombríos harapos en forma de alas.

Arlo se hizo a un lado para darle espacio a la oscuridad para desplegarse. Luego, escuchó un crujido junto con el sonido de ladrillos desmoronándose, lo cual llamó su atención y volteó a la pared; entonces entendió su error: los harapos sombríos sí eran alas; la estructura esquelética se estaba estirando, huesos y garras se desplegaban hasta atravesar la piedra. Pronto, la estructura de las alas necesitó más espacio del que tenía el estrecho callejón, más ladrillos se desmoronaron a su alrededor. Arlo sólo pudo mirar asombrada cómo la oscuridad se convertía en algo más.

No eran de piel ni de plumas, sino de una membrana negra que colgaba como harapos en aquellos huesos de ébano y que se agitaba ante una brisa inexistente como tiras de seda. Las alas ardían lentamente, como fuego recién extinguido, y el calor brotaba de las oleadas de venas sinuosas que brillaban como brasas.

La misma Nausicaä parecía más alta. No había cambiado, al menos no por lo que Arlo lograba ver de sus espaldas. Pero a su alrededor todo se veía borroso, como una imagen en negativo de una foto mal tomada que mostraba los indicios de algo más grande y mucho más terrible que la atractiva y hermosa rubia de pie entre la eclipsante altura de sus alas.

Ese vistazo a la Nausicaä que alguna vez fue, su gloria como antigua furia, era más que suficiente para que Arlo entendiera que en ese momento debía temer más a la persona entre ella y una muerte dolorosa que le quebraría los huesos. No obstante, Arlo tenía menos miedo que nunca.

De hecho, algo dentro de ella se sentía casi cautivada, tanto que perdió el aliento.

Ciertamente el destripador no se veía contento. Al contrario. Lo que le quedaba de cara pareció desmoronarse al entender finalmente lo que estaba sucediendo. Cualquier memoria que tuviera de las Furias y de Nausicaä, Arlo apostaría que eran todo menos agradables.

Erinia, carraspeó el destripador, y se agachó en una especie de reverencia grotesca. *Perdóname, no sabía que eras tú.*

—No te preocupes. A veces yo también me olvido de quién soy. —Nausicaä dio un paso al frente, las garras de sus alas hicieron surcos en las paredes. El destripador se postró pecho tierra en el piso y Arlo se asombró de tal comportamiento.

Te lo suplico, permite que esta criatura inferior se vaya. No me condenes a terminar en la Reserva. Me iré de la ciudad. No volveré. No quiero que me destruyan.

Un destripador suplicando por su vida. A pesar de todo, su miserable manera de hablar tocó una fibra compasiva en el corazón de Arlo.

—¿Qué es la Reserva? —preguntó.

—La Reserva Estelar —respondió Nausicaä, de una forma que hizo que Arlo se arrepintiera por preguntar; su tono era tan severo, en él había tanto desprecio, que le sorprendió que Nausicaä incluso hubiera podido hablar—. El pozo al que van los inmortales a ser destruidos por la razón que sea... y adonde llevan a quienes han violado las leyes fundamentales para que mueran. —Continuó avanzando hasta que quedó frente al destripador, y entonces se cruzó de brazos—. Levántate. No te enviaría ahí ni aunque siguiera siendo mi trabajo. Tal vez seas un monstruo, pero no has hecho nada que merezca destrucción. Comerse a la gente no es magia negra, simplemente son malos modales.

El destripador vaciló, como si no creyera su suerte. Luego alzó la cabeza.

—¿Dejarás que me vaya?

Arlo se recuperó del asombro al fin.

—Nausicaä, no podemos dejarlo ir. Ha estado matando ferronatos; tenemos que llevarlo ante el sumo rey. Tenemos que...

—Ah, ¿por eso estás aquí? —Nausicaä se volteó con las manos en la cadera. Su rostro se puso muy serio y su severidad sobresaltó a Arlo—. ¿Ibas a arrestar a este imbécil para llevarlo al palacio tal como ibas a hacerlo conmigo? Mira, estoy más que orgullosa porque sé la valentía que se requirió para hacer eso, pero la próxima vez, hazme un favor y avísale a alguien antes de que te vayas a perseguir complots de asesinato. En estos momentos soy más o menos responsable de ti. Comenzar una guerra contra las cortes tal vez sea mi plan de retiro, pero prefiero no tener que hacerlo por encima de tu cadáver.

—Perdón —suspiró Arlo ante el regaño. Le pareció que daba lo mismo si estaba demasiado protegida o tenía demasiada independencia—. ¡Traté de regresar contigo! Pero no pude entrar a la misma tienda. Además, ¿y si...? ¿Y si la Caza Feroz viene en camino? Están obligados a responder si un destripador destroza una zona de Danforth.

Nausicaä ahogó una carcajada, algo en el comentario le pareció divertido.

Te juro que no regresaré a ningún espacio de la ciudad, dijo el destripador, aún más atribulado luego de que Arlo mencionara a la Caza Feroz. *Déjame ir, no me entregues a la Caza Feroz. ¡Tengo información! La daré a cambio de mi vida.*

Arlo frunció los labios. Le lanzó a Nausicaä una mirada intencionada, luego se agachó para atravesar la barrera de aquellas alas que se agitaban para estar un poco más cerca de ella.

—Dijiste que alguien te mandó aquí a matarme.

—Ah, okey, entonces toda esa alaraca con los trasgos sí fue una distracción. Okey, bien, bien.

Arlo volvió a mirar a Nausicaä con fijeza, sin estar segura de qué había querido decir, pero decidió guardar esa línea de interrogación para más tarde. De nuevo se dirigió al destripador.

—Dijiste que alguien quería que limpiaras su desastre, ¿limpiar qué?, ¿los ferronatos en los que tu amo estaba experimentando?

Era un tanto desconcertante ser considerada por algo con media cabeza faltante y sin ojos. Arlo dudó que pudiera olvidar esa escena pronto.

Me encomendaron cazar a los candidatos a alquimistas cuyos corazones habían fallado al crear la piedra que portaban. No tengo idea de cuál es su conexión con mi amo. Nunca pregunté.

—¿Y quién es tu amo? ¿Al menos podrías decirnos eso?

Si tan sólo consiguieran un nombre, no tendrían que investigar la instalación dudosa de la que hablaba Vehan. Arlo no se involucraría más. Todo podría terminar ahora y ya no se preocuparía más de que alguien la quisiera muerta, ni siquiera entender por qué lo hacían. Por mucho que su tío abuelo quisiera ignorar todo eso, no habría forma de ignorar a un verdadero culpable; los adultos harían su trabajo y ella podría regresar a ser la jovencita que deseaba seguir siendo y que sólo sabía de la muerte como algo abstracto, un miedo que se podía curar con un abrazo.

No lo sé.

Las esperanzas de Arlo se vinieron abajo, al igual que la expresión de su rostro.

—¿No lo sabes?

El destripador negó con la cabeza.

No. Mi amo y al que sirve no me dijeron sus nombres, aunque sí los he visto. Sé que ambos son hombres y que uno es ferronato como tú. Al otro no pude olerlo ni percibir su sabor. Sólo sabía que estaba ahí cuando hablaba. Le dice a mi amo que es su héroe.

—En serio no sabes nada—interrumpió Nausicaä—. Esto no es un intercambio. Y ahora estoy un poco furiosa, así que creo que siempre sí te voy a destruir.

¡No, espera! Por favor. ¡Puedo decirte dónde encontrarlos! Puedo decirte quién es el que no tiene olor. No conozco sus nombres, pero sé quién sirve a quien sirve mi amo. Conozco a los de su calaña. Por favor, prométeme la libertad y te lo diré.

Nausicaä caminó al frente hasta donde estaba Arlo. Conforme lo hacía, sus alas se retraían. El espacio negativo a su alrededor retrocedió. Las sombras humeantes se extinguieron y la máscara mortal de Nausicaä regresó a su lugar. Intercambió miradas con Arlo, pero las líneas de severidad en su rostro permanecieron cuando dirigió su atención de nuevo hacia el destripador.

—Me dirás ahora o te aniquilaré aquí mismo.

El que no tiene olor es uno de la C... aaaaah.

Lo que fuera que el destripador estuviera a punto de decir, fue interrumpido por un quejido.

La tierra alrededor se oscureció, una mancha color negro ciruela se derramó por todo el pavimento en el que el destripador estaba hincado. Arlo saltó lejos gracias a que Nausicaä la jaló de la camisa. Juntas se alejaron del camino de aquel misterioso y corrosivo charco que para Arlo era la misma sustancia sombría que había materializado las alas de Nausicaä.

—¿Qué está pasando? —preguntó Arlo llena de pánico.

—Mi antiguo trabajo —respondió Nausicaä, asombrada—. Pero, ¿por qué?

El antiguo trabajo de Nausicaä... Es decir, ¿las Furias estaban detrás de lo que fuera que estuviera pasando en ese momento?

—¡Espera! —gritó Nausicaä por encima de un nuevo aullido del destripador. Se lo estaba tragando el charco, se estaba consumiendo bajo esa misma tierra, se hundía en las profundidades de algún lugar al que Arlo presentía que jamás querría ir ella misma—. ¡Espera! ¿Qué ibas a decir? El que no tiene olor, ¿quién es? ¡Dime!

El destripador no podía responder. Sus aullidos comenzaron a ahogarse, aquella oscuridad subía por su cuerpo, lo envolvía como serpiente y lo condenaba a su destino. Se hundió en apenas segundos eternos, se iba... se iba... ya no estaba.

El charco comenzó a contraerse. La oscuridad retrocedió y se encogió a una sola gota, que después absorbió la tierra. Arlo y Nausicaä se quedaron ahí, sin nada más que un silencio zumbante.

—Mierda.

La mirada de Arlo se desvió bruscamente de donde había estado el destripador y buscó a Nausicaä. Quería decirle algo, preguntarle por qué se veía tan atribulada cuando había sido ella a quien el destripador había nombrado como su blanco. Quería saber qué le pasaría a aquella criatura, adónde iría, qué significaba todo eso, pero en lugar de eso, abrió la boca...

—¿Qué te dije?

Arlo se dio media vuelta enseguida. Quién sabe cómo, una chica más o menos de su edad, apareció en el extremo del callejón. ¿Había estado ahí todo el tiempo? ¿Al igual que el destripador, había estado oculta bajo un encantamiento inusualmente poderoso, esperando el momento adecuado para revelarse? Era muy alta, demasiado, pero su apariencia era humana. Su cabello negro caía como una cascada, sus facciones eran angulosas y traía un vestido púrpura que bajaba sobre su cuerpo casi como si lo tuviera pintado; nada de eso salía de lo ordinario si no fuera por el hecho de que algo en esta chica era diferente, como de otro mundo. Su complexión era gris como el agua amargamente helada y nada en ella pertenecía ahí, era como una imagen mal editada. El aire a su alrededor brillaba, distorsionado, como si en medio hubiera una fina capa de hielo que deformara la visión.

Y la mirada de sus ojos era tan cortante y metálica como la de Nausicaä.

Sabía quién era sin que le dijeran: otra furia. Arlo dio un paso atrás.

Nausicaä se acercó de inmediato a la intrusa.

—Casi nada, Meg. Y por eso estoy aquí. ¿Por qué hiciste eso? ¿Por qué condenaste a ese destripador a la destrucción? Sí, mató a un montón de gente, qué barbaridad... pero no usó magia para hacerlo, así que no era un asunto de inmortales. ¡Se supone que no debías tocarlo!

La intrusa, Meg, se carcajeó. Su cabeza latigueó ligeramente hacia atrás, esa delgada y pálida columna que era su garganta se mostró ante Nausicaä y el sonido le recordó a Arlo a un eco atrapado en un pozo sin fondo, y la tal Meg le pareció aún más atemorizante que el destripador. Arlo se acercó un poco más a Nausicaä.

—¿Me vas a dar un sermón sobre las reglas? Qué curioso. —Meg, la furia, dio un paso al frente y sus ojos grises resplandecieron—. No tengo por qué explicarme, mucho menos ante ti a quien específicamente le ordené quedarse fuera de esto. ¿Qué pretendes lograr al ignorar mi orden, eh?, ¿qué pretendes al perseguir cosas que ya no te conciernen? —Miró a Arlo y la barrió de arriba abajo—. No puede ser que creas que puedes ganar tu puesto de vuelta.

Nausicaä entrecerró los ojos.

—Púdrete, yo no regresaría aunque me rogaran.

—Pues nadie lo haría. —Meg dio otro paso hacia ellas—. Rogar por alguien como tú... Me reiría, si no fuera porque esto es muy patéticamente tuyo.

De lo que Arlo se había dado cuenta durante todo el tiempo que había pasado con Nausicaä era que su amiga jamás dejaba pasar un desafío. Efectivamente, Nausicaä dio otro paso hacia Meg.

—Ah, ¿quieres hablar de cosas realmente patéticas, eh? ¿Qué fue lo que hizo para que te enfurecieras así con él? ¿Te enojaste por lo mucho que te llevó cazar a un destripadorcito? La gran malvada Megera, mejor que todos los demás; esta cosa ha estado aquí durante días.

—No fue mi blanco hasta ahora —respondió Megera con rigidez.

Algo sobre la mirada llena de rabia que le echó a Arlo hizo que se preguntara qué había querido decir. ¿Tal vez el destripador se volvió una gran molestia causando que las Furias intervinieran? ¿O tal vez hoy la criatura había ido tras algo específico?, ¿algo que los inmortales no querían que lastimara?

Antes de que pudiera preguntar, Nausicaä gruñó.

—¿Por qué? No me malinterpretes, no quiero regresar a tu estúpido club de la casita del árbol, sólo quiero saber qué está pasando. ¡Dime algo y entonces tal vez deje todo por la paz como quieres!

—¿Como yo quiero? —Meg se acercó aún más. Parecía crecer más conforme su furia aumentaba; el aura de su magia ahora era fácil de detectar, fluía por todo el callejón, fría y salada, como la brisa marina glacial—. ¿Sabes qué es lo que quiero? Debiste ser tú. ¡Debiste ser tú! Ojalá hubieras muerto tú y no Tisífone. Si los dioses me hubieran dejado escoger qué hermana perder, te habría ele...

Arlo se movió sin pensar.

Los nervios aún la tenían imbuida, llena de conmoción y de adrenalina.

Las palabras de Megera eran las más horribles que había escuchado que alguien le decía a alguien más; alguien que al parecer era familia. Y eso con todo y la vez que el sumo príncipe Serulian la había apartado en una de sus memorables visitas al palacio para decirle que había arruinado la vida de su madre al nacer.

Nausicaä se había quedado congelada, con una expresión compungida.

Todas estas cosas hicieron que Arlo se lanzara hacia Megera para abofetearla.

Sólo cuando ya había cometido el hecho, cuando vio que el rostro de Megera se volteó del golpe, Arlo entendió lo que había hecho. Pero no lo lamentaba, sólo estaba profundamente asustada por haber sobrevivido a un destripador sólo para ser desollada por una furia, a juzgar por la mirada de asombro puro en el rostro que de nuevo la encaraba. Pero no lo lamentaba.

—¡Discúlpate! —le ordenó— Lo que le dijiste a tu hermana fue horrible. No es posible que lo digas en serio. ¡Dile que lo sientes!

Nausicaä se quedó pasmada.

Megera también.

Arlo se mantuvo firme, aunque una parte de ella deseaba que la tierra se abriera y se la tragara tal como hizo con el destripador. Aunque, otra parte también se preocupaba de que justo sucediera eso. Pero a pesar de que Megera se veía furiosa, de que se irguió con toda su inmensa e imponente altura, no dijo nada. No hizo nada más que darse la vuelta y agitar un brazo; unas alas negras, brillantes y correosas, emergieron de su espalda. La envolvieron tan rápido como un parpadeo de Arlo, y con esa velocidad desapareció.

Cuando Arlo volteó hacia Nausicaä, logró ver una emoción dolorosa e indefinible en su mirada, la más brillante e innombrable hasta ahora, pero de pronto, tal como sucedía con frecuencia, la emoción desapareció con rapidez.

—Acabas de abofetear a una furia.

—Sí... —Arlo exhaló temblorosamente, y se miró la mano. Le ardía. Sí, había abofeteado a una furia con mucha fuerza.

—Vamos —le dijo Nausicaä suavemente y entrelazó su brazo con el de ella—. Creo que ya tuvimos demasiadas emociones por un día. Busquemos a nuestros faes del verano dispersos aquí y allá y regresemos a tu casa antes de que se pase la hora y te castiguen.

CAPÍTULO 24

✦ ARLO ✦

La oscuridad que había llevado a Arlo primero a Danforth ahora los había dejado a los cuatro en una esquina sombría de la plaza donde estaba una librería Indigo, a unas cuadras del Palacio de la Primavera.

El ajetreo en la intersección de Bay y Bloor (no sólo uno de los distritos comerciales más acaudalados de la ciudad, también la sede de varias atracciones turísticas, como el Museo Real de Ontario) había distraído a la gente de notar su súbita aparición. Eran las primeras etapas del atardecer, por lo que los edificios altos se vestían con una túnica de color naranja fundido y ciruela real que iba oscureciéndolo todo; era casi como una bienvenida ceremonial para el príncipe. Miles de luces pálidas de los autos, los letreros, los postes de luz y las oficinas brillaban como si fueran joyas ornamentales.

—Ya llegamos. Directo a territorio enemigo. Mi adicción a la adrenalina no conoce límites —anunció Nausicaä monótonamente. A sus costados, Vehan y Aurelian tropezaron; el príncipe cayó de rodillas para vomitar—. Qué lindo.

—¿Qué pasó? —preguntó Aurelian con voz rasposa, que también se veía con náuseas.

—Sospecho que entenderías la explicación científica, pero yo no.

Basta con decirte que acabas de experimentar tu primera teletransportación. ¡Yei!

Las cejas fruncidas de Aurelian indicaron que no lo encontraba divertido en absoluto.

—Por favor, explícame cómo es eso posible. Sólo la Caza Feroz posee la habilidad de teletransportar. E incluso ellos tienen reglas para hacer uso de ello en este reino. Tienen restringido teletransportarse si no es de noche o dentro de cualquier edificio. No obstante, tú lo hiciste en pleno día. —Nausicaä alzó los hombros—. ¿Eres de la Caza Feroz?

—¡Eso quisieran! —rio ella.

—Qué forma más horrible de transportarse —murmuró Vehan, levantándose.

Mientras tanto, a Arlo le fue mucho mejor esta vez. No estaba segura de si algún día se acostumbraría del todo a este método de transportación, pero le satisfacía notar que lo único que sentía era un poco de desorientación.

—¿Cómo funciona esto de la teletransportación? —agregó el príncipe— ¿Puedes teletransportarte dentro de edificios? ¿Puedes ir a algún lugar al que nunca antes hayas ido?

Nausicaä se dio de golpecitos en la barbilla, considerando su respuesta.

—Sí a ambos, pero también no. Técnicamente, puedo aparecer donde sea, pero es súper difícil hacerlo cuando no sabes adónde te estás recomponiendo. Es mucho más fácil moverme hoy en día, claro, porque lo único que necesito es una fotografía del lugar al que iré, y el internet es más que feliz de proveerme eso. Las vistas de Google Street son lo mejor que han inventado los humanos.

—Qué interesante —dijo Vehan. Luego se dirigió a Arlo—: ¿Arlo? ¿Al menos pensarás en mi petición?

Arlo les había contado sobre su encuentro con el destripador y todo de lo que ella y Nausicaä se habían enterado en su breve interacción con él. Nausicaä permaneció inusualmente callada durante la conversación, así que Arlo pensó que lo mejor sería no mencionar lo de las Furias en el recuento.

Los chicos sabiamente se contuvieron de presionar más a Arlo, pero aquí, a punto de tomar cada quien su camino, Vehan no pudo irse sin al menos una última petición.

—Lo único que necesitamos es que abras la puerta. Lo único que necesito es un gramo de la valentía que mostraste al apartar al destripador de gente inocente. Para ti es importante. Lo sé. Nadie habría hecho lo que hiciste esta noche si no te importara la vida de los demás. Por favor, ayúdanos, Arlo. Por favor, ayúdame. Al igual que tú, yo tampoco quiero perder mi vida en esto.

Arlo miró a Vehan a los ojos mientras hablaba.

Nunca había visto a alguien con ojos tan azules, llenos de tal intensidad, de tal determinación de hacer esa hazaña increíblemente peligrosa costara lo que costara, y sin importar que él mismo aún fuera muy joven y que, en realidad, deberían ser otros quienes exhortaran a los demás a la causa, gente como el sumo rey, que por el momento se contentaba con meter la cabeza bajo la arena y dejar que las cosas continuaran.

Pero ignorar el problema no haría que desapareciera.

Si nadie más que un chico adolescente y su guardaespaldas iban a intentar hacer algo al respecto; si el mundo dependía ahora de un príncipe joven para seguir girando, Vehan haría todo en sus manos para enfrentar el desafío y vencerlo.

Arlo podía leer todo eso en su mirada firme. Por la manera en que él le cuidaba las espaldas, como si pudiera ver un indicio de esto mismo en ella, Arlo desvió la mirada.

Sin saber exactamente por qué, o qué esperaba encontrar, miró a Nausicaä. Pero en ese momento su mirada era completamente indescifrable. Entonces, sus facciones angulosas y las señales de verdades atemorizantes se suavizaron en una expresión muy inusual en ella.

—Tú decides —le dijo—. O sea, si vas, supongo que iré contigo, si quieres. Alguien tiene que seguir evitando que te maten. Como sea, el príncipe me deberá un gran favor y que un futuro rey te deba una puede ser una ventaja algún día. Pero ésta es una decisión que debes tomar tú. Después de todo, la ley más importante del universo es la libertad de elegir; cosas malas les suceden a las personas que te privan de esa opción.

Era elección de Arlo.

Tendría que ser ella quien decidiera qué forma tomaría su futuro.

No quería ser un héroe, no quería morir, pero ¿realmente valdría la pena vivir si eso significaba nunca tomar parte en estas situaciones debido al riesgo?

Pensó en Nikos, que ponía en peligro su vida y su magia para ayudar a otros a quienes probablemente nunca conocería.

—Lo pensaré —se oyó decir.

Vehan asintió con entusiasmo, una sonrisa discreta se formaba en las comisuras de sus labios.

—Claro. Nuestros planes pueden esperar unos cuantos días más. Te daré mi número, ¿está bien? Así puedes avisarme aun cuando esté de vuelta en casa.

Arlo estuvo de acuerdo. Todos intercambiaron números, incluyendo Nausicaä (los seres mágicos tal vez detestaban lo mucho que la tecnología se había vuelto parte de sus vidas, pero sí que les gustaban sus teléfonos tanto como a los humanos), y cada quien tomó su camino. Con el corazón apesadumbrado y la cabeza llena de pensamientos, Arlo vio cómo Vehan y Aurelian se incorporaban a la multitud de gente en la acera y desaparecían al dar vuelta en la esquina. Deslizó su mano de vuelta en la de Nausicaä (ahora la chispa de su contacto era casi confortante) y juntas se esfumaron de la existencia una vez más.

Cuando reaparecieron, lo hicieron a la entrada de otro callejón, éste enfrente de la calle del edificio de Arlo.

—Gracias, le dijo.

Nausicaä asintió.

Miró a Arlo con cautela, pero no dijo nada sobre lo que pensaba. El silencio entre ellas no era exactamente incómodo, pero Arlo sintió de nuevo que quería decir algo para llenarlo.

—Entonces... ¿tú sí los vas a ayudar?

Nausicaä asintió de nuevo.

—Sí, creo que no hará daño dejar que parezca como si estuviera tratando de mantener vivo al heredero del trono seelie. Además, él tiene razón: sí me interesa. Digo, ¿quién carajos está detrás de todo esto? Están un nivel más allá de la oscuridad que me gusta, gracias. Y ya que estamos en éstas, no me gusta tanto que te estén pintando un tiro al blanco en la espalda, además están creando piedras filosofales y eso... eso sí que es algo. —Le guiñó antes de entrar al callejón, lejos de ella, tal vez con la intención de esfumarse enseguida.

—Lo siento —soltó Arlo antes de que Nausicaä lograra irse. Por alguna razón tensa y palpitante en su pecho, aún no estaba lista para separarse.

Se detuvo a mirar a Arlo.

—¿Por?

—Por lo que esa chica, ¿tu hermana?, ¿Megera? te dijo. Y ese cazador en la sala del trono, creo que lo llamaste Eris, dijo que te expulsaron del reino inmortal, ¿cierto?

De nuevo, la única respuesta que recibió a sus preguntas fue un breve asentimiento de cabeza.

—Siento mucho lo que sea que pasó para que te exiliaran. Realmente no sé de qué hablaban tú y tu hermana, pero... lo que te hizo violar la ley y... y matar a todas esas personas en el pasado... nadie enloquece de furia sin razón. Algo realmente malo debió sucederte y yo sólo... lo siento y... bueno... ¿estás bien?

Su mirada fija la hizo sentir incómoda.

Sus mejillas pasaron de rosa a rojo sangre.

Nausicaä se quedó petrificada ante toda esta sinceridad; además, definitivamente no eran tan cercanas como para compartir ese tipo de momentos. Arlo se dio cuenta. Lo entendía. Se reacomodó en el hombro la mochila que Vehan había recuperado por ella y con un extraño gesto de la mano, se despidió.

—Quiero decir... claro que no estás bien, ha sido un día largo. Sólo... quería que supieras que lo siento. Eso no cambia nada, pero... sí. Okey, como sea, nos vemos pronto, ¿sí? Trata de no meterte en demasiados problemas mientras tanto.

Al fin, el hechizo que tenía paralizada a Nausicaä cedió y ella resopló.

—Eres rara, ¿lo sabías? Digo, en el encuentro con el destripador te portaste como toda una patea-traseros. He conocido a faes completamente adultos que ni siquiera hubieran podido ver directamente a esa cosa como lo hiciste tú. Y déjame decirte, voy a atesorar para siempre la cara que puso Megera cuando la abofeteaste. En serio. Yo no sé cómo estén mis ventrículos cardiacos, pero sí que tu calidez los alcanzó. Eres... eres algo extraordinario, Arlo Jarsdel. Pero también eres bien rara, maldición.

Arlo no podía estar en desacuerdo. Toda su vida, en cada lugar que quería ocupar, se había sentido fuera de lugar. «Rara». De alguna manera, no le dolió tanto escucharlo por la forma en que Nausicaä lo dijo.

—Pero, gracias, supongo. Estoy bien. Queda en el pasado. Ya casi nunca pienso en eso —continuó con aspereza; y Arlo no necesitó conocerla de toda la vida para poder leer la completa mentira de sus palabras.

—Eres una de esas personas que por fuera son bien rudas y espinosas, pero en el fondo son muy dulces, ¿verdad? —la molestó, intentando aligerar la situación y evitar pronunciar lo que ambas sabían: que Nausicaä no estaba bien para nada y que lo que Megera le dijo fue apenas la punta del iceberg.

—Nah, soy tan espinosa por dentro como por fuera. Como un cactus envuelta en más cactus.

Arlo se carcajeó.

—Okey, bueno, gracias, cactus, por rescatarme una vez más. Si yo no... quiero decir, no seré de mucha ayuda para ustedes, más allá de abrirles la dichosa puerta, si es que siquiera lo logro; así que si no cambio de opinión y no voy con ustedes, quiero que sepas que aun así aprecio un montón lo mucho que me has ayudado.

—¡Tss! Si te vas a poner sentimental, me voy. No fue nada. Yo sólo... bueno, esa chica en la cafetería... supongo que le debo una. No pude ayudarla, así que... ¡pero no soy una buena persona! ¡Deja de verme así! Todo esto ha sido un intento egoísta por aplacar mi propia culpa, ¡y nada más!

Arlo no tenía idea de cómo estaba viendo a Nausicaä, cuyos ojos se habían abierto tanto que su rostro comenzaba a teñirse de azul con aparente incomodidad. Sin importar lo que mostraba su rostro, Arlo volvió a sentir que su pecho se constreñía. Incapaz de comprender por qué le entristecía tanto el atisbo de dolor y pánico debajo de toda la bravuconería de Nausicaä, se rio.

—Sí, seguro. No eres una buena persona. La estrella más oscura de los cielos, ya entendí.

—Me agrada cuando te pones toda descarada conmigo —dijo Nausicaä, cuyas comisuras de los labios ahora se veían filosamente divertidas en vez de incómodas, mientras le guiñaba el ojo.

Arlo sacudió la cabeza y dio un paso al frente. Esta vez, no pudo atribuir su acción a algo más que a sus ganas de simplemente hacerlo: envolvió la cintura de Nausicaä con los brazos, sin mayor propósito que abrazarla como si fueran amigas, como si fueran cercanas.

—Buenas noches, Nos.

—¡¿Qué?!

Arlo se separó, confundida.

Le tomó un momento regresar a la conversación y detectar por qué Nausicaä se había molestado ahora, pero guiñó el ojo cuando entendió lo que había dicho y cuán familiar había tratado a alguien que le llevaba varios siglos de edad y que además era bastante importante.

—Lo siento, sólo se me salió —explicó, y se corrigió—: Nausicaä.

Más silencio.

Nausicaä no le había contestado el abrazo, sólo se quedó ahí como una estatua, como si en todos los muchos años que llevaba de vida, y a pesar de sus múltiples títulos, nadie le hubiera dado un abrazo ni un apodo amigable... o, tal vez, más precisamente, como si hubieran pasado demasiados años desde que alguien se había atrevido a intentarlo.

Cuando resultó obvio que su disculpa no recibiría respuesta, Arlo asintió con la cabeza para despedirse y se dio media vuelta enseguida. Debía irse antes de que su ineptitud social causara más daño.

—¡Lo siento! —gritó una última vez por encima del hombro— ¡Nos vemos!

Dejó a Nausicaä en el callejón y atravesó la calle velozmente para encaminarse hacia su casa. Su madre no llegaría sino hasta dentro de unas horas; le enviaría un mensaje breve para avisarle que ya había llegado luego de un turno de trabajo que la retrasó y entonces al fin estaría sola con sus pensamientos por primera vez desde su salida para tomar aire de Chorley's Curiosities.

Con trabajos, subió a su cuarto, se quitó la ropa desgarrada y llena de tierra de escombros y se dejó caer sobre la cama. Por encima de su edredón, miró cómo el atardecer a través de las ventanas de su balcón privado bañaba el techo de matices naranja, rosa y nácar mezclados de azul.

No habían pasado ni dos semanas desde que había cumplido dieciocho y ya había presenciado la muerte de alguien en la cafetería Good Vibes Only.

Habían pasado tantas cosas en tan poco tiempo. Había cambiado mucho en la vida de Arlo. Y muchas más cosas sucederían hasta que alguien les pusiera un alto. Vehan... Aurelian... Nausicaä... Ellos eran el tipo de personas que se convertían en los héroes de las historias que ella leía. Los audaces. Los valientes. Los talentosos. Los que eran capaces de ver cara a cara a la muerte y, a pesar de sus miedos, mantenerse firmes un poco más de tiempo que los demás.

«He conocido a faes completamente adultos que ni siquiera hubieran podido ver directamente a esa cosa como lo hiciste tú. Eres algo extraordinario, Arlo Jarsdel».

Arlo suspiró. También gruñó cuando recordó lo extraña que se había comportado en el callejón y deseó poder retroceder en el tiempo para editarse y decir algo más *cool*.

Pero Nausicaä se había enorgullecido de ella esa noche. La verdad nunca la había tratado como una flor delicada e incapaz, pero esa noche fue la primera vez desde que se conocieron en que la vio y le habló como a una igual.

Como a una amiga.

Tal vez el problema no era que Arlo no tuviera lo que se necesitaba para ser un héroe. Tal vez el problema estaba en que ella nuevamente se estaba dejando entusiasmar con todas las cosas que no era y por eso no podía ver las que sí era: ingeniosa y valiente, y, tal vez lo más importante, que no estaba sola en esto.

Tal vez, si pudiera enfocarse en esas cosas y no en las otras, cuando todo hubiera pasado en la misteriosa instalación de Vehan, podría salir de esto con la capacidad de verse a sí misma de alguna manera como una igual a Nausicaä.

CAPÍTULO 25

✦ NAUSICAÄ ✦

✦

«Buenas noches, Nos».

Nausicaä aventó una piedra a la fuente apagada más abajo.

Casa Loma era mucho más agradable a deshoras que en el día, cuando había mucho trajín, porque la maravillosa mansión gótica en medio de Toronto estaba abierta al público. Por ser una atracción turística, así como un lugar para realizar bodas, estaba bien conservada. Sus ladrillos grises de castillo, ventanas blancas de marco dorado y techos puntiagudos color siena se mantenían en las condiciones más prístinas posibles, pero lo que más le gustaba a Nausicaä era el jardín. Tenía un césped color verde primavera, parterres de flores artísticamente dispuestos y una gran fuente de agua azul cristalina; su exquisitez era delicada, una perfección austera, una máscara que desviaba la atención de los imponentes robles y los arbustos rastreros que cercaban la mansión arañándole las orillas.

«Buenas noches, Nos».

«Buenas noches, Alec».

Aventó otra piedra al reflejo de la luna en el agua y se quedó viendo cómo se expandían las ondas.

Había pasado demasiado tiempo desde que la habían apodado con cariño. Tisífone le decía de todo tipo de maneras; apodos ingeniosos, tontos, dulces, enfadados. Y no había sido la primera. Ciertamente no había sido la última, pero ninguno de esos apodos la había dejado sin aliento como sucedió con el «Buenas noches, Nos» de Arlo con su tímida sinceridad.

Diablos, se había esmerado tanto en apartarse de todo ese tipo de cosas, en erigir parades que mantuvieran a los demás lejos y evitar cercanía con ellos. El pequeño «¿estás bien?» de Arlo y su «buenas noches, Nos», y luego ese condenado abrazo eran cosas que nadie le había dado en demasiado, demasiado tiempo; nada de eso debió alterarla así... Pero...

—Esto no es lo que quiero —gruñó.

—Me temo que tendrás que ser más específica.

—¡Eris! —Al fin. Había comenzado a preguntarse cuántas piedras más le tomaría llamar la atención que buscaba. Volteó y sonrió de oreja a oreja a los cuatro de pie detrás de ella—. Comenzaba a pensar que no eran tan malos en su trabajo, sino que simplemente no les importaba.

Sabía que el sumo rey quería que la llevaran ante él, tal como sabía que la Caza Feroz no tendría problema en hacerlo si realmente se esmeraban en ello. Nausicaä era lista, y podía teletransportarse con muchas menos restricciones que la Caza Feroz, quienes sólo podían ir adonde la noche los llevara gracias a todas las reglas que las cortes les habían impuesto para permitirles estar ahí. No obstante, ella no se había estado escondiendo del todo. Ni siquiera se había ido de Toronto. Y los puestos que los cuatro cazadores ocupaban les otorgaban habilidades especiales: Eris, el líder, tan sólo hubiera tenido que sostenerla temporalmente para nulificar hasta la última gota de poder que poseía.

Y el que no se hubiera topado con ninguno de ellos hasta ahora era una de las muchas cosas que últimamente la tenían confundida; así que había llegado el momento para obtener respuestas.

—¿Por eso nos has convocado? Te urge que te castiguen, ¿verdad? —Eris dio un paso al frente. Su capa negra como la medianoche se agitaba por debajo de sus piernas; no tenía la capucha puesta y se podía ver su piel morena y las pecas platinadas que brillaban en ciertos ángulos como los cielos a los que con todo derecho pertenecía. Su cabello era negro con luces ámbar; sus ojos eran desconcertantes, de un blanco arsénico; y tanto su complexión como sus facciones eran fuertes. Tal y como Nausicaä lo recordaba—. Qué tonta eres. Pero para tu fortuna, el sumo rey, también. Después de tus cuentos en el palacio yo preferiría tenerte cerca por cualquier cosa, pero ni pienses que puedes abusar de mi magnanimidad.

—¿Ves? Siempre supe que yo te caía bien.

—Sí, alguna vez.

La decepción en el tono de la voz tersa de Eris fue otro golpe que Nausicaä no se esperaba, pero sucedió. La relación entre la Caza Feroz y las Furias siempre había sido tumultuosa como mucho gracias a la eterna competencia entre sus escuadrones, pero Nausicaä alguna vez había sido muy cercana a Eris y su grupo. Mucho, al grado que él le había regalado una capa como la que usaban los cazadores, que solamente ellos podían usar. Esas capas eran algo exquisito, capaces de hacer muchas cosas, muchas más de las que los mortales sabían, incluyendo permitirle a Nausicaä alterar su apariencia para cambiar a la forma exacta de Eris y poder infiltrarse en donde no tenía permiso de estar, así había preparado el incendio que la llevó a su caída en desgracia. Más de cien años después, él aún no la perdonaba por traicionar la amistad entre ellos; por las reglas que él mismo había quebrantado o había pasado de largo por ella; por el permiso que le otorgó para tomar una vida que no se suponía que debía terminar, sólo esa vida, y no las otras diez que ella decidió añadir tras descubrirlas tan despreciables como la de su líder; y por el lío en el que lo dejó cuando ella se rebeló. De todos los que había perdido a partir de Tisífone, él era a quien más extrañaba.

—¿Qué quieres, Nausicaä?

«Pedirte perdón. Y que me digas que lo entiendes. Y que regresemos a como estábamos antes de que yo me diera cuenta de lo horribles que estaban las cosas».

Abrió la boca, pero nada de lo que quería decir salió de ella.

—¿Nada más hablarás con Eris? ¿Ni siquiera me vas a saludar?

Ella exhaló con risa. La tensión bajó. Vesper se deslizó al frente y también se quitó la capucha. Alte y delgade, con piel dorada y brillante como las estrellas, ojos amarillos intensos, cabello verde hiedra y plata adiamantada en lugar de dientes, era muy parecide a sus compañeros: hermose de una manera perturbantemente airada. Más joven que todos, reclamade por la inmortalidad apenas a los dieciséis años y claramente menos enojade con ella que los demás.

—Hola, Vesper. Tan necesitade como siempre. —Extendió los brazos y jadeó cuando Vesper se lanzó antes de lo previsto al abrazo. Yue se les unió; era un poco más bajo que Vesper y un poco mayor de edad, cabello muy lacio y negro, tez morena nacarada y ojos más resplandecientes que el veneno violeta. Las armas adiamantinas que le fueron otorgadas eran las dagas idénticas a sus costados que él podía lanzar con precisión inigualable.

De pronto, lo mucho que también extrañaba a estes dos se acumuló con tanta fiereza que le comenzaron a arder los ojos.

—Hola, Lethe —dijo con mucha más frialdad al cuarto y último miembro de los cazadores.

Él le sonrió con desprecio. Su desdén no era nuevo para ella, y en ese momento era tan amargo como su mirada color anticongelante; parecía más irritable que nunca, razón de más para dejarlo en paz.

—Suficiente. Vesper, Yue, compórtense a la altura.

—Ay, vamos, Eris —se quejó Vesper—. ¡Han pasado años desde que la pandilla se juntaba!

Yue, que no hablaba si podía demostrar las cosas con una acción, asintió con entusiasmo.

Bastó una mirada intensa para recordarles cuál era su lugar. Eris era el líder del grupo y su palabra era ley. Si les ordenaba que hicieran algo, tenían que obedecer. Vesper y Yue la soltaron y se alinearon de nuevo con Lethe, quien se ocupó quitándose algo de los dientes con una de sus garras mortales.

Cuando todo regresó a como debía ser, Eris repitió:

—¿Por qué nos has convocado esta noche, Nausicaä? No te lo preguntaré de nuevo.

—Tss. Está bien, aguafiestas. —Se deslizó de la barda de piedra para ponerse de pie. Se dirigió a ellos y se plantó frente a Eris, mirando con furia su expresión estoica—. Quiero respuestas.

—Especifica.

—Quiero que me digas todo lo que saben sobre las muertes de ferronatos y de la gente que está desapareciendo de las calles para terminar vendidos en una especie de mercado negro. Quiero saber qué saben sobre las piedras filosofales. Estaba muy cerca de sacarle el condenado nombre del culpable al destripador, ¿al que supongo que Lethe te dijo que reportaras a las Furias para que lo castigaran...?

Nausicaä sólo podía atreverse a adivinar el porqué, pero se sintió bastante segura de que habían aniquilado al destripador porque se fue directamente contra la única mortal que querían mantener a salvo: Arlo... ¿Pero qué tenía que ver Lethe en esto? Él no hacía nada por nadie a menos que lo beneficiara de alguna manera.

Y ahora su mirada furiosa estaba completamente gélida; tal vez estaba más enojado que de costumbre, quizás porque lo había hecho trabajar de más, aunque hubiera preferido no hacerlo.

—Mencionó algo sobre una cava —continuó, y señaló hacia él con la cabeza—. Tienen el agua hasta el cuello, Eris, esto está de la mierda. ¿Por qué no hay otros inmortales involucrados? ¿Por qué las Furias no están tomando medidas contra esto? ¿Por qué el sumo rey no hace nada?

Eris suspiró, frustrado.

—Mis manos están atadas, Nausicaä. Lo que podría decirte, lo tengo prohibido por el sumo rey. Lethe no debió decirte lo que sea que te haya dicho.

—Entonces, te reto.

Al fin, lo sorprendió lo suficiente para que mostrara una emoción genuina. Eris la miró boquiabierto, con los ojos a tope.

—¡¿Qué?!

—Te reto. Escoge el juego. Si tú ganas, te dejaré en paz. Si yo gano, tendrás que decirme lo que sabes. Todos los que vencen a la Caza en un reto se ganan un favor de ellos. Esa ley predomina por encima de la que te tiene mordiéndote la lengua.

—Sí, pero el que pierde ante nosotros es llevado al Hiraeth, convertido en bestia y cazado por diversión.

Nausicaä le apuntó con un dedo.

—Razón por la que dije que te dejaría en paz. Vamos, Eris. Pelea conmigo.

Por un momento reinó el silencio, en el que lo único que sucedió fue una batalla de voluntades. Eris la miró con más intensidad que nunca, pero Nausicaä le mantuvo la mirada severa con fría determinación.

—Eris... —Lethe prácticamente gimió. Había tanto anhelo en su expresión que hasta Nausicaä sintió escalofríos—. Eris, sé que hemos tenido nuestras diferencias. Sé que no estás para nada contento con mi desempeño recientemente, pero te lo ruego, permíteme tomar este reto. Déjame este juego. Te prometo que si lo haces, verás que mi servicio mejora considerablemente.

De nuevo reinó el silencio.

Eris desvió su mirada a Lethe.

No le sorprendía cualquier desavenencia en sus filas. Lethe era el mayor de todos, mayor que ella, por mucho. Se rumoraba que él había sido el primer cazador que Cosmin había creado. Tenía todo el derecho a tener el puesto de Eris como líder, excepto por que no lo quería. Los cazadores (y había muchos) alguna vez habían sido feéricos vivos de increíbles habilidades; la muerte los reclamaba para hacerlos inmortales y trabajar como los barqueros de almas de Cosmin. Sólo los mejores de todos ellos, los favoritos de Cosmin, eran honrados con un lugar en la Caza Feroz y se les permitía regresar al reino mortal, como si aún siguieran vivos. Tal honor tenía que ganarse en un tipo muy diferente de reto. En vida también habían sido cazadores de todo tipo. Las habilidades de Lethe lo habían convertido en una leyenda, pero también se decía que había sido muy cruel.

El tiempo no había suavizado esa vena perversa en él; de hecho, sólo la había empeorado y lo había vuelto salvajemente inestable. No era el líder de la Caza porque no quería la responsabilidad, «el grillete», como él le decía. Pero Nausicaä no envidiaba lo difícil que era subordinarlo y lo mucho que Eris batallaba para mantenerlo a raya.

De hecho, ella estaría bastante jodida si Eris le permitía a Lethe tomar el reto.

Diablos, debió asentar mejor los términos del reto.

—No.

—Fiú —rio Nausicaä antes de poder detenerse, y respiró, aliviada. Tanto Eris como Lethe la miraron de reojo—. Quise decir: ¡ay no!, qué triste...

—Eris —comenzó Lethe.

—La respuesta es no.

La rabia torció el rostro de Lethe, tan efímeramente que se lo habría perdido de haber parpadeado. Se veía como si de todos modos fuera a hacer lo que quería, como solía hacer, pero en lugar de eso, abrió la boca para seguir discutiendo.

Eris alzó una mano.

—No recompensaré tu pésimo comportamiento. Te vas sin permiso, quién sabe adónde, y eludes tus responsabilidades. Cuando tu desempeño mejore, mi actitud contigo también lo hará. Vesper, te dejo esto a ti.

Vesper... Eris fue más o menos benévolo. Nausicaä no se permitiría interpretar de más eso, no se permitiría sentir esperanzas ante esa acción y pensar que la rabia de Eris se había suavizado. Pero ella ya había demostrado ser capaz de vencer a Vesper en varios juegos. Al menos sus probabilidades de vencerle eran mejores que las de vencer a Lethe, aún si Vesper no se contenía en absoluto. Pero éste era un reto formal, así que elle no podría contenerse.

—¡Sí, carajo! —gritó Vesper con un puño al aire—. Prepárate, Alec, vas a ver, te daré una tunda. —Elle hizo una mueca y le lanzó una mirada de disculpas—. Perdón, quise decir Nausicaä.

Mientras tanto, Lethe echaba fuego. Eris se fue con Yue y fue obvio que quería que Lethe se fuera con ellos, pero se tomó su tiempo antes de hacerlo para asegurarse de que Nausicaä supiera lo alterado que estaba de que Eris hubiera impedido cualquier tortura que él ansiaba aplicarle. Ella lo miró y alzó los hombros.

—¡Vamos, Nausicaä! Tengo la mejor idea. —Vesper la tomó de la mano y avanzó. Cayó la noche, se desparramó alrededor de ellos como si el cielo fuera un recipiente de tinta y algo lo hubiera volcado.

Detestaba esa forma de viajar. La noche era fría y ligeramente resbalosa. No era húmeda, pero sentía como si estuviera intimando con lodo; cuando la cubrió por completo, tuvo la sensación de estar siendo enterrada viva.

El lodo la escupió de nuevo sobre el techo de un edificio de la ciudad. Eris, Yue y Lethe ya no estaban. Sólo quedaba Vesper, quien la veía con una alegría sin límites, mientras la brisa de la profunda noche le revolvía el cabello sobre su rostro vulpino.

—Okey, niño. ¿Qué tienes para mí?

—¿Qué tal un juego de ir a buscar?

Nausicaä retorció los ojos para ocultar su gran aprecio. Le decían «ir a buscar» al juego de correr por el mundo cazando a la criatura más letal que pudieran encontrar y traer un trofeo como prueba de su encuentro. Dependiendo de los jugadores, el trofeo podía ser la cabeza de la criatura, pero Vesper tenía un alma más bondadosa. Elle prefería conformarse con algún pedazo cuyo dueño no extrañaría terriblemente.

—¿Las reglas de siempre?

Vesper asintió.

—Tenemos hasta el amanecer. Nos vemos aquí. ¿Estás lista para que te parta el trasero, Kraken? —y le sonrió, mostrando todos sus dientes puntiagudos. Por mucho cariño que hubiera entre elles, Vesper era de la Caza; su único propósito inmortal era ganar en estas cosas. Nausicaä no se lo tomó a pecho.

De hecho, ella también le sonrió.

Vesper se esfumó una vez más, pero Nausicaä se quedó donde estaba. Ella ya tenía lo necesario para ganar, lo había tomado del Hiraeth hacía unas cuantas horas, por si acaso le era útil más adelante. Más tarde, cuando Vesper regresó, confirmó que sí era útil. Ella depositó ese único cabello sobre el techo junto a la escama de dragón que elle había colocado. Vesper refunfuñó a sabiendas de haber perdido el juego. Se tiró al piso para abrazarse las rodillas en una especie de berrinche.

—¡No es justo! ¿Cómo lo conseguiste?

—No importa. Yo gano. Lethe mata a tu dragón. Ahora dime lo que sabes sobre lo que está pasando con los ferronatos.

Elle suspiró.

CAPÍTULO 26

✦ AURELIAN ✦

✦

La gente susurraba tantas cosas sobre Riadne Lysterne.

Que era ambiciosa, que desde que era niña su objetivo era ganarse la corona de huesos; había entrenado para ello, estudiado para ello, vivido y respirado y sangrado para ello; se había esforzado al máximo para perfeccionar todo lo que hacía y nada menos la satisfacía.

También, que era inteligente, la mejor de todo su grupo, la vencedora de todo partido de *sparring*. Que insistía que la incluyeran en las reuniones de su madre, la reina, con sus concejales, siendo aún tan joven que incluso dudaban que pudiera hacer algo más que escuchar, pero que se sorprendieron al descubrir que ella tenía la agudeza mental para la política y la estrategia.

Que era hermosa, fuerte, talentosa. Todas eran características de la reina seelie del verano que los feéricos se esmeraban en decir en voz muy alta, en lugar de las otras palabras que usaban para describirla.

«¿Sabes por qué te traje aquí, Aurelian?»

La oficina donde Aurelian estaba era un lugar al que nadie deseaba ser invitado. Era, en su mayor parte, completamente ordinaria, casi alegre; una habitación de tamaño moderado, con una alfombra gris y paredes amarillo mantequilla. A su derecha había una ventana saliente; detrás de él, junto a la puerta, una chimenea de piedra caliza y un escritorio de roble macizo, tan pálido que pasaría por blanco, cercado por cuatro estantes de oro puro, dos a cada lado. Así puesto, era de hecho una habitación bastante aburrida, para nada el espacio que uno imaginaría para una reina, ni el espacio que uno pensaría que todo habitante del palacio temía más que un calabozo.

El columbario construido dentro de la pared de estas relucientes unidades, directamente detrás del escritorio de la reina, servía como la única indicación visible del horror que esta habitación simbolizaba. Tenía docenas de nichos compactos, acomodados en otra losa casi negra; ninguna inscripción marcaba su propósito ni revelaba el contenido de aquellos numerosos espacios. No era necesario ver ninguna inscripción. En la imaginación de Aurelian, podía escuchar los últimos latidos frenéticos de los corazones sepultados en aquella pared; los corazones que la reina tomaba de aquéllos que la hacían enfurecer; los corazones de la gente que, como Aurelian, quizá sabía demasiado sobre esa amada reina de la Luz, pero que, a diferencia de él, no habían sido lo suficientemente sabios como para morderse la lengua.

«¿Sabes por qué te traje aquí, Aurelian? Te voy a dar una pista: no tuvo nada que ver con tus padres. Sí, yo los quería aquí, como medio de control, pero ¿sabes por qué te quería a ti?».

Había absoluto silencio.

Nadie hablaba hasta que la reina lo hiciera primero.

Aurelian se mantenía de pie. Miraba los nichos. Estaba tan cansado; era tarde y había sido un día muy largo. Acababa de regresar de Toronto cuando Isolte, una de las sirvientas de Riadne, lo mandó llamar y lo envió a la oficina de Riadne bañada en llanto, como si ésta fuera la última vez que lo vería.

Aunque no sería así.

Era un peón demasiado útil para que Riadne hiciera un trofeo de él ahora. Se mantuvo de pie, mirando, esperando, y le ordenó a su corazón que no se acelerara en su pecho, porque ése no era el momento de pertenecer al mausoleo. Aunque no lo habrían llamado ahí a menos que Riadne estuviera molesta con él.

—¿Y bien?

Aurelian desvió su mirada de la pared. Riadne estaba sentada ante su escritorio; no levantó la vista del informe que revisaba con toda calma, como si tuvieran todo el tiempo del mundo para charlar. Y así era. Ella podía mantenerlo ahí de pie durante días si así lo deseaba. Aurelian cambiaba su peso de un pie al otro, inquieto.

—Nosotros... hablamos con el sumo rey, su majestad. Gracias por arreglar eso. Su alteza estaba muy contento de que usted tomara tan en serio sus preocupaciones.

—¿Te parece que soy el tipo de persona que no tomaría a su propio hijo en serio, Aurelian?

—No, su majestad.

Pasó otro momento de silencio, luego otro.

«Cuán cercano eres con mi Vehan».

—Hablaron con Azurean. ¿Cómo les fue?

Ella aún no alzaba la vista para verlo. Aurelian no sabía si realmente prefería eso.

—Le aseguró a su alteza que estaba haciendo todo en su poder para solucionar la situación. —La reina resopló. Aurelian no se atrevió a comentar sobre eso—. Le agradeció que se preocupara y nos invitó a cenar con él y su familia. Por eso regresamos tan tarde. Yo no diría que su alteza está más tranquilo, pero...

«Él realmente te aprecia mucho.»

«Aprecia a todo aquél que le pone atención.»

Una vez más, lo interrumpieron, ahora por un golpe a la puerta. La reina dio permiso de pasar y cuando Aurelian vio quién era, su corazón se aceleró.

—Ah. Zale. Bien.

«¿Sabes por qué te traje aquí? Vamos, adivina.»

Zale, el sirénido que llevaba diez años como empleado de Riadne, un miembro de la guardia real y el entrenador personal de Vehan. Los sirénidos podían intercambiar sus aletas por piernas siempre que quisieran. Pero a la mayoría no les gustaba. A la mayoría no les agradaba dejar sus húmedos hogares por mucho tiempo, si acaso dejaban sus hogares. No podían. Los extremos a los que Zale llegaba para asegurarse de no secarse aquí eran... Quién sabe por qué había decidido venir al palacio de entre tantos otros lugares; Aurelian sólo se atrevía a adivinar que lo habían atraído con artimañas, tal como la reina había hecho con sus padres. Pero si bien Aurelian y Zale se llevaban bien, Zale era más cercano a Vehan. Aurelian no sabía nada más sobre él.

Al fin Riadne alzó la vista. Colocó el informe sobre el escritorio y se recargó en el respaldo de su asiento; la estructura severa de su rostro era aún más aguda debido al crepitante disgusto en sus ojos. Nada de eso hacía juego con la serenidad de su sonrisa.

—Dejaste que mi hijo usara la Salida Sin Fin sin permiso.

Zale avanzó hacia el interior de la habitación; no traía su armadura ceremonial de antes, sino unos cómodos pantalones cafés de algodón y una camiseta de dormir holgada y blanca. El suéter azul marino que se puso encima apenas lo abrigaba. Por su cabello verde despeinado, era claro que había estado durmiendo cuando lo convocaron ahí.

Intercambió súbitas miradas con Aurelian antes de cuadrarse en firmes a su lado.

—Así es, su majestad.

—Dejaste que mi hijo usara la Salida Sin Fin para imponerse ante el sumo rey. ¿Tal vez pensaste que no era de tu incumbencia detenerlo? Sería una excusa. Pero no. Lo dejaste hacer eso y aún estoy esperando a que me avises de lo sucedido.

Zale no dijo nada. Incluso él, tan hábil con las palabras, tan encantador y agradable, que usaba el humor como distracción y cuya agilidad mental casi siempre rebasaba su sentido común, sabía que no era prudente tentar a su suerte en estos momentos. No aquí. No en la presencia de esos corazones tan inertes y fríos como la piedra que los enjaulaba.

Riadne se estiró sobre su escritorio para tomar un abrecartas de plata, lo desenvainó y se levantó. Aurelian tragó saliva y miró nervioso cómo ella se acercaba, con las manos puestas detrás de su espalda con demasiada inocencia, aún sosteniendo la pieza metálica entre sus dedos.

—Abre la boca —dijo con gozo, y se detuvo frente a Zale.

El rostro de Zale perdió todo el color, pero no vaciló ni cuestionó la orden. Abrió la boca y Riadne hizo como si se asomara dentro de ella.

—Aún tienes lengua. Urielle sabe que te he escuchado usarla lo suficiente; ustedes los sirénidos aprecian sus voces demasiado, pero tú, entre tu chismorreo constante y tus canciones… Cántame algo, Zale. Después de hoy, temo que habrás olvidado cómo hacerlo.

Cuando Zale sólo se quedó mirándola, con los ojos abiertos a tope del miedo, los dedos de la mano libre de Riadne se movieron ágilmente. Entonces Zale comenzó a cantar:

—Almas de poetas que con nosotros ya no están, ¿cuál Elíseo conocerán? ¿Campos felices o húmedas cavernas serán mejor que nuestra taberna?

Aurelian se mordió el labio para contener un gemido.

De entre todos los sentimientos que los feéricos sentían por la humanidad, siempre habían apreciado la creatividad de los humanos. Esa canción había sido en sus orígenes un poema al que el fundador de la Taberna de la Sirena le puso música. La mayoría de los sirénidos conocían la melodía, pero no porque en sus escuelas dedicaran una unidad entera a las obras de los poetas del Romanticismo. El anuncio musical de «La Taberna de la Sirena» era casi tan popular como el del bar que promovía el Mercado Goblin. ¿Acaso Riadne se ofendería por su elección? ¿Ella lo interpretaría como si él quisiera aligerar la situación?

—Sigue cantando —le dijo, y con esa misma mano libre le dio una palmadita en la mejilla. Su sonrisa era demasiado hueca para el cariño que fingía—. Aurelian. —Sólo le tomó un paso para plantarse junto a él.

—...No hay bebida más fina que el vino de Canarias, ni frutas del Paraíso más dulces que nuestras viandas...

—¿Sí, su majestad?

«Dime, quiero escucharte decirlo. Sé que ya lo descubriste. Eres muy bueno para este juego y debo admitir que estoy impresionada. ¿Cuánto más resistirás? ¿Cuánto más durará tu osadía?».

—Aurelian, qué chico más inteligente. Tan voluntarioso. Sé, a pesar de tus mejores esfuerzos, que amas a Vehan. Yo también lo amo. Detestaría ver que algo malo le sucediera. Algo como lo que sucede en reuniones clandestinas con trasgos, armas y drogas que estoy segura consumías.
—Tal como sospechaba, no había mucho que la reina seelie del verano ignorara de lo que sucedía en su corte, y eso no era, ni por asomo, lo peor que ella podría usar en contra de él. También sabía que ella veía más allá de su careta con Vehan. Mientras Vehan no se diera cuenta, no importaba. No mientras él aún tuviera tiempo...

Lo más preocupante en ese momento era que ella sabía lo que Vehan no le había dicho, lo sucedido con Pincer o la guerra para ganar territorio en la que se vieron involucrados sin querer. El polvo de hadas que habían usado para organizar la reunión... Toronto estaba fuera de la red de control de la reina, aunque Aurelian no dudaba que ella averiguaría todo lo que había pasado hoy. Lo único que tenía que hacer era presionarlo para que le diera la información. Y él cedería. Riadne no necesitaba saber su verdadero nombre para obligarlo a ceder.

—Ya no lo hago, lo juro.

—No importa.

—Oí que una vez el viento se llevó el letrero...

—Realmente no me interesa.

—Aunque nadie supo el paradero...

—Todo lo que importa es que sigas haciendo tu trabajo, que mi hijo permanezca a salvo, protegido, vivo. Puedes lograrlo, ¿verdad, Aurelian?

«¿Sabes por qué te traje aquí?».

—Sí, su majestad.

—Bien. Odiaría tener que castigar a tu encantadora familia por tus fallas. Odiaría tener que asignar a alguien más para hacer tu trabajo. Por mucho que me canse tu obstinación, por mucho que me gustaría que fueras un poco más obediente, Vehan es testarudo. Necesita un mozo que lo frene cuando tiene uno de sus caprichos. ¿Quedó claro? ¿Entendiste?

—Perfectamente, su majestad.

Perfectamente.

Riadne lo sustituiría si se cansaba de su jueguito, de lo que él sabía sobre ella contra lo que ella sabía para mantenerlo a raya. Su tiempo se terminaba. Ella lo reemplazaría con alguien a quien no le importaba Vehan o la familia de Aurelian; lo reemplazaría con alguien que trabajaría con Riadne en vez de contra ella para doblegar al príncipe y manipularlo como una marioneta, alguien que la ayudaría a controlarlo por completo.

Aurelian desaparecería y Vehan se rompería en pedazos. Sus padres, y su hermanito... Los nichos abiertos en la pared podrían acoger a tres corazones más, estaba seguro.

—Puedes retirarte. —Zale no merecía lo que la reina estaba a punto de hacerle en privado, pues siempre había sido bueno con Vehan, y ésa fue la única razón por la que Aurelian reunió el coraje para vacilar ante esa orden tajante—. ¿A menos que quieras quedarte para ver el espectáculo?

Zale comenzó a repetir el coro de «Almas de poetas que con nosotros ya no están, ¿cuál Elíseo conocerán? ¿Campos felices o húmedas cavernas serán mejor que nuestra taberna?», pues Riadne aún no le ordenaba que dejara de cantar, pero su voz sólo aumentó su volumen al escuchar lo que acababa de decir.

Él era mejor soldado que lo que merecía Riadne; más valiente que Aurelian, por mucho.

—No, su majestad —carraspeó con palabras apenas audibles—, gracias. Me retiro.

Y salió de la habitación.

Puso tanta distancia entre él y la habitación tan rápido como pudo, pero no fue suficiente. El volumen de la canción aumentó, luego se retorció en un aullido de dolor, revuelto, indescifrable, que ya no eran palabras sino una melodía ahogada en sollozos y atragantamiento, mientras Riadne cumplía su amenaza de privar a Zale de lo que para ella no le servía en absoluto: su lengua.

«¿Sabes por qué te traje aquí?».

Nadie le dijo nada en los pasillos; no había nada que decir. Ningún «Lo lamento» o «¿Estás bien?» o «¿Qué está pasando?». Todos lo lamentaban, todos sabían lo que estaba pasando, lo que había estado pasando por años, y nadie estaba bien.

Los mantenían cautivos en los pisos de arriba, muñecos en una casa de juegos infantiles, mariposas clavadas por debajo de un vidrio. Vehan lo sabía. No había forma de que no lo hiciera. Era inteligente y observador, como todos los niños que crecían con padres tan volátiles que su humor los hacía peligrosos. Tenía que darse cuenta, incluso si la reina llegaba a extremos atemorizantes para mantenerlo en la ignorancia de los extremos de crueldad a los que podía llegar, seguir fingiendo su bondad y convencerlo de que sólo era su «mano dura ocasional»; que eso era algo que él también tendría que hacer cuando fuera rey porque nadie respetaba una autoridad a la que no se le temía aunque fuera un poco. Vehan era tan prisionero en esa casa como los demás y sabía que la gente que vivía con él era infeliz. Aurelian veía lo mucho que se esforzaba por mediar los momentos horribles que su madre no lograba evitar frente a él; lo mucho que trataba de «madurar» para estar listo para un trono que la gente anhelaba que tomara antes de que la reina encontrara la forma de apagar su luz por completo.

Si Aurelian le contaba, sería el fin.

Si Vehan se daba cuenta de lo profunda que era la crueldad de Riadne, no habría más espacio para fingir. En la mente de Aurelian no había duda de que si Vehan descubría lo horrible que su madre era en realidad, la confrontaría. Trataría de detenerla, incluso de destronarla, porque era lo correcto. No ayudaban en nada al mantener ese secreto. Pero al mismo tiempo, tenían mucho miedo de hablar, de hacerlo real y forzar lo peor que vendría antes de que las cosas quizás mejoraran.

—Muévanse —gruñó a los guardias afuera de la puerta de Vehan.

Odiaba ese lugar. Odiaba estar ahí. Ése no era su hogar. Ésa no era su corte. Ésa no era su gente. Odiaba la política, las intrigas de la realeza y los aristócratas aburridos que jugaban a cosas terribles con las vidas de otras personas, como si no fueran más que piezas huecas en un elaborado tablero de ajedrez. Odiaba a Vehan. Odiaba que todos, incluyéndolo a él, estuvieran tan involucrados en mantenerlo a salvo, feliz y completo, mientras todos ellos se desmoronaban, morían, se hacían pedazos justo bajo sus narices.

Pero lo amaba aún más.

Vehan, que era parecido a Riadne de la mejor manera; Vehan, que eliminaría todas sus inhibiciones tal como ella eliminaría las suyas. El conflicto que eso causaría sería algo a lo que el príncipe jamás sobreviviría. Aurelian estaba cansado.

«¿Sabes por qué te traje aquí, Aurelian?»

—¡Vehan! —Entró bruscamente en la habitación del príncipe, alterado, temblando, con el eco de la canción de Zale aún en sus oídos. No tenía idea de lo que lo había llevado ahí, qué quería, ni qué debía decirle a Vehan, excepto que... el sonido de vómito lo distrajo.

La cabeza de Aurelian volteó bruscamente hacia el baño y, sin pensarlo, se apresuró para averiguar.

Ahí, en el piso de losa blanca, entre una inmensa tina de patas de garra, una regadera de cascada y muebles prístinos blancos, estaba el príncipe, agazapado en el excusado, vomitando la cena que se forzó a engullir cuando estaban a la mesa con el sumo rey.

Su cabello negro sobresalía como una mancha deslumbrante debido a la falta de color a su alrededor. Era una figura lamentable, vestida al azar con pijama dorada. Aurelian sintió que su rabia comenzaba a menguar.

Se acercó en silencio, se recargó en el lavabo y se agachó.

—No debiste comer tanto con todo ese polvo de pétalos en tu sistema.

Otra arcada. Vehan gimió.

—No quise ser grosero.

Aurelian rio. Su risa era débil y fácilmente podía ser un sollozo, salvo por el hecho de que él ya no se permitía llorar por nada. Si dejaba que salieran las primeras lágrimas, temía que no pudiera parar.

—Pensé que te habías ido a dormir.

—Puedo dormir aquí.

Vehan también soltó una risa que se transformó en un gemido y más arcadas. El príncipe había logrado quitarse todo el polvo de pétalos de la piel, y le agradeció al dios que había decidido enviarles a Lethe a que le diera ese pedazo de corteza para disminuir el efecto del polvo de hadas puro y sin diluir que ahora causaba su vómito, pero Aurelian sabía demasiado bien lo desagradable que era caer luego de estar tan drogado.

—Gra-a-cias —contestó con hipo.

Sus labios estaban secos y agrietados, su encantamiento se había disipado, el gran azul de sus ojos ahora era un zafiro casi negro y los temblores jorobaban un cuerpo que en esos momentos se veía increíblemente frágil.

Vehan era tan joven.

Aurelian también.

—Gracias —logró decir de nuevo, y le sonrió a Aurelian más de lo que

351

cualquiera en su situación podría—. Es egoísta, lo sé, pero me alegra no estar solo ahora.

—Sí —respondió. Estaba demasiado cansado como para empezar a sacar todas las cosas que quería decirle. Juntó las rodillas contra su pecho y las abrazó con fuerza, como si físicamente pudiera sostenerse y evitar romperse en mil pedazos. No fue sino hasta que Vehan recargó la cabeza en su hombro (el príncipe ahora se había acomodado junto a él y había colocado una toalla encima de ambos como una cobija) que Aurelian se dio cuenta de que Vehan se había quedado dormido.

—Alguien trató de hacerte un recipiente para una piedra filosofal y creo que de alguna manera tu madre estuvo involucrada —admitió al silencio—. No creo que seas egoísta —respondió a aquel chico que ahora se le mostraba tan solo como en el Mercado Goblin—. Creo que eres maravilloso, pero tengo miedo —confesó.

Eso no cambiaba nada.

Su tiempo se terminaba.

«Él realmente te tiene cariño, mi querido Vehan... claro que él se encariña fácilmente. También le tenía mucho cariño a su padre y para él fue terrible perderlo, pero no lo suficiente. También sería terrible si te perdiera a ti, Aurelian... su último amiguito. He hecho mi mejor esfuerzo para aislarlo, para mantenerlo con una gran sed de esperanza y afecto, pero el lazo entre ustedes fue instantáneo. Raro. No pude dejar pasar la oportunidad y tú ya te diste cuenta. Dime que ya te diste cuenta del porqué de todo.

Te traje para que lo quiebres.

Te traje aquí para que mueras.

Y cuando ya no estés, ay, supongo que la única persona que le quedará para que lo ayude a recoger los pedacitos de su frágil corazón seré yo, ¿no es así? Y te aseguro que no lo reconstruiré con un amor inútil».

Levantó al príncipe y lo llevó a la cama. Le llevó un vaso de agua que colocó en el buró. Se fue justo al amanecer. Regresó a su habitación, se acostó en su cama y se quedó ahí, sin comer, aun si tocaban a la puerta, hasta que el amanecer se hizo día y luego noche de nuevo. Más tarde, Vehan entró con noticias de que Zale «tuvo una reacción alérgica tan grave a algo que comió ayer, que el médico del palacio ¡tuvo que quitarle la lengua!», además de un mensaje de texto que iluminó a su príncipe como si se hubiera tragado unos cuantos rayos eléctricos.

Demonios, Aurelian lo amaba.

Desafortunadamente, Vehan también lo amaba.

CAPÍTULO 27

✦ ARLO ✦

✦

Ciudadanos de las cortes feéricas, seres libres de las zonas salvajes, familia, amigos: Sin duda ya se han enterado de lo que sucedió anoche en Toronto, así como la declaración de esta mañana del sumo rey, en la que mencionó que el culpable fue un destripador. Según nuestro inimitable soberano, esta criatura también se encontró culpable de nueve cargos de asesinato de niños ferronatos, un crimen que, hasta ahora, se atribuía imprudentemente a la Estrella Oscura.

Se ha declarado que nuestra emergencia en las cortes finalmente ha terminado. Pero no es así.

Tal vez el destripador jugó un papel en esta perversa actividad, pero no actuó solo.

Aún hay demasiadas preguntas por responder y muy poca información se ha proporcionado para apaciguar nuestros miedos. Las cortes han parado su vigilancia, pero nosotros no podemos darnos el lujo de hacer lo mismo. Hasta que haya pruebas fehacientes de que la sombra que se cierne sobre nosotros se ha disipado, la Asistencia les ruega: cúdense entre ustedes en todo momento. Mantengámonos a salvo entre todos. Ahora es cuando debemos contar los unos con los otros. Debemos ser fuertes cuando ellos no lo son. Debemos recordar que somos lo único que tenemos.

Arlo pulsó «repetir».

«Somos lo único que tenemos». Ese eslogan estaba por todos lados. En Flitter, la red social más popular de las cortes. En Folk News, la red de noticieros principal. Incluso se había esparcido más allá de redes feéricas privatizadas, en sitios humanos como YouTube, donde la mayoría de los comentarios eran variaciones de «¡¿Qué ****jos?!» y «¿Esto es algún anuncio publicitario de una película?»; pero el número de vistas incrementaba más y más, y seguiría así hasta que las cortes hicieran algo para tumbar esas publicaciones.

«Somos lo único que tenemos».

Arlo miró el dado sobre su buró. Había sido una mañana de domingo llena de acontecimientos. Comenzó al amanecer, cuando Thalo entró a su habitación con una charola con hotcakes bañados en miel de maple, unas rebanadas de tocino, y una disculpa por lo enfurecida que se había puesto el día anterior. Arlo también pidió perdón por sus comentarios, aunque la reconciliación se vio interrumpida porque Thalo tenía que ir al palacio. Luego se transmitió la declaración del sumo rey. Luego vino la refutación de la Asistencia.

«Somos lo único que tenemos». No podía sacarse eso de la cabeza.

No tenían por qué estar solos en esto. «Somos lo único que tenemos» era la razón por la que las cosas se habían puesto tan mal. Eso fue lo que la había animado a aventurarse al Círculo de Faeries, la razón por la que se había puesto en tanto peligro como para recibir un castigo del sumo rey por al menos tratar algo, tratar de ayudar de alguna manera para que se hiciera la justicia que merecían los nueve ferronatos y sus seres queridos.

«Somos lo único que tenemos»… No debía ser así, y sin embargo era cierto, ahora más que nunca. Lo que fuera que el responsable de esos asesinatos intentaba hacer, una vez que lograra crear una piedra filosofal, supondría que más vidas estarían en peligro. Más personas serían un blanco que se extendería más allá de la comunidad ferronata, incluso de la comunidad mágica, y lo único que se interponía entre ellos y esa calamidad inminente eran cuatro adolescentes, uno de los cuales era prácticamente inútil.

«Somos lo único que tenemos».

Se acostó en la cama y miró su dado mientras oía la súplica de la Asistencia en el fondo. Nausicaä parecía muy segura de que Arlo podría ayudar al príncipe Vehan con el sello que necesitaban romper. Si tan sólo pudiera comprobar esa teoría. Debieron de haberlo intentado el día anterior cuando estaban todos juntos, pero Arlo entró en pánico y el ataque del destripador le impidió pensar con claridad. Si realmente creyera que podría ayudarles, si pudiera encontrar una pizca de esperanza que la hiciera pensar que no terminaría siendo una decepción, no le importaría intentarlo. Realmente no le estaban pidiendo que hiciera gran cosa, sólo ayudarlos a entrar. El sumo rey no tendría por qué saber que iba a usar alquimia...

—¡Arlo!

Ella brincó sorprendida.

—¡Elyas! —Se sentó en la cama, parpadeó a modo de bienvenida a ese chico, como si lo hubiera estado esperando todo este tiempo—. ¿Qué haces aquí?

Muy al estilo de Celadon, a Elyas le gustaba divertirse, pero en esos momentos no había una sonrisa en su rostro ni una pizca de travesura en sus ojos verde jade brillante. La miró con las cejas cruzadas; de no ser porque estaba preocupada tratando de recordar qué había hecho para que se enfadara con ella, Arlo pudo haberse reído por lo mucho que ahora mismo se parecía a su tío.

—¿Todo bien?

—¿Anoche realmente estuviste con la Asistencia?

Ella se sintió atrapada, como un venado ante las luces de un auto. Pensó en su siguiente movida.

—¿Lord Lekan te dijo eso?

—No —respondió el chico, y caminó por el cuarto hasta la cama—. Él le dijo al tío Celadon. Yo sólo los escuché. El tío Celadon no suele ser muy tranquilo, además es muy ruidoso cuando está molesto, y vaya que se molestó con estas noticias. Así que, suelta la sopa: ¿Realmente estuviste con ellos?

—Yo... ¿le vas a decir a Cel?

—Tal vez. —Se acostó junto a ella—. Ya sabes cómo es. Yo medio me escabullí porque todo mundo anda muy distraído ahora, pero en cuanto se dé cuenta...

—¿Viniste tú solo? ¡Elyas! Eso es demasiado peligroso. Tienes once años y alguien acaba de publicar un video súper controversial acusando a tu padre de una gran negligencia. Tú...

—No, no, tú no me vas a regañar, señorita de las operaciones rebeldes secretas.

Arlo gruñó y se volvió a recostar. Preferiría tener esa conversación con Celadon, pero Elyas era como perro con un hueso cuando presentía un secreto que aún no conocía. Tendría que decirle algo. El problema fue que en cuanto abrió la boca para confirmar que sí, que realmente había estado con los de la Asistencia, más información comenzó a salir de ella. De la Asistencia pasaron al ataque del destripador, de ahí al encuentro anterior con dicha criatura, de ahí a lo que pasó en el Círculo de Faeries y de ahí a le no-troll que había conocido.

—Nadie sabe. Celadon no sabe; ni siquiera Nausicaä. De alguna manera lo olvidé cuando fue relevante y cada vez que me acordaba, no parecía importante por todo lo que estaba pasando. Pero elle me dio algo, le no-troll. No sé bien qué es, pero...

Elyas levantó una mano pidiendo una pausa.

—¿Une extrañe faerie te dio algo que no sabes bien qué es y lo tomaste? Arlo, eso es, vaya, lo primero que aprendes que no se debe hacer. No meter cosas en los enchufes eléctricos; no olvidar mirar hacia ambos lados al cruzar la calle. ¡No aceptar obsequios de extraños! ¡Qué tal que era una geas! ¡Qué tal que le debes a este faerie troll tu alma o algo! ¡Qué tal que...!

—Sólo es un dado. Mira.

Arlo tomó el dado de la mesita y se lo mostró. Elyas, con su talento para el dramatismo, gritó:

—¡No! ¡Aaaaay! ¡No me toques con tu maldición faerie! —y se apartó.

Ella retorció los ojos.

—En serio, no hay problema. Lo he tocado varias veces y no ha pasado nada. No hace gran cosa, excepto seguirme por todos lados. Es como un objeto en un videojuego que no puedes quitar de tu inventario: se lo aventé al destripador una vez y cuando regresé a casa, aquí estaba.

—Sí, seguro, porque ése es el comportamiento normal de un dado, aquí no hay ningún tipo de magia... —Lo tomó de la mano de Arlo y se levantó de la cama.

Arlo se apresuró a levantarse.

—¿Qué haces?

Elyas abrió las puertas del balcón, salió, y a continuación aventó tan lejos el dado como el ventoso día se lo permitió.

—¡Elyas, qué haces! —gritó ella y corrió a su lado.

Con todo y el viento que les revolvía el cabello, ambos vieron cómo caía en el piso. Elyas alzó los hombros.

—Sólo quería comprobarlo. ¿Cuánto tiempo tarda en regresar a ti?

—No sé. Nunca puse atención a eso.

—Mmm. —Se dio una súbita media vuelta y entró a la habitación. Arlo se quedó mirando adonde perdió de vista el dado, luego también se dio media vuelta para entrar, pero frenó en cuanto vio que Elyas se había detenido—. No mucho, por lo visto.

Arlo siguió con la vista el lugar que él estaba mirando. Ahí, de vuelta en su buró, estaba el dado.

—¡Genial! —exclamó Elyas— Pero ¿cuál es el punto?

—Quién sabe —suspiró ella—. Sólo traté de usarlo aquella vez, pero como te dije, no hizo nada. —Le no-troll había sido sumamente inútil cuando le dio ese misterio de veinte aristas. Tal vez no hacía nada útil. Tal vez Arlo no debió tener tanta prisa por irse. Tal vez debió quedarse un poco más para preguntarle unas cuantas cosas y así tener una idea más clara de qué hacer con su regalo, o, como Elyas recalcó, comprobar que no hubiera condiciones implícitas al usarlo—. No, espera, le no-troll sí me dijo algo...

El dado... Le no-troll le había dicho sobre los caminos que Destino había desplegado para ella, también para otros, y que los llevarían en diferentes direcciones. Hasta ahora entendía que ella había tomado el sendero que su misteriose acompañante quería que tomara: el camino que se cruzaba con Nausicaä. Pero también le había dicho algo sobre el dado...

—Dijo algo sobre hacerlo rodar. Hasta ahora lo único que he hecho es aventarlo, pero tal vez ¿debería intentar rodarlo?

—Sí, está bien, pero hazlo tú. Si te mueres, ¿me dejas tu PlayStation? Mi padre no me quiere comprar uno y nunca rebasaré la puntuación del tío Cel al paso que voy.

—Claro, El. —Atravesó la habitación hasta el buró y tomó el dado—. Okey, aquí va. —Lo envolvió con las manos y lo sacudió.

—Espera, ¿aquí? Arlo ésta es tu recámara. ¿Y si algo...? —Arlo soltó el dado—. Ay, por los dioses, está bien, sólo hazlo, pues. —El dado rodó no muy lejos y cuando se detuvo, Elyas se apresuró a él para ver en qué número había caído—. Cuatro —dijo. Cuatro. De nuevo. Al igual que las otras veces—. ¿Hizo algo? —preguntó el chico mirándola— ¿Te sientes diferente?

—No... —De hecho, ella se sentía perfectamente bien. Miró alrededor, nada parecía diferente de hacía un momento. Había rodado el dado y éste no había hecho nada... Entonces sí era algo inútil después de todo. Por alguna razón, eso le dio tristeza a Arlo, como si hubiera estado entusiasmada de que hubiera un propósito mayor detrás de ese enigma, pero era inservible, una decepción, tal como ella.

Era de esperarse.

—Mmm... —Elyas tomó el dado y lo examinó. Pasaron unos momentos—. Tengo una idea. Vayamos a la azotea.

—¿Qué? ¿Por qué? ¿Qué hay allá arriba?

—Tú confía en mí.

—¡Estoy en pijama!

—Pues cámbiate, diva, y vamos.

El *roof garden* de la Success Tower era un espacio bien acondicionado con asientos para recostarse y parterres con flores para decorar el acero de la ciudad. La vista hacia el norte daba a un paisaje citadino siempre cambiante; al sur se podía ver una impresionante vista del extenso Lago Ontario. En esos momentos no había nadie más. Una nube densa bloqueaba el sol, por lo que la temperatura era un tanto fresca, que aunada a la fuerza del viento, no proporcionaban las mejores condiciones para relajarse al aire libre.

En medio del lugar estaba Elyas y frente a él, Arlo no tenía idea de qué planeaba este chico, pero tenía la esperanza de que no tomara mucho tiempo. No calculó bien la temperatura; se puso unos pants rosas y una camiseta sin mangas amarillo pastel, así que sus brazos ya sentían el frío. Debió ponerse suéter.

Elyas no parecía molesto por la temperatura, pero él sí traía un rompevientos verde pastel, y en sus mejillas había un poco de color, rosa con su encantamiento, pero azul sin él.

—Okey —anunció—, ésta es mi idea: tal vez esto funciona como Calabozos y Dragones.

—¿Disculpa?

Calabozos y Dragones era un juego, eso lo sabía Arlo, uno que se jugaba con múltiples dados. Uno de esos dados era un icosaedro, de veinte aristas, exactamente como el suyo. Ella nunca había jugado, pero tenía más o menos una idea de las reglas.

Afortunadamente, Elyas parecía conocerlas mejor. Agitó la mano que tenía libre ante ella, apenas conteniendo su entusiasmo, claramente dejando de lado que eso podría ser peligroso y mortal, porque ahora estaba cegado por la curiosidad.

—Necesitas un objetivo. —Arlo se le quedó mirando. Él suspiró—: En Calabozos y Dragones cuando haces ciertas cosas, el *dungeon master* te detiene para que ruedes el dado y sepas cuál es tu habilidad, carisma y así. Tal vez así es como funciona tu dado. Tal vez tienes que declararte en acción y hasta entonces rodarlo para ver qué tan exitosa será esa acción.

—¿Has jugado esto antes? Nunca te había oído hablar de esto.

—No. Bueno, más o menos... O sea, sí me gustaría. Compré el juego de principiantes... escuché unos podcasts... Hice mi propia campaña y todo, pero hasta ahora sólo se ha unido mi tío Cel, y este tipo de juego funciona mejor cuando hay más de un jugador.

—Bueno, ¿y cómo es que no me has invitado?

Elyas alzó los hombros. Tenía esa forma de actuar como si no le afectaran en absoluto las cosas que molestarían a otros, lo cual sin duda había aprendido de varios de sus parientes. Para alguien como Arlo, que había estado cerca de él toda la vida, había algunas señales que delataban sus verdaderos sentimientos.

—Últimamente has estado muy ocupada. Estresada por la escuela y la ponderación. Y todo eso de la muerte de esa chica, Cassandra... No quería molestarte.

—Okey, en cuanto terminemos con lo que el príncipe Vehan planeó jugaremos con tu campaña, ¿está bien? Cel y yo. También haré que el príncipe y su amigo Aurelian jueguen con nosotros. Y Nausicaä... quien probablemente será la que más se divierta. Pero tendrás todo un equipo, ¿okey? En cuanto terminemos.

Elyas sonrió, pero fue el resplandor debajo de su piel el que delató lo feliz que se sentía.

—Trato hecho, pero, oye, justo ahora estamos jugando, o eso haremos, si dejas de perder el tiempo. Mira, hoy hace mucho viento.

Arlo no tuvo que confirmar eso, pues justo en ese momento una ráfaga le metió los flecos de un rubio cenizo en los ojos, pero de cualquier manera ella asintió.

—¿Cuál es el elemento que controlan los unseelies de la primavera?

—El viento.

Los unseelies de la primavera no eran los únicos que podían controlar ese elemento. Los faes nacidos de padres de diferentes cortes podían heredar uno, ambos o ninguno de los elementos de sus padres, así que era posible que un fae de los seelies del invierno también tuviera poder sobre el viento. Pero el viento era lo que los unseelies de la primavera ostentaban como su herencia; de la misma manera que los seelies de la primavera ostentaban la manipulación de la naturaleza; los unseelies del otoño, el dominio de la tierra, y los seelies del invierno: el agua. En la facción unseelie de la primavera, aquéllos con mayor habilidad para controlar el viento siempre fueron considerados como ideales; ídolos destacados de su cultura.

—¿Y qué es lo que llevamos una eternidad tratando de sacarte?, ¿eso que obligaría al Alto Consejo Feérico a otorgarte el estatus de fae?

Arlo sintió que el poco calor que tenía en el rostro se enfriaba y palidecía. Al fin entendió hacia dónde iba.

—Elyas, no. No estás sugiriendo lo que creo que estás sugiriendo. No puedes implicar que le pida al dado que fortalezca mi magia.

—No, fortalecerla no, pero te apuesto que ya es lo suficientemente fuerte. Lo que te estoy sugiriendo es que le pidas al dado que le dé un empujoncito a tu magia para que libere lo que le está impidiendo salir. —Entonces le lanzó el dado, con una expresión demasiado seria para el disparate que acababa de decir. Ella lo atrapó por instinto—. Arlo, pudiste correr más rápido que un destripador. Sí, tal vez él tenía muchos obstáculos a su alrededor, ¡pero era un destripador! Con obstáculos o no, una persona ordinaria, un fae ordinario, no hubiera podido escapar como lo hiciste tú. La velocidad superdotada es un don de los nacidos del viento. Lo tienes en ti, ¡lo sé! ¿Qué tal que este dado te ayuda a que tu magia se libere?

Imposible.

No podía ser tan simple.

No después de años de lágrimas y ansiedad, de presionarse más y más y más para mejorar, y la desesperanza cuando no lo lograba. No después de una vida entera de magia que simplemente no salía. No podía ser tan fácil. ¿Cómo era posible que todo lo que tuviera que hacer fuera rodar un dado, como si estuviera jugando, para que ese problema monumental se resolviera?

Pero... ¿y si...?

—¿Qué tengo que hacer? —se oyó preguntar, en voz muy baja, como si pronunciar esa pregunta demasiado alto espantara las posibilidades de que funcionara.

—Hay mucho viento hoy. Pídele al dado que te ayude a pararlo. Sólo di: «Haz que el viento de la ciudad pare».

De nuevo, sin su permiso, sintió cómo su mano se cerraba por encima del dado. Cerró los ojos.

—Okey... Yo hago que el viento en la ciudad pare —decretó con una voz muy osada, aunque un poco temblorosa.

Como un tren que se detiene en sus vías, el mundo a su alrededor se sacudió bruscamente y se fue deteniendo en movimientos entrecortados.

El pánico que hacía retumbar el corazón de Arlo la ensordeció, creció tanto y tan pronto que dejó de escuchar cualquier otro sonido. Abrió los ojos y gimió cuando se dio cuenta de que el mundo, literalmente, se había detenido.

El mundo se había vuelto de un alarmante color gris piedra.

Todo a su alrededor se paralizó. Los pájaros en el aire, el tránsito de la calle debajo. Nada se movía ni un centímetro; el tiempo los había suspendido como bichos atrapados en ámbar, y nadie parecía notarlo más allá de los límites de esa zona, más o menos unos cien metros, aunque arriba las nubes aún surcaban el cielo. Por lo que Arlo alcanzó a ver, los autos y la gente abajo continuaban con lo suyo como si nada extraño pasara. Tal vez les pasaba lo mismo que con los encantamientos en los que sus mentes pasaban por alto lo que veían y lo reemplazaban con lo que se suponía que tenía que ser.

Dentro de ese espacio congelado sólo Arlo podía moverse. Elyas también estaba paralizado, inmóvil como una estatua en la azotea.

—¡Mierda! —gritó, sin aliento con esta mezcla de asombro, alarma y terror.

¿Ella lo había hecho? ¿Falló al ser lo suficientemente específica para tratar de parar el viento y en vez de eso había parado más de la cuenta? ¿Era reversible o permanente?

—¡Por favor, no seas permanente! —Podía sentir cómo el pánico incrementaba varios niveles. Al igual que Arlo, el dado mantenía su color: verde jade vibrante que parecía aún más brillante en este nuevo mundo lúgubre; sus números dorados resplandecían casi descaradamente ante ella—. ¡Idiota! —maldijo, tanto a ella como al dado, y cerró el puño con aquel objeto ofensivo.

Lo levantó por encima de su cabeza, su reacción inmediata fue lanzarlo lejos, pero entonces su mirada se fijó en algo más: un brillante destello verde esmeralda por encima de su cabeza, el cual, cuando Arlo lo vio con detenimiento, era un número.

El número diecisiete, para ser precisos. Y flotaba en el aire, directamente encima de su cabeza.

Ella lo miró.

«¿Qué día...?».

Y entonces fue cuando se dio cuenta de que también había palabras resplandeciendo como oro pulido, escritas en el mismísimo aire. Dio un paso atrás para poder leerlas.

A su izquierda: «Escapar».

A su derecha, ligeramente gris, una sola palabra: «Ayuda».

Al frente vio la palabra: «Rodar».

—¡Mierda! —repitió, porque tenía que decirlo dos veces. Le no-troll del club nocturno le había regalado un dado mágico y Elyas adivinó cómo usarlo—. Vaya, qué suerte...

Los rápidos latidos de su corazón comenzaron a ralentizar y el pánico disminuyó, pero la adrenalina seguía bombeando. ¡Tal vez sí era capaz de hacer esto!

—Rodar —pronunció por capricho. Entonces las palabras se esfumaron en polvo gris.

El mundo permaneció congelado.

A la espera.

Arlo miró el número arriba de ella una vez más y se mordió un labio. Sacudió el dado en su mano y se hincó para hacerlo rodar en el piso.

El dado proclamó el número dieciocho cuando se detuvo a unos cuantos metros.

¿Eso quería decir que había aclarado su objetivo? ¿O tenía que rodar para que cayera exactamente en el diecisiete para que eso funcionara?

Sintió un jalón y el mundo se sacudió, como si los motores de un tren se hubieran encendido de nuevo. El tren comenzaba a acelerar una vez más. Súbitamente, el mundo cobró vida.

Entonces un escalofrío la recorrió, cálido, cosquilleante, gozoso, como cuando desdoblas las piernas que se habían dormido y comienzas a sentir que la sangre vuelve a bombear a través de ellas.

El número sobre su cabeza ya no estaba y todo había vuelto a la normalidad, como si nunca se hubiera detenido. Pero eso no fue lo que hizo que abriera los ojos a tope, contuviera la respiración en su pecho y la garganta se le cerrara por una saturación de emociones: esperanza, asombro, miedo, desconcierto.

Elyas parpadeó. No se había dado cuenta de nada de lo que había pasado desde el decreto de Arlo; abrió la boca, pero antes de que pudiera preguntar lo que estaba a punto de hacer, la cerró. Parpadeó unas cuantas veces más.

Juntos se quedaron en la azotea, boquiabiertos por la súbita quietud a su alrededor, por lo que podían distinguir, no había siquiera una brisa.

Arlo lo había logrado.

—Arlo... —Elyas respiró profundamente, sonriendo—. Arlo, lo lograste.

Se quedaron ahí veinte minutos sólo para asegurarse de que el viento realmente había parado.

—¡Haz que vuelva a soplar!

Ella no sabía cómo… Nunca había entrenado para eso, pero cuando le pidió ayuda al dado y sacó un número mucho menor, de nuevo sintió ese cosquilleo de magia y el viento comenzó a arreciar una vez más, como si nunca hubiera cesado.

—Ay, por los dioses, Arlo, ¿sabes qué quiere decir esto?

Lo sabía.

Quería decir que, después de todo, ella no era inútil.

Si el dado podía fortalecer su magia, si podía ayudarla a lograr algo con lo que había batallado su vida entera, ¿qué tan duro sería que la ayudara a lograr otras cosas? Por ejemplo, ayudar al príncipe a infiltrarse en una instalación de dudosa procedencia salvaguardada por alquimia…

Ese dado significaba que sí había esperanzas de que pudiera ser algo más que una decepción.

—¡Tengo que enviar un mensaje de texto! —gritó y corrió al interior de la casa. Una vez en su recámara, tomó su teléfono de la cama y envió un mensaje.

Mensaje de grupo

Para: Vehan, Aurelian, Nausicaä

Arlo: Está bien, les ayudaré.

Nausicaä: ¤=[]::::> Súúúúúper. Yo también.

Vehan: ¡Sí! ¡Perfecto! Gracias. Okey, esto es lo que haremos…

✦

Hero estaba sentado en el piso de su oficina, tumbado contra la pared. Los libreros alineados en la habitación como costillas; los instrumentos y libros que ahí guardaba, las balastras que iluminaban, su escritorio, todo estaba patas arriba, torcido, colgando de cables como las venas que se aferran a ojos que acaban de arrancar de sus órbitas oculares; regados como los órganos de un cuerpo desollado.

Nada se había salvado de la ira de Lethe, ni siquiera Hero. Su cuerpo estaba adolorido por el abuso que había recibido; su rostro, dividido en surcos sangrantes, cuatro del ojo a la boca y uno que se curveaba en su quijada, de donde Lethe lo había sujetado con sus garras para gritarle.

«Debería matarte por esto».

«No eres nadie para mí».

«Ya están muy cerca, Hero. El príncipe, su amigo, mi prima y Arlo vienen por ti. Y lo permitiré. Voy a dejar que te encuentren aquí, que destruyan todo lo que has construido, que te reduzcan a la patética basura que siempre has sido. Te dije que la dejaras, pero no pudiste. ¿Por qué no pudiste seguir una instrucción tan sencilla?».

«Lo nuestro se terminó».

Esas heridas no iban a sanar tan fácilmente. Ésa era la naturaleza de las garras de Lethe; el daño que causaban era profundo y nunca podía desaparecer del todo. Pero Hero tenía su piedra, siempre la traía consigo. La magia que le ayudaba a realizar sus tareas era suficiente para detener el sangrado, y no había duda en su mente de que Lethe lo sabía.

«Lo nuestro terminó».

No era cierto.

Lethe había destruido su oficina, pero lo había dejado con vida. Estaba más furioso con él de lo que Hero jamás lo había visto. Pero lo dejó con todas sus cosas, incluyendo su piedra, cuando fácilmente pudo llevarse todo.

—Lo nuestro no ha terminado... Tú esperas que yo redima mis acciones, ¿no es así?

Arlo vendría por él.

La advertencia de Lethe bastaba para que él entendiera que más le valía que Arlo saliera de ahí viva.

Hero vio cómo caían gotas de sangre sobre sus pantalones, la mancha crecía más y más. Lo suyo no había terminado. Lethe tuvo un arrebato de ira, pero Hero no esperaba menos por haber descubierto una parte de su plan antes de que lo ejecutara por completo. Lethe seguiría pensando que necesitaba a Arlo hasta que Hero le demostrara que no era así. Claro que Lethe se alteraría, claro que no entendería que Hero estaba haciendo todo eso por él.

A sus pies había un libro, su diario, una de las tantas víctimas de la ira cruda de Lethe. Con cuidado se inclinó hacia adelante y lo arrastró hacia él. En ese diario guardaba sus ideas, los glifos con los que experimentaba en sus intentos por crear algo nuevo que llevara su magia a alturas insospechadas.

Arlo vendría por él.

Ella no saldría viva.

Pero su destripador se había ido; tendría que ejecutarlo él mismo; como fuera, tal vez tenía mejores medios para hacerlo que una criatura cuya leyenda era mera exageración. Incompetente... bruta... torpe... Hero pasó las hojas hasta que encontró lo que buscaba. El glifo ahí dibujado era algo en lo que llevaba meses trabajando. Fue difícil, mucho más de lo que imaginó en un principio, pero sabía que tenía la fórmula adecuada, aunque algo le faltaba, algo que no lograba cuadrar. En su frustración, dejó la fórmula de lado, pero ahora algo dentro de él susurraba «¿y si...?».

¿Y si éste era el empujón que necesitaba?

¿Y si, ahora que ya no tenía otros recursos, no tenía otra opción más que descubrir la fórmula correcta? ¿Y si lo único que le había faltado era convicción?

«Voy a dejar que te encuentren aquí». Bien. Que Arlo viniera a él. Que cayera en sus garras, fuera de la vista de todos, atrapada bajo la tierra donde nadie la encontraría. Matar a esa chica haría que Lethe viera a Hero como lo que era, lo que podría ser para él y para cualquier otro inmortal demasiado enfocado en la persona equivocada. Matarla quitaría este obstáculo del camino, pero si además de alguna manera pudiera absorber lo que la hacía tan especial... Si pudiera agregar cada pedazo de cualquier miserable talento que ella tuviera al suyo...

—Pero no me puedo arriesgar a que reaparezcas —murmuró y dio vuelta a la hoja.

El glifo al otro lado de la página también le había costado mucho trabajo, pero lo había perfeccionado desde hacía mucho, sólo que no había tenido una razón para usarlo hasta ahora. Lethe siempre había sido bienvenido adonde quisiera ir. Pero Hero ya había extinguido todas sus oportunidades. Sabía que Lethe no le permitiría otro atentado contra la vida de Arlo. Lo mataría, sin importar la amistad que los había unido. Hero tenía que protegerse hasta que estuviera listo para revelar su jugada; tendría que cancelar lo que le permitía a Lethe teletransportarse a su laboratorio.

Con esfuerzos se puso de pie, se metió el libro bajo la axila y salió por la puerta, que ahora más bien era un hoyo en la pared.

Arlo vendría por él.

Todo terminaría pronto.

Hero tenía mucho que hacer cuanto antes si quería prepararse para recibirla.

———————————— ✦ ————————————

CAPÍTULO 28

✦ ARLO ✦

—Qué calor hace aquí —se quejó Arlo, y se recargó contra la máquina de hielo mientras se abanicaba el rostro con la mano.

Antes de que su plan arrancara más tarde esa noche y de que Nausicaä pudiera llegar para sacarla del departamento, no tuvieron otra opción más que esperar a que Thalo llegara de trabajar, viera que todo estaba como debía y fuera a dormirse. Ahora estaban afuera de Love's Travel Stop, una gasolinera a orillas de Las Vegas, sin nada que hacer más que ver los números en el teléfono acercarse a las nueve de la noche. Pero ahí el calor nocturno era casi insoportable.

En casa, las temperaturas veraniegas llegaban hasta los treinta y dos grados, a veces incluso treinta y siete, en un clima mucho más denso y húmedo que ahí, pero Arlo prefería por mucho las temperaturas menos cálidas, no estaba lista para enfrentar nada de eso aún.

—Preciosa florecita —susurró Nausicaä junto a ella, haciendo lo que le pareció a Arlo una desconcertante y sumamente desconsiderada imitación del destripador—, ya falta poco, pero si quieres puedes entrar en la tienda y comprar más botanas.

Arlo ya se había gastado casi todos sus ahorros en *slushies*. Por el momento, tenía tanta azúcar y colorante azul en su interior que dudaba que su estómago aguantara otra bebida. Además, los encargados de la tienda comenzaban a mirarla sospechosamente después de tantas visitas. Negó con la cabeza y echó otro vistazo a su teléfono y al mensaje que desde hacía media hora no sabía cómo responder.

> **Elyas:** Aaaaarloooo. Hola. Soy Cel. Sé que es tarde. Estoy de vuelta en Toronto. Donde se supone que deberías estar. Donde estoy seguro que estás, porque Elyas DEFINITIVAMENTE está inventando cosas para distraerme del pastel de chocolate que intentó meter a su cuarto hace un rato, luego de que me contó esta SIMPATIQUÍSIMA historia de que tú y el príncipe seelie del verano unieron sus fuerzas para investigar los asesinatos de los ferronatos. Tal como estoy seguro de que tu localizador de Snapchat está mintiendo al mostrar que estás en Nevada. ¿Verdad?

Se arrepintió de contarle a Elyas lo mínimo sobre sus planes, pero mientras más consideraba los pros y contras, más entendía que quizá sería prudente avisarle a alguien lo que iba a hacer en caso de que las cosas salieran mal.

> **Arlo:** Por favor no te enojes.

> **Elyas:** ¿Enojarme? ¿Por qué me enojaría? Estás en casa con Thalo, a salvo en tu cama. Snapchat está fallando... Elyas diría cualquier cosa con tal de sacar un pastel de chocolate. Tú ni siquiera conoces al príncipe Vehan. Así que no tendrías por qué estar en Nevada, con él, en plena noche. ¿Qué razón tendría para enojarme?

Arlo: Sí, ya entendí tu sarcasmo. Pero como sabes, conocí a Vehan el sábado saliendo de Starbucks y resulta que sabe un montón sobre los asesinatos. También está en peligro, Cel. Necesita que le ayude y quiero hacerlo. Mañana te explico todo. Perdón. Te habría dicho antes, pero no quería meterte en más problemas si nos descubrían. Además, Nausicaä está conmigo, ¡no me va a pasar nada! Y al menos ahora sabes dónde estoy si por alguna razón no regreso a desayunar mañana... así que... :D

Elyas: Arlo

Elyas: Cyan

Elyas: Jarsdel

Realmente no tenía fuerzas para agregar las ansiedades de Celadon a las de ella. Además de sus interminables mensajes de texto, aún destellando en su pantalla, no había noticias de los otros, nada desde la respuesta breve y al punto de Aurelian de que «llegarían en diez», justamente hacía diez minutos.

—Hola —dijo una voz no conocida. Arlo alzó la mirada de su teléfono y vio a un hombre mayor, con camisa azul y jeans deslavados, que se detenía en la entrada de la gasolinera. Las miró con un interés que la puso en alerta—. ¿Están buscando trabajo, chicas?

«¿Trabajo?».

Nausicaä dio un paso al frente.

Algo sobre la manera en que se desprendió de la pared hizo que aquel hombre dudara sobre su «oferta», porque Arlo supo exactamente en qué momento su mirada lasciva cambió a una de arrepentimiento.

—El tipo de «trabajo» que yo hago no suele terminar bien para tipos como tú —lo amenazó, luego se acercó a Arlo. Su voz era rasposa y un escalofrío recorrió a Arlo como si un hielo se derritiera en su espalda.

El hombre hizo una mueca, sin duda porque la verdad de lo que le decía se transparentaba con furia a través del encantamiento de Nausicaä.

—Perra —murmuró él y se apresuró a entrar a la tienda.

Arlo suspiró dramáticamente.

—Nos van a raptar y asesinar antes de que podamos iniciar nuestra investigación.

—¡Mira! —exclamó Nausicaä. Sus facciones angulosas se alegraron con un alivio exagerado cuando apuntó a la distancia. Pronto, Arlo vio las luces de una SUV Mercedes negra que salía de la carretera y subía por la rampa hacia la parada de camiones—. Diez dólares a que son ellos.

—Si no, me voy a casa.

—Oye, no soy tu servicio de taxis, así que a menos que quieras caminar...

—Claramente alguien me recogerá en la carretera —lloriqueó Arlo.

Nausicaä soltó una risita burlona.

—Raptada y asesinada, ¿recuerdas?

—Estoy así de cerca de preferir eso a cocerme viva en el desierto. No puedo creer que la gente viva aquí. ¿Así es todo el año? Esto es la muerte.

La SUV dio vuelta en el estacionamiento. Nausicaä se subió a la banqueta cuando el auto se detuvo en el espacio frente a ella. Las ventanas ahumadas no dejaban ver quién estaba dentro, pero cuando Arlo se paró junto a Nausicaä, finalmente pudieron ver la cara entusiasmada de Vehan detrás del volante y la expresión parca de suma indiferencia de Aurelian.

—Siento que no le caigo bien a Aurelian —comentó Arlo en voz alta.

Nausicaä soltó otra risa burlona.

—Creo que nadie le cae bien a Aurelian, así que no me lo tomaría a pecho. Tal vez si fueras un apuesto príncipe de cabello negro y ojos azules de la Corte del Verano de los Seelie...

—Bueno, ésa es una lista de requerimientos muy específica que nunca cumpliré. Además, ¿qué les pasa? Cuando estábamos en la Asistencia se sentía bastante tensión entre ellos.

—Quién sabe. —Nausicaä alzó los hombros. Luego, riendo, pasó un brazo por encima de los hombros de Arlo y la acercó hacia ella. El tacto con aquellos músculos le causó un electrizante corto circuito—. Aquí lo que importa es que tú me caes muy bien, Roja.

—¡Yei! —exclamó de manera inexpresiva y se quitó el pesado brazo de los hombros para escapar al extraño calor que sentía por todo su cuerpo.

Abrió una de las puertas traseras del vehículo que la recibió con una apreciable ráfaga de aire frío.

—Se tardaron —gruñó, mientras aventaba el teléfono y la mochila para treparse al asiento.

—Perdón, es que no podíamos salir del palacio. Estoy más o menos convencido de que mi madre sabe exactamente lo que tramamos —se disculpó Vehan, sonriendo con demasiada facilidad, dada la gravedad de lo que acababa de decir, como si estuviera perfectamente bien con que la soberana de los seelies del verano supiera que estaban a punto de violar las leyes de la peor manera posible en su propia corte.

Arlo gimió.

—Muy bien —anunció Vehan en cuanto Nausicaä se subió al auto—. ¿Ya estamos todos? ¿Listos para irnos?

—Todos listos. Vámonos, príncipe Desencantador.

—¡Vamos! —concordó Arlo, y luego agregó para sí—: antes de que pierda el valor.

Si la oyeron, no dijeron nada.

El auto salió de la gasolinera, se incorporó a la carretera y se dirigió al noroeste, hacia su destino: el campo solar en medio de la nada. Pasaron diez minutos de camino en silencio, pero la falta de conversación no hizo que el trayecto se sintiera más lento. De hecho, el tiempo se iba como un borrón en la tierra rocosa que el crepúsculo empapaba, mientras los manchones de vegetación se oscurecían. El cielo estaba ya casi completamente negro, tan sólo quedaban unas brasas fantasmales que chisporroteaban en el horizonte tratando de conservar el día. Las Vegas estaba muy cerca, podían distinguirla por la ligera contaminación que brillaba en el aire alrededor de la ciudad, lo cual indicaba que no estaba tan oscura como debería; pero Arlo rara vez veía tantas estrellas en el cielo como ahora.

Se quedó pasmada, viendo aquellas incontables motas brillantes, y sus preocupaciones parecían resplandecer bajo las puntas afiladas de la luz fría; con todo, al grupo le pareció que no tomó mucho tiempo llegar a su destino.

Salieron de la carretera y se detuvieron. Vehan apagó las luces y el motor; se quedaron inmersos en la oscuridad.

—Tendremos que caminar a partir de aquí —explicó volteando hacia las chicas por entre el espacio de la consola.

Arlo ya sabía eso.

Les habían pedido que se vistieran adecuadamente, con las ropas más oscuras que tuvieran, para poder infiltrarse sin ser vistos. Para Arlo, eso significaba sus botas Blundstones negras con rojo, *jeggings* negros y una camiseta a juego. Estaba vestida casi igual que Nausicaä, salvo porque ella vestía cuero y nada de su atuendo era diferente a lo que usaba del diario.

Los colores de la Corte del Verano de los Seelie eran blanco y dorado, por lo que Arlo dudó que tanto Vehan como Aurelian alguna vez se hubieran vestido de negro, sobre todo porque ese color era el de sus rivales, la Corte del Invierno de los Unseelie.

Los ojos de Vehan se veían aún más eléctricos en contraste con la camiseta y los pantalones ajustados, tan negros como su cabello color carbón, hacían que la calidez pálida de su piel disminuyera. Se veía ligeramente vampírico, las facciones refinadas pero robustas de su rostro se agudizaron.

Vestido exactamente igual que el príncipe, el cuerpo delgado de Aurelian parecía incluso más largo, y cada uno de sus movimientos a Arlo le recordaban a un felino al acecho.

Un príncipe sidhe, un guardaespaldas lesidhe, una chica ferronata y una exfuria... más que un equipo serio de investigación, parecían el preludio de una pésima broma.

Vehan rodeó el auto para unirse a Aurelian y Arlo; Nausicaä iba al frente.

—Bueno, como dije —comenzó mientras les hizo un gesto para que se acercaran—: Hay varios paneles solares a unos cuantos metros de aquí; al lado hay una puerta en el piso. Pincer desapareció bajo ella, así que es de suponer que hay algo ahí abajo; algo que tiene que ver con dónde y por qué secuestraron a todas esas personas; también, sospecho que ahí se llevan a cabo los experimentos con las piedras filosofales. Lo que sea...

—Eso es lo que vamos a averiguar —terminó Nausicaä contenta.

Vehan asintió.

—Exacto —continuó—. Lo cual quiere decir que esto es una misión de supervisión, nada más, ¿entendido? No sabemos qué hay allá abajo. Entramos, echamos un vistazo y nos salimos. Todos tenemos teléfonos, así que tomen tantas fotos como puedan; en cuanto tengamos algo que finalmente obligue al sumo rey a hacer caso, nos vamos. ¿Nausicaä? —Nausicaä se sobresaltó y se puso más atenta—: Tú nos puedes sacar de la instalación, ¿correcto?

—Sip. De vuelta aquí junto a tu auto, ¡así! —Y chasqueó los dedos; una fracción de tensión en los hombros de Vehan se disipó—. También podría meternos en la instalación, si supiera cómo es por dentro, pero oigan, ¿dónde estaría la diversión en eso?

La tensión de Arlo no se iría tan fácilmente.

—¿Y si no encontramos nada? ¿Y si éste es otro Círculo de Faeries o algo así? ¿Y si alguien nos encuentra primero?

—Tendremos que improvisar —respondió Vehan un tanto desalentadoramente—. Por desgracia, no sabremos si estamos o no en lo correcto acerca de este lugar hasta que echemos un vistazo al interior.

Aurelian volteó hacia Arlo.

—Por la forma en que tu amiga se contonea, supongo que tiene un poco de entrenamiento en combate...

—Recuérdame partirte el trasero cuando esto termine y así tendrás una demostración física.

—Supongo que tú no tienes ninguno... —continuó Aurelian, ignorando el arrebato de Nausicaä (aunque su rostro sí se aplanó un poco).

—En mi defensa —le recordó Arlo—, yo les aclaré que sería bastante inútil en esta investigación.

Aurelian sacudió la cabeza.

—Eso no fue lo que quise decir; tampoco quise ponerte en evidencia. Sólo creo que lo mejor sería que Vehan fuera al frente y yo me quedara en la retaguardia. Supongo que tú te sentirías más cómoda si Nausicaä permaneciera como tu protección inmediata en vez de mí.

—Y yo me sentiría más cómoda si tú fueras al frente junto con tu apuesto principito, carajo. —Nausicaä se impuso—. No te conozco en absoluto. ¿Cómo sé que no estás coludido con el misterioso alquimista asesino para capturar a Arlo y convertirla en la siguiente víctima a torturar? Nop. Yo me quedo en la retaguardia.

—¿Por qué eres tan difícil? Toda esta discusión sobre confiar, pero de todos los que estamos aquí, ¡tú eres en quien menos confío! —vociferó Aurelian al borde de una explosión.

—Pues confía en que te daré una patada que te llevará hasta el maldito sol si me sigues provocando, niñito fae. ¿Por qué eres tan difícil, eh?

—¿Provocándote? ¿Yo? —Aurelian dio un paso al frente, reduciendo el espacio entre él y Nausicaä, con una valentía que Arlo jamás tendría para hacer lo mismo—. Yo no soy quien amenaza con violencia cada vez que alguien dice algo que no le...

—Vamos, esto no ayuda —advirtió Vehan, manteniendo la cordura, un poco asombrado por la velocidad con que la discusión escalaba.

—Termina la oración —incitó Nausicaä, ignorando a Vehan, y se acercó aún más a Aurelian—. Dame una excusa...

—Ay, ya párenle, ¿sí? —gritó Arlo, y se metió entre ambos. Primero miró con furia a Aurelian, luego a Nausicaä, después, los golpeó levemente en el pecho—. ¡A lo que vinimos! La mayoría no nos conocemos bien, así que dejemos de señalarnos con el dedo buscando razones para pelear y sólo hagamos esto, ¿okey? ¡Antes de que amanezca! Antes de que Celadon llegue con la caballería.

—De acuerdo —dijo Vehan, alternando miradas entre su amigo y Nausicaä, visiblemente inquieto. Luego se aclaró la garganta—: no lograremos nada si pensamos lo peor de nuestros aliados.

—Aliados —se burló Nausicaä—. Debí de haber hecho esto sola.

—Pues te puedes ir a la hora que quieras —contestó Aurelian.

—Yo soy la que se va —refunfuñó Arlo, y se alejó del grupo furiosa en dirección al campo solar.

—Yo me quedo en la retaguardia —afirmó furiosa Nausicaä a Aurelian.

Aurelian le siseó, era una genuina amenaza gatuna, pero el asunto quedó resuelto. Vehan fue a la cabeza con su amigo a sus espaldas. Cuando Arlo sintió una presencia detrás, desaceleró el paso para llevar el ritmo de Nausicaä.

—¿Realmente crees que no podemos confiar en ellos?

—Nah. Son buenos chicos. Los lesidhe no son los únicos buenos para leer auras. Es sólo que hay algo en Aurelian que me saca de quicio. Y por lo visto, el sentimiento es mutuo. También...

Arlo miró por encima del hombro para averiguar la razón del súbito silencio de Nausicaä; sólo entonces se dio cuenta de que sonreía para sí.

—¿Y bien?

—Bueno, si alguno de nosotros va a hacer de tu increíblemente apuesto defensor, ni loca se lo voy a permitir al Thranduil ese.

Arlo se carcajeó sin poder evitarlo.

—Creo que de los dos, tú eres quien más se parece a Thranduil.

—Tienes razón. Él no es ni de cerca tan fabuloso. Podría ser mi ligeramente inferior pero igualmente arrogante hijo, Legolas.

—Dejaré que tú le des la buena noticia.

Siguieron avanzando y la conversación poco a poco se apagó. Su camino se desvió del sendero de tierra que habían tomado y comenzaron a zigzaguear por el desierto rocoso. Con muchos más peligros inmediatos que los preocupaban, por ejemplo la posibilidad de vida salvaje y venenosa, era más difícil concentrarse en lo que debían hacer al llegar.

Eventualmente, llegaron a una reja de alambres que delineaba el perímetro del campo solar. Sus paneles parecían extenderse al infinito.

Aurelian avanzó hacia la reja, entrelazó sus dedos en ella y la jaló. El metal gimió y se partió en dos con facilidad irrisoria, se abrió como cuando uno rasga una hoja de papel. Con ese tipo de fuerza, era un alivio que él estuviera de su lado.

Se metieron y avanzaron hacia el poste de cuatro inmensas lámparas cercanas. Se erigía en la orilla del campo solar para iluminar los paneles con una luz blanca brillante.

Vehan alzó una mano en el aire y apretó el puño, señal para que se detuvieran. Volteó hacia ellos y se tapó la boca con un dedo, luego señaló el charco de luz que estaban a punto de atravesar.

Negó con la cabeza, luego meneó una mano horizontalmente frente a su garganta, y silenciosamente apuntó hacia la izquierda de Arlo, a la orilla fuera del alcance de la luz, en las sombras que se arremolinaban en la esquina más lejana.

«Manténganse lejos de la luz», supuso Arlo que eso era lo que Vehan quería decir.

Nausicaä dio un paso atrás para dejarla pasar, luego se fue detrás de ella. Ambas se deslizaron por la oscuridad detrás de Vehan y Aurelian, ambos faes se movían con pasos largos y ágiles, lo que hizo sentir a Arlo como un elefante caminando penosamente por donde ellos pasaban.

A unos cuantos centímetros de la esquina del panel, Vehan detuvo al grupo.

—Ahí —susurró y volteó a verlos. Habló con una voz tan baja que Arlo abrió los oídos al máximo para poder escuchar—. La puerta está justo adelante.

Ella se colocó detrás de Aurelian y se asomó por encima de su hombro a la distancia entre los paneles. No podía ver nada más que vidrio oscuro y metal brillante; aunque el príncipe había dicho que la puerta estaba en el piso.

—Entonces, ¿cómo entramos? —preguntó Nausicaä con tono susurrante.

—Pincer pudo abrirla sin problema, pero nosotros… está protegida por algo más que un sello alquímico. Si reunimos nuestros talentos, estoy seguro de que podremos atravesarla, pero necesitaremos esforzarnos.

—Genial —exclamó Nausicaä—. Una infiltración hecha y derecha. —Parecía genuinamente complacida cuando rompió filas y los esquivó. Se encaminó hacia los rincones oscuros y se acercó al panel del centro del campo, donde los charcos de luz eran más tenues. Aurelian la siguió de cerca, como si fueran contendientes en un concurso de supervivencia, compitiendo para ver quién resolvía el acertijo primero.

—Juntos son muy extraños —comentó Vehan al ver a aquel par enfilándose en grupo—. No conozco a Nausicaä para nada, pero Aurelian no suele ser así con la gente. Él suele tener una actitud más bien de «no me interesas y no voy a perder el tiempo contigo» cuando los desconocidos lo sacan de quicio. Ahora está actuando más como lo hace con su hermano, pero...

Arlo recibió su comentario y reflexionó sobre lo que conocía de Nausicaä y su comportamiento. No tenía idea de cómo se suponía que actuaban los hermanos. El lazo entre ella y Celadon funcionaba como su punto de comparación más cercano, pero ellos se llevaban extremadamente bien.

Claro que, también habían tenido una que otra pelea.

—Supongo que hay personas que simplemente chocan. —Alzó los hombros—. Yo tampoco conozco mucho a Nausicaä, pero creo que tiene muchas heridas, en el fondo, detrás de toda esa arrogancia. No lo esconde tan bien como cree.

—Igual que Aurelian —respondió Vehan después de sopesarlo un momento.

Su voz era tan tenue que Arlo sospechó que más que hablar con ella, lo decía para sí. De cualquier forma, no entendió bien a qué se refería. En vez de responderle, chocó su hombro con el de él y sonrió cuando él la miró, luego señaló a los otros dos con la cabeza.

—Tendremos que mantenerlos vigilados. Vamos, antes de que se olviden que estamos aquí y entren en el castillo sin nosotros.

Juntos avanzaron hacia donde estaban los otros dos.

—... unos guardias a considerar. Por eso Vehan y yo no pudimos llegar muy lejos la primera vez que estuvimos aquí. Nos echaron a... quién sabe qué eran, pero eran demasiados para sólo dos faes.

Aurelian estaba muy metido en su explicación cuando Arlo se deslizó a su alrededor para acomodarse al lado de Nausicaä. Vehan se colocó en el extremo opuesto.

—Tengo una idea para poder atravesar las luces, pero no sé si funcionará o si disparará una alarma.

Mientras hablaba, alzó una mano, flexionó los dedos y luego cerró el puño. Al hacerlo, el aire que los rodeaba zumbó. Luego crujió alrededor de Vehan, incluso salieron chispas, y por un instante, la luz de las poderosas torres comenzó a apagarse.

No fue más que una demostración de lo que intentaba hacer, pero Arlo quedó bastante impresionada. Celadon jugaba ocasionalmente con la brisa, y su madre hacía trucos ocasionalmente para divertirla cuando era niña, pero rara vez tenía la oportunidad de ver a un fae desplegar sus poderes a gran escala.

Como heredero del trono, Vehan debía tener más control sobre la electricidad que su gente, y se esperaba que fuera el mejor porque algún día reinaría sobre ellos. Arlo se emocionó, una parte de ella aún se entusiasmaba con las demostraciones de magia.

—Tsss —se quejó Nausicaä—. Presumido. —Pero en vista de que este espectáculo funcionaría a su favor, no pareció muy a disgusto sobre esa demostración—. Muy bien, apagamos las luces y tal vez funcione, ¿examinamos con más detalle la puerta?

Aurelian asintió.

Vehan sonrió.

Arlo soltó un gritito con un poco más volumen del necesario dada la situación, porque el dado en su bolsillo trasero de pronto se puso muy caliente, lo suficiente para recordarle su presencia. Lo sacó, ignorando las miradas curiosas de los otros, y lo inspeccionó cuidadosamente. En su mano tenía una temperatura perfectamente normal, pero los números resplandecían como lava ardiente, como los ojos de Aurelian.

Y quién sabe cómo, casi por instinto, Arlo sabía lo que el dado quería que hiciera.

—¿Ése es otro dado? —preguntó Nausicaä, mirando la mano de Arlo sospechosamente— Porque a pesar de que gana puntos por su persistencia, el último no funcionó del todo allá en el Círculo de Faeries, y creo que deberíamos encontrarte una mejor arma.

Ah.

Arlo no le había dicho a nadie sobre su dado, al menos nadie fuera de Elyas. No podía explicar exactamente por qué quería mantenerlo en secreto hasta que ella se comprobara a sí misma que el dado realmente la ayudaría, que lo que había pasado en la azotea no había sucedido por casualidad. Que no había querido tentar su suerte…

Envolvió el dado con los dedos y cerró los ojos.

—Usamos la magia de Vehan para apagar las luces —susurró con firmeza. En cuanto terminó de hablar, el mundo frenó en movimientos entrecortados, tal como antes. Cuando abrió los ojos, todo estaba quieto y gris.

—Arlo, ¿qué carajos acaba de pasar?

Por lo visto no todo estaba quieto.

Arlo casi tira el dado por la sopresa. Gritó y volteó bruscamente a un lado, donde vio a una Nausicaä a color y perfectamente móvil, que miraba alrededor con genuino asombro.

—¡Ey! —exclamó sonoramente— ¡¿Acabas de detener el tiempo?!

Esta mezcla de sorpresa y maravilla dejó a Arlo perpleja.

—Eh... sí, eso creo, pero ¿cómo es que...?

En el rostro de Nausicaä se desenrolló una sonrisa llena de filoso deleite.

—Soy inmortal —dijo, junto con un gesto de la mano para restarle importancia—. No tengo tiempo que puedas detener. Pero olvida eso. ¡Con un maldito carajo, Roja! ¡Dijiste que no eras útil! ¿Dónde conseguiste un dado que...? ¡Ay, por los dioses! —Y entonces se le ocurrió algo. Arlo pudo darse cuenta de cómo detrás de esos ojos algo se acomodaba. Y entonces la sonrisa de Nausicaä se abrió con todavía más violencia, de oreja a oreja—. Veo que tienes una nueva amistad, ¿eh? Cuando todo esto termine, tú y yo tenemos que hablar. Mientras tanto... —Apuntó justo frente a ella, para que Arlo dirigiera su atención a las palabras escritas en el aire—. El tiempo sólo se detiene en un radio limitado a tu alrededor. Fuera de ese perímetro todo sucede con normalidad, así que si yo fuera tú, me apresuraría a escoger tu jugada.

Sus opciones eran las mismas que antes.

Podía escoger rodar o escapar, pero esta vez, la opción «Ayuda» fue lo que llamó su atención, pues brillaba más que cualquier otra cosa alrededor. «Rodar» ahora estaba en letras grises y no era una opción, pero no tenía sentido porque no era ella quien apagaría las luces, aun si tuviera que rodar el dado. Vehan sería el de la magia, así que lo único que Arlo podía hacer era ayudarlo con la suerte para lograrlo.

—Ayuda —declaró.

Las palabras se hicieron añicos; partículas de polvo brillante se separaron para luego reunirse en la figura dorada del número doce.

Nausicaä silbó.

—Nivel de dificultad: moderado. Supongo que tienes que rodar doce o más alto para que esto funcione. ¡Qué emocionante!

Arlo dejó de apretar el dado con tanta fuerza, lo sacudió y lo lanzó. Rodó lejos y cayó en... el número dieciocho.

—¡Ja! —Nausicaä se carcajeó macabramente, que se estaba divirtiendo bastante.

Arlo exhaló profundamente, aliviada. Fue a recoger el dado y el mundo regresó a la normalidad. Sus compañeros cobraron vida y Vehan, que no había notado nada durante esa pausa momentánea, se volteó hacia Arlo.

—¿Todo bien?

Nausicaä miró al príncipe con una gran sonrisa.

—Superbién. Fuera luces, Desencantador. —Y cuando Vehan alzó los hombros y alzó la mano al aire, ella le guiñó el ojo a Arlo.

Aquella mano cerró el puño de nuevo.

La noche comenzó a zumbar.

Mientras más apretaba el puño, más sonoro era el zumbido. El aire se volvió amargo, como cuando uno toca con la lengua la punta de una batería cargada. Los vellos de los antebrazos de Arlo se erizaron.

Salieron chispas.

Atravesaron el aire como fisuras candentes en la oscuridad y se fueron a toda velocidad directamente hacia los dedos de Vehan, cuya piel absorbió la corriente eléctrica cual esponja en el agua. Conforme la noche comenzó a apagarse, el príncipe comenzó a centellear. Era como si alguien hubiera encendido a tope su resplandor interno. Cuando las luces estuvieron apagadas casi por completo, abrió toda la palma para soltarles la corriente que les había drenado.

La oleada de electricidad rápidamente abrumó la red que encendía las luces. Los focos relumbraron como si fuera de día y Arlo tuvo que apartar la mirada. Entonces... se oyeron cuatro tronidos y crujidos sonoros, y luego ya no había luz.

La noche cubrió el desierto con mucha más oscuridad que antes.

Un gemido rasgó el aire, acompañado de un fuerte sonido hueco; al mismo tiempo, Arlo sintió que la tierra debajo de ellos se estremecía. Varios de los sin duda costosísimos paneles solares se quebraron en el proceso. Enseguida, Nausicaä estiró un brazo protector para evitar que Arlo se tropezara, pero momentos más tarde, el caos se asentó. Ahora el silencio era ensordecedor.

—Vaya, buen trabajo, Vehan. Rompiste la fábrica de asesinatos.

Tímidamente, Vehan se rascó la nuca.

—Lo siento. Tal vez me excedí. Sólo trataba de apagar las luces.

—Buena jugada —susurró Nausicaä al oído de Arlo, quien tuvo que bajar la cabeza para esconder su rostro al sonrojarse orgullosamente.

Aurelian se levantó con tal brusquedad que la conversación paró. Todos lo miraron mientras él examinaba el campo de paneles.

—¡Pst! —Nausicaä jaló el dobladillo de su pantalón—, ¿qué ven tus ojos de fae, Legolas?

Él no le prestó atención a Nausicaä y alzó una mano para apuntar hacia los paneles.

—Estamos a punto de tener compañía —advirtió.

Los sentidos de los lesidhes eran el doble de agudos que los de sus contrapartes sidhes, así que nadie cuestionó esa observación.

—Supongo que hicimos mucho ruido —suspiró Nausicaä. Se levantó, agitó una mano en el aire y al bajarla, la catana negra que manifestara en el Círculo de Faeries reapareció en su puño. Envainada, la estiró como barrera entre Arlo y lo que fuera que estaban a punto de recibir.

Arlo, que también se había parado, se llevó el dado al pecho y lo tomó con fuerza. Con un movimiento de ojos rápido, intercambió miradas con Nausicaä y asintió. Con suerte, se veía un poco menos aterrorizada de lo que se sentía.

—Supongo que ha llegado la hora de ver contra qué nos enfrentamos —agregó Vehan con un suave suspiro que se desvaneció sobre pura determinación. También agitó una mano en el aire, al parecer conservaba un poco de la carga eléctrica que había absorbido de las luces, porque de su palma salió un rayo de luz que conformó una espada eléctrica zumbante.

—Ten —le dijo Aurelian a Arlo; cuando ella volteó para ver el objeto que le ofrecía, se dio cuenta de que era una daga. Larga y brillantemente afilada, era mejor que nada para poder defenderse—. Toma esto.

—Oye, pero ¿tú qué usarás?

—Los lesidhes no necesitan armas para defenderse; además, no tenemos permitido usarlas. No traje la daga para mí.

Arlo inclinó la cabeza considerando su oferta, le sorprendió que Aurelian hubiera sido tan considerado cuando todo ese tiempo su actitud había sido hostil y distante.

—Gracias —contestó y tomó la daga.

Aurelian asintió.

No había tiempo que perder para seguir reflexionando sobre el comportamiento de ese chico. La conmoción que él había percibido a lo lejos ya estaba lo suficientemente cerca para que Arlo también la escuchara. Con un siseo neumático se abrió la puerta del piso y de aquel espacio salió una infantería indistinguible de formas humanoides que completaría ese juego de roles en el que su vida se había convertido súbitamente.

CAPÍTULO 29

✦ ARLO ✦

✦

—¡Te toca la línea defensiva! —le gritó Nausicaä a Aurelian.

Él asintió y dio un paso atrás para colocarse como escudo de espaldas a Arlo.

—¿Listos? —preguntó Vehan, que con un movimiento de su muñeca hizo que su arma eléctrica chispeara furiosamente, como cuando agitas un avispero.

Nausicaä alzó el puño al aire y le lanzó una sonrisa mortal al príncipe.

—¿El que cuente más cuerpos gana?

—Si por «contar más cuerpos» te refieres al mayor número de personas incapacitadas, pero vivas, sí.

—Guau, qué aburrido...

—Sí. No. Por favor, no mates a nadie —intentó advertir Arlo, pero el comentario se ahogó en un rugido fuerte y gutural que no le sorprendió que saliera de Nausicaä, pero de todos modos... Medianamente horrorizada, pero sobre todo asombrada, vio cómo príncipe y furia se lanzaron a la acción.

Era comprensible que para Aurelian y Vehan fuera difícil determinar qué los había agredido en los paneles la primera vez que intentaron infiltrarse. En la oscuridad, sus atacantes eran más bien sombras sin rostro que vagamente parecían hombres, si acaso eran más altos, anchos y un tanto deformes.

Pocos seres mágicos se asemejaban a los humanos, pero todos podían alterar sus encantamientos para parecerlo. Podían estar enfrentándose con cualquier cosa y, sin luz para verlos bien, era difícil evaluar la situación.

—¡Está muy oscuro! —Arlo oyó que Vehan gritaba por encima del estruendo de metal contra metal y el furioso zumbido de una hoja eléctrica asestando contra metal.

—Ay, sí, bueno, tiempo fuera, chicos, el príncipe tiene que buscar su linterna. ¿Sabes?, ¡no fui yo quien apagó las luces para empezar!

—Sólo digo que ¡ash! Quiero decir que sería más fácil si pudiera ver y que no tengo idea de si estoy atacando amigos o enemigos.

—Te doy una pista: si me apuñalas, te voy a matar, carajo.

—Por mucho que te sorprenda, ¡eso no ayuda!

—Ay, por los dioses. —Arlo se sobó el entrecejo y suspiró. Luego, bajó la mano para meterla en su bolsillo; intercambió el dado por su celular. Algo a favor de la tecnología moderna era que las linternas de los teléfonos alumbran bastante bien. Nunca antes había estado tan agradecida por eso. Dio dos golpecitos en la app e iluminó el campo de batalla.

No era gran cosa, pero cuando Aurelian también encendió la luz de su celular, la combinación ayudó. El deseo de Vehan se había cumplido, aunque Arlo inmediatamente se arrepintió.

—Eh...

El príncipe vaciló.

No esperaba la súbita revelación de contra qué peleaban, por lo que cuando alguien le barrió las piernas y lo tumbó; cayó de espaldas.

—¡Vehan! —gritó Aurelian y fue hacia él. Arlo lo siguió, igualmente preocupada por la situación del príncipe.

Afortunadamente, a Nausicaä no le afectó darse cuenta de la identidad de sus oponentes.

Monstruosidades andantes de metal y carne, las armaduras que portaban las criaturas parecían estar fundidas directamente a su piel, que claramente venía de múltiples partes cosidas para conformar una parodia grotesca de un ser humano. Sus ojos apagados y bulbosos, junto con sus rostros flácidos y hundidos no mostraban señales de pensamiento o vida interior. Eran caparazones, no poseían aura mágica, y a juzgar por el automatismo de sus movimientos, posiblemente eran completamente inconscientes de quiénes eran, dónde estaban y qué hacían.

Tan sólo verlos era suficiente para que Arlo sintiera escalofríos, mientras que la repulsión de Nausicaä se manifestó en un singular y elocuente «urgh».

Al parecer había visto cosas mucho peores, y la urgencia de Vehan tuvo prioridad sobre su afección por las exhibiciones teatrales.

Según Arlo, había diez de esas criaturas. La falta de sangre de los que lograron «incapacitar» significaba que Nausicaä se contuvo de propinar las letalidades con las que había amenazado, pero sus oponentes no mostraron tantos escrúpulos con respecto a tomar vidas.

La forma en que se abalanzaban con sus propias dagas, que relucían con la luz de los teléfonos, era demasiado violenta para no tener intenciones letales. Probablemente Nausicaä jugó con ellos al principio, pero algo entre entender contra qué peleaban y notar a Vehan en el piso le activó un interruptor.

Esta vez no rugió para indicar su ataque.

La mayoría de las criaturas cambió su atención hacia la súbita vulnerabilidad del grupo: el príncipe tumbado que se esforzaba por levantarse y recuperar su espada; pero el que se enfrascó en la batalla con Nausicaä permaneció detrás.

Ella alzó una pierna y le propinó una poderosa patada en el pecho. Con un movimiento suave y simultáneo, tomó su catana aún envainada y, en menos de un segundo, un mortal «ssshú» sacó la hoja de su envoltura. Un arco perfecto color rojo rubí marcó una trayectoria oblicua en el aire, como un listón.

Y la criatura cayó al piso.

Arlo ahogó un grito, congelada en su sitio, pero Nausicaä no se distrajo ni un segundo de la criatura que dejó atrás.

Aprovechó la inercia de su cuchilla y se columpió tan rápido y tan agraciadamente que Arlo se preguntó si no habría nacido con una espada en las manos, y si habría dedicado su muy larga vida a aprender cómo usarla.

Un breve giro la acercó a la criatura más próxima a Vehan (que preparaba su propio trancazo) y le propinó un poderoso golpe. Bajo el control de su fuerza inmortal, la cuchilla atravesó verticalmente armadura, carne y hueso; partió en dos el corazón y la espina de la criatura, y salió por el otro lado.

El ser se abrió en dos mitades y cayó como una marioneta a la que le cortan los hilos.

—¿Conque quieres tener toda la atención, eh? —Nausicaä sacudió la cabeza. Arrojó a un lado la vaina que sostenía, la cual se esfumó en una nube en cuanto tocó el suelo; ahora tenía una mano libre para ayudar a Vehan a levantarse.

Aurelian llegó corriendo.

—¡Vehan...!

—¡Te di un trabajo, Legolas! —refunfuñó Nausicaä y lo miró con furia porque Arlo venía corriendo detrás de ellos; Arlo, a quien se suponía que él debía cuidar y proteger, hasta que el peligro inmediato de Vehan los hizo olvidarlo todo— Regresa con ella y...

—¡Cuidado! —interrumpió Arlo, que frenó en seco detrás de Aurelian y blandió su daga hacia otras cinco criaturas que seguían bastante vivas y comenzaban a cercarlos.

Una le lanzó una puñalada a Nausicaä, pero alguien detuvo el puño antes de que asestara: Vehan. Un fulgor zumbante y furioso llenó el aire cuando su espada eléctrica se alzó para soportar lo más pesado del golpe con el que la criatura blandía su cuchilla. Nausicaä giró y se unió al príncipe en la batalla.

Ambos acabaron pronto con el resto de los atacantes. Era obvio que Vehan se sentía cómodo con su cuchilla, pero comparado con Nausicaä, cuyos pasos y movimientos de muñeca hacían que sus cortes precisos parecieran un hermoso baile que Arlo jamás había atestiguado, él más bien parecía un novato que apenas estaba aprendiendo a usar su arma.

Contento de que Vehan ya no estuviera en peligro y capaz de mantener control sobre su situación, Aurelian sacó a Arlo de la pelea.

—¿Qué son esas cosas? —preguntó. Su atención iba y venía del contoneo agraciado del cuerpo de Nausicaä a los cuerpos que iba dejando tirados—. ¿Por qué ninguno nos ataca a ti y a mí?

Aurelian negó con la cabeza.

—No lo sé. Pero sea lo que sean, no parecen estar muy conscientes... Tampoco parecen sentir mucho dolor.

Juntos observaron cómo cada criatura caía al piso, sin hacer ruido ni muecas que delataran si sentían algo; en un momento estaban vivas y, abruptamente, al siguiente sólo eran montones inertes sobre la tierra.

—Su sangre es roja —observó Arlo.

Cuando el último de ellos cayó, el silencio que usurpó el estruendo metálico fue más ruidoso que cualquier otro estrépito de esta noche. Su eco se oyó durante los varios minutos que al grupo le tomó realinearse; Arlo y Aurelian avanzaron mientras Vehan y Nausicaä retrocedían.

—Cava —dijo Nausicaä, luego de un momento que se alargó porque nadie decía nada—. ¿Recuerda lo que oímos en el Hiraeth, su majestad? —Y miró con intención a Vehan—. Esos son los cava. Humanos artificiales sin alma, asesinados y resucitados por un maldito glifo negro... Por eso realmente no me importó matarlos. Son sólo... caparazones huecos. No hay nada en ellos que esté vivo.

—¡Necromancia! —escupió Vehan.

Aurelian había apagado la linterna de su celular, pero Arlo tenía la suya encendida, apuntando hacia el piso para impedir que los cegara. Aunque las sombras resultantes les retorcían las facciones, aún podía ver la absoluta repulsión en el rostro del príncipe.

Nausicaä sacudió la cabeza.

—Bueno, sí, pero aunque no lo creas, sigue siendo alquimia, lo peor de la alquimia... o lo mejor, supongo, dependiendo de qué lado de la discusión estés. Pero definitivamente, sí es la parte más poderosa de la alquimia.

—Esto es más grande de lo que nos dejas entender —dijo Aurelian.

Arlo miró a Nausicaä. Cuando le respondió la mirada, Arlo repitió la pregunta que le había hecho en la sede de la Asistencia.

—¿Qué más hace una piedra filosofal además de convertir las cosas en oro y otorgar vida eterna?

—Piedras.

—¿Qué?

—Piedras. En plural. Hay más de una. De hecho, de acuerdo con mi fuente de información, la cual me costó mucho trabajo conseguir, hay siete. Y cada una tiene sus propias cualidades que otorga al idiota lo suficientemente inteligente como para hacer una.

Las cejas cruzadas de Vehan eran una manifestación de lo confundido que estaba.

—Tómate tu tiempo, claro, pero ciertamente agradeceríamos mucho si tuvieras la amabilidad de compartirnos un poco más sobre tus sospechas de lo que vamos a enfrentar aquí. De preferencia antes de que nos lancemos a nuestras muertes...

La furia en la mirada de Nausicaä comenzó a afilarse hacia la orilla letal de la cuchilla en sus manos. Con la finalidad de mantener la civilidad entre ellos (el temperamento de Nausicaä había sido de mecha encendida toda la noche), Arlo decidió intervenir antes de que comenzara otra pelea.

—¿Y bien? ¿Qué más pueden hacer?

—Bueno —dijo Nausicaä, feliz de dirigir su atención a Arlo—. Una convierte la mierda en oro, otra otorga inmortalidad. Pero también hay otra que te concede control absoluto sobre cualquier corazón que desees poseer; otra que te concederá resistencia inagotable. Otra te concederá belleza y otra libertad de la necesidad de sustento mortal; por último, pero no por eso menos impactante, una piedra que da dominio sobre las fuerzas infernales, como las Furias y los demonios y todas las criaturas escamosas encerradas en las profundidades. Sucede que las piedras no son meros pedazos de rocas mágicas.

—Sí, eso ya lo sabemos —le recordó Vehan—. Son corazones.

—No, no lo son. Bueno, sí, sí lo son, pero eso es porque, tal como los ferronatos necesarios para crearlas, las piedras también son recipientes. Esos corazones son la única forma en que estos espíritus pueden entrar físicamente al mundo.

—¿Espíritus? —repitió Aurelian, arqueando una ceja.

—Los Pecados.

De nuevo un silencio se extendió entre ellos. La respuesta de Nausicaä fue demasiado casual para el significado de sus palabras.

—Cuando dices pecados —se aventuró a preguntar Arlo—, ¿quieres decir...?

—Avaricia, Orgullo, Lujuria, Pereza, Envidia, Gula, Ira. Sí, los Pecados. No son sólo comportamientos en las personas; son entidades en sí, energías negativas tan antiguas como los fregados Titanes. Solían tener cuerpo, según la leyenda, pero ahora las piedras son la única forma como consiguen su corporeidad. Una piedra para cada uno, y cada uno de ellos tiene su propio poder, específicamente diseñadas para incitar a los estúpidos mortales a llamarlos a este mundo, porque pueden influenciarlo bastante bien, pero al parecer desperdiciaron su oportunidad de causar caos directo mucho antes de que yo naciera. La última vez que tuve acceso a tal conocimiento, los Pecados fueron expulsados a las profundidades del reino inmortal. El reto que tuve que ganar justo antes de enterarme de un poco más... —Se distrajo y puso una cara que para Arlo fue extrañamente humana: genuina preocupación.

La ceja de Vehan imitó la misma incredulidad que la de Aurelian. Nausicaä aún no les había contado quién era realmente, pero ellos se resistieron de preguntar, aun si en sus ojos brincaban las ansias por que ella siguiera hablando.

—Hay una gran y antigua leyenda ligada a por qué los Pecados fueron capturados, pero ahora no hay tiempo para contar esa historia —explicó, y se espabiló de lo que fuera que la había consumido momentáneamente—. Es de muy mal agüero que algún imbécil logre traerlos de vuelta aquí. Eso es todo lo que puedo decir.

Vehan alzó una mano, al parecer incapaz de contenerse más.

—Entonces, ¿qué es «cava» exactamente y qué tiene que ver con todo esto?

—Bueno, cava es el plural del término. La palabra que buscas es «cavum», el singular. Y, como dije, son seres artificiales, muñecos hechos de pedazos de gente real, y creo que acabamos de descubrir lo que esta fábrica de asesinatos está haciendo con todos esos humanos secuestrados. Además, se requiere una endemoniada tonelada de magia para que un muñeco cobre vida. Que alguien haya logrado hacer todo un ejército de ellos quiere decir que nos enfrentamos a alguien que ha logrado hacer una piedra. Cien por ciento seguro. —Sacudió la cabeza y bajó la mirada a los cava regados por todos lados—. Yo tomaría la foto aquí y regresaría al auto. Las cortes no pueden ignorar esto. Me desconcierta que mis hermanas lo hagan. Tu investigación puede terminar aquí, pero yo aún no termino con el lugar, no con tantas cosas que lo hacen sumamente interesante. Esos cava vinieron de algún lado. Y ese glifo en tu pecho, Vehan, quiere decir que alguien trató de convertir al condenado príncipe seelie del verano en una piedra filosofal. Probablemente no sabía en ese momento que eso sólo funcionaría con ferronatos, claro, pero fue una jodida osadía, y debo decir que estoy más que impresionada con que estén tratando de llevar esto a cabo.

Arlo vio cómo Vehan tensaba la quijada.

—Yo me quedo —dijo firmemente—. Llegamos hasta aquí, y si lo que dices es cierto, esto es mucho peor de lo que Aurelian y yo imaginamos. Si hay alguien allá adentro que puede explicar lo que está pasando… cómo fue que me salió este glifo… No me puedo arriesgar a que escapen en el tiempo que le tomará a las cortes actuar a causa de una fotografía. Yo me quedo. Sin embargo, no romperé nuestro trato, Arlo. Lo único que tienes que hacer es desactivar el sello de la puerta y puedes volver a casa. No tienes que venir con nosotros.

—Ah no, yo también voy —respondió Arlo con más determinación de la que sentía. Esa confabulación había llegado a tal escala que la aterrorizaba, casi a un grado que no podía comprender del todo. Ya había decidido que haría esto y, hasta ahora, su dado no le había fallado. Podía ayudarles a hacer más que sólo entrar y, por como se oían las cosas, necesitarían tanta ayuda como pudieran.

«Somos lo único que tenemos», pensó.

Además, Nausicaä podía teletransportarlos lejos si las cosas se ponían muy intensas.

—Si puedo abrir esa puerta, voy con ustedes. Yo también quiero saber qué está pasando.

Aurelian se dirigió a Nausicaä con suma seriedad.

—No nos estás ayudando para robar una de esas piedras y quedártela, ¿verdad?

El corazón de Arlo se retorció de manera extraña.

Dominio sobre un ejército inmortal, resistencia incansable, control sobre la gente... con eso al alcance de su mano, el caos que Nausicaä persiguiera sería muy fácil de lograr. Y si lograba obligar a un alquimista a trabajar con ella para hacer las otras piedras... un alquimista como Arlo, a quien Nausicaä parecía dedicarle mucha energía, algo que no solía hacer con nadie más y que además nadie parecía dedicarle a Arlo...

—Tsss... —Nausicaä agitó la muñeca y su catana se evaporó en humo negro—. Tengo serios problemas, y ciertamente me encanta incendiar cosas, pero no soy una psicópata. Además, soy demasiado creativa como para copiar el plan macabro de alguien más. También, también soy una competitiva de mierda... Ni loca voy a permitir que un berrinche de ajeno opaque el mío, así que antes de que me preguntes: sí, voy a tratar de detener esto, en serio. Si tú también, supongo que eso nos hace aliados.

Le estiró una mano a Vehan y Arlo respiró discretamente, aliviada.

El príncipe vaciló sólo un segundo, pero enseguida estrechó manos con ella y el pacto quedó sellado.

—Tienes mi apoyo inquebrantable. Nausicaä...

—Kraken.

Él mostró sorpresa.

—Es... ¿en serio? ¿Qué, no había otro apellido?

—Puedo romperte el cuello en un segundo o menos. Creo que puedo llamarme como se me dé la gana.

—Muy cierto.

Después de estrechar manos, Nausicaä volteó hacia Aurelian.

—Si esto va a funcionar, tienes que saber algo. —Aurelian no dijo nada, pero sus ojos dorados la miraban fijamente—. Entre nosotros existe una evidente fricción. —La mirada de Aurelian no menguó—. No obstante, te cuidaré las espaldas. —Él le mantuvo la mirada sin decir nada—. También, le cuidaré las espaldas a tu príncipe—. Al fin reaccionó: un músculo de su quijada tembló—. Pero si vuelves a dejar a Arlo desprotegida en los momentos en que estoy confiando que le estás cuidando las espaldas, los Siete Pecados y la ruina que traen será la menor de tus preocupaciones. ¿Entendido? —Él asintió y en su rostro se notó un momento de compunción, pero enseguida recobró la compostura con su fría indiferencia—. Maravilloso. Bien, lo mejor es que sigamos antes de que quien esté allá abajo mande otra oleada.

Tenía razón. No tenían tiempo para preguntas y respuestas. La puerta de la que habían salido los cava se había vuelto a cerrar, gracias al sello en su superficie. Ahora le tocaba a Arlo abrirlo.

Ella siguió a sus amigos, que ya habían avanzado hacia la puerta, pero una mano en su hombro la detuvo.

—Lo lamento —dijo Aurelian quedamente cuando ella volteó a ver qué quería—. Lamento dejarte sola hace rato...

Arlo negó con la cabeza.

—Él es tu amigo, ¿no?

En la penumbra aún iluminada por el teléfono de ella, vio que esa pregunta le incomodó.

—Él es mi príncipe y yo soy su sirviente. Es mi deber protegerlo.

La declaración sonó bastante ensayada para que se tratara de la verdad completa, pero Arlo no insistiría.

—Entonces no lo lamentes. —Una inclinación de cabeza dubitativa en él le indicó a Arlo que no entendía—. No lamentes querer proteger a quienes son importantes para ti —explicó—. ¿No es de eso de lo que se trata todo esto?, ¿de proteger a quienes queremos? Además, no le hagas caso a Nausicaä. Sólo tenemos, ¿qué?, ¿dos semanas de conocernos? No es tiempo suficiente para garantizar venganza si cuelgo los tenis en esta misión.

Ahora fue el turno de Aurelian de negar con la cabeza.

—No me parece que Nausicaä tenga muchos amigos. Le afectaría mucho perderte, créeme.

—Supongo que sí —respondió ella, no muy convencida—. Aun así, no te preocupes, no estoy molesta contigo. Todo bien.

—Bien. —Aurelian asintió, luego avanzó; Arlo se fue detrás, cuidando de no examinar muy de cerca los rostros de los cava mientras esquivaba los cuerpos amontonados. Se colocó entre Aurelian y Nausicaä, y se asomó a la puerta, donde estaban agachados. Tal como dijo Vehan, había un glifo estampado en la superficie de metal; un simple círculo, pero dentro de él estaba dibujada la figura de un rombo con el mismo símbolo extraño flotando en cada una de sus puntas, como una brújula, y los cuatro lados estaban unidos con hilos de ecuaciones complicadas.

—Entonces... eh, ¿qué tengo que hacer? —preguntó Arlo buscando el mejor ángulo de su teléfono para iluminar la puerta— En realidad no sé cómo hacer alquimia, está prohibido, ¿recuerdan? Ni siquiera debemos hablar de ella, y éste es el segundo glifo que he visto en la vida, además del que Vehan tiene en el pecho.

—Fíjate en estos símbolos —dijo Nausicaä y se estiró para tocar el símbolo que apuntaba al norte. ¿Sabes lo que es?

Todos se fijaron en el glifo. Vehan y Aurelian asintieron en silencio, pero...

—¿Hierro? —preguntó Arlo, luego de un momento, a media voz, a juego con el medio recuerdo que de pronto surgió en su mente.

Un recuerdo imposible que el tiempo casi había borrado, sumido en niebla tan densa que era difícil distinguirlo bien.

Pero aún podía escuchar...

La voz de su padre: «y éste es hierro, ¿puedes ver la fuerza en los trazos?».

—Y tú que pensabas que serías inútil —dijo Nausicaä sonriendo de oreja a oreja. Arlo se desconcertó. El recuerdo se evaporó—. Ése es el símbolo mágico del hierro. Todas las substancias físicas están hechas de materia y toda la materia está hecha de partículas. Esas partículas tienen sus símbolos, ¿cierto? Bueno, la magia también les ha asignado símbolos. Cuando unes todas las piezas, equilibras la ciencia con esa magia e imbuyes estas ecuaciones con la energía suficiente, puedes tomar el control de la sustancia física y doblegarla para que haga lo que se te ocurra, dentro de lo razonable. Yo tampoco soy alquimista, así que no puedo entenderla del todo, pero esos son los fundamentos. Todo se complica y se vuelve escabroso en las manos equivocadas, pero si aún pudieras estudiar esto en la escuela, Arlo, comenzarían con lo más fácil, con mierdas como el hierro.

—Okey... pero ¿qué se supone que debo hacer con esta información? Nausicaä alejó las manos del glifo y las alzó al aire.

—Nop, lo siento, eso es todo lo que tengo. —Luego se dirigió a Arlo—: Mira, activar el glifo de otro alquimista requiere conocimientos jodidamente avanzados, pero apostaría que para ti será pan comido desactivar esta cosa. Lo tienes dentro de ti. No mentí en eso.

—Si tú lo dices... pero ¿cómo lo hago? —Nausicaä alzó los hombros. Arlo suspiró tímidamente y examinó el glifo con más detenimiento—. Digo, ¿hemos tratado de dañarlo físicamente? ¿Por ejemplo romperlo o hacer algo que impida el flujo de la magia? —No tenía idea de lo que estaba diciendo, pero parecía la solución más fácil. El trozo de conversación que le había llegado de pronto para ayudarla a reconocer aquel símbolo de hierro (¿de dónde había venido?, se preguntó, ¿y por qué había tenido la voz muy humana de su padre?) ahora permanecía convenientemente callado.

Nausicaä volvió a manifestar su catana y descartó esa teoría arrastrando la punta de la cuchilla contra el hierro. El glifo se partió en dos, pero momentos después, la magia que lo formaba lo selló nuevamente y quedó como nuevo.

—Mmm... —Arlo se hincó para estar más cómoda. Colocó la daga en la tierra junto a ella y se estiró para trazar uno de los símbolos de hierro; bajo su tacto se calentó. No tenía idea de cómo doblegar la habilidad específica para desactivar glifos, tal como no tenía idea de cómo activarlos. Lo único que sabía era que la magia de Nausicaä parecía impulsar la suya—. Si de alguna manera pudiéramos desequilibrar estas ecuaciones, tal vez dejarían de funcionar, ¿no? —teorizó en voz alta.

Nausicaä se puso en cuclillas junto a ella.

—¿Qué estás pensando?

—Dame un segundo.

Mantuvo la mano en el glifo y cerró los ojos. Los símbolos parecían arder en su mente, resaltaban en contraste con la oscuridad. Podía verlos claramente, pero algo les faltaba: el calor que podía sentir bajo sus dedos estaba ausente en lo que imaginaba—. Nausicaä —la llamó aún con los ojos cerrados—, ¿podrías hacer lo mismo que hiciste hace rato con tu magia, eso de aplicarla para impulsar la mía?

Sin decir nada, Nausicaä la obedeció. De su escondite salió un poco de magia de metal y humo de madera, y con demasiado entusiasmo le brincó encima a Arlo. Seguramente en el breve lapso que llevaban conociéndose había aprendido a interactuar más suavemente con ella, porque a diferencia de las veces pasadas, no lo sintió como una puñalada, sino como una hebra que se iba hilvanando, perforando puntitos con la propia aura de Arlo. Esa oleada de energía adicional era exactamente lo que necesitaba para que el glifo en su mente explotara con un calor resplandeciente.

Una luz blanca azulada comenzó a entintar el trasfondo negro de sus ojos cerrados.

—Voy a tratar de disolver uno de esos símbolos —les dijo.

No podía explicar por qué, pero su instinto le decía que eso era lo correcto y, por alguna razón, el calor bajo su mano le pareció conocido.

Se enfocó con todas sus fuerzas y canalizó toda su magia hacia borrar el símbolo en la punta norte de su glifo imaginario.

Bajo su mano, el que estaba dibujado en la puerta comenzó a calentarse.

—Genial —halagó Nausicaä e infló las mejillas—. ¿Ves? ¡Te sale natural, carajo!

Arlo retiró la mano y abrió los ojos. Tomó su daga, se levantó y vio sorprendida junto con los demás cómo el calor hacía que el símbolo en la punta norte del glifo se resquebrajaba y rompía en pedazos. Y esa vez, permaneció roto.

—De verdad, de verdad deberíamos conseguirte un mentor, aunque sea magia prohibida, carajo. —Nausicaä alzó un pie y pateó la puerta con tanta fuerza que se abolló. Repitió la acción; la puerta de fierro se desprendió de sus bisagras y cayó con un estruendo por la escalerilla metálica que los esperaba para llevarlos a las profundidades—. Bueno, ahí lo tienen, nuestro oscuro descenso. ¿Listos para causar estragos?

—Investigar —la corrigió Vehan con firmeza y tomó su teléfono para sacar una foto de los cava detrás de ellos y del hoyo en el piso por el cual estaban a punto de entrar—. Ésta es una investigación por encima de todo. Quisiera evitar el mayor conflicto. Por muy impresionante que seas, involucrarnos en más batallas siendo sólo cuatro no es sensato. Sólo debemos averiguar qué está pasando antes de que nuestro esquivo alquimista tenga la oportunidad de borrar sus huellas nuevamente.

—Seguro, pero lo que dije sonó mucho más *cool*, así que nos vamos con eso, ¿sí?

Vehan cruzó las cejas de nuevo, con un chispazo de irritación.

—No te tomas nada en serio, ¿verdad?

Por un momento, no hubo respuesta.

Luego Arlo vio cómo Nausicaä reflexionaba y mostraba una extenuación pesada. Nunca antes la había visto tan vieja.

—Hace ciento dieciséis años, once personas entendieron la respuesta a esa pregunta, Vehan Lysterne. Lo que ustedes conocen como el Triángulo de las Bermudas se convirtió en un hueco durmiente. Gracias, pero ya tengo terapeuta. Incluso voy a mis citas de vez en cuando. Pero si prefieres regresar a mi casa y hablar un poco más del asunto con un helado en la mano, por favor dímelo ahora. De otro modo, sólo agradezcamos que este siglo se está volviendo un punto alegre en mi depresión y sigamos con la misión, ¿de acuerdo?

El príncipe pareció quedarse sin palabras, así que solamente miró a Nausicaä un rato más. Se conformó con asentir brevemente.

—Sólo trata de que no nos maten.

—Trata de no tentarme a hacerlo —bromeó. Recobró el buen humor de inmediato. Con un guiño hacia el príncipe, concluyó el asunto saltando al vacío de la escalerilla.

CAPÍTULO 30

✦ NAUSICAÄ ✦

✦

La escalerilla llevaba a un pasillo con muy poca iluminación. Nada más emocionante que una larga fila monocromática de azulejos, placas de aluminio y espeluznantes luces de emergencia colocadas en fila a mitad del techo. Con el paso de los años, Nausicaä había estado en muchos laboratorios por diversas razones, por lo que reconocía fácilmente esa atmósfera fría y clínica con tan sólo echar un vistazo a su alrededor.

—Cuánto silencio… —bromeó. Su voz hizo eco sonoramente en aquel espacio cerrado y sin nada—. Sabes, no tenías por qué apagar todas las luces con tu truco entretenido, Desencantador.

Vehan la miró aturdido.

—Te dije que no fue mi intención. Además, tal vez siempre sea así de oscuro aquí abajo.

—Sí, claro… porque «apaga todas las luces» es lo primero que te enseñan sobre seguridad en el lugar de trabajo. Ay, la gente rica… —Retorció los ojos— ¿Las vas a encender en algún momento?

Vehan refunfuñó por lo bajo; aun así, hizo caso a su sugerencia. Flexionó la mano, abrió, cerró, abrió de nuevo. Nada sucedió. Su expresión, un tanto fantasmal con tan poca luz, se veía cada vez más irritada.

—Bueno, lo haría, pero hay algo que no está bien aquí abajo. No puedo doblegar la electricidad como suelo hacerlo. Es como si aquí hubiera una interferencia.

—A mí me preocupa la falta de actividad —dijo Aurelian—. No oigo ningún movimiento a la redonda.

A su lado, Arlo alzó el teléfono por encima de su cabeza. Estaba lo suficientemente cerca de Nausicaä como para que ella viera la hilera de mensajes de su furioso primo que culminaban con un «te voy a dar una hora más y si no sé de ti, le diré a mi padre dónde estás»; ella simplemente desestimó el pánico de Celadon con un resoplido.

—Eh... ¿chicos? —dijo cuando bajó el teléfono. ¿Alguien de ustedes tiene señal? Porque yo no.

Ahora Nausicaä también había sacado su teléfono verdeazul brillante y odiosamente grande; era el último de una larga fila de iPhones rotos, freídos y ahogados. Dado su récord, las probabilidades de que este sobreviviera eran pocas. Los otros sacaron sus teléfonos, los alzaron en diferentes ángulos, como si eso ayudara a tener mejor señal.

—Qué bien —suspiró Nausicaä. Luego volteó el teléfono hacia Arlo y le tomó una foto.

—¡Oye!

—Salió muy oscura —concluyó Nausicaä—. Pero al menos la cámara todavía funciona. Buuu, tenía ganas de ver si me salía algo interesante en PokémonGo aquí abajo. —Alzó la mirada, vio que Arlo fruncía las cejas y le sonrió ampliamente—. ¿Y bien? ¿Quieren seguir buscando respuestas conmigo aun si no podemos hacer llamadas?

—¿Aún puedes teletransportarnos a un lugar seguro si es necesario? —preguntó Vehan.

—Sí, sí, no te preocupes. No todos somos inútiles aquí abajo. —Hizo un gesto para restarle importancia. Tendría que haber mucha más interferencia de la que bloqueó los celulares para frustrar su teletransportación—. Bueno, entonces, ¿husmeamos por aquí y por allá a ver si encontramos a alguien para acosar hasta que nos dé respuestas?

—Pero nos mantenemos en grupo —agregó Vehan—. Nadie se desvía a deambular solo. No confío en nada de lo que está sucediendo.

Era muy poco probable que Aurelian se alejara de Vehan, dado su comportamiento hasta ahora. Arlo parecía saber muy bien que sólo tenía un truco bajo la manga y nada más si se encontraba con cualquier dificultad sola. Hasta ahora, Vehan había mostrado un compromiso férreo con mantener al grupo junto. Nausicaä sospechaba que esa advertencia en realidad estaba dirigida a ella; de los cuatro, ella era la que más probablemente abandonaría al menos a dos del equipo en caso de que ralentizaran el paso.

—¡Sí, señor! —E hizo un saludo militar exagerado—. Entonces, ¿vamos ahora o qué?

Arlo alzó la daga al aire.

—¿Sí, Arlo? —Nausicaä le dio la palabra agraciadamente.

—Entonces... si al husmear nos encontramos con un baño...

Vehan la miró con un poco de incredulidad. Mientras tanto, Nausicaä apenas pudo contener la risa.

—Okey, chicos, si nos topamos con alguien, asegúrense de también preguntarle dónde está el baño más cercano, además de por qué están matando chicos para crear piedras filosofales y secuestrando gente.

—Estuviste en la estación casi una hora antes de que llegáramos por ti —señaló Vehan, anonadado.

—Hacía calor... me tomé varios *slushies*...

El príncipe volteó hacia Nausicaä.

—¿Por qué la dejaste tomar tantos líquidos?

—Eh... ¿Por qué no soy su jefa? —contestó con desdén— Ella puede tomar todas las malas decisiones que quiera.

—Ésta no es una excursión a una fábrica de chocolates.

—No, no lo es, Veruca Salt. Pero sí es un lugar inmenso en medio de la nada. Debe de haber un baño y podemos investigar en el trayecto. Vamos, Arlo, si algo me han enseñado los videojuegos es que hay un cofre del tesoro por aquí con un mapa adentro. Bella damisela, encontraremos lo que estás buscando. —Entrelazó su brazo con el de Arlo y la jaló del centro del grupo para avanzar por el pasillo.

Fue sorprendentemente fácil encontrar los sanitarios de la instalación.

Desafortunadamente, esto era lo único que habían descubierto hasta ahora.

Todo estaba cerrado gracias a la magia que Vehan y Arlo habían usado en el lugar, lo cual quería decir que cada una de las puertas con las que se toparon tenía que abrirse a la fuerza. Nausicaä detuvo al grupo varias veces para asomarse al interior de habitaciones al azar y descubrió que las que no estaban hechas para almacenar suministros (todo, desde pistolas, hasta cuchillos, equipo médico y herramientas) eran cuartos de descanso acondicionados con *pufs* y máquinas expendedoras retacadas, pero fuera de servicio.

—Esto está muy raro —anunció mientras sacudía una de las máquinas en el tercer cuarto de descanso que encontraron, quería forzarla a ver si le sacaba dulces—. Siento como si nos estuviéramos infiltrando en una casa club muy elegante. ¿Quieren M&Ms?

Les ofreció la bolsa de dulces ganados con gran esfuerzo, primero a Arlo, luego a los otros cuando la chica la rechazó.

—¿En serio vas a comer eso? —preguntó Vehan, mirando sospechosamente la bolsa amarilla cuando se la ofrecieron.

—¿Después de escuchar cómo me regañabas para que dejara de hacer tanto ruido? Sí.

Vehan retorció los ojos.

—¿Qué nadie te ha enseñado a ser precavida y no aceptar dulces de extraños?

—¿Extraños? —Nausicaä arrugó la nariz fingiendo sentirse ofendida—. No somos extraños. Las máquinas expendedoras y yo nos conocemos desde hace mucho tiempo.

—Estos pasillos son eternos —interrumpió Aurelian y se sentó en un sofá al lado de Arlo—. Llevamos casi una hora caminando y no hemos encontrado nada además de salas de estar y almacenes. No hay ni pista de un elevador o de una segunda escalera. Tal vez es tiempo de considerar que nos equivocamos y que realmente no hay nada aquí además de lo que descubrimos afuera.

Nausicaä se metió un puñado de M&Ms a la boca, los masticó y consideró la sugerencia.

—Aún no revisamos todos los cuartos —les recordó. Tenía que haber algo ahí que no habían visto; nadie había construido todo eso en medio del desierto por puro ocio.

—¿Tal vez hay una forma de usar esto?

Todos se enfocaron en Arlo y el objeto en su mano.

—Depende. ¿Qué es? —preguntó Vehan, que se acercó para ver mejor—. ¿Y qué hace?

Arlo sacudió la cabeza.

—Realmente no sé. Aunque más o menos funciona como Calabozos y Dragones... al menos por lo que Elyas me ha contado. —A juzgar por la expresión en el rostro de Vehan, Nausicaä supuso que no tenía idea de lo que era eso. Se rio, no obstante, al escuchar que comparaban ese extraño regalo a una herramienta de un juego de roles de mesa; sin duda también le haría gracia a quien se lo había regalado—. Básicamente es un dado mágico —continuó Arlo—. Yo le digo qué hacer y si al rodarlo cae en un número lo suficientemente alto, lo lograremos. Me lo dio alguien en el Círculo de Faeries. Elle parecía un troll, pero no creo que lo fuera realmente.

—Si este artículo es genuino, definitivamente no era un troll —confirmó Nausicaä, y se metió otro puño de chocolates. Si lo que Arlo dijo era cierto, ese troll era exactamente quien pensó que era desde la primera vez que supo que Arlo tenía el dado en su poder—. O sea, yo no le vi, pero si elle te dio el dado, entonces lo más probable es que se tratara de Suerte. Oportunidad. Fortuna. Como quieras decirle. Elle tienen varios nombres y muchas caras. Lo importante es que conociste a un condenado titán, Arlo. Y te dio ese dado, y si realmente no tienes idea de qué hace, entonces suena a que sigues en el periodo de prueba. —Sonrió con chocolates entre los dientes—. Y eso es una ventaja para nosotros. Nadie va a tratar de convencer a alguien de estar de su lado con trucos defectuosos. Suerte te va a ayudar y a facilitar las cosas; te quitará todos los obstáculos para darte lo que quieres. Así tú elegirás conservar este poder una vez que elle te exija una respuesta. Lo que tú decidas depende sólo de ti. Pero, mientras tanto...

Se acercó a Arlo, se inclinó y movió los dedos alrededor del dado y le cerró la mano a Arlo para que envolviera al dado.

—Guárdalo para un momento de urgencia. Los periodos de prueba tienen usos limitados y no quisiera que gastaras el tuyo en cosas triviales.

—Okey, pero esto ¿qué significa exactamente? ¿Un dios le dio a Arlo algo que la hace increíblemente suertuda? —preguntó Vehan— Digo, lo siento, pero eso es ridículo. Hay un pacto muy estricto entre nosotros y los dioses que los mantienen al margen de nuestros asuntos. ¿Por qué uno de ellos se aparecería en el Círculo de Faeries?

—Un titán —corrigió Nausicaä—. Suerte no es una deidad, están un nivel más arriba, y, ya que estamos en eso, también es de género fluido. Usa el pronombre «elle». Y al igual que muchos de los inmortales que son *queer* y no binaries, no usan «dios», pues es un término demasiado masculino. En general solemos usar «deidad». Pero, como sea, para responder a tu pregunta: sí, una deidad le dio a Arlo este dado. Y no, no la hace extra suertuda. —Suspiró. Llevaba ahí más de un siglo y aún le sorprendía darse cuenta de lo poco que los mortales sabían sobre los seres que algún día veneraron—. Mira, realmente no es mi lugar explicarte sobre las deidades y sus trucos, además, no conozco los detalles. Sólo he conocido a una estrella vacía antes y ella...

—¿Qué es una estrella vacía exactamente? —soltó Arlo.

Nausicaä no la culpaba por ignorar ese pequeño dato. Aún entre los inmortales, las Estrellas Vacías eran un misterio. La mayoría sólo sabía de ellas por unos cuantos rumores, puesto que Suerte era extrañamente protectore con los peones que elegía cuidadosamente y sabía lo peligroso que era que otros inmortales se interesaran en ellos; de por sí Arlo ya había despertado el interés de varios inmortales.

—Un término de otro mundo, supongo —explicó—. Es como Cosmin llama a los hijos que su pareja adopta y el término se acuñó a partir de ahí. Supongo que en este mundo no se conoce mucho, pero básicamente una estrella vacía es lo que tú serías, Arlo, si eligieras seguir usando ese dado cuando Suerte te visite por segunda vez. Una estrella vacía es alguien que le arrebata su destino a Destino, se lo quita a las estrellas que le sirven y toman las riendas ellos mismos. Es sorprendentemente fácil hacer esa negociación. Lo único que se requiere es que el mortal acceda y bum, Destino te entrega. Suerte se convierte en tu patrone inmortal y, sinceramente, de todos elles, Suerte es mi favorite. Aunque no es como si yo estuviera en los mejores términos con las deidades...

—¿Cómo es que sabes todo eso? —gritó Vehan, de pronto exasperado— Todo eso sobre deidades y piedras filosofales y titanes. ¿Cómo es que sabes todo esto? ¡¿Quién eres?!

Por un momento, Nausicaä consideró seriamente no responderle. Pero Vehan no era terrible. De todos los faes que se había encontrado en la vida, él ciertamente era uno de los más bondadosos y podría decirse que su corazón estaba en el lugar correcto. Pero... bueno, si había un rostro que jamás olvidaría sería el del hombre que llevó a Tisífone a su muerte: Heulfryn... con sus ojos brillantes y astutos y múltiples encantos y cabello negro como los cuervos, muy parecido al del príncipe aquí presente. Aurelian era un gruñón con ella, y ella una gruñona con él... pero Vehan... Sólo verlo la ponía con los pelos de punta. La repulsión que sentía era un poco más personal, por muy injusta que fuera.

—Yo solía ser una furia —divulgó al fin, en aras de hacer equipo, pero no porque realmente quisiera decirlo—. Alguna vez. Luego violé algunas de las reglas fundamentales, maté a personas que no debí tocar y me expulsaron de la Corte Infernal. Me despojaron de mi nombre y mis mejores poderes. Me condenaron al reino mortal por toda la maldita eternidad. Ahora no soy nadie. Me borraron del árbol familiar. Soy una estrella oscura.

De todos los apodos que le habían puesto, ése era el que le gustaba más. Le gustaba todavía más la manera como hacía temblar a la gente que lo pronunciaba, como si fuera una especie de maldición. Aunque, en ese momento, Vehan y Aurelian estaban menos asustados y más bien conmocionados.

—Sip, así es. Soy inmortal. Por el momento, estoy de su lado. Mientras Arlo esté con nosotros, Suerte también. Príncipe Vehan, no pudiste pedir un mejor equipo, así que te pregunto, con toda sinceridad, ¿esta respuesta hace alguna diferencia? ¿Vas a dejar de cuestionar cada movimiento mío ahora que sabes quién soy?

Vehan ahogó una carcajada, pero la miró con cautela.

—No, probablemente no.

—Exacto.

Aurelian inclinó la cabeza y miró a Nausicaä con ojos renovados.

—Siempre pensé que las Furias eran un mito. Y, lo siento, pero también espantosas.

La declaración le dolió un poco. Sí, espantosas; desde luego así era como los mortales la veían, pero lejos de enfurecer con él, le sonrió feliz.

—¡Ja! ¡Crees que soy bonita!

—Creo que no eres poco atractiva. Hay una diferencia.

—Uy, vaya, bájale a las confesiones de amor, Aurelian. Me halagas, pero me temo que, en vista de que soy lesbiana, no eres muy de mi tipo que digamos.

—Me temo que, en vista de que soy gay, tú tampoco eres del mío.

—Qué bien que lo aclaramos. ¿Tal vez podamos continuar y dejar las preguntas estúpidas sobre el pasado de la gente para después?

—En primer lugar —respondió Vehan un tanto molesto—, yo sólo preguntaba porque, para que trabajemos en equipo, es importante no sólo que todos estemos leyendo el mismo libro, sino que estemos en la misma página.

—Vaya, eso fue muy profundo. Muy inspirador. Casi como si hubieras pasado la vida entera actuando bajo la creencia de que tienes derecho a tener lo que desees tan sólo porque lo quieres, su alteza fae sidhe.

—Chicos...

—¡Ay, mira quién lo dice! Te la pasas contoneándote con tu ego inflado, haciendo lo que te dé la gana porque el mundo es prescindible y los únicos intereses por los que Nausicaä Kraken vela son los suyos.

—Chicos, ya cállense, por favor.

—Yo no tengo una corte entera y un guardaespaldas personal para limpiarme el trasero. Así que, ¡sí! voy a velar por mis...

—¡Chicos! —susurró Arlo con urgencia, saltando del sofá y tomando del brazo a Nausicaä y Vehan— ¡Cállense! Aurelian oyó algo.

Vehan miró con furia a Nausicaä, se zafó del agarre de Arlo y se movió hacia su amigo, que se había levantado del sofá durante la discusión.

Nausicaä vio cómo se iba con el entrecejo fruncido.

—¿Estás bien? —le preguntó Arlo.

Nausicaä cambió su expresión por una mucho más suave, la miró y asintió.

En su humor actual, sus facciones sin duda atemorizantes debían estar aún más agudas que de costumbre. Cuando la ira y la amargura salían muy cerca de la superficie, su belleza cincelada cuidadosamente tenía la tendencia de volverse esquelética.

¿Qué tan pronto se caería la máscara tras la cual Nausicaä ocultaba sus emociones más oscuras y enardecidas? ¿Qué pasaría cuando ya no pudiera contenerlas? Le asustaba pensar que podría romperse aún más su de por sí estado fracturado; considerar la posibilidad de que algo peor estuviera acechando más en lo profundo, a la espera de consumir lo que sea que quedaba después de su caída en desgracia.

Y sin embargo, por la forma en la que la veía Arlo... No parecía asustada por toda la monstruosidad que veía.

Estúpida.

¿Por qué no le habían enseñado a mantenerse lejos de las cosas letales?

—¿Qué está pasando? —preguntó Nausicaä para romper la tensión y dirigir sus pensamientos hacia un lugar más seguro.

Arlo simplemente sacudió la cabeza y señaló una puerta abierta. Aurelian y Vehan se quedaron inmóviles agazapados a un lado, asomándose al pasillo y escuchando atentamente. Nausicaä soltó los dulces, se alejó de Arlo y fue con los faes hacia la puerta.

Vehan se movió para hacerle espacio y dejarla acercarse, aunque permaneció bastante rígido.

Un momento se volvió un minuto, luego dos. Nausicaä no vio nada.

—¿Y bien? —susurró Arlo.

—Ahí —susurró Vehan luego de un largo rato. Un pequeño gesto de su mano apuntó a algo en la distancia y Nausicaä se acomodó para asomarse detrás de él.

—¡Un cavum! —Al fin, un poco de acción—. Supongo que todo ese alboroto llamó la atención, después de todo. De nada.

—¿Lo seguimos y vemos hacia dónde se dirige? —preguntó Aurelian por encima de la burla de Nausicaä.

Por muy divertido que hubiera sido ejercitar sus habilidades de combate con aquellas criaturas de ojos muertos hacía un rato, Nausicaä tenía esperanzas de enfrentarse a algo más que cortar cava esa noche. Esa cosa deambulando por ahí tenía que venir de algún lado; lo más probable era que también fuera a algún lado.

Seguirlo era la mejor opción.

Asintió. Arlo, que se veía varios tonos más pálida de lo normal, asintió también. Más silenciosamente de lo que habían estado toda la noche, los cuatro avanzaron, lentamente, afuera de la sala de estar, al pasillo; siguieron al cavum lo más cerca posible, aunque guardando la distancia suficiente mientras lo mantenían a la vista.

Lo más probable era que los estuvieran viendo a través de cámaras.

De vez en cuando, Nausicaä volteaba al techo, a las esquinas donde usualmente colocaban esas cosas. No había nada ahí, pero eso no necesariamente quería decir que no los estuvieran vigilando. Si bien la instalación aparentaba estar bajo comando humano, había magia en el trasfondo, podía sentirla. En el caso de que realmente estuvieran lidiando con alguien que usaba ese espacio para la experimentación alquímica, había muchas maneras en las que podría rastrear sus pasos sin usar tecnología humana.

Por el momento, no había nada que pudieran hacer al respecto.

Siguieron avanzando detrás de su guía grotesco. Durante varios momentos, Nausicaä se preguntó si el cavum era sordo o si, sabiendo que lo seguían, simplemente los dirigía hacia un espacio desconocido, quizás una trampa. Ella preferiría la segunda opción.

Volvieron a dar vuelta en una esquina, se escabulleron hacia otro corredor por el que ya habían pasado. Nausicaä lo reconoció por el hecho de que no llevaba a ningún lado, era un callejón sin salida, donde sólo había unos armarios con suministros.

La criatura siguió avanzando como zombi.

Se dirigió al final del pasillo y el muro que lo cerraba; ahora Nausicaä estaba convencida de que se trataba de una trampa. Fuera lo que fuera aquello, no lo descubrirían hasta que se activara la trampa. Lo más probable era que algo los atacara por la espalda. Seguramente al príncipe se le había ocurrido lo mismo, porque se detuvo al final de la fila para tomar la retaguardia, para molestia de Aurelian.

Le lanzó una mirada de furia al príncipe, pero no había tiempo para debatir el asunto.

Nausicaä se pasó al frente para comandar, alzó una mano al aire y cerró el puño para que todos se detuvieran.

La criatura también se detuvo.

Se quedó ahí parada, mirando fijamente la pared de concreto blanca, como si se le hubiera acabado la cuerda.

—Esto comienza a asustarme —susurró Arlo, y se aferró a la parte trasera de la camiseta de Nausicaä. El pasillo del que acababan de salir permaneció callado. Por la cara de confusión de Aurelian, incluso él no detectaba nada que fuera a emboscarlos.

—Tal vez debamos preguntarle qué está haciendo —susurró Nausicaä hacia atrás.

—Uy, sí, excelente idea. «Hola, ¿cómo estás? Sé que tus amigos trataron de matarnos, pero ojalá no te moleste explicarnos...»

—Seguro, eso funcionará —concordó Nausicaä, pasando por encima del sarcasmo de Arlo con perfecta sinceridad. En voz más alta, le dijo a la criatura—: ¡Hola! ¿Cómo estás? Sé que...

Sus palabras fueron interrumpidas, pero no por los jalones de Arlo a su camiseta, el siseo de Aurelian, o los manotazos de Vehan.

La criatura no parecía oírlos del todo, o si lo hacía, continuó ignorándolos, mirando cómo algo en la pared daba dos chirridos suaves y una pequeña luz incrustada en el techo parpadeaba verde.

Como una boca bostezando, el muro se abrió horizontalmente por el centro, retrayéndose hacia el techo y el piso. Del hueco creciente salió una luz fluorescente.

—Oh... —dijo Nausicaä, abandonando todo intento de susurrar. Y cuando la criatura siguió sin ponerles atención, dio un paso lejos del muro—. Ay, mierda.

Arlo la siguió, aún aferrada a la parte trasera de su camiseta, cuidando de mantenerse cerca mientras se asomaba junto con Nausicaä hacia la extensión completamente iluminada del pasillo.

El cavum no fue muy lejos.

Unos cuantos metros de losa cimentaban el camino hacia el inequívoco resplandor de un elevador. La criatura caminó como zombi para allá y volteó hacia ellos en cuanto llegó al extremo opuesto del pasillo.

Nausicaä supuso que ahora vendría el ataque, así que estiró un brazo para que Arlo se pusiera detrás de ella. Vehan y Aurelian también se habían apresurado al frente; el príncipe intentó jalar la corriente que zumbaba por la instalación para lanzar un rayo de luz de la palma de su mano, pero de nuevo se frustraron sus intentos por blandir su arma, lo cual en opinión de Nausicaä era una preocupación mínima.

—¡Carajo! —maldijo apretando los dientes.

Con todo, la criatura no hizo ningún movimiento.

Se quedó en la puerta del elevador, como en firmes, los ojos al frente, esperando a que ellos se acercaran para dejarlos entrar y continuar con la siguiente parte del aparente tour.

—Al fin —dijo Nausicaä arrastrando las palabras. Ese jueguito no la enervaba, si esa éra la intención. Señaló con la cabeza hacia adelante y avanzó impasible por el corredor—. El servicio de calidad por el que pagué.

—*Me disculpo* —dijo la voz de un hombre a su alrededor. Era suave y un tanto aguda. Extrañamente, esta voz le era familiar a Nausicaä y se oía un poco más que engreída—. *Después de toda la violencia de allá afuera, fue difícil encontrar un remplazo dispuesto a ser su guía.*

Nausicaä ahogó una carcajada. Los cava no tenían voluntad para estar dispuestos a nada. Dirigió la mirada al techo con el entrecejo fruncido.

—¿Dios?

—*No del todo* —rio la voz misteriosa—. *Aunque tengo que decir que estoy a punto de convertirme en algo mejor.*

—Lo triste es que apuesto a que también lo crees.

—*Tal como tú lo creerás cuando termine esta noche. Pero, ¡vengan!* —El elevador al final del pasillo se abrió con un suave impulso—. *Llegaron hasta aquí buscando respuestas, supongo. Estaré feliz de atender sus preguntas.*

Nausicaä bajó la mirada hacia los otros.

—Pues esto es ominoso. Probablemente será arriesgado. Definitivamente nada aconsejable para tres faes adolescentes. Yo no cuento porque soy inmortal. Nada que este reino pueda conjuntar colectivamente contra mí podría matarme. Así que, de nuevo, chicos, ustedes no tienen que venir. Ya tienen suficiente evidencia.

—Pero no respuestas —le recordó Vehan sombríamente.

—Yo digo que vayamos. —Todos voltearon hacia Aurelian. Había sacado su teléfono y tomado una foto de la escena frente a ellos, pero se detuvo cuando se dio cuenta de la intensidad de la atención puesta en él—. Ya llegamos hasta aquí, si puedes teletransportarnos a donde queramos, Nausicaä, el riesgo personal de ir disminuye bastante —explicó alzando uno de sus hombros—. Yo digo que lo hagamos.

Nausicaä miró a Arlo.

De todos los presentes, ella era la más vulnerable y la única que le importaba que no saliera dañada. Pero Arlo sacudió la cabeza y, en un movimiento de valentía inesperada, entrelazó su brazo con el de ella.

—Como dijo Vehan, hemos llegado hasta ahí —dijo a media voz pero con convicción genuina—. No me voy a quedar detrás ahora.

Nausicaä se tragó una oleada de emoción feroz y la acercó aún más hacia ella.

—Rara —le susurró, aludiendo a su conversación previa en el callejón.

Arlo rio con ternura.

—Sí, pero tú también —le susurró de vuelta. Nausicaä había volteado hacia ella para tener esa juguetona conversación, así que era difícil ver algo que no fuera la sonrisa que formaban las comisuras de los labios de Arlo.

—Sí, definitivamente —y tragó saliva. Luego carraspeó y se espabiló con una sacudida del cuerpo. En una voz mucho más sonora se dirigió al grupo—: Okey, muy bien, nuestro incorpóreo anfitrión nos está esperando. Más vale que le sigamos la corriente mientras las cosas sigan interesantes.

—Pero ¿cómo que nos espera? —preguntó Vehan, viendo cómo Aurelian bajaba su teléfono— Tuvimos la precaución de ocultar que veníamos. Además de ustedes dos, sólo mi madre y el sumo rey se enteraron de nuestras sospechas sobre este lugar.

—Son preguntas que haremos sobre la marcha, supongo —lo apaciguó Nausicaä, que comenzaba a avanzar con Arlo del brazo. —Abordaron el elevador—. Más vale que al menos nos ganemos una pistola de portales por hacer esto —protestó luego de que Vehan y Aurelian entraran y las puertas se cerraran en sus narices.

Sin siquiera una sacudida para prevenirlos, cayeron al vacío.

CAPÍTULO 31

✦ ARLO ✦

✦

Se detuvieron bruscamente en segundos.

Arlo no pudo evitar inclinarse hacia adelante.

—¡Veloz! —exclamó Nausicaä y la detuvo a media caída estirando el brazo a la altura de su cintura.

Arlo no podía pensar en mejores adjetivos para describir su método de llegada, pero cuando las puertas del elevador se abrieron de par en par, lo que revelaron la distrajo y ya no las compartió. El pasillo que esperaba a recibirlos era diferente de los otros por los que habían deambulado arriba.

Aquí las placas de aluminio reemplazaban por completo las losas, marcaban el camino del elevador a las puertas idénticas al otro extremo. Por encima de sus cabezas, una luz fluorescente mucho más suave alumbraba el lugar y el piso también estaba iluminado con luces tenues. En vez del concreto usual, a los lados había enormes hojas de vidrio; ventanas, según entendió Arlo, aunque no estaba segura de querer saber qué mostraban.

—*Bienvenidos a Industrias Aurum.* —La voz había regresado; salía de altavoces invisibles—. *Me llamo Hieronymus Aurum, fundador de esta humilde instalación. Todos aquí me dicen «doctor», pero ustedes, queridos invitados, pueden decirme Hero. Si fueran tan amables de avanzar al final del pasillo, me encantaría llevarlos a pasear por la instalación.*

Arlo frunció el entrecejo ante esa insensible frivolidad. Le sorprendió que Nausicaä, cuya personalidad parecía erigirse sobre esos mismos cimientos, hiciera el mismo gesto.

—Conque «Hero»... —dijo e intercambió miradas con Arlo—. Parece que acabamos de encontrar al amo de nuestro destripador, que en paz descanse. Tsss. ¿Cómo se atreve a emocionarme así para su estúpido paseo?, ni que fuera una atracción de Disneylandia. Todo este tiempo para terminar decepcionada.

Arlo sacudió la cabeza y salió del elevador al pasillo.

—¡Ay, por los dioses! —exclamó. Su cerebro se puso en modalidad de piloto automático y se lanzó a la ventana de vidrio a su izquierda.

Ese pasillo era un puente, ambos lados daban a la misma y horrible vista: un hangar tan amplio que podía servir de estadio; a lo largo de los muros había cientos de celdas alineadas como ataúdes verticales.

Cada uno con un cavum durmiente.

Debajo de ellos, un dispositivo central extendía múltiples brazos mecánicos para sacar a los cava de sus aposentos y colocarlos (aún dormidos) en una banda transportadora al extremo izquierdo del lugar.

Nausicaä se unió a la impactante inspección de la vista al otro lado de las ventanas. Chasqueó la lengua, sacó su teléfono y tomó una foto. Vehan y Aurelian fueron al otro extremo del puente y, a juzgar por sus exclamaciones, sentían la misma repulsión por lo que veían.

—*Nuestro paseo comienza con una asombrosa vista de la estación de distribución. Aurum se enorgullece por ser el primero en perfeccionar la creación de cava, los soldados artificiales que pueden observar allá abajo. Se trata de seres vivos que no necesitan descansar, ni baterías, ni carga que los mantenga encendidos. No sienten dolor ni miedo, no poseen voluntad propia que obstaculice su eficiencia. Son más fuertes y veloces que los faes. Si no está mal que yo lo diga, son perfe...*

—Ay, sí, sí —interrumpió Nausicaä, se alejó de la ventana y guardó su celular—. Ya entendimos. Eres muy desagradable y ya te puedes callar.

Arlo miró a la distancia.

—Ésas son personas —dijo atragantada. Le ardían los ojos y su corazón se sentía compungido. Luego comenzó a enfurecer—. ¡Son personas! ¡Estás experimentando con personas!

Y eran muchísimas. ¿Esos trasgos que Vehan mencionó los habían raptado y traficado? ¿Al mundo le importaba tan poco lo que les sucediera a los pobres y vagabundos que los cientos que usaron para conformar estos cava estaban extraviados y ni las noticias los mencionaban?

Hero respondió con una carcajada.

—*Sí y no. Eran personas, querida. Muchas personas. Ahora son algo mejor.*

—Tienes una idea muy torcida de lo que es «mejor» —dijo Vehan con pena. Él también se alejó de la ventana y fue con Arlo. Momentos después, Aurelian se les unió; Arlo apenas pudo ver de reojo que él hacía algo en su celular y luego lo guardaba.

—*¡Qué ética más respetable la suya! Pero de mente muy estrecha. No es culpa suya, después de todo, sólo son niños.*

—Tsss —se burló Nausicaä—. Niños que, por lo que veo, temes enfrentar en persona.

—*Ah, no te preocupes, habrá tiempo para eso. Por ahora, debemos apresurarnos. Tengo otras cosas que mostrarles primero.*

Otro impulso mecánico abrió la puerta al otro extremo del puente, pero en vez de un segundo elevador, llevaba a otra habitación.

Arlo se sintió intranquila. No quería ver lo que su anfitrión quería mostrarles. No quería ver cómo se conformaban esos cava, como sospechaba que sucedería, o si había o no más atrocidades a continuación. No quería ver pruebas de que alguien era capaz de tratar a otro ser de esa manera tan horrenda porque tal como su atestiguamiento de la muerte de Cassandra, cualquier prueba lo haría real.

Cientos de personas, todos ellos secuestrados en sus propias narices. Sus muertes serían reales tan sólo al dar un paso hacia esa habitación. Arlo no se sentía capaz de soportarlo.

Entonces sintió que le apretaban un hombro; Nausicaä le recordó que estaba ahí. Cuando volteó a verla, en el rostro de la exfuria vio una preocupación genuina.

—¿Estás bien? Te ves pálida.

Arlo abrió la boca para hablar, pero la pena sobrepasó todas sus fuerzas y no podía decir nada. Le tomó un momento destrabarse.

—Es que… mira a todas esas personas allá abajo. Este lugar es…

—Demasiado —completó Nausicaä y Arlo asintió—. ¿Quieres irte? Podemos hacerlo, Arlo. De hecho, tal vez deberíamos.

Sí, definitivamente deberían. Alguien que no fuera un grupo de adolescentes tenía una mayor obligación de lidiar con eso. Toda esta investigación «debió» de haber estado en manos de adultos. Todas las víctimas de los experimentos de este psicópata no «debieron» morir. Arlo «debería» ser más fuerte, en vista de que esto no sería tan fácil. Sin embargo, no importaba cuantos «deberías» juntara, ninguno de ellos tenía importancia.

Estaban metidos hasta el cuello en el complejo calabozo de un tipo y era más de lo que podían manejar. En definitiva, sin dudarlo debían irse. Cien por ciento.

—*Bueno* —dijo su anfitrión, que continuaba la conversación al fin, con un matiz gozoso en su tono—, *intenten irse, si quieren, pero me temo que no llegarán muy lejos.*

El elevador se cerró de golpe detrás de ellos. En cuanto lo hizo, la luz verde incrustada arriba de las puertas parpadeó rojo.

Arlo sintió aún más pesadumbre.

—*Verás, no puedo dejar que te vayas ahora que al fin llegaste, Arlo Jarsdel. Sentí mucha rabia cuando mi destripador falló al intentar desecharte y me metí en graves aprietos a causa de ese atentado contra tu vida. Así que creo que éste es el mejor enfoque. Verás, si yo mismo me hago cargo de ti, no sólo me desharé del último y más grande obstáculo; también sabré qué te hace tan especial a los ojos de mi benefactor cuando nadie en tu maldita corte parece creer que lo eres.*

—Nop, eso ya no me gustó. Es nuestra señal para largarnos —anunció Nausicaä con falsa alegría, juntando las manos—. Acérquense, chicos, terminó el paseo. Hora de irnos.

—¿Ves *Star Trek*?

—Aurelian, ¡no es el momento!

—Esperen.

Todos voltearon hacia Arlo.

«Te voy a dar una hora más y si no sé de ti, le diré a mi padre dónde estás».

Hieronymus tenía razón, a la mayoría de las ocho cortes no les interesaba la ferronata Arlo Jarsdel, pero a Celadon le importaba bastante, y si algo había aprendido de su primo en todos estos años era que él nunca hacía una promesa vacía.

Eso era demasiado.

Eso aterrorizaba a Arlo hasta la médula.

Un absoluto extraño la quería muerta. A ella específicamente. Alguien a quien jamás había conocido, ni una sola vez en la vida, ni le había hecho nada malo (al menos no que ella supiera).

Nada de eso dependía de que ella o sus compañeros lo arreglaran, pero eran los únicos ahí. Era completamente injusto, pero si lograban mantener a Hieronymus hablando el tiempo suficiente para que llegara el sumo rey, no lograría escapar como seguramente haría si se iban ahora. Toda esa pesadilla podía terminar esa misma noche y el deseo de Arlo por que eso sucediera rebasaba su deseo de huir.

Se había hecho a la idea de continuar con la investigación y ahora no era el momento de echarse para atrás.

Aún pálida, aún con náuseas, poco a poco fue recuperando el control de su pánico. Miró a Nausicaä. Arlo tenía un plan, pero ¿cómo hacérselo saber sin que su anfitrión escuchara?

—Espera, Nausicaä. —Metió la mano en el bolsillo y extrajo su teléfono—. Esto es enfermizo, retorcido y malo en todos los sentidos. —Abrió su historial de mensajes, dio un golpecito en el de Celadon y lo acomodó en cierto ángulo para que el equipo lo viera pero las cámaras no. —Pero no creo que debamos irnos aún.

Nausicaä inclinó la cabeza para leer el mensaje. Sonrió discretamente e hizo un veloz gesto de pulgares arriba. Aurelian y Vehan intercambiaron miradas y lo que sea que interpretaron del mensaje, asintieron con deferencia a sus indicaciones, y con eso bastó. Si Hieronymus pudo verlos, no comentó nada. Si pudo leer el mensaje en su teléfono a través de quién sabe qué medios estaba usando para vigilarlos, tampoco reaccionó.

—Muy bien, Cave Johnson —dijo Nausicaä—. Creo que tienes la atención de tu audiencia. Pero cuida tus modales o regresarás a jugar sola, ¿entendido?

—Perfectamente.

Nausicaä se acercó más a Arlo.

—Esto es muy Gryffindor de tu parte —le susurró al oído—, pero recuerda, siempre que lo necesites te puedo teletransportar a un lugar seguro. No te presiones demasiado, ¿okey?

—Okey. —Arlo asintió, agradecida por el apoyo—. Por ahora estoy bien, ¿sabes? Sólo... estoy en una especie de espiral. Tenemos que mantener distraído a Hieronymus y no estaría mal encontrar el panel de control de esos elevadores para cuando lleguen nuestros refuerzos.

—Creo que puedo con eso. —Nausicaä meneó las cejas.

—Bien. Gracias, de verdad. Pero el plan B definitivamente es teletransportarnos fuera de aquí. Detesto este lugar. Detesto lo que este hombre les ha hecho a todas esas personas. —Y miró hacia atrás, a los cava al otro lado de la ventana.

En silencio, Nausicaä deslizó su mano para tomar la de Arlo, quien sintió una corriente de electricidad subir por su brazo. Eso, primero, la enfocó con asombro en sus dedos entrelazados, luego, en el rostro de Nausicaä. Parecía como si quisiera decirle algo, pero no podía hacerlo.

Su expresión era la más cruda que Arlo le había visto, una mezcla entre el dolor más profundo, el pozo oceánico más oscuro y una culpa tan fuerte que empalidecía en comparación con aquella tristeza. Arlo no tenía idea de por qué Nausicaä sentía eso en ese mismo momento, pero le dolía verla así.

—Esto terminará esta noche —le prometió Nausicaä.

Arlo asintió.

—Sí. Bueno, no hay mejor momento que el presente, supongo. Terminemos con esto. —Miró a Aurelian y Vehan y sus rostros decididos. Esperaba que su plan no terminara ocasionándoles la muerte; como fuera, tomó la punta de la procesión del grupo y los guio a la siguiente habitación, una cámara circular bastante iluminada cercada por aún más vidrios.

Y un panel de control.

Había varios monitores en el perímetro, la mayoría vigilando las diferentes áreas de la instalación. Más allá de ellos, afuera de ese concentrador, la banda transportadora del cuarto anterior seguía arrastrando cava al frente.

—Buuu, qué decepción. Es como si ni siquiera hubiera querido dificultarnos las cosas —se quejó Nausicaä. Arlo tenía que concordar con que todo se veía demasiado fácil.

La puerta por la que habían entrado comenzó a deslizarse hasta que se cerró con llave. Sólo entonces la del lado opuesto se abrió, tal como la primera.

La voz de Hieronymus regresó.

—*La torre de control. Desde aquí personal calificado supervisa nuestra línea de producción y le da mantenimiento. También es donde evaluamos nuestros productos finales.*

Arlo soltó la mano de Nausicaä y dio un paso hacia los controles. Buscó algún interruptor o botón que abriera el elevador detrás de ellos, por si acaso fuera así de fácil. Finalmente, tuvo que admitir la falla de su plan, ¿acaso alguno de ellos era particularmente hábil con las computadoras? Tal vez sí tendría que usar su dado después de todo.

—Tú sigue. —Desconcertada, Arlo volteó. Aurelian se había parado junto a ella mientras pensaba. Se inclinó para examinar los paneles, con expresión seria, y pellizcándose los labios—. Yo veré qué puedo hacer para abrir los elevadores, si tú ganas tiempo.

—¿Seguro? ¿Sabes qué hacer con todo esto? —Y señaló todo el panel. Pero Aurelian ya estaba absorto en sus pensamientos y no dijo nada. Ella

411

decidió insistir—. Okey, bien, gracias. Nosotros ganaremos tiempo —agregó aliviada.

—¿Estarán bien solos? —preguntó Vehan con un susurro detrás de ellos—. No me sentiría bien dejando que Arlo siga si yo soy la razón por la que está aquí. —Tomó algo del bolsillo trasero de Aurelian con demasiada habilidad para que Arlo sólo pudiera ver la acción, pero no lo que había tomado. Aurelian se quedó tieso al sentir lo que Vehan hizo, luego alzó la cabeza y volteó hacia el príncipe.

Para ella no pasó desapercibido el atisbo de ansiedad en su expresión, pero parecía menos preocupado por lo que Vehan había tomado y más por sus palabras.

—No, preferiría que te quedaras conmigo, Vehan. A tu madre no...

—Relájate —le dijo Nausicaä, que ya había atravesado la cámara—. Vamos a cuidar de tu príncipe. Él va a estar bien. Soy inmortal, ¿recuerdas? Y muy buena para patear traseros. Nada los tocará si yo puedo impedirlo.

Arlo se quedó con la impresión de que si Aurelian fuera el felino que parecía, ahora mismo sus orejas estarían planas por la forma como miraba con furia a Nausicaä.

—Considerando lo hostil que has sido con nosotros, eso no me consuela mucho que digamos.

—Tal vez lo mejor es que todos nos quedemos aquí —sugirió Arlo sintiendo la suficiente tensión en el ambiente como para dudar.

—Estaremos bien, Aurelian —aseguró Vehan, ignorando el comentario de Arlo. Luego retorció los ojos, le dio una palmadita a su amigo en el hombro y se fue hasta donde Nausicaä lo esperaba—. Sólo haz tu magia computacional y nosotros nos encargaremos del resto.

Aurelian murmuró algo que ni siquiera Arlo, que estaba justo al lado, pudo oír. Se mordió el labio y lo miró de reojo. Se veía claramente molesto.

—No dejaremos que nada le pase, lo prometo. Al parecer sólo el elevador está cerrado. Si las cosas se complican, regresaremos enseguida.

El gesto de asentimiento que eventualmente hizo fue toda la respuesta que recibiría, concluyó Arlo. Aurelian de nuevo se dio media vuelta para continuar examinando los controles, frunciendo las cejas aún más. Ella suspiró y lo dejó haciendo lo suyo; se fue con el resto del grupo para que avanzaran a la siguiente habitación.

—*Y aquí tenemos nuestro arsenal, como me encanta decirle* —continuó Hero cortésmente.

Entraron a otro pasillo también encerrado entre ventanas.

La banda transportadora seguía. Arrastraba cava ya con sus uniformes hacia la tercera cámara, sin pausa, y a la siguiente. Era una habitación mucho más grande de lo que se podía ver desde la torre de control, había máquinas inmensas a lo largo de una línea de ensamblaje. Había más brazos mecánicos, pero inactivos, así como las herramientas que probablemente afianzaban las armaduras sobre los cava.

Además de las máquinas y contenedores de materiales por todos lados, no había nada más dentro de esta nueva cámara, ni tampoco señales de algún empleado. Nadie manejaba las armas ni lo demás, tampoco había alguien que guiara a los cava en su recorrido.

Arlo supuso que tal vez Industrias Aurum simplemente se atenía a un horario diurno laboral. Era bien entrada la noche, después de todo. Pero entonces, ¿por qué dejar la banda transportadora andando si el turno había terminado?

—*Tal como el nombre sugiere, aquí es donde tomamos a nuestros soldados y los embellecemos con un poco de titanio. Desde luego, como ya se dieron cuenta de primera mano, el titanio está lejos de ser indestructible, pero me complace informarles que hemos logrado impresionantes mejorías con el metal que recientemente sintetizamos para reemplazarlo.*

Vehan jaló el brazo de Arlo. Sin decir nada, sacó un celular de su bolsillo, sólo para mostrarle la pantalla. No había señal, pero la app que estaba abierta estaba grabando toda esta interacción sin necesidad de internet o señal de recepción.

Era el teléfono de Aurelian, recordó ella. Ahora al menos sabía qué estaba manipulando antes de que Vehan se lo quitara.

Él se presionó los labios con el dedo índice para indicarle que mantuviera eso entre ellos, en caso de que los estuvieran vigilando. Ella simplemente asintió discretamente. Sin mayor aspaviento, siguieron a Nausicaä, que ya estaba casi al final del pasillo.

—¿Qué obtienes de todo esto? —preguntó Arlo al aire, con la esperanza de atraer la atención de su anfitrión, ahora que sabía que estaban grabando— ¿Qué tiene que ver todo esto con crear piedras filosofales?

Si no podían abrir el elevador, al menos escaparían con las respuestas por las que habían venido.

—¿Que qué obtengo? —Hieronymus soltó una risita tonta—. *Nada exactamente, pero mucho más que lo que tu preciado cerebro juvenil podría comprender, si acaso desperdiciara mi tiempo en explicarte. Basta con decir que el precio de la experimentación a este nivel es bastante elevado. He pasado mucho tiempo sin recibir el reconocimiento que merezco. Todo eso cambiará cuando me deshaga de ti. Pronto, mis hermosas creaciones llegarán tanto al mercado humano como al feérico, y las cortes enteras solicitarán mi apoyo si bien antaño me negaron el suyo.* —Hizo una pausa en aquel último comentario mordaz para deleitarse en su rancia mezquindad, pero rápidamente se recompuso para continuar—: *En cuanto a lo que esto tiene que ver con el proyecto de las piedras filosofales, lo siento, pero mi respuesta de nuevo es nada y todo. Tan sólo espera y verás, querida Arlo.*

Pasaron a la siguiente habitación, pero lo que los recibió fue una vista que amenazó con resquebrajar la determinación de Arlo de terminar con la investigación.

—*Ah... mi laboratorio.*

No tenía que dar explicaciones.

Como nada estaba en operación en ese momento, no había una demostración en vivo que atestiguar. Y Arlo lo agradeció a toda deidad que pudo nombrar porque el horror suspendido al otro lado de la ventana de ese pasillo era bastante terrible sin el espectáculo en vivo. No habría podido cerrar los ojos nunca más sin ver esa escena de mesas quirúrgicas y herramientas siniestras necesarias para curtir humanos.

La banda transportadora también pasaba por ahí; sin embargo, todavía tenía otro lugar al que ir, por lo que desaparecía en otro agujero al final de la habitación. Arlo no sabía si podría soportar un nivel más de esa depravación; de por sí ya prácticamente estaba colgada de Vehan, ambos paralizados en su sitio sin poder desviar la vista.

—*Quizá les parezca que mi laboratorio es humilde y rudimentario, pero he logrado grandiosos resultados dentro de estas paredes. Tal avance científico con tan poca financiación, con tan pocas herramientas... Y pensar cómo empecé y en lo que pronto evolucionaré... Me provoca muchos sentimientos tan sólo hablar de esto.*

—Te debería provocar náuseas, carajo —condenó Nausicaä, que al fin hablaba. Había estado inquietamente callada, suspirando y sin mostrar lo que pensaba o sentía—. O sea, esto realmente no tiene sentido. ¿Para qué cortar a todas estas personas y luego volver a coserlas? A mí me encantan las locuras de mierda, pero hay algo genuinamente mal en ti. No es necesaria la mutilación para crear cava.

—*Quizás.* —La alegría de Hieronymus se entintó de un sarcasmo astuto—. *Aunque, para ser sinceros, hay muy pocas cosas sin sentido en mis métodos. Es decir, si yo enviara mis creaciones de vuelta al mundo tal como se veían cuando llegaron a mí, algunos eventualmente serían reconocidos. Y entonces estaría en problemas, más de los que ya tengo, ¿no crees? Además, la gente prefiere obtener las horribles cosas que quieren sin que les recuerden de dónde vinieron.*

—Claro. —Nausicaä echó otro vistazo a la cámara de torturas a su alrededor—. En serio, creo que deberías salir ya. No queremos más paseo. Sal o nos vamos, y regresaremos con mucho más que el sumo rey y sus cazadores. Aún tengo varios amigos a los que les encantaría ponerte en tu lugar.

Otra carcajada de satisfacción se oyó por encima de sus cabezas.

—*No, no... Creo que aún no lo entiendes. Ustedes no saldrán de aquí.*

—Eso crees, ¿no es así? Bueno, lamento decirte que no soy tu típica faerie, pedazo de mierda malvada.

—*Ya lo sé. Y sé exactamente quién eres, Alecto. Te conozco, Vehan Lysterne y Aurelian Bessel y la estrella de nuestro espectáculo de hoy, lady Arlo. Me he estado preparando para esto. Verán, de hecho, los he estado esperando. Tengo tantos planes.*

Por la garganta de Arlo subió una marea de pavor, tan pesada que le trababa la lengua.

—¿Sabes quiénes somos? —Las cejas de Vehan se cruzaron.

—*Sí. A algunos de ustedes los conozco desde hace tiempo.*

—Pero quieres algo —interrumpió Arlo—. No nada más me quieres muerta. Si así fuera, hubieras mandado algo más para matarme. Tú me querías aquí, ¿por qué? ¡Basta de juegos y sólo dinos!

—*Ay, qué muchachita tan inteligente.* —Por la forma como su anfitrión lo dijo, no sonaba como un cumplido—. *Sinceramente, hubiera preferido que mi destripador te matara y todo terminara, sí, pero tienes razón. Me serás útil aquí. Hay otro experimento que me gustaría hacer y eres justo la chica para ello.*

Arlo se alarmó al ver cómo el rostro de Nausicaä palidecía. No tenía idea de qué escondía Hieronymus detrás del velo de sus insinuaciones y amenazas. Pero a juzgar por la expresión de Nausicaä, la exfuria sabía algo que ella ignoraba. Vehan tampoco se veía muy tranquilo con lo que estaba pasando. Pero Arlo sólo quería respuestas. Sólo quería ganar un poco más de tiempo.

—No lo entiendo —soltó—. Yo no soy alquimista. No tengo idea de lo que estás tramando y aun si lo supiera, no tengo cómo detenerte. Yo no soy especial, no soy nadie y no veo...

Esta vez, cuando el doctor rio, emitió el sonido más frío y cruel de toda la noche.

—*Justamente porque no lo entiendes es que tu poder está desperdiciado. No tienes ni idea de por qué te considero una amenaza. No tienes ni idea de por qué*

te quiero muerta. Arlo Jarsdel, sí, definitivamente no eres nadie. Desafortuna-
damente, otros no creen lo mismo.

—Arlo —carraspeó Nausicaä de cierta manera que sugería que algo muy desagradable se le había ocurrido—, Vehan, vengan aquí, por favor. Creo que ya entendí su juego y de verdad tenemos que irnos.

—*Ah, no, no, no, ustedes no irán a ninguna parte. Ya lo descubriste, ¿verdad? Bueno, pues es demasiado tarde. Con los poderes de Arlo aunados a los míos y con la riqueza ahora a mi alcance, puedo transformar mi visión en algo mucho más grandioso que estos títeres de hojalata y estos laboratorios clandestinos.*

¿Los poderes de Arlo aunados a esto?

—Arlo, mierda, en serio tenemos que irnos. Mierda, ¡mierda!, ¡sólo no toques *nada* y ven acá!

—Sí, Arlo, lo siento, fue una estupidez venir aquí. Esto está mal, debemos irnos. Nunca debí obligarte a hacer esto. —Vehan entrelazó su brazo con el de ella y se estiró para tomar la mano de Nausicaä.

—No, es que no entiendo, ¡no entiendo! —Se zafó del brazo del príncipe y miró al techo. Un poco más de tiempo, sólo un poco más y todo esto terminaría—. ¿Crees que uniré fuerzas contigo? ¿Eso es lo que estás buscando? ¿Vas a tratar de persuadirme para que te ayude a raptar gente inocente y transformar ferronatos en piedras? Porque yo nunca...

—*¿Y compartir mi fama y genialidad con alguien como tú? Niña ingenua, no necesito que me ayudes. Simple y llanamente quiero tu alquimia. Gracias a mi genialidad, finalmente he dominado los medios para quitártela y, una vez que lo haga, mi benefactor no te idealizará por encima de mí. Me apoyará por completo y seré el único por el que estarán dispuestos a todo con tal de mantenerme a salvo. Mientras tanto, descubrirán que algunas de mis medidas de seguridad se basan en algo más que la fuente de energía que sobresaturaron al entrar aquí, así que, Nausicaä, no podrás sacar a nadie de este embrollo con tu magia.*

Nausicaä se lanzó hacia Arlo y la tomó del brazo tan súbitamente que ella ni siquiera tuvo tiempo de alejarse.

Pero no pasó nada.

Las cejas de Arlo mostraron preocupación al ver que Nausicaä se desconcertaba.

—¿Qué pasa? —dijo Arlo, temiendo la respuesta.

—¡No puedo teletransportarme! —exclamó Nausicaä—. Parecía que se estaba esforzando muchísimo y en sus ojos ahora había miedo de verdad, que crecía con cada intento fallido por sacarlos de ahí—. ¡No funciona! ¿Qué hiciste? —rugió y en vez de mirar a Arlo alzó la vista al techo también.

—¿Sabes?, antes de hacer esto, yo no era nadie. Un hombre brillante, un genio, pero tristemente inútil para lo único que le importaba a sus preciadas cortes. Para ellos yo era una vergüenza en nombre de la magia, y por eso me despojaron de ella por completo; también me quitaron mis recuerdos, pero mi furia permaneció. El corazón no olvida tan fácil como la mente. Cuando mi glorioso benefactor me regresó mis conocimientos, renací con mucha más determinación.

Arlo hizo sus conclusiones, anonadada.

—¡¿Creaste una piedra, hiciste todo esto sólo por un rencor contra el Alto Consejo Feérico?!

—Soy un genio, querida, pero no del tipo que puede con eso. Creé una piedra filosofal, sí, pero sólo bajo la paciente guía de mi benefactor. Y lo que hago aquí no es en contra del Consejo Feérico, aunque sí me gustaría que mis creaciones ocasionaran la destrucción que merecen. No. Los cava son solamente para obtener dinero. Mi genialidad es bastante costosa, ¿saben? Los legados se construyen sobre riqueza, y los legados son lo que hacen a un gran hombre. Y no la magia que tú y los de tu especie anhelan tanto. ¡Magia! —dijo con desdén— Que el sumo rey y sus aduladoras cortes se atraganten en su tan amado sostén. La magia no los salvará de lo que les espera. Ténganlo por seguro.

—Entonces... —Nausicaä se veía al borde de la locura. Arlo creía que tal vez, en todos esos años de su muy larga vida, ésa era la primera vez que sus poderes estaban bloqueados por completo y no le agradaba nada la sensación—. Tu pecado es Avaricia.

—¿Pecado? ¿Entonces querer sobrevivir es un pecado? Vivir sin respeto y sin dignidad y sin confort... No, eso no es un pecado. Quienes lo creen son los que gozan de todas estas cosas. La riqueza es lo que mueve al mundo, después de todo. La riqueza y no la magia, y sin ella no eres nada. No tienes nada. Después de lo que las cortes me hicieron, después de cómo me expulsaron de su sociedad, juré que nunca más sería un donnadie.

—¿Todo lo que has hecho ha sido por venganza y dinero? —Vehan se oía a punto de vomitar tan sólo por decir eso—. Todas estas personas, todo este tiempo y esfuerzo, todo lo hiciste sólo por tu propio...

—¡Basta! —rugió Nausicaä. Se cruzó hasta la puerta de acero aún cerrada el final del pasillo y la pateó con tal fuerza que la abolló—. Abre. Sé que estás ahí en alguna parte y si no abres esta puerta la voy a romper yo misma y te arrastraré hasta aquí. ¿Con quién crees que estás tratando? ¿Crees que estás listo para mí? ¿Por qué no comprobamos esa teoría, eh? ¡Abre la maldita puerta!

La volvió a patear y la abolladura se hundió aún más, crujiendo ante el ataque.

No le tomaría mucho tiempo cumplir con la amenaza que le había lanzado.

—¡Nausicaä! —la previno Arlo y corrió hacia ella. Al hacerlo, la puerta se deslizó para abrirse y reveló un último elevador, muy parecido al que los había traído aquí.

—¡*Espléndida idea! De cualquier forma, ya estás demasiado apegada a mi verdadero blanco y no quisiera que te interpusieras en mi camino cuando comience el proceso de transferencia de poder. Así que, ¿por qué no hacemos otro tipo de comprobación? Porque también tengo el lugar perfecto para tu fallecimiento... uno que creo que disfrutarás, mi furiosa bola de fuego.*

Nausicaä lanzó un rugido y se abalanzó al elevador.

—Te diría que grabaras esas palabras en tu tumba, si acaso dejo lo suficiente de ti para que llenes una.

Se dio media vuelta y al hacerlo, Arlo notó la furia desatada en su rostro. Una promesa esquelética de muerte que retorcía sus facciones y fuerza poderosa, y le agregaba una figura como de buitre a su apariencia, que ahora desfiguraba por completo su belleza usual.

Esa apariencia de Nausicaä era lo más parecido a lo que Arlo imaginaba cuando dejaba ver atisbos de la furia que había sido por debajo de sus múltiples máscaras. También era la primera vez que Nausicaä dejaba ver en presencia de Arlo cómo su ira la invadía por completo.

De pronto resultó imperativo que Arlo también estuviera dentro de ese elevador. A pesar de que era justo lo que el doctor tramaba, Arlo tenía que seguir a su amiga. Tendría que pasar por encima de su propia ira y miedos para encargarse de la situación, porque Nausicaä tenía miedo. Claramente estaba atrapada en una espiral peligrosa y si Arlo permitía que se fuera sola en ese estado, podría incluso salir lastimada.

Corrió con una velocidad que jamás imaginó tener y sólo le tomó unos momentos llegar con Nausicaä. Si hubiera dejado que el grito sorprendido de Vehan la dilatara aunque fuera un segundo, no lo habría logrado, pero sí llegó.

Libró las puertas del elevador antes de que se cerraran.

Ahora el grupo estaba dividido en dos, Vehan y Aurelian se quedaban atrás. Nausicaä la miró, sorprendida.

—Somos un equipo —jadeó Arlo, que se dobló para recuperar el aliento y calmar su ritmo cardiaco. Alzó la mirada—. Haremos esto juntas, ¿entendido?

Nausicaä tragó saliva. Su furia se suavizó un poco, pero parecía atorada entre su ira pálida y aviaria, y la belleza cautivadora de su falsa arrogancia de siempre. También parecía buscar qué decir, pero tampoco pudo hacerlo. Arlo sonrió y se enderezó para dar un paso hacia ella.

—Una estrella oscura y vacía —le dijo Arlo, mientras alzaba el puño en el espacio constreñido entre ellas. En su pecho ardía algo que nunca antes había sentido ... aunque también era posible que su corazón simplemente estuviera tratando de amotinarse en contra de aquel repentino ejercicio de alto impacto—. No te dejaré enfrentar esto sola.

Comenzó a arrepentirse de sus palabras cuando notó que el acero en la mirada de Nausicaä se volvía vidrioso.

—Perdón... —se apresuró a decir Arlo— Digo, yo sólo pensé que...

Pero sus disculpas fueron interrumpidas.

A su cerebro le tomó un momento comprender esa pausa y entender que no era porque su boca se hubiera detenido o quedado sin palabras, sino que lo que pasaba era que los labios de Nausicaä presionaban los suyos.

Un beso.

Se quedó ahí parada, inmóvil debido a la sorpresa. Nunca antes había besado a nadie, no de una forma que importara, y ahora estaba ahí, con Nausicaä, súbitamente, presionándola contra ella con todas sus fuerzas, como una llamarada salvaje.

—Oh —fue lo único que Arlo alcanzó a decir.

—Ay, mierda —exclamó Nausicaä y se separó—. Perdón, no quise hacer esto. O sea, sí, pero... —Su voz era grave y rasposa, aunque tenía una emoción muy diferente a la furia que le inspiró su misterioso anfitrión. Lo que había estado a punto de decir también fue interrumpido, pero no por algo tan placentero como un beso de vuelta (Arlo aún estaba demasiado estupefacta para hablar, mucho menos para tomar esa iniciativa).

No, tal como su paseo anterior, el elevador no les advirtió antes de caer al vacío tan súbitamente que Arlo se meció hacia adelante y cayó sobre Nausicaä, quien le rodeó el torso con los brazos para anclarla junto a ella.

Cabellos rojos y rubios se arremolinaban en sus cabezas como una ráfaga de fuego y arena.

El rápido descenso llenó a Arlo de una ligereza curiosa. El corazón latía en su garganta como un tambor de guerra. Cuando el elevador finalmente se detuvo, se sentía entumecida e hipersensible, mareada y aletargada; todo al mismo tiempo, pero tensó la quijada y dio un paso para alejarse de Nausicaä. De nuevo, empuñó con fuerza el mango de su daga para reunir fuerzas.

—Oye, Arlo.

—¿Sí?

—¿Recuerdas cuando te dije que usaras tu dado con moderación?

Ella asintió y metió la mano en el bolsillo para sacar el objeto en cuestión. Los números dorados brillaban incandescentes, así llevaban un rato, simplemente a la espera de que ella convocara a Suerte para que la ayudara.

—Prepárate para usar esa cosa a tope.

CAPÍTULO 32

✦ ARLO ✦

✦

—¡Bienvenidas!

Arlo y Nausicaä salieron del elevador.

En cuanto lo hicieron, las puertas se cerraron detrás de ellas y la luz que marcaba el estado de operación cambió a rojo. Estaban atrapadas. No había hacia dónde ir más que hacia adelante.

Arlo inhaló profundamente y se dispuso a mantener la calma. Podía contemplar más tarde el momento que acababa de compartir con Nausicaä. Aurelian estaba (ojalá) cerca de alterar el sistema que los separaba. Celadon sabía dónde estaban. El plan de Arlo los había traído hasta ahí; podría pensar algo para sacarlos, sólo necesitaba permanecer en calma y encarar este nuevo problema con templanza.

Lado a lado, avanzaron al centro de la habitación.

Había mucho espacio comparado con lo poco que tenía esa sección de la fábrica, iluminado con innumerables lucecitas que marcaban los amplios límites y una serie de focos en el techo.

Un hombre delgado estaba al centro, su cabello relamido en una coleta. De pie y al frente de varios cava, inmóviles, con armadura de cuerpo completo, mucho más imponentes que los que habían visto hasta ahora. Tal vez ese hombre evocaba una imagen bastante impresionante con su elegante traje a rayas, pero Arlo no estaba de humor para dejarse intimidar.

Además, algo más competía con esa emoción.

Su atención se desvió hacia algo al extremo izquierdo del lugar: un inmenso hoyo en el suelo separado por una barandilla. Entendió que era un incinerador, pero sus entrañas resplandecían tan candentemente que bien podía ser un pozo al infierno. Por encima de sus cabezas, la banda transportadora llegaba a su destino final; un cavum tras otro caía a sus fauces abiertas.

—¿El tipo del Starbucks? —La cabeza de Arlo regresó de inmediato hacia el hombre al centro. Ahora que Nausicaä lo decía, él se le hacía conocido—. ¡Sí, eres el tipo del Starbucks! Hombre, de verdad que eres nefasto.

—Te diría que te arrepentirás de tus insultos, pero estoy muy contento de que te hayas propuesto como candidata a estos experimentos. ¡Y mira!, trajiste contigo a la señorita Jarsdel. De veras que me has facilitado las cosas esta noche. —El hombre caminó al frente a un paso cómodo con las manos cruzadas detrás de la espalda. Una sonrisa se torcía en una esquina de su boca al hablar. Sí, ahora lo reconocía Arlo, con todo y que tenía muchas cicatrices nuevas, como clavos por todo el rostro. El odio en sus ojos era exactamente igual al de su primer encuentro—. Casi le quitas toda la diversión a esto; casi, pero no del todo.

Los labios de Nausicaä se fruncieron al gruñir entre dientes. En sus manos se manifestó su catana.

—¿Hace cuánto persigues a Arlo?

Hieronymus, porque no podía ser nadie más, se detuvo, pero decidió ignorar el arrebato de Nausicaä. A juzgar por su risita, no se sentía para nada amenazado por su espada.

—Como habrás notado, te concedí acceso al acervo de cuchillos que me han dicho que guardas, mi querida Alecto. Estuve tentado a quitarte eso también porque mi armadura de adamantina es bastante costosa, en más de una manera. Pero mi nuevo modelo de cava necesita pruebas. ¿Qué mejor manera de practicar que contra una leyenda? —Sus ojos se dirigieron al arma de Nausicaä y resplandecieron con ansias—. *Starglass*, un metal forjado de polvo de estrellas y el fuego de la diosa Urielle. El mismo fuego que te dio vida a ti, si no me equivoco. Una de las pocas furias que se han atrevido a crear de aquel elemento violento e incontrolable. Tanto tú como ese metal son invaluables.

—Ahora que has creado un lote de cava nuevos, ¿vas a destruir a los viejos? —preguntó Arlo, un tanto confundida y un poco más que espantada.

—Es una pena, pero sí. Como dije, nadie paga buen dinero por modelos obsoletos y me temo que las personas equivocadas podrían darse cuenta si llevo demasiadas de mis creaciones a las nuevas instalaciones que esta reunión nuestra necesita.

—¿Adivina qué? —soltó Nausicaä—, las personas equivocadas ya se dieron cuenta.

Y se le abalanzó.

Su paciencia se había agotado, cortó el aire con una velocidad inhumana, deslizó la funda de su espada y la tiró a un lado. Arremetió contra su anfitrión y en el lapso que le tomó a Arlo parpadear, se fue con todo el peso de su cuerpo e ira para asestarle un golpe en el vientre.

¡La catana se hizo pedazos!

Ya fuera por la fuerza detrás del golpe de Nausicaä o lo que sea que protegía a Hieronymus, su cuchilla se hizo añicos hasta la empuñadura. Pedacitos filosos llovieron al suelo entre ellos con un suave sonido metálico.

Arlo vio la escena y no podía creer que su horror pudiera incrementarse todavía más.

—Pero el polvo de estrellas se puede usar para muchas otras cosas, ¿lo sabías? —Hieronymus ni siquiera se inmutó.

—Eso no es posible… —murmuró Nausicaä, tan asombrada que estaba en negación—. No, eso no es posible. Sólo la Caza Feroz tiene…

Y se calló.

Dio un paso hacia atrás… luego dos.

Arlo supuso que Nausicaä había llegado a una conclusión, y por la alegría creciente en la sonrisa de Hieronymus, él también lo notó. Ella tenía razón.

—Sólo la Caza Feroz tiene permiso de usar las estrellas como escudo —declaró Nausicaä en tono acusador y gélido—. ¿Quién dices que es tu benefactor?

Su sonrisa se volvió macabra. Hero estiró una mano desnuda para agarrar la muñeca de Nausicaä. Antes de que ella pudiera reaccionar, él la jaló.

—Hagamos un trato: si le ganas a mi ejército, te diré todo lo que quieres saber.

Nausicaä gritó y el sonido distrajo a Arlo de sus observaciones. Dio un paso al frente, pero Nausicaä ya se había liberado. Trastabilló lejos del doctor y Arlo se apresuró para detenerla antes de que cayera.

—¿Qué dia...? —exclamó Arlo cuando se dio cuenta de lo que había conmocionado a su amiga: la muñeca de Nausicaä, la mitad de su brazo y casi toda su mano ahora tenían una capa de oro pulido a la perfección—. ¿Es la piedra?

Su anfitrión claramente estaba obsesionado con la riqueza. Si había logrado crear una piedra, no era difícil asumir que el don de Midas hubiera sido el premio por tal logro.

Nausicaä asintió sombríamente.

—Tanta riqueza como quieras, al alcance de tus dedos. A mí eso me parece Avaricia. Definitivamente, una piedra menos. Tenía razón, las piedras resplandecen un color según el Pecado. Oro para la Avaricia; rojo para... quién sabe, pero necesitamos detener esto antes de que cree otra piedra y el color cambie de nuevo.

Se enderezó con la ayuda de Arlo. Agitó su mano de oro para convocar otra cuchilla diferente. Esta vez fue un alfanje, largo y elegantemente curvo, la empuñadura era un baile intrincado de aros de metal que se rizaban para formar ranuras en las cuales metió los dedos.

—Me gustaba mi catana, imbécil. ¿Tienes una idea de lo complicado que va a ser conseguir una nueva?

—Déjame ahorrarte la lata, ¿sí? —respondió Hieronymus y estiró los brazos a los lados— ¿Qué necesidad tendrás de cuchillas de *starglass* cuando tu maldita alma inmortal finalmente descanse?

Finalmente, los cava de armadura de adamantina cobraron vida.

La precisión y agilidad de sus movimientos alarmó a Arlo. Su cubierta de metal no podía ser tan ligera, y por el andar desgarbado y discordante de sus predecesores, Arlo no se esperaba que estos modelos más nuevos se armaran tan fácilmente con lo que traían en sus espaldas. Pero justamente hicieron eso, luego, rodearon a su amo como si se deslizaran en hielo.

—¡Arlo, retrocede! —ordenó Nausicaä y tomó impulso para saltar—. ¿Viste el piso?

Arlo no lo había visto, pero bajó los ojos y se preguntó cómo era que no se daba cuenta: había dos glifos. Bastante grandes como para resaltar; uno a cada lado de donde Hieronymus estaba parado cuando entraron al lugar.

Arlo no necesitaba que le dijeran que no pusiera un pie entre esos círculos, especialmente cuando sabía lo que ese hombre quería de ella.

—No se preocupen —dijo Hero por encima del alboroto. Luego se movió casualmente a un lado para presidir sus pruebas como un emperador romano en un combate de gladiadores—. Estos cava obedecen mis órdenes. Mi magia les da propósito. No atacarán a nadie más hasta que se deshagan de ti, Nausicaä.

Y comenzó la batalla. Arlo se apartó; nunca había visto algo así.

Nausicaä saltó y se agachó para esquivar ataques tan poderosos que hacían mella en el piso cuando no atinaban. Tuvo cuidado de no blandir su arma o saltar más de lo necesario, pero cuando lo hacía, era con una gracia tan silenciosa que una vez más, Arlo se quedó embelesada. Cada uno de sus movimientos parecía un baile de ballet profesional, más que una batalla con alto riesgo de muerte.

Los ataques que lanzaba Nausicaä eran igualmente letales.

Su sable chocaba sonoramente contra las armaduras de los cava, tanto, que salían chispas y los golpes resonaban como gritos en una caverna.

Se mantuvo a flote, pero no parecía causar mucho daño; la batalla comenzó a convertirse en una especie de competencia por ver quién resistía más. Nausicaä era más que buena, era brillante, pero ahora debía de haber, al menos, el doble de cava que los que había afuera de la instalación cuando Vehan luchó a su lado.

Y ahora Vehan no estaba.

Lo único que Nausicaä tenía era a Arlo y Arlo estaba decidida a ayudarle.

¡Ayuda!

Arlo miró su dado.

Tenía que ayudar a Nausicaä, pero ¿cómo? Para que su dado funcionara, tenía que tener un plan de acción. Miró frenéticamente a su alrededor, no encontró nada que la inspirara.

—Un poco de ayuda ahora realmente me vendría bien —canturreó ansiosamente en voz baja. Sería maravilloso si Suerte se apiadara de su inexperiencia y le señalara hacia dónde ir.

Casi tan pronto como ese pensamiento le vino a la mente, el mundo pareció detenerse con movimientos entrecortados y se volvió de color gris; en el aire vio opciones en letras doradas. Todo estaba congelado: la batalla, el doctor, la banda transportadora, los cava que caían hacia sus infernales muertes.

—Aaaaargh —gruñó Nausicaä y se agachó para recuperar el aliento, usando su alfanje para apoyarse.

Tal vez sí, tal vez no tenía el nivel necesario para esa batalla contra el jefe. ¿Qué tal si nos regresamos al último punto de salvación y creamos una granja de experiencia?

Bueno, ésa era una idea.

Después de todo, el mundo estaba congelado, nadie podría detenerlas si regresaban al elevador y se iban.

—¿Podríamos simplemente irnos?

—Tal vez tú podrías, si tu escape no dependiera de un elevador desactivado. En cuanto a mí, estoy bastante atorada aquí. La magia tiene que ver con reglas y así... Llevarnos este espectáculo a otro lado califica como alterar el flujo natural del tiempo, y como inmortal, si quisiera conservar algunas ventajas que me quedan, ésa es una regla que no puedo romper para nada.

—Okey, está bien... Supongo que tiraré el dado para pedir ayuda, ¿no? Tal vez... ¿Tal vez que ayuden a Aurelian a descubrir cómo usar los controles para sacarnos de aquí?

—Eso estaría superbién, Arlo.

Al mencionar la palabra ayuda, ésta brilló aún más hasta que las letras doradas se esfumaron en polvo de adiamantino y se reconformaron en el número doce.

Arlo tiró el dado y vio que caía exactamente en el número doce.

—Gracias al cielo —exclamó Nausicaä, aliviada. En cuanto Arlo se movió para recoger la única arma que podía blandir apropiadamente (la daga que todavía empuñaba como si fuera un talismán habría sido más útil si hubiera aprendido a usarla), Nausicaä se colocó en posición nuevamente.

La batalla continuó.

Hero aún observaba desde un costado, sus ojos resplandecían triunfantes.

Arlo se escabulló lejos de la batalla, pero entonces una patada bien dada mandó a Nausicaä dando tumbos hasta donde estaba ella, lo que volvió a acercarla a la batalla, demasiado para su comodidad.

—Queja del cliente: tal vez la próxima vez podamos tirar el dado para que ayude a la chica que está peleando con una horda de zombis —gimió Nausicaä—. Al intentar levantarse apenas tuvo tiempo de bloquear un golpe cortante dirigido hacia su cabeza.

—¡Perdón! —dijo Arlo, apanicada. ¿Tal vez necesitaba un plan de acción más detallado cuando rodara el dado pidiendo ayuda?— Perdón, perdón, tal vez pueda ver si puedo hacer eso también.

—¡Eso no me molestaría! —gritó Nausicaä mientras asestaba un golpe furioso sobre la cabeza de su atacante.

Temblando, Arlo alzó el dado para inspeccionarlo. Los números no brillaban, y sin importar cuántas veces lo apretaba en su mano, el mundo continuaba su curso como siempre. Incluso cuando trató de sugerir acciones menores, el dado tampoco le respondió.

—¡No está funcionando! Creo que es demasiado pronto. ¡Aún no puedo tirar! ¿Tal vez si le damos un minuto o algo así?

—Sí, bueno, ¡claro! Suena bien. Yo solo me quedaré haciendo lo mío por acá. No te preocupes, todo bien, esto es divertido.

En aquel sarcasmo bruto había un poquito de verdad: Nausicaä sí se estaba divirtiendo.

Tal vez preferiría que la batalla fuera un poco más sencilla, pero cada vez que Arlo miraba su expresión, su rostro estaba encendido de un azul zafiro y completamente enfocado; sus ojos resplandecían con un fuego oscuro y gozoso.

Arlo miró su dado de nuevo, como si mantenerlo vigilado lo animara a recargarse más rápido.

Un minuto se convirtió en dos.

De pronto se escuchó un chillido rompe-tímpanos por todo el lugar. Arlo se espantó y hasta soltó la daga que le había dado Aurelian para cubrirse los oídos en un intento de bloquear algo del estruendo mientras buscaba de dónde había venido. No le tomó mucho tiempo encontrar la fuente: notó que la banda transportadora ahora se movía tres veces más rápido y, a juzgar por los crujidos y chirridos de sus engranajes, el flujo estable de cava cayendo de ella se había vuelto demasiado para el incinerador.

Hieronymus frunció las cejas. Los cava adiamantinos no se desviaron de su tarea y Nausicaä siguió peleando contra ellos, pero el hombre que los controlaba ya no estaba poniendo atención.

—Al parecer unas alimañas comenzaron a mordisquear mis cables; ese príncipe y su amigo... Debí cerrar todas las cámaras. Pero no importa, esto sólo facilita mi trabajo. Mientras más pronto desechen a estos cava, mejor.

¿Acaso Aurelian era el responsable de acelerar la banda transportadora? ¿Ésa había sido la ayuda solicitada? Arlo miró de nuevo la pila de cava que comenzaba a obstruir el incinerador. Y entonces tuvo una idea.

—Nausicaä, ¡mantén ocupados a los cava! —le gritó.

—Ah, sí, claro —refunfuñó Nausicaä—. Nada más por curiosidad: ¿qué estaba haciendo antes de esta instrucción en particular?

Arlo ignoró su sarcasmo, bajó la mano y revisó su dado de nuevo: el color había regresado. Gracias a cualquier ayuda que le hubiera prestado el universo, de nuevo podía convocar a Suerte.

—Sólo necesitamos una distracción para ganar más tiempo hasta que Aurelian abra las puertas y llegue el sumo rey —murmuró—. ¡Podemos lograrlo!

—¿Con quién hablas? —gritó Hieronymus furioso, cuya atención había regresado a Arlo. Se abalanzó hacia ella, por lo que Arlo se movió de su lugar para mantener tanto espacio entre ellos como fuera posible—. ¿Qué traes en la mano? ¡Enséñame!

Conforme se mantenía la batalla, los cava adiamantinos iban ganando impulso. Y aunque Nausicaä tampoco parecía ralentizar, lo único que se necesitaba para que esta batalla empeorara era que uno sólo de esos golpes letales diera en el blanco.

Nausicaä tenía razón, no estaban al nivel que requería esa batalla. Arlo tenía que actuar ahora antes de que todo escalara, antes de que su anfitrión asesino activara uno de esos glifos y terminara con todo.

—¡Los cava atascan el incinerador y lo descomponen! —gritó Arlo.

El tiempo volvió a detenerse y todo excepto Arlo y Nausicaä se congeló.

—Ahora sí ya no entendí —dijo Nausicaä jadeando. Bajó la espada y se sobó el brazo entumecido—. ¿Por qué queremos atascar el incinerador?

—Vamos a causar una distracción. Creo que si la banda transportadora marcha más rápido es porque Aurelian está descifrando los controles. Si podemos mantener esto un poco más, cuando el sumo rey llegue, él y los Falchion no tendrán problemas para llegar hasta acá abajo con nosotros —explicó mientras examinaba las opciones doradas en el aire.

—¿Y estamos cien por ciento seguras de que tu apuesto príncipe fae mandará a alguien para que nos rescate?

—Sí. Cuando Celadon dice que hará algo, lo cumple.

«Escapar» brillaba con más fuerza que nunca.

«Ayuda» permaneció en gris, sin opción para elegirse.

—Rodar —dijo Arlo.

Las opciones comenzaron a dispersarse. Se filtraron por el aire hacia diferentes partes de la cámara, donde se reacomodaron en números.

Al parecer, Arlo tenía más de una opción para crear su distracción.

Un poco de polvo cambió a un número diez cuyo color dorado resplandecía directamente encima de la cabeza del doctor.

El polvo que se disipó hacia el incinerador conformó un brillante y verde tres.

Directamente encima de los cava con los que Nausicaä había estado combatiendo apareció un reluciente número dieciocho escarlata. Nausicaä se veía perversamente complacida al ver esto, como si fuera una especie de honor que lo que fuera a pasar con los cava con los que ella peleaba tuviera el rango más difícil de lograr en la escala de su suerte.

—¿Qué tengo que hacer aquí? —se preguntó Arlo en voz alta—. ¿Tengo que elegir qué distracción quiero o sólo dejo que el dado ruede con la esperanza de lograr las tres?

Nausicaä alzó los hombros.

Arlo dejó que su instinto la guiara; hasta ahora no le había fallado. Tiró el dado con la esperanza de al menos lograr atascar el incinerador y completar la etapa final de su plan.

—¡Diecinueve! —se desgañitó Nausicaä— ¡Ja! Ojalá que eso sea algo bueno.

Arlo corrió para recoger el dado. El tiempo recobró su ritmo usual. Justo cuando Hieronymus se lanzó a un lado, aún más confundido que antes, pues de pronto Arlo estaba en un lugar completamente diferente, otro chillido estruendoso saturó el aire.

El piso comenzó a temblar y desbalanceó a casi todos los cava remodelados, que cayeron estruendosamente al piso en un montón enredado. A juzgar por cómo sus movimientos habían sido enérgicos y ágiles, sin duda el suceso se debía a su tirada exitosa y explicaba por qué el resultado había sido tan eficiente.

Primera distracción lograda.

Al otro lado, el incinerador rechinó. Su velocidad aumentó, lanzando más cava en sus entrañas candentes, hasta que, con un tremendo bang sus ardientes profundidades se extinguieron y comenzó a escupir denso humo negro.

Segunda distracción lograda.

—¿Qué está pasando? —Hieronymus estaba que hervía, se dio la media vuelta hacia Arlo—. ¡Tú! —gruñó—. ¡Tú hiciste esto! ¿Cómo? ¿Qué hiciste? ¿Éste es el poder que te hace mucho mejor que los demás? —Seguía hirviendo de rabia y Arlo usó este berrinche momentáneo para alejarse más, aunque a él no le tomó mucho tiempo recuperar la compostura. Después de inhalar profundamente para estabilizarse, agregó—: No importa. ¡No importa! Te voy a quitar la alquimia hagas lo que hagas.

Metió la mano en el bolsillo interior de su saco; sus ojos cobraron un resplandor dorado y peligroso.

«No la toques», decía. «No debes lastimar a Arlo Jarsdel».

—Bueno, tu protector no está aquí ahora. Te quitaré tu poder, lo haré mío, y cualquiera que sea el destino que te esperaba, ahora será mío.

Ustedes los faes consentidos son sanguijuelas de la sociedad. A mí me costó demasiado ver que mis sueños se lograran. ¿Crees que puedes venir aquí y quitarme todo esto con magia?

Su locura era evidente en la risa que marcaba su discurso.

Arlo sólo podía mirar, clavada en su lugar por una estaca de pánico.

¿Quién era ese «protector» que mencionaba? Recordó que el destripador había hablado de un segundo amo, ése que no tenía olor. Alguien más le había dado órdenes, y por lo que ahora decía, ese ser «inodoro» y su asesino estaban en desacuerdo con respecto a sus objetivos.

Hieronymus sacó la mano del bolsillo y reveló lo que buscaba: una piedra lisa y ligeramente deforme de oro, como el que recubría el brazo de Nausicaä.

—¿Crees que tu magia incipiente y patética me detendrá? ¿Crees que eres mejor alquimista que yo? —Volvió a reír—. La magia no puede vencerme. Ya no. No ahora que tengo mi piedra filosofal. Tus truquitos no son nada comparados con el poder de todo lo que he logrado, y pronto lograré aún más. Te quitaré del camino y, una vez que lo haga, mi genialidad al fin obtendrá el respeto que se merece. Yo seré... ¡ah!

Su sermón concluyó abruptamente debido a una súbita colisión contra un cavum, lanzado por los aires directamente a él. Y es que Nausicaä había aprovechado la confusión de los cava.

—Ah, por los dioses, ¡ya cállate! —protestó al otro lado de la cámara— Algunos de nosotros estamos tratando de disfrutar una batalla.

Con la colisión se le zafó la piedra de las manos, que salió rodando hasta el glifo más cercano a Arlo, lejos del alboroto entre espadas y cava, donde Nausicaä al fin obtenía ventaja. Ésa, justamente, debía de ser la tercera distracción, porque casi fue como si el tiempo se hubiera detenido sin la necesidad del dado de Arlo. Tanto ella como Hieronymus se quedaron absortos viendo la piedra rodar y roda y rodar al centro del glifo y luego quedarse meciendo hasta detenerse.

—¡LA PIEDRA! —gritó Hieronymus a los cava— ¡VAYAN POR ELLA! ¡DEJEN A LA FURIA Y VAYAN POR LA PIEDRA!

Arlo corrió al frente antes de que sus pies recordaran su miedo paralizante.

Hieronymus trató como pudo de enderezarse y también se abalanzó. Terminó lanzándose al piso en un intento de llegar a la piedra antes que Arlo, pero fue inútil. Al otro lado, su ejército de adiamantino arremetió para obedecer sus nuevas órdenes.

Arlo corrió.

Ignoró cómo el corazón le martilleaba en el pecho.

Ignoró los pesados cuerpos metálicos que se lanzaban hacia ella desde el otro lado del lugar, amenazándola de muerte con el resplandor de sus espadas ocasionado por la luz torcida de las virutas de humo.

Ignoró los gritos histéricos de su anfitrión y la sarta de improperios de Nausicaä que al mismo tiempo la instaba a seguir corriendo y trataba de recuperar la atención de los cava.

Arlo corrió hacia el glifo. Cuando la piedra estuvo a su alcance, se lanzó al piso.

—¡NO! —gritó Hieronymus.

—¡Arl...! ¡Ah! —exclamó Nausicaä.

Arlo se puso de pie de un brinco.

Los cava la habían alcanzado y fue lo único que pudo hacer para evitar por casi nada el ataque brutal de una cuchilla muy grande y muy pesada.

—¡IDIOTAS! ¡NO LA MATEN AÚN!

En un arrebato, Arlo se atrevió a voltear hacia Nausicaä con un pánico que no tenía nada que ver con su precaria situación latiéndole en las venas. Lo que vio hizo que se le helara la sangre como nunca en todo ese tiempo.

Ahí estaba Nausicaä, apretándose el abdomen.

Cayó y se alejó de Hieronymus, quien se había levantado del piso, aprovechando la propia distracción de Nausicaä (quien se había apresurado a ir a ayudar a Arlo) y le había dado con una cuchilla en un costado, una daga en la que ahora goteaba sangre azul.

La daga de Arlo. La que había soltado hacía tan sólo unos momentos.

—¡NOS! —gritó. Y con dado y piedra en mano, se lanzó al enjambre de cava. Entonces, con una destreza ciertamente imposible, atravesó el mar de cuchillas letales. Ellos se lanzaron a ella para recuperar la piedra que les ordenaron rescatar, pero como una brisa ondeante, escapó de entre sus garras agachándose, zigzagueando, deslizándose hacia Nausicaä.

Con la solidez de todo su peso y furia arremetió contra Hieronymus. Él cayó nuevamente, pero Arlo no se detuvo.

—¡Nos! Nos, ¿estás bien? ¿Estás bien? ¡Nos! —Soltó ambos objetos para sostenerla donde se había caído, justo afuera del círculo del glifo opuesto, y la acomodó suavemente en el piso.

La conmoción de Arlo fue tal que apenas pudo colocar a Nausicaä sobre su regazo y aplicó presión sobre su herida. A primera vista no se dio cuenta de la sangre, con toda la ropa negra que usaba Nausicaä, pero luego goteó por entre sus dedos y la sintió empapando sus *jeggings*: sangre cálida, húmeda y aterradora formando un charco en el piso.

—Oye —respondió Nausicaä con voz ronca y trazos de humor. La debilidad que exudaba era tan inusual en ella que sonaba como la voz de alguien completamente diferente—. Deberíamos hablar con Aurelian. Pregúntale... pregúntale dónde consiguió una cuchilla que puede lastimar severamente a una furia.

Arlo se mareó al ver toda esta sangre zafiro.

—Vas a estar bien. Vas a estar bien. No te vas a morir, no te...

—Tsss, no. Es sólo una herida carnal, aunque sí me duele endemoniadamente, pero probablemente en unos segundos voy a entrar en una especie de trance sanador para detener la hemorragia. Es un terrible mecanismo de defensa, la verdad. Heme aquí, a punto de desmayarme en medio de... —Sacudió la cabeza. Se recargó en Arlo para tratar de enderezarse—. Todavía no... todavía no... No puedo dejarte pelear sola, carajo. ¡Espabílate, Nausicaä!

—¡No, No! Estás lastimada. No te muevas.

—Qué conmovedor. —La cabeza de Arlo volteó a un lado y ella se hizo ovillo para proteger a su amiga herida. De nuevo de pie, Hieronymus se lanzó hacia ellas, caminando lentamente, confiado, con una sonrisa cuajada de triunfo—. Amistad. Qué curiosas son las cosas que te dicen que el dinero no puede comprar. Se equivocan, desde luego, porque todo tiene su precio, y cuando eres el hombre más rico del mundo, incluso la lealtad está a la venta.

—Púdrete —escupió Nausicaä. Gruñó y sacudió la cabeza de nuevo, luchando contra el trance. Arlo se encaramó a ella con más fuerza—. Espero que la lealtad te apuñale justo en tu espalda elegantemente vestida.

—Si así sucede, no estarás aquí para verlo —dijo él con desdén—. Aunque, después de todos los problemas que me has ocasionado, creo que te dejaré ver cómo despojo a tu amiguita de su alquimia. Desafortunadamente, ella no sobrevivirá al proceso, los otros sujetos con los que experimenté no lo hicieron, pero tú ya viste morir a otro ser querido, ¿no es así, Alecto? He escuchado las historias. ¿Te gustaría hacer un nuevo experimento? ¿Te interesaría descubrir si te dolerá igual cuando pierdas a tu preciada Arlo?

Alzó una mano y dio un paso más. Su ejército cerró filas a su alrededor.

—Te... voy... a destruir... carajo —amenazó Nausicaä con todo y que estaba a punto de perder la conciencia—. Tócala y... te destruyo. Tal como des... truí al último... que fue tan estúpido.

Arlo miró fijamente los símbolos en el piso junto a ella y reflexionó sobre lo que el doctor acababa de decir.

—Arlo —Nausicaä carraspeó, más débil que antes. Parecía resuelta a mantenerse enfocada el tiempo suficiente para darle algo.

Ella apartó la vista del glifo y la masa de cava que se reagrupaba detrás del doctor y buscó el rostro de Nausicaä. Pálida y fría, le mantuvo la mirada un poco más. Finalmente, cerró los ojos y se quedó quieta. En la mente de Arlo surgió una nueva onda de pánico, pero fue entonces cuando entendió lo que le había entregado.

El dado.

De un jalón, Arlo entendió qué era lo que debía hacer.

—¿Sabes qué? —se oyó decir y alzó la vista de vuelta al doctor. Al mismo tiempo, casi por sí sola, la mano con la que sostenía a Nausicaä se volteó para tocar el anillo del glifo con las puntas de los dedos—. En verdad eres muy estúpido.

Hieronymus se molestó.

—¿Disculpa?

—Los glifos del piso... ¿Transfieren y drenan poderes?

—¡Sí! —gritó furioso, olvidándose de sí y acercándose aún más para pararse por encima de Arlo. No se dio cuenta de que la punta de su pie tocaba apenas el aro, pero Arlo sí se dio cuenta—. Me tomó mucho tiempo dominar el arte de torcer la magia para que me obedeciera, pero nada es imposible cuando tienes la suficiente inteligencia y motivación.

Arlo ahogó una carcajada.

—Como dije: muy estúpido.

Cerró los ojos. Realmente era muy simple. Tan fácil como le fue imaginar el glifo que sellaba la puerta de entrada a la fábrica, el que tenía bajo los dedos se dibujó con toda nitidez en su mente. Al imaginar que sus símbolos se disolvían, podía desactivar cualquier glifo... ¿Qué tendría que hacer si quería revertir uno?

«Inviertes los símbolos».

Y entonces le vino otro recuerdo borroso con la suave voz de su padre.

Esta vez, con Nausicaä sobre sus piernas, vulnerable y dependiendo de ella para sacarlas de esta situación, Arlo pudo usar su alquimia sin ayuda.

El glifo en su mente se calentó y cobró vida casi sin esfuerzo.

No tenía idea de dónde venían los conocimientos de esa magia. Su padre no era ferronato y ciertamente nunca había practicado la alquimia... De dondequiera que hubiera tomado eso, el recuerdo debió revolverse con otro, se distorsionó con el tiempo y con todas las cosas que se apilaron encima de él. Pero ¿dónde pudo haber escuchado eso?

No cuestionó que tuviera que invertir los símbolos, no ahora, no cuando estaba tan segura de sí y de que tenía que evitar que Hieronymus Aurum ganara.

—Todo este tiempo has estado detrás de mi alquimia, pero nunca consideraste mis otros dones. —Los símbolos en su mente comenzaron a girar como un dial. Al hacerlo, los que estaban en el piso también comenzaron a rotar.

—¿Qué estás haciendo? —exclamó Hieronymus al ver su glifo— ¿Qué está pasando, qué es esto? ¡Mi glifo! No es posible...

—No soy alquimista. —Abrió los ojos—. No como tú. Soy algo mejor; no estoy tan enredada en las reglas.

Hieronymus gritó y se quedó pasmado. Ya fuera conmoción o dolor lo que lo había clavado en su lugar, Arlo comenzó a sentirlo: un cosquilleo de energía. Le llegaba lentamente. No quería matarlo, no quería utilizar con demasiada brusquedad el lazo que al parecer se había formado entre ellos, uno que casi podía ver, como un pulso, un hilo azul resplandeciente, pero sí quería debilitarlo para evitar que él usara eso en su contra. Mientras lo hacía, sintió que algo en ella temblaba.

«¡Es demasiado!», le gritaba su instinto. «Es demasiado, ¡aún no estás lista!».

Entonces sintió que la torre en la que todos la encerraban comenzaba a tambalearse. Como si estuviera construida con rocas que se desmoronaban, sintió cada movimiento en sus cimientos, cada sacudida que amenazaba con tumbar su torre; terminaría por venirse abajo y no quedaría nada de ella. Quitó la mano del glifo mirando a Hieronymus, concentrada en respirar tranquilamente hasta que el temblor se calmara. Finalmente, se detuvo.

El glifo en el piso perdió su color y se quedó como piedra caliza.

—¿Qué es lo que acabas de hacer? —exigió él con voz ronca. De alguna manera se veía aún más letal debido a la magia que recién había perdido—. ¿Qué me hiciste?

Su tiempo se había terminado.

El glifo ya no podía lastimar a Arlo, pero los cava sí.

El dado en su mano era frío al tacto, pero ella sabía lo que tenía que hacer para que la ayudara, el precio que tenía que pagar, ese papel que tenía que asumir más allá de las limitaciones de su periodo de prueba. Ahora recordaba la otra parte de lo que Suerte le había dicho en el Círculo de Faeries, lo que tenía que decir y hacer si quería que la ayudara.

No podía posponerlo más, tenía que elegir, tenía que salvarse y salvar a Nausicaä de esa posible tumba a como diera lugar, y si acceder a lo que Suerte le ofrecía era la única manera, la decisión era clara.

—¡AYÚDANOS! —gritó.

Alzó la mano con la que escondía el dado, lo tiró a un lado para liberarlo en aquella cámara. Gritó con tal fuerza que su voz hizo eco y al fin diría exactamente lo que Suerte quería desde el inicio.

—QUIERO CERRAR EL TRATO. ¡SERÉ TU ESTRELLA VACÍA SI NOS AYUDAS!

Una risa se yuxtapuso al eco de su grito.

El dado rodó.

Rodó y rodó, lejos del alcance de Arlo y cayó en el número cuatro.

—¿Ayudarte? —se burló Hieronymus— Sí, te ayudaré. Sólo tomará un momento, aunque temo decirte que dolerá muchísimo. —Alzó una mano—. ¿Te crees muy lista, niña? ¿Crees que me has quitado mi poder? Tal vez arruinaste mi glifo, pero ¿crees que no te mataré de todos modos? —Chasqueó los dedos. Arlo se encaramó de nuevo sobre Nausicaä a modo de escudo protector, a pesar de que sería bastante inútil para resistir a lo que el doctor intentaría.

Casi pudo oír el chapoteo de una cuchilla perforándole los órganos, pero, a pesar de su imaginación, no sucedió nada.

Pasó un momento, luego dos, y seguían ilesas. Arlo alzó la cabeza y se atrevió a asomarse y ver qué tanto detenía al doctor y a su ejército. Vio que la cava estaba congelada.

No por el tiempo.

No por el dado de Arlo.

Hieronymus estaba igual de pasmado, inmóvil como los muertos, su sonrisa febril arrebatada de nuevo por la conmoción al bajar la mirada a su pecho, donde lo había atravesado algo que parecía una mano, de cuyos dedos engarrados goteaban pedazos de carne y sangre.

Arlo ahogó un grito cuando esa mano se cerró en un puño y se retrajo por esta espantosa cavidad y Hieronymus, muerto, cayó al piso.

Fue entonces cuando percibió, por encima del olor a quemado del humo y maquinaria sobrecalentada, un aura fría, dulce y nauseabunda, como flores podridas.

CAPÍTULO 33

✦ AURELIAN ✦

✦

Aurelian tenía tan sólo ocho años cuando sus padres le dieron permiso de tener su primera computadora, una laptop HP, grande y aparatosa —según los estándares de la que ahora tenía— y que estaba lejos de lo que los niños lesidhe rogaban que sus padres les regalaran de cumpleaños, pero al final los convenció.

Era el regalo más costoso que le habían comprado en ese entonces. Se estremeció de pensar en lo difícil que debió de ser para sus padres juntar el dinero cuando tenían tan poco en esos tiempos, cuando él y su hermano menor, Harlan, iban a la escuela primaria humana y sus padres administraban un negocio muy modesto en el que vendían alimentos horneados desde su pequeño hogar.

Esa torre de control, con sus paneles, botones, interruptores y luces apagadas acomodadas alrededor de la computadora más impresionante que Aurelian había visto, era un poco más compleja que la laptop de hacía tantos años.

Sin embargo, estaba convenientemente protegida con un simple método de seguridad: una contraseña. Hacía años que Aurelian había aprendido solo cómo hackear eso, y si bien su madre iba a gritonearle severamente cuando se enterara de lo que había estado haciendo esa noche, lo bueno que saldría de todo eso era que al menos podría decirle al fin que sus «fascinaciones antifae» no habían sido una pérdida de tiempo como ella y muchos otros creían.

—Tenemos un problema.

Aurelian volteó sin quitar los ojos del monitor de la computadora. Reconocería a Vehan como fuera, pues su aura hacía una ligera efervescencia contra la suya, como el agua carbonatada sabor a jengibre y cítricos en la base de la lengua.

—¿Sólo uno? —respondió Aurelian secamente.

Vehan se acercó. El calor que irradiaba como príncipe seelie del verano se derramó sobre su espalda, pero no tenía tiempo para sentir cómo sus músculos se tensaban.

—Ja, ja, qué chistoso —dijo en tono plano—. Mientras tanto, Nausicaä no se puede teletransportar, ella y Arlo acaban de desaparecer en otro elevador y estoy bastante seguro de que Hieronymus Aurum está a punto de matarlas. Esto es… esto es realmente terrible. No es para nada lo que esperaba que sucediera cuando vinimos aquí. Aurelian, tenemos que echar a andar estos elevadores, tenemos que sacarlas de aquí. No puedo permitir que el ser más significativo del sumo príncipe se muera por un estúpido plan que yo fragüé.

—Eh, bueno, si tenemos que hacerlo, supongo que me esmeraré en esto.

No podía evitarlo.

Vehan era una fuente de irritación, confusión, miedo, frustración, fantasías a medianoche y sueños vergonzosos que él definitivamente no se permitiría recordar en sus horas de vigilia. Y el estrés de su situación actual sólo agravaba esas cosas.

—Por favor, dime que es broma.

—Claro que es broma.

—Bueno, ya estuvo.

Vehan se separó; Aurelian sintió que sus hombros se relajaban un poco.

—No toques nada —le advirtió porque de seguro Vehan encontraría quién sabe cómo una manera de encerrarlos ahí para siempre (los faes en general no eran muy capaces en lo relativo con la tecnología moderna humana, incluso la que sí les agradaba; pero Vehan en particular estaba a punto de ganarse una medalla por lo terrible que era para usarla).

—Entonces, ¿ya casi lo logras o…? —Vehan regresó a asomarse por encima de su hombro, sin duda perdido con lo que veía en pantalla.

Ahora fue el turno de suspirar de Aurelian.

—Por extraño que parezca, aún no. No sé por qué estoy un poco distraído... Ahí.

Habían entrado.

—¡Lo lograste! —exclamó Vehan.

Aurelian se acercó más a la pantalla. Volver a encender el panel era su prioridad. Luego, tenía que empezar con una especie de ensayo y error hasta encontrar los controles de los elevadores. Unos cuantos minutos más de tecleo y misión cumplida: las luces en el panel se encendieron una por una, parpadeando hasta que el sistema se reinició, cobrando vida zumbante. Satisfecho porque todo iba bien, examinó las múltiples opciones.

—Esto sería más fácil si hubiera etiquetas —Vehan bromeó sin que fuera de ayuda. Se estiró justo enfrente de la visión de Aurelian—. ¿Qué hay de éste?

—¡Detente, Vehan! Te dije que no tocaras nada.

Y entonces lo invadió una sensación curiosa, no tan diferente de lo que había sentido antes, afuera de la instalación. El aire alrededor se estremecía y él casi podía jurar que detectaba el más mínimo alto en el tiempo, una falla pequeñísima, cuando Vehan se estiraba hacia la consola.

Fue y vino tan rápido que no dejó evidencia de que hubiera sido algo más que su imaginación.

—No iba a tocar nada —se quejó Vehan—. ¡Sólo estaba apuntando! —Retrajo la mano ignorando por completo ese lapso fuera de lugar. La ligera curvatura de su boca traicionó su mal humor, pero enseguida su puchero cambió a terror: había rozado un dial al quitar la mano.

Un chirrido de engranajes se escuchó por todo el lugar que antes había estado tan callado. Sin que se pudiera hacer nada desde la torre de control, la banda transportadora de cava comenzó a avanzar al triple de velocidad.

—Bueno —comentó Vehan, relajándose un poco—, no es lo peor que pudo pasar. Sólo debemos bajar la velocidad y ya.

Aurelian podía sentir que su presión sanguínea aumentaba.

—Lo descompusiste, ¿verdad?

—No, ¡apenas lo toqué! Está atascado. Inténtalo tú, gran y poderoso genio de las computadoras.

Aurelian lo hizo a un lado, pero tal como había dicho, no cedía. ¿Cuál era el punto de un dial que sólo giraba hacia un lado? ¿Vehan lo había descompuesto o había algo además del dial manipulando la velocidad?

—Supongo que ahora estamos buscando dos cosas... —murmuró Vehan, que al parecer se preguntaba lo mismo.

Aurelian volvió a suspirar.

—El elevador aún es nuestra prioridad. Tal vez haya un manual de usuario por aquí. No toques na...

—Yo, Vehan Soliel Lysterne, príncipe heredero de la Corte del Verano de los Seelie te ordeno que no completes esa oración.

Aurelian frunció los labios y le lanzó una llena de desconfianza.

—No toques nada —le advirtió, desobedeciendo la orden, y desapareció debajo de la consola.

Luego sintió que le pateaban el talón de la bota.

—Idiota —protestó Vehan. Oculto debido a su nueva posición, Aurelian se permitió sonreír en silencio.

—Tch, tch, tch —chasqueó.

La sensación que lo invadió ahora era tan familiar como la anterior, pero a diferencia de aquélla, Aurelian de inmediato reconoció ésta como pavor. Salió de debajo del panel y, con las prisas, sin querer se pegó con la orilla de la consola. ¿Cómo era que no la había percibido?, esa contorsión contra su piel, como gusanos en un cadáver hinchado y en descomposición... ¿Cómo era que no lo percibía?, ese mal sabor en la base de su lengua, como flores rancias y ácido de batería que le daba náuseas. ¿Cómo era que no percibió el aura negra y mohosa que lo carcomía en la periferia? Porque ya se había topado antes con todo eso, y la primera vez fue justo afuera de esa mismísima instalación. Ciertamente, cuando Aurelian se dio la vuelta, encontró a Lethe, lo cual no tenía ningún sentido, debido a las luces rojas en los elevadores que aún indicaban que estaban cerrados y el uniforme que vestía ese misterioso ser.

—Eres un cazador... —fue lo primero que alcanzó a decir.

Ahí estaba, el ser que los había encontrado en el desierto hacía unos días. Ahí estaba, el ser que se habían encontrado en el Hiraeth. El encuentro con Lethe era tan terrible como siempre... pero esta vez, encima de sus adornos plateados y su túnica negra ajustada había una capa de medianoche, el infame y célebre atuendo de la Caza Feroz.

—¿Cómo fue que entraste hasta aquí? —preguntó Vehan igualmente asombrado— Los elevadores... Los cazadores no pueden teletransportarse al interior de edificios.

Lethe inclinó la cabeza, desconcertado de una manera que sólo incrementó la inquietud de Aurelian ante la situación. Su cabello gris metálico le caía hasta la cintura de un lado de su cuerpo, en una maraña de nudos y trenzas y lo que Aurelian sospechó eran pedacitos de Hiraeth entretejidos. Dirigió su mirada hacia Vehan de manera muy similar a una araña en su tela, esperando la primera señal de lucha que le indicara su siguiente comida.

Tal vez Lethe los había salvado en dos ocasiones, pero no había duda en la mente de Aurelian de que el que estuviera ahí ahora no era nada bueno.

—Su majestad te hizo una pregunta —se oyó decir débilmente.

Lethe lanzó un suspiro, estiró los brazos hacia arriba y lánguidamente los dobló detrás de su cabeza.

—Sí, ya oí, es sólo que no me interesan sus preguntas absurdas. Obviamente entré con magia mucho más fuerte de lo que subestimó cierta persona que además no obedece las reglas, como ustedes, por lo que veo. ¿Conque alquimia, eh? —Pausó para tiritar exageradamente—. ¿Se están divirtiendo?

—Estamos atrapados en un laboratorio clandestino que está secuestrando humanos y persiguiendo ferronatos para hacer experimentos alquímicos... así que no, no nos estamos divirtiendo —bufó Vehan, con una vehemencia tan ardiente que Aurelian se acercó de manera protectora hacia él—. ¿Qué haces aquí? ¿Tú también estás en esto?

—¿Esto? —Lethe miró alrededor—. En algo por aquí y por allá, pero completamente metido, no. —Su sonrisa se amplió y mostró los dientes, docenas de cuchillas afiladas y serradas, pero con todo, era más letal el resplandor plateado de las puntas de los dedos de su mano izquierda, su guadaña. Según la leyenda todo cazador tenía una. Aunque el modelo variaba según quien la portaba, cada cazador tenía un arma de adamantina, forjada en el fuego de las estrellas agonizantes, lo que les permitía cosechar almas de carne mortal. Ahora que Aurelian sabía lo que era, estaba aún más aterrorizado de lo cerca que esos pedazos de metal habían estado del príncipe en diversas ocasiones—. Lo siento, pero esto no es exactamente de mi gusto. La muerte que mancha este lugar es deliciosa, seguramente, pero... no. Esto fue una simple curiosidad que disfruté revisar de vez en cuando.

—¡¿Disfrutar?! —gritó horrorizado— ¿Disfrutaste que tanta gente inocente hubiera muerto? No lo entiendo, se supone que tú eres bueno.

Aurelian notó que la mano de Vehan se flexionaba entre ellos. Tal vez era afortunado por que su dominio de la electricidad estuviera temporalmente inhabilitado. Si atacaba, no había mucho que Aurelian pudiera hacer para protegerlo de un cazador.

—¿Bueno? —Lethe hizo una cara de profundo desagrado—. No seas repugnante. Soy inmortal, mi pequeño príncipe fae; no me sirven tus patéticas nociones del bien y el mal. Bajó las manos a sus costados y con ellas su humor—. Ahora, apártate de esos controles antes de que descompongas algo.

Vehan se cruzó de brazos.

—Definitivamente no.

Aurelian se unió a este desacuerdo colocándose entre Vehan y el cazador. Ellos no eran contrincantes para Lethe. Si las historias eran ciertas, ni siquiera todos los seelies del verano lo serían, pero Aurelian tenía que cumplir con su deber; no podían salir, no podía llevar a Vehan a un lugar seguro como siempre era su prioridad, pero sí podía asegurarse de que Vehan no saliera lastimado antes que él.

—No te acerques —le gruñó con un sonido grave y gutural.

—Si no te apartas, lesidhe malcriado, no saldrás de aquí vivo.

Peló los letales dientes y sus ojos fosforescentes resplandecieron. Aurelian no se engañaba a sí mismo, sabía que un fae lesidhe de dieciocho años jamás podría intimidar a una de las deidades imperecederas de la muerte, pero a pesar de todo, dio un paso al frente y también peló los dientes.

—¿Me vas a retar a un duelo? —rio Lethe, con un sonido crujiente que le puso los pelos de punta e hizo una floritura con sus dedos adiamantinos— Vamos, pues.

Retar a duelo a un cazador iba más allá de la estupidez, pero ¿qué otra opción tenía? Debía activar los elevadores. Necesitaba llevar a Vehan, Arlo y Nausicaä a un lugar seguro. Si Lethe no se lo permitiría, tendría que distraerlo y esperar que Vehan lo hiciera en su lugar.

—¿Su majestad?

La expresión de Vehan se volvió aún más severa.

—¿Cuántas veces tengo que decirte que me llames Vehan? Y no. Sé lo que estás pensando y no. Yo soy el que tiene más experiencia peleando. Yo soy...

—Hábil con una espada que no tienes en este momento, ¿o sí?

—Aurelian...

—Vehan, empieza a presionar botones.

Y Aurelian arremetió.

Era muy cierto, Vehan era mucho más hábil con un arma de lo que Aurelian lo sería, pero una ventaja que él tenía por encima del príncipe era su velocidad. En un parpadeo, Lethe lo esquivó y comenzó a correr por todo el lugar con una risa macabra; Aurelian de inmediato se fue a perseguirlo.

Fácilmente se agachó para esquivar un gancho en el aire que provenía de esas garras metálicas.

Estuvo listo para una finta a la izquierda y logró desviar la patada de una bota que salió por la derecha.

Más allá de su máscara de aburrimiento, Lethe estaba enfadado. No había otra explicación de por qué había jugado con él de esta manera. En cualquier momento, el cazador tomaría la vida de Aurelian con una agilidad que ni siquiera él podría esquivar; en cualquier momento podía decidir que esos golpes juguetones ya no iban con su humor y vencería a Aurelian en el tiempo que le tomaba entonar su risa.

Detrás de ellos, Vehan apretaba botones.

Activaba interruptores.

Giraba diales.

Las luces brillaban con más fuerza, luego se atenuaban demasiado; el aire en modalidad de ventilación de pronto comenzó a enfriar como si se tratara de una helada ártica y luego de un calor de horno; algo de lo que fuera que apretó disparó una alarma similar a la que casi los había dejado sordos en su primera visita a la instalación. El sonido lo hizo estremecerse y Lethe aprovechó para soltarle a Aurelian un puñetazo tan fuerte que lo dejó tumbado en el piso, jadeando.

—¡Aurelian!

—Sigue... apretando... botones —resolló, tratando de levantarse.

—No... —dijo Lethe con un tono fríamente deleitoso y, usando su bota, lo clavó al piso por la espalda media— No, creo que me gusta que estés sobre manos y rodillas. —Presionó más y Aurelian apretó los brazos para que no lo tumbara pecho tierra contra el piso de metal.

—Tal vez si te tomaras tu puesto más en serio, no llegaríamos a esto. —Lethe continuó provocándolo—. Tal vez si no estuvieras tan envuelto en tu lástima y tus decepciones absurdas y tu miedo a la muerte, no serías tan inútil.

—¿Y tú... qué sabes... de eso...? —se esforzó por decir.

—Sí que lo sé. —Soltó otra carcajada, y se agachó muy cerca de él, tanto que podía sentir su aliento sobre su oreja—: ¿Sabes?, me recuerdas a alguien. Ella también pasó mucho tiempo enfrascada en emociones absurdas. Eso la hizo perder el brillo. Eso la debilitó. Apagó su fuego... ¿Tal vez podamos ver si tú lo haces mejor?

En un momento, los brazos de Aurelian estuvieron a punto de ceder ante el sorprendente peso de Lethe. Al siguiente, Lethe se había ido. Con una velocidad casi como si se hubiera desvanecido en el aire, el cazador se alejó y antes de que Aurelian pudiera levantarse, un jadeo que lo acecharía durante muchas noches futuras le indicó exactamente adónde había ido.

—Querido Vehan, qué cosa más hermosa eres. ¿Te gustaría que hagamos una prueba en vista de cómo están las cosas?

—Julean, no, ¡no lo toques!

La sonrisa de Lethe se abrió tanto que parecía que se le iba a romper. Aurelian apenas lo notó. Apenas notó que había pronunciado el verdadero nombre de Vehan, el nombre que el príncipe había elegido en su maduración y que no había compartido con nadie más que a él, ni siquiera a su propia madre. No notó cuando lo dijo como una súplica al mismo Vehan para que se mantuviera vivo. En lo que Aurelian se levantó y se lanzó hacia Lethe, lo único que pudo notar fueron esas malditas garras en la garganta del príncipe.

Ni siquiera pensó en cómo compensar eso.

En un movimiento singular, Lethe apartó a Vehan y se fue contra él, usando la misma inercia de Aurelian en su contra, lo azotó con fuerza de cara contra la consola. No había tiempo para pensar, no había tiempo para desquitarse; Lethe le hincó una sola garra en la nuca que le ardió hasta los huesos.

Gritó.

—El tiempo de indecisión se ha terminado, Aurelian Bessel. La geas que me obliga a proteger a tu príncipe está a punto de cumplirse. Necesitarás toda tu fuerza para lo que viene. Tienes que mejorar en esto de mantenerte vivo.

Entonces estiró una mano por encima de la cabeza de Aurelian. Hasta que desapareció, ahora sí por completo (apenas alcanzó a ver la luz negra que se lo tragó), fue cuando entendió que le había concedido dejarlo con vida.

Hasta que levantó la cabeza fue cuando entendió que el cazador había oprimido un botón.

Hasta que Vehan corrió a su lado y lo ayudó a levantarse del panel, muy alterado y al borde de las lágrimas mientras revisaba que no estuviera herido, fue cuando Aurelian se dio cuenta de lo que ese botón había hecho.

—Vehan —carraspeó—. Mira.

Apuntó hacia una puerta abierta al fondo del pasillo, donde se veía el elevador que los había traído hasta ahí y la luz de arriba que ya no parpadeaba rojo, sino verde.

CAPÍTULO 34

✦ ARLO ✦

✦

Arlo sólo podía mirar fijamente.

—Bueno, eso fue decepcionante...

Al principio habría jurado que la oscuridad había hablado.

Era difícil ver bien entre las sombras de esa cámara humeante y apenas iluminada, y mucho más difícil aún distinguir la figura imponente envuelta en una bata de medianoche.

No era una bata, ahora que Arlo veía mejor.

La figura alzó un pie para empujar a Hieronymus fuera de su camino. Al avanzar, las luces del piso mostraron la orilla de su capa y reflejaron el brillo de esa tela que parecía tejida con diamantes, o quizá más precisamente, con estrellas.

—Tenía toda la riqueza que codiciaba; aun así, su avaricia lo superó.

Arlo no reconocía esa voz. Era tan ligera y dulcemente podrida como el aroma de su magia, y tan suave y fría como el agua en las profundidades de un estanque de una cueva olvidada. Cada palabra la hacía temblar.

No reconocía la voz, pero sí la figura, y ahora sabía exactamente de quién era esa aura cerca de Good Vibes Only. Cuando él se agachó ante ella y la miró a los ojos, sonriendo, sabía quién había venido a rescatarla.

Los había olvidado hasta ahora, esos ojos fosforescentes que la veían con tanta fijación en la sala del trono del sumo rey.

La Caza Feroz había llegado y, por primera vez, miraba a los ojos a uno de ellos.

El momento la paralizó.

—Mis más sinceras disculpas, Arlo —dijo con una franqueza casi imposible en su tono ligero como pluma—. Fui yo quien le dijo que te dejara en paz y mira lo que eso ocasionó.

El cazador estiró una mano y con el dorso de sus gélidos dedos le acarició una mejilla.

Él era, de una manera muy extraña, sumamente llamativo. Hermoso como un cadáver arreglado para un funeral. Pero a ella no le sorprendía.

Con esa proximidad pudo ver por debajo de su capucha, y tal como Nausicaä, había una letalidad en sus facciones, una agudeza de buitre tan parecida, que juraría que eran gemelos. Para amortiguar el absoluto potencial de su horror, su boca era suave y ligeramente curva, sus ojos eran grandes y sus pestañas pobladas y largas; sus mejillas se alargaban como dagas hacia sus orejas puntiagudas.

—Se le dieron órdenes estrictas, pero no me sorprende —suspiró el cazador y se puso de pie. Su manera de hablar era apagada, pero adornada; tenía un tono que hacía que todo lo que dijera sonara como una muy ensayada escena de teatro musical que su corazón estaba fastidiado de representar—. Era una criatura miserable cuando lo encontré, tan quejumbroso... Fue todo lo que pude hacer para darle los medios y ver volar a este Ícaro, hasta dónde llegaría con este proyecto suyo.

—¿Tú... la Caza Feroz está detrás de esto? —La Caza Feroz estaba sometida por un juramento a quien portara la corona de huesos. No podían actuar por voluntad propia, lo cual significaba...— ¿También el rey azurean?

—¿Ese bufón? Ay, no, por los cielos. Tu defensor decadente no está moviendo los hilos en esta operación. Tampoco la Caza Feroz, para el caso.

—Pero tú...

—Estoy ya muy aburrido con nuestra interminable servitud a la paz. Solíamos paralizar de miedo a los corazones mortales. Solíamos ser guerreros. Mis hermanos ya lo olvidaron, pero yo no. La Caza Feroz era un heraldo de la destrucción. Alguna vez nosotros, los Cuatro Jinetes, fuimos una leyenda. Ahora somos poco más que conserjes. Tal vez Eris esté contento de jugar bajo las reglas de nuestro divino padre, pero ¿yo?

Sacudió la cabeza.

—No te preocupes, querida Arlo. Hieronymus pensó que podía ganarle el juego a la suerte que te favorece. Pensó que podría ganarme a mí. Y ahora ha pagado el precio. Ya descubriste quién está detrás de los ataques del destripador y pusiste fin a estos experimentos vulgares. Ahora puedes descansar a sabiendas de que nadie más tendrá que morir para evitar que tenga éxito. —Se levantó—. Tu parte en esto ha terminado por lo pronto. Ahora, si me disculpas, tengo que irme. —Se dispuso a retirarse, pero luego se detuvo. Volteó hacia Arlo y se dio un golpecito en la cabeza encapuchada—. Ay, casi lo olvido, me llevaré eso conmigo.

Con un chasqueo de dedos, la piedra filosofal de oro apareció en su mano.

—¡¿Por qué haces esto?! —dijo Arlo medio gritando, pues su paciencia estaba más que agotada— Secuestraste gente, la usaste para experimentos crueles y estás usando ferronatos para hacer piedras. ¡¿Por qué?!

—¿Yo? No, en todo esto yo no fui más que una pieza del engranaje, tal como tú. Tal como él. —Frunció las cejas al dirigir la mirada hacia Hieronymus, despatarrado en el piso.

—Tú no eres como yo. —Arlo entrecerró los ojos para mirarlo con furia y peló los dientes para rechazar rotundamente aquella idea—. No somos iguales. ¡Dime quién es! Sólo dame un nombre... ¿Quién está haciendo esto?

El cazador ladeó la cabeza y por un minuto eterno la miró fijamente.

—¿Qué harías, me pregunto, si te diera lo que quieres? —Retrocedió hacia ella y volvió a agacharse. Sus ojos verdes examinaron su rostro buscando algo. Ella se inclinó, tratando de alejarse; la belleza letal del cazador ya no le daba curiosidad, sino repulsión.

A juzgar por sus cejas cruzadas, su reacción no pasó desapercibida.

Levantó la mano que no tenía la piedra dorada y rozó con las yemas el espacio entre el cuello y el pecho de Arlo.

—Un héroe... una estrella vacía... Hay otras cosas que podrías ser, pero no estás lista. Aún no.

—No me toques —siseó Arlo, que se inclinó aún más lejos de su mano y la desagradable vibra con que se estremecía al contacto con él.

El cazador hizo una reverencia con la cabeza, obedeciendo de inmediato.

—Como lo ordenes.

Tan pronto como se hubo agachado, se levantó. Arlo lo vio irse, aliviada, pero más confundida que nunca.

—Una recompensa por tu valentía de hoy... tómalo como premio de consolación. —Se agachó, tomó algo del cuerpo de Hero y se lo aventó a Arlo—. ¡Atrápalo!

Algo pequeño voló hacia su cabeza, en una trayectoria de arco por los aires, refractando la luz contra su oro. Arlo se inclinó hacia delante para atraparlo.

Miró el objeto en sus manos: un anillo.

Una simple banda de oro estampada con el sello de una serpiente negra enroscada alrededor de una serie de orbes doradas. Le era ligeramente familiar, pero por el momento no podía ubicar de dónde la conocía.

—Esperaré con ansias nuestro próximo encuentro, Arlo Jarsdel. Mientras tanto, ¡chao!

Al cambiar la vista del anillo hacia el cazador, él ya había desaparecido. Al fin, ella y Nausicaä (un no del todo sorprendente peso muerto e inconsciente en sus brazos) estaban solas.

Hieronymus yacía sin vida en un charco de sangre. Sin la magia necesaria como combustible para que operaran, los cava de armadura platina permanecieron como estatuas alrededor de él, un monumento a las atrocidades sufridas a manos de él.

Arlo estaba abrumada.

De pronto cayó en cuenta de todo lo que había hecho al seguir a Nausicaä, todo lo que apenas había sobrevivido, lo que no hubiera podido sobrevivir sin ella, su misterioso talento para la alquimia, la suerte que cargaba en su bolsillo...

Habían ganado y a la vez no habían ganado nada porque a pesar de todas las respuestas que habían conseguido esa noche, en su lugar habían surgido muchas más preguntas. Ahora mismo, en la cruda vigilia de todo, Arlo no podía procesar nada.

La sacudida de engranajes que cobraban vida la distrajeron de su espiral descendente.

Alzó los ojos y vio que la luz del elevador de nuevo era verde.

Igualmente incapaz de procesar eso, simplemente vio cómo las puertas se abrían y un grupo de personas salía.

—¡Arlo!

¿Ésa era la voz de su madre?

—¡Arlo!

—¡Arlo!

La cacofonía de gritos con su nombre de parte de tantas voces diferentes amenazaba con sobrepasar los límites de su de por sí frágil estado actual, pero lo que la hizo llorar fue el súbito abrazo fuerte, seguido de un segundo abrazo en su costado.

—Arlo, por los dioses, estás bien, cariño. Gracias a Cosmin, ¡estaba tan preocupada!

—Arlo...

—¿Mamá? —resopló ella. Luego, entre sollozos—: ¿Ce-Cel?

Tanto Celadon como su madre se apartaron un poco, claramente manteniendo una confianza temblorosa en sus suaves sonrisas, pero entonces Celadon vio a Nausicaä inconsciente y sangrando.

—¿Arlo, qué pasó?

Los sollozos la trabaron sin que ella pudiera evitarlo y de nuevo se lanzó a abrazarlos. Estaba tan aliviada de verlos y, vaya, hasta el sumo rey también había llegado.

También estaban Vehan y Aurelian, tres de la Caza Feroz, la suma reina Reseda... y alguien más que al principio no reconoció con tantas lágrimas, pero era alta, luminosa como el amanecer y hermosa como una estatua de hielo cincelada. Cuando se acercó, notó el mismo cabello negro carbón y los ojos azul eléctrico de Vehan.

Era Riadne Lysterne. Reina de la Corte del Verano de los Seelie.

Vehan y Aurelian se las habían arreglado para abrir las puertas del elevador y Celadon había cumplido su promesa, tal como Arlo creyó.

—Está bien —inhaló Celadon—. Está bien ahora que estás con nosotros. Lo siento, Arlo, debí venir antes. Debí venir en cuanto me enteré de este asunto...

—Yo también lo siento, Arlo —agregó Vehan, que se detuvo a unos cuantos pasos, mirando la escena con horror—. Éste fue un plan tremendamente estúpido.

—Eso sí —respondió la reina seelie del verano, con voz tan tersa como una piedra lisa—. Vehan, ya hablaremos de tu involucramiento en todo esto. ¿Señorita Jarsdel? —Dirigió su atención a Arlo, y la conmoción de que una figura tan importante fuera de su familia la llamara fue tan grande que su ataque de nervios colapsó por completo. Cuando la reina Riadne se agachó para hacerle una reverencia, Arlo casi olvidó cómo respirar—. Con gran pena lamento que mi propia sangre le ocasionara tanto infortunio esta noche. Me disculpo.

Arlo se le quedó viendo.

—Vamos, Arlo —la instó Thalo, ignorando a la reina Riadne. Cuando Celadon movió a Nausicaä para inspeccionar sus heridas, Aurelian se apresuró a ayudarle. La madre de Arlo le ayudó a levantarse—. ¿Te puedes parar? ¿Estás herida?

—No —le dijo Arlo con una voz extrañamente ligera—. Estoy bien, pero Nos...

—Deja que Celadon cuide de tu amiga. Vamos, cariño, nos vamos a casa.

Arlo no deseaba algo más en la vida que exactamente eso.

CAPÍTULO 35

+ ARLO +

✦

El sol apenas comenzaba a asomarse por el horizonte en la ventana, pero con todo lo que había pasado esa noche, Arlo no había logrado dormir. En vez de eso, se quedó despierta, en una silla al lado de la cama de Nausicaä y descansando la cabeza sobre sus brazos cruzados, mientras supervisaba la recuperación de su amiga.

La batalla le había quitado más de lo que Nausicaä había dejado ver.

Para acelerar su sanación, necesitaron de los talentos únicos de Aurelian. Los lesidhes eran los únicos faes capaces de usar su magia para sanar a otros, mientras que los faes sidhe sólo podían curarse a ellos mismos. Ahora su herida no era nada más que un moretón gigante y feo, pero aún debía despertarse.

No importaba.

Nausicaä merecía descansar tanto como lo necesitara.

Si no hubiera sido por ella, ninguno de ellos habría sobrevivido a esa mal planeada misión. Gracias a que Aurelian había grabado el audio de todo el «paseo» por la fábrica, Nausicaä había sido exonerada de los cargos en su contra.

La llevaron al ala médica de la Torre, donde le dieron tratamiento preferencial absoluto para asegurar que se recuperara por completo.

Arlo tuvo que hacer mucha labor de convencimiento, pero finalmente Celadon y Thalo accedieron a dejarlas solas.

Aunque no solas por completo, por lo visto.

—Olvidaste algo.

Arlo volteó bruscamente a un lado para ver quién le hablaba: se trataba de un ser que estaba al pie de la cama, de cabellos como un abanico llameante de tréboles, ojos negros como el cosmos y rostro de facciones tan angulosas como un diamante. Arlo jamás la había visto antes, al menos no así, pero supo quién era al instante. Sin lugar a equivocaciones, lo adivinó por su vestido de gasa esmeralda y acero fundido como seda, porque cada extremidad estaba decorada con joyas y en su pecho verde oliva expuesto en un pronunciado escote se veía un tatuaje con el mismo patrón de runa que le había visto a le no-troll en el Círculo de Faeries.

Los cuernos eran diferentes. Antes eran cortos, pero ahora, brillosos como el negro volcánico, descendían orgullosamente desde sus sienes y hacia atrás, para formar una espiral que terminaba en una punta roma a la altura de su destacada barbilla.

En la cama, elle puso el dado de Arlo, que se había quedado olvidado en las profundidades de la fábrica de cava.

—Pensé que los inmortales no podían entrar al reino mortal —soltó Arlo—. ¿Cómo es que estás aquí?

—Tienes la sangre del que forjó esta regla. Estoy aquí porque me invitaste. Pero olvida eso, tenemos mucho tiempo para hablar de detalles. ¿Te divertiste en tu pequeña aventura?

Arlo miró el dado, luego la sospechosa pasividad de Suerte.

—No —contestó, mordaz. Nada de lo que habían hecho esa noche podía considerarse divertido.

—Bien. Te lo habría quitado si tu intención era utilizarlo para ello.

Con la indignación en llamas, Arlo se aferró a las sábanas apretando los puños.

—¿Sabes?, pudiste decirme qué hacía el dado. Cómo usarlo. Casi nos matan por tu culpa.

—¿Por mi culpa? —Suerte sacudió la cabeza—. Tú ganaste gracias a mí. Eres una chica muy lista, Arlo Jarsdel, y yo te puse a prueba. De aquí en adelante, ese dado no hará tantas concesiones. Hay reglas y yo tenía que ver si tienes lo que se necesita para pensar bajo presión y enfrentar una situación que ni en tus sueños más alocados podrías sobrevivir bajo tus propios medios. Te lo dije, ¿no es así? Algo está por venir. Algo grande. Algo que requiere la valentía que sólo encuentras en los héroes sin el estancamiento de sus roles efímeros. Quiero asegurarme de que estés lista.

—¿Por qué yo? —suspiró Arlo.

No tenía sentido.

¿Qué tenía ella que llamaba tanta atención de gente que no tenía razones para notar a una chica demasiado humana? Ella no tenía nada especial. Sí, la alquimia era algo más allá de lo normal, pero podían encontrar gente como ella por docena. Todo lo que necesitaban era un poco de entrenamiento.

—¿Lista para qué? ¿Qué es exactamente lo que quieres que haga?

—¿Te gustaría descubrirlo?

Una sonrisa discreta se formó en el rostro de Suerte, algo que sabía y escondía en las comisuras de su boca y que Arlo no pudo interpretar. Elle estaba soltando la carnada, la desafiaba a aceptar su oferta. Todo lo que tenía que hacer era tomar el dado y aceptar los términos, y Arlo tendría un lugar en lo que fuera que estuviera pasando.

—¿Qué harás si te digo que no?

—Nada. —La deidad alzó los hombros—. Yo sólo ofrezco esta ayuda si la quieres. Tú decides. Si no quieres seguir a tus amigos a la batalla, también lo decides tú. No tienes que hacer nada que no quieras, Arlo Jarsdel.

Arlo miró a Nausicaä.

Y luego desvió los ojos al suave resplandor del oro que cubría la mano derecha de ella, de las yemas hasta mitad del antebrazo. Apenas una capa delgada, pero ninguna magia que intentaron pudo quitársela. Arlo sospechaba que a Nausicaä le divertiría más que cualquier otra cosa.

Otras cosas le divertían menos. Para empezar, no había manera de que en cuanto despertara no se fuera tras la pista de lo que estaba pasando. Un cazador estaba metido en eso, y no necesitaba más motivación para precipitarse a morir como claramente había demostrado. Nausicaä no permitiría que una traición de esa envergadura fuera ignorada o quedara impune. De eso, Arlo no tenía duda.

La parte de Nausicaä que aún era furia se reflejaba en las astillas de su pasado.

Además, ellas ahora eran… algo.

Pensó en el beso que compartieron esa noche. No tenía idea de lo que significaba, ni de lo que ella quería que significara, pero sabía con absoluta certeza que Nausicaä era importante para ella.

Eran un equipo, en todo caso, y tal como Arlo no habría salido de esa fábrica sin Nausicaä, comenzaba a entender que Nausicaä tampoco se habría ido sin ella. Si lo que la deidad (¿titán?) le había dicho era cierto, ahora más que nunca Nausicaä necesitaría la suerte que las había salvado.

Una estrella oscura y vacía.

Arlo aún no entendía esa compulsión que la obligaba a ver a Nausicaä como jamás había visto a nadie más y quedarse sin aliento. Lo que sí entendía era que adonde fuera Nausicaä, iría ella.

Respiró profundamente para reunir fuerzas y estiró la mano para tomar el dado.

—Muy bien, *dungeon master*, acepto. Léeme las reglas.

EPÍLOGO

✦ RIADNE ✦

✦

De todas las mejoras que le había hecho al palacio desde su coronación, lo que más le gustaba a Riadne era su columbario. Le divertía por el miedo que su sola existencia infundía, el pavor que hacía palidecer a los que convocaba ante él. La consolaba porque le recordaba que ella era la que tenía el control ahora, porque dentro de uno de esos nichos estaba el corazón de su madre, un tormento que nunca jamás volvería a tocarla. La inspiraba porque le aseguraba que pronto el corazón de Aurelian se uniría a su colección.

Por sobre todas las cosas, la mantenía a salvo. Pocos se atrevían a verlo siquiera, mucho menos acercarse lo suficiente para examinar su contenido y descubrir que una de esas ranuras era de hecho una palanca, pues el columbario era realmente una puerta, y al otro lado había un corazón de otro tipo. Al otro lado de su oficina guardaba muchas cosas de las que todavía no quería que el mundo supiera.

No hasta que revelara su plan durante el solsticio.

—¿Por qué lo dejaste vivir tanto?

Encerrada en su espacio privado, Riadne trazó con un dedo, por encima del vidrio, el objeto enclaustrado en el entrepaño de una hermosa vitrina de caoba. Su apariencia era tan innocua, pero ella sabía lo que realmente era. Negro obsidiana, más una piedra de carbón que un corazón: Orgullo, la primera piedra que obtuvo; la piedra que Azurean había guardado durante tanto tiempo; la piedra que aún no era suya, así como tampoco lo era la longevidad que otorgaba, no hasta que su dueño anterior muriera; la piedra que Lethe había intercambiado por una falsa y que le había traído hacía tantos años, cuando todo había comenzado.

Ella se dio la media vuelta.

—A Hieronymus Aurum. Lo dejaste vivir demasiado. Él creó esta piedra. ¿Por qué no lo mataste justo después para terminar con todo eso? —La burla se asomó desde una de las comisuras de su boca—. No me digas que por sentimentalista. No me digas que realmente te importaba ese peón.

Lethe la miró con furia desde donde estaba sentado y con las piernas subidas al escritorio. Era tan bello como una rosa colgada para ser deshidratada; algo que alguna vez fue hermoso, por siempre atrapado en el espacio entre su último aliento de vida y la podredumbre de la muerte. A veces era su amante, nunca su amigo. Eran petróleo y alquitrán, apenas se llevaban, pero Riadne lo necesitaba. Lethe la necesitaba.

—Lo dejé vivir porque lo dejé vivir. No tengo que explicarte nada. Atrápala.

Le aventó la piedra con la que estaba jugueteando entre las manos, oro macizo y pulido al grado que ella podía verse reflejada en sus aristas deformes.

Orgullo... Las piedras tenían que crearse en cierto orden. Primero se tenía que convocar a Orgullo. Para su suerte, alguien ya se había tomado la molestia que requería crear ese recipiente. Avaricia tenía que seguir. Ya tenían dos, faltaban cinco más. Cinco alquimistas más que sacrificar para la causa. Una vez que la piedra se creaba, cualquiera podía usarla, ferronato o no, pero no podían crearla...

—Espero que no te encariñes tanto con los que vengan —le advirtió mientras abría la vitrina para colocar su nueva adquisición junto a su pariente. La cerró y se dio vuelta—. Las piedras no le responderán a nadie más hasta que su dueño anterior muera. Confío en que no me traicionarás por sentimentalista, Lethe. Tú empezaste esto; fuiste tú quien vino a mí buscando los medios para asegurar tu libertad. Si me dejas caer, si dejas que esto falle, te llevaré conmigo; a ti y a la niña a la que proteges.

Lethe peló los dientes, siseó por lo bajo y se levantó del escritorio.

—Me pregunto con quién crees que estás hablando. —Atravesó la habitación hasta ella, y a cada paso parecía crecer y llenar el lugar con su humor—. ¿Qué te hace pensar que puedes atreverte a amenazarme?

Se detuvo y la miró por encima. Riadne tosió una risa y alzó una mano con la que le tocó el pecho.

—Hoy estás muy irascible. —Le dio una palmadita en el músculo bajo su palma, luego la deslizó alrededor de su cintura—. Te daré un poco de tiempo para que llores a tu juguete roto. Supéralo pronto. Pronto será tiempo de que el siguiente en la fila haga su gran debut y tú y yo necesitamos asegurarnos de que estén listos.

Se dirigió a la puerta. Tenía otras cosas que hacer que mimar a un inmortal haciendo pucheros. Por ejemplo: sonsacarle un informe a su hijo y una junta para preparar el Festival del Solsticio que estaba cada vez más cerca.

—Suerte.

Riadne se detuvo.

—¿Disculpa? —preguntó por encima del hombro.

De pronto Lethe apareció justo detrás de ella, una sombra opresiva que la llenaba con una cosquilleante negatividad, pues su magia era como gusanos contra su piel. Pero Riadne era una reina, no mostraba reacción alguna ante esta exhibición de dominación por mucho que quisiera alejarse.

—Buena suerte. La necesitarás si crees que alguien como tú puede llevarme consigo. —Ella se tensó cuando sintió sus labios contra su nuca y después él crujió con una carcajada. Su sombra se alejó más lento de lo que la envolvió—. Olvidas quién soy. Hay una razón por la que el mismísimo señor de la muerte hizo todo en su poder para recluirme.

Se dio la media vuelta bruscamente. Dos podían jugar a ser crueles y Riadne siempre había sido mejor que todos en el juego de la crueldad, pero Lethe se había ido.

No importaba.

Él podía subestimarla todo lo que quisiera. Su muro estaba lleno con los corazones de las personas que habían hecho lo mismo.

—Quédate con tu suerte —escupió al cuarto vacío—. A ti se te olvida quién soy. A ti se te olvida quién seré cuando todo esto termine.

Una vez que todo terminara, una vez que los jugadores se reunieran y ella tuviera las siete piedras, una vez que Riadne fuera no sólo la suma reina, sino también más grandiosa que incluso los inmortales, disfrutaría muchísimo recordárselo a Lethe. Ella convertiría la libertad que él tanto ansiaba en un grillete más y lo doblegaría con una degradación diez veces mayor que la que él le infligía a cada oportunidad. Lethe suplicaría piedad. Lethe se disculparía. Tal como los otros antes que él, que pensaron que eran mejores que ella, Lethe rogaría, y temblaría, y lloraría, y nada de eso lo salvaría de su ruina bien merecida.

No necesitaba fortuna para lograr todo eso. Al contrario, ella era quien le deseaba buena suerte a los que eran lo suficientemente estúpidos como para colgarle a tal absurdidad el logro de sus planes.

AGRADECIMIENTOS

✦   ✦

✦

El camino hacia la publicación no es uno que se recorra solo. Hay tantas personas a las que quiero agradecer por hacer este libro posible, por estar conmigo en este trayecto y ofrecerme su amor, tiempo y apoyo, que en sí me mantiene asombrade y agradecide.

Para empezar, quiero agradecer a mi familia, a mi madre, por enseñarme la fuerza y perseverancia necesarias para lograr esto. A mi padre, por los videojuegos e historias antes de ir a dormir que fueron el combustible de mi imaginación. A mis hermanos, por ser mis mejores amigos en la vida, mi gente más preciada; no podría estar más orgullose de ellos. A mis padrastros Steve y Chrystal, por todo su entusiasmo y apoyo. A mis tíos, tías, primos y hermanastros, todos ustedes han mostrado tanto entusiasmo ante esto. A Diane Larsen, por todas las vacaciones en Disneylandia; has sido invaluable y te amo con todo mi corazón.

Me siento más que afortunade de tener no uno sino dos agentes maravillosos detrás de mí y *Una estrella oscura y vacía*, y dudo que alguna vez pueda expresar con plenitud cuánto significa para mí que ambas vieran algo digno y por lo cual luchar en esta historia. Gracias, Mandy Hubbard, por tomar las riendas con tanto ahínco. Gracias, gracias, gracias por amar a mis chicas con tanta fiereza y por traer tanta pasión, determinación y apoyo en esta sociedad.

Sarah McCabe, eres toda una FUERZA. Gracias por ser la editora que esta historia necesitaba. Gracias por creerla digna, por arriesgarte, por ser la parte que le faltaba a *Una estrella oscura y vacía* para que fuera hermosa y completa. También, por el absoluto placer que ha sido trabajar contigo. Gracias por amar a Nos y toda su gloria desastrosa y dramática.

Un agradecimiento especial a Simon Pulse y al equipo McElderry y todos los que han trabajado en cualquier aspecto, incluyendo a Mara Anastas, Liesa Abrams, Chriscynethia Floyd, Justin Chanda, Karen Wojtyla, Anne Zafian, Laura Eckes, Katherine Devendorf, Rebecca Viktus, Sara Berko, Jen Strada, Lauren Hoffman, Caitlin Sweeny, Alissa Nigro, Anna Jarzab, Emily Ritter, Savannah Breckenridge, Christina Pecorale y el resto del equipo de ventas, Michelle Leo y su equipo de educación/biblioteca, Nicole Russo, Mackenzie Croft, Jenny Lu y Alison Velea. Un agradecimiento adicional a Christophe Young por el arte de la portada que me quitó el aliento por completo.

Por todos los subes y bajas de publicar, la felicidad y las lágrimas, cenas para celebrar y pasteles para llorar; no cambiaría un solo momento de todo eso, en parte porque me ha llevado a conocer a tanta gente maravillosa en la comunidad de escritores como Priyanka Taslim, Kat Enright, Natalie Summers, Sadie Blanch, Maria Hossain, Zabé Ellor, Erin Grammar, Dan Rogland, Brittany Evans, Jennifer Yen, Adrienne Tooley, el grupo debut de Veintiunañeros, todo el personal de Toronto Writing y tantos otros que es difícil mencionar aquí, pero sepan que a todos ustedes se les aprecia profundamente.

Gracias a cada uno de los lectores beta y de sensibilidad y a cualquier otro que me haya dedicado un poco de su tiempo.

Gracias a Kade, por ser mi roca y por apoyarme a mí y a mi sueño, aun si ha tomado una gran parte de nuestro de por sí limitado tiempo juntos.

Gracias a Debbie Belair y a mis colegas en Wine Rack, por estar aquí durante todo el trayecto. A *Final Fantasy XV* y a *Breath of the Wild*, que jugué obsesivamente mientras escribía esto. A mi gato, Zack, por presidir todo el proceso y, tan sólo ocasionalmente, sentarse en la computadora mientras yo intentaba trabajar. A todos los autores *queer* cuyos libros se publicaron antes que éste, así como los que vendrán después; ustedes son la razón por la que tuve las agallas de hacer esto.

Jeryn Daly, Colleen Johnston, Abi Alton, Shana VanDusen, Laura Feetham, Jee Hewson y Jessica Flath, no hubiera podido hacer nada sin ustedes. Gracias por todo, me cuesta poner en palabras cuánto significa tenerlos de mi lado alentándome; está la familia en la que naces, pero también está la que eliges; ustedes siempre estarán en mi corazón y en todo lo que hago.

Para Julianna Will. ¿Qué puedo decir? «Gracias» no abarca todo lo que mereces por las horas y días que dedicaste a las lecturas beta y la crítica de cada versión de esta historia, las llamadas y correos y mensajes, las pláticas alentadoras y las celebraciones de cada etapa de este juego, por todo lo que has hecho para ayudarme a hacer realidad este sueño y, lo más importante, por todas las aventuras que hemos vivido y que nos llevaron a ésta. Como tu luz, no hay otra en el mundo; siempre me sentiré honrade de llamarte mi amiga.

Finalmente, pero no por eso menos importante, un gran agradecimiento a ti, le lectore. Alguna vez los libros fueron el único espacio en el que me sentí escuchade, viste y segure. Estoy agradecide por haber tenido la oportunidad de continuar brindando ese espacio a otros.